山东作

年选
2018

Shandong
Zuojia Zuopin
Nianxuan

评论卷

山东省作家协会 编

中国书籍出版社
China Book Press

图书在版编目（CIP）数据

山东作家作品年选. 2018. 评论卷 / 山东省作家协
会编. -- 北京：中国书籍出版社，2023.12
ISBN 978-7-5068-9721-1

Ⅰ. ①山… Ⅱ. ①山… Ⅲ. ①中国文学－当代文学－
作品综合集－山东②中国文学－当代文学－文学评论－文
集 Ⅳ. ①I218.52

中国国家版本馆CIP数据核字(2023)第239852号

山东作家作品年选（2018）·评论卷

山东省作家协会　编

责任编辑　李　新
责任印制　孙马飞　马　芝
封面设计　牛　钧
出版发行　中国书籍出版社
地　　址　北京市丰台区三路居路 97 号（邮编：100073）
电　　话　（010）52257143（总编室）　（010）52257140（发行部）
电子邮箱　eo@chinabp.com.cn
经　　销　全国新华书店
印　　刷　济南万方盛景印刷有限公司
开　　本　700毫米×1020毫米　1/16
字　　数　410千字
印　　张　41
版　　次　2024 年 2 月第 1 版
印　　次　2024 年 2 月第 1 次印刷
书　　号　ISBN 978-7-5068-9721-1
定　　价　228.00元（全四册）

目　录

辑二　当代作家作品研究

辑一　当代文学理论与现象

论马克思主义文艺理论的
历史形态与理论形态

谭好哲

在当代中国学术界，马克思主义文艺理论的存在是一个基本上没有疑问的问题。然而，什么样的文艺理论算是马克思主义的，什么样的理论又不算是马克思主义的？在实际的理论研究中，在不同的理论家那里，其认识和评判却往往莫衷一是，分歧甚多，差别很大。造成这种状况的原因是多方面的，除去某些外在社会因素的干扰和对于马克思主义的思想属性认识上不同之外，对马克思主义文艺理论的历史形态和理论形态不加区分甚至加以混淆，也是一个重要因素。这种不加区分甚至加以混淆的状况导致理论认知和评判上的种种歧义和落差，既给马克思主义文艺理论研究带来诸多困惑与问题，同时也造成了不同性质和取向的文艺理论研究之间界限的模糊和游移，显然不利于马克思主义文艺理论研究走向深入，也不利于确立其在文论研究界和整个文艺界的主导地位和思想指导。因此，对马克思主义文艺理论的历史形态和理论形态的关系问题，需要一个理论上的辨析和确认。

一

马克思主义文艺理论是内含于马克思主义之中的一种理论系统。就"主义"属性或思想性质而言，马克思主义在整体上是当今世界上一种与其他思想系统不同的思想体系，作为一种独特的思想体系，它以辨证唯物主义和历史唯物主义为自己的世界观和方法论，坚持对资本主义的社会批判和对社会主义、共产主义的信仰，由此而形成了科学的社会发展理论和丰富的思想文化观念。同时，作为这样一种思想体系，它又是在历史进程中逐渐发展起来的，有自己历史性的思想历程，包含着不同的发展阶段和代表人物，具有历时展开的理论多样性与思想差异性。如果我们不过于固执己见或带有偏见地看问题的话，可以说马克思主义文艺理论也是如此，从研究对象和范围上来看，它也实际上包含着两个相互关联的方面或形态：一是历史上一切带有马克思主义性质的文艺理论思想，这是马克思主义文艺理论的历史形态；一是在马克思主义文艺理论发展进程中积淀形成的那些具有马克思主义性质而又在文艺理论研究中具有重要理论价值的思想观念、理论命题和理论判断等。两个方面或形态，前者着眼于历史发展，后者着眼于思想成果，二者之间既有所区别又相互联系。

马克思主义文艺理论首先是一种历史地产生并发展着的文艺思想系统。这种思想系统诞生于 19 世纪 40 年代，其创始人是马克思和恩格斯，其后历经他们的学生一代及更多的后继者的不懈努力，绵延至今，蔚为大观，成为历时最久、影响最大的一种现代文艺思想系统。与现当代的其他文艺理论派别不同的是，马克思主义文艺理论并非一时一地的产物，也不是某个人或几个人理论成果的集聚，而是在一个统一的思想旗帜之下由世界各国不同时期的许多研究者和流派参与其中、由众多思想成果汇聚而成的思想潮流。大致来说，马克思主义文艺理论的发展历程可以粗略地划分为创立、发展与当代建设三个阶段。从 19 世纪 40 年代马克思主义理论开始创建到 1895 年恩格斯逝世，是马克思主义文艺理论的创立阶段，其经典形态是马克思恩格斯在文艺评论、文艺书信以及政治经济学、哲学、科学社会主义以及历史学、文化人类学等理论研究中提出、论述和涉及的有关文艺问题的论述和思想。从 19 世纪末到 20 世纪上半叶，是马克思主义文艺理论的进一步发展阶段，主要代表人物是梅林、普列汉诺夫、列宁、葛兰西、卢卡契、毛泽东等人，这些人物都有关于文艺和美学问题的理论专著和评论著述，也是马克思主义文艺理论的经典作家或正统传承者。20 世纪下半叶至今，马克思主义文艺理论进入到了当代建设时期，其中最具代表性的是马克思主义文艺理论中国化的探索与创新和西方马克思主义文艺理论与美学思潮的产生与发展。三个阶段作为历史链条上的不同环节各有其现实语境、代表人物、时代问题与理论取向，同时又在共同思想源头的滋润和共同社会理想的引领下显示出一脉相承的思想线索和家族相似的精神底色。

在马克思主义产生之后，出于思想传播和思想斗争的需要，特别是在建成社会主义国家、以马克思主义为指导思想的国家为了社会教育和理论普及的需要，马克思主义的理论家和研究者也展开了另一方面的理论研究工作，这就是对作为一种历史产物的马克思主义做思想集聚和体系建构的理论概括与综合。恩格斯的《反杜林论》和列宁的《卡尔·马克思》《马克思主义的三个来源和三个组成部分》等著述对马克思主义的三个组成部分——哲学、政治经济学和科学社会主义的基本原理及其内在联系的系统阐明，就属于这一方面的理论建构。俄国十月革命之后，在前苏联、东欧以及东方的中国等社会主义国家，甚至在许多西方资本主义国家中，更是涌现出了大量有关马克思主义的教科书和理论读本。这些教科书和理论读本除去一些分期、分段的发展史性质的描述和总结之外，大量的著述是对马克思主义作为一个思想整体或一个特定领域的思想系统的理论整合与阐发。在文艺领域，自 20 世纪 30 年代以来，有关马克思主义文艺理论和美学的各种选本和理论著作也层出不穷、异彩纷呈。比如，原苏联著名马克思主义文艺理论家米·里夫希茨编辑的《马克思恩格斯论艺术》，我国著名学者陆梅林辑注的《马克思恩格斯论文学与艺术》和

《西方马克思主义美学文选》，中国社会科学院文学研究所文艺理论研究室编的《列宁论文学与艺术》，以及原苏联、东欧和中国等社会主义国家众多高校与科研机构编写的大量马克思主义文艺理论教科书等，都力图在一定的时代语境之下对马克思主义文艺理论的思想系统做出体系化的观念集聚与逻辑建构。在中国，20世纪60年代初期在周扬主导下编写的两部文学理论教材，即蔡仪主编的《文学概论》和以群主编的《文学的基本原理》是这方面的突出成果，新世纪以来中共中央启动马克思主义理论研究和建设工程重点教材编写以来，2009年出版的《文学理论》（本书编写组）以及目前正在编写中的《马克思主义文艺理论》，以及其他一些同类教材，都从教材编写角度集中体现了中国学界在当代马克思主义文论理论建构方面的突出努力与建树。

历史形态与理论形态都是马克思主义文艺理论的重要存在形态，比较而言，各有特点。历史形态的马克思主义文艺理论往往都具有历史的具体针对性，它们或是针对一个具体问题、一种具体倾向，或是针对一种具体现象、一部具体作品，其理论价值和意义首先在于其历史具体性，比如马克思在《神圣家族》中对法国作家欧仁·苏的通俗流行小说《巴黎的秘密》的批评、恩格斯对卡尔·倍克和卡尔·格律恩等"诗歌和散文中的德国社会主义"的批评、马克思恩格斯分别在书信中对拉萨尔的历史悲剧创作《济金根》的批评、恩格斯对有社会主义倾向的女作家哈克奈斯与敏·考茨基小说创作的批评等等都是如此，其中所提出的有关现实主义的文艺观点、理论命题、批评标准和艺术理想等等，都是有其具体语境和具体理论指向的。在马克思恩格斯的文艺理论和美学观点中，甚至今天我们经常加以引述的那些更具普遍性理论意义的思想观点也是如此，如马克思关于"劳动生产了美"和"人也按照美的规律来构造"①的观点、艺术生产和消费的论述以及物质生产与精神生产发展不平衡理论等等，都包含在对资本主义时代的社会经济活动的论述中。理论形态的马克思主义文艺理论则超越了这种具体针对性，着眼于思想观念的学理概括性与普遍性，相关思想观念、理论命题和理论判断的价值和意义取决于各自理论内涵的深广度及其在马克思主义文艺理论整体思想系统中的地位和作用。历史形态中包含着许多理论形态的内容，也包含着许多尚未被或不一定能够被提升为理论形态的内容，就此而言，历史形态从内容上看比理论形态更丰富、博杂；而理论形态由于是从历史形态总结、提炼而来，虽然是对于全部历史形态思想内容的一个简化、浓缩，但却比历史形态中一个个具体理论家的言说和观点更深刻、更系统、更能体现马克思主义文艺理论的性质和特点。所以，对于马克思主义文艺理论的学习和研究，绝不能忽略了其历史发展这一个方面，研究、继承这笔丰厚

---

① 马克思：《1844 年经济学哲学手稿》，《马克思恩格斯文集》（第 1 卷），人民出版社 2009 年版，第 158—159、163 页。

的历史遗产，也是当代马克思主义文艺理论创新的需要，是马克思主义文艺理论研究进行理论形态的提炼与建构的前提。然而，仅仅具有历史的知识也是不够的，马克思主义文艺理论的学习和研究还应该由零碎、分散、微观、具体的历史层面上升到系统、整体、宏观、普遍的理论把握。由历史层面升华而来的诸多理论观念和命题在马克思主义文艺理论的整体结构系统中各有其理论位置，也各有其抽象意义上的普遍价值，理解和掌握这些理论观念和命题对于理解马克思主义文艺理论的精神、原则、观念和方法来说更加重要。

就当代马克思主义文艺理论的研究而言，其历史形态与理论形态的研究各有其需要优先解决的时代任务。大致而论，前者更需要沉潜于历史纵深的思想考古与价值辨析，后者更需要基于时代创新的思想建构与时代检验。前一方面的研究将能给后一方面提供更为充实的思想资料，后一方面的研究则能使前一方面的研究具有更为自觉的目的导向，二者相互促动，相辅相成。没有扎实的历史形态研究作支撑的理论形态建构将会是虚幻的不牢靠的空中楼阁，而没有理论形态建构为目的导向的历史形态研究，则会流入为史而史、游离于当代文论主流之外的学究之作，不能构成当代文论思想创新的有效组成部分。

二

自 20 世纪 30 年代以来，思想发展史的研究一直是马克思主义文论和美学研究的一种主要学术形态，并且产生了许多有价值有影响的成果。这方面的研究一般分为三种形式：一是选本，如前面提及的里夫希茨、陆梅林等人编辑的选本，以及美国学者梅·所罗门所编的《马克思主义与艺术》、英国学者弗朗西斯·马尔赫恩编的《当代马克思主义文学批评》等；二是通史性的著作，如前苏联美学家卡冈所著的《马克思主义美学史》、英国学者戴维·莱恩的《马克思主义的艺术理论》、中国学者吕德申主编的《马克思主义文艺理论发展史》、周忠厚等主编的《马克思主义文艺思想发展史教程》以及王善忠主编的《马克思主义美学思想史》等；三是国别性、断代性、流派性的研究，如中国学者程正民、童庆炳任总主编的《20世纪马克思主义文艺理论国别研究》（共7部）、冯宪光著的《"西方马克思主义"美学研究》等。概括来说，这三类著述大多是以年代顺序或以年代顺序与国别分类相结合的体例形式加以著述的，但也有以文论思想取向和研究方法为核心加以分类研究的，如冯宪光对"西方马克思主义"美学的研究以及英国学者戴维·福加克斯在其参与撰写的《现代文学理论导论》第六章"马克思主义文学理论诸流派"里的研究，都是如此①。应该说，这些不同形式的历史研究著述，从多方面拓展了对于马克思主义文艺理论的认知，为当代马克思主义文论与美学的思想建构提供了非常丰富的思想

---

① 参见冯宪光：《"西方马克思主义"美学研究》，重庆出版社1997年出版；［英］安纳·杰弗森戴维·罗比等：《西方现代文学理论概述与比较》，湖南文艺出版社1986年版。

资料，值得给予充分肯定与重视。

虽然马克思主义文艺理论发展史的研究取得了如上所述的诸多成绩，然而，只要认真梳理一下马克思主义文论历史形态的研究进程和相关成果便不难发现，总体上看，在究竟应该如何看待、如何开展马克思主义文艺理论历史形态的研究，特别是在应该如何评价某些具体阶段、具体国别、具体流派中的理论人物的思想属性、理论贡献和历史地位等方面，学界还是存在大量歧见和纷争的。这些歧见和纷争往往是在对马克思主义文论历史形态缺乏整体性理论认知与共识的情况下发生的。为了在今后的相关研究中尽可能避免或减少这方面的问题，马克思主义文艺理论历史形态的研究一定要解决好两个大的方面的理论认识：一是在基本的研究理念和方法上要真正确立"历史"的观念，二是要努力在一些宏观的认识架构上取得一定的共识。这里先谈第一个方面。如前所述，历史形态的马克思主义文艺理论都是具有历史具体性的，属于历史上已经发生的东西，是一定的历史处境的产物。正如詹姆逊所言，理论总是来自特定的处境或境遇，"知识分子是附着于自己的民族情境的"，"理论来自特定的处境"①。因此，对已经成为历史的既往研究对象，首先应该给予历史的尊重，研究者的理论认识要返回到历史语境中对研究对象作

---

① 詹姆逊、张旭东：《马克思主义与理论的历史性》，见［美］詹姆逊：《晚期资本主义的文化逻辑》，张旭东编，陈清侨等译，生活·读书·新知三联书店1997年版，第24、28页。

出历史的理解和解析，不能逾越了特定历史阶段的具体情势随意分析甚至曲解对象，要从历史的具体性来理解其思想的具体性。比如说，马克思、恩格斯为什么钟情于"莎士比亚化"和现实主义创作，法兰克福学派为什么批判西方现代流行艺术和大众文化，这些都只有回到当时的历史语境，才能给予合理的解释，不回到历史语境，对其中所传达出的情感态度、思想内涵和价值取向则无从把握和理解。其次，研究主体的理论认识也不能仅仅停留在对象的历史的具体性和思想具体性上，还要从大历史的角度，从马克思主义文艺理论历史形态的整体发展中，从与其他研究对象的比较中，来分析对象的特殊理论贡献、评价其应有的历史地位。在马克思主义文艺理论发展史上，有的人如马克思、恩格斯、列宁、毛泽东等经典理论家处于思想奠基或开创者的位置，有的如拉法格、梅林等则扮演着理论补充与完善者的角色，有的甚至只是一个思想传播者，甚至都不一定是一个合格的、好的传播者，还有的试图将马克思主义的思想与非马克思主义的东西结合起来，如西方当代的许多"西方马克思主义"和"新马克思主义"的文艺理论研究，对他们之间的区别，没有大历史的观念，不加以比较，是难以准确把握的。将某个人的著述孤立起来进行研究，只见单棵的树木不见整片的森林，所抓住的具体性只会是片面的具体性，而不是历史整体性中的具体性，也就不是真正的历史性理论叙事，不具有历史的意义和价值。

接下来再谈理论共识问题。我们在这里所谈的理论共识不是要求不同的人在马克思主义文艺理论历史形态研究的每一个问题上都达成一致,这实际上是不可能实现的。我们所要求的是在宏观认识架构上取得共识。如前所论,历史形态的马克思主义文艺理论都具有历史具体性,它们都是在一定时期、一定国家和民族的历史语境中发生的,包含着各不相同的时间维度、空间维度和价值维度。从这三个维度来看,历史形态的研究在宏观认识架构上展现为如下三组或三个方面的认识关系视域,它们都是在当下的研究中不可回避的。

其一,从时间维度上看,是马克思主义文艺理论的原生形态与衍生形态的关系问题。马克思主义文艺理论在其创始人马克思、恩格斯之后,有着大量的后继者,阶段不同、国别不同、具体的历史语境和思想成分与取向不同,从而使马克思主义文艺理论成为一种复数形态的历史存在。这些后继者是以马克思主义文艺理论的继承者、传播者、捍卫者、完善者、发展者的种种不同身份进入历史的。他们有的以将历史唯物主义的理论原则贯彻到文学艺术领域从而创造一种科学的马克思主义文艺理论为己任,如梅林、普列汉诺夫等人属于此类;有的侧重从社会主义革命、政治斗争的角度创建马克思主义的政治诗学,如列宁、毛泽东等人即是如此;有的着重对资本主义的文化艺术现实展开批判,并且对传统马克思主义文艺理论和美学提出质疑,从而创造出所谓的批判理论和批判美学，如法兰克福学派的马尔库塞、阿道尔诺等人即是；还有的从文化观念的建构出发，着重对大众文化、通俗文化和艺术作出新的文化阐释，如以威廉斯为代表的英国文化研究学派；如此等等。如何在梳理、展现、承认马克思恩格斯的后继承者们也就是马克思主义文艺理论的衍生形态多样性、多元化的前提下，梳理、寻觅、概括、考辨其共同的马克思主义家族渊源和思想性质，是一个很大的难题，但又是一项必须做的工作。这其中，特别是在如何看待历时长久、人员众多、成分复杂、内容不一的"西方马克思主义"文艺理论问题上，需要依据实事求是的原则，做出认真的区分与辩证，简单化的"西马即马"或"西马非马"论都难以反映历史的真实。

其二，从空间维度上看，是马克思主义文艺理论的本土性、民族性与世界性、全球性的关系问题。整体上讲，马克思主义文艺理论产生在一个全球化日益加速的时代潮流之中。各个时期、各个国家的马克思主义文艺理论创造首先都是依托自己的国家和民族生活语境而发生和发展的，但是另一方面，伴随着全球化时代国家和民族关系的更为密切的互动和融会，有些理论一经产生便具有了跨越国界、超越历史具体性的普遍性影响。这一点，在中国马克思主义文艺理论的发展中表现得特别鲜明。从思想源头上讲，中国的马克思主义文艺理论是由国外传播过来的，但是另一方面，它又在与中国革命历史、社会现实、文化发展和文艺实践的结合中逐渐地本土化、中国化、民族化了。如何看待和认识马克思主义文艺理论的本土性和世界性的关系也是一个很重要的理论认识问题。一般而言，本土性是马克思主义文艺理论对自身所在国家和民族发生影响的前提，同时人类在全球化时代所面临的生存境遇、在世感受以至喜怒哀乐又是有一致或相同之处的，因此对本土文艺具有效力的思想理论创造，也会对其他地域、民族和国度的人们产生吸引力和影响。因此，绝不能把本土性和世界性二者对立起来，不能因为某种理论和思想生成语境的空间具体性而否认其可能具有的跨文化、跨民族、跨地域、跨国度的影响和理论普遍性。

其三，从价值维度上看，是马克思主义文艺理论的历史价值与历史局限性的关系问题。这里，所谓马克思主义文艺理论的历史价值是指各种历史形态的马克思主义文艺理论都包含着其理论价值的历史性，因而对既往的各种马克思主义文艺理论都应该以历史的眼光考量其理论价值。分别而论，有的理论价值大一些有的小一些，有的单一一些有的多样一些，有的在一个较少的时空范围内有其价值，有的在一个更大时空范围内有其价值，情况各不相同，需要谨慎地中肯地加以评判。同时，正因为其历史具体性，各种理论往往又都是具有历史局限性的。马克思恩格斯的时代正是现实主义大行其道的时候，用它们对现实主义的评论去衡量19世纪末期以后发生的现代派文艺现象就未必合适，法兰克福学派的大众文化批判在欧美资本主义国家是有价值的，但不加改造地用之于中国当代大众文化和艺术现象的研究也可能水土不服，失去理论针对性。此外如列宁所提出的文学的党性原则、毛泽东关于文艺批评标准中政治标准第一的论段、列宁和卢卡契等人对于现代派艺术的不屑与否定等等，都应既看到其历史上曾经具有的理论价值和功能，又要看到一旦超出历史限定而可能具有的负面作用。总之，马克思主义的基本理论观点和方法是具有历史普遍性的，而对各个不同阶段上富有具体历史内容的理论观点和思想，对其理论价值和历史局限性则要理性分析、辩证看待。只有这样，才能在马克思主义文艺理论历史形态的研究中既不失历史把握之真实，又不失历史评判之公允。

三

就当代马克思主义文艺理论研究来说，仅仅开展历史形态的研究是远远不够的。这首先是因为，历史形态的研究开展得越是全面越是细致，作为复数形式的"马克思主义文艺理论"其内在差异、多样态势就会展露得更加突出，相应地也就会在对马克思主义文艺理论的把握上造成更大的模糊与困难。比如说，经典马克思主义一般都是从历史唯物主义关于经济基础与上层建筑的比喻性结构关系出发阐述文艺的社会性质和作用，而法兰克福学派中的马尔库塞则在其《美学方面》里对此理论架构提出质疑；传统马克思主义侧重社会的经济、政治问题，文化和艺术问题则是其经济和政治理论思考的延伸，而西方马克思主义和新马克思主义则将文化、艺术和美学问题提到理论研究的首要位置①，而且在内容（社会经济、政治）与形式（文化、艺术）的关系上也不是像传统马克思主义文论和美学那样从前者到后者，而是从后者透视前者②，从而存在着将历史文本化与将文本历史化的理论阐释差异；在文化领域，有的重视文化的意识形态性质，有的则将优秀的艺术定位于非意识形态化或反抗意识形态控制方面，有的批判大众文化，有的则维护大众文化的存在合理性，甚至给予大众文化以一定的革命性质；具体到文艺领域，有的将现实主义奉为圭臬，有的则为被前者视为颓废主义、形式主义的现代主义艺术张目；如此等等，哪些理论和思想是马克思主义的，哪些理论和思想又不是马克思主义的，把握起来委实有很大困难。如果我们对经典马克思主义文艺理论之外的东西知道得很少，对马克思主义文艺理论的思想观点可能很易于加以理论表述，但是知道的越多，研究的越多，倒反而不大容易对此加以表述了。所以，随着马克思主义文艺理论历史形态研究的持续和深入，理论把握的明晰性本身就需要或者说会推动我们超越历史形态研究的多样散漫状态，要求理论研究在概括与综合的基础上进入到理论形态建构的境界。

这里，还有另外一种情况，就是马克思主义文艺理论的

---

① 参见［英］佩里·安德森：《西方马克思主义探讨》，高铦等译，人民出版社 1981 年出版。
② 参见［美］詹姆逊：《晚期资本主义的文化逻辑》，张旭东编，陈清侨等译，生活·读书·新知三联书店 1997 年版。

实践应用和检验问题。如前所述，在马克思主义文艺理论的历史发展中，尤其是在建成社会主义的国家里，要以马克思主义文艺理论作为文艺创作、文艺批评和文艺理论研究的思想指导，这在客观上就需要一些马克思主义文艺理论读本和教材的编著与写作，也就是要求马克思主义文论理论形态的建构。因此，这样的理论建构有两大目的：一是在对马克思主义文艺理论历史形态的研究基础上，对历史形态里的各种思想理论去芜存菁、删繁就简，在马克思主义的世界观与方法论指导下进行马克思主义文艺理论观点的系统性的理论概括与体系建构，使作为复数形式存在的马克思主义文艺理论提炼、升华为单数形式的马克思主义文艺理论；二是以这种理论建构武装当代文艺参与者的头脑，回应、指导、解决当代文艺进程中的新情况、新矛盾、新问题，以求得当代文艺的健康发展与繁荣进步，同时又在应对、解决时代发展和问题的进程中检验自身的理论合理性与真理性，在时代检验中不断修正和完善自身。所以，马克思主义文论理论形态的建构不是可有可无的，而是必不可少的，它是理论明晰性要求或者说理论逻辑自身发展的必然，也是马克思主义文艺理论实践性质的客观诉求。

当代马克思主义文论理论形态的建设涉及诸多方面的重要理论问题，这里不能一一展开。择要言之，如下三个问题涉及当代理论形态建构的全局性与整体性格局与取向，应予特别重视和关注。

其一，是马克思主义文论当代理论形态的建构原则问题。在当今世界文坛上，充斥着各色各样的文艺理论和美学思想系统，就是在中国当下的文艺理论研究领域，也还存在着各种不能称之为马克思主义的文论研究。要确保当代理论形态建构的"马克思主义"属性，首先需要具有马克思主义的理论文脉、思想渊源，特别是具有经典马克思主义文论的思想指导与观念依据，从非马克思主义的思想根末上开不出马克思主义的理论花朵。中国当代马克思主义文艺理论中的一些主要理论观念和理论关系，如文艺的意识形态性质、文艺的审美特质、文艺的批评标准、文艺的发展规律、文艺与时代生活的关系，文艺与人民的关系、文艺与人的自由与解放的关系等，都是由经典马克思主义文论家率先提出和论述过的，有自己的历史谱系可以追溯。当代理论形态的建构应该清晰而又明确地凸显这一历史谱系，以彰显马克思主义的特有思想属性。其次，这种建构还必须作出新的理论综合。这种理论综合包括两个方面的努力：一是如前所述，要对以复数形式存在的历史形态的马克思主义文艺理论作出系统的思想整合；二是要在马克思主义的基础上充分吸取古代与现当代其他思想理论中有价值的成分，对马克思主义与非马克思主义的东西做出理论综合。再次，这种建构还必须是具有实践效能的，也就是说它必须把当代理论的建构置于当今时代特别是中国当下文艺的发展语境之中，以文艺的新发展新趋向为自己的理论生长点，并且把对于当代文艺实践的有效解析、能动引领作为自己的落脚点。概而言之，经典依据、系统综合、实践效能三位一体，共同构成中国马克思主义文论当代理论形态的建构原则。

其二，是马克思主义文论当代理论形态的建构主体问题。表面上来看，由谁来建构马克思主义文艺理论的当代理论形态好像是没有疑问的问题，那么多学者都在从事这方面的研究工作，不都是建构主体吗？回答却是否定的。在以往的马克思主义文艺理论研究中，有些人离不开经典马克思主义文论的那些个理论命题和批评论断，习惯于注释经典、亦步亦趋；有些人只知道传统文论教科书上讲过的那些东西，满足于人云亦云、照本宣科，等而下之更有人从后来的某些理论家、研究者比如西方马克思主义和新马克思主义的理论家那里拿来某些观点便如获珍宝、拾人牙慧，这种种倾向都不能说是有自己的理论建构主体性的。前面讲过，中国马克思主义文论当代理论形态的建构需要理论综合，这种综合并非简单的罗列与概括，需要结合新的时代语境进行创造性转化和创新性的发展，这就需要理论活动的主体有属于自己的创造性努力。在中国当代，关于马克思主义文论理论形态建构主体的思考还应注意到并处理好领导人讲话与专业研究的关系问题。中国共产党和党的领导人也在从国家发展和民族复兴角度思考并论述当代文艺以及文艺理论与批评的问题，而且就话语的影响度而言，显然比一般的学者更具权威性、号召性和时代影响力，那么这是否意味着仅有领导人的讲话就够了，一切问题就都解决了呢？显然不是。广大的文艺研究工作者不能仅仅满足于做领导人讲话的宣讲员，而是要发挥自己的主体性，对当代马克思主义文艺理论问题作出自己独特的具有学理性质的思考与阐发，以使领导人的思想与理论研究者的思想同构共建，交相融聚，共同构成中国马克思主义文论理论形态建构的思想潮流。只有这样，中国当代马克思主义文论理论形态的建构才能够进入百花齐放、百家争鸣的局面，取得理论创新、思想取新的新境界、新成果。

其三，是马克思主义文论当代理论形态建构的历史化、经典化问题。从时间维度上来看，当今时代理论形态的建构，也将成为历史形态的存在。就像此前作为历史形态而存在的某些马克思主义文艺理论一样，虽然它们在其发生的具体历史时期可能都有过某种社会效应，但未必都能适应当今文艺发展的需要，不一定能被综合进当今的理论形态建构一样，当今时代的理论形态建构也未必能成为未来理论形态建构的思想资料，进入后人的思想整合与理论综合之中。因此，当代理论形态的建构不能满足于自己的当下性、历史具体性，还要在进入历史的同时力求理论的经典化。这就要求当代理论形态的建构必须具有介入实践的主动意识，有思想创新的理论自觉，有面向未来的主体追求，从而能够提供新的文艺经验、提出新的理论观念、构建新的话语体系、创造新的思想境界。也只有如此，当代理论形态的建构才能成为未来理论形态体系化理论综合与思想建构不可或缺的思想材料，成为后来理论研究必须面对并且能够从中吸取理论内容与思想智慧的理论经典。新世纪以来，在经历了几十年改革开放的发展之后，当代文艺界已不断提出当代文艺创作的经典化问题，同样，当代马克思主义文论理论形态建构的经典化问题也是一个不能忽视的时代课题。具有了经典意识，中国当代马克思主义文论理论形态的建构就为自己树立起了一个高标，这一高标将使之既牢牢植根于时代沃土之中，经受得住时代的检验，又能穿越时代，经受得住未来历史的筛选，在马克思主义文艺理论的发展史上留下浓墨重彩的理论华章。

［本文为教育部人文社会科学重点研究基地重大项目"马克思主义文艺理论与中国当代文艺价值观建设研究"（项目批准号：17JJD720011）的阶段性成果。］

［作者简介：谭好哲，山东大学文艺美学研究中心教授。
本文原发《山东社会科学》2018 年第 1 期，
中国人民大学书报资料中心《文艺理论》
2018 年第 6 期全文复印，
《新华文摘》2018 年第 15 期主体转载。］

变异学视域下的西方之中国形象

姜智芹

对于西方的中国形象，学界已有很多研究成果，这些研究基本上都是借助比较文学形象学、文学传播学等理论展开。本文运用文学变异学理论重新审视异国形象塑造问题，探讨异国形象的变异学内质，剖析西方之中国形象变异的复杂样态，考察中国形象在西方人眼中变异的动因、机制、过程和影响，展现西方之中国形象的实质，谋求塑造良好的国家形象。

一、文学变异学理论与异国形象研究

文学变异学理论是曹顺庆先生于 2005 年首次提出，并在翌年发表的《比较文学学科中的文学变异学研究》一文中进行了详细阐释，认为比较文学变异学"通过研究不同国家之间的文学现象交流的变异状态……探究文学现象差异与变异的内在规律性所在"①，并从四个方面辨析了文学变异学的研究范畴，即翻译学或译介学研究中语言层面上的变异、形象学研究中民族国家形象的变异、文学接受研究中文本的变异，以及因文化模子不同而产生的文化变异。这四个方面建构起比较文学变异学的理论体系，在国内引起了很大反响。2014年，曹顺庆先生的英文专著 *The Variation Theory of Comparative Literature* 由国际知名出版社 Springer 在伦敦、纽约、海德堡同时出版，受到国际学界的广泛关注，欧美国家著名学者多明哥（Cesar Dominguez）、苏源熙（Haun Saussy）等给予高度评价。变异学理论的提出意义重大，它开辟了比较文学的新空间，为国际比较文学的发展提供了新方向。

从变异学的研究范围来看，异国异族形象是其中一个重要的研究领域，这是因为异国形象在本质上与变异学有着天然的亲缘关系。所谓异国形象是指一国文学中对异国的塑造和描述，是"存在于作品中相关的主观感情、思想意识和客观物象的总和"②。它研究一国形象在他国的文学流变，即"它是如何被想象、被塑造、被流传的，分析异国形象产生的深层社会文化背景，并找出折射在他者身上的自我形象"③。

---

① 曹顺庆、李卫涛：《比较文学学科中的文学变异学研究》，《复旦学报》（社会科学版）2006 年第 1 期。
② 姜智芹：《文学想象与文化利用——英国文学中的中国形象》，中国社会科学出版社 2005 年版，第 12 页。
③ 姜智芹：《文学想象与文化利用——英国文学中的中国形象》，中国社会科学出版社 2005 年版，第 10 页。

研究比较文学形象学意义上的异国形象不是要考察形象的真伪程度，而是将其作为社会集体想象物的一部分来研究。法国比较文学形象学研究者达尼埃尔－亨利·巴柔曾说："形象学所研究的绝不是形象真伪的程度"，"言说者、注视者社会与被注视者社会间的这种关系主要具有反思性、理想性，而较少具有确实性"①。萨义德在《东方学》一书中也指出：西方在不同时期有关东方的著作中所呈现出来的东方，并不是历史上客观存在的真实东方的再现，而是西方人的文化构想物，是西方为了确证自我而建构起来的他者。想象性、较少确实性、不强调真伪程度、文化构想物都说明比较文学中的异国形象与真实的异国形象之间存在着很大差异，而变异学正是着眼于"异"的理论，是差异性、求异性将变异学和异国形象关联起来，赋予异国形象研究以新的维度。

比较文学中的异国形象是一种偏离了客观现实的变异形象，具体到历史上西方对中国形象的塑造，表现为乌托邦化和意识形态化的两极呈现。一般来说，形象塑造者按照其本社会的模式、使用本社会的话语所塑造的异国形象，是意识形态化的形象；而用离心的、反形象塑造者社会模式及异于其社会话语的语言，塑造的异国形象则是乌托邦化的形象。意识形态化的异国形象旨在维护和保存本国的现实秩序，乌

---

① ［法］达尼埃尔－亨利·巴柔：《形象》，见孟华主编：《比较文学形象学》，北京大学出版社 2001 年版，第 156—157 页。

托邦化的异国形象是质疑本国现存秩序的，体现出质疑自我、构建社会的功能。13—18世纪，西方的中国形象是乌托邦化的，中国成为欧洲的理想国，"中国热"席卷整个欧洲。而到了19世纪，西方的中国形象发生大逆转，一股蔑视中国之风遍及欧美。不管是乌托邦化还是意识形态化的中国形象，都是一种变异的形象，而变异有程度上的深浅之别。西方之中国形象的深度变异，表现为定型化、类型化的中国形象，而曹顺庆先生拓展变异学研究的"他国化"思想，可以用来解释西方对中国形象的深度变异。文学层面的"他国化"是指"异国文学在传播到他国后，经过文化过滤、译介、接受之后发生的一种更为深层次的变异，这种变异主要体现在传播国文学本身的文化规则和文学话语已经在根本上被他国——接受国所同化，从而成为他国文学和文化的一部分"①。将这一理念运用到西方对中国形象的塑造上，则是一种西方化的中国形象，即西方根据自己的欲望和需求制造出来的中国形象，具体表现为西方关于中国的一系列套话，如"哲人王""异教徒中国佬""傅满洲""陈查理"等。这些套话不管是正面的还是负面的，一旦形成便会融入塑造者的集体无意识深处，潜移默化地影响着该民族对异国的看法。并且，套话具有持久性和多语境性，"它可能会长时间处于休眠状态，但一经触

---

① 曹顺庆主编：《比较文学课程》，高等教育出版社2006年版，第147页。

动就会被唤醒，并释放出新的能量"①。因而，这种被"他国化"的套话，长久地影响着西方对中国的认识和想象。

二、西方之中国形象变异的复杂样态

从西方对中国有实际认知的 13 世纪中叶到 21 世纪的今天，中国在西方人的视野中波诡云谲，呈现出复杂的变异样态，正向变异、负向变异、杂色变异纷繁其间。

13—18 世纪以及 20 世纪初，西方的中国形象呈现出一种正向的变异，塑造了大汗的大陆、大中华帝国、孔教理想国②、道家中国等形象，从器物、制度到思想、哲学，层层深入，表现出对中国物质繁荣、制度先进、君主开明、富于生存智慧的赞叹和仰慕。

1250 年前后，意大利人柏朗嘉宾、法国人卢布鲁克先后来到蒙古，并在他们的行记中介绍了当时的中国，最先以亲历者的身份将中国形象带入中世纪晚期的西方，开启了两个世纪间对"大汗的大陆"的传奇描写。后来英国人 G. F. 赫德逊在《欧洲与中国》中写道："当时大多数欧洲旅行家既前往中国，也到过波斯和印度，但他们把最高级的描绘留给了

---

① 姜智芹：《欲望化他者：西方文学中的中国形象》，《国外文学》，2004 年第 1 期。

② 参见周宁：《天朝遥远：西方的中国形象研究》（上）"前言"，北京大学出版社 2006 年版，第 9 页。

中国。"① 西方塑造的乌托邦化中国形象"大汗的大陆"集中体现在《马可·波罗游记》《曼德维尔游记》《鄂多利克东游录》当中，三部游记极力渲染中国的财富和君权，虽不乏异想天开的想象和虚构，但"游记"这一形式给人以真实感，亦真亦幻的大汗之国给陷于苦难与黑暗中的中世纪欧洲人提供了一个世俗天堂，一度成为他们渡过苦难的福音。

如果说"大汗的大陆"强调的是中国物质上的繁荣，"大中华帝国"则建构起一个制度完美的中国。1585 年，西班牙传教士门多萨的《中华大帝国史》在罗马出版，称赞"这个强大的王国是世界上迄今为止已知的统治最为完善的国家"②，为此后两个世纪里欧洲的"中国热"提供了一个理想化的起点。门多萨从有关中国的资料中发现了中国统治制度与教育之间的关系，因为只有饱学之士通过相应的考试才能成为政府官员。这种考试选拔人才的制度意味着一种平等、健康的竞争机制，令 16 世纪末实行世袭制、强调等级的西方社会大为惊奇，并在此后一个多世纪里大力借鉴中国的文官考试制度。门多萨的《中华大帝国史》向西方人提供了一个制度完美的中国形象，在他们看来，那个遥远的国度行政廉洁，司法公平，和平安宁，道德清明，各项制度运转良好，

---

① ［英］赫德逊：《欧洲与中国》，王遵仲等译，中华书局 1995 年版，第 135 页。
② 见周宁：《天朝遥远：西方的中国形象研究》（上），北京大学出版社 2006 年版，第 54—55 页。

而全然没有意识到当时的中国也有吏治黑暗、科举弊端。

孔教理想国出现在 17—18 世纪，也即启蒙时期的欧洲。1667 年，德国传教士基歇尔的《中国图志》问世，拉开了西方人眼中孔教理想国的序幕。孔教理想国或曰孔夫子的中国侧重文化层面，是一种思想性的理想化中国形象，体现出信仰自由、君主开明、文明教化的内含。参与塑造孔教理想国的还有柏应理、殷铎泽等人的《孔夫子：中国哲学家》(1687)、莱布尼兹的《中国近事》(1697)、沃尔夫的《关于中国人道德哲学的演讲》(1721) 和《哲人王与哲人政治》(1728) 等。《孔夫子：中国哲学家》首次将孔子的思想当作中华帝国文明的基础，向西方人进行全面介绍，认为孔子主张的理性原则、道德秩序铸就了宽容、明达、淳朴的文化传统，训导出一个理性、智慧、仁爱的民族。莱布尼兹在《中国近事》中希望"用一盏灯点燃另一盏灯"[①]，在相隔遥远的民族之间建立一种相互交流的新型关系。沃尔夫在演讲中试图为优越的中华文明寻找哲学基础，认为儒家思想塑造了开明君主，孕育出世界上最优秀的政体："在政治艺术上，中国超越了从古至今所有其他国家。"[②] 西方人在柏拉图的"哲人治国"视野中营造孔教理想国形象，将西方幻想了两千年的

---

① ［德］G. G. 莱布尼兹：《中国近事》，杨保筠译，大象出版社 2005 年版，第 2 页。

② C. F. von Wolff. *The Real Happiness of A People Under A Philosophical King*. London：Printed for M. Cooper, at the Globe, 1750, p. 1.

乌托邦渡入了现代历史。

西方乌托邦化的中国形象在 19 世纪出现断裂，昔日的仰慕变成了蔑视，文明变成了野蛮，进步变成了停滞。整个 19 世纪，西方的中国形象沉入一片黑暗。到了 20 世纪初期，西方的中国形象重又回暖，这是因为世界大战打破了人们对西方文明的幻想，欧洲的自信心受到沉重打击。许多富于忧患意识的西方文化人开始自我反思，其中一些人把目光投向东方的中国，希望从中国文化里面寻找拯救欧洲危机的曙光。20 世纪西方新一轮的"中国热"与 18 世纪相比有显著不同：18 世纪西方人推崇儒家思想，学习中国治理国家的成功经验和理性主义；20 世纪西方人看重的是道家智慧，寻觅中国人快乐达观的人生态度。英国哲学家罗素带着对西方工业文明的失望，飘洋过海来到中国，意欲探寻一种新的希望。中国人对生活的享受，对自然美的感受，是罗素欣赏中华文明的重要理由。他从自己的观察和亲身体验中感受到："中国人，所有阶级的中国人，比我所知道的其他任何人种更爱逗乐，他们从世间万物中都能找到欢乐，一句笑话就能化干戈为玉帛。"[1] 中国人的这种乐生与道家思想的影响有关，道家讲究知足常乐，师法自然。相对于儒家，罗素更欣赏道家，儒家的繁文缛节令他厌倦，而老庄的一切遵循自然，悠然、宁静

---

① Bertrand Russell. *The Problem of China*. London：George Allen & Unwin ltd, 1922, p. 200.

和恬适的生活方式是他所追寻和欣赏的，他认为天性的幸福或生活的快乐是西方人在工业革命和生活重压下失去的最重要、最宝贵的东西，而在中国还可以感受到。当然，20世纪初期西方人对道家中国的追寻同样是变异的形象，中国无法独立于现代化浪潮之外，中国百姓的安贫乐道也在受到追名逐利的时代大潮浸染。

西方的中国形象除了正向的乌托邦化变异之外，还有负向的意识形态化变异，这主要表现为19世纪整个西方世界对中国的丑化与歪曲。作为西方进步、自由、文明的对立面，中国被塑造成停滞、专制、野蛮的帝国。在西方历史上中国形象的负向转型中，英国访华使团起到了决定性作用。1792年，英王乔治三世为了进一步发展对华贸易，派遣马戛尔尼使团访华，觐见当时的乾隆皇帝，希望建立贸易关系，结果因拒绝行叩首礼无功而返，没有达到政治外交、经济贸易的预期目的。马戛尔尼使团回国后，将一个政治上专制、历史上停滞、道德上堕落、精神上愚昧的中国形象，以见闻实录的形式展现在西方人面前："中华帝国是一个专制的帝国……中国的历史从本质上看仍是非历史的：它翻来覆去只是一个雄伟的废墟而已——任何进步在那里都无法实现。"① 天朝帝

---

① Alain Peyrefitte. *The Collision of Two Civilizations*: *The British Expedition to China in 1792—4*, Translated from the French by Jon Rothschild. London: Harvill, 1993, p. 490.

国的臣民处在"最卑鄙的暴政之下，活在怕挨板子的恐惧之中"①。曾经文明的中华帝国由于历史的停滞已经堕落成半野蛮的国家，不仅百姓"像俄国人一样野蛮"，上层人士也沾染上"野蛮人的……恶习……欺诈……撒谎……背信弃义、贪得无厌、自私、怀恨和怯懦"。②

停滞的中华帝国并不是中国的事实，而是西方为了确立自身进步的观念，虚构或发明出来的。历史的事实是：中华文明尽管此时发展相对缓慢，但从来没有停滞过。就在西方大谈中国停滞的时候，中国也在发展，经济增长，人口增多，教育水平提高，只是相对于西方发展缓慢，但并没有停滞，停滞是西方的中国形象，并不是中国的真实情形。同样，专制、野蛮亦非中国的事实，而是西方刻意凸显中国的阴暗面，有意遮蔽中国光明的一面而塑造的偏见中国形象。

新中国成立以后，西方通过译介、研究中国当代文学作品，塑造了杂色的变异中国形象。"十七年文学"时期，西方关注新中国文学中所谓的"异端"文学，塑造的是敌视性中国形象。"文革"时期，西方加大了对中国当代文学中"正统"作品的译介，扭转了"十七年文学"时期塑造的敌视性中国形象，整体上塑造出一个乌托邦化或曰美好新世界的中

---

① John Barrow. *Travels in China*, London：T. Cadell & W. Davies, 1806, p. 160.

② J. L. Cranmer-Byng. *An Embassy to China：Lord Macartney's Journal 1793－1794*. London：Longmans, 1962, pp. 221－225.

国形象。而新时期以降四十年的当代文学对外传播塑造了丰富多彩的中国形象。西方世界通过译介《乔厂长上任记》《沉重的翅膀》《浮躁》等描写中国改革的文学作品，塑造了"改革中国形象"；通过译介池莉、刘震云、方方的新写实小说以及反映当今中国的社会动向和年轻一代生活状况与心理变化的"新生代""八零后"作家的作品，建构起"世俗中国形象"；通过译介"寻根文学"和少数民族的文学，塑造了反映道家文化、儒家文化、民俗文化和少数民族文化的"文化中国形象"；通过译介描写"文革"的作品，塑造出倾向于负面的"文革中国形象"；通过译介卫慧、棉棉、春树、木子美等"七零后""八零后"作家的"身体写作"和轰动性、争议性的作品，塑造了"叛逆青春中国形象"；通过译介在文学叙事层面具有探索试验性质的先锋文学，塑造了"先锋中国形象"。这些形象敌视与赞美并存，误解与理解相伴，想象与真实杂糅。法国比较文学学者巴柔在谈到异国形象时认为形象塑造者对他者所持的态度或象征模式基本上有三种，即狂热、憎恶和亲善。^①用这一观点来判断当代文学对外传播中的他塑形象，基本上也可以分为三种，即善意言说、异样表达和基本符合。^②具体到上文归纳的八类西方之中国形象，善意言

---

① ［法］达尼埃尔－亨利·巴柔：《形象》，见孟华主编：《比较文学形象学》，北京大学出版社 2001 年版，第 175—176 页。
② 黄瑜、徐放鸣：《〈超级中国〉：中国形象的"他者"构建》，《当代电视》2015 年第 5 期。

说的有"美好新世界中国形象""文化中国形象""改革中国形象";异样表达的有"敌视性中国形象""文革中国形象""叛逆青春中国形象";基本符合的有"世俗中国形象""先锋中国形象"。历史上西方的中国形象,不管是正向的变异还是负向的变异,对于中国当代文学的对外译介都起着潜移默化的作用:"原有的中国形象在一定程度上决定了西方译者对当代文学作品的选择,以及西方读者对翻译过去的当代文学作品的接受,并成为构建新一轮中国形象的重要思想资源,而新一轮的中国形象所呈现的风貌又给原有的中国形象以冲击、调整,进而实现某种程度的更新重塑。"[1] 因而,我们对于西方变异的中国形象应采取区别对待的态度,发挥乌托邦化变异对于中国国家形象建构的积极作用,抑制意识形态化变异所产生的负面效应。

三、西方之中国形象的变异动因和机制

异国形象变异的原因不一而足,塑造国的民族性格、民族心理、时代需求以及塑造国民众在不同历史时期对异国的集体想象等,都会对异国形象的变异产生影响。在这一系列因素中,形象塑造者自身的需求即主体欲望的投射,起着决定性作用。接受美学给传统的形象学研究带来了重大变革,

---

① 姜智芹:《当代文学对外传播对于中国形象的延续和重塑》,《山东师范大学学报》(人文社会科学版) 2017 年第 1 期。

使得形象学研究由关注异国形象的真实与否转向形象塑造者一方，探讨塑造者是如何接受和塑造他者形象的，同时透视折射在他国形象上的自我欲望和需求。巴柔认为，异国形象有言说"他者"和言说"自我"的双重功能："'我'注视他者，而他者形象也传递了'我'这个注视者、言说者、书写者的某种形象。"① 一种文化对另一种文化的知识和想象，经常是该文化自身结构本质的投射和反映，它意味着该文化自身的本质与现实之间出现了断裂，于是就以想象的形式投射到异域文化中去，这种异域形象实际上是渗透着自身内在本质的形象。从辩证的角度讲，任何一种异国形象都既在一定程度上反映了本民族对异族的了解和认识，同时又折射出本民族的欲望、需求和心理结构。

　　"大汗的大陆"形象中对中国财富和君权的渲染表达了中世纪晚期欧洲人发展资本主义的要求，因为当时的欧洲要发展资本主义，就要鼓励人们发财致富，而中世纪主宰西方国家的基督教蔑视财富。中国这个富庶的世俗天堂契合了欧洲人追求物质财富和世俗享乐的需求和渴望，成为他们反对神权、超越自身基督教文化困境的一方视野，在这种中国形象中，欧洲人通过置换实现自己文化中被压抑的潜意识渴望。因而，表面上他们是在谈论他者民族和异国土地，实质上反

---

　　① ［法］达尼埃尔－亨利·巴柔：《形象》，见孟华主编：《比较文学形象学》，北京大学出版社 2001 年版，第 157 页。

映了他们内心深处被基督教文化所压抑的世俗欲望。

"大中华帝国"出现在贫困混乱、动荡不安而又充满生机的欧洲文化中，是欧洲人在社会制度变革的期待视野中塑造的变异中国形象。社会制度完善的中华帝国为欧洲国家提供了一面自鉴的镜子，他们以此为尺度批判自身社会。文艺复兴时期的法国学者约瑟夫·斯卡利杰在读完《中华大帝国史》后说道："这一令人赞叹不已的帝国……它谴责我们的行为……其法制如此有度以至于使基督教感到羞耻。"① 对于欧洲人来说，疆土辽阔、物产丰富、行政高效、制度优越的中华大帝国不仅具有自我批判与超越意义，也隐喻地表达了西方现代性自我的价值追求：追求知识和理性精神，通过教育建立和谐的社会秩序，确立民主与进步的观念。同时，欧洲人借助这个具有某种乌托邦向度的他者空间，在想象中将中华帝国的制度移植到本土。

"孔教理想国"强调的是中国形象的思想启蒙意义。在启蒙时期的欧洲人看来，孔子的思想孕育了一种异教美德，这种美德成就了世界上最优秀的文明，中国的皇帝用知识、爱而不是暴力去治理他的国家和人民。"孔教理想国"被赋予政治开明、宗教宽容、道德高尚的内含，欧洲哲学家利用这一形象来推翻神坛，挑战王权。欧洲的政客、哲学家、出版商或许谁也不关心中国的

---

① ［法］安田朴、谢和耐等：《明清间入华耶稣会士和中西文化交流》，耿昇译，巴蜀书社1993年版，第163页。

真实情形，只关心中国被描述成什么样子。西方根据自身的政治焦虑和期待视野来构筑中国形象，"孔教理想国"并非完全取决于中国的现实，它映照出的是西方的文化心理和历史现实。

19世纪西方所构筑的"停滞的中华帝国""专制的中华帝国""野蛮的中华帝国"，是西方人在进步与停滞、自由与专制、文明与野蛮的二元对立思维中构建出来的中国形象。西方现代性的主导价值是进步、自由与文明，为了达成对现代性自我的确认，西方人需要一个停滞、专制、野蛮的中国形象。中国事实上是否如此并不重要，重要的是西方需要这样一个与其相对立的他者，因而就发明出这样一个中国形象，满足他们欲望化的想象。从精神分析学的角度来看，异国这一他者是作为形象塑造者的欲望对象而存在的，形象塑造者把自我的欲望投射到他者身上，通过他者这一欲望对象来进行欲望实践。形象塑造者把他者当作一个舞台或场所，在其间确认自我，展示自我的隐秘渴望，表达自我的梦想、迷恋和追求，叙说自我的焦虑、恐惧与敌意。英国学者雷蒙·道森在《中国变色龙》一书中较为系统地分析了中国形象在欧洲的变迁，认为欧洲人的中国观在某些时期发生了天翻地覆的变化，但"这些变化与其说是反映了中国社会的变迁，不如说更多地反映了欧洲知识史的进展"[①]。因此，构成他那本书的历史是观察者的历史，而不

---

① ［英］雷蒙·道森：《中国变色龙》，常绍民、明毅译，时事出版社、海南出版社1999年版，第16页。

是观察对象的历史。那条变色龙是欧洲的欲望化想象，而不是中国的现实情形。

同样，新中国成立以来西方在译介当代文学作品中所塑造的倾向不同、形态各异的中国形象也是基于其自身的立场、需求和欲望。比如"敌视性中国形象"是鉴于资本主义阵营和社会主义阵营之间的冷战与对峙，西方在译介时通过定向选择，建构起负面的中国形象，作为强调自身制度优越的对立面。西方国家对改革文学表现出热情的原因之一，是因为他们误以为中国的市场经济是在偏离传统的社会主义道路，向资本主义制度靠拢，实际上改革开放政策仍是坚定不移地走社会主义道路。而西方通过选择性地译介反映"文革"的作品所建构的漠视人权、践踏尊严、压制自由的"文革中国形象"一定程度上是出于西方政治、军事上对中国的歪曲宣传和压制、打击的需要，因为"伤痕文学""反思文学"的主导倾向是对这段惨痛的历史进行理性反思，避免重蹈历史的覆辙，向世界展示一个敢于直面苦难、勇于否定自我、走出绝望再出发的中国形象。因此，是西方自身的需要、误解和欲望扭曲、变异了中国形象。

四、营造"和而不同"的积极中国形象

在详细归纳、剖析了西方之中国形象的变异样态及变异的原因与机制之后，我们不禁要问：中国希望在世界上塑造什么样的形象？是单一的还是多色的？是理想化的还是现实

性的？我想答案之一应该是"和而不同"的积极中国形象。

曹顺庆先生指出："变异学继承了中国古代'和而不同'经典文化交往思想。"①"和而不同"强调事物的多样性、差异性，刘勰在《文心雕龙·声律》中说："异音相从谓之和"②，"和"指事物多元统一的整体性。将变异学意义上"和而不同"的思想应用到西方之中国形象上，其关键之处在于"和"，即塑造多样性、多维化但积极正向的"和"的中国形象。

西方视野中的中国形象是十分驳杂的，在不同历史时期呈现出不同的样态，仅在新中国成立以来通过译介当代文学作品，就塑造了"美好新世界""文化中国""改革中国""文革中国""世俗中国"等不同类型的中国形象。而与此同时，我国政府通过英法文版《中国文学》杂志、"熊猫丛书"和新世纪以来的"中国图书对外推广计划""中国当代文学百部精品对外译介工程""经典中国国际出版工程""中国文学海外传播工程""中外图书互译计划""丝路书香出版工程"等八大工程，在当代文学的自我传播中塑造了"军人英雄""时代农民""诗人领袖""产业工人""知识女性""文革反思""市井生活"等多样化的形象。从中可以看出，域外、国内对中国形象的认识和评价存在着很大反差：西方"他者"通过自主地选择、译介、接受中国当代文学，有意识地建构一个符

---

① 曹顺庆、李泉：《比较文学变异学学科理论体系的新建构》，《思想战线》2016 年第 4 期。
② 范文澜：《文心雕龙注》，人民文学出版社 1958 年版，第 553 页。

合其意识形态及认知理解定势的中国形象。而我国政府通过文学的向外传播，旨在建构一个改革开放、发展进步、和谐文明、自信、负责任的大国形象。

怎样缩小域外、国内对中国形象认识的反差，形成自塑、他塑趋于一致的美好中国形象，是营造"和而不同"的正面中国形象关键所在。这就需要利用文学自我传播中的"自塑"形象去修复、调适"他塑"形象。出于对本国利益和对本国现实秩序的维护，西方塑造的中国形象不同程度上对中国意欲塑造的形象形成挑战和损害，对于世界全方位地认识中国形象构成障碍。针对这一状况，可以用良好的、正面的"自塑"形象以柔克刚地渗透到"他塑"形象之中，消解"他塑"形象的负面效应。尽管西方他者译介的文本由于自己人效应，更容易得到外国读者的认可，但文学作品蕴含的普世价值和真诚的情感表达，能够跨越制度、国别、民族这些外在于文学审美的因素，使得我国政府组织输出的一些当代文学作品，走进他们情感和思想的深处，潜移默化地改变他们通过阅读本国译介的中国文学作品所认知的中国。再者，由于西方他者"拿来"的译本和我国政府自主"送去"的译本很多时候没有交汇点，阅读"送去"的文本给西方读者打开了另一方中国视野，虽然不能完全改变他们基于"他塑"形象而形成的对于中国带有偏见的看法，但至少作为一个"反色"或"补充色"，能引发他们的思考，激发他们进一步了解中国的欲望。

总之，变异现象广泛地存在于异国形象塑造之中，消极的变异会给被塑造者在国际上的形象带来不利影响，积极的变异能给被塑造国带来良好的声誉资本。我们要恰当地运用变异的积极因素，秉持"和而不同"的理念，在积极正向的"和"的原则统帅下，向世界展现中国形象的多侧面、多维度、多层次。

［本文系国家社会科学基金项目"当代小说译介与接受中的中国形象建构研究"（项目批准号：16BZW119）的阶段性成果。］

［作者简介：姜智芹，山东师范大学文学院教授，博士生导师。本文原载《中外文化与文论》第 38 辑，2018 年 6 月，CSSCI 辑刊。］

论电子媒介时代文论话语转型

胡友峰

关于电子媒介兴起所导致的文学变异以及文论转型等问题已经引起了学界的广泛关注①，这些研究涉及媒介变革所引发文论转型的方方面面，比如文艺类型的更迭、文学生产方式的转型、文学场域的改变、文本结构方式的变化等。单小曦把由媒介变革所引发的文论转型称为"一种后语言论的文艺理论"②，并初步建构了媒介文艺学的框架。这种判断是基本符合文学发展实际情况的。"语言论转向"是 20 世纪文论的一种基本趋向，"语言"问题是 20 世纪文论关注的一个

① 张法、欧阳友权、单小曦等学者对这一问题有着深入的研究，具体可以参见张法的《走向全球化的文艺理论》，安徽教育出版社 2005 年版；欧阳友权的《数字化语境下文艺转型研究》，中国社会科学出版社 2011 年版；单小曦的《媒介与文学：媒介文艺学引论》，商务印书馆 2015 年版。
② 单小曦：《媒介与文学：媒介文艺学引论》，商务印书馆 2015 年版，第 1 页。

核心问题，语言表征着现实、历史、文化和意识形态，由"语言"为核心构成的现代文艺理论，其经典"理论范式"在艾布拉姆斯的文论四要素中得到了具体展现。在语言论文艺理论范式中，文学文本的语言构成成为文论家理论建构的逻辑起点，在艾氏的文论四要素中，文学作品是四要素的核心，由之，文学作品的"语言"构成方式、文学作品的层次等问题一直是语言论文论需要解决的重点问题。由于电子媒介兴起，文论范式进入"后语言论"时代，在"后语言论"时代，文论在话语建构上与语言论文论也有着不同的范式。"范式"理论是美国科学哲学家托马斯·库恩在 1962 年出版的《科学革命的结构》一书中重点提及的概念，库恩认为：科学的发展是以一种科学共同体的形成为标志，一种新的科学共同体的形成意味着一种思维方式的变革，"每一次革命都迫使科学共同体抛弃一种盛极一时的科学理论，而赞成另一种与之不相容的理论"[1]。相对于科学范式的更迭，人文研究中是否也存在着这种范式的替换呢？库恩认为："取得了一个范式，……，是任何一个科学领域在发展中达到成熟的标志。"[2] 文论范式的改变是由于文论中某些因素位置发生了变化，媒介参与文论

① ［美］托马斯·库恩：《科学革命的结构》，金吾伦等译，北京大学出版社 2003 年版，第 5 页。
② ［美］托马斯·库恩：《科学革命的结构》，金吾伦等译，北京大学出版社 2003 年版，第 10 页。

建构成为电子媒介时代文论话语转型的一个重要因素①，由于语言也是一种媒介，媒介的形式系统在一定程度上覆盖了作品的"语言形式"结构。在电子媒介时代，电子媒介的强势入侵文艺系统已经成为一个不争的事实，文学在文艺家族中的地位逐渐被边缘化，影视、网络文艺等图像艺术占据了文艺场的中心位置，文论话语四"要素""世界—作者—作品—读者"也发生了相应的变化，从而导致文论话语转型。

一、从文学性到媒介性

M. H. 艾布拉姆斯在《镜与灯》第一章中的"一、艺术批评的诸种坐标"一节中谈到"每一个作品总要涉及四个要点，几乎所有力求周密的理论总会对这四个要素加以分辨，使人一目了然。第一个要素是作品，即艺术产品本身。由于作品是人为的产品，所以第二个共同要素便是生产者，即作家。一般认为作品总得有一个直接或间接地导源于现实事物的主题——总会涉及、表现、反映某种客观状态或者与此有关的东西。这第三个要素便可以认为是由人物和行为、思想和情感、物质和事件或者超越感觉的本质所构成，常常用"自然"这个通用词来表示，我们却不防换用一个含义更广的中性词——世界。最后一个要素是欣赏者——即听众、观众、

---

① 在《媒介文艺学对语言论文论的改造》一文中，单小曦将后语言论文艺学称为"媒介论文艺学"，对媒介文艺学对语言论文论的超越与改造进行了深入的分析，提出了建构媒介文艺学的一些基本思路。

读者。作品为他们而写，或至少引起他们的关注。^① 这就是著名的艾布拉姆斯的文学四要素理论。在艾氏看来，文学就是由世界、作者、作品和读者四个要素构成的，这四个要素之间不是彼此孤立的、静止的存在，它们之间是相互依存、相互渗透、相互作用的，围绕着作品这个中心形成一个有机整体。也就是说，文学不是以作品的静态方式而存在的，而是以活动的方式而存在的。在以文学活动为中心的文学要素构成中，作品成为四要素的核心。那么，究竟什么是构成文学作品的核心呢？在语言论的文论体系中，"文学性"是文学作品构成的前提条件。

"文学性"是语言论文艺理论所追求的一个核心问题。自从俄国形式主义者在 20 世纪初叶提出"文学性"这一术语开始，文学性这一概念就成为衡量"文学"与"非文学"的一个基本尺度。罗曼·雅各布森指出："文学学科的对象不是文学，而是'文学性'，也就是说使一部作品成为文学作品的东西。"^② 在罗曼·雅各布森这里，"文学性"是使文学成为文学的东西，这东西究竟包括哪些内容呢？"如果文学科学想要成为一门真正的科学，它就必须把'手段'看作是它唯一的

① ［美］艾布拉姆斯：《镜与灯——浪漫主义文论及批评传统》，郦稚牛等译，北京大学出版社 2004 年版，第 5 页。
② ［俄］罗曼·雅各布森：《现代俄国诗歌》，［法］托多罗夫编选：《俄苏形式主义文论选》，蔡鸿滨译，中国社会科学出版社 1989 年版，第 24 页。

'主角'。"① 这里所说的手段雅各布森认为就是文学的修辞方式，文学在形式、语言、结构等方面的特性，这些特性在一定程度上还包括文学语言的陌生化，文学形式的变异以及文学修辞的各种技巧，归结起来，俄国形式主义者对"文学性"的定义主要表现在对文学"语言性"和"文字性"的探究方面，他们力求将文学研究从 19 世纪末叶经验实证和社会历史语境的包围中突围出来，恢复文学自身的特性。雅各布森认为要想把文学研究变为一种科学研究，就需要将文学的边界区分开来，这既是一种回归文学自身的研究策略，同时又是一种本质主义的思维方式，既然要将文学作为一门单独的科学进行研究，就需要确定文学研究的对象，文学研究的对象既不是文学作品，也不是文学自身，而是使文学成为文学的东西，俄国形式主义者雅各布森就认为是"文学性"，这里的文学性主要是文学的语言性和文字特性。

俄国形式主义之后，英美新批评继续对"文学性"问题展开研究，英美新批评从俄国形式主义者对文学语言形式"文学性"的关注转向了对文学文本所具有的"文学性"的关注。文学文本的构成特征、文学文本组合方式是他们关注的焦点，这样，文学文本的语境构成是英美新批评者研究的首选。新批评的直接开拓者是美国诗人 T. S. 艾略特和英国理

---

① 转引自［英］安纳·杰弗森、戴维·罗比：《西方现代文学理论概述与比较》，陈昭全等译，湖南文艺出版社 1986 年版，第 9 页。

论家 I. A. 瑞恰兹。T. S. 艾略特的非个人化理论，I. A. 瑞恰兹的语境理论开辟了新批评派对文学作品自身进行认真分析的先河。如果 T. S. 艾略特的主要成就在于其诗歌创作，在理论上并没有给新批评带来新的奠基，那么，I. A. 瑞恰兹则为新批评带来了新的理论基础，他试图将现代语义学和心理学的知识带入文学理论之中，他的《文学批评原理》对后来新批评派的文学批评产生了根本性的影响。他的语境理论就是要求在细读文本的基础上将词语的意义置放在大的关联性语境中加以理解。他提出来的"词语—语境"关联的观点，经过后来新批评派的整理和研究而成为新批评派理论的方法论基石。在这之后，瑞恰兹的学生燕卜荪的博士论文《含混七型》将瑞恰兹的语境理论应用于批评实践，认为复杂的意义是诗歌一种强有力的表现手段，而诗歌意义的复杂性就是"含混"，这是新批评学派最早应用该派理论于批评实践的尝试。兰色姆是新批评派一位承上启下的关键人物，他提出对文学文本进行本体论研究的思路，将文学研究建立在文本中心论的基础之上。兰色姆在 1941 年出版《新批评》一书，对艾略特、瑞恰兹等人的理论进行总结和分析，并将他们称为"新批评家"，"新批评"学派由此诞生。该书的最后一节是"征求本体论批评家"，在兰色姆这里，本体论就是文学作品自身，对文学作品的研究本身就是对文学本体的研究。兰色姆的学生退特提出了诗歌的张力学说，沃伦纯诗与非纯诗的区别，布鲁克斯的释义误说、语言悖论、反讽学说、比尔兹利的意图谬见和感受谬见，维姆萨特的象征和隐喻等都是立足于文学作品自身而建构的一种作品中心论的文论观念。在韦勒克、沃伦的《文学理论》中，他们将文学研究分为外部研究和内部研究，但他们认为文学的外部研究并不能真正地将一部文学作品分析得很清楚，而文学的内部研究关注的焦点就在于对文学作品自身的分析，而文学文本就是"语言符号—内在结构—外在价值"的统一体，对文学文本的研究既要注重对文学作品存在方式的研究，又要注重对文学作品中字词的语音（谐音、节奏、格律）研究、修辞（意象、隐喻、象征、神话）研究，文体和文学类型等研究。在他们这里，文学语言具有歧视性、暗示性和象征性，而文学的典型特征则在于文学的虚构性、想象性和情感性，这也是文学内部研究所要求的"文学性"基本内涵。

由此，我们可以看出，俄国形式主义对文学性的研究集中在文学的语言性和文字性上面，到了新批评这里，他们对文学性的研究重点在于对文学作品中的词语的语音、语义、语境等问题的讨论。在对文学作品的分析中，他们注重在大的历史语境、上下文语境中探究具体词语的含义。而到了法国结构主义这里，他们重点关注文本的内在结构要素，文学性随之演变成为对文本深层结构的挖掘和对神话原型的追溯。文学性在结构主义这里，有时候是一种对文本要素的拆分和重组（列维斯特劳斯对《俄狄浦斯神话》的分析），有时候又是一种功能结构（普洛普在《民间故事的形态》中总结民间故事的 31 种母题），有时候是三角结构（罗伯特·史柯尔斯的浪漫小说、历史小说和讽刺小说划分），有时候是一种序列结构（格雷马斯对神话要素的分析）。这种对文本深层结构模式探究的文学性在一定程度上变成一种数学分析模式，这在一定程度上也说明了传统的以语言文字、文学文本为中心的"文学性"研究走向了终结。

以语言为中心的文学作品的"文学性"研究走向终结，并不意味着"文学性"研究已经寿终正寝了。"文学性"向修辞性的扩展引发的"文学性"的蔓延已经引起了学者的关注①，向"媒介性"的扩展则未曾被学界关注。在电子媒介兴起的今天，"媒介性"在一定程度上成为文学研究的焦点问题。米勒在引用德里达的《明信片》一文中就提到"在特定的技术王国中（从这个意义上说，政治影响倒在其次），整个的所谓文学的时代（即使不是全部）将不复存在。哲学、精神分析学都在劫难逃，甚至连情书也不能幸免"②。在电子技术统治的媒介化时代，文学研究的时代将会不复存在。文学研究只存在于印刷技术时代，印刷技术使得"文学"这一概念得以产生，"在西方，文学这个概念不可避免地要与笛卡尔的自我观念、印刷技术、西方式的民主和民族独立国家概念，

---

① 详细可以参考余虹：《文学的终结与文学性的蔓延》，《文艺研究》2002 年第 5 期。

② ［美］希利斯·米勒：《全球化时代文学研究还会继续存在吗?》，《文学评论》2001 年第 1 期。

以及在这些民主框架下言论自由的权利联系在一起。从这个意义上说，'文学'只是最近的事情，开始于 18 世纪末，19 世纪初的西欧"①，而"印刷技术使文学、情书、哲学、精神分析，以及民族国家的概念成为可能。新的电信时代正在产生新形式来取代这一切。这些新的媒体——电影、电视、因特网不只是原封不动地传播意识形态货真价实内容的被动的母体，它们都会以自己的方式打造被'发送'的对象，把其内容改变成媒体特有的表达方式"。② 可以看出，印刷技术使得文学成为可能，而新的电子媒介将会以自己特有的方式打造文学，其文学的表现内容也会是电子媒介所特有的表达方式。"媒介性"在这种特有的表达方式中占据重要的作用。要论及"媒介性"，就要对"媒介"进行考察。何谓"媒介"？罗杰·菲德勒认为："媒介（1）传输信息的工具；（2）一般指新闻机构，如报纸、新闻杂志，广播及电视等新闻部门。"③作为信息传输的工具，媒介经历了口语传播、文字传播和电子信息传播几个阶段，在信息传输的过程中，媒介首先作为物质性的载体而存在，无论是原始的石或者骨、锦帛，还是竹简，作为信息传输的载体，它首先呈现出一种物质性的特

----

① ［美］希利斯·米勒：《全球化时代文学研究还会继续存在吗?》，《文学评论》2001 年第 1 期。

② ［美］希利斯·米勒：《全球化时代文学研究还会继续存在吗?》，《文学评论》2001 年第 1 期。

③ ［美］罗杰·菲德勒：《媒介形态变化——认识新媒介》，明安香译，华夏出版社 2000 年版，第 247 页。

征；其次媒介是一种信息的传输工具，作为工具性而存在；最后，媒介还具有技术性，媒介的每一次变革都是在技术的推动下而前进的，特别是电子媒介，它更是电子技术推动的产物，媒介技术的更新促进了媒介形态的变化，而媒介形态的变化对信息的传输又起着基础性的作用。作为新闻结构，凸显出了媒介的社会作用。作为媒介的新闻机构，在社会中充当着舆论的喉舌，扮演着自己的社会角色，如果说媒介的传输功能意味着媒介的基础功能，而这一基础功能又是由技术革命发动的，那么，媒介的社会功能则促进了媒介对社会的介入，行使着媒介的社会作用，这在一定程度上促成了媒介文化的形成。如果说上述的两个关于媒介的定义是从传播学的角度对媒介的一种界定，那么，在《汉语大词典》中对媒介的定义就具有广义的性质："1. 说合婚姻的人，……2. 使两者发生关系的人或事物"[①]，在汉语语境中，媒介被作为使事物之间发生关系的介质而存在，作为一种关系性的存在，人与人，人与物之间发生关系都需要一定的中介，而这一中介被界定为媒介，这是一种广义的关于媒介的界定。

从上面对媒介的界定中我们可以看出：媒介一方面具有形而上的特质，它是人们相互之间发生关系的介质，同时它又具有传播学的狭义含义：媒介是一种信息传输工具，它具有物质性，它在技术的推动下发生变革。它是一种新

---

① 《汉语大词典》，上海辞书出版社 1989 年版，第 580 页。

闻机构，通过它，可以形成一种媒介文化，对社会心理起到塑形的作用。

落实到文学上，电子媒介在当前的文学活动中也起到了非常重要的作用。电子媒介在文化中的运行方式主要通过信息技术打造的媒介性展现出来，电子媒介的媒介性除了一般媒介所具有的"居间性""工具性"和"物质性"之外，还具有技术性、民主性、虚拟性以及交互性的特征。"媒介即信息"等媒介特性在文学中表现为文学活动的要素通过媒介而形成一个活动场域，媒介性成为文学存在的基础。第一，电子媒介的技术性促成了艺术主导门类发生更迭。如果说语言论文论关注的是以语言艺术为中心的文学，那么，在电子媒介的侵入下，文艺领域发生了扩容，语言文学不再作为艺术的主导类型，而由电子媒介主导的影视艺术，多媒体的网络艺术成为艺术门类的核心。在这些艺术门类中，"语言性"因素逐渐地让位给"媒介性"因素，没有电子技术的支持，这些艺术门类就失去了存在的基础。从上面米勒的分析中可以看出，近代以来文学成为艺术的主导原因在于现代印刷媒介的产生以及相应的民族国家意识的兴起，在其中，民族语言对民族国家的兴起起到了决定性的作用。而电子媒介时代，技术因素让"图像"制作的简易使得图像艺术成为艺术的主导类型，媒介性的因素在"图像"艺术中占据着主导的地位，"电子媒介决定了影视图像的普遍性流通，图像形式对跨文化和全球化起到了不用转译就能辨识的沟通作用"①。以语言为主导的文学艺术在民族国家兴起中的重要作用在全球化面前成为壁垒，而电子媒介时代的"图像"艺术则能够在全球化的交流中获得沟通的可能。第二，电子媒介的民主化特性改变了作家的身份。作家身份由于媒介的不同会发生相应的改变，在口头语言时代，语言还没有被文字固定，作家通过言说方式展现自己的身份特征，这样，具有表演天赋和言说能力的"游吟诗人"成为口头语言时代的作家身份的象征。在文字表达时代，文字固定了语言的表达秩序，书写成为文字固定的方式和方法，"文学与书写"的理性化促使作家自我意识得以形成，书写作为一种能力，不是每一个人都具有的，作家具有书写能力就拥有了一种文化上的权利，这种文化权利是其身份的象征。在印刷媒介时代，作家创作的作品通过机械复制获得广泛的传播，读者对其作品的接受是在生产者不在场情况下的自由阅读，读者有着自己独立思考的可能，不再是一种被动的信息接受，因而作家的身份霸权也在逐渐消解。在电子媒介时代，由于电子媒介的民主性、广泛参与性等特征，作家的霸权身份进一步消解，读者在一定程度上参与文学作品的创作之中。第三，电子媒介直接充当一种创作工具，文学作品与媒介之间的关系更加接近。电子媒介本

---

① 张法：《走向全球化时代的文艺理论》，安徽教育出版社 2005 年版，第 191 页。

身就是一种工具，具有技术性和交互性的特征，网络写手在网络上创作，电子媒介本身已经成为作家创作的一个重要组成部分，没有电子媒介提供的虚拟网络空间，网络文学也不会存在，更不会蓬勃发展，如果说作家以手中之笔来从事创作，那么，网络写手凭借的电子媒介已经不仅仅是一种创作的工具，而成为网络文学作品的一种存在方式。第四，电子媒介拉近了读者与作家的距离，读者可以直接参与文学作品的创作中。电子媒介的交互性使得作家与读者之间实现了"零距离"互动，网络作为虚拟中介，拉近了读者与作家的距离，真正实现了"读者即作者"的梦想。

从"文学性"到"媒介性"的转移是电子媒介时代文论话语转型的前提和基础。如果说艾布拉姆斯对文论四要素的强调以作品为中心，重点在于作品的"文学性"与"语言性"，那么，在电子媒介时代，由于文艺主导类型的变迁，"图像"艺术成为文艺的主导类型，"媒介性"则成为文论关注的核心问题。艾布拉姆斯的文论四要素范式将向以"媒介性"为主导的五要素转移①，这种转移的过程如下图所示。

---

① 关于文论五要素的建构，单小曦在《媒介与文学——媒介文艺学引论》中已经有所交代，并进行了初步的论证，第45—70页。但是对于文论话语中的四要素在电子媒介时代发生了怎样的话语转型，他没有做进一步的论述。

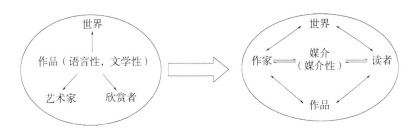

从上图可以看出，在艾布拉姆斯的四要素理论中，作品处于四要素的核心，强调作品的文学性与语言性，其他三个要素围绕着作品这个中心展开，而在电子媒介时代的文论五要素中，媒介处于文论五要素的核心，其他四个要素依靠媒介这一要素才能互相作用，而媒介则可以与其他四个要素之间形成循环往来的关系。由于媒介要素的增加，作为一种稳定的"范式"结构就会发生动摇，四个要素的话语系统将会发生相应的转型。

二、世界：从"三个世界"到"四个世界"的转型

由于媒介变革，在文学活动中，当作为核心因素的"文学性"开始向"媒介性"转移的时候，作为文学活动基本要素之一的"世界"在数字媒介的推动下也发生了转型。在艾布拉姆斯看来，世界是文学作品的来源，由客观世界和主观世界两个方面构成。客观世界包括自然界和人类生活的社会历史现实，主观世界则就是受到客观物质影响的人的主观感受，包括思想情感以及超感觉（直觉）。文学总是在一定程度上反映着世界图景。人们可以通过文学来认识这个世界，这

构成了原初的文学观念"模仿说"。

在西方文论史上，强调文学与世界的关系，构成了古希腊原初的文学观念——"摹仿说"。古希腊哲学家德谟克利特率先提出了"艺术摹仿自然"学说，认为"从蜘蛛我们学会了编织和缝补，从燕子我们学会了造房子，从对天鹅和黄莺的唱歌的模仿我们学会了唱歌"①；这里的摹仿仅仅是一种生活现象描述，并未涉及语言艺术的模仿，摹仿对象也未转到人类生活的领域。智者派实现了从对自然问题的关注转向对社会生活问题的关注。柏拉图则重点阐释和扩充了"摹仿说"中的思想深意。柏拉图认为：理念是世界的本源，是真实存在的，而自然世界只是理念的"影子"，模仿自然的艺术则是"影子的影子"。柏拉图主张"艺术摹仿理念"，而理念又不是直观地显现的，艺术只能通过摹仿自然而得以存在，这就直接否定了艺术存在的合法性，因为艺术与真理隔了三层；他的学生亚里士多德则认为，现实世界本身是真实的，艺术模仿的世界，是真实可见的世界，艺术可以通向真理，艺术模仿的对象是"行动中的人"，是人的性格、感受和行动；可以看出，文学"模仿论"的真正实践者为亚里士多德。在《诗学》中，亚里士多德用相当长的篇幅来谈论艺术的"摹仿"问题，在西方文论史真正奠定了摹仿论的基石。

---

① 伍蠡甫、蒋孔阳主编：《西方文论选》（上卷），上海译文出版社1979年版，第5页。

文艺复兴时期的"镜子说"在一定程度上是对"摹仿说"的一种改造，这也是近代文学"再现"观的雏形。达芬奇将绘画艺术比喻为"摹绘"自然的镜子。在他之后，文学被比喻为镜子，这意味着文学是运用语言的艺术对自然的映射。在塞万提斯和莎士比亚那里，实现了"镜子说"由造型艺术领域向语言艺术领域的转换。"镜子说"于是成为西方近代以来文论主潮之一，集中体现了那一历史时期文学观念对世界的基本理解。

文艺复兴之后，随着西方文学实践的发展，文学—世界关系得以极大拓展与深化。现实主义文学就继承了文学"模仿论"的精髓，强调文学对社会现实的能动反映和再现，从而形成了一种独特的文学"反映论"。这类文学"再现"论通过"现象—本质"结构，即要求作家通过经过艺术处理的社会现实，来透视和展示出隐匿在其后的深度社会历史本质。最终将这种"现实再现"文学观推向极致的，是俄国的现实主义作家。他们认为艺术是社会生活的反映、呈现和复制。他们既强调了文艺对现实生活的依赖关系，亦重视作家借"思想之力"来洞察生活的内在"本质"。

18世纪后半叶已经形成的欧洲浪漫主义文学运动也持一种"艺术真实观"，即"表现真实"或"想象真实"的观念。浪漫主义与"镜子说"形成明显对峙，后者要求文学与现实越符合就越真实，前者则诉诸"诗情"的真实，这种文学真实的观念，正折射出文学"再现"观的"向内转"，就是从对外在世界的"再现"转向对内心世界的"表现"。

　　盛行于 19 世纪后半叶的唯美主义的文学"再现",已经穿越了浪漫主义"再现"内心的阶段,而步入艺术"再现"自身的阶段,"唯美主义"的信条否定了真与美统一的可能性,也即否定了"文学真实"的存在,唯美主义力求通过原本与摹本关系的倒置来"再现"世界。与唯美主义摈弃真实相反,19 世纪后期的自然主义文学极力追求小说所谓的"真实感"。自然主义不仅拘泥于生活中的个别事物,注重对周遭环境和生活琐事的细节描写,而且主张抛弃艺术概括、想象或理想之类的艺术法则,以求得更为客观的、更为科学的真实。也就是说,自然主义试图通过对原本的趋同来"再现"世界。

　　结构主义的出现开始动摇"文学可以再现世界",结构主义开始置疑和反诘西方"文学再现观"的悠久传统。结构主义关注文学内在的"语言结构"问题,在文学和世界的关系问题上,结构主义者始终认为在这种关系不在于内容上或形而上的相似或同构,而在于语言结构对世界的构成与组合,也就是以语言来构成、建构世界经验。这可以说是"文学再现"论的一次"哥白尼式革命"。结构主义大致可以作为一个历史性的标志,它表明了一种对文学与世界关系的新理解,是对传统"再现"观念的超越。

　　新历史主义者则采取了另一种策略来质疑文学"再现"论。从"作者—作品—读者—世界"的四维结构来看,新历史主义开始聚集于"世界"这一维度。且新历史主义的新意或动机在于"改变"世界和参与"文化",因为他们更加重视文本与历史、文化、身份、意识形态之间的相互缠绕,从而走向对文学"再现"论的深度怀疑。

从西方文论"再现"观的梳理可以看出,世界是文学的基础,文学活动可以被看成是对世界的一种特殊反映,文学世界反映的是作者经过审美体验后的"生活社会"的"经验和意志世界"的产物。文学"再现"论强调的是"作品"与"世界"不可分割的关系。人生活在社会这个大环境里,就会被外在的世界环境所潜移默化。创作艺术作品的人——作者是以感觉、感受外在的世界,所以在文学中出现的即使是观念的东西,也不外乎是"移入人的头脑并在人的头脑中改造过的物质而已",也就是他在自身实践活动范围内的基础上发展起来的那种"对现实世界的反映"。

人类生活的世界究竟是如何组成的,奥地利科学哲学家卡尔·波普尔提出"三个世界"①理论是我们理解"世界"理论的基础。在波普尔看来,人类生活存在着三个世界。他把物质实体和物理状态的世界称作"世界1",这是一个客观自然世界和物理状态的世界,如物质和能量,天体、粒子、生命等;他又把人类主观的世界称作"世界2",包括人的心

---

① [奥]卡尔·波普尔:《波普尔思想自述》,赵月瑟译,上海译文出版社1988年版,第254—264页。

理、情感和意志，是人的精神或心理的世界；而"世界3"是指人类精神生产及其物态化的世界，是通过人的脑力劳动展现出来的一个"知识世界"，构成这个世界的要素既有语言、文字、理论、绘画、文学等客观知识和艺术作品，也有体现人的意识的人造产品如房屋等。"三个世界"理论对我们探讨人类生活世界构成具有重要的理论参考价值，在文学所反映的世界中，既有再现的"世界1"，又有表现的"世界2"，还有文学世界自身所构成的"世界3"。但在电子媒介时代，"三个世界"理论已经不能适应现实发展的需要，电子媒介兴起所展现的网络虚拟世界已经成为我们生活的一个重要组成部分。因而学界有人提出①，当今的人类世界，应该有四个世界，即客观的自然世界（世界1）、主观的精神世界（世界2）、精神生产的世界（世界3）、网络虚拟化世界（世界4），人们就生活在由这"四个世界"相互交织的生态环境之中，人类的文学活动也与这"四个世界"相互交织在一起。

客观的自然世界（世界1）是人类生存的基础，是人类获得生存的来源，影响并制约着人类的活动。这是文学"再现论"中所展现的世界存在方式。人类通过实践获得意识，意识的积累逐渐地构建起人类的精神世界（世界2），这一世界主要由人类主观的精神体验构成，内在的心理感受、主观

———————

① 见张之沧的相关论文，《从世界1到世界4》，《自然辩证法研究》2001年第12期；《"第四世界"论》，《学术月刊》2006年第2期。

的精神状态等等都是世界 2 的构成部分，这是一个有别于自然世界客观性的主观世界，是人类在实践基础上获得的主观意识堆砌而成，这是文学"表现论"所展示的世界。当人的意识发展到一定程度，人类就有了一种表达自我的冲动，在长期的社会实践活动中，随着生产力的发展，精神生产独立出来，人对于自然世界有了自己的体验，他们将自己的体验和情感抒发出来，渐渐就成为一个作家。"世界 3"是满足人类精神生活需要的产物，是人类精神体验、心理活动的客观再现和反映。波普尔认为："第一世界和第三世界之间以第二世界为中介。"① "世界 3"是对"世界 1"和"世界 2"的客观反映，精神在"世界 1"和"世界 3"之间建立起桥梁。"世界 3"的作用在于："一方面，'世界 3'是人类智力活动的产物，是人造的；一方面，它同时又是超越人类的，即超越了自己的创造者，但是这种人造性并不排除实在性，相反它的实在性包含着两重含义：一是它们在'世界 1'中的物质化或具体化；二是它们自身的自主性和独立性。"② "世界 3"存在后便独立于"世界 2"以客观存在的方式成为"世界 1"的一个重要组成部分，这从另外一个方面也就说明了"三个世界"理论所展现的世界是一个实体的世界。

随着电子技术的发展，人类迎来了数字时代。数字时代

---

① ［奥］卡尔·波普尔：《客观知识——一个进化论的研究》，舒炜光译，上海译文出版社 1987 年版，第 165 页。

② 张之沧：《从世界 1 到世界 4》，《自然辩证法研究》2001 年第 12 期。

给我们带来了一个全新的世界，这是一个由电子技术与人类精神活动共同构建的虚拟化的世界，即网络虚拟世界，我们将其称为"世界 4"，这是一个由电子信息技术打造的全新的世界，是信息技术革命的产物。"世界 4"作为一个网络虚拟世界与前面所述的"三个世界"之间关系密切，但实质上有所不同。在"世界 4"中有模拟"世界 1"的如虚拟宇宙、虚拟地球等，有取源于"世界 3"的，如虚拟战场、虚拟鬼怪等，也有模拟"世界 2"的人类精神世界的展现等。"它将光、电、色、能、数与信息集于一体，创造出一个源于自然高于自然，源于人类高于人类，源于信息高于信息的新世界。"[①] 这个世界通过"信息"的组合而形成一个虚拟世界，是通过信息革命打造的一个仿真的世界。"世界 4"与前三个世界最大的不同就在于它是一个"虚拟的世界"，不再是一个实在的世界。"世界 4"拓宽了人类活动的范围，人们在虚拟世界的游戏中获得一种"虚假"的真实感在某种程度上比"世界 1"自身更加地真实，在其中获得精神的愉悦感、满足感比"世界 2"更加地丰富。作为虚拟"世界 4"的生成给我们带来了不同的认知世界的方式，迈克尔·海姆总结认为，网络所打造的虚拟空间有七大特征：模拟性、交互作用、人工性、沉浸性、遥在、全身沉浸、网络通信。[②] 这七大特征与

---

① 张之沧：《从世界 1 到世界 4》，《自然辩证法研究》2001 年第 12 期。

② ［美］迈克尔·海姆：《从界面到网络空间——虚拟实在的形而上学》，金吾伦等译，上海科技教育出版社 2000 年版，第 113—119 页。

实体世界是完全不同的。

多重的世界拓宽了人类的活动范围，也给文学创作活动提供了更多的表现内容。文学创作的世界是属于"世界3"的范围，它们可以是对"世界1"的反映，如陶渊明的山水田园诗，在对山水的描写中，寄情于景；也可以是"世界2"的反映，如卡夫卡的《变形记》对人类现代生活的思考，现代的意识流小说对意识流动的展现等。而"世界4"的出现则打破了文学创作依赖实体世界的局限，为文学拓宽了新的创作空间，如在网络上创作小说，网络写手通过网络的虚拟性、快速流通性、公开性获得阅读者的点击率以获得相应报酬，这是"世界4"对文学创作方式的影响；在内容上，一些描写"网游"等网络生活的小说也应势而生，极大丰富了读者的阅读视野。"世界4"因为其虚拟、开放的特性，可以极大限度地超越时间与空间的限制，甚至可以使多个空间同时存在，这种"数字交互性"可以让网络作家与读者实现即时的互动，真正地实现创作自由。对于文学活动来说，虚拟空间的七大特征都参与到文学活动中来，虚拟世界是一个通过数字技术模拟的世界，网络文学（广义的来说是一种数字文学）创作意味着在一个虚拟环境中的感官沉浸，网络互动小说、接龙小说、超文本小说只能生存在网络虚拟的世界之中，在这一数字化文本结构——即超文本系统中，读者的参与导致了文本的改写甚至重写是数字"交互作用"的必然产物，因而"世界4"的增长对文学活动有着极大的影响，"电脑、因特网带给我们的不仅仅是作为工具的技术，它们已经造成了人们新的生存方式、生活方式、思维方式和价值观"①，"世界 4"带给文学的不仅仅是创作方式的变化，更是一种文学存在方式的转变。

从"三个世界"向"四个世界"的转移为文学活动拓展了多重空间，也为文学创作带来了新的挑战。随着信息技术的不断普及，"世界 4"将给人们的生活带来越来越大的影响力，文学创作对"世界 4"的涉足，也会随着网络的普及化而逐步扩展。同时，"世界 4"的增长也引发了文论体系中作者、作品和读者话语的转型。

三、作者：从个人性创作者到集体性制作者

"作者"在文论话语体系中是一个非常重要的概念，"无论是艾布拉姆斯的'四要素'说还是拉曼·赛尔登的'五要素'说，依然将'作者'视为文学活动的核心要素之一。"②在这里，作者作为文论中的一个核心要素，我们将其范围主要界定在文学及其文论的范围内，而不是在哲学范围内讨论作者问题。艾布拉姆斯在文论四要素中对作家（艺术家）问题的强调说明了"作者"问题的重要性。作者通过对世界的

① ［美］迈克尔·海姆：《从界面到网络空间——虚拟实在的形而上学》，金吾伦等译，译者前言，上海科技教育出版社 2000 年版。
② 张永清：《历史进程中的作者（上）——西方作者理论的四种主导范式》，《学术月刊》2015 年第 11 期，第 101 页。

体验，将世界通过个人的审美体验转化为一个可供给读者体验的文艺作品，作者是文学作品的创造者。

"作者"理论源远流长。西方的"作者"理论中，最古老的就是柏拉图的"狂迷说"。诗人失去常人的状态，用灵感写出作品。诗人被认为是神的代言人，诗人创造诗篇代神说话。"因为诗人是一种轻飘的长着羽翼的神明的东西，不得到灵感，不失去平常理智而陷入迷狂，就没有能力创造，就不能做诗或代神说话。"① 继柏拉图之后，《圣经》被人们认为是先知所写，但是先知也是圣灵附在他的身上，借先知之手所创作的，这里也暗示了作家是一个创作者，而不是摹仿者。在文艺复兴时期，诗人开始成为理性的代言人，他们在创作中传递真理。这一时期，作者对作品的主宰是上帝式的，拥有至高无上的权威，他赋予文本意义并通过文本传递他的思想。在康德这里，作家成为"天才"，天才为艺术制定规律，天才是为文学写作来立法的。浪漫主义诗人雪莱就曾提到"诗人，也就是想象并且表现……规则的人们，他们不仅创造了语言、音乐、舞蹈、建筑、雕塑和绘画，他们也是法律的制定者，是文明社会的制定者，是人生百艺的发明者，更是导师"②。他在这里所说的意思与康德一致，将作家看作是作品的创造

---

① ［古希腊］柏拉图：《文艺对话集》，朱光潜译，人民文学出版社1963年版，第7页。

② 缪灵珠：《缪灵珠美学译文集》（第三卷），中国人民大学出版社1998年版，第137页。

者，意义的创造者，作家具有天才的能力，为文学制定规则。浪漫主义传统中的作者理论强调情感在艺术中的绝对价值。英国诗人华兹华斯认为："诗是强烈情感的自然流露。"

20世纪以来，以作者为中心的文学理论受到了极大的冲击，作者的主体性被淡化，作者的权威受到了挑战，作家不再是神的代言人或是理性的发言人。作家的写作被比喻成编织，而作品被比喻成编织物。英俄形式主义者关注文本的形式结构，主张作品与作者的分离，作者的地位被边缘化，作者的权威性在下降。结构主义关注作品的语言结构，作家不过是这种语言符号的附属品，因而作者不再如浪漫主义文论传统论中所言是至高无上的决定者。20世纪60年代，法国当代文学理论家罗兰·巴特提出："文本诞生，作者已死。"这句话的意思并不是真的指作者已经死亡，而是指当作者创作完成一部作品，在他完成的瞬间，他和作品之间的关系就结束了。这个已经完成的作品的命运都要交由读者去解读，而作者本人对这部作品的解释已不具影响力。福柯通过运用"谱系学"的方法及其"权利""话语"理论对作者做了谱系学的研究。他认为，作家写作的本质在于制造一个话语的开端，话语产生之后，作者就会退场。因而不能从作品中去把握作者的存在，而应该从话语权利关系中去把握作者的离场、死亡抑或复活。继作者的离场与死亡之后，复活成为作者理论的焦点。因而，后结构主义之后的作者理论以反思"作者之死"理论为切入点，探究作者复活的各种可能性。"作者死亡"仅仅是一个隐喻，说明作者在文本结构中的退场，而宣告作者死亡则意味着作者是存在的。当我们在阅读文本时仍然在揣测文本的意图，那么作者的权威并没有消失，作者与读者的关系在"文本"系统中变为一种交流对话的关系，但作者作为文本创造者的界定并没有消亡。

从西方文论中作者理论的演变历程我们可以看到，作者的地位在文艺活动中不断地下降，作者从代神立言、天才立法到"作者消失、作者死亡"。在作者与作品、读者的相互关系中，"作者"作为文学作品创造者的身份并没有因为作者地位的下降而发生改变。文艺作品还是来源于作者的创造这是一个不争的事实。也就是说，作者的地位从神化走向解神化（天才），最终"消失"，但作者的身份——文艺作品的创造者并没有改变，但随着电子媒介的兴起，作者的身份发生了根本性的变化，作者在电子媒介生产的文艺作品中，不再是一个单独的个体概念——作家，而转变成为一个群体概念——文艺作品的制作者。

文学创作中的"作家"个人性特征是非常明显的。无论是代神立言的诗人，还是为艺术立法的天才，他们的创作都是个人行为。而在以电子媒介为基础的影视艺术中，其生产过程已经不再是个人性的行为，而演化成为一个集体性的行动。文学创作的一个最重要的特征就在于作家的独创性，只有这个作家才能创作出这个作品，《红楼梦》只能是曹雪芹创作的，高鹗的补充文本与曹雪芹之前的文本还是有文气上的不连贯。作家个人创作的独特性体现在神秘的灵感、天才的创造和无意识的呈现上，作家通过个人独创性的创造，创作出来的文学作品，艺术性是主导。影视艺术的生产已经突破了个人性的独创，成为集体创造的产物。在影视生产中，首先需要有制片人和编剧，这是影视艺术生产的前提。没有制片人筹募资金、安排整体的拍摄计划和后期的营销，影视生产就不会进入实际生产阶段；没有编剧的影视脚本创作，影视生产就会成为无源之水。进入具体的影视生产过程中，导演根据剧本的情况安排分镜头的拍摄，人和物全部都要进入拍摄场地。在人方面，导演、演员、灯光师、摄像师、录音师、布景师、美工等要分工协作，这些人员也不是单个人，导演有总导演、助理导演；演员有男女主角、男女配角以及剧本里各个角色扮演的演员、群众演员等；录音师有麦克风操作员、声效控制员等。在物方面，有拍摄背景装置、摄像机、灯光、传声机和录音设备等。在拍摄阶段，导演、摄像师和分镜头设计师就处于主导的位置，"拍摄"成为影视生产的关键，要"拍摄"就需要拍摄的机器，这个时候，影视生产的技术型因素凸显出来，没有电子技术支持的"摄像器"的存在，影视生产也不可能发生。所以在影视生产的具体环节中，导演、演员、分镜头设计师、摄影师和后期的剪辑师是五个非常重要的参与者，影视生产与文学生产相比，就不再是一个单一化的个人性的独创，而是一个集体性的生产行为。在这种集体性的生产方式中，技术性的因素已经压倒了艺术性的因素成为影视生产的重要组成部分。

　　影视生产是高度技术化社会的产物，光学技术和电子技术支撑着影视艺术的生产，如果说文学创作以"文学形象"来打动和吸引读者，那么影视生产则是以高科技的虚拟影像来吸引观众，通过数字模拟技术，远古的恐龙、血腥的战争、深海的沉船、遥远的太空都能够活灵活现地展现在观众眼前，因而影视生产首先是一种以"技术化"作为内核的生产方式。因而从生产方式来看，影视生产与文学创作法则完全不同，如果文学创作是以作家的体验为基础，通过作家的体验将生活现实展现出来，将个人情感表达出来，这里体现出来的是一种独创性和个人性的"创造"，那么，在影视生产中，个人性的"创作"已经不复存在，集体性的"制作"相应而生。因而在电子媒介时代的艺术生产中，"灵感""创造"等被"机械复制"所掩盖，这也就是本雅明所说的艺术"韵味"消失的原因，艺术千篇一律，同质化，这主要是因为艺术已经不再是独创性艺术家创作的产物，而是一种分工合作紧密、联系密切、整体划一的文化工业的产物。在作者话语从"创作者"向"制作者"转型的过程中，个人性让位于集体性，艺术性让位于技术性，而最终遵循的则是一种市场化的商业逻辑生产理念。

　　在电子媒介时代，文学的这种集体化的商业生产逻辑也不鲜见。网络文学的产业化使得传统具有个性化的文学创作演变成了一场文化产业的盛宴。从《甄嬛传》到《致我们终将逝去的青春》再到《琅琊榜》，随着网络文学影视改编引发的轰动效应，网络文学的产业化已经将传统的文学创作拉入一个整体的文化产业链条之中。2015 年底，在武汉光谷互联网文学高峰论坛暨 IP 交易会上，网络作家方想的新作框架《五行天》IP 版权以 800 万元成交成为当年网络文学的一大焦点。这是一部预期 300 万字的超长篇小说，在当时只写了一个故事梗概和 4 万字的初稿，其网络知识产权竟然能够卖到 800 万元，原因在于买方公司看中了这部以 "网络 IP" 为中心形成了一条产业链。"网络文学 IP"（IP 是英文 Intellectual Property 的缩写）即网络文学的知识产权，包括商标权、著作权、改编权等等。一个网络文学 IP 可包含网络小说及其一切由该小说衍生的产品。耗资 800 万购买的网络小说《五行天》，目前仅有一个作品构架，购买该产品的公司的画师团队开始为《五行天》的人物设定画好了原型图；内容团队和作者方想一同头脑风暴 "大开脑洞"，在不干预创作的前提下，为故事提供更多的创意；微博、微信运营团队会根据《五行天》的写作进程，配合相应的宣传、推广。而一同合作的影视、游戏公司，均可在这一框架下共同开发，打造风格更统一、更精致的产品。① 由此可见，网络文学的创作已经不再是个性化独创，而成为一个文化产业团队的集体包装，数码技术

---

① 肖娟：《一部小说能成一条产业链——武汉创客 800 万买下 4 万字文学作品》，《长江日报》2015 年 11 月 12 日，第 11 版。

在其中起到了非常重要的作用，后期影视制作、网游、手游的开发都建立在数码技术的基础之上，其目的就是获得经济利益的最大化，其本质在于满足市场需求的标准化产品生产。

在电子媒介时代文艺的主导范式影视艺术和网络文学中，文艺的作者已经从传统的具有个人性、艺术性和独创性的"创作者"转变为集体性、技术性和市场性的"制作者"。艺术已经不再是个人性的天才的心灵独创，而成为一种技术主导下的机械复制，这时候的艺术生产已经成为被经济原则主宰下的文化产业，"从作者核心到产业主导"①，这种转型反映在文艺作品上，表现为文艺作品的存在方式已经从传统的"语言"主导向"图像"主导转型。

四、作品：从语言主导到图像主导

作品，在艾布拉姆斯文论"四要素"中占据中心的位置。作品既是作家对世界进行体验、观察、分析和把握的结果，又是读者阅读的对象。中外文学作品理论形态各异，但是在文学活动以文学作品为中心这一点上是一致的。在通常意义上，文本和作品具有相同的含义，如果要进一步地分析作品和文本的差异，我们可以说作家创作出来的文学文本在读者的阅读过程中变成了作品，作品即文本加上读者的阅读。

---

① 张法：《走向全球化时代的文艺理论》，安徽教育出版社 2005 年版，第 181 页。

"文学是语言的艺术"是我们对文学的一个基本界定，从这一界定出发，我们可以认为文学作品就是以语言文字为主导的文本。但语言在文学中究竟起到什么样的作用呢？一般来说，语言在文学中具有工具论和本体论的功能。中国古典文论语言基本上充当文学的工具，无论对文学作品结构的分析、文体的描述，语言都是文学的一种载体和工具。"文笔之辩"涉及文学与非文学的区别，有韵为文，无韵为笔，这是中国古典文体认识的一个重要收获。"言、象、意"的关系涉及文本结构问题。王弼在《周易略例·明象》中就提出作品存在"言、象、意"三要素说，"意以象尽，象以言著""言者所以明象，得象而忘言；象者所以存意，得意而忘象""象生于意而存象焉，则所存者乃非其象也；言生于象而存言焉，则所存者乃非其言也"，这样就把文学作品看作是一个由"言、象、意"整体组成而不可分割的有机结构，在这个有机整体结构中，言处于最基础的位置，没有语言载体，作品的形象和意义都不复存在。在工具论的语言观中，语言作为文学的载体和工具，充当表达文学思想情感和观念形态的工具，文学思想和内容具有优先的地位，语言则处于被思想内容决定的位置。柏拉图认为诗人只知道摹仿，"借文字的帮助，绘出各种技艺的颜色"，而"他的听众也只凭文字来判断"[①]。语

---

　　① ［古希腊］柏拉图：《理想国》（卷十——诗人的罪状），《柏拉图文艺对话集》，朱光潜译，安徽教育出版社 2007 年版，第 85 页。

言文字在其文论话语系统中是作为工具来使用的。亚里士多德认为悲剧是对人行动的模仿，而模仿的中介是语言。中世纪但丁提倡的俗语写作，也是从俗语能够表达思想内容方面着手的。现实主义的理论家在用文学表达对社会现实的理解时，语言也是作为工具来加以使用的。"在诗的作品里，每个字都应该求其尽力发挥为整个作品思想所需要的全部意义，以致在同一语言中没有任何其他的字可以代替它。"[①] 高尔基认为："文学的第一个要素是语言，语言是文学的主要工具，它和各种事实、生活现象一起，构成了文学的材料"[②]，"语言是一切事实和思想的外衣"[③]。他们对文学中语言问题的重视主要是建立在语言是表达思想内容的工具这一基础之上的。当语言作为文学表达的思想工具，作为文学观念的呈现载体时，文学作品的语言构成成为文论关注的焦点，中国古典文论话语中的言、辞、文、采、华等就属于语言形式的因素。在工具论语言观里，语言仅仅是作为文学形式而存在的。

20 世纪西方哲学的"语言论转向"也引发了文论研究中的"作品中心论"转向。在作品中心论的文论体系中，语言不再是文学思想内容的传递工具，相反，语言成为文学的本

① ［俄］别林斯基：《莱蒙托夫的诗》，《别林斯基论文学》，梁真译，新文艺出版社 1958 年版，第 225 页。
② ［苏］高尔基：《和文学青年谈话》，《文学论文选》，人民文学出版社 1958 年版，第 294 页。
③ ［苏］高尔基：《和文学青年谈话》，《文学论文选》，人民文学出版社 1958 年版，第 296 页。

体。在英俄形式主义文论中，文论研究的重心转向了文学作品形式自身，语言所构成的文学形式是文学的本体。英国文论家 S. H. 奥尔森认为："一部文学作品，不论是写出的还是说出的，都是一种语言的表达，它是一种表达，由说话者发出，在时间中的某一点传给接受群，同其他表达一样，它包括词和句子的排列组合，形成有意义的传递形式。"① 形式作为文学本体，在兰色姆看来，文学作品是由结构（structure）和肌质（texture）构成，结构是作品的逻辑呈现，肌质则是作品的具体呈现，作品的本体在于肌质的呈现，而不是逻辑的呈现。兰色姆在这里强调了文学作品细节描述的重要性，将理念、逻辑等因素抛弃在文学性之外。布鲁克斯认为对作品求解原意是有"迷误"的，如果要用命题的形式来表达作品的意义，除非借助隐喻的方式，"运用隐喻，就一般的主题思想来说，包含着一个间接陈述原则，对于一个特殊的意象和陈述语来说，它包含着一个有机联系的原则"②。而诗歌的语言则在于悖论，"悖论正合诗歌的用途，并且是诗歌不可避免的语言，……很明显，诗人要表达真理只能用悖论语言"③。与"新批评"主要关注文学作品语言的"含混""反讽""悖

---

① ［英］S. H. 奥尔森：《几种文学理论的分类及其检视》，《文艺理论研究》1993 年第 6 期，第 91 页。

② ［美］布鲁克斯：《反讽——一种结构原则》，袁可嘉译，赵毅衡选编《"新批评"文集》，中国社会科学出版社 1988 年版，第 334 页。

③ ［美］布鲁克斯：《悖论语言》，赵毅衡译，赵毅衡选编《"新批评"文集》，中国社会科学出版社 1988 年版，第 314 页。

论"和"张力"不同，法国结构主义则强调作品语言的普遍联系和内在结构，它关注的是作品的语言系统和文本惯例。"结构没有特定的内容；它本身就是内容，这种内容可以理解为是当作真实属性的逻辑组织中所固有的。"① 结构本身就是内容，内容是由语言的内在结构组成。在海德格尔看来，"语言，凭借给存在物的首次命名，第一次将存在物带入词语和显象。这一命名，才指明了存在物源于其存在并达到其存在"②。海德格尔将语言视为存在的家园，因而更是文学的本体之所在。伽达默尔认为"谁拥有语言，谁就拥有世界"③，他通过语言来阐释存在，那么，作为文学作品的本体也在于语言。罗兰·巴特将文学语言作为一种符号系统来研究，文学语言的本质不在它所传达的信息里，而在该系统自身之中。语言作为一种符号系统的本质只能从语言自身寻找，任何从外部形式或者内部结构来寻找语言本性的做法都是站不住脚的。

在语言主导的文学作品理论中，语言或者作为文学作品的形式要素，呈现出载体的功能，或者作为文学作品的本体要素，呈现出语言本体功能。随着电子媒介的兴起，电影、

① ［法］克洛德·莱维·斯特劳斯：《结构人类学》（第 2 卷），俞宣孟等译，上海译文出版社 1999 年版，第 127 页。
② ［德］海德格尔：《诗·语言·思》，彭富春译，文化艺术出版社 1991 年版，第 68 页。
③ ［德］伽达默尔：《真理与方法》（下卷），洪汉鼎译，上海译文出版社 2004 年版，第 588 页。

电视和网络的普及，以"语言"为主导的作品逐渐让位于以"图像"为主导的作品。以"图像"为主导的作品理论是如何形成的呢？我们首先需要考察文学在整个文艺体系中位置的变迁历史。在古代中国，诗、书、画是最重要的艺术门类，诗文是艺术之首，近代以来，随着印刷媒介技术的发展，报刊的兴起和繁荣，小说成为文学最重要的门类。而电子媒介兴起以后，影视、网络文艺成为当代最重要的艺术门类，这一方面是因为我们每天都接触电子媒介，我们每天的工作和生活与电子媒介密切相关，在电子媒介上我们花的时间最多，电子媒介对我们的影响也最大。在艺术门类上，文学主体已经逐渐让位给了电子艺术主体。因而由"语言"主导的文学艺术逐渐边缘化，由"图像"主导的电子艺术则成为电子媒介时代文艺的主体。

文学是语言的艺术，语言无论是工具还是载体都是文学的重要组成部分；而电子艺术是图像的艺术，"图像"在电子艺术中占据了重要的地位，从"语言"主导的作品向"图像"主导作品的转型意味着在电子媒介时代，文艺理论中的作品理论发生了根本的转型。

作品理论为什么会发生这种转型？这种转型的内在机理何在？这种转型的意义又何在呢？这就需要我们考察语言文字和图像之间的异同。语言文字和图像是两种不同媒介的载体，"如果对媒介的本质及其运作方式缺乏理解，那么人们在理解当代社会、文化及经济形式时就会愈觉其艰难"①。要考察语言文字和图像之间的差异，就需要考察印刷媒介和电子媒介之间的文化差异。文学能够在印刷媒介时代成为各门艺术的主体，在于文学语言对世界的一种整合作用，语言是理性文化的表征，文学以语言为载体，文学通过语言来建构一个虚构的世界与现实的世界抗衡，文学的虚构依靠语言的理性建构，文学通过语言文字所建构的思想和形象并不是直接在语言的白纸黑字中展现出来，而要依靠读者的阅读在大脑中形成一种内在的"视像"，通过对"语言"的"翻译"才能够呈现出文学形象和思想特质，语言文字作为理性文化，人们必须认识这些语言和文字才能读懂文学展现的形象和思想内涵，因而"语言"主导是一种精英模式的文化形态。这与20世纪60年代之前的现代主义文化范式相互契合。随着影视等电子艺术的兴起，"图像"成为电子艺术的主要载体，图像进入大众视野是不需要理性来帮助的，当图像和文字都在表达同一个事物时，图像是容易被人接受的。语言文字的"精英型"与影视图像的"大众化"形成了两种文化的对立与冲突，这就是现代文化与后现代文化的角力。文学在现代时期占据艺术的主导地位就在于文学是心灵的艺术，是思想的艺术，文学的语言是通过心灵来灌注的。而电子媒介则通过一种技术的力

---

① ［英］迈克·费瑟斯通：《无处不在的媒介》，张清民、陈晶晶译，《江西社会科学》2008 年第 5 期。

量改变文学所具有的那种心灵体系，文学所倡导的"时空距离"被电子媒介削平，当影视图像将文学虚构的许多事物和场景通过"模拟"的方式展现在人们眼前时，文学所表现的"诗意""深远""高古""空旷"等意境也消失殆尽，展现在人们眼前的是看得见的"图像"，当然，电子媒介产生的"图像"也带来了一种新的时空观念。

如果说语言主导的文学向图像主导的影视转型是文化范式发生转型的必然结果，那么，我们就要具体分析这种以"图像"为主导的艺术构成。符号学的理论可以给我们提供借鉴和参考。语言在 20 世纪意义泛化，它从通常的语言行为扩展成为一种符号行为，整个的文化现象都可以看作是一个巨型语言，这里的"语言"已经同符号同一个意思了。而在文学语言、影视语言、网络语言的使用中，语言与现代传播媒介几乎是同等含义。这样"语言已不再只是过去那种'工具'，而是具有深层意义的一切符号表达方式的总称"①。当语言的意义与符号等同的时候，意味着后现代文艺理论的深层变革：即一切艺术都可以被看作是一种符号的艺术，文学是语言的艺术，是表情达意的符号，影视也是一种语言的艺术，是图像语言的艺术，是通过图像符号来传递信息的。在语言为主导的文学中，语言符号占据着重要的地位，语言是"定调"符号，"语言符号不仅是前提和基础，还是生成意义的

---

① 王一川：《兴辞诗学片语》，山东友谊出版社 2005 年版，第 21 页。

'定调'符号"①，其他一种符号都以语言符号为中心。而电子艺术则是一种复合符号文本结构，这种文本结构是由"语言、声音、图像、身体等多种符号复合运作，协同建构生产文学意义的审美性文本形态"②。在电子艺术的文本形态中，图像成为"定调"符号，"在电影的多媒体竞争中，'定调媒介'一般是镜头画面，因为画面是连绵不断的，语言、音乐、声响等为辅"③。在电视艺术中，画面、声音、造型、镜头、编辑、特技、符号、文字等构成了完整的电视语言，定调符号是"电视镜头画面"，声音、文字等是一种辅助符号，图像叙事成为影视艺术叙事的内在逻辑。

数字媒介的兴起，网络文艺成为时代的新生的文艺类型。在网络文艺中，"图像—声音—文字"的复合是其区别于印刷时代文艺文本的一个重要特征。在超文本的网络文学中，图像、声音和文字存在着互动，图像的栩栩如生与声音的嵌入使得文字在整个网络文本系统中处于劣势，"在人们阅读超文本小说时，通常会发生两件事。首先，超文本小说作为小说的特性被忽略了，而只当成任何一种超文本来对待。其次，

---

①　单小曦：《媒介与文学：媒介文艺学引论》，商务印书馆 2015 年版，第 106 页，单小曦在这里将电子媒介时代的文学文本称为"复合符号文学文本"。

②　单小曦：《媒介与文学：媒介文艺学引论》，商务印书馆 2015 年版，第 107 页。

③　赵毅衡：《符号学：原理与推演》，南京大学出版社 2011 年版，第 131 页。

人们只是把超文本小说的文本当做某种未来事物的征兆来谈论"①。也就是说，当我们面对超文本小说时，作为语言文字的小说功能在逐渐丧失，作为超文本小说未来事物征兆的"图像"则成为人们谈论的焦点，在超文本的文本结构中，语言的表情达意功能在逐渐地弱化，语言已经被扩张为包括身体姿态、flash 动画、音乐、声响等在内的符号系统，当语言转化为多重性的符号系统时，依靠语言所形成的"文学形象"在超文本系统中易于被视觉感官接受的"图像"所取代。在网络超文本结构中，图像表现为直接呈现在读者眼前的视觉直观形象，是一种直接性符号，是视觉系统直接而初步的印象，不需要心脑等身体器官的"转译"，真正实现了利奥塔所言"为眼睛辩护"的功能，而事实上，图像也是一种符号，当人们在超文本系统中面对一群符号的时候，最先映入人们眼帘的是"图像"符号，"图像就是符号，但它假称不是符号，装扮成自然的直接在场，而词语则是它的他者"②。"图像"符号对文本形成了一种直观和初步的印象，虽然语言符号和声音符号更为抽象，但它们与"图像"符号一起构成了超文本系统结构。只是，在超文本系统里，"图像"成为一种定调符号，当然，超文本系统中"图像"的生产是在电子技

---

① ［芬兰］莱恩·考斯基马：《数字文学：从文本到超文本及其超越》，单小曦等译，广西师范大学出版社 2011 年版，第 103 页。

② ［斯洛文尼亚］艾尔雅维茨：《图像时代》，胡兰菊译，吉林人民出版社 2003 年版，第 26 页。

术主导下产生的新型"图像"——一种"虚拟现实"的展现，但是，在超文本系统中，"图像"成为超文本的主导已经是一个不争的事实。

作品从"语言"主导转向"图像"主导意义重大：第一，现代文艺的图像生产逻辑终结了传统以"语言"为主导文艺的理性霸权，恢复了文艺的民主和自由；第二，以文字为主导的文艺在跨文化传播中"意义"容易失真，由于图像的"悦读"性，在跨文化传播时图像不容易歪曲，因而"图像"主导更具有全球化的时代意义。

五、读者：从接受者、解释者到参与者

在整个文学活动中，读者是文学活动的最后一个环节，作家根据自己的生活体验创作出文学作品，并不意味着文学活动的完成，只有当读者进行阅读鉴赏的时候，作者创作的文本才能实现其应有的价值，文学作品的意义才最终得以彰显。"文学客体必须通过阅读才能显示出来。离开了阅读，它只是白纸上的黑色符号而已。"[①] 作品只有通过读者的阅读才能实现其审美价值，否则其只能处于潜在的审美状态。"任何文学作品都是一种召唤。写作，就是为了召唤读者以使读者

---

① ［法］萨特：《什么是文学》，《萨特文论选》，人民文学出版社 1991 年版，第 116 页。

把我通过语言所作的其实化为客观存在。"① 读者的阅读是作品意义实现的关键一环。

文学活动中读者理论的构建在中国古典文论中已经得以彰显。"以意逆志"说强调对作品原意的追寻、"知人论世"说则强调要了解作品的原意必须首先了解作者的人品、"知音"说论述了作者与读者之间的亲密和谐的关系，这些学说都在强调读者对作品原意寻求的重要性。"诗无达诂"说则强调了读者自由创造的重要性。

西方文论中的读者理论可以从哲学解释学中窥探一二。在西方解释学视域中，读者就是文本的解释者。作为解释者的读者在哲学解释学中也有着不同的表现形式。在古典解释学家施莱尔马赫看来"解释的重要前提是，我们必须自觉地脱离自己的意识而进入作者的意识"②。把握作者的原意是古典解释学的基本目标，狄尔泰在施莱尔马赫的基础上通过"体验"来理解历史上的作者和作品，对文本的理解只有在"重新体验"的基础上才能完成。美国当代文艺理论家赫施在《解释的有效性》中，就特别强调"作者本意"的重要性，"我们应该尊重原意，将它视为最好的意义，即最合理的解释

---

① ［法］萨特：《什么是文学》，《萨特文论选》，人民文学出版社 1991 年版，121 页。

② ［德］弗里德里希·施莱尔马赫：《诠释学箴言》，见洪汉鼎：《理解与解释——诠释学经典文选》，东方出版社 2001 年版，第 23 页。

标准"①。在他看来，作者的原意才是解释有效性的标准，解释者不能脱离文本原意而信口开河。回到追问作者原意为目标的古典解释学，以追寻文本的原意为准绳，而文本的原意是开放性的，文本"在一种可见的表达形式下，可能存在着另一种表达，这种表达控制它、搅乱它、干扰它、强加给它一种只属于自己的发音。总之，不论怎么说，已说出的事情包含着比它本身更多的含义"②。因而，作为解释者的读者去追问文本的原意几乎是不可完成的任务。在当代解释学家加达默尔看来，读者的解释是一种创造性的行为，解释的功用并不是仅仅去恢复文本抑或作者的原意。解释是以解释者的前理解为基础，"一切诠释学中最首要的条件总是前理解"③，而解释的开放性则根植于"时间距离"之中，"时间距离"并不是解释的障碍，相反，时间距离可以使一部作品真正的意义得以充分地显示出来，"事实上，重要的问题在于把时间距离看成是理解的一种积极的创造性的可能性"④。解释的过程就是一个视融合的过程，即文本的视域和解释者视域相互融合的过程，视域融合的实质在于"本文提出的问题与解释者

① ［美］E. D. 赫施：《解释的有效性》，王才勇译，生活·读书·新知三联书店1991年版，第13页。

② ［法］福柯：《知识考古学》，谢强等译，生活·读书·新知三联书店1998年版，第139页。

③ ［德］加达默尔：《真理与方法》，洪汉鼎译，上海译文出版社1999年版，第378页。

④ ［德］加达默尔：《真理与方法》，洪汉鼎译，上海译文出版社1999年版，第235页。

自己的提问融合为辩证的游戏"①。文本的意义就在于在不断的"视域融合"中获得一种开放性，即解释者通过与文本的对话不断形成新的"视域融合"，从而形成一种"解释学循环"。

而真正将"读者"作为文学活动中心理论的则是 20 世纪 60 年代兴起的接受美学。接受美学举起了"读者中心论"的大旗，将"读者"的地位提高到四要素的首位。接受美学实现了西方文学研究中心由作家和作品向文本与读者的转移。姚斯偏重于从读者接受的文学历史入手，重建文学与历史之间的关联，将读者的地位提高到文学研究的中心地位。"一部文学作品的历史生命如果没有接受者的积极参与是不可思议的。因为只有通过读者的传递过程，作品才进入一种连续性变化的经验视野中。"任何一位读者的阅读都是从其"期待视野"出发，读者的"期待视野"是理解一部文学作品的前提，而文学作品则"在当代及以后的读者，批评家和作家的文学经验的期待视野中得到基本调节"②，一部文学作品总是在读者的期待视野的"链条"中敞开。伊瑟尔则偏重于文本的"不确定性"和"空白"。由于文本意义的开放性，文学中有许多的"空白"，空白"用来表示存在于文本自始至终的系统之中的空位，读者填补这一空位就可以引起文本模式的相互

---

① ［德］加达默尔：《真理与方法》，洪汉鼎译，上海译文出版社 1999 年版，第 393 页。

② ［德］姚斯、［美］霍拉勃：《接受美学与接受理论》，周宁、金元浦译，辽宁人民出版社 1987 年版，第 27 页。

作用"①。空白作为"文本中看不见的结合点，它们把文本的图式和文本视野区分开来，同时在读者方面引起观念化的活动"②。无论是强调读者的"期待视野"还是强调文本的"空白"，两者在"读者中心论"这一点上殊途同归。

解释学—接受美学的一个重要贡献就在于提升了文学活动中读者的地位，将读者在文学活动中被动接受者、欣赏者的地位提高到主动解释者的地位。作为解释者的读者就树立了其在文学活动中的主体地位，在对文学的解释活动中，读者与文本之间是一种对话的辩证关系，是一种交流的互动关系，这样，读者就不仅仅是文本的被动的接受者，更是文本的深入解释者。读者之所以能够成为解释者，就在于文本是一个"虚实相生"的结构，由于文本"虚"的存在，读者才能获得介入文本解释的权利，通过读者的解释，文本也就从"虚"走向了"实"，在文本与读者的交流对话中，文本意义的丰富性得到了呈现，而读者的主体性也获得了认可。

电子媒介的兴起，对读者理论有了极大的冲击。电子媒介时代文学生产的重要特征就在于文学生产的媒介化、技术性和交互性。③ 正是由于电子媒介时代文学生产方式的转型，

---

① ［德］伊瑟尔：《审美过程研究》，霍桂桓、李宝彦译，中国人民大学出版社 1988 年版，第 247 页。

② ［德］伊瑟尔：《审美过程研究》，霍桂桓、李宝彦译，中国人民大学出版社 1988 年版，第 249 页。

③ 关于电子媒介时代文学的生产方式，可以参见拙文《电子媒介时代文学生产方式》，《浙江社会科学》2016 年第 6 期。

读者在对电子媒介文本的接受上也发生相应的变化。如果说，在印刷文本的读者接受中，作为解释者的读者对文本的解释还局限在文本"空白"的填空上，对文本"未定点"意义的补充上，那么，在电子媒介时代"由于数字文学是以计算机代码为基础的程序文本，其中可嵌入互动设计（interactive design），读者就不仅仅局限于对文本语义解读，还可以选择、建构甚至重写文本从而进行更加积极的和程度更为深广的文本意义生产"①。这种读者对文本意义的重新建构只能在电子技术的支持上才能得以发生，作为接受者的读者在数字文学面前，其身份不仅仅是接受者，抑或解释者，在一定程度上他们直接参与了网络文学的写作，其身份转变为参与者。

电子媒介的兴起，滋生了数量众多的网络作家，网络作家是指通过互联网等媒介发表文学作品的撰稿人。网络作家催生了网络读者，由于网络的"趋零距离"，网络作家与读者之间互动性增强，读者与作者的交流更加地频繁，网络文学的交互性在一定程度上促进了读者参与了网络文学生产过程。蔡智恒的《第一次的亲密接触》是一部影响深远的网络小说，在中国网络文学发展史上具有里程碑式的意义。他在网上连载这部小说的时候，网络读者给了他继续写下去的原初动力。

---

① 单小曦：《媒介与文学——媒介文艺学引论》，商务印书馆 2015 年版，第 184 页。

"从 1998 年 3 月 22 日，到 5 月 29 日，我共花了两个月零八天在网络上完成了长达 34 集的连载。平均两天一集的速度，算快吗？我不知道。因为我以前没写过这么长的东西。在网络上写东西是很寂寞的，尤其是我通常在半夜陪伴着生冷的 PC，做着重复的 Key in 动作。"[①] 在这种孤独的创作中，他很多次想放弃，但网络读者不停地跟帖和鼓励才使他坚持下来。小说叙述的是一个网恋的事，故事女主人公轻舞飞扬的命运牵动着读者的心，在蔡智恒网上写作的过程中，特别是当他在网上贴到第 25 集时，他收到了很多为轻舞飞扬求情的网友信件。他曾经想去顺从网友的意见改变轻舞飞扬的命运，这说明"网友间的双向交流确实成为网络文本的写作动力及其组成部分"，但最终他还是坚持了自己的意见，让轻舞飞扬最终死去。至今还有读者责问痞子蔡："为什么让轻舞飞扬死去？"这也说明了读者的阅读意愿对网络作家创作的巨大影响。如果说在蔡智恒这里，网络文学读者仅仅对网络文学的情节结构有着建议和推动的作用，那么，在 bbs 跟帖形成的小说《风中玫瑰》中，作者则与众多的网络读者共同完成了这部作品。网络读者在一定程度上成为这部作品生产的参与者。

如果说上面所论及的小说具有纸质媒介的特征，网络超

---

① 蔡智恒：《痞子蔡的感性宣言》，《第一次的亲密接触》，知识出版社 1999 年版，第 226 页。

文本小说则最能说明电子媒介时代文学的特征。"超文本"是"网络时代文学实现数字化生存的最重要的标志之一。从一定意义上说，网络时代的文学生产和文学消费主要是以'超文本'的样态出现的"①。在超文本中，语言、符号和图像可以通过"热链接"（Hotlink）相互连通，构成一个超级的文本结构。读者对超文本进行阅读的时候，通过对"热链接"的自由点击，可以选择自己的阅读路径，不同的阅读路径呈现在读者眼前的文本状态及其结构都不相同，这种阅读方式"不仅摧毁了故事之中的人物等级，废弃了种种人为的结构，而且彻底地导致了线性逻辑的解体。于是，中心、主题、主角、线索、视角、开端与结局、文本的边界，这些概念统统失效"②。超文本阅读的非线性特征，其本质在使读者与超文本之间形成一种交互性的意义生产方式，文本的意义在读者不同阅读方式下呈现出开放性的特质，玛丽－劳尔·瑞安就认为"读者与其说是按照一种常规有序的命令去消费文本，还不如说自己决定着通过文本网的穿越路径"③。在超文本的阅读中，"文本所能呈现的多种可能，跟读者进行意义创造和

---

① 陈定家：《比特之镜：网络时代的文学生产研究》，中国社会科学出版社 2011 年版，第 78 页。

② 南帆：《双重视域——当代电子文化分析》，江苏人民出版社 2001 年版，第 263 页。

③ Ryan, Marie-Laure. *Immersion vs. Interactivity: Virtual Reality and Literary Theory.* Postmodern Culture v. 5 n. 1 (1994), Http://pmc. iath. virginia. edu/text-only/issue. 994/ryan. 994，转引自单小曦：《媒介与文学——媒介文艺学引论》，商务印书馆 2015 年版，第 185 页。

故事组合的复杂程度相关"①。由此，乔伊斯提出了"读者即作者"的观点，在超文本的阅读中，兰道也提出了与此相类似的观点"作为作者的读者"。在对网络超文本的阅读中，读者积极地参与了超文本意义的生产，这是一个不争的事实，"超文本是一种需要读者强势参与才能进行意义生产的文本"②，传统意义上读者作为文本意义的接受者、文本意义的解释者在电子媒介的介入下成为文本意义的生产者，参与文本结构、文本意义的生产。

由此可见，网络文学的文本生产和意义生产呈现出与纸质文学不同的特征。网络文学打破了作者唯我独尊的"霸权"，网络文学的作者不再是文本意义和文本结构生产的唯一创立人，文本也不再是一个固定的封闭性的结构。网络文学使读者的地位得到了空前的提升，读者的身份发生了根本的转型，从文本意义的被动接受者转变为文本意义生产的参与者，网络文学重构了新型的作者—读者关系。从传统的纸质文学生产中，作家生产的作品通过读者的阅读获得意义的再生产，但这种再生产的意义只能够建立在作者生产的已经"固定"的文学文本上，读者只能够去"填补"意义的空白，

---

① Joyce, Michal. *Of Two Minds. Hypertext Pedagogy and poetics*. Ann Arbor: The University of Michigan Press, 1995, P. 41. 转引自单小曦:《媒介与文学——媒介文艺学引论》，商务印书馆 2015 年版，第 185 页。

② 单小曦:《媒介与文学——媒介文艺学引论》，商务印书馆 2015 年版，第 130 页。

对文本的结构、情节的发展不能施加任何的影响。作者与读者之间的互动存在着一定的距离，作者对文本意义赋予的主动性明显高于读者。相反，在网络文学生产中，数字交互性使得作者与读者同时在线交流成为可能。这种在线交流的互动方式对作者的写作产生较大的影响，网络作家善于吸收网络读者的意见，读者的跟帖、反馈和评论甚至会改变作者的写作思路，作者因为读者的反馈而改变写作思路在网络文学生产中并不鲜见。网络文学也不是一次性完成的，而是不断地在网络上更新，在更新的过程中读者意见、反馈和评论对作者以后的创作会产生较大的影响，"作者通过读者的反馈也可以对作品删改、添加，乃至与读者共同创作"①。在网络文学"作者发表部分章节—读者阅读—作者和读者交流—根据交流意见修改作品—作者和读者达成一致意见—作品完成"的这种协商式生产模式中，文学作品是在作者与读者的交流中完成的。在某种意义上，读者已经与作者一起完成了网络文学作品的生产，读者俨然成为作品生产的参与者。

作为接受者的读者在面对文学作品的时候，作者对作品意义的赋予及其作品的性质决定了接受者对文本意义的理解；作为解释者的读者面对文学作品的时候，作品充满了"空白"和"未定点"等待着读者去填补意义。作为参

---

① 郑宗荣：《论网络文学的互动性》，《重庆三峡学院学报》2004 年第 4 期，第 52 页。

与者的读者面对数字文学作品的时候，自身参与到文本结构及其意义生产之中。在电子媒介时代，由于数字媒介的强势入侵，作为文学理论要素之一的"读者"发生了话语转型，读者从被动的接受者、主动的解释者转换为文本生产的参与者，这种转型与数字媒介体现出交互主体性的密切相连，如果没有电子媒介提供的数字模拟场景，读者不可能转换为文本生产的实际参与者。

六、结语

从上面的分析可以看出，电子媒介时代由于媒介性在文艺中的重要作用，文论话语发生了根本转型，文学性让位给媒介性，世界从实体世界转型为虚拟世界和实体世界并存，作品从语言主导转型为图像主导，作者从个体性创造者转为集体性的制作者，读者也从被动的接受者、主动的解释者转型为参与者的角色。这种转型一方面是因为电子媒介强势入侵文艺领域，文艺主导类型的更迭促使了文论话语的转型，另外一方面则是因为全球化时代文艺话语方式发生了根本性的改变，后现代性成为全球化时代文艺的文化逻辑形态，在后现代的文艺话语体系中，"拟像"成为电子媒介时代文艺审美的主导范式①，由此，艺术创作的主体、客体、方法等都发

---

① 关于电子媒介时代审美范式转型问题可以参见拙作《电子媒介时代审美范式转型与文学镜像》，《浙江社会科学》2017 年第 1 期。

生了位移，"碎片""拼贴""超文本"等从根本上构成了后现代艺术的言说方式，在此基础上，电子媒介时代文论发生了根本转型。电子媒介时代文论话语构成方式如下图所示。

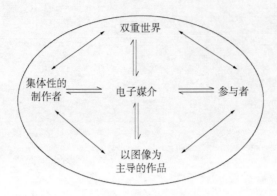

电子媒介时代文论话语发生转型后，其活动范式如上图所示。在这一图示中，双重世界处于图示的最上面，说明世界依旧是电子媒介时代文学活动得以存在的基础，只不过世界裂变为实体和虚拟的双重世界，而集体性的制作者、以图像为主导的作品以及参与者都生活在这一双重世界之中。在作品的生产方式上，从个人独创转变为集体制作，在这一制作程序中，传统的作家、网络的写手等都被纳入这一生产的体系之中，作品则是以"图像"为主导的影视作品以及网络文艺作品，这种文艺主导类型的更迭与电子媒介时代的文化逻辑是一致的，读者转变为参与者是网络交互性的产物，也是全球化时代读者参与作品创制的必然选择。而电子媒介则位于这四大要素的中心，与这四大要素之间形成往复的关系，从完整的文学活动系统论观点来说，电子媒介时代文论各要素之间的流通需要通过电子媒介作为"中介"，从而产生一种新的意义生产。这一新的意义生产模式与印刷媒介时代艾布拉姆斯的文学意义生产模式完全不同，因为在这里，电子媒介成为文学活动得以发生的关节点。

［本文系国家社科基金重点项目"媒介与百年中国文学互动共生关系研究"（项目批准号：13AZW002）的阶段性成果。］

［作者简介：胡友峰，山东大学文艺美学研究中心教授，博士生导师。

本文原载《文学评论》2018年1期。］

"寻根"：跨世纪的旅程

张伯存

　　"寻根"思潮作为 1980 年代非常重要的文学文化思潮，其持续的时间并不长，主要集中在 1984、1985 年，在引起轰动和广泛关注之后旋即偃旗息鼓、风流云散。但这一思潮生发的问题一直延续到 90 年代直至 21 世纪。因此，"寻根"思潮并不是表面上那样短暂的"历史"的现象，而是具有当下性、衍生性、延展性的话语平台和思想空间，有持续追寻和思辩的理论价值和现实意义。

　　"寻根"思潮结束 20 多年后，其代表人物韩少功表示："什么是'寻根'？寻什么'根'？怎样去'寻'？""二十多年前谈不清楚，二十多年后肯定还是谈不清楚。"① 这番话道出了"寻根"思潮的复杂性和评判的困难。但在"寻根"之始，

---

　　① 韩少功：《寻根群体的条件》，《上海文化》2009 年第 5 期。

韩少功的想法是明晰而又自信的："文学有'根'，文学之'根'应深植于民族传统文化的土壤里，根不深，则叶难茂"；"寻根""是一种对民族的重新认识、一种审美意识中潜在历史因素的苏醒，一种追求和把握人世无限感和永恒感的对象化表现。"① 其间为什么会有这么大的认识落差呢？正因为连"当事人"也觉得至今还"谈不清楚"，才确有"谈"的必要。

本文论述寻根文学的三位代表作家韩少功、王安忆、阿城，寻绎他们创作的踪迹与嬗变，在反思话语中探讨"寻根"思潮的连续性和持久性，意在申明一种"中国叙事"的执著立场，其间蕴含着中国文化的张扬和中华文明的确认。

一、韩少功：从文化批判到抵抗现代性

韩少功的小说《爸爸爸》营造了一个虚实相间、扑朔迷离、混沌不明的意境。它以一个丑陋的傻子兼侏儒丙崽为主要人物来表现一个村庄的兴衰变迁和种族的退化衰落，其反讽性是显而易见的。小说描绘了带有巫术色彩的风俗，诡异的幻觉和异象，灵异的当地传说，人物怪异的观念思维和行为方式，这是一个由古老巫术文化统摄起来的世界，是一个迥异于现代文明的生活空间。《爸爸爸》在亦庄亦谐的叙述中隐含了"文明与愚昧的冲突"。因此，《爸爸爸》是一种"民族寓言"式的文本，其寓言性是由文本内在的诸如落后与先

---

① 韩少功：《文学的"根"》，《作家》1985 年第 4 期。

进、愚昧与文明两种不兼容的话语系统的错位及组合构成的，它是一种关于中国文化价值判断的文学叙事。一般认为，小说隐喻了"阿Q"式的国民性批判话语，丙崽/鸡头寨接续上了阿Q/未庄的隐喻系统，丙崽就是一个巨大的文化隐喻符号，韩少功的寻根意识承继了鲁迅的国民劣根性批判。作者从所谓现代意识出发，返观、审视民族文化的积习和弊端，现在看来，虽然其艺术上属上乘之作，但思想上并非十分高明。

90年代之后，中国更深地卷入全球化的同时也遭受西方大国的围堵和打压，与之相应，国内民族主义思潮兴起，韩少功20世纪80年代朦胧的民族文化意识蜕变为更明晰的反思现代性的思想意识。他思考的结晶就是1996年辞典体长篇小说《马桥词典》的出版。与《爸爸爸》的过于惨淡、灰色、悲观不同，《马桥词典》呈现出一抹亮色、一团温情，作者流露出一种发自内心的深情。《爸爸爸》感性占上风，浑沌一团，晦暗不明；而《马桥词典》则由清明的理性和睿智的思辩主导叙述。

《马桥词典》意在探究一个"方言共同体"的生命形态和价值观念。现代性蕴含着进步主义和发展主义的内在逻辑，在《马桥词典》中，马桥人恰恰是"反现代""反进步""反发展"的，他们对城市生活、现代化本能地拒斥，对知识、科学有抵触心理。他们祖祖辈辈形成了一个自洽的精神价值体系，一个相对自足的"伦理世界"，一个超稳定的情感结构。现代社会是一个高度世俗化的社会，它越来越均质化，拒绝另类，排斥异己，现代性的无边界扩展意味着一体化、单极性力量的无比强大、无远弗届。马桥村里，村民们的种种禁忌、习俗、思维是神秘的、原始的、灵异的，这是一个本真的、原初的、单纯的文化飞地，抗衡着现代文明的侵蚀和挤压。先进与落后、文明与愚昧的二元对立思维是现代性认识论，往往成为人们评判社会、国族、共同体的准绳。而这种认识论恰恰是需要反思、反省的：文明的标尺到底是什么？这种认识论其实染上了西方历史上殖民主义、帝国主义的浓重色彩。在全球一体化加速的时代，倡导文化多样性，张扬文化独特性，是抵挡趋同化、一体化的唯一途径。

以马鸣为代表的马桥人固守着自己的生活方式，抱朴守静，无利欲之心，过着隐士般的生活，呈现一种人与自然和谐相融的生活状态。这样的生活方式无疑和现代性所开创的现代生活方式格格不入，后者意味着享受社会发展所带来的物质生活的富足、舒适、安逸，物欲的不止追求，这是高消耗资源的以破坏环境为代价的消费意识形态主导下的生活。因此，马鸣们的生活就具有了抵抗现代性的寓意。现代性犹如洪流一般滚滚向前，与传统告别；而马鸣们却回归传统，本真、简朴，内心安宁，拒绝成为被裹挟而去的现代性洪水中的一分子。他们的生活态度是一种文化权利的申张，一种逆现代性而行的价值观。马桥村坐落在现代性向度之外，它为反抗文化霸权提供了想象空间。

《马桥词典》延续性地表现了中国近代以来关于"变"与"常"的历史大命题。它是一部抵抗现代性的寓言，它反宏大叙事，反普遍主义，反"普世价值"。它敞开一个被遮蔽、被压制、被遗忘的异质性生活空间和文化系统。

当韩少功这样质询："绚丽的楚文化到哪里去了？"[①] 他的寻根力作《爸爸爸》恰恰不是对"绚丽的楚文化"的再现，而是表现以楚文化为代表的中国文化的愚昧落后的一面，表达理性主体一种强烈的文化批判意识。他的《文学的"根"》一文所宣扬的文化抱负与《爸爸爸》之间是存在着抵牾之处的。10年之后，作者的文化立场发生了显著变化，他开始真正在"寻根"，追寻"绚丽的楚文化"，发掘文化正能量。《马桥词典》令我们思索：马桥这个小村落的存在意味着什么？现代性遮蔽了什么？不发展就一定不好吗？普遍性与特殊性、全球化与本土性是怎样的关系？什么样的生活是幸福美好的生活？20世纪90年代至今，它们逐渐成了我们国家非常重要的价值问题，因为这关乎到文化政治立场和精神价值建构，关乎到中国如何在世界立足、如何发展的问题。而《马桥词典》以它的敏锐性、深刻性和迥异于主流社会思潮的独特性对这些问题进行了独有的文学化应答。

二、王安忆：从小鲍庄到大上海

王安忆的《小鲍庄》发表之初被看作是一种关于儒家"仁义"文化的文学叙事，它也是一种"民族寓言"。它具有

---

① 韩少功：《文学的"根"》，《作家》1985年第4期。

一种地老天荒的神话特征。小鲍庄的村民们用一套祖辈传下来的伦理观念来解释他们的生活形态，诸如生老病死、天灾人祸、善恶美丑等。这些构成了作者心目中"文化中国"的想象和叙事，然而，它却借助了《圣经》创世纪神话的"外衣"，这不能不说是一种文化悖论或错置。小说主人公叫捞渣，他是"仁义"神话的象征，他的死改变了村里很多人的不幸命运和困境。事实上，"不是捞渣的死，而是对捞渣的死的'当代'叙述"使他们时来运转。① 这种"叙述"就是小说中出现的一套有关"阶级""革命"等"当代神话"话语。《小鲍庄》文本自身蕴含着话语构成的复杂性，存在着彼此消解或冲突的多种话语：西方文化源头的创世纪神话、儒家"仁义"神话、"当代神话"、民间话语体系（日常言行方式、唱曲野史）的多重交织、纠缠，因而也造成文本的多重指向、裂隙和碎片。

王安忆有过插队的经历和农村生活体验，作为知青作家，她写出寻根文学的代表作《小鲍庄》是很自然的事情。她说："我向往我拥有一个村庄，哪怕只是暂时。村庄给我一种根源的感觉，村庄还使我有一种家园的感觉。"② 但农村生活只是她生命中的短暂插曲，城市才是她安身之所立命之地。当很多人以为"寻根运动"只有短暂的两年，到 20 世纪 90 年代

① 黄子平：《语言洪水中的坝与碑——重读〈小鲍庄〉》，王晓明主编：《20 世纪中国文学史论》（第三卷），东方出版中心 1997 年版，第 296 页。
② 王安忆：《纪实与虚构》，人民文学出版社 1993 年版，第 217 页。

早已烟消云散的时候，王安忆却并不这样认为。"这场寻根运动是由前后两个部分组成，一是文化传统上的，一是家族史上的。前者是抽象的，意图不明显的；后者则是具体的，意象较为明确的。"[1] 那么，她的家族史小说《纪实与虚构》其实就是对接《小鲍庄》，继续踏上"寻根"的旅程。她认为家族小说"是一种寻求根源的具体化、个人化的表现，它是'寻根'从外走向内的表现"；"它不像前一类寻根小说那样，带有荒蛮时代天地混沌人神合一史诗般的恢弘气势，它看上去格局要缩小许多，更具有现实的气息。这一类小说是要比前一类更吸引我……尽管大多数人并没有将这类家族小说归进寻根运动，人们都说寻根运动已经过去，一去不回"。[2] 作为寻根文学的主要参与者，王安忆对寻根小说和寻根运动的感受和认知是独特的，也是最贴心的，她以一位优秀小说家的敏锐和直觉深入内在肌理捕捉它。"前一类的寻根小说更像是个童话，而后一类的家族小说则是一部纪实。这就是寻根的大潮！我盲动地随了大潮，起伏追逐，我只是觉得内心受了巨大的感动，我觉得新的故事世界透露出晨曦般的光芒。"[3] 这就是长篇小说《纪实与虚构》。在这部小说中，作者以坐标的形式将个体生命分成纵向和横向两个向度，叙述在相离又相交的两个方向上展开，这是个人生命史上的寻根。这是一

---

[1] 王安忆：《纪实与虚构》，人民文学出版社 1993 年版，第 406 页。
[2] 王安忆：《纪实与虚构》，人民文学出版社 1993 年版，第 408 页。
[3] 王安忆：《纪实与虚构》，人民文学出版社 1993 年版，第 409 页。

个不折不扣的"上海故事",从故事时间溯流而上,它其实预示了王安忆此后的《长恨歌》《天香》等小说。

王安忆对她生长于斯的上海一往情深,长期观照,俨然成为上海叙事的代言人。她说:"在1980年(代),寻根的浪潮底下,我也想寻寻我们上海的根。"① 一部《长恨歌》(1995年)写尽了上海从20世纪40年代到80年代的浮华沧桑。小说主人公王琦瑶是上海这座城市的精灵,她的形象和上海这座城市的形象相互纠缠在一起,无法分离,她一生命运与上海的沧桑沉浮相始终。小说细腻描绘了上海私密的内部风景、精致的世俗日常生活以及浮华梦幻,再现"海上繁华梦",写出了"现代上海史诗"。在老上海怀旧热氛围中,小说在失落、忧郁、感伤的气息中做着拯救与救赎这座城市的努力。王琦瑶是"老上海"或"旧上海"的遗物或纪念碑。

而王安忆2011年发表的《天香》写的则是"古上海",小说上溯到了上海的"史前"时代——晚明,即上海浮出"现代"地表之前的一段历史时期。她意图展现海派文明的原初历史图像,这是她个人的上海"考古学"。她叙述上海士绅家族的兴衰命运,记述申家园林兴废始末。作者有意识地对接了古代上海和当代上海,这座城市的前世和今生,源头和源流,为今天的上海重构了起源神话,在想象层面发掘出上

---

① 王安忆当时就到资料室查阅"顾绣"等上海掌故性的资料,记在笔记本里,30年后,她据此及后来搜集的大量资料写出了长篇小说《天香》。《光明日报》2015年9月10日。

海这座中国最大城市最繁华城市之"根",它不是开埠神话,不是十里洋场传奇,它有一个"中国芯",这是上海之所以成为上海的精魂,是新上海精神的源泉。《天香》其实是一种"世情小说",以描摹世态人情见长,而它在写法上回到中国古典小说传统,这又是文体层面上的寻根了。

王安忆的"上海叙事"一路上溯,从当代到现代再到古代,追根溯源,描绘出海派文明的"谱系学"。

三、阿城:知识结构与文化构成

阿城的《棋王》是寻根小说的扛鼎之作,它一写"棋";二写"吃"。通过二者表达两层思想意蕴:一是表现中国文化,这又分道家和禅宗;一是生存线上的以"吃"为目标的世俗人生。文本中二者之间存在着游移、摇摆,与之相应,作者对《棋王》的前后阐释也存在着摇摆不定或否定之否定。

《棋王》发表 20 年之后,阿城在接受访谈时说:"我只是对知识构成和文化结构有兴趣";"寻不寻根,不是重要的,重要的就是要改变你的知识结构"。[①] 阿城的创作观及对《棋王》的阐释有一个变化不定、莫衷一是的过程。阿城关于《棋王》最早的创作自述出现在一封私人通信中,大意是说,他的创作是对普通人很贴近的关注。《棋王》一是想写俗人的乐趣,二是想写衣食足

---

① 查建英:《八十年代访谈录》,生活·读书·新知三联书店 2006 年版,第 33、42 页。

方知荣辱，三是想写王一生这样的痴上也有历史的演进。[①] 这是1984 年底以前，是原初的想法，较自我，真实可信。

1984 年底，阿城参加那场著名的杭州会议，韩少功是会上的核心人物，宣扬文化寻根，阿城也在会上表现不俗，俨然是令人刮目相看的世外高人。[②] 他随后在《文汇报》上一段《话不在多》的短文中说道："以我陋见，《棋王》尚未入流，因其还未完全浸入笔者所感知的中国文化，仍属于半文化小说。若使中国能与世界文化对话，非要能浸出丰厚的中国文化。"[③] 这已和他最初的说法不同，他申明自己在追求一种高雅的"文化小说"，大谈"中国文化"与"世界文化"对话，话题很"高大上"，不再说写"俗人"了。《棋王》最热之时，评论家如恍然大悟般纷纷解读它所蕴涵的道家思想，所谓"无为无不为"。这也似乎得到作者的认可。但后来，他谈到禅宗，他说："其实我写的都是公案。"[④]

阿城的确喜欢谈禅，从最早的《文化制约着人类》一文

---

① 参见仲星祥：《阿城之谜》，《现代作家》1985 年第 6 期。阿城在创作谈《一些话》表达了相近的意思，载《中篇小说选刊》1984 年第 6 期。

② 据王安忆回忆，她因接到会议通知较晚，没买到火车票，无法与会，深以为憾。"后来，许多与会者向我转达那次会议的情形，最集中描绘的是阿城发言。他讲了三个故事……给我一种禅机的印象。那时候，听阿城说话，就是像参禅，而我们又都缺乏慧根，只感到有光明透来，却觉悟不得。"见王安忆：《"寻根"二十年忆》，《上海文学》2006 年第 8 期。

③ 《文汇报》1985 年 4 月 22 日刊登 "83—84 年全国中篇小说奖获奖作家感言"。

④ 朱伟：《接近阿城》，王晓明主编：《20 世纪中国文学史论》（第三卷），东方出版中心 1997 年版，第 314 页。

到随笔集《闲话闲说》《威尼斯日记》，再到晚近的学术随笔集《洛书河图》都有涉及。禅宗在中国从最初的佛门净土后来进入士大夫门庭，演变为中国古代文人士子传统的一脉，是一种精致的士人文化、贵族文化（《棋王》里倪斌父亲是近代的流风遗绪）。这又和《棋王》中刻意张扬的贫苦阶层以"吃"为主的世俗生活相抵牾，草根庶民的民间文化和士大夫阶级的参禅悟道是两套价值体系和话语系统。

有人从《棋王》中看出，"寻根"的终极意义是回到人的基本生存面，回到日常的经验世界。[①] 这似乎和中国文化扯不上关系，但是，如果说中国文化的特质，在认识论层面，更强调"常识"；在存在论层面，更强调"日常"，近似于周作人所谓的"人情物理"。那么，从这层意义上讲，《棋王》写"吃"是大有文化，近乎"道"焉。

阿城十余年后再看寻根文学，认为它撞开了一扇门，即世俗之门。而世俗文化是中国文化的基本构成；五四以前的小说世俗情态溢于言表。[②] 他认为他的《棋王》接续了中国古典世俗小说传统：《棋王》里有"英雄传奇""现实演义""言情"等世俗世态。[③]

---

① 李庆西：《寻根：回到事物本身》，《文学评论》1988 年第 4 期。
② 阿城：《闲话闲说——中国世俗与中国小说》，作家出版社 1997 年版，第 169、25、90 页。
③ 阿城：《闲话闲说——中国世俗与中国小说》，作家出版社 1997 年版，第 179 页。

由此看出他前后说法自相矛盾，从最初的说是写俗人、普通人到后来说是写中国文化精神的文化小说，到说写的是禅宗公案，再到晚近的说法写"世俗"，经历了一个否定之否定的过程。但这也表征了其小说文本的多义性。

阿城在《棋王》《树王》《孩子王》之后的《遍地风流》系列小说，它们的文体价值更突出，它们其实是一种新笔记小说，接续的是中国古代笔记小说传统及文脉，算是一种文体意义上的"寻根"。阿城现在的文明文化观在 20 世纪 80 年代已初露端倪。阿城在杭州会议上对一众作家、评论家讲的对苗族服饰图案的看法，语惊四座。而 80 年代初、中期，阿城开始关注中国青铜器及相关考古知识，其知识结构的重组、改变已经为后来的继续"寻根"埋下了伏笔。[①] 他二十多年来的持续研究、探索，接续了 80 年代的"文化寻根"。

阿城 2014 年出版的学术随笔集《洛书河图》应看作是他近期"寻根"的实绩。

阿城转向造型艺术研究是"寻根"的再出发，或者说，当当年的同道半途而废、迷路或转向的时候，他一直在坚韧不拔、契而不舍地"寻根"，悟性极高的阿城终于有了惊人的发现：苗族服饰图案完好保存了河图、洛书的原型符号及天极的形象，自新石器时代传承而来，乃是一种罕见的上古文

---

① 1982 年，阿城读了北京三联书店出版的哈佛大学教授张光直先生的《中国青铜时代》，1985 年阿城到美国哈佛大学结识他，请益问学，受益匪浅。《八十年代访谈录》中第 54—55 页有较详细介绍。

明活化石。他指出:"对我关键性的启示,是苗族刺绣图案,它们几乎与良渚文化中琮上的神徽一一对应。""这意味着苗族对上古符形的保存,超乎想象地顽强?自称传承中华文明的汉族,反而迷失了,异化了,尤其于今为烈?苗族文化是罕见的活化石,我们绝对应该'子子孙孙永宝之'。"[①] 阿城的"寻根"寻到他自认为真正的源头:"对西南少数民族的文化保护,我认为应该从文明的发生这样的重要性来重新认识。从艺术上来说,它们不应该被视为民间艺术,而是高度文明的遗存,是活化石,是东亚新石器文明的活化石,是中国文明之源的活化石。"[②] 阿城从中国古代天象系统也就是宇宙观入手,理出中华文明一路而下的脉络。

在中华文明的主流叙述中,黄河文明中心论曾经是长期的主流叙述,通过一些历史学者的努力它被颠覆了。关于中华文明的脉络,阿城在《洛书河图》的《重印后记》中言道:"我个人一直对这个文脉有最大的兴趣,视它为中国的根本资源,如果不梳理它,甚至切断它,结果一定是崔健唱的'一无所有',既悲壮又滑稽。所谓的现当代,一定是文脉不断的现当代。只有文脉不断的现当代中国,才能与文脉不断的普

---

① 阿城:《洛书河图——文明的造型探源》(修订本),中华书局 2015 年 5 月版,第 176、51 页。

② 阿城:《洛书河图——文明的造型探源》(修订本),中华书局 2015 年 5 月版,第 167 页。

世现当代交谈与融合。"① 这番话明白无误地告诉我们，阿城是多么痴情地、执著地"寻根"不已——追寻中华文明之"根"。

四、结语

韩少功作为 1980 年代寻根文学的领军人物，其思想文化立场从《爸爸爸》中的国民性批判到《马桥词典》中的现代性批判，其中的转折是耐人寻味的。前者是因深感中国的落后而起的对变革的渴望为动因，背后矗立着现代西方的对比、参照和 80 年代语境熏染；后者是在全球化加速、现代性全方位渗透中国的语境中凸显一种文化独特性和本土文化立场，这恰恰是他要寻的绚烂的文化之"根"，是他的寻根宣言《文学的"根"》一文所宣扬的理念的文学实践及虚构文本，褒贬之间看出他文化自信心的增强和思考深度的掘进。王安忆的小说创作从小村落到个人家族史再到城市文明史，貌似题材跨度很大，相互之间毫不相干，但内里有一个"寻根"的理路和脉络一以贯之，这是不可不察的，就此言之，作为小说家的王安忆的寻根意识是最强烈的，寻根情结是最浓重的，其"寻根小说"创作的时间跨度也是最长的。阿城从苗族服饰图案和青铜器图案中发现了古代中国文明体系里的宇宙观、天下观和人生观，这是我们祖先的中华文明观。阿城的这一

---

① 阿城：《洛书河图——文明的造型探源》（修订本），中华书局 2015年 5 月版，第 175 页。

"发现"很文学，自是一家之言，但其寻根意识可嘉，他在寻根之路上走得最远，这是一个人的孤旅，他捡拾已被现代人遗弃、遗忘的"文明的碎片"，拼接、黏合，他另辟蹊径，沿迹而上一路走向远古时代中华文明的源头，发现了中华文明的一条脉络。这正和 80 年代的寻根文化思潮的非正统、反规范、去中心相契合。

"寻根"思潮提出一个如何认识和利用本土文化资源的根本性问题。寻根小说是现代性询唤下的文学实践。"寻根"的指向是"中国"和"文化"，它对文学本土性的追求充满文化民族主义色彩，它以文学的方式重构民族文化资源，重新确立中国文化的主体位置，跨越"文化断裂带"，接续文化传统，形成新的文化主体认同。

寻根文学是"文化苏醒"的表征，是文化民族主义意识觉醒的表征，其中存在着一种文化想象在全球化语境中自我投射、显影的机制。当中国不可避免地卷入全球化的历史进程之中，"寻根"思潮的民族性表述及寻根小说的本土化叙事有着不可替代的重要性。如果说 80 年代的寻根文学"通过对'非规范'民族文化传统的重新挖掘，来建构新的文化共同体想象"；"而这种重叙无疑又是 70—80 年代转型时期的中国在世界格局中的主体位置变动的直接投影"。① 那么，20 世纪 90

---

① 贺桂梅：《"新启蒙"知识档案》，北京大学出版社 2010 年版，第 218 页。

年代至 21 世纪的韩少功、王安忆、阿城的上述"寻根"文本进一步表征了在全球化的成年期"中国在世界格局中的主体位置"的变迁和位移。这样,"寻根"思潮势必在一个相对长期的历史时段中处在复杂、矛盾的多重对话关系当中。正如韩少功所言:"所谓'寻根'本身有不同指向,事后也可有多种反思角度,但就其要点而言,它是全球化压强大增时的产物,体现了一种不同文明之间的对话,构成了全球性与本土性之间的充分紧张,通常以焦灼、沉重、错杂、夸张、文化敏感、永恒关切等为精神气质特征。"①它是外力作用下的文化本能反应,但它超越了伤痕文学、反思文学、改革文学的社会问题层面和政治意识形态,寻根文学关于文化中国的叙事立意高远,苍茫辽阔,具有独特的精神气质和艺术魅力。

在全球化与本土性之间存在着一种"刺激—反应"模式。"本土化是全球化激发出来的,异质化是同质化的必然反应——表面上的两极趋势,实际上处于互渗互补和相克相生的复杂关系,而且在全球化的成年期愈益明显。"在这个意义上,韩少功表示:"'寻根'是非西方世界一个幽灵,还可能在有些人那里附体。"②这就是说,"寻根"是全球化的产物,是西方世界的对立物,存在于东西方文明的结构关系之中,只要对方存在,它就不会终止和消失。

---

① 韩少功:《寻根群体的条件》,《上海文化》2009 年第 5 期。
② 韩少功:《寻根群体的条件》,《上海文化》2009 年第 5 期。

随着中国崛起、国际地缘政治格局重组和国际环境的变化，以下问题日益浮出水面：何谓中国？如何"言说中国"？如何建构中国人形象？"中国道路"意味着什么？它能够为全人类的文明和福祉做出什么样的独特贡献？这些问题在很长时间里激发着我们去思考、寻找答案。这是我们自我认同和归属的问题，其背后必然需要强大的文化理念和精神意志作支撑。

这也正是韩少功当年《文学的"根"》一文所流露出的雄心大志："去揭示一些决定民族发展和人类生存的谜"；"万端变化中，中国还是中国，尤其是在文学艺术方面，在民族的深层精神和文化物质方面，我们有民族的自我。我们的责任是释放现代观念的热能，来重铸和镀亮这种自我"。[①]

因此，"寻根"是一个关于中国故事和中国叙述的问题，是想象和讲述自身意义和意义生产的谱系及源流的问题，其意义是"在价值领域里表述和构建自身历史经验的连续性与合法性"，[②] 是建构当代中国文化思想主体性的自觉实践，这样的文学创作表征了中国的价值生产和意义阐释上的创造性和自我肯定的意愿及能力，体现出价值上的远景。从20世纪80年代起步的"寻根"思潮一直到新世纪，这条文脉时明时暗、若隐若现，始终没有中断，它已融汇到思想界关于中国

———————

① 韩少功：《文学的"根"》，《作家》1985年第4期。
② 张旭东：《文化政治与中国道路》，上海人民出版社2015年版，第1页。

认同、中国价值的思考和讨论中去，愈发表征出一种"文化自信"。它对中国经验及历史的叙述、描写、想象及意义阐释，印证了中国文化传统刚健的生命力和当代文学强劲的创造力，这样的文学既是接续传统的文学，又是关注现实的文学，更是面向未来的文学，是一种关于"中国梦"的大文学，它内在于一个文明大国的话语表述和价值系统之中，彰显着、张扬着中国文明、中国文化、中国传统和中国价值。

［本文系国家社科基金一般项目"80 年代至 90 年代文学的'历史连续性'研究"（项目批准号：13BZW126）的阶段性成果。］

［作者简介：张伯存，曲阜师范大学文学院教授博士生导师。

本文原载《当代作家评论》2018 年第 1 期。］

新中国初期女司机形象的
生成与多重文化意义
——以电影剧本《女司机》《马兰花开》为例

刘传霞

在现代社会，司机是指操控飞机、火车、轮船、汽车、推土机、吊车、拖拉机、摩托车等现代交通运输、搬运装卸器械的人。长期以来，这些与现代技术相联系的机器操控者或者说使用者都是男性，但是，在新中国成立初期却一下子涌现出了大量的女司机，工业、农业、航海、航空等领域都活跃着女司机的身影。女司机也成为小说、诗歌、电影、绘画、歌曲等文学艺术形式争相表现的对象，出现了众多女司机形象。电影《女司机》（1951 年）、《马兰花开》（1956 年）①

---

① 电影《女司机》1951 年上海电影制片厂出品，编剧葛琴，导演冼群，舒绣文饰孙桂兰。电影《马兰花开》1956 年由长春电影制片厂出品，编剧林艺，导演李恩杰，秦怡饰马兰。

是两部出自女剧作家之手，反映新中国成立初期女司机工作生活的作品。《女司机》是葛琴在深入大连中长铁路火车女司机训练营——诞生了新中国第一位火车女司机田桂英的地方——进行二十多天实地生活后创作完成的；《马兰花开》是林艺满腔热情地奔赴社会主义建设的第一线，担任兰新铁路土石方工程队支部副书记时创作的，作品以新中国第一位女推土机手、铁道部西北干线工程局土方队推土机女工胡友梅为原型。文学与艺术中的女司机形象不仅仅是现实中女司机的客观再现，它体现了新中国政治文化的构想与实践，具有多重文化象征意义和实践指导作用。这两部出自女作家之手的电影作品在新中国初期产生了极大的影响，反映了中国劳动妇女生活与命运的巨大转变，参与了新中国国家建设和女性解放之路径的想象与设计。

一、女司机群体生成的历史与现实语境

在新中国成立之前，伴随着资本主义现代工业的进入和发展，中国社会已经出现驾驶汽车、摩托车、飞机等现代交通工具的女司机，女司机形象也时常会在报纸、画报、月份牌等现代媒体上出现，但是，在那个时期女司机大都来自上层阶级和知识分子，女司机本身就凤毛麟角、寥若晨星，而且，现代媒体上的女司机形象也往往与现代消费联系在一起，被当作时尚的一部分，成为商品市场消费对象。新中国成立后不久，来自社会底层劳动人民的女司机

却突然喷薄而出，以群体姿态出现，并且女司机形象成为现代媒体和文学艺术广泛宣传、大力塑造的对象。之所以发生这样的突变，与新中国初期中国社会政治经济设计与文化政策有着密切关联。在新中国初期，出身于底层劳动人民的女司机能够以群体态势涌现，这是社会主义工业强国的国家设想、苏联妇女解放经验、共产党的妇女理论实践等共同作用的结果。

作为一个农业大国，共产党领导的以农村包围城市的新民主主义革命，是一场以农民为主体的农民革命，但是，工业化却一直是共产党人对未来国家设计与想象的重要内容。早在 1925 年毛泽东在《中国社会各阶级分析》中就指出无产阶级是中国革命的领导力量；在 1944 年 8 月 31 日给《解放日报》社长博古的信中，针对解放区家庭关系的问题，毛泽东表示："新民主主义社会的基础是机器，不是手工。我们现在还没有获得机器，所以我们还没有胜利。如果我们不能永远获得机器，我们就不能永远胜利，我们就要灭亡。现在的农村是暂时的根据地，不是也不能是中国民主社会的重要基础。由农业基础到工业基础，正是我们革命的任务。"[①] 在 1945 年 4 月 24 日共产党的七大政治报告中毛泽东明确指出："在新民主主义的政治条件获得之后，中国人民及其政府必须采取

① 毛泽东：《致秦邦宪》，《毛泽东书信选集》，人民出版社 1983 年版，第 237—239 页。

切实的步骤，在若干年内逐步地建立重工业和轻工业，使我国由农业国变成工业国。"① 在新中国成立前夕1949年3月5日召开的共产党七届二中全会上，毛泽东再次强调："在革命胜利以后，迅速地恢复和发展生产，对付国外的帝国主义，使中国稳步地由农业国转变为工业国，把中国建成一个伟大的社会主义国家。"② 现代机械化生产只是工业化进程的一个起点，机械化不只是工业领域，还包括农业、矿业、交通等领域。工业生产了火车、轮船、飞机、汽车、推土机、吊车、拖拉机等交通机械，而这些便捷有力的现代运输、装卸机械又推动了工业化的快速发展。现代工业化建设需要大量能够操控这些大机器的人才，于是，司机就在国家对工业化的渴望中被培养、生产出来。中国大规模社会主义工业化建设是从1953年开始的，而基于对工业化现代国家的想象与设计，共产党人早在40年代末就在东北地区启动了对工业基地的重建与扩建工作，所以，新中国培养的第一个火车女司机班组——田桂英的"三八"号火车包车组、第一个女拖拉机队——梁军拖拉机队，都诞生在东北这块土地上。

　　建设社会主义工业强国的国家愿景使具有操控交通运输、

---

① 毛泽东：《毛泽东选集》（第3卷），人民出版社1991年第2版，第1081页。
② 毛泽东：《毛泽东选集》（第4卷），人民出版社1991年第2版，第1437页。

装卸搬运技能的司机在新中国成为一种重要职业。而在新中国初期女性能够在这一行当中脱颖而出、以群的态势出现，并得到国家意识形态的高度肯定、获得女性自我认同，这与新中国对苏联妇女运动和实践经验的借鉴学习是分不开的。中国社会主义工业化道路采取的是苏联模式，苏联在工业化建设过程中大力发动妇女参加生产建设，苏联妇女成为重工业建设的重要力量。苏联成功地培养出了火车司机、飞行员、拖拉机手等女司机，作为苏联新时代妇女典范，她们的事迹在中国不仅以文字的形式在《人民日报》《中国妇女》等国家媒体上被深入地宣传报道，而且被制作成电影、连环画等在中国城乡广泛地传播扩散。苏联各行业女司机的成功与成长，给中国妇女树立了可以借鉴与学习的样本；而国家意识形态的嘉奖与扶持，使妇女获得了力量和自信，敢于突破传统的性别藩篱迈进被男性垄断的行业。新中国第一个女拖拉机手梁军在观看了苏联电影《巾帼英雄》后，被电影中生龙活虎的女拖拉机手芭莎所感染，心生羡慕之情，她在当天的日记中写道："看了《巾帼英雄》里面有一个叫巴莎的女英雄，她会开拖拉机，她的勇敢使我感动，当一个拖拉机手那是多么光荣。"① 芭莎激发了梁军做一个拖拉机手的梦想。新中国第一个火车女司机田桂英偶然在苏联专家中看到了苏联火车女

---

① 参见 1951 年中央新闻纪录电影制片厂摄制的纪录片《女拖拉机手》，编导沙丹，摄影钱渝，音乐陈文甲。

司机的照片，燃起了她做新中国火车女司机的愿望。①在新中国第一批女司机的成长之路上，苏联妇女在社会主义工业建设中所创造的"奇迹"起了非常大的启发与鼓动作用。苏联女司机所树立的崭新女性形象给予中国妇女女性角色认同带来启发与激励，而苏联专家则给予中国妇女具体技术指导与培训，像田桂英等女司机就是在苏联专家亲自培训与指导下，从普通工厂女工成长为新中国第一批火车女司机。

操控交通运输、装卸搬运等现代机械，不仅是体力活，还是技术活，需要体力，更需要文化知识。即使在新中国，司机也是一个值得炫耀和竞争的职业，如果没有国家政策保障，普通劳动妇女很难有机会和能力跨入这一行列。马克思主义非常重视妇女解放，始终把妇女解放和阶级解放融合在一起，认为妇女只有走出家庭参加社会劳动才能获得解放，只有实行了阶级解放，妇女最终才能获得与男性的权利平等。1918年列宁《在全俄女工第一次代表大会上的演说》中曾说过："没有广大劳动妇女的积极参加，社会主义革命是不可能的"，"从一切解放的经验来看，革命的成败取决于妇女解放运动的进程。"②作为马克思主义政党，中国共产党从诞生起就把妇女解放与社会主义革命胜利联系在一起。在1929年的

---

① 参见张琳的报告文学《火车女司机》，新文艺出版社1954年版，第5页。

② 列宁：《列宁全集》（第28卷），人民出版社1986年版，第162—164页。

古田会议上，毛泽东就指出："妇女占人口半数，劳动妇女在经济上的地位和她们特别受压迫的状况，不但证明妇女对革命的迫切需要，而且是决定革命胜利的一个力量。"[①] 在 1939 年延安举行的国际劳动妇女节活动中，毛泽东进一步阐明："妇女解放与社会解放是密切联系着的，妇女解放运动应成为社会解放运动的一个组成部分存在着。离开了社会解放运动，妇女解放是得不到的；同时，没有妇女运动，社会解放也是不可能的。"[②] 在中国共产党领导的妇女解放运动中，劳动妇女——作为中国妇女最大的群体，也是生活最苦、受压迫最深的群体，始终被当成革命主体，解放劳动妇女是共产党妇女解放最重要的目标。从苏区到解放区，中国共产党在不同层面上实践着马克思主义的妇女理论。新中国成立以后，依靠强大国家政权力量，中国共产党开始全方位地实施与落实马克思主义妇女解放理念和理想，实行男女平等。1949 年 9 月颁布的《中国人民政治协商会议共同纲领》第六条明确规定："中华人民共和国废除束缚妇女的封建制度。妇女在政治的、经济的、文化教育的、社会生活的各方面，均有与男子平等的权利。实行男女婚姻自由。"由劳动妇女作为主体的女司机群体能够在新中国成立初期出现，是中国共产党马克思

---

① 中华人民共和国妇女联合会编：《毛泽东主席论妇女》，人民出版社 1978 年版，第 9 页。

② 毛泽东：《妇女们团结起来》，《毛泽东文集》（第 2 卷），人民出版社 1993 年版，第 160 页。

主义妇女理论实践结果之一。

在 1950—1952 年期间，新中国第一个女火车班组、第一个女拖拉机队、第一批女航空人员、第一批女摩托车运动员、第一批女坦克车手、第一个轮船女驾驶员、第一个女推土机手等纷纷涌现。国家不仅扶持与培养这些勇敢踏入男性垄断行业的妇女，而且给予她们很高的荣誉。田桂英、梁军、胡友梅等都被推举为全国劳动模范，受到党和国家领导人的接见，被安排到专门学校进一步学习深造，逐步成长为所在行业的领导干部。她们的事迹不仅被《人民日报》《人民画报》《中国妇女》《群众日报》等媒体做了专题报道，有的还进入教科书，画成连环画，拍成电影，印上了人民币。经过媒体宣传和文学艺术的传播，这些女司机成为新中国妇女的典型和样板，感染与召唤着更多劳动妇女加入了这一行列中，成为社会主义工业化建设的重要力量。

二、女司机叙事的文学面相

葛琴的《女司机》和林艺的《马兰花开》书写了来自社会底层的劳动妇女走出家庭，在社会主义交通工业建设中，如何克服体力、文化、技术上的重重困难，尤其是来自家庭、社会等方面的性别偏见，一步步锻炼成为能够熟练地驾驭火车、推土机等现代化大机器的女司机。《女司机》记录了以司机长孙桂兰为代表的一群未婚普通青年女工创立了新中国第一个全部由女性掌控的"三八"号火车包车组的奋斗历程；

《马兰花开》叙述了已婚妇女马兰离开家乡和城市，到西北边陲铁路建设工地，由一个娇弱的家庭妇女锻炼成为新中国第一个优秀女推土机手的人生之路。

《女司机》《马兰花开》没有回避劳动妇女成为女司机之路途上所遭遇的重重困难。不论是内燃机时代的火车司机，还是西北戈壁滩上的推土机手，都是工作环境恶劣、充满着危险、责任重大、技术要求高的工种，它们对女性身体和心理都提出了新要求，带来了新挑战。火车、推土机是现代化工业大生产的产物，但是，在新中国成立初期驾驭并运行这些机器却需要付出高强度的体力。15分钟要投280锹煤的投炭工作几乎突破孙桂兰的体力极限，给推土机加油、加水等日常维护保养工作考验了马兰的体力。况且，司机不是简单的体力活儿，而是要初步掌握机车构造、制动机理、技术管理等内容的技术活。对于只有受过粗浅文化学习训练的孙桂兰、马兰来说，技术理论学习是一座必须逾越的高峰。孙桂兰因为理论技术考试不及格差点被退出女司机训练营，马兰也因为看不懂推土机原理构造而苦恼万分。

如果说孙桂兰、马兰在体力和文化技术上所遭遇的困难是基于女性自然生理和历史遗留的原因，那么，她们成长之路上的最大压力和困难却来自家庭和社会的传统性别成见。传统性别观念不仅在精神与理念上严重束缚与阻碍了劳动妇女走向社会，成为独立自主、自食其力的社会人，而且还加重她们体力和文化技术上所遭遇的困难，使她们的前进之路步履维艰。妇女闯入男性行业领域，在一些男性看来，这是对男性利益的侵占、对男性尊严的冒犯。驯服火车、推土机等大机器也是男性气质、男性能力的彰显，如果女人进入这些男性专属公共空间并且像男性一样获得社会地位、受到尊重，那么，男性在私人领域享有的地位和权威也会受到动摇。孙桂兰和马兰的师傅都是传统性别角色和性别观的认同者和坚守者，他们反对妇女参加公共领域活动，更反对女性进入由男性所掌控的行业。他们对孙桂英和马兰这两个被单位领导硬派给自己的女徒弟充满了排斥感，不仅不给予她们技术上的指导，而且挖苦作弄、制造困难，想迫使她们知难而退。陆师傅不教给孙桂兰投炭技巧，眼看着她体力透支也达不到要求标准。作为马兰丈夫王福兴的朋友，胡阿根能够把自己的房子腾出来给马兰、王福兴夫妇居住，却坚决反对马兰做推土机驾驶员，不仅以傲慢轻蔑的态度对待刻苦学习推土机驾驶技术的马兰，打击马兰的学习热情，认为妇女开推土机是"让老母鸡也来喔喔啼"①，而且对王福兴容忍妻子学开推土机之举也是极力嘲弄挖苦，责骂王福兴"连个家主婆都不想养活了"，"把我们老师傅的脸都丢尽了"②，使马兰比较开明的丈夫王福兴不敢支持马兰、不敢全心全意地向马兰传授驾驶与施工技术。王福兴的徒弟金桐，也不屑于跟女人家做

① 林艺：《马兰花开》，艺术出版社 1956 年版，第 45 页。
② 林艺：《马兰花开》，艺术出版社 1956 年版，第 34 页。

"师兄弟"，不断地作弄马兰，给马兰制造麻烦，等待看笑话。除了来自保守异性的排斥与敌视之外，孙桂英和马兰还承受同性的误解，甚至是嘲弄与挖苦，那些将男权标准内化的妇女也将马兰看成另类。马兰的母亲认为女人作为男人的家眷就应当被男人所养，这是天经地义的"真理"；建设工地的随队家属们对学习推土机驾驶技能的马兰冷嘲热讽，认为她是"有福不享，自找苦吃"，而且"瞪着眼睛冷笑着监视她"[①]。由于《女司机》展现的是未婚青年女工的生活，而且孙桂兰所处的工作和学习环境是上级领导组织安排的"女司机训练营"，因此，她遭遇的困境大多数是由自身体力和文化水平所造成的。《马兰花开》书写已婚已育的青年妇女，而且是单枪匹马闯入西北铁路建设工地，相比较而言，《马兰花开》将劳动妇女进入重工业、大机械行业所遭遇的困境展现得更加充分。在马兰的成长历程中，传统性别成见给马兰带来的心理压力和煎熬远远超过工作所需要付出的体力劳累之苦。

《女司机》《马兰花开》展现了劳动妇女新气质和新能力，塑造社会主义劳动妇女新形象。《女司机》《马兰花开》叙述了走出家门、步入重工业行业劳动妇女的坚强意志和坚定精神，展现劳动妇女的聪明才智，开掘了她们巨大的创造潜能。孙桂兰敦厚、质朴、泼辣，马兰聪慧、温柔、细腻，尽管她们性格差异很大，但是，都有一股不服输、勇往直前的精神

---

① 林艺:《马兰花开》，艺术出版社 1956 年版，第 25 页。

和勇气。她们都寻求做一个独立自主的人，对自己即将从事的新职业无限向往，把作女司机当作是事业而不仅仅是谋生手段。在孙桂兰、马兰从家庭妇女到成为优秀女司机的路程上，布满重重关卡，她们像"英雄好汉"，过五关斩六将。如果没有坚强意志、不屈决心，每一个关卡都可能把她们击退回到传统性别角色之中，成为依附男性的家庭妇女。她们顶住传统成见打压，抗住体力挑战，克服文化水平低的困难。朴拙要强的孙桂兰"早起，晚睡；别人休息，我不休息；别人花一分气力，我花十分"①，不断练习、刻苦学习，终于能够独自坐在司机台上，驾驶着巨大的钢铁机械驶过山川，穿过桥梁，奔驰在新中国的铁道线上。马兰顶着严寒酷暑、冒着油渍尘土，迎着体力、技术上的困难，承受着母亲和丈夫的不理解、师傅师兄的捉弄挖苦，不退缩，不躲避，执着学习，虚心求教。马兰坚定勇敢的精神、吃苦耐劳的品格、聪慧伶俐的领悟力、包容厚道的胸怀、关爱理解他人的同情心，消解了来自师傅和师兄弟的敌意和歧视，赢得了队友的尊重、家人的理解，给城市家庭妇女们开辟了一条新的人生之路。女推土机手马兰就像西北贫瘠土地迎着凛冽风雪绚烂绽放的马兰花，给这个世界带来了美丽和生机。

《女司机》《马兰花开》书写了新中国所进行的社会结构

---

① 钟惦棐：《评〈女司机〉》，《陆沉集》，中国电影出版社 1983 版，第 116 页。

变革以及国家所实施的妇女解放政策，是劳动妇女挣脱家庭角色束缚、成功走进传统男性行业并获取人生满足感、成就感、幸福感的重要保障。马克思、恩格斯认为：人类社会对女性的压迫与奴役是与阶级压迫相伴而生的，是私有制发展的必然结果。在新中国成立之前，底层劳动妇女已经进入中国工业化生产行业之中，资本主义大工业为劳动妇女走出家门、参加社会生产提供了机会，但是，在私有制下以个人身份走进劳动力市场的劳动妇女作为廉价的劳动力，成为被资本家和私人业主剥削和奴役的对象。在这种状态之下，妇女与机器、与工业生产劳动形成对立、排斥的关系，大工业生产劳动带来了劳动妇女的异化，造成了新的身体和心理痛楚。"进入生产空间的女性并没有在劳动中获得应有的社会尊严和身份认同，反而处于一种性别越界造成的屈辱之中。"① 新中国成立以后，国家实行了公有制，社会结构变革带来了工人与工业生产、工业机器之间关系的巨大改变，劳动者成为国家"主人"、工厂"主人"、机器"主人"，生产发展、机器改进等活动与国家民族兴旺昌盛有关联，与劳动者自身的幸福指数相联系。新中国所倡导的男女平等观念，让劳动妇女走进大工业生产领域的行为、寻求独立自主的思想，获得了社会舆论或者说国家意识形态的支持，拥有了现实合法性；新

---

① 马春花：《"女人开火车"："十七年"文艺中的妇女、机器与现代性》，《文艺争鸣》2014 年第 6 期。

中国所推行的切实有效的男女平等政策，保障劳动妇女顺利迈入工业生产领域并且能够站稳脚跟取得成功。其实，孙桂英和马兰在学习驾驶火车和推土机的过程中，其肉身所承受的苦痛并不比郁达夫《春风沉醉的晚上》里的烟厂女工陈二妹、夏衍《包身工》里的纱厂女工的"芦柴棒"、草明《万胜》里的缫丝厂女工万胜弱多少，但是，她们精神上是愉悦的、情绪上是高昂的。如果没有社会结构改革所激发、催生出的妇女对所从事的社会生产工作的自豪感、对职业妇女的认同感，孙桂英、马兰是难以克服重工业对女性生理、心理上带来的巨大挑战的；在男尊女卑、男主外女主内的性别意识形态仍然盘踞在中国百姓集体无意识里的时候，如果没有新中国妇女解放政策的保驾护航，没有高段长、徐教导员等上级领导对新中国所倡导的男女平等国策的坚决落实与推行，闯入了男性行业与领域的孙桂兰、马兰，随时都会被驱逐出列或者无奈地自我撤退。开火车、操控推土机，这些富有挑战性的工作激发了旧时代里长期在社会底层挣扎的劳动妇女孙桂兰、马兰的创造力和潜力，她们在这具有僭越意味的劳动中确立了社会主体地位，获得了自我身份认同，进而赢得了社会尊重、家庭理解。在电影《女司机》的尾声中，孙桂兰所带领的"三八"号火车包车组赢得了巨大的社会声誉，她们操控的火车在人们的欢呼声中驶向了远方。优秀推土机手马兰获得了母亲的理解、丈夫的赞美，与丈夫一起成为西北铁路建设的主力军、中间力量。孙桂兰、马兰——来自社会底层寻常、平凡的劳动妇女，在工业建设之中为中国劳动妇女创出了一条新路，她们带着底层劳动妇女从未有过的自信和骄傲，将劳动妇女的人生之路越走远，越走越开阔。

三、女司机形象的文化意义

首先，女司机形象大幅度地突破了传统性别角色规范，改写了劳动妇女在社会和家庭中的角色与地位，促进了社会主义时代新的性别关系的建立。在民国时期，底层劳动妇女走出家门所进入的社会劳动市场，主要是纺织、家政、护理等行业，这些行业的工作性质与传统劳动妇女在家庭中所从事的劳作是相同、相通的，都是琐碎的、没有太多技术含量的服务性工作。从某种层面来看，这些社会工作是妇女传统家庭角色的社会延展，不同的是劳动市场将妇女家庭中的无偿服务变成社会中的有偿劳动，劳动妇女在一定程度上从男性/家庭的依附者变成了男性/家庭的供养者，所以，她们对传统性别角色的挑战与突破是有限度的。火车、电车、汽车、推土机、拖拉机、飞机、轮船等交通运输工具司机，劳动强度大、技术含量高、对人身体力量和脑力智慧有着更高要求，从它们诞生起就成为男性的专属行业与职业，将妇女排斥在外，偶尔有特殊家庭背景的知识女性染指其中，很快就成为传奇和故事。

孙桂兰、马兰等普通劳动妇女闯进这一行当，无疑是一种巨大的性别僭越，颠覆了人们对两性社会分工和职业"性属"的认知；孙桂兰、马兰等普通劳动妇女在这些行业中所取得的骄人成就，打破了人们对劳动妇女的刻板印象。旧时代被侮辱被损害的劳动妇女，在新时代成为历史的创造者、现实的推动者。孙桂英、马兰等出身于底层劳动人民的女司机形象，不仅冲破了男主外女主内的家庭内性别角色分工，而且颠覆了家庭外性别角色分工，消除了行业或职业之间由传统性别文化所设定的性别禁忌、性别区隔，拓展了妇女的生存空间和人生领域，让底层劳动妇女也获得了人格独立与性别平等的权利，能够在更高远、更广阔的时空里展现生命活力和生命才智，创造世界、实现自我。电影《女司机》《马兰花开》向人们昭示，像孙桂英、马兰这样长期被社会歧视、家庭轻视的劳动妇女，一旦获得走进社会公共领域的权利和机会，她们完全可以与男性并肩作战，同样负担起国家建设、社会发展的大任。同时，劳动妇女在社会领域的成功，也改善了家庭中的两性关系、增加了夫妻之间的亲密感，使夫妻关系由男尊女卑的"夫唱妇随"到男女平等的"互助合作"。《马兰花开》中随队家属小风，整日枯守在家中等待、伺候丈夫张文冰，因为与丈夫之间缺乏交流与沟通的话题，陷入苦闷与猜忌之中。在马兰的鼓动与影响之下，小风走出了家属区，走进了建设工地，由昔日被丈夫"供养"的家属变成了和丈夫并肩工作的推土机维修工。在电影的结尾，王福兴手捧马兰花，自豪而兴奋地去迎接作业归来的妻子，由衷地赞美妻子"看你开的有多好"，马兰也"把脸埋在花里，两眼幸福地望着自己的丈夫"。① 女司机形象重塑了中国劳动妇女形象，突破了行业性别"属性"，推动了新中国男女平等观的建构。

其次，来自底层劳动妇女的女司机形象呈现了新中国社会主义革命与妇女解放的成就，体现了社会主义人民民主制度的优越性。马克思指出："在任何社会中，妇女的解放程度是衡量普遍解放的天然尺度。"② 社会主义妇女解放的目标就是实现被压迫民族和被剥削阶级的妇女权利。妇女，尤其是被压迫、被剥削的劳动妇女能够突破传统角色规范，获得权利，实现解放，是考量社会主义革命和妇女解放是否成功的重要指标。在新中国成立初期，苏联在妇女解放路途上所取得的突破性进展和成功经验，是新中国制定妇女解放政策、设计妇女发展路径的重要参考。孙桂兰就是在苏联工程师谢道夫的指导之下掌握了操控火车的技术，由一名在旧时代遭受侮辱与损害的工厂女工成为自主掌握人生命运的优秀女火车司机，从精神到肉体都获得了自由和解放。马兰从一个依附丈夫、蜷伏在家庭之内，过着安逸生活的城市家庭妇女，在新时代变为西北铁路建设工地上一个与丈夫比肩而战、技术娴熟、令人仰慕的优秀推土机手。新中国成立初期，面对"新中国的新妇女"不断涌现

---

① 林艺：《马兰花开》，艺术出版社1956年版，第67页。
② 《马克思恩格斯选集·第3卷》，人民出版社1995年版，第610页。

的局面，担任中国妇联主席的邓颖超指出：广大妇女群众的地位起了根本的变化，从旧中国的被压迫被奴役的地位变成了新中国的主人翁，并且正在从被歧视被凌辱的地位，变成和男子平等的公民。

——过去很少有妇女或者没有妇女参加的重工业、交通事业、国防建设等方面，也出现了新型的妇女，如女盘旋工、电车、汽车、火车的女司机、女航空员及跳伞员等。在国营农场也出现了女拖拉机手和女厂长。

——纵观三年以来我国妇女们所获得的平等权利和特殊的保护，妇女在国家的培养和爱护下所表现出的伟大的力量，证明了人民民主制度的优越性。

——为了我们远大的理想，在毛主席的领导下，踏着苏联人民和妇女走向彻底解放的道路，满怀信心，热情奋发地前进再前进，从胜利走向更大的胜利。[①]

"在国家建设时期，张扬妇女解放话语则成为国家意识形态阐释社会主义制度优越性的重要策略。通过意识形态给予实现妇女彻底解放，赋予她们和男子平等的各项社会权利的政治与道德承诺，妇女解放成为中国共产党建构政党的政治合法性的重要途径。"[②] 以孙桂兰、马兰为代表，以底层劳动

---

① 邓颖超：《新中国妇女前进再前进》，《人民日报》1952 年 9 月 24 日。

② 揭爱花：《国家话语与中国妇女解放的话语生产机制》，《浙江大学学报》2008 年第 4 期。

妇女为主体构成的女司机形象，作为一种具有政治革命和性别革命双重意义的新生事物、新形象，从阶级和性别两个层面完成了社会主义妇女解放的目标，也证明了社会主义革命的优越性。

再次，女司机形象彰显了社会主义新中国工业建设的巨大成就，同时也为社会主义建设召唤了更多的建设者。中国是一个发展中国家，在中国现代化进程中，民族独立和国家建设的核心议题，始终是在与帝国主义列强和资本主义世界抗衡中而展开的。刚刚获得了国家民族独立的新中国，学习苏联国家建设经验，把大力发展工业，尤其是重工业作为赶超帝国主义列强、与资本主义世界抗衡的"重器"。《女司机》《马兰花开》都描绘了热火朝天的工业建设场面，呈现了社会主义建设的巨大成就。不论是孙桂兰所驾驶的内燃机火车，还是马兰在西北铁路建设工地上所操控的推土机，它们都是社会主义新中国工业化建设的代言形象。铁路大幅度延伸、火车快速行进，隐喻着社会主义工业建设的疆域拓展与速度提升，它们既是对正在开展的社会主义建设的客观描绘，也是向衰败落后旧中国告别，更是对社会主义现代国家未来的想象。这些穿越职业性别壁垒、僭越性别角色规范的女司机形象，不仅承载着人们对"新中国的新妇女"的想象，而且担负着人们对社会主义工业建设的想象。来自社会底层妇女的成功，更能反衬社会主义工业建设的创造性与伟大力量。"讲述一个掌控、驾驭机器的新妇女的故事，成为社会主义新中国之激进现代性项目的指涉。"①

　　孙桂兰、马兰等女司机形象具有强大的示范性和引领性，对她们的成功塑造，召唤着大批家庭妇女走出家庭，走向社会，踏入社会主义建设行列。社会主义建设需要大批劳动力，劳动力匮乏是新中国社会主义建设面临的重大问题。大规模工业化建设仅仅依靠男性是不够的，"闲散"在家庭中的劳动妇女成为国家建设可以开掘的有效力量。由于受传统性别角色理念束缚和现实条件限制，劳动妇女参加社会工作、投入国家建设需要广泛而深入的动员与鼓励。显然，对于文化水准普遍低下的劳动妇女，抽象高蹈的理论宣传、政治动员的作用是有限的，而来自身边具体可感的样板、典范的召唤力量则是巨大的。国家、政府有组织有计划地培养"新中国的新妇女"，是发动广大劳动妇女参与社会主义建设的有效策略与路径。当何队副因为土方工程任务紧、人手不够，反对土方队抽出人员培养马兰的时候，徐教导员指出培养女推土机手的重要作用："培养马兰的意义，决不是可以用一方土加一方土来衡量的。她如果能学成了，这对今天的妇女出来参加建设工作，该有着多大的推动力。"② 土方队的随队家属小风就是在马兰的影响与鼓励之下走出家庭，成为投身于社会主义铁路建设的维修工，由依附男性而生存的随队家属变身为

---

① 马春花:《"女人开火车"："十七年"文艺中的妇女、机器与现代性》,《文艺争鸣》2014 年第 6 期。
　　② 林艺:《马兰花开》,艺术出版社 1956 年版,第 42 页。

自食其力的在岗职工。相对于政治动员、理论宣传，生动可感的小说、电影、诗歌、绘画等文学艺术所塑造的社会主义新妇女的召唤力、鼓动力更大。恰如现实世界中的田桂英、梁军是被苏联绘画所刻画的火车女司机、苏联电影所塑造的女拖拉机手所震撼，从而突破性别陈规成为新中国第一个女火车司机、女拖拉机手一样，新中国有大批劳动妇女是在中国电影《女司机》《马兰花开》所塑造的孙桂兰、马兰的感染与召唤之下加入了女司机行列，成为社会主义工业建设的中坚力量。

四、小结

新中国成立初期，由底层劳动人民作为主体的女司机群体的出现，是国家的社会主义工业强国设想、苏联工业革命与妇女解放经验、共产党的妇女解放理论与实践等共同作用的结果。由葛琴、林艺两位女作家创作的电影剧本《女司机》《马兰花开》再现了新中国初期中国妇女解放之历史盛况，成功地塑造了火车司机孙桂兰、推土机手马兰两位女司机形象。女司机——作为具有性别革命和社会革命意义的新生事物、新时代劳动妇女形象，既从阶级和性别两个层面完成了社会主义妇女解放的目标，建构了新型社会主义性别关系，证明了社会主义革命的优越性，同时也彰显了社会主义新中国工业化建设的新成就，为社会主义国家建设召唤了更多的建设者。《女司机》《马兰花开》中塑造的女司机形象，其"所确立的范型意义不仅重新定义了家庭的意义，而且将国家的宏大叙事——生产散播到各个领域，使其成为超性别化、超年龄化的真理叙事"①。不过，也必须指出在新中国成立初期，这场由国家倡导、政治动员、政策保障的行业去性别化运动，事实上并没有完全消除中国人传统性别观念，在现实生活中"行业去'性别化'和职业分层并行"，在社会劳动分工体系中，大部分妇女参加劳动的起点还是"辅助性的、边缘化的"，"在重工业部门多从事后勤服务和辅助性工作"②。其实，在中国1950—1970年代文学艺术所描绘的女司机形象长廊之中，火车、电车、汽车、飞机、轮船、推土机等运输工具的女司机形象越来越少，女司机形象的最大群体是拖拉机手，歌颂女拖拉机手的诗歌、绘画层出不穷。有学者统计过，1950—1976年间涉及拖拉机的版画有150余幅，在这些版画中女拖拉机手占据90％以上③。这种文学艺术布局，不仅仅是作家、艺术家对生活现实客观记录与描摹的结果，也是潜藏在社会集体无意识中的传统性别观念影响与规训的结果。拖拉机是重工业制造的产物，但是，拖拉机服务于农业生产，拖拉机是机械化的象征，更是农业的象征。在传统话语逻辑中，具有繁衍生殖能力、吃苦耐劳品格、奉献牺牲精神的妇女常常与大

---

① 史静：《主体的生成机制》，北京大学出版社2014年版，第145页。
② 金一虹：《"铁姑娘"再思考》，《社会学研究》2006年第1期。
③ 李月秋：《新中国版画中的拖拉机形象的象征意义》，《文艺研究》2011年第5期。

地、农业联系在一起。驰骋在丰收大地上的女拖拉机手,既能体现社会主义工业化时代农业生产的大发展,又能在深层意义上接续传统性别观,潜在地满足人们对女性气质、女性特征的理解,也缓解了"女司机"给人们带来的性别僭越感。1955年发行的第二套人民币中,象征"工农联盟"的拾元人民币的正面图案为身穿炼钢工装的男工人和怀抱稻穗的农妇;在1962年中国银行发行的第三套人民币中,象征"农业为基础"的壹元人民币的正面图案是以梁军为原型的女拖拉机手,象征"工业为主导"的贰元人民币的正面图案为男车床工人,象征"工业以钢为纲"的伍元人民币的正面图案为男炼钢工人。在《马兰花开》中马兰的师傅胡阿根也是被马兰的女性/妻性所感动。胡阿根生病以后,马兰不计前嫌为他洗衣、做饭,马兰身上仍然保持的传统"女性气质"、所承担的传统"女性义务",缓解了胡阿根这个单身男性的性别焦虑。《女司机》《马兰花开》再现了新中国成立初期中国劳动妇女解放之历史盛况,其性别革命意义是巨大的,同时也是有一定限度的。

[基金项目:国家社科基金"马克思主义女权主义视域中的'十七年'女性创作研究"(项目批准号:16BZW152)。]

[作者简介:刘传霞,济南大学文学院教授,主要从事女性文学与性别文化研究。

本文原载《南开学报(哲学社会科学版)》2018年2期。]

新时代的小说与小说的新时代

刘永春

　　新时代，既是时间意义上的，也是空间意义上的。新时代对中国小说创作来说，既意味着与以往不同的时代背景，更意味着新的创作视域的不断开拓以及面向世界的更高视野。中国的小说创作面临着更大的时代使命，"不忘本来、吸收外来、面向未来，更好构筑中国精神、中国价值、中国力量，为人民提供精神指引"。新的时代为小说创作提供了更大的舞台，也赋予其更加深切的历史使命。中国小说创作则在最近几年以新的姿态与时代使命相呼应，在树立中国文化主体性的方向上继续前进，呈现出了新的创作态势与特征。

　　近代以来，从梁启超的"小说与群治之关系"论开始，到五四时代的文学革命，再经过革命文学的提倡，最终到40年代解放区文学的空前社会化，小说与时代的联系就再也无法割裂。虽然受到西方小说观念、理论、方法、美学的巨大影响，但中国本土的小说美学逐渐确立、发展、成熟，其社会功能愈发成为核心，"文运同国运相牵，文脉同国脉相连。实现中华民族伟大复兴，是一场震古烁今的伟大事业，需要坚忍不拔的伟大精神，也需要振奋人心的伟大作品"。这既是新时代对小说创作的具体要求，也是小说创作必须面对的历史任务。小说创作承担更加重大的社会使命，是其文体发展的必然结果，也是繁荣我国文学创作、促进我国文化走向世界的必然要求。如果说莫言获得诺贝尔文学奖是一个起点，那么，当前的小说创作在贴近读者需求、强化创作质量、提升国际视野等方面还有较大的努力空间。

在时间意义上，近年来的中国小说创作日益关注当下，自 20 世纪 90 年代以来就持续存在的猎奇式的历史叙事已经逐渐降温，更多的作家转而关注正在发生的剧烈社会转型，从中提取出各种生活景观，以更加平实、质朴、温暖的方式呈现出这个时代深层的情感结构与精神特征。同时，全景式的史诗叙事也在逐渐淡出，尤其是在长篇小说中，当下生活的文本形态与 20 世纪已经越来越远。余华《第七天》、方方《涂自强的个人悲伤》、路内《慈悲》、张忌《公羊》这样的小长篇开始横向地而不是纵向地展示社会生活的各个局部，平面化开始取代历时性成为小说创作的新潮流。关注现实，是剧烈变革时代文学的共同特征，中国小说创作由历史更多转向现实就是必然趋势。值得关注的是，以科幻文学为主，中国小说对未来时空的探索性关注也正在增多，刘慈欣《三体》、郝景芳《北京折叠》等都是基于现实而虚拟出来的未来图景。这些更具未来性的小说与世界文学可以更顺畅地接轨，对中国文化的书写也更国际化，更容易被国外读者接受。《三体》在世界范围内掀起的热潮就是最好的例证。

在空间意义上，中国小说开始逐渐突破城市（市民、知识分子）与乡村（农民）两个截然对立的视界，开始深入到社会生活的更细部，以更加微观、写实、温情的姿态呈现当代社会生活的各个角落、各种状态与各色人等。城乡结合部、小城镇、西部等生活场域成为小说的常见内容，乡村与城市中的底层民众已经成为小说中常见的表现对象，其他各个阶层、职业与面貌的人们也纷纷进入主流小说的叙事视野。在中国小说的叙事场景中，从来没有像如今这样充满着形形色色的人物。这些人物形象与其生活背景结合，性格与命运各不相同，纷纷攘攘的人物世界影射着纷繁复杂的社会现实。这些人物身上带着世俗烟火气息的物质与精神欲望流动在不断变化的生活场域中，现实向小说的渗透变得更加顺畅，两者的交集在不断增大。与此同时，借由多样的生活场景与精神品性，小说向生活的渗透能力也在加强，对生活空间的覆盖能力在逐渐提高。此前二十年里流行的通过农民进城反思城市病态的叙事模式已经式微，取而代之的是乡村与城市的深层融合，这与社会现实里两个空间的界限逐渐模糊有直接关系。

小说叙事时空的变化为整体创作风貌带来巨大改变。传统的社团、流派、群体、思潮等学术话语已经失去了对当下小说进行概括的有效性，即使以代际进行划分的学术方法也已经捉襟见肘。从创作题材、地域分布、思想倾向等角度进行分类似乎也越来越变得无力。从 20 世纪 90 年代开始的多样化正在快速走向巅峰，小说创作日益成为个人化的写作行为。不同的作家在不同的时空里以不同的视角、不同的方法、不同的立场叙述着这个时代的宏观或微观的剧烈变化，对社会现实的精准摹写自然带来小说创作空前的在地化特征，传统的现实主义手法变得更加丰富和深入。中国小说与传统文化、与世界文学的关系更加充满弹性、开放性，有更多的未来可能。在中国小说内部，雅文学与俗文学、纸媒文学与网络文学、普通文学与儿童文学等的分界也渐渐模糊，共同向新的时代生活深度掘进。在艺术特征上，基于以上各个因素的共同作用，中国小说创作在以下三个方面的趋势是非常明显的。

其一，艺术自信力的普遍提升。随着中国国力和文化自信的跃升，小说创作中的时代焦虑开始由中西文化的对抗转向对社会现实的内部关注，以往充斥在小说中的紧张感、焦虑感与虚无感减弱了，而理性的冷静思考则慢慢成为主流。例如，张炜的《艾约堡秘史》以独特的视角塑造了一个大型企业集团的创建者、管理者与反思者的当代富豪形象。淳于宝册是以往中国小说中较为少见的人物类型，既是一个世俗意义上的暴富者，见证了当代中国历史的变迁，也是一个追求精神生活的孤独者，对生命的疼痛有着深刻体验。小说通过这个人物九死一生的成长过程串联起历史苦难，其与村头吴沙原、民俗学家欧驼兰的纠葛既是感情上的较量，也是如今社会环境生态问题的缩影。矶滩角成了最后一块原始的人性乐园，吴沙原与欧驼兰拼尽全力守护着它，试图使其独立于财富资本的侵害。小说以蛹儿的视野见证着淳于宝册的过去与现在，折射出 20 世纪后半叶的历史，也呈现出社会现实中的诸种危机。小说以自我囚禁于艾约堡的淳于宝册连接起了历史与现实，同时从这两个角度展开反思。"我千辛万苦九死一生才走到今天，再往哪里走啊？没人回答，我只好自问自答。"淳于宝册的自问自答隐喻了这个时代所面对的新问题，那就是社会发展方式的根本性转换。淳于宝册的困惑其实是这个时代许多人共同的精神处境。这部小说在思考历史与现实中表现出来的最大特征就是辩证性，既呈现了淳于宝册的思想逻辑，也充分反思了其狡诈、偏狭的一面。深湛的社会思考和深刻的人性辨析同时为小说叙事提供了巨大的文化空间，使得这部小说达到了极高的思想深度，人物形象的塑造过程同时也是作者撕开社会表面现象、深入其内部肌理的过程。小说没有在简单的城乡文明对照模式中展示片面考虑经济利益带来的灾祸，也没有对历史进行情感控诉，对张炜以往的创作是一次超越，对新时代中国小说的发展也有着重要的启示意义。

其二，坚持人民性的艺术导向。十九大报告指出："社会主义文艺是人民的文艺，必须坚持以人民为中心的创作导向，在深入生活、扎根人民中进行无愧于时代的文艺创造。"随着社会生活的变化，人民性的概念越来越宽泛，其实践结果也更加多元，但是近年来的中国小说在坚持以人民的精神诉求为核心方面是有进一步强化趋势的。除了各种社会底层人物形象纷纷登场以外，近年来的小说创作中表现出了更加明显的人道主义情怀和悲悯意识。自 20 世纪 90 年代余华的《活着》开始，中国当代小说开启了对社会底层进行写实摹绘的神圣传统，这个传统在新时代背景中更加成熟，结出了许多丰硕的果实。可以作为例证的是青年作家张忌的《出家》。这部出版于 2016 年的长篇小说以冷峻尖锐的笔致铺写了入城农民方泉的艰辛生活。作者并未给方泉的生活涂抹上任何悲情色彩，只是用平实的笔致、旁观的视角塑造了一个试图从现实苦难中寻得解脱的憨厚农民形象。他在世俗与超脱之间徘徊，难以舍弃世俗生活中的种种责任，又渴望精神得到解放。这样的视角与写法与以往的农民进城主题小说有着截然的不同，避免了简单的城乡对立模式给人物形象造成的撕裂感和预设的价值立场，而能够深入探析当代城市边缘的底层生存状态。尤其是小说聚焦于人物内心，与以往只触及其社会命运的层面相比，对人物心理的刻画要深入得多。方泉对于精神超脱的渴望也是以往底层叙事中少见的。虽然以《出家》为代表的这些小说淡化了政治色彩，但关注社会中普通人并表现其在生活中的挣扎、赋予其深切的同情则是不变的，以人性视角充实人物的精神世界是这些小说的长处，也将是今后小说创作人民性的新形态。前述的《第七天》《涂自强的个人悲伤》《慈悲》等小说在这个层面上也呈现出同样的状态。

其三，不懈的叙事艺术创新。叙事创新是小说创作的生命线，唯有不断进行艺术创新，才能做到"坚持创造性转化、创新性发展，不断铸就中华文化新辉煌"。20世纪90年代以来，社会生活、创作环境、作家身份、媒体传播等的剧烈变迁造成了小说创作中的浮躁气息、热衷于题材突破而忽视叙事形式创新，这种情况在近年来有所改善，中国小说对叙事艺术的探索重新开始进入深潜的理性轨道。贾平凹《老生》、张炜《独药师》、徐则臣《王城如海》、张悦然《茧》、葛亮《朱雀》《北鸢》、金宇澄《繁花》、吴亮《朝霞》等许多作品都在朝着各个方向进行叙事突破，小说的各个因素，如语言、结构、人物、情感等，都产生了新的表达形式。总体来看，这些探索都是积极有效的，拓展了中国小说的表现形式，提高了艺术感染力，也加强了与国际文学潮流的联系。非虚构叙事则异军突起，以其更加强大的切入现实的能力引人瞩目，尤其以梁鸿的"梁庄"叙事最为成功，深刻展示乡土中国面临的生活变异与精神变迁，形成了成功的、典范的中国故事。对于科幻文学来说，叙事创新更是具有本质性的意义。《三体》创造了关于人类命运过去、现在、未来的三部曲形式，《北京折叠》则充满强烈的讽喻性，以鲜明的寓言文本指向人类的未来，更指涉了现实生活的许多特征。科幻文学较早、较快走向世界，与这种创新有着莫大的关系。在儿童文学领域，张炜近年来的创作减弱了儿童文学固有的教育性、启蒙性特征，而以天真烂漫的少年视角回望人生、深入丛林，与可爱的动物为伴、对善良人性进行由衷的赞美。经过各个方向上的叙事艺术创新，中国小说的审美品质得到较大提升，更加贴近读者的阅读需求，创作姿态变得沉潜深入，呈现出多样化的发展路径。这些新的特征使得中国小说所讲述的中国故事正在成熟，也逐渐走向世界，具有国际化品质的同时也受到了更多的世界性认同。

"当代中国正经历着我国历史上最为广泛而深刻的社会变革，也正在进行着人类历史上最为宏大而独特的实践创新。这种伟大实践必将给文化创新创造提供强大动力和广阔空间。广大文艺工作者要努力创作同我们这个文明古国、我们这个蓬勃发展的国家相匹配的优秀作品。中国人民不仅将为人类贡献新的发展模式、发展道路，而且将把自己在文化创新创造中取得的成果奉献给世界。"（习近平《在中国文联十大、中国作协九大开幕式上的讲话》）新时代背景下的小说创作担负着建构中国文化主体、提升文化自信、创作中国故事、向世界传递中国声音等重大责任，近年来的中国小说已经感应到外部环境的要求与自身内部进行审美变革的要求，许多作家正在以具有特色的创作实践着这些要求，并在文学与时代的关系层面进行不断的探索。近年来的小说创作沿着这些方向取得了相当大的成功，并预示着更加令人期待的未来。我们有理由相信，中国小说创作有着正确的方向和美好的前景。新时代的大幕正徐徐拉开，中国小说的新时代也在缓缓到来。

[作者简介：刘永春，鲁东大学文学院教授。

本文原载《山东文学》2018 年 4 期。]

新世纪中国当代文学经典化：
现状、问题及实现路径

张丽军　田振华

　　经典化，是一个常说常新的话题。新时期文学逐渐摆脱政治权利束缚的樊笼后，中国当代文学经典化研究渐成热潮。如果充分扩大经典化工作的外延，大多数的文学工作，从作者创作、文本变迁、读者接受、批评家批评，都在为经典化服务。可以说，经典化从作品诞生并得到第一个读者阅读起就已经开始。首先，我们有必要对经典化的主体进行界定。为方便起见，我们将经典化主体分为体制内和体制外两种力量。其中，体制内包括作家协会、高等院校和主流媒体等，而体制外的力量则包括普通老百姓读者、民间自媒体等。经典化的重要任务是尽快将该成为经典的作家、作品打造成经典，将不该成为经典的淘汰。但时至今日，关于当代文学能不能经典化以及如何经典化的问题，始终争论不休。虽然大多数学者认为当代文学应该经典化，也承认经典化是一个动态的过程，但也总能听到质疑的声音。新世纪以来，随着市场经济的发展、创作媒介的多样，文学创作似乎迎来了史无前例的春天。特别是依托门槛极低的网络媒介，人人可以创作，人人都可以成为作家已经不是什么新鲜话题，每年产出的作家作品数量就不胜枚举。数量的增多不代表质量的提高，但为文学经典的甄别遴选工作带来了难题，也提高了要求。这一现状下，我们更需要经典化，"我们为什么需要文学经典，其实原因很简单，这就是文学作品太多了"①。这句很直白的语言道出了当前经典化的迫切需求。仅就长篇小说而言，每年动辄几千部的数量，没有任何一位读者、研究者能够遍览。我们还不得不承认在这种状况下，当代文学难免泥沙俱下，但就是这种泥沙俱下，才迫切要求研究者们着手经典化工作。所以，当代文学经典化工作必须要做。实际上，当代文学近 70 年发展的时间跨度、汗牛充栋的作品数量、众多的思潮流派等迫切要求我们进行经典的甄别遴选工作。本文更关注的是，当代文学经典化工作能否跟上当下文学创作的快速步伐，其研究现状如何，存在哪些困难或问题，还有哪些更好的实现路径有待我们开掘？

---

① 聂珍钊：《文学经典的阅读、阐释和价值发现》，《文艺研究》2013年第 5 期。

一、现状：真伪之争和变与不变

近年来，对于文学经典化特别是当代文学经典化的研究不可谓不繁。根本来讲，文学批评的核心任务就是对文学的经典化和再经典化。当代文学研究学者大多都对经典化问题进行过思考，他们从不同维度，不同视角探索当代文学经典化的可能。但在着手经典化工作之前，首先要认清当代文学经典化仍有着命题的真伪和经典的变与不变的论争，也有必要对当代文学经典化问题和路径研究的现状进行梳理。

真伪之争。当代文学有没有经典，直接决定着当代文学经典化命题的真伪。经典标准的不一也给经典化命题真伪的判别带来了麻烦，导致经典化命题的真伪之争从来没有停止过。站在伪命题的一方似乎总有理由论证他们的观点，他们认为当代文学根本没有经典，何谈经典化？经典不是"化"出来的，是历史自然淘洗的过程，如果强制进行"化"的工作，不但不会真正推动经典的诞生，甚至有可能遮蔽或者盲目抬升当代文学作品，把那些本不该经典化的作品当作经典来看待，而把那些本是经典的作品视为非经典。最典型的例子就是当代文学在某些研究者那里被看成是"中国语言文学"这一大学科的末流，认为当代文学没有经典，也没有研究的价值。他们或者从时间维度论证这一观点，坊间流传这样一种说法：研究古代文学看不上近代文学、研究近代文学看不上现代文学、研究现代文学看不上当代文学；或者从空间维度进行论证：此地的经典可能不是彼地的经典，此民族的经典可能不是彼民族的经典，此国的经典可能不是彼国的经典。可是他们忽视的一点是，一时代有一时代文学，文学的产生有着深刻的时代、地域背景，时空的不同直接决定着文学生产方式、读者审美趣味等的变化，所以他们这种看似合理的说法实则经不起推敲。

当代文学经典化到底是不是个真命题？吴义勤指出："'经典化'不是简单地呈现一种结果或对一个时代的文学作品排座次，而是要进入一个发现文学价值、感受文学价值、呈现文学价值的过程。所谓'经典化'的'化'，实际上就是文学价值影响人的精神生活的过程，就是通过文学阅读发现和呈现文学价值的过程。可以说，文学'经典化'过程，既是一个历史化的过程，又是一个当代化的过程。文学的'经典化'时时刻刻都在进行着，它需要当代人的积极参与和实践。从这个意义上说，当代文学的'经典化'当然是一个真命题而非伪命题。"① 他首先从命题上指出当代文学经典化的"真"，承认当代文学经典的存在，然后再开启系列的研究。谢有顺在参加"中华文化传承与文学经典研究中心成立仪式暨中国当代文学经典化研讨会"时说："研究者首先要对当代

---

① 吴义勤：《当代文学"经典化"：文艺批评的一个重要面向》，《光明日报》2015 年 2 月 12 日第 16 版。

文学有信心，相信有经典的存在，如果我们非要拿当代文学与古代文学、现代文学相比，无论从写作主题还是艺术手法来看，当代文学优秀作品一定超越古代、现代文学作品。"程光炜也指出："中国当代文学的历史已是一个甲子年，最近三十年涌现的极为重要小说家的才华和艺术成就丝毫不逊于现代文学的领军人物，所以当代文学的经典化研究，应该从这些小说家那里开始。"① 可以看出，学者们对当代文学充分认可的前提下，也指出了当代文学经典化的必要之处。

变与不变。还有一部分学者，承认任何时代都有经典的存在，当代文学也不例外。但是他们认为经典是恒久不变的，一旦生成，就具有稳定性，是至高无上而神圣不可侵犯的。在他们看来，诗经、楚辞、汉赋、唐诗、宋词、元曲、明清小说等成为经典后，其地位至今没有改变。可是，如果按照这个解释，这些文体形式的出现本身就具有时代性特征，在一个时代是主流文体，也是经典，但到了另一个时代，随着文体形式的改变，经典也随之改变，又怎能称得上是经典呢？此外，当下我们如果承认从诗经到明清小说各类文体形式都有经典，固然一方面可以说经典有其稳定性，但另一方面，是不是也已经承认了经典的时代性、流动性以及适应性呢？否则，当下我们早已从古文转为白话文写作，文体、语言形式早已发生质变，又何谈过往经典的恒定性呢？"否定中国当

---

① 程光炜：《当代文学的经典化研究》，《文艺争鸣》2013年第10期。

代文学和对当代文学的虚无主义态度，已陷入误区，即对经典神圣化和神秘化的误区，很多人认为文学经典就是一个乌托邦化的、十全十美的、所有人都喜欢的东西。这其实是为了阻隔当代文学和经典这个词发生关系。应该明确，人类文学史上似乎也并不存在这样的经典。对每个时代来说，经典并不是高不可攀的神圣神秘的存在，而是那些比较优秀、能被比较多的人喜爱的作品而已。从这个意义上说，当今中国文坛谈论经典时的乌托邦姿态，不过是遮蔽和否定当代文学的一种不自觉的方式。"① 所以，经典并不是一成不变的，而是具有时代性、流动性特征。固然，审美标准是衡量经典与否的重要标尺，但显然，经典的评判标准是多重的，受社会、政治、经济、文化等多种因素制约。比如，《金瓶梅》其艺术造诣不可谓不高，美学意味十足，但是我们能判定它是经典吗？恐怕从某种程度上还要打上折扣。当然，我们所谓经典的变动不居，不是说经典会时常发生由最好到最坏、冰火两重天的质变，而是随着时空的流转，时代要求、审美趣味的变化而发生变化。

承认了当代文学经典化命题之真和经典具有变动性之后，当代文学经典化工作才能得以顺利、有序开展。截至目前，当代文学经典化研究渐成热潮，各种当代文学经典化学术论

---

① 吴义勤：《当代文学"经典化"：文艺批评的一个重要面向》，《光明日报》2015年2月12日第16版。

文、学术会议等都是建立在此基础上展开的研究和讨论。就笔者的视野来看，当下对当代文学经典化的研究主要集中在实现路径及其存在问题两个方面。

实现路径上，经典的入史，入教材、进课堂，经典的翻译与走出国门，经典评选、评奖制度的建立，各类经典选本、读本的层出不穷，文学经典排行榜的设立等都是经典化的实现路径。吴义勤的《"排行榜"是中国小说"经典化"的重要路径》、孟繁华的《中国当代文学经典化的国际化语境——以莫言为例》、张丽军的《文学评奖与新时期文学经典化》、房伟的《新时期文学经典化的方法与路径》、方忠的《论文学的经典化与中国现代文学史的重构》、聂珍钊的《文学经典的阅读、阐释和价值发现》、郁玉英的《试论文学经典化的动力机制》等等，都对当代文学经典化实现路径有所论述。

存在问题方面，全球化的冲击对过往文学经典的消解，以市场为主导的文学生产方式导致真正经典的难以出现，经典化的焦虑与阴影，无法通约的悖论性冲突，文学经典标准、命名以及与世界文学的隔阂，垃圾与经典并存，巨大的产出等都给经典化工作带来了困境。张丽军的《新世纪文学经典化危机及其建构途径》《为中国当代文学经典化正名的十大理由》，房伟的《暧昧的境遇与悖论的冲突——新时期文学经典化的难度与困境》，李俊国、李勇的《当代文学经典化：问题、理念与路径》等等，都从不同侧面和视角对当代文学经典化问题展开论述。此外，当代文学经典化学术会议，对经典化研究现状的总体论述，从个案的角度对个别作家作品经典化进行论述等都在进行着当代文学经典化的工作，这里不再一一赘述。

二、问题："强制"经典与遴选之难

上文已对当代文学经典化问题进行了简单梳理。在新的形势下，当代文学经典化又产生了哪些新的问题和困难，对此，我们应该采取哪些应对策略呢？

问题一："强制"经典。毋庸置疑，经典的时代性和流动性特征，需要我们在新的历史时期积极地、持续性地从事当代文学经典化工作。但是，在市场主导、经济利益至上的当下社会，圈子批评、人情批评、酷评现象层出不穷，"妄下定论"和"强说经典"现象时有发生。一部新的作品产出，为争得学界关注，提升作品的"美誉度"，动辄以"填补文学史空白""××题材创作的最高峰""前无古人后无来者""经典中的经典"等夸张、吹捧式话语予以定位。可是大多数作品在时过境迁后即销声匿迹，有些甚至经不起数月的检验就石沉大海。张江在《强制阐释论》中指出："强制阐释是当代西方文论的基本特征和根本缺陷之一。各种生发于文学场外的理论或科学原理纷纷被调入文学阐释话语中，或以前置的立场裁定文本意义和价值，或以非逻辑论证和反序认识的方式强行阐释经典文本，或以词语贴附和硬性镶嵌的方式重构文本，它们从根本上抹煞了文学理论及批评的本体特征，导引文论偏离了文学。"① 为赋新词强说愁，按照《强制阐释论》中的解释，对一部非经典作品强说经典，我们有太多的理由，但是那些理由已经完全偏离了文学批评的轨道，违背了文学经典发生的内在规律，更不符合经典作品的内在标准。

文学批评就是"文学"批评。按照韦勒克在《文学理论》中的说法，文学批评有外部批评和内部批评之分，即我们可以站在文学性即文学本体的角度展开，也可以从历史的、社会的等外部因素对作品展开批评。但我们没有理由毫无根据、不假思索地对作品经典与否妄下判词，特别是在这个言论相对自由、言到高兴为止的时代，更要警惕批评的"度"，我们不可轻言"当代文学都是垃圾"，同样也不可说"当代文学都是经典"。对这一问题的解决，不得不又回归到经典的标准问题上来。经典有标准吗？既然经典是流动的，又何言标准呢？但正如"美"没有一个明确的标准一样，在大多数具有审美能力的人看来是美的，就可以说是美的。同样，在大多数具有评判能力的人看来符合经典特征的作品，就可以说是经典的。"相对恒定的标准，依然是新时期文学经典确立不可缺失的条件。"② 童庆炳提出经典作品有几个要素："（1）文学作品的艺术价值；（2）文学作品的可阐释的空间；（3）意识形态和文化权力变动；（4）文学理论和批评的价值取向；（5）特

① 张江：《强制阐释论》，《文学评论》2014 年第 6 期。
② 房伟：《新时期文学经典化的方法与路径》，《南方文坛》2012 年第 2 期。

定时期读者的期待视野；（6）发现人（又可称为"赞助人"）。"① 可以看到，这一评价将艺术价值摆在首位。方忠说道："文学作品是艺术作品，审美性和艺术价值应是衡量经典的主要标准。"② 张丽军认为："经典的普世性、审美性不应被意识形态否定。"③ 黄大宏指出："文学经典在很大程度上是持续的审美再创造及审美阐释行为。"④ 由此可见，审美即艺术价值是构成经典不可或缺的元素。此外，文学的社会价值、历史价值、文化价值等都可能随着时空的变动而发生变化，我们不能苛求一部作品同时含有所有的价值，但含有价值越多、越大的作品，其经典性程度就越高。

问题二：遴选之难。据不完全统计，包括传统媒体和网络媒体在内，每年已出版或发表的长篇小说就有 5000 部左右，而且这个数字还在逐年增加，再加上那些没能得以发表的作品更是不计其数。更惊人的是，一半以上甚至更多的是网络长篇小说。这无形中就给当代文学经典化工作带来了巨大的困难。经传统媒体发表的作品经典化难度相对较低，因为无论是在纸质刊物上发表还是在出版社出版，必须经过编

---

① 童庆炳：《文学经典建构诸因素及其关系》，《北京大学学报》（哲学社会科学版）2005 年第 5 期。

② 方忠：《论文学的经典化与中国现代文学史的重构》，《江海学刊》2005 年第 3 期。

③ 张丽军：《新世纪文学经典化危机及其建构途径》，《南方文坛》2012 年第 2 期。

④ 黄大宏：《重写：文学文本的经典化途径》，《陕西师范大学学报》（哲学社会科学版）2006 年第 6 期。

辑的严格审查，并很快得到读者和评论家的阅读和品鉴。但网络文学却不然，如果我们不能及时将符合经典的作品筛选出来，那么这些作品很容易就被网络巨大的覆盖力所遮蔽。当然，不得不承认的是，网络文学在创作和发表之初，有些作者的目的不是追求作品成为经典，而仅是经济利益和点击率催生的结果。从这一角度而言，网络文学可谓泥沙俱下。但是，网络文学因题材的新颖、创作手法的多样，每年都会有部分作品让人眼前一亮，甚至得到世界的关注。当下，中国的网络文学已经连同美国好莱坞大片、日本动漫、韩国偶像剧共同被称为"世界四大文化奇观"。网络文学虽然在业界引起诟病，但我们不能对其巨大的发展空间视而不见，网络文学经典化问题也应提上议事日程。

网络文学与传统文学的差别主要在发表媒介上，在经典化的道路上可谓异曲同工。"传统经典观念与当代新经典观念相辅相成、互补与融合，二者可以兼收并蓄。只有既体现网络媒体自由开放风格，又具有较大思想深度、文化蕴涵和较高艺术水准、审美品位的网络文学作品，才能成为无愧于我们这个时代的经典之作。"① 其难度主要在于，面对这种庞大、芜杂的网络文学产出量与网络文学研究者少之又少的矛盾，如何遴选出符合经典的作品来呢？笔者认为，至少

---

① 周波：《关于网络文学经典化问题的思考》，《东岳论丛》2016 年第 1 期。

可以从以下三个方面着手。第一，网络文学的自我筛选功能。网络文学关注度的高低很大程度上得益于其点击率，点击率高则上浮，低则容易下沉。那些好的含有经典元素的网络文学作品，会得到大多数读者认可，一定程度上其点击率会比较高。第二，自媒体的评价功能。读者在网络中跟读网络文学作品时，会即时对其作出评价，虽然这些评价标准不一，但其评价数的多少以及评价的高低，也能在一定程度上显出作品质量高低来。同样，如果读者对一部网络文学作品评价普遍较低，其读者数和点击率也会随之下降。第三，网络文学排行榜。网络文学大多依托自媒体得以发表，自媒体可以自行或联合创办网络文学排行榜，一方面有利于将符合经典的网络文学遴选出来，另一方面也可以增加对自媒体的关注度。

三、新世纪文学经典化实现路径

在新的形势下，当代文学经典化还有哪些新的路径能够实现？笔者认为，除了一些传统意义的经典化途径之外，还应有新的思考和新的实现途径拓展，如经典层级的划分以及传统媒体和新媒体的深度融合是其新的可能。

经典划分层级的可能。文章开头已对经典化主体进行了身份界定，体制内与体制外、知识分子与普通读者看待经典的方式可能截然不同。不同主体的评判标准、审美趣味不同，这就为经典划分层级带来可能。一方面，我们不能苛求不同主体按照同一标准评判经典，也不能说服不同主体存有相同的审美趣味；另一方面，我们也不可强求经典能够满足所有主体的需要，实际上，这也是不可能实现的目标。体制内群体或组织在注重作品百花齐放的同时，更多地会将那些符合国家主流意识，满足国家政治、经济和文化等建设需要的作品奉为经典，而体制外群体或个人的选择则相对少了这方面的限制，更多地选择那些能给心灵带来震撼和启迪、满足自我内在精神需要的作品作为经典。同样地，知识分子更倾向于选择那些思想性、艺术性高超，知识性完备的作品作为经典，而普通大众读者则更多地选择那些趣味性、韵味性充足，普及性程度较高的作品作为经典。当然，这种差异化的选择也非绝对化的，彼此之间有着交叉和重合。所以，经典注定是一个流动的过程，分层的过程。

任何事物都是对立复杂的存在。经典作品也有非经典之处，非经典作品也有可能含有经典的元素，经典与非经典之外应该还有中间地带。并不是我们所谓的经典就是十全十美、乌托邦地存在着的，每一部作品都可能受到历史的、时代的或审美的局限而有不足之处，中国古典文学是如此，中国现当代文学也不例外。在这里，我们姑且称那些非经典但含有某些经典元素的作品为"准经典"或"类经典"。我们并非要强下定义，主要是因为不论古典文学还是现当代文学，能被称为"准经典"或"类经典"的作品大有所在。浩瀚的中国古典文学给后世留下了诸多宝贵的文化遗产和文学经典，我们所能熟知的可以说都是经典中的经典，但同样是冰山一角。这就给经典分层带来了可能，大量的"准经典"或"类经典"作品还有待我们进一步挖掘和研究。

当然，不是说经典之外都是"准经典"或"类经典"，也就是说，不是所有非经典作品都含有经典的元素。这里所说的"准经典"或"类经典"是那些非常接近经典作品，但由于作品自身或时代历史的局限而不能为或不应为更多大众所接受的作品。以当代文学颇受争议的《废都》为例，贾平凹以极其敏锐的眼光首先发现了大变革、大转型时代知识分子的集体堕落，以无情的暴露极端地讽刺了当下知识分子这一群体，给时代以警醒和痛击。可以说，他的这种历史使命和责任担当是非常可贵的。但是，就是这样一部作品，却由于过于直白、露骨的暴露和性的描写而被主流意识所限制，而难以获得一致的评价。支持《废都》的评论家为其叫好，称此为贾平凹的经典之作。不支持者则有充分的理由论证作品的瑕疵、低劣。我们暂且称这一类作品为"准经典"或"类经典"。这些"准经典"或"类经典"作品不见得次于经典作品，随着时空的流转，审美方式的变化，很有可能在未来某一时段成为经典或非经典。实际上，这又回归到经典流动性的问题上，也证实了经典分层的必要。

传统媒体与新媒体的融合。首先，继续发挥传统媒体（刊物、报纸）的力量，加大对经典作品的推介力度。实际上，特别是最近以来，国内文学评论类刊物已经意识到当代文学经典化的需要。《文学评论》杂志开设的"新作批评"栏目、《当代作家评论》杂志开设的"寻找当代文学经典"栏目、《南方文坛》杂志开设的"最新文本"栏目、《东吴学术》杂志开设的"作家年谱"栏目、大多数现当代文学研究刊物开设的"作家作品论"栏目等，都以大量的篇目对当代作家作品进行批评把脉。从某种意义上讲，这一批评的过程也是经典化的过程。那些非经典作品在这一批评过程中会渐渐遭到淘汰，经典的、大众认可的作品则会在读者中留传。此外，各类选刊的层出不穷也为当代文学经典化助力不少，如长、中短篇小说选刊，散文选刊，诗歌选刊等。文学作品得以发表或出版本就需要冲破重重包围，特别是需要得到刊物编辑的青睐，可以说，已经具备了经典的元素。而各类选刊又是在这些已发表的基础上对其进行再一次的筛选，其作品质量要求更高。不能说凡是进入选刊的作品都是经典，但某种意义上说，那些被选载的作品已经得到了业界大多数人的认可，即使不是经典，也可以说是"准经典"或"类经典"。

其次，传统媒体也要充分利用新媒体平台。"互联网＋"时代，出版业要"顺应互联网传播移动化、社交化、视频化、互动化趋势，综合运用多媒体表现形式，生产满足用户多样化、个性化需求和多终端传播的出版产品"①。以计算机和手机为终端接受的新媒体以其形式丰富、互动性强、渠道广泛、覆盖率高、精准到达、性价比高、推广方便等特点，在办刊中起到越来越重要的作用。这不仅是创新传播模式、传播思维的时代要求，而且也是刊物生存和竞争发展的要求。一些传统媒体已经意识到新媒体技术的重要性，在保持定位统一、学术风格一致以及质量要求一致的情形下，积极开展新媒体化。这一方面拓宽了作品与读者见面的渠道，另一方面也加快了作品抵达读者的速度。读者包括批评家能在第一时间与作品见面，无形中为经典化工作带来了方便。以微信公众号为例，"为适应方兴未艾的移动互联网环境，许多学术期刊将开通微信公众号视为一个新的传播路径甚至革命性发展机遇，以拓宽其在移动互联网的传播空间"②。随着智能手机的普及，微信公众号越来越受到受众的喜爱和追捧，具有传播速度快、普及率高等特点。公众号上的内容一经发表很快就会发给关注群体，而再经个人转载，就会在更大范围内传播。微信公众号改变了传统纸媒期刊点对面的传播模式，凸显了其在时效性以及适应新阅读环境等方面的优势，很大程度上拓宽了当代文学经典化的实现路径。

---

① 国家新闻出版广电总局、财政部：《关于推动传统出版和新兴出版融合发展的指导意见》，《中国出版》2015 年第 8 期。
② 肖帅：《学术期刊微信公众号运营策略探究》，《中国出版》2016 年第 3 期。

事实上，当代文学经典化在争议中不断进行着。文学经典的建构自古有之，西方对文学经典也没有一个一成不变的理解。经典本就是处于不断流动状态的，不同时空的不同读者对其的解读与认知可能截然不同，甚至同一个读者在不同时空阅读同一作品时，也会产生不同的见解。文学经典是一个不断被建构—重构—再重构的过程。"文学经典的重构不是对现有的经典推倒重来，而是在现有的基础上通过增添与删除，从而接纳被历史确认的新的经典，剔除被历史证明为不是经典的作品。通过重构，文学经典才能与历史同步，文学经典的书目才会变得完备和可靠，文学经典的质量才会得到保障。"① 某种程度上，文学史的书写过程也是经典的建构过程，而重写文学史的过程是一个解构再建构的过程，也是对文学经典不断甄别、再经典化的过程。当代文学是不是一定有经典，有多少经典，或者数十年、百年后当代文学作品能不能被后人阅读和接受在此先不说，但经典化的工作不仅需要有人去做，而且需要更加自觉、主动、加快去做。事实上，文学经典化不仅从作品诞生那一天就已经开始了，而且从不以人的意志为转移，从未停止，乃至在互联网、大数据时代以一种加速度的方式迅疾进行着。这就是 21 世纪的当代中国文学经典化所面临的、前所未有的巨大

---

① 聂珍钊：《文学经典的阅读、阐释和价值发现》，《文艺研究》2013 年第 5 期。

文学现实和历史事实。因此，"要善于发现经典，勇于命名经典，这是全球化时代文学生产与传播体制所赋予批评家的前所未有的权利和职责"①。

[作者简介：张丽军，山东师范大学文学院教授、博士生导师；

田振华，山东师范大学文学院 2017 级博士研究生。

本文原载《山东社会科学》2018 年 3 期。]

---

① 张丽军：《新世纪文学经典化危机及其建构途径》，《南方文坛》
2012 年第 2 期。

文学研究的当代性与
大数据时代的实证学风

孙桂荣

　　随着移动通信、互联网、云计算等现代技术的迅猛发展，大数据（big data）这一概念被迅速使用和传播开来。根据 IDC 的解释，其具体所指也从简单的海量信息转换成了为更经济地从高频率的、大容量的、不同结构和类型的数据中获取价值而设计的新一代架构和技术，李国杰院士认为"一个国家拥有数据的规模和运用数据的能力将成为综合国力的重要组成部分和企业间新的争夺焦点"。不但是自然科学，在社会科学研究领域中大数据的应用范围也是越来越广，而且这一技术性的突破还冲击了不少传统的文学理念。本文想从在学界尚有一定争议的当代文学的当代性入手谈一下方兴未艾的实证文学研究的问题。

一、当代性论争与当代文学研究的当代性

文学当代性问题 20 世纪 80 年代就有学者提出过，当时人们是在撇清左倾艺术教条的背景下，从相对宽泛的"时代性"与"现实感"层面来谈论这一问题的，也有人将其界定为"一个具有系统质的审美机制，是内容和形式，对象和主体，个体和群体的统一"之类普泛的艺术命题。囿于时代的原因，对当代性独特的时间属性与意义属性在当时尚探讨不深，甚至不乏理论成见，如李庆西曾言"现代派无疑缺乏全面实践当代性的可能"。20 世纪 90 年代以来文学"现代性"研讨占据了学界重心，当代性议题被边缘化了。原因也很明显，现代性话语强调其作为现代启蒙理性的意义属性，并深入到现代性与现代化、现代性与现代主义、现代性与现代文学等各个层面，同"20 世纪中国文学""重写文学史"等话题相对接，在学术研究日益深化、系统化、全球化的语境下自然引发了更多学人的关注。但这不等于说当代性议题就不重要了，只是其丰富内涵在 80 年代当代性论争中还没有被充分挖掘出来。

新世纪以来，有学者又在文学现代性参照下重提当代性话题。不过相较于现代性，学界对其内涵与外延的界定有一定程度的矛盾和成见，当代性往往被界定得随意而散漫，其独特时间属性并不能轻易反映出来，如"'当代性'在某些情况下也即是'人文性'的表征"，"'当代性'不过强调了'现

代性'在时间上的延伸，并无意于新的理论建构"等。严格来说，它们都是对当代性独立属性的误读。从哲学上说，"当代"并不是一个具体的历史分期，而是永远在场、不断流动的"当下这个时代"之意。詹姆逊有一个"当下本体论"的提法，认为"真正的本体论不仅要在此刻中把握过去和未来的力量，而且要诊断这些力量在目前时代里的贫弱化和视觉遮蔽"，"现代性只有在其处身的历史语境中才能够获得叙事形式"。中国学者黄玉顺通过对历史哲学的研读也认为"当代性既不同于现代性，也不同于后现代性，而是在当下生活中的同时发生、同时在场"。这种对当代性的界定也出现于古诗中，如"当代论才子，如公复几人"（杜甫）、"言为当代法，行不古人惭"（梅尧臣）。

对当代性的具体界定影响到了学界对当代文学的理解。在中国大陆学界，一般将1949年新中国成立之后的文学称为当代文学（以与此前的"现代文学"相区别），但这只是依循政治分期的一种结果，有着一定的意识形态属性，如洪子诚在《中国当代文学史》中将这种划分理由解释为它们是"发生在特定'社会主义'历史语境中的文学"。对于这种将当代、当代性普泛的时间属性与意义属性置换成了政治与意识形态属性的做法，旅美学者张旭东并不认同，认为这是"一种被重新历史化了的当代，是一个把革命的当代（新中国）放回到一个更长的历史过程之中对之作历史主义的非政治化和理性化处理的'后当代'"。当然，也有人从哲学意义上理解当代与当代性，像许志英认为"'当代文学'是一个流动的概念，始终指近十年的文学"，陈思和也说，"'现代'一词是具有世界性的文学史意义的，而'当代'一词只属于对当下文学现象的概括"。不过将新中国成立后的文学称为"当代文学"仍是学界惯例，有时只是稍稍变通以"当下文学"指称近年来的文学。

在笔者看来，当代文学的当代性是指其与时代同步发展的个人性、碎片性、流动性的"前经典性"状态，而这正是当代文学与现代文学及古代文学的差异所在。我用"前经典性"这一语词而没有沿袭张旭东教授所用的"非历史化"，来指称当代文学这种未经人为选择的本原状态（无所谓"经典"与"非经典"），目的是在当代性概念中探索其隐含的平民主义（非精英化与非等级化的）视角。同样地，当代文学研究的当代性则是指其以当代性视角与思维介入文学现场、形塑文学潮流、促进文学对话的时代参与特征。早在1986年，就有学人提出，"假如说现代文学是现代文化的一部分，那么现代文学研究则是当代文化的一部分，每一个现代文学研究者都应具有当代意识，要增强对当代文化总体的考察与认识"。现代文学研究对象尽管是过去的，但当代人的现代文学研究却需要站在当代高度、以当代视点加以关照，这就是现代文学研究的当代性，而且在这一点上，古代文学研究也不例外。当然，这只是问题的第一个层面。第二点是，尽管面对任何一个年代的文学，今人在进行研究时都可以遵循当代性原则，但这一原则的实施程度却因文学具体发生年代的不同而有所不同。对于现代文学、古代文学来说，因为研究对象隔了一段时间的距离，研究的"当代性"只是体现在以研究者所处时代的新理论、新观念去阐释已有的文学现象，或将已然存在但尚鲜为人知者发现、发掘出来。然而，对于近年来那些正在发生的文学来说，研究的当代性则要广泛和深远得多，主要体现为：一，通过与作家、读者的直接互动对一个时代的文学生态进行直接干涉，乃至"创造"；二，通过制造文学话题、策划文学命名、形塑文学潮流等来呼应当代文化思想建设，乃至参和社会进程。

当代文学研究的当代性强调文学研究的当下性、即时性、参与性，因此往往被认为是"文学批评"，而不是"文学研究"。如陈思和曾说，"'当代'不应该是一个文学史的概念，而是指一个与生活同步的文学批评的概念"。在中国学术界，尽管文学批评与文学研究两个语词在某些情况下会混用，这二者还是有某些细微区别的。笔者在几年前的一篇文章中写道："文学批评是批评家就文学文本和一定的文学现象提出自己的判断、评论意见"，"尤其注重对批评对象近距离观照与迅速跟进的新异性、敏捷性；文学研究则指文学的学术研究，是以揭示对象的本真、解释对象所显示的内在运行规律和现象本质为价值指归"，"与文学批评的个人性、灵动性、时效性似乎正相反，文学研究更看重客观性、厚重性、历史感"。不过，在"当代性"概念的参照下我们发现这种说法更多像是印象式描述。事实上，不管是通常所说的文学批评还是文学研究，只要是在当下这个时代发生的，都会有一定程度上的当代性，本质化的"纯粹"文学批评或文学研究是不存在的，此二者的区别只是在于：文学研究通过与时代同步发展的新理论、新观念去阐释文学现象，可能会影响和改变这些文学现象的当代评价；文学批评对正在发生的文学现象进行的在场式与介入式品评则会影响和改变这些文学现象的风貌本身。

二、大数据对当代性研究的学理支持

显然，当代性意义上的当代性文学研究是一种十分重要的研究路径。然而，它在当前却遭遇了各种质疑与争议之声。曹文轩教授曾言，"研究价值与研究对象的价值之间并不能简短地划等号——研究对象价值不高，并不等于研究价值不高。然而，在实际上，研究对象的价值还是会影响到研究的价值的——没有足够研究价值的研究对象总会在暗中拖扯着研究价值的"。当代文学作品，因为有着前述所言"与时代同步发展的个人性、碎片性、流动性的'前经典性'"特征，往往被认为是"没有足够研究价值"的芜杂之作，这对当代文学的当代性研究产生了很不利的影响。一般而言，在看重权威性与严谨性的学术界，当代性研究只占据一个十分边缘的位置。另外，像"当代无史""古代文学研究轻视现代文学研究，现代文学研究轻视当代文学研究"，"学院派瞧不上当代批评"

等，也道出了当代性研究的尴尬。更不用说，囿于研究对象数量的巨大与质量的良莠不齐，当代文学的当代性研究还往往会招致各类政治化、人情化、商业化、功利化诟病。可以说，目前文学的当代性研究不但在概念界定上存在含混和歧义，在价值认证上也存在不小的理论难题。

大数据的出现为文学当代性研究提供了一定的学理支持。

第一，大数据有 5V 之说，即 Volume（大量）、Variety（多样）、Velocity（高速）、Veracity（准确性）、Value（价值），它是通过技术处理发现海量信息背后的价值与问题。舍恩伯格曾说，"大数据是指不用随机分析法这一捷径，而是采用所有数据的方法"，也就是通常所说的"全数据"。这一工作思路同需要探讨"海量"文学现象的当代性研究正好契合，并为之提供了新的技术支持。在研究对象尚相对较少的 20 世纪 80 年代，一个认真的研究者或许可以找遍当时的作家作品，从而在扎实的阅读基础上得出令人信服的结论。然而，在文学发展越来越迅猛的今天，光正式出版的纸质长篇小说每年都要达五千多部。研究者即使穷尽一切之力，也很难获得、查阅一切相关研究资料，因此不少研究者均采取了建立在个人阅读经验基础上的"抽样分析"法，主观性成分较大，信息时代研究者不能或不可能收集所有的数据资料，他的判断往往是随机的、自我中心的、肤浅的，任意性较强，自然会导致研究结论的空泛与说服力不足，这在当代文学研究界并不鲜见。大数据的出现可以部分解决这一问题，通过关键词检索、数据库查询、作家作品的跟踪链接等技术手段，可以相对快速和容易地掌握某一作家或现象思潮的全貌，弥补只是基于个人经验、局部样本所带来的局限。这能提升研究的科学性与精确性，改变目前当代文学研究模糊性和随意性的缺陷，为知识爆炸时代介入文学现场提供一定的技术支持。

第二，大数据以数据说话、事实为准绳的实证方法还能有效避免文学当代性研究动辄会陷入的以研究者个人喜好为中心的"人情批评""红包批评"。因为当代性文学研究以当下和在场为特征，研究对象多为同时代的作家作品，所以比之文学史、文学理论研究更容易陷入人世纠纷之中，"批评腐败"在当下并不是空穴来风。大数据、云计算等现代技术对相对客观的实证性研究方法的引入，则可以有效避免以研究者为中心的过于主观性（尤其知名批评家垄断话语权）的弊端。比如，对作品的优劣分析在研究者个人趣味的基础上，如果能够佐之以阅读量、点击率、受关注概率、好评率、差评率这些可以通过大数据分析获得的具体数据，所得的结论肯定会更让人信服一些。而随着数据采集信息的发展，文学文本的"陌生化"程度、感染力等级也可以通过量化实验精确地计量出来。这显然有助于修正研究界充斥的"某某文学式微""某某流派繁盛"之类耸人听闻的全称判断，为从个人意图出发的功利性企图设置必要的障碍，改变当代性研究给人的浮躁虚浮、动机不纯之感。

第三，在文学多元化、产业化的迅猛发展面前，文学

"当代性"研究滞后、失语、无效的弊端，也可以借由大数据的技术手段来弥补。文学"当代性"研究以介入当代文学现场为特征，然而由于近年来文学生产和传播越来越依赖于网络、市场化运作、文化公司，而与研究者相关的传统文学期刊、出版社等在新一轮的文学机制变迁中开始式微，当代性研究对文学现场的"介入"功能并不明显，或者即使研究者苦心经营，也未必能对市场化文学产生太大的作用，主流文坛面对"80后"写作在新世纪异军突起时的无奈和无力就是一个例子，而且这种不足在市场化文学越来越占主导的传媒时代会愈发严重。现在的文学研究多为批评者导向的研究，聚焦于评价者本人的经验与趣味，而非普通读者。读者的文学评价能力被低估，文学评价过程被忽略，是学界的一个不容忽视的问题。比较起来，西方学者对普通读者文学活动更重视一些，像Jonathan Culler曾言，"一个人应该拿着调查问卷跑到大街上调查普通读者"来做研究。目前读者导向的研究在大数据技术的帮助下已相对容易了，可以通过总销售量、排行榜、月推荐、周推荐等方式准确计算出读者的反映情况，而这正好符合此类文学看重读者市场的文化期待，必将受到写作者的重视，发挥研究的现实指导作用。在这一点上，大数据分析对大众化流行文学的影响最大，因为它擅长对新媒体上各种用户活动产生的数据进行分析、归纳、总结，不但能精准分析出哪种类型的作品受欢迎，还能分析出哪部作品的哪些情节、哪个人物形象更受读者青睐等细节问题，能够直接影响到作品的内容和形式。读者的意见会启发作者，使故事更加吸引人，引起读者的兴趣；也会让作者为了迎合读者的期待视野而放弃自己的计划，作者甚至会以"文学新闻化"原则直接对读者进行田野访谈。可以说，大数据手段的介入已鲜明影响了作品的内容与形式，而这最鲜明体现了新媒体文学的当代性。研究者必须正视这一事实，将普通受众的意见纳入研究视域，并有可能在这一过程中发现、发展出某种新的文学理论，像有西方学者通过在报纸登广告征集读者来信，并详细阐释这些信件中所包含的情感伦理的方式，提出了"大众文化意识形态"与"大众主义"的理论。大数据时代的到来，研究者通过技术手段可以获得更多信息，完全可以利用它们为文学研究服务。

第四，大数据在数据库、研究软件等层面的技术功能还能有效克服文学当代性研究零散化、浅表化的缺陷，引领其向研究的历史纵深处发展。当代性研究的在场性与即时性往往被当成浅薄的"印象主义批评"而不被主流学界看好，如有学者指出文学研究在"当代性和历史化之间游走和不平衡"，"历史化运动支持了当代文学学术空间与内涵的扩展"，当代性批评则出现了"思想的匮乏与经验的停滞"。但事实上，在场并不等于去理论性，即时也不代表非历史化，只是不少"当代性"研究成果因为缺少足够的资料支撑而容易沦为被学院派不屑的浅薄虚浮的"媒体批评"。大数据在数据库、资料库、图库等层面的技术建设可以在一定程度上弥补此类研究浅尝辄止的缺憾。比如对于一部作家的新作，传统研究可能只是基于对这部新作的印象式感知，但若运用数据检索和数据分析技术，则可以从其意象、修辞、句式的使用频率来具体分析作品的风格特色，还可以联系到作家此前的作品或同代同类作家的作品，从关键词使用频率的流变等层面分析其在作家创作谱系中的纵向创新点与同时代文学生态中的横向创新点等。对于被不少研究者所痛斥的当代作家自我重复和重复他人的浮躁写作现象，以重复率检索的方法也能具体指出，以摆脱印象主义批评的局限。至于作家年谱、作品接受史，某一观点的学界争议情况等，更可以广泛运用数据挖掘的方法来证实或证伪。应该说，信息时代的大数据分析有利于文学当代性研究的学院化发展。

三、实证研究：大数据时代文学研究的新路径

大数据作为一种技术理念与实践，带来的不仅是文学研究的方法论革新，还是一种以实证主义为基点的研究路径，讲求"言必有据、言必有理"的客观、科学、实践性研究品格。理论上，当代性文学研究的重要性绝不亚于历史化或经典化学院派研究，张旭东甚至说，"现代文学是被当代文学生产出来的，文学批评是第一性的，文学史是第二性的，是批评定义了文学、界定了文学史的研究而不是相反"。不过在实践层面，与文学批评紧密相连的这种当代性研究并没有发挥

其界定文学史的作用，反而成为动辄被批判的对象。大数据时代的到来必将强化其真正的当代性与实践性品格，促使其担负起纵览一个时代的文学发展、指陈作家作品的成败优劣、为文学史进行第一轮筛选的功能。可以预见的是，随着网络信息技术的迅猛发展，大数据及其带来的实证主义研究理念对当代文学研究的影响一定会愈益加深，而且会成为未来的一种趋势，如有感于当代学界过分主观化、浮躁化的种种弊端，李遇春在 2012 年大声呼吁我们需要"走向实证的中国当代文学批评"，"我们并不是简单地反对阐释，但反对简单化地主观阐释"。的确，自我沉溺与以自我利益为中心的主观化文学研究应该停止了。

国际层面，大数据带来的文学研究方法论革新使其正好回应了近年来国际上对文学实证性研究的理论呼吁。实证主义是目前国际学界极具活力与潜力的一种理论思潮，美国学者 Miall. D. S. 早在 2000 年就放言，"早晚会有一天，实证研究将统领整个文化研究领域。人们会通过实证来研究理论观念，反思文学的本质和文化地位。在文学研究领域中它一定能起到这种作用，正如近两个世纪以来科学以实证主义方法将人们从神学和迷信的控制中解放出来一样"。事实上，大数据与实证技术越发展，实证主义方法在文学研究领域中的应用也会越深入和广泛。

历史上，实证研究对中国文学来说并不是新生事物，从中国清代的朴学，到 20 世纪初胡适推崇的杜威实验主义、傅斯年"力主将自然科学的知识和方法引入文史研究中来",都可以看到实证研究的影子。不过,正如有人指出的那样,新中国成立后先是由于政治原因,实证研究及其倡导者在中国大陆受到批判,20世纪80年代研究界对主体性的推崇、20世纪90年代后的"理论热""西方热"等,都使实证学风一直处于备受"批判、质疑和冷落"的边缘境地。究其原因,有学者认为中国现当代文学研究界"重才子,轻学人""过于认同研究者的先天感受能力","对于实践工作,尤其是材料的考证工作价值估价过低所致",也有人认为其根源一是文学研究的"政治目的与实证学风难以相容;二是实证学风做学问的效率低"。笔者看来,这些原因都是可以理解的,但不是不能克服的,政治禁锢在改革开放已三十多年来的当代中国学界已大大降低,甚至可以忽略不计,而实证方法做学问效率低的问题在大数据时代亦不但不成为问题,而且以5V高科技优势取得了其他研究方法无法望其项背的成果。从目前的研究成果来看,大数据对社会学、传播学、心理学、经济学等各领域的研究已开始发挥作用,古代文学、外国文学研究者亦兴致勃勃地撰文讨论。对于当代文学研究而言,作家作品的海量增长势必会使其对大数据信息处理技术的需求比之20世纪文学更紧密、也更迫切,反过来,大数据信息技术的介入也势必会使当代文学研究更加凸显当代性品格,并可以为在学界一直处于边缘位置的实证学风插上腾飞的翅膀。因此,如果说文学当代性确如某些学者所言"改变了'时间的总体化逻辑'""包括已成为'历史'的文学也在不同力量的支配下，强行进入了当代并构成文学当代性的一部分"，文学研究的当代性也会在一定程度上影响或改变当代文学研究的整体格局，大数据时代的到来则无疑强化了这一点。

行文最后，笔者又不得不指出，我们不能走向过分倚重大数据的另一个极端，而是应该将实证研究与美学研究相结合。大数据的方法论革新只是促使当代文学研究真正体现当代性的手段，绝非目的，这里有三点值得关注。

第一，实证技术的引入不能代替当代性研究固有的理论深度，尤其是批判性理论思维。大数据的长处是对在线数据的整理、计算和分析，但其只能作为精确而充实的论据去更好地证实研究者的观点而存在，学术研究固有的理论高度不能降低，尤其像文化工业理论、青年亚文化理论、社会性别理论等与当下文化现象紧密相连的理论多为批判性思维，大数据以读者为中心的分析只能作为论证的起点或工具，或可称为批判的对象，否则就会与文化公司的数据分析无异，而研究则会走向一种新的媚俗。20 世纪 90 年代以来学界兴起"理论热"，近来随着大数据的应用推广恐怕又会出现"技术热"，但二者是相互补充、互动共赢的关系，绝不能让后者挤压前者的学理空间。

第二，大数据时代实证主义加盟的文学当代性研究在增强客观性、精确性的同时，不能消泯研究者本人的价值判断。有西方学者指出实证主义"只研究怎么样（how），而不研究为什么（why）"。这是由实证哲学本身的旨趣、特性决定的，实证信息的数量和质量是其决定性因素，但这对于文学研究而言，却只能是一种手段和工具，研究者的才情、趣味、智性决定了研究的深度和走向。大数据增强了文学研究介入时代现场的当代性品格，但正如电脑需要人脑来控制一样，它需要为研究者所用，而不是相反。

第三，文学的文学性、人文性、精神性、情感性特质决定了文学研究并不完全等同于以经验与实证为基础的科学研究，更不能被完全数据化。因此，即使在大数据探讨热烈的古典文学研究领域，大数据的作用也主要体现为编年谱、资料库、图库等。而对于当代文学研究而言，在大数据的科学性与文学研究的人文性之间保持必要的平衡与张力，以此在增强介入时代的当下和在场感的同时，保持必要的理性精神与客观姿态，才是其应对信息时代到来的题中之义与当务之急。

［基金项目：山东省社会科学规划研究项目"女性主义叙事学视野下的新世纪文学研究"（项目批准号：17CZWJ07）。］

［作者简介：孙桂荣，山东师范大学文学院教授。

该文原载《湘潭大学学报》2018 年第 2 期（CSSCI 期刊）

还曾发表在《中国文学批评》2018 年第 4 期，

《中国社会科学文摘》2019 年第 4 期主体转载。］

探索　选择　超越
——中国马克思主义文论近四十年研究历程回顾

泓　峻

　　马克思主义文艺理论有着自身的立场与方法，也有自己的一些核心概念与核心命题。每一代文艺理论工作者，又都是在特定的历史情境中，为解决自己时代遭遇的特定的文学问题与现实问题而从事研究、进行思考的。因此，不同时代、不同国家的马克思主义文论研究，也必然会有其独特的问题意识，并围绕特定的理论命题展开。

　　总体上讲，近 40 年中国马克思主义文论是在改革开放这一大的时代背景中生成与发展的。与新中国成立后 30 年以及解放前 30 年相比，最近 40 年来中国的马克思主义文论研究具有更广阔的国际化视野，更丰沛的人文情怀，更专业的学术品格，以及更积极的开拓精神。改革开放以来中国社会与中国文学经历的是极其不平凡的一段历史过程，实践本身不断地对中国当代马克思主义文论研究提出前所未有的问题与挑战。中国当代马克思主义文论研究因此也就不得不面对类似审美与政治、思想与学术、内部研究与外部研究、理论的独立性与实践品格、外来理论的吸收与中国特色理论话语的建构等二难的命题，进行艰难的选择。这种二难选择大多并非一次完成的，而是随着时代环境与文学环境的变化与发展，随着中国化马克思主义文论的逻辑展开，经历了类似于否定之否定的曲折过程。处在历史过程中的理论工作者在针对自己时代的具体情境做出自己的选择时，所形成的理论成果也许具有一定的局限性与片面性，但在经历了否定之否定这一辩证运动过程之后，中国当代马克思主义文论被带入了新的更高的理论境界。

一、文学功能：审美与政治

在探讨文学的功能时，审美与政治的纠结对中外马克思主义文论研究者而言都很难完全绕开。审美与政治的关系问题，因此成为马克思主义文论最为核心的命题之一。对于中国马克思主义文论而言，这个命题早在 20 世纪 20 年代文论建设刚刚发轫时就已经被提出来，并在毛泽东《在延安文艺座谈会上的讲话》这部经典文献中有了权威的表述。整体上讲，强调文学的意识形态属性与政治功能，在此基础上追求艺术表现形式的完美，体现文学艺术的审美功能，即所谓的"政治标准第一，艺术标准第二"，成为 20 世纪前期中国化马克思主义文论逐渐形成的重要立场。

但是，由于"文革"中文学被过于政治化，成为政治的附庸，走了很长的弯路，到了"新时期"，中国的马克思主义文论不得不重新思考文学中审美与政治的关系问题。这首先表现在从文艺政策的层面上对文学与政治的关系进行了重新厘定：1980 年 1 月，邓小平在一次讲话中明确指出，"不继续提文艺从属于政治这样的口号，因为这口号容易成为对文艺横加干涉的理论根据，长期的实践证明它对文艺的发展利少害多"①。在这种政治背景下，文学的审美性得到了强调。尽管后来不少人已经指出，1980 年代中国文论对文学审美性的张扬，本身表达的就是一种政治诉求，但至少从理论形态上看，凸显文学的审美功能，反对把文学当成政治的工具，成为那个时代中国文论的一个重要特征。

　　但是，单向度地强调文学的审美功能，进而以去政治化的方式，否定文学与政治的关联，显然是不符合马克思主义文论的基本立场的。为了既能够体现马克思主义文论所包含的要求文学体现时代精神，介入现实斗争这一原则立场，又能够把 1980 年代中国文论界关于文学的审美性、主体性等思考体现出来，国内有学者提出了用"审美意识形态"界定文学性质的主张，得到了比较广泛的认可，并在随后出现了围绕"审美意识形态"这一概念建构中国当代文论体系的努力。

　　在中国当代文论中，"审美意识形态"是一个内涵十分丰

---

① 《邓小平文选》（第二卷），人民出版社 1995 年版，第 255 页。

富的概念。这一概念既是中国当代理论工作者与马克思主义经典作家、国外马克思主义文论研究者，以及中国自身的文艺传统进行对话的产物，同时也是在特定的历史语境中，为解决中国文艺理论与文艺实践所面对的具体问题而生成的。"意识形态"这一哲学概念在马克思主义理论体系中占有举足轻重的地位，带有特定的政治内涵。而"新时期"人们对审美的理解，则与马克思在《1844 年经济学哲学手稿》中对"人的本质"的表述有关。与此同时，卢卡奇、马尔库塞、阿多诺、伊格尔顿等西方马克思主义理论家的思想也被介绍到国内，并产生了很大反响。"审美意识形态"论正是试图将文艺的意识形态属性与审美属性加以整合，强调文艺作品表达的既是具有普遍意义的知识、思想，同时也是个体的感性评价与感性体验，文学艺术活动是无功利性与功利性、形象性与理性、情感性与认识性的统一。其中，人的主体性应当得到充分的尊重。

在文学审美意识形态理论建构的同时，强调文学的审美性，反对政治过多干预文学的观点也得到了西方现代主义各种哲学思潮、艺术思潮以及形式主义文学理论的支持，一度形成很大声势。然而，人们很快发现，当文学理论沿着这条思路前行的时候，道路越来越窄，并且将当代文学带向了远离社会生活、孤芳自赏的歧路。这已经使中国文学理论脱离了马克思主义文论的正确轨道。于是，正当文学审美论作为一种文学理论变得越来越精致的时候，中国的文论界却突然间又产生了返回政治的冲动。在这个过程中，为中国的马克思主义文论研究者提供理论资源的，主要是英美马克思主义文论家威廉斯、杰姆逊等人的文化研究理论。

正如有学者所说的那样，"文化研究的最终目的不是文本，也不是对文本进行审美评价"，而是要"揭示文本的意识形态，以及文本所隐藏的文化——权力关系，它基本上是伊格尔顿所说的'政治批评'"。① 文化研究在西方是一种涉及面很广的理论，但1990年代以来在中国参与文化研究理论的引介、讨论的学者，其专业背景绝大部分都是文学。这使得文化研究很快成为中国当代文论研究与文学批评中十分重要的理论模式，中国文学理论的整体价值取向因此又一次发生转移，以至于到了21世纪初，"审美意识形态"论也受到了质疑，并再次引起学术界的论争。

尽管文化研究的重返政治并非对20世纪80年代之前文学与政治关系的简单重复，但中国当代文论在短短十多年的时间里，先是试图从政治走向审美，接着又很快从审美返回政治，其间的逻辑关系耐人寻味。它让后来的学者一方面充分认识到了不顾文学自身规律，将文学完全当成政治的附庸与工具时对文学可能产生的伤害；另一方面也认识到了文学完全脱离政治之不必要与不可能，以及仅仅从审美立场看待

---

① 陶东风：《当代中国的文化批评》，北京大学出版社2006年版，第37页。

文学问题时的偏执与狭隘。经历了这个过程之后，今天从事文论研究的学者再次面对这一问题时，其理论态度已经显得更加从容与自信。

二、研究对象：内部研究与外部研究

文学研究的内部研究与外部研究之争，是发生在"新时期"中国文论研究中的一场著名论争。在之后的三十多年里，这场论争余波荡漾，影响深远。

"新时期"之初，为了摆脱"工具论"文学观，许多学者开始强调文学自身的独立性以及文学研究的独立性。他们指出，长期以来我们的文学理论主要是从文学与社会生活的关系入手去研究的，关注的是文学的外部规律，为了纠正这一偏颇，必须使文学研究回归文学本体。这种观点显然受到 20 世纪一些国外文艺理论思潮的影响。特别是在俄国形式主义、英美"新批评"、法国结构主义等理论流派看来，无论是传统的文学社会学研究、作家传记研究，还是后来的文学心理学研究，都没有真正将"文学性"问题提出来，因而都属于"外部研究"。1985 年，当刘再复提出文学"内部规律"与"外部规律"之分的观点时，他所说的内部规律，就重点指向了"文学内部各要素的相互关系，文学各种门类自身的结构方式和运动规律"。① 之后，在寻求文学内部规律这一目标的

---

① 刘再复：《文学研究思维空间的拓展》，《读书》1985 年第 2 期。

指引下，文论界介绍国外形式主义理论的热情进一步高涨。

不可否认，马克思主义文论不是无边的，而是有着自身明确的理论特征的。比如，马克思主义文学理论总是把文学放在一个比它自身更大的框架中，从宏观上进行把握。而俄国形式主义、英美新批评、法国结构主义等文论流派，则倡导对文本进行封闭研究，把文学效果看成是纯粹的语言修辞效果，割断了文学与社会历史、现实政治与思想文化的联系。俄国形式主义文论家就曾公开宣称"艺术永远是独立于生活的，它的颜色从不反映飘扬在城堡上空的旗帜的颜色"①，反对通过研究作家所处的时代去对文学作品的内容进行解读。很明显，这种观点与马克思主义文论的基本立场是对立的。正因为如此，俄国形式主义文论在十月革命之后不久，就作为资产阶级文艺观的代表遭到了苏联马克思主义文论家的严厉批判。

就中国而言，俄国形式主义、英美新批评以及结构主义理论在 1980 年代的引入，确实给文论界带来许多新鲜的、富有启发性的东西，对于校正中国马克思主义文论研究中曾经出现的"庸俗社会学"倾向有一定的帮助。但是，其与马克思主义文论立场之间的对立，也很快引起了理论界的警觉，并开始对它进行反思性的批判。这可以看作是 20 世纪 80 年

① ［俄］维克托·什克洛夫斯基等：《俄国形式主义文论选》，方珊等译，生活·读书·新知三联书店 1989 年版，第 11 页。

代文学研究"内外之争"的一种逻辑延伸。

20世纪90年代文化研究的兴起，不仅针对文学研究中的审美主义思潮，同时也是为了校正形式主义文学研究所产生的偏颇，它代表了中国当代文论重新向政治、社会、文化这些"外部研究"开放的努力。然而，到了21世纪初，一些文化研究学者又提出了文学研究进一步向外拓展边界的主张，要求对广告、时尚、酒吧、城市广场、购物中心等等进行跨学科研究，试图建立一种没有边界的文学理论。① 也有学者对他们认为的传统文学研究中的"本质主义"倾向进行了激烈的批判，提出了"没有文学的文学理论"等极端主张。正是在这种背景下，文论界开始就文学研究的边界问题展开热烈的讨论，并出现了为文学理论传统形态的合法性进行辩护的努力，认为"文艺学作为一个学科的主要研究对象应该是文学事实、文学经验和文学问题"，② 要求文学理论至少应该回到文学问题上来，把自己的理论建立在对文学现象进行分析与把握的基础之上，并对那些脱离具体文学实践的理论研究表现出了深深的担忧。

对形式主义文论进行的"马克思主义化"改造，正是在这种背景下发生的，最近十来年里，这方面的努力取得了引人注目的成果。这首先表现在一些学者从西方文论的发展历

---

① 陶东风：《日常生活审美化：一个讨论——兼及当前文艺学的变革与出路》，《文艺争鸣》2003年第6期。

② 童庆炳：《文艺学边界三题》，《文学评论》2004年第6期。

程人手，对形式主义文论与马克思主义文论之间的关系进行了梳理，强调马克思主义文论虽然与形式主义文论在文学观念、研究方法和价值立场等方面均有所不同，但后来两种文论之间却发生了深度的对话。有学者指出，与 1920 年代苏联马克思主义者将俄国形式主义作为资产阶级的美学遗产加以完全否定不同，后来西方重要的马克思主义文论家都在不同的语境中，从不同的角度，对俄国形式主义进行了学理批判和价值重估。① 有学者还具体分析了巴赫金、阿尔都塞、杰姆逊、马尔库塞等人在形式主义文论与西方马克思主义文论之间展开对话时的具体路径。② 这些研究都在试图改变人们关于形式主义文论与马克思主义文论完全对立的刻板印象，强调形式主义文论对 20 世纪西方马克思主义文论的启发与贡献。另外一些学者则通过对巴赫金、托尼·本内特等人文论思想的介绍与阐发，证明这些具有形式主义倾向的理论家"并非只注重形式，而是有对文本间性和历史变化的不自觉诉求，并对文本形而上学进行了反驳"，从而把他们的形式主义文论建构在了马克思主义文论的基本原则之上。③

应该说，无论是强调形式主义文论通过与马克思主义文

---

① 杨建刚：《马克思主义视域中的俄国形式主义价值重估》，《首都师范大学学报》2017 年第 6 期。

② 段吉方：《重建对话之维——形式主义与马克思主义的理论对话及其意义》，《文学评论》2015 年第 6 期。

③ 张朋：《对话语境的建立——论托尔·本内特在马克思主义文论与形式主义之间的探索》，《现代语文》2013 年第 11 期。

论的对话参与了西方马克思主义文论的建构，还是强调后来的一些形式主义文论家已经从对纯文本形式的关注走向了对文本与意识形态、文本与历史之间关系的关注，上述理论研究实际上都多少有着为 1990 年代文化研究兴起之后在中国文论界受到质疑与批判的形式主义文论进行"辩护"的意图。而在此过程中，他们采用的策略，就是通过学术史的研究以证明形式主义文论在自身发展过程中，已经成为整合了文学的"内部规律"与"外部规律"的理论，既能够通过形式分析切入文本内部，又能够在文本形式中发现历史、文化、意识形态等外部研究关注的内容。中国当代马克思主义文论研究在 1980 年代以来一直纠结的内部研究与外部研究的对立，在这样的思考中得到了一定程度的解决。

三、研究方法：思想与学术

同审美与政治问题相比，文论界一度出现的关于思想与学术关系问题的讨论，很难与马克思主义文论的核心命题关联起来，但如果进入其逻辑内部的话，就会发现这一讨论仍然与中国当代马克思主义文论建设具有很强的相关性：一方面，它直接导致其研究内容与研究方法的转换；另一方面，近年来，当人们对中国当代文论研究学术转向中出现的问题进行反思时，马克思主义文论的基本立场起到了很大作用。

20 世纪 80 年代的文论界在热闹繁荣的背后，也存在许多问题，其中很突出的问题就是只重视观点的标新立异，而不重视学术表达的规范性。进入 90 年代之后，一些学者对这种情况提出了尖锐的批评，导致中国的马克思主义文论研究与其他人文学术研究一起，风气出现明显转向，李泽厚曾经把这种转向称为"思想淡出，学术凸显"。

对中国的马克思主义文论研究而言，由重视思想观点的表达到重视学术过程的严谨与规范，这一转向最直接的表现是学术史研究的兴起。不少学者开始由引介国外理论观点、提出新的理论命题、建构新的理论体系，转向围绕中国马克思主义文论发展史上一些具体的文本、学者与学术事件进行资料的搜集整理与细节的比较辨识。比如，有学者围绕《在延安文艺座谈会上的讲话》，考证了它从 1942 年 5 月到 1991 年《毛泽东选集》最新一个版本面世这 50 年间的六个版本的变化，试图通过不同时期不同版本在本文、注释上异同的比较，展示这一历史文献的作者、编辑者、注释者对一些具体问题、具体观点，甚至是具体语句、具体措辞的修改过程。①而在中国 20 世纪马克思主义文论家胡风、周扬等人的研究中，则开始重视对与当事人有关的日记、书信、传记、回忆录的整理与利用。有学者还有计划地对一些亲历了 20 世纪中国文艺理论发展过程的老学者进行采访，以访谈录的形式记录下一些珍贵的历史记忆。从 20 世纪 90 年代开始，董学文、童庆炳等

---

① 金宏宇：《〈在延安文艺座谈会上的讲话〉的版本与修改》，《中国现代文学研究丛刊》2005 年第 6 期。

学者就提出，为了弄清楚文艺学这门学科在中国的发展历程，应当对 20 世纪文学理论教材的编写与引进，尤其是对 20 世纪 30 年代以后出现的中国学者以马克思主义文学理论为指导编写的文学理论教材，进行系统的研究与总结。进入 21 世纪之后，便有了程正民、程凯的《中国现代文学理论知识体系的建构——文学理论教材与教学的历史沿革》（北京大学出版社 2005 年）、童庆炳主编的《新时期高校文学理论教材编写调查报告》（春风文艺出版社 2006 年）等著作问世。

学术史视角的倡导，意在借学术史这种在"与先辈对话"的过程中，"逐步确立自己的立场与方法"，"通过触摸传统、反省传统来思考当今的生存处境与发展策略"的学术研究，使中国的人文学者，在"直接引进新的思想观念或研究范式"，或"别无依傍，独创新说"等习惯的学术方法之外，寻找到一种更为扎实沉潜的学术路径。① 它特别强调学术研究要以考证与归纳为主，重视证据、"论从史出"，而这一切都建立在一套严格的学术规范之上。今天在中国人文学界已经达成共识的许多学术规范，就是在这个过程中逐步建立起来的。从这个意义上讲，学术转向对于提高中国当代马克思主义文论研究的水平起到了十分积极的作用。然而，越到后来人们越发现，许多科研管理机构、学术评价机构，乃至于重

① 陈平原：《学术史研究及其它——答秦山问》，《中华读书报》1996 年 9 月 6 日。

要的学术期刊与出版部门，开始把一整套外在的学术指标作为判断学术写作价值的直接依据，结果导致有相当一部分研究成果徒有繁琐的学术程序，却没有真知灼见。

正是看到了这些问题，近年来，思想与学术的关系问题再次被重提，而这一次更多的是对学术研究中思想性匮乏的反思。如有学者明确指出："经过二三十年的努力，中国如今已经进入一个普遍注重学术，甚至是唯学术化的时代——尽管学术水平还经常遭人诟病，在学术与思想相对的意义上，我们这个时代更需要思想。"[①] 中国当代马克思主义文论研究者在反思时，则指出了另外一个问题，那就是"狭隘'学术化'，既割裂了文学批评与马克思主义的内在统一性，也使文学批评退缩为疏离于文学现实的'文学研究'"[②]，进而提出中国当代马克思主义文论研究必须改变为学术而学术的研究路径，将理论研究与文学现实相联系，增强文学研究与文学批评的有效性。而对马克思主义文论自身实践品格的强调，成为这种反思的一个最重要的理论支点。

四、研究目的：理论与实践

很明显，马克思主义文论研究包含着理论建构的目的。

---

① 参见乔燕冰：《思想与学术如何面对新时代》中所引学者观点，《中国艺术报》2018 年 4 月 2 日。
② 孙士聪：《新时代马克思主义文论的现实品格》，《文学评论》2018 年第 3 期。

马克思主义文论的体系性是许多研究者追求的理论目标。但是，马克思主义也十分强调理论与实践的关联性，特别是理论对于实践的指导意义。因此，理论性与实践性的统一，应该是马克思主义文论的理想境界，但在具体的研究中，怎样处理好理论与实践的关系仍然会成为一个问题。

"新时期"中国文学在追求作家创作独立性的同时，也出现了追求文学研究的科学性的主张。一些学者开始强调："文艺理论批评是一门科学，是有它自己的研究对象和任务的。"[①]"文学批评是科学，应该遵从文艺理论和社会科学理论原则。"[②] 接下来文学研究中的方法论热，形式主义者倡导的文学本体研究，以及 1990 年代"思想淡出，学术凸显"的学术潮流，都使得文学研究与文学批评的"科学主义"倾向不断得到加强。

然而，这一"科学主义"取向也使中国当代文学理论研究出现许多问题，最突出的问题就是理论与具体的文学实践之间的隔膜：有相当一部分文学理论研究者所做的主要工作，就是国外某种文学理论的介绍与移植，或者由一种理论衍生出另一种理论。这使得文学研究根本用不着向文学实践开放，自己就可以构成一个独立的学术空间。这种研究取向在当代马克思主义文论研究中也有所表现。有学者用"不及物""休

---

① 朱寨：《历史转折中的文学批评》，《文学评论》1984 年第 4 期。
② 丹晨：《文艺理论批评甘苦谈》，《人民日报》1985 年 3 月 18 日。

眠化""理论化"对这种表现的症候进行了描述:"不及物"
指向文学批评与文艺作品的关系问题,当代马克思主义文学
批评始于疏离、终于逃避;"休眠化"意味着文学批评缺乏介
入文学实践的自觉性与积极性;"理论化"表明文学批评遗忘
了对话语接受性的考量,批评话语的密林令受众望而却步。①

　　文学研究的这种理论取向,与马克思主义的基本立场显
然是冲突的。马克思主义认为,特定的理论是在特定的实践
过程中,在观察与研究特定对象的基础上总结出来的;理论
最主要的价值,则体现在能够返回现实之中,指导人类在特
定领域展开新的实践活动。中国化马克思主义文论从其产生
之日起,就把关注文学实践,指导文学实践作为自己最重要
的理论诉求。鲁迅、茅盾、胡风、周扬、冯雪峰这些对 20 世
纪中国马克思主义文论作出重要贡献的理论家,许多人都兼
有作家、批评家与理论家多重身份,或者是影响巨大的文学
社团或文学思潮的核心人物,对自己时代的文学状况十分了
解,同时其鲜明的理论主张对作家的创作活动也具有很强的
现实影响力。毛泽东的延安文艺思想,则是根据 1940 年代初
延安文艺界的实际情况,为纠正当时根据地各种错误的思潮
与模糊的认识而生成的。《在延安文艺座谈会上的讲话》之所
以被许多人认为是 20 世纪中国化马克思主义文论最重要的理

----

　　① 孙士聪:《新时代马克思主义文论的现实品格》,《文学评论》2018
年第 3 期。

论成果，就是因为在这个讲话的直接影响下，中国当代文学完成了一次大的转型，形成了一种新的格局，开创了一个新的文学时代。[①]

当代马克思主义文论研究重建其实践品格的努力，还与近年来对习近平关于文艺问题的系列讲话的深入学习与领会有关。习近平关于文艺问题的许多重要论述，都不是由理论到理论的演绎，而是建立在对中国当代文艺现状与问题的细致观察、准确把握之上，具有极强的现实针对性。他对历史虚无主义思潮、"去道德化"现象、"去中国化"倾向的批判，都抓住了一段时期以来我国文艺创作中存在的严重失误与突出问题，廓清了文艺界在一些重要问题上的是非，指明了中国文艺今后发展的方向。而这一切，表明了其文艺思想强烈的现实关怀精神与突出的实践品格，对中国当代文论研究具有很好的示范作用与价值引导作用。

"新时代"的中国社会处在急剧发展变革之中，中国文学也处在一个急剧发展变革的过程之中，这一切，为中国当代马克思主义文论研究提出了许多新的研究课题，同时也为它的发展提供了难得的契机。近年来马克思主义文论实践品格的回归，是文艺理论研究者使命感的体现，为中国当代马克思主义文论研究注入了一股新鲜的活力。

---

① 泓峻：《重塑中国当代文学理论的实践品格》，《文艺报》2018 年 4 月 16 日。

五、言说方式：“西化”与话语主体的重建

如何借鉴与吸收外来的理论成果，并使外来的理论与中国自己的国情、自己的文化结合起来，在一些理论领域形成自己的话语体系，是百年来中国人文学术研究现代化进程中始终期望解决的另一个难题，也是马克思主义理论在进入中国的过程中一直追求的理想境界。早在延安时期，毛泽东就提出要使中国共产党的理论思想具有“中国作风与中国气派”，这对于马克思主义文论中国化起到了很大的推动作用。但是，在具体实践中，外来的理论话语仍然经常主导着中国的马克思主义文论研究：在 20 世纪 50—60 年代，来自苏联的文论话语曾经在中国文论研究与教学中起过主导性的作用；进入“新时期”，中国文论话语则开始受到 20 世纪西方各种文论思潮的深刻影响，出现了十分明显的“西化”倾向。

“新时期”对西方各种文论思潮的引进，主要是为了改变“文革”之后中国文论思维方式僵化、话语单一、概念陈旧的状况。马克思主义文论研究的创新与突破，在很大程度上也借助了对 20 世纪西方马克思主义文论的译介。然而，大量西方文论话语进入中国，也给中国的文论建设造成了一定的困扰。一方面，外来的理论在很短的时间里大量涌入，却没有时间消化，导致中国当代文论话语新名词、新概念泛滥，但对问题的讨论却常常流于表面，难以深入；另一方面，许多西方理论在中国存在“水土不服”的问题，中国当代文论界

对这些理论的热炒，很容易使文论研究脱离中国现实，让一些论题在中国成为"伪命题"。然而，更为严重的问题还在于：当外来理论的引介成为中国当代文论研究者的主要工作时，很容易造成思维的惰性，使得中国当代文论研究不再习惯于提出自己的问题，形成自己独特的表述，创造出属于自己的文论范畴，形成自己的标志性成果，最终的结果是文论话语丧失了主体性。正是在这种背景下，1990 年代中期以后，一些学者批评中国当代文论，乃至于整个 20 世纪文论，因受西方文论话语方式的影响而患上了"失语症"，自己民族的文化经验与审美经验在当代文论中无法得到有效的表达，从而提出了通过中国古代文论的现代转换重建中国文论话语的主张。

通过中国古代文论话语的现代转换重建中国当代文论话语的主张，曾经被中国当代文论研究者广泛关注，并引发了相关讨论。但是，"失语症"论者对西方文论话语的质疑，还是比较笼统的；之后其中国古代文论话语转换的成果也比较有限，中国当代文论研究依赖西方话语的整体风气并没有因此从根本上得到改变。

实质性的改变发生在最近几年，其标志性的事件，是 2014 年年底以来张江教授在其系列文章中，以"强制阐释"这一概念为突破口对西方文论富有学理性的批判，以及接下来构建中国当代阐释学——"公共阐释论"的努力。

2014 年 12 月，张江的《强制阐释论》一文在《文学评论》上发表，引起广泛关注与深入讨论。他对西方文论"强制阐释"特征的指认，引发了中国文论界对西方文论在解释文学问题时有效性的质疑。与提出中国古代文论话语转换的学者指责西方文论话语遮蔽了中国人的审美经验相比，张江采取的策略是首先从西方文论生成的内在逻辑入手，对其进行釜底抽薪式的批判，认为现代西方文论往往以"强制阐释"的方式形成自己的理论观点。在这个过程中，"各种生发于文学场外的理论或科学原理纷纷被调入文学阐释话语中"，文论家"或以前置的立场裁定文本意义和价值，或以非逻辑论证和反序认识的方式强行阐释经典文本，或以词语贴附和硬性镶嵌的方式重构文本"，"从根本上抹煞了文学理论及批评的本体特征，导引文论偏离了文学"。[①] 这种理论批判，已经透漏出中国学者十分明确的主体意识，展现出的是国内人文学术研究一种新的理论姿态。

接下来，张江提出了阐释的"公共性"问题，试图在坚持马克思主义立场、观点、方法的基础上，从中国实际出发，创造性地建构当代中国的阐释学——"公共阐释论"。张江的"公共阐释论"意在纠正20世纪西方主流阐释学"以非理性、非实证、非确定性为总目标"的偏颇，倡导"以普遍的历史前提为基点，以文本为意义对象，以公共理性生产有边界约

---

① 张江：《强制阐释论》，《文学评论》2014 年第 6 期。

束，且可公度的有效阐释"。①他从阐释活动与人的存在关系入手，对阐释的对象、阐释的主体、阐释活动的性质、中西方阐释学理论的不同模式等重要问题进行了深入探讨，强调阐释是一种公共行为，是人类精神存在的方式；阐释是多元的、层层递进的、对话的、开放的，但同时又是接受公共理性约束的。而他的《"阐""诠"辨——阐释的公共性讨论之一》一文，通过对"阐""诠"两个汉字本义的追溯，辨析阐释学理论在中国存在的不同模式，对比中西方阐释学、中国古代阐释学和当代阐释学的差异，体现了其"以中国话语为主干，以古典阐释学为资源，以当代西方阐释学为借鉴"，②将具有当代性与世界性的理论研究与学术思考，植根于民族文化沃土，让现代学术方法与传统学术方法相互发明的诉求。其就公共阐释问题与西方著名学者迈克·费瑟斯通、约翰·汤普森、尤尔根·哈贝马斯的对话，更是表现出中国当代学者作为独立的话语主体与西方学者进行平等交流的自信，对中国当代马克思主义文论研究风气的转变有着很好的示范效应。

理论界出现这种积极的变化，首先与中共十八大以来，以习近平同志为核心的党中央不断强调中国特色社会主义的道路自信、理论自信、制度自信与文化自信，提出要"着力构建中国特色哲学社会科学，在指导思想、学科体系、学术

① 张江：《公共阐释论纲》，《学术研究》2017 年第 6 期。
② 张江：《"阐""诠"辨——阐释的公共性讨论之一》，《哲学研究》2017 年第 12 期。

体系、话语体系等方面充分体现中国特色、中国风格、中国气派"① 有关。与此同时，习近平关于文艺问题的系列讲话也为中国当代文论话语体系建设指明了方向。习近平《在文艺工作座谈会上的讲话》十分明确地指出，"中华优秀传统文化是中华民族的精神命脉，是涵养社会主义核心价值观的重要源泉，也是我们在世界文化激荡中站稳脚跟的坚实根基"。并要求当代文艺要"传承和弘扬中华优秀传统文化，传承和弘扬中华美学精神"②。时代精神的发扬与文化精神的传承，一直是习近平思考文艺问题时两个不可分割的向度。习近平十分辩证地指出，要"加强对中华优秀传统文化的挖掘和阐发，使中华民族最基本的文化基因同当代中国文化相适应、同现代社会相协调，把跨越时空、超越国界、富有永恒魅力、具有当代价值的文化精神弘扬起来，激活其内在的强大生命力"③。这就使得从事当代中国马克思主义文论研究的学者充分意识到，建构自己的话语体系，确立自己的话语主体地位，一方面要借鉴中国古典文艺理论的概念、融汇中国古典美学精神、吸收中国古代哲学智慧；另一方面也要继承 20 世纪以来中国马克思主义文论发展过程中形成的优良传统，并密切结合中国当代社

---

① 习近平：《在哲学社会科学工作座谈会上的讲话》，人民出版社 2016 年版，第 15 页。

② 习近平：《在文艺工作座谈会上的讲话》，人民出版社 2015 年版，第 25 页。

③ 习近平：《在中国文联十大、中国作协九大开幕式上的讲话》，人民出版社 2016 年版，第 15 页。

会与当代文艺的实践。一种"跨越时空、超越国界、富有永恒魅力、具有当代价值"的中国化马克思主义文论，必然是建立在中华民族自身历史与文化根基之上的，同时也必然是开放的，能够吸收世界先进文艺思想，能够与世界展开对话的文论体系。中国当代文论研究者按照这种价值导向从事文论建设，必将把中国当代马克思主义文论研究提升到一个新的境界。

[本文发表于《中国文学批评》2018 年第 4 期，《中国社会科学文摘》2019 年第 4 期主体转载。]

[作者简介：泓峻，山东大学马克思主义文艺理论研究中心教授。]

故事，重新开始了

马 兵

  对于任何一个曾沐浴过先锋文学的余泽而有志于小说创作的新手作者而言，对故事的戒备恐怕已经成为一种先在的常识，所谓"小说在故事终止处开始"的说法就是这种戒备意识的集中显现，这一说法形象而明确地顺应了那个大势——自从小说经历了"故事"与"话语"两分的叙事学转向，小说家们关怀的重心便由前者过渡为后者了。事实上，就中国本土先锋文学思潮嬗变的轨迹来看，我们知道，"故事"其实并未远离，1990 年代以后更是全面回潮，但是当"写什么"又一次代替"怎么写"去接管小说时，那个时刻被后来的很多文学史家和批评家描述为一个先锋文学精神终结的时刻，似乎在意味着更具现代性和探索意识的先锋文学理解中，传统的故事既已被打倒、拆解或置换，就再也不可能构成驱策文学向前的资源。这一理解导致了两个至今仍有相当影响的结果——其一，以故事驱动的小说在艺术性上要弱于以叙事驱动的小说成了被广泛认可甚至是具有自明意义的写作观念；其二，除了像莫言这样的庞然大者，即便一个小说家擅于写故事，他也绝少以此自矜，似乎讲好故事并非荣耀——并最终形成了我们开头说到的那个认识效应。

然而，最近几年事情却有了变化。先是 2015 年，赵松的《抚顺故事集》出版，在读书圈引起不小的关注；同年，以故事命名的小说集还有颜歌的《平乐镇伤心故事集》和宝树的《时间狂想故事集》；随后两年，以"故事集"为名的各类纯文学作品越出越多，比如较有影响的《青鸟故事集》《丙申故事集》《驻马店伤心故事集》等；此外，还有为数不少虽不直接以故事为名，但一看便摆明了要讲故事的小说集，如朱岳的《说部之乱》、阿丁的《厌作人间语》、冯唐的《搜神记》、刘汀的《中国奇谭》、赵志明的《中国怪谈》、盛文强的《海盗奇谭》，以及化身"说书人"身份的张大春的《春灯公子》等。当然，仅以"故事"来命名作品可能说明不了太多，放眼世界，诸如《尼克·亚当斯故事集》《九故事》《东方故事集》《小夜曲：音乐与黄昏五故事集》之类的名号也所在多有。但是这一回，中国故事的复归并不羞涩，不但大张旗鼓地亮出本尊的旗号，而且值得注意的是，从张大春、李敬泽到弋舟、冯唐再到赵志明、郑在欢，这些故事的讲述者不但囊括了"50 后"到"90 后"的完整代际，还各各有着文坛宿将或新锐的名号，在文学圈子里代表着有相当影响的文学品位，他们不约而同，重建小说与情节的友善关系，重塑对故事的敬畏和尊重，这恐怕不能简单地以巧合来解释，虽然还不完全明朗，但至少意味着新世纪关于小说理解的又一次深刻转向：故事，真的重新开始了。

一

该如何理解这些小说家对故事的召唤？我以为有如下两点重要的因由：其一，在一个经验加速贬值的时代，对故事传统的激活是重新赋予小说活力与独特"光晕"的内在理路。

有必要从一篇经典的文章谈起，那就是本雅明在 1936 年发表的《讲故事的人——论尼古拉·列斯科夫》。在这篇雄辩的文章中，本雅明从人类的现代体验与文类演变等多个角度，探讨了小说与故事的文体差异。本雅明认为，介于古代史诗与现代小说中间的故事，其灵思的源泉是人类"口口相传的经验"，然而在经验持续贬值的现代社会，故事这一古老的技艺日渐式微，小说在现代的兴起便是"讲故事走向衰微的征兆"。相比于故事对于经验分享的倚重，小说则"诞生于离群索居的个人"，"写小说意味着在人生的呈现中把不可言诠和交流之事推向极致"，显示的是"生命深刻的困惑"。本雅明所谓经验的范畴，指的是"人类跟世界的精神和心理的联系，发生在认识尚未进入的领域"，而经验出现贬值的原因是现代技术和传媒从根本上改变了人们经验交流和传播的方式，其表征便是"消息"的出现，它的"不辨自明"和强大的因果律逻辑恰恰与"讲故事的精神背道而驰"：消息传递到人们耳边，"早被解释得通体清澈"，然而其价值也就昙花一现，"它只在那一瞬间存活，必须完全依附于、不失时机地向那一瞬间表白自己"；故事却不会如此轻易地"耗散自己"，它在时过境迁后仍会"保持并凝聚其活力"。也正是基于这个认知前提，本雅明在文中才高度赞美列斯科夫，还有豪夫、爱伦·坡和斯蒂文森等这些"以讲故事的方式"从事小说创作的"智者"，他援引高尔基的话说道："列斯科夫是一位深深扎根于人民的作家，完全不受外邦的影响。"[①] 列斯科夫那些手工艺人般的精彩而犀利的小说很多改编自俄国民间童话和传说，对于本雅明而言，它们既是一曲挽歌，也是一抹"灵韵"。

本雅明或许不会想到的是，经验的持续贬值在几十年后会以几何级倍数加速，令他神伤销魂的"印刷资本主义"还只是微弱的先声，网络新媒体技术的日新月异不但让"天涯若比邻"成为事实，而且正如阿帕杜莱指出的，新媒体创造的一代人是"无地域感的"，更进一步，甚而是模糊了现实与虚拟边界的。本雅明曾愤怒相向的"消息"在今天被浓缩为字节和流量，以影像为中心的新媒体景观先是带来了震惊，

---

① ［德］本雅明：《讲故事的人：论尼古拉·列斯科夫》，见［德］汉娜·阿伦特编：《启迪：本雅明文选》，生活·读书·新知三联书店 2008 年版，第 96、99、100、111 页。

继而是震惊餍足之后的疲累。通常而言，新媒体是以叙事的方式来描绘现实的，"它们的体验者与转化者从中获得的是一系列要素（如人物形象、故事情节和文本形式），由此能够构建出想象生活的剧本——既包括他们自己的生活，也包括他乡的、他人的生活"①。看起来，这似乎与本雅明描述的讲故事的人与听故事的人"相约为伴"的情谊相似，但其实二者有本质的差别：听故事的人想把故事嵌入记忆，使自己也成为伟大故事传统链接中的一环；而新媒体的叙事为自我想象提供的资源多是均质或者仿像的。

也正是在这一点上，格非在一个演讲中认为当下信息叙事的本性是消费性的，它的"即用即弃""即时性"和常被滥用的特点，"构成了对传统故事和小说的双重反动，既是对传统故事的祛魅，同时也是对小说的祛魅，完全变成了一种消费品"，因此，他提醒同行要摆脱对"传媒信息的依赖"②。格非自己反抗这种消费性信息叙事的路径之一便是重返故事的传统之中，在《江南三部曲》《隐身衣》和《望春风》等近作里，他一次又一次地放低姿态，转变叙事的口吻，告诉读者"若不嫌我饶舌啰嗦，我在这里倒可以给各位讲个小故事"③。

---

① ［美］阿尔君·阿帕杜莱：《消散的现代性：全球化的文化维度》，上海三联书店 2012 年版，第 37、47 页。

② 格非：《故事的祛魅和复魅——传统故事、虚构小说与信息叙事》，《名作欣赏》2012 年第 4 期。

③ 格非：《望春风》，译林出版社 2016 年版，第 24 页。

凭借《无尾狗》《寻欢者不知所终》而引起广泛关注的"中间代"小说家阿丁在 2017 年底推出的小说集《厌作人间语》的跋语中说："对于有志于文学写作的青年人而言，有一个会讲故事的姥姥很重要。"当然，这里的"姥姥"并非实指，"她"的本质是"古老却不朽的文学传统"①。顾名思义，《厌作人间语》是一部向聊斋和以其为代表的志异传统的致敬之作。阿丁从一个"小说本位主义者"向"讲故事的人"的叙述姿态的转变，让我们看到了本雅明赞美的列斯科夫的智慧在今日之投影。无独有偶，同为"70 后"小说家的赵志明在《我亲爱的精神病患者》《万物停止生长时》《青蛙满足灵魂的想象》之后，也对传奇和笔记小说表现出格外的倾心，从《无影人》中的"浮生轶事"，再到最近的"中国怪谈"，他努力实践着"说好一个简单故事的激情"②。再比如，素来以先锋性著称的弋舟在 2017 年出版了他的《丙申故事集》，收录了他在丙申年写作的五个短篇。对于这个小说集的命名，弋舟说得很清楚，"故事集"在这里"的确是一个强调"，它关乎小说的义理，"现代小说以降，我们的创作因了'现代'之名，都太闪烁着金属一般的现代华彩了，现在，我想是时候了，让自己去抚摸古老'故事'的那种包浆一般的暗光"。

---

①　阿丁：《除了人我现在什么都想冒充》，《厌作人间语》，作家出版社 2017 年版，第 234 页。

②　《"说书人"赵志明：好好说故事是基本功》，《文学报》2016 年 8 月 26 日。

弋舟在这些小说中写了不少故事，如《随园》一篇更在今人与古人间游弋，而弋舟最看重的则是故事消逝后"留下的气息"，他说："这种对于经验的'恍惚化'，巩固了人类将现实上升为艺术的那种能力。"① 可以说，弋舟在容留了先锋文学文体探索精神的同时也接通了达向故事的暗道，他既强调了自己"居于幽暗"的现代式的写作情境，又有对传统资源的辩证而具有反讽性的重构，这似在遥致本雅明，"讲故事"在今天依然能成为一门睿智的技艺。

其二，近来小说创作中的"故事转向"呼应了讲好"中国故事"的时代诉求，也呼应了当下中国人新的生活状况。在这些小说集中，小说家在故事有头有尾的闭合逻辑抑或一波三折的情节强度之外，还格外强调了故事中包含的时代巨变之下作为个体生命体验的复杂，以及故事里的个人与时代共振的精神频度。他们相信，在"非虚构"写作不断攻城掠地的当下，故事所携带的非凡想象力和虚构力有着不逊色于"非虚构"甚或是更胜一筹的指涉时代的能力。

"非虚构"文学兴起的大背景其实亦可推衍到前述本雅明对于过量"消息"所带来的经验困境之中。波德里亚有一个著名的判断，当人们据以生活的日常被庞大的符号系统所表征，生活的现实反而成为一个模仿的过程，他说："今天则是政治、社会、历史、经济等全部日常现实都吸收

---

① 《来自事实逻辑的经验与表达》，《兰州晨报》2017 年 5 月 13 日。

了超级现实主义的仿真维度：我们到处都已经生活在现实的'美学'幻觉中了。'现实胜于虚构'这个符合生活美学化的超现实主义阶段的古老口号现在已经被超越了：不再有生活可以与之对照的虚构。"① 而《人民文学》杂志发起的"人民大地行动者非虚构写作计划"的初衷即要以"行动"和"在场"破除"仿真"的幻象，以达到"深度表现社会生活的各个领域和层面，表现中国人在此时代丰富多样的经验"的效果。这里所蕴含的潜台词恰恰是，虚构文体"深度"表现的乏力让其无法真切地介入时代，因此，"非虚构"的兴起是对疲软的虚构文学的纠偏。但是问题在于，就像王安忆敏锐地观察到的，"非虚构"虽然是对当下现实的见证和强攻，是破除信息时代文化仿真逻辑的抵抗，但它的文学效应与它所抗拒的信息一样具有本雅明所谓的易损耗性，"非虚构的东西它有一种现成性，它已经发生了，它是真实发生的，人们基本是顺从它的安排，几乎是无条件地接受它，承认它，对它的意义要求不太高。于是，它便放弃了创造形式的劳动，也无法产生后天的意义。当我们进入了它的自然形态的逻辑，渐渐地，不知不觉中，我们其实从审美的领域又潜回到日常生活的普遍性"②。

我们可以举一个有趣的例子，曾获得第二届华语青年作

———————

① [法]让·波德里亚《象征交换与死亡》，译林出版社 2006 年版，第 108 页。

② 王安忆：《虚构与非虚构》，《人民政协报》2010 年 3 月 6 日。

家奖"非虚构提名奖"的"80后"小说家刘汀给他最新的小说集《中国奇谭》的后记起名为"新虚构：我所想象的小说可能性"，这篇后记以重申小说虚构之本质的方式对非虚构的大行其道做出了微妙的回应。在刘汀看来，非虚构作品的动人之处，并非它念兹在兹的"真实"，而恰恰是它虚构的部分，"也就是用文学的叙事手法去建构、描述和呈现的部分"。与大部分人的看法相左，刘汀认为"在经过了几十年对真实的孜孜追求之后，小说的虚构性正被人们重新打捞起，再次找回它的位置感"，"那些扎根于现实的故事，借此突破地表和日常逻辑，在我们的经验世界里伸展枝条，绽放花朵，结出果实"[①]。刘汀对于非虚构之虚构部分的观察固然体现了他的敏感，而他对虚构力量可以超越"日常生活的现实焦虑"的判断更是赋予他笔下脑洞大开的奇谭怪论一种想象力的自信。

冯唐在写作《不二》时即预告自己有"子不语"三部曲的写作规划："在成长之外，我决定写我最着迷的事物。通过历史的怪力乱神折射时间和空间范围内的谬误和真理。"[②]《不二》《天下卵》和《安阳》三部皆取历史的传说为素材加以后现代理解的点染，注重故事的"丰腴、温暖、诡异和精细"。其近作《搜神记》秉前人志怪之名，写时下人事物理，"小说

---

① 刘汀：《中国奇谭》，作家出版社 2017 年版，第 257 页。
② 冯唐：《不二》，香港天地图书有限公司 2011 年版，第 280 页。

集里所有的故事，描述的都是这些似乎'我眼有神，我手有鬼'的人，这些人用兽性、人性、神性来对抗这个日趋走向异化的信息时代"①。在我看来，冯唐的《搜神记》是一部以"异"抗"异"之作，他以对志异叙事传统的激活，来抗击被科技理性掌控的当下人类被虚拟和异化的荒诞，即其自谓的"借助神力，面对AI"。冯唐在这些小说中，用他一贯荤腥不忌的笔墨来"保持人类的尊严"，那些一再浮现的关于肉身的语汇其意义是双重的：首先，眼耳鼻舌身意这是机器无福消受的人之为人的确证；其次，故事即是小说的肉身，是小说与时代发生关系最忠实也最本真的中介。

二

据上言之，"故事"的归来对于今日小说家而言意味着在"写什么"和"怎么写"之间终于又建立起一种自洽式的平衡。具体来看，时下层出不穷的"故事集"，从素材上约略可分为二类：一是依赖笔记、传奇、野史和传说之类的"故事新编"；二是具有现实指涉的当下故事，其又可细分为两类，一类以地域人物志的方式书写，一类是具有强烈反讽色彩的奇谭怪说。

第一类我们可以《青鸟故事集》《厌作人间语》和《中国怪谈》为例。

---

① 冯唐：《搜神记》，中信出版集团2017年版，第15页。

李敬泽的《青鸟故事集》是一部再版的作品，原名为《看来看去和秘密交流》，书名的变化关乎对小说文体边界和故事之德性的再思考，这本写"物"之"交谊"的书跨界性很强，有些篇章恨不能就是博物随笔或史学考辨，然而不要忘了，《山海经》《博物志》这种博物学的书本来就是中国小说重要的发源。因此，在我看来，《青鸟故事集》至少包含了三个层面的意义。其一，借鉴美术史家巫鸿讨论中国古代美术时曾谈到的观点，"对世界上任何艺术传统特殊经验的探索只有在全球语境中才有意义"，而在"全球美术史的上下文中对中国美术的性格和经验进行思考"，不是要寻找某种固定不变的"中国性"，而是"在千变万化的艺术形式和内容及社会环境中寻找变化的动因和恒久的因素"[1]，与此类似，我们的小说家也非常有必要在全球化的语境中激活中国传统叙事资源，并寻找到其中"变化的动因和恒久的因素"，呈现中国本土小说观念和经验的成长过程和创造性转化的方式。《青鸟故事集》即是如此，它提供了中国志怪式的博物热诚与布罗代尔的《十五至十八世纪的物质文明、经济和资本主义》这种历史年鉴学派著作的奇妙化合，让我们看到了中国故事的生长性。其二，小说集一再涉笔讨论中西交流中的理解、误会、错位和偏见，紧密呼应我们今天这个全球化时代的诸多问题，

---

① 巫鸿：《全球景观中的中国古代艺术》，生活·读书·新知三联书店 2017 年版，第 5 页。

尤其当中国从一个被动的回应者一跃而变成参与全球秩序建构的主动者，这种时代转换中自我与他者关系的新鲜经验恰为新的"中国故事"的生长留下空间，这大概也是从"秘密交流"到分享经验的"故事"这个转变的缘由之一吧。其三，《青鸟故事集》每一篇都涉及大量古代历史、地理、风物的记载，他们有的详实可考，更多却是一面之词，对于后者"历史学家至此无路可走，孤证难以取信，传言也非治史的依凭，文学想象恰可在这些断片的缝隙里游刃有余。越是不足取信的传闻，甚至带有偏见的一面之词，则越容易构建起文学叙事的龙骨"①，故事的魅力正于焉而生。

阿丁的《厌作人间语》和赵志明的《中国怪谈》所录小说大都直接脱胎于前人的志怪之作，尤其是《厌作人间语》与《聊斋志异》有高度的对应关系，巧的是，阿丁的《蛊》和赵志明的《促织梦》都改写自《聊斋》的名篇《促织》。阿丁说自己并非"聊斋重译"，而是要"重塑聊斋"，因此他特别强调在阅读这些据聊斋而敷衍成篇的现代故事时，要注意他的"内心投射"，也即他所谓的"心中之鬼"② 是如何将一粒粒聊斋的故事种子浇灌成一则则现代寓言的。《乌鸦》一篇改写自《席方平》，在蒲松龄那里，他着重写了阳间和阴司一丘之貉的残暴，但也赞美了席方平"何其伟也"的复仇意志，

---

① 盛文强：《海盗奇谭》，中信出版集团 2017 年版，第 6 页。
② 阿丁：《除了人我现在什么都想冒充》，《厌作人间语》，作家出版社 2017 年版，第 235 页。

而到了阿丁笔下，席方平数次转世，历遍冥界，却不过空茫一场。这个小说投射出的阴郁气息不由让人想起他的《无尾狗》等前作，也让人想起余华的《第七天》。

《中国怪谈》在写作观念上与《厌作人间语》很相类，所谓的"怪谈"，也即超验性的传统故事，在小说中成为作家借以表达对现代人之迷惘和危机之认识的重要凭借。相比之下，赵志明比阿丁走得更远一些，有点类似鲁迅所谓的"取一点因由，随意点染"。比如《庖丁略传》一篇，前半部分还随着庄子的记述亦步亦趋，到了后半部分情节突转，而庖丁肢解自己的那个荒诞的结尾分明已是卡夫卡的《饥饿艺术家》和《在流放地》的复现。或许如赵志明自言，这类"故事新编"未必是其未来小说主攻的方向，但他对故事和小说之互为表里的关系的体认对其创作的滋养是显而易见的。

詹姆逊曾谈到这样的观点："当过去时代的形式因素被后起的文化体系重新构入新的文本时，它们的初始信息并没有被消灭，而是与后继的各种其他信息形成新的搭配关系，与它们构成全新的意义整体。"① 在信息化和消费主义的铲平逻辑之下，本土叙事智慧遭遇的挑战无疑是巨大的，志怪、传奇作为中国小说的发源，其在当下的生命力也当作此理解。阿丁和赵志明对鬼魅故事的热衷，意不在其如何慑人心魄，

①　[美]弗雷德里克·詹姆逊：《政治无意识》，中国社会科学出版社1999年版。

而在于可否在当下信息过量的语境中借助这些资源尝试与变异的社会沟通对话。

第二类可以《抚顺故事集》和《中国奇谭》为例。

赵松在《抚顺故事集》之后曾推出了一本解读志异的小品集《细听鬼唱诗》，虽为赏析之作，在意趣上与《厌作人间语》和《中国怪谈》确有不谋而合之处，也彰显了他本人对志异文类这一构成中国古典文学重要叙事传统的心领神会。《抚顺故事集》收录的作品大多写于作者对古典笔记小说发生兴趣之前，虽然名为故事，但并不着意强调情节的强度和能见度，甚至我们在阅读一些篇章时还会有一种游离，不过其在叙事上的克制和冷静，以及那引而不发的伤悼和悲怀之意，都约略可见这位自称"野生"的写作者写作观念上的后撤，如果对比他的第一本小说集《空隙》来看，尤其可见其文风的变化，他由自己的"故事集"上溯到对整个志异传统的回返，其间线索是可循的。具体而言，《抚顺故事集》采用的是地域人物志的书写方式，小说集单篇看来是志人小品，整体上又是对抚顺这座东北老工业城市三十多年来沧桑之变的观照，全书笔意节俭却出色地链接起一个大变革时代和被其裹挟的几代人的命运。其难得之处在于，它以"故事"延展了那种已近于格式化的城市记忆书写的套路——纪实影像风的非虚构，或是关于东北老城底层苦难的竞写——提供了一种新的经由地方经验获得中国经验的可能性。"抚顺故事集"这个简单的貌似中性的命名之下，未必不隐含着作家面对大时代的立场和襟怀。有趣的是，赵松也谈到了对信息过量的警惕，他说："信息泛滥的时代导致大量公共经验产生，通常是聊了一件事儿，你知道我也知道，这时候个人经验就变得更重要，因为我的体验和趣味跟你不一样，我的信息组合跟你也不一样。"① 这些话就像本雅明声音的回响，也再一次佐证了好的故事讲述者对于个体经验的拯救之功。

前文已论，《中国奇谭》对"奇谭"的刻意标榜隐含了刘汀力图证明虚构有不逊色于非虚构的现实观照能力的写作意图。小说集收录的十二个故事，皆以"炼魂记""换灵记""归唐记""制服记"等"记"的方式命名，既然是"奇谭"，自然少不了诸如灵魂交换、穿越古今的怪诞。德国的汉学家莫宜佳在她的《中国中短篇叙事文学史》中谈及六朝志怪时认为："六朝志怪小说中所描写的自然界或是在异域他乡所见到的神祇、妖魔，实际上存在于人类的本体之中。在自我的存在中寻找'异'的存在带来了一个重要转折，一个个性化的过程。它导致了对于黑白分明的道德理念的背弃，而转向表现人类个性中的矛盾层面。"② 我以为，刘汀的故作"怪论"也不妨做如是观，就像作者强调的，这些"稀奇古怪的故事说到底也不过就是我们的日常生活"：《炼魂记》的老洪与老

① 界面新闻，《赵松：人生是很容易乏味的 写作可以带来戏剧性》http://www.jiemian.com/article/1304693.html? _t=t。

② 莫宜佳：《中国中短篇叙事文学史》，华东师大出版社 2008 年版，第 99 页。

老实实的现实主义小说笔下那些困顿于凡庸生活而无力超脱的角色一样，潦草的生，荒唐的死，独结尾冶炼灵魂的一幕让小说有了更寒凉的一面；《制服记》里的警察，他从警服到城管制服到囚服的更衣记，记录下他被体制异化的人生加速下坠的完整过程；还有那些拆迁的故事、权钱交易的故事等，刘汀借助故事的超验和巧合所携带的形式能量确实让他的"新虚构"有着与当年的"新写实"殊途同归的表达效果。在李敬泽、陈晓明、李洱和邱华栋关于此书的封底推荐语中，四位不约而同地称赞了刘汀架构故事的能力，这也是刘汀找到的让小说"保持并凝聚其活力"的方法。

写作《故事》的罗伯特·麦基说："故事并不是对现实的逃避，而是一种载体，承载着我们去追寻现实，尽最大的努力挖掘出混乱人生的真谛。"[①] 如果说以现代主义为代表的小说之所以要放逐故事是出于对陈旧叙事成规的不满，因为是故事使小说获得情节秩序的支撑，要变革这个文体秩序，就必须从破除故事入手。但在经历了现代主义和后现代主义种种"后设"叙事的实践之后，小说再度召唤故事时，对故事的理解当然也势必经历一个螺旋式的上升，或者说，小说家有了一套新的讲述故事的方法，既能保持故事应有的情节密度、弹性和内爆力，又能突破单一线性封闭叙述的老套，使

---

① ［美］罗伯特·麦基：《故事：材质、结构、风格和银幕剧作的原理》，中国电影出版社 2001 年版，第 11 页。

小说的文体属性更鲜明，也更开放。因此，对于故事的再度开始，我们且谨慎地乐见其成。

[本文系国家社科基金项目"中国新文学中的志异叙事研究"（项目批准号：15BZW140）和山东大学青年学者未来计划项目的阶段性成果。]

[作者简介：马兵，山东大学文学院教授，博士生导师。本文原载 2018 年第 4 期，《新华文摘》2018 年第 21 期转载]

中国现代文学报刊研究的回顾与反思

史建国

一

1980 年代以来，中国现代文学报刊研究逐渐成为一道引人注目的学术景观。进入新世纪以后，这一研究领域更是日渐繁荣，研究专著和论文不断涌现，俨然成为一个学术热点。对于这一学术热点的指称，学界有不同的说法，有叫"现代文学报刊研究"的，更多的则用"现代文学期刊研究"。两者相较，本文倾向于用"现代文学报刊研究"，因为严格来说那些与新文学发生发展密切相关的报纸副刊，从类别上来讲，并不属于"期刊"，而"报刊"则兼有"报纸、期刊"的双重含义，因而更加准确和贴切。

中国现代文学报刊研究之所以能够成为一个学术热点，究其原因，首先与新时期以来学界对"现代文学史料"研究的呼吁与重视有关。1978年《新文学史料》创刊，这样一本致力于现代文学史料发掘和研究的专门性刊物，对于推动学界关注现代文学史料研究起到了极为重要的作用；1985年第1期的《中国现代文学研究丛刊》上发表的马良春先生的《关于建立中国现代文学史料学的建议》一文，公开呼吁现代文学研究界需要建立"现代文学史料学"；1989年，《新文学史料》第1、2、4期又发表樊骏先生的长文《这是一项宏大的系统工程：关于中国现代文学史料工作的总体考察》，内中除强调"史料工作作为历史研究的前提和基础，在整个学科建设中理应占有举足轻重和'粮草先行'的位置"外，也对各个阶段现代文学史料建设的成绩进行了梳理。而文中所谈的现代文学研究中的一些模糊不清的问题，基本都是依赖现代文学报刊的整理与研究而得以解决的。马良春和樊骏两位先生的文章虽然都是对现代文学研究史料工作的总体性考察与思考，并非专就现代文学报刊而言，但却引发了研究界对史料的重视，产生了广泛的影响。因为现代文学史料研究就研究内容而言，有相当大的部分都会落实到对现代文学原始报刊的整理与研究当中去。所以，后来现代文学报刊研究的不断升温，首先就与学界这种重视史料研究的呼吁以及由此带来的学术氛围变动有关。

其次，现代文学报刊研究也是与1980年代"重写文学史"的潮流相适应的。在"重写文学史"的潮流中，学者们对1949年后以新文学和左翼文学为主线的文学史架构进行了全面反思，在此视域之下，那些被既有文学史叙述所"遮蔽"的作家作品、文学思潮与文学现象就需要被重新审视和研究。而这种研究发掘工作，显然离不开对现代文学发生的重要原始载体——文学报刊的整理与研究。正如陈平原先生所指出的："对于文学史家来说，曾经风光八面、而今尘封于图书馆的泛黄的报纸杂志，是我们最容易接触到的、有可能改变以往的文化史或文学史叙述的新资料。"① 在此背景之下，那些在以往文学史架构中被排斥在外的鸳鸯蝴蝶派通俗文学报刊以及国民党民族主义文艺运动中的文学报刊如《礼拜六》《小说时报》《眉语》以及《前锋周报》《前锋月刊》《现代文学评论》《文艺月刊》《流露月刊》等等便纷纷进入学者们的研究视野。与此同时，在"重写文学史"的过程中，"现代文学"的起点也不断前移，从五四文学革命到晚清的"诗界革命"与"小说界革命"（宋剑华）②，再到1898年戊戌变法失败后的维新文学运动（孔范今）③，又到1894年甲午战争以后（邢铁华）④。而后又继续前推，比如认为1892年《海上花列传》

---

① 陈平原：《文学史家的报刊研究——以北大诸君的学术思路为中心》，《中华读书报》2002年1月9日第17版。

② 宋剑华：《论中国现代文学的发生期》，《青海师范大学学报》1986年第4期。

③ 孔范今主编：《20世纪中文学史》（上），山东文艺出版社1997年版，第174页。

④ 邢铁华：《中国现代文学之背影——论发端》，《苏州大学学报》1984年第4期。

开始连载是中国文学现代化的起点①（范伯群），以及认为陈季同出版于 1890 年的《黄衫客传奇》是"由中国作家写的第一部现代意义上的小说作品"（严家炎）②，直至干脆将 1840 年作为现代文学的起点（王一川）③。当然关于现代文学的起点究竟定位在何处这一问题，就像王德威那个"没有晚清，何来五四"的著名诘问一样，始终充满着争论，但是却在事实上带动了现代文学报刊研究的勃兴与繁荣。从时间上往前推，那些除《新青年》之外同样与现代文学发生密切相关的诸多报纸杂志，如《新世纪》《甲寅》《留美学生季报》《安徽俗话报》《无锡俗话报》等，也就理所当然地一一进入学者们的研究视野。在这些报刊中努力寻找中国现代文学的现代性因子，成为解决现代文学"起点"问题，还原现代文学发生的原初语境的一个重要途径。

再次，从研究的物质环境层面来说，进入新世纪以后，现代文学报刊研究开始步入一个"繁荣期"，则显然与数据库等电子资源的快速发展有关。过去，中国现代文学报刊馆藏资源比较分散。研究的展开与深入程度往往高度依赖于所在高校或研究机构的馆藏状况。北京、上海、南京等地因为馆

---

① 范伯群：《在 19 世纪 20 世纪之交，建立中国现代文学的界碑》，《复旦学报》（社会科学版）2001 年第 4 期。

② 严家炎：《中国现代文学起点在何时？》，《社会科学辑刊》2010 年第 4 期。

③ 王一川：《中国现代性体验的发生：清末民初文化转型与文学》，北京师范大学出版社 2001 年版，第 391 页。

藏资源丰富，这些地方的现代文学报刊研究相较于其他地区显然更具地利之便因而也更加兴盛。而其他地区，除少数馆藏资源比较丰富，以及现代文学报刊研究一直有着绵延不绝的研究传统的学术机构①外，很少有以现代文学报刊研究而形成自身的研究特色的。新世纪以来，数据库、电子资源发展突飞猛进，给中国现代文学报刊研究带来了新的活力。诸如"晚清民国期刊全文数据库""大成老旧期刊全文数据库""大学中英文图书数字化国际合作计划"以及国家图书馆"民国中文期刊数字资源库"等等数据库规模越来越大，收录的报刊资源越来越多，使用的便捷程度也越来越高。这使得中国现代文学报刊研究开始突破原先高度依赖本地馆藏资源所带来的区域空间限制，并呈现出遍地开花之势。

另外，随着研究生招生规模的不断扩大，越来越多现代文学专业的硕士生博士生也在学界大环境的影响下开始选择以现代文学报刊研究作为自己的学位论文选题，这也在客观上对现代文学报刊研究的繁荣起到了重要的推动作用。考察现代文学报刊研究的成果，有半数以上是学位论文或以学位

---

① 如山东师范大学文学院，虽然所处并非报刊业中心城市，但 1950 年代以来就非常注意现代文学报刊史料的整理研究工作，1959—1960 年编纂了《1937—1949 年主要文学期刊目录索引》、"文革"期间编印了《鲁迅主编及参与指导编辑的杂志》、1988 年又出版《中国现代文学期刊目录汇编》，数十年来也有一批研究生以现代文学报刊为选题进行学位论文写作，所有这些研究努力在事实上体现出了一种"现代文学期刊研究"的"学派传承"。参见魏建：《中国现代文学期刊研究与学派传承——以"山师学派"为例》，《山东师范大学学报》（人文社会科学版）2017 年第 3 期。

论文为基础展开的后续研究。可以说，研究者队伍的壮大与研究的繁荣二者互相促进，已经形成了一种良性的循环，共同造就了现代文学报刊研究这一学术热点现象。

有关现代文学报刊研究的意义与重要性，论者已多，此不赘述。本文主要拟对现代文学报刊研究日益繁荣景象背后的一些问题试作探究，因为虽然这类研究表面看来异常繁荣，但是却也早已暗含着陷入停滞状态、不断重复的隐忧。现代文学报刊研究尽管已经出现了大量的成果，可是高质量的、带有启发性和方法论意义的研究成果却比较少见，更多的是那种四平八稳、学术规范方面无可挑剔，但却古板老套、缺少创见的"随大流"式的研究。这类研究充斥学界一方面造成了这一研究领域的虚假繁荣，另一方面也影响了相关论题的探讨继续走向深入和学术质量的提升。

二

从史料学角度来看，现代文学报刊研究大致可以分为文献史料的整理和研究两类。其中，文献史料的整理本身既是研究同时也是后续研究展开的基础。刘增人先生在《现代文学期刊的景观与研究历史反顾》①中对"现代文学期刊研究的历史和现状"所做的考述，基本上是围绕文献史料的整理工

---

① 刘增人：《现代文学期刊的景观与研究历史反顾》，《中国现代文学研究丛刊》2005 年第 6 期。

作展开的。虽然其中的部分成果因参撰人员专业素养等方面的差异而导致不可避免地存在某些粗疏舛误之处，但这些成果毕竟为后续研究的进一步展开提供了重要的导引和门径。限于篇幅，本文所讨论的"现代文学报刊研究"不涉及文献史料整理，而主要关注在这些文献史料工作基础之上展开的更进一步的后续研究。

对现代文学报刊研究进行回顾，或许可以借鉴陈寅恪对王国维学术研究的总结来展开。1934 年 6 月，陈寅恪在《王静安先生遗书序》中对王国维的学术研究成就从三个方面进行了总结："一曰取地下之实物与纸上之遗文互相释证。凡属于考古学及上古史之作，如《殷卜辞中所见先公先王考》及《鬼方昆夷玁狁考》等皆是也。二曰取异族之故书与吾国之旧籍互相补正。凡属于辽金元史事及边疆地理之作，如《萌古考》及《元朝秘史之主亦儿坚考》等皆是也。三曰取外来之观念与固有之材料互相参证。凡属于文艺批评及小说戏曲之作，如《红楼梦评论》及《宋元戏曲考》《唐宋大曲考》等皆是也。"① 陈寅恪概括的这三点，如果再精炼一下，其实就是新史料的发掘运用与新的研究观念与研究视角的采用。这确实足以概括王国维学术研究的创新性与对后世的启示意义。中国现代文学报刊研究作为现代文学史料研究的一种，在对其研

① 陈寅恪：《陈寅恪先生全集》（下）（补编），里仁书局 1979 年版，第 1435 页。

究历史与现状进行考量时，也完全可以借鉴陈寅恪先生的这段论述来展开：一是要看所选取的研究对象对于现代文学研究而言是否有史料发掘方面的新意，其作为现代文学史料是否可以丰富、深化乃至改写现有文学史叙述中的某些观点或结论。二是要看在对研究对象进行分析阐释时是否有新的观念或研究视角介入。因为即便有些现代文学报刊属于寻常史料，但经过新观念或新研究视角的观照升华后，同样可以对文学史的书写起到有益的丰富和补充作用，甚至可以对后续的学术研究产生方法论意义上的启示。

以此来观照，目前现代文学报刊研究中的一个首要问题就是研究对象过于集中并由此导致研究视角的重叠或重合。而这必然会使得研究工作陷入不断重复的境地，创新性也会大大缩减。虽然随着现代文学报刊研究越来越受到学界的重视，研究的边界已在不断拓宽，一些比较边缘化的文学报刊也开始进入研究者的关注视野，如刘晓丽对沦陷时期伪满洲国《新满洲》《麒麟》《艺文志》《青年文化》《诗纪》等刊物都进行了系统研究、发表了系列论文，张大明也在《主潮的那一面：三民主义文艺与民族主义文艺》中对左翼文学主潮对立面的系列刊物进行了细致的整理与研究等等。但从总体上来说，研究者的视野还是相对比较集中地聚焦在《新青年》《小说月报》《晨报副刊》《新月》《新潮》《创造》《现代》《礼拜六》《大公报·文艺副刊》等少数名气较大、获取起来比较容易，同时也向来就备受关注的文学报刊周围。而这样的

"聚焦"不可避免地会导致一些重复研究与循环研究现象的出现。

以《新青年》研究为例，尽管对其"文学报刊"的身份认知存在差异，如刘增人先生就认为《新青年》"与《小说月报》、《诗》、《戏剧》、《电影月报》、《太白》、《现代文学评论》、《世界文学》、《译文》等区别非常明显：社会论文、政治论文刊发不但颇多，也更为编者重视，而且后期成为中国共产党的机关刊物，是标准的政治期刊"①，但《新青年》毕竟是新文化运动和新文学革命发生的重要园地，对推动现代文学文体的变革也起到过重要作用，所以多年来一直是研究者们的重点关注对象，而"《新青年》与现代文学的发生""《新青年》与现代文学文体变革"等这类题目也一直是《新青年》研究的热门视角。就文体问题而言，1918 年《新青年》4 卷 4 号开始设立的"随感录"栏目对现代杂文文体的出现起过重要作用，后来《每周评论》《时事新报·学灯》《民国日报·觉悟》等也纷纷设立"随感录"或"杂感""评坛"等类似栏目，促进了这一文体更加快速成熟。早在 1986年，蒋成瑀先生就针对这一现象专门发表过《现代杂文的先导——〈新青年〉的"随感录"》② 一文，文中对《新青年》

①　刘增人：《文学期刊研究的昨天、今天和明天》，《中国社会科学报》2017 年 2 月 21 日第 6 版。

②　蒋成瑀：《现代杂文的先导——〈新青年〉的"随感录"》，《浙江学刊》1986 年 Z1 期。

"随感录"杂文文体的共同特色进行了提炼和归纳，同时也对鲁迅、陈独秀、钱玄同、刘半农等《新青年》"随感录"重要作者的艺术个性进行了分别阐释。进入新世纪后，随着文学报刊研究逐渐变"热"，对《新青年》"随感录"栏目的研究也迎来了一个小高潮，不仅有何琴丽的《"感应的神经，攻守的手足"——考察〈新青年〉"随感录"栏目》①，及李辉的《〈新青年〉"随感录"研究》② 等单篇论文，还有董文君的《从〈新青年〉"随感录"看现代杂文文体风格的生成》③ 以及罗兰的《〈新青年〉"随感录"研究》④ 等以此为研究对象的硕士学位论文。这些论文虽然篇幅各有长短，侧重点有所差异，但研究对象都是《新青年》的"随感录"栏目，从研究思路和方法上来说其实也与1986年蒋成瑀的论文相差不大。这样一来，既缺乏新史料发掘方面的贡献，也缺乏新的研究视角乃至新观念、新方法的介入，不少工作属于重复研究，创新性也就自然打了折扣。

再如五四新文化运动中的"四大副刊"也是备受研究者们关注的文学报刊。但从研究实践来看，学界对"四大副刊"

---

① 何琴丽：《"感应的神经，攻守的手足"——考察〈新青年〉"随感录"栏目》，《成都理工大学学报》（社会科学版）2006 年第 2 期。

② 李辉：《〈新青年〉"随感录"研究》，《重庆工学院学报》（社会科学版）2007 年第 8 期。

③ 董文君：《从〈新青年〉"随感录"看现代杂文文体风格的生成》，复旦大学硕士学位论文，2009 年。

④ 罗兰：《〈新青年〉"随感录"研究》，云南师范大学硕士学位论文，2013 年。

的研究却非常不均衡。目前对"四大副刊"的研究，百分之八十以上的研究成果都是围绕《晨报副刊》而展开。《京报副刊》次之，《民国日报·觉悟》和《时事新报·学灯》的研究最少。之所以出现这种不均衡的状况显然与研究对象获取的难易程度有关。尽管"四大副刊"当年都曾发行过合订本，但完整成套的藏本却不易找寻。1981 年人民出版社将《晨报副刊》合订本缩小为 16 开本影印，共 15 册，后来许多图书馆都藏有这套影印本，比较容易获取。而《京报副刊》直到 2016 年才由国家图书馆出版社出版 6 册影印本，并编制了 1 册索引目录。《时事新报·学灯》则至今仍然没有重新整理的影印本出现，上海《民国日报》虽然也于 1981 年由人民出版社出版影印本共 99 巨册，但因发行量少、《觉悟》合订本也没单独影印，因此从研究资料的获取方面来说也仍然有着诸多的不便。这样一种状况是导致研究者扎堆选择《晨报副刊》进行研究的客观原因。而研究对象的重合也难免会带来研究视角的重叠与撞车。

报刊主编的文化观念与编辑理念对刊物的面貌有着直接的影响，所以从关注编辑者的视角去研究文学报刊也是众多研究者的选择。《晨报副刊》历史上有两任主编特别引人注目。一位是孙伏园，正是在孙伏园主编时期，《晨报副刊》开始成为新文化运动中备受读者喜爱的"四大副刊"之一，也成为新文学发生发展的重要园地。另一位是徐志摩，在徐志摩主编时期，《晨报副刊》成为早期新月社文学创作和理论倡导的重要阵地，副刊从整体上开始带上了明显的"新月"烙印。于是便有不少研究者从这一点切入去对《晨报副刊》进行研究。如果说 1984 年任嘉尧发表的《孙伏园主编的〈晨报副刊〉》① 还主要是对孙伏园主编《晨报副刊》的史实进行陈述，而对作为主编的孙伏园其编辑理念之于《晨报副刊》的影响尚未展开的话，那么张涛甫在 2004 年发表的《孙伏园时期的〈晨报副刊〉》一文中，已经对孙伏园"多元化的办刊思路使得《晨报副刊》成为时代精英的表演舞台，并能最大限度地包容各种声音"，以及"孙伏园努力在学理与趣味之间，宏大叙事和普通常识之间寻找一种平衡"② 的编辑特色有了较为全面和深入的分析了。不过随后又有不少以此为选题的研究成果出现，比如张雪洁的硕士学位论文《孙伏园时期的〈晨报副刊〉研究》③ 和公开发表的《孙伏园主持下的〈晨报副刊〉编辑特色浅析》④ 以及赵双阁、王和馨的《〈晨报副刊〉时期孙伏园的副刊编辑思想》⑤ 等。而关于"徐志摩主编《晨

---

① 任嘉尧：《孙伏园主编的〈晨报副刊〉》，《新文学史料》1984 年第 1 期。

② 张涛甫：《孙伏园时期的〈晨报副刊〉》，《江淮论坛》2004 年第 2 期。

③ 张雪洁：《孙伏园时期的〈晨报副刊〉研究》，河南大学硕士学位论文，2006 年。

④ 张雪洁：《孙伏园主持下的〈晨报副刊〉编辑特色浅析》，《出版发行研究》2012 年第 2 期。

⑤ 赵双阁、王和馨：《〈晨报副刊〉时期孙伏园的副刊编辑思想》，《河北经贸大学学报》（综合版）2016 年第 1 期。

报副刊》",也有樊亚平、吴小美的《"'晨副',我的喇叭"——论徐志摩主编的〈晨报〉副刊》[1]、辛石的《徐志摩主编时期的〈晨报副刊〉——"自由主义热"中的冷思考》[2]以及李晓疆的硕士学位论文《徐志摩与〈晨报副刊〉》[3]等。这样一些研究成果,研究对象是一致的,研究视角也彼此重叠。在前人研究已经比较充分的前提下,"新史料"的发掘既难以实现,新的研究视角、研究观念也难以谈起,所以多数研究基本上都属于"原地踏步"式的重复工作,难以产生富有学术价值和创见的研究成果。应当说《新青年》与《晨报副刊》研究中存在的这种现象并非个案,在现代文学报刊研究领域是具有某种普遍性的,应当引起警惕。研究者在选择研究对象时,还是要尽量克服"畏难"情绪,勇于开拓新的领域。作为一种文学史料研究,最好能在新史料的发掘呈现方面有所贡献,因为毕竟对既有史料做出新的阐释属于更高层次的要求,对研究者来说难度也更大。

当然,对"新史料"的强调并非意味着现代文学报刊研究一定要将"求异"或"填补空白"当作选择研究对象的第一原则——这其实也是现代文学报刊研究中的另一种不良倾向——

① 樊亚平、吴小美:《"'晨副',我的喇叭"——论徐志摩主编的〈晨报〉副刊》,《甘肃社会科学》2000年第1期。
② 辛石:《徐志摩主编时期的〈晨报副刊〉——"自由主义热"中的冷思考》,《文艺理论与批评》2001年第2期。
③ 李晓疆:《徐志摩与〈晨报副刊〉》,河北师范大学硕士学位论文,2011年。

并非只有那些前人从未关注过的研究对象才具有研究的价值和意义，只是说研究对象过于集中和单一会使研究难度成倍增加，而要在研究中实现创新也就变得越来越难。发掘那些由于种种原因而被遮蔽，长期以来未被关注过的文学报刊来展示其对现代文学发生发展的贡献，自然是值得肯定的。但若将"填补空白"作为选择研究对象的最高追求，则必然会走入歧途。因为许多文学报刊之所以长期无人关注，并非被"遮蔽"的缘故，而是因为它们本身就缺少研究价值。当然研究价值是相对而言的，严格来说，每种文学报刊无论存续时间长短、发行量大小都在某种程度上参与了现代文学场域的建构，因而也都找到其研究价值。但是，对于一些刊物来说，如果立足于新闻史、思想史、文化史等其他学科领域来展开研究，也许更为合适，更可发现其价值所在。但从文学史研究出发却缺少可供阐释的空间，那么现代文学研究选择这样的研究对象其实是不太合适的。

据刘增人先生等人主编的《1872—1949 文学期刊信息总汇》① 统计的数据，自 1872 年 11 月 11 日《瀛寰琐记》创刊到 1949 年 10 月 1 日中华人民共和国成立，这 77 年间出现的文学期刊约有 10207 种。要从这上万种文学期刊中找出一本从未被研究者关注过的进行研究以求"填补空白"是轻而易

---

① 刘增人、刘泉、王今晖编著：《1872—1949 文学期刊信息总汇》，青岛出版社 2015 年版。

举的事。但如此一来势必会将现代文学报刊研究的主要任务置换为"索隐"和"填空"，导致研究趋向于碎片化，背离了现代文学报刊研究的初衷。也正因此，李楠对晚清民国小报的研究虽然提供了许多新鲜的史料与有意义的思考，但却仍然受到一些质疑："尽管小报研究也带有资料搜集整理的性质，努力展现以前不曾注意的领域，但由于小报刊上刊载的作品大多文学性不强，研究对象本身缺乏足够的审美价值，这就使得研究者不得不将目光更多地聚集在小报刊所彰显的文化现象上，这种研究具有文化史和报刊史上的价值，但对文学史建构意义不大。"①

三

陈寅恪所谓王国维善于"取外来之观念与固有之材料互相参证"这一治学路径，对后世学术研究而言，确实是一条极为重要的启示，带有强烈的方法论意义。其应用范围也不仅限于"文艺批评及小说戏曲之作"，除去单纯的考据整理工作外，史料研究同样需要有观念、理论的提领。但这里的"外来之观念"与"固有之材料"二者是平等的关系，在"互相参证"中将"外来之观念"的理论学说与对"固有之材料"的分析阐释有机结合。而不是用"外来之观念"来对"固有

---

① 周仲谋：《论近年来的现代文学期刊研究》，《社会科学论坛》2010年第 20 期。

之材料"进行简单图解,将"固有之材料"当成证明"外来之观念"的论据。作为现代文学史料研究的一种,现代文学报刊研究面对的一个突出难题就是如何处理好史料叙述与理论提升之间的关系。长期致力于现代文学史料研究的刘增杰先生曾撰文指出现代文学报刊研究的两个不足:"一是研究理论薄弱。现代文学期刊研究长期以来缺乏理论自觉。研究中轻视理论,只向往于把新发掘出来的期刊堆砌出来以示丰富,缺乏对已有期刊作深入的理解与阐释……另一个突出问题是:研究者对中国的历史经验研读较少,存在着某种盲目性,从而出现了对外国理论的照搬照抄,生吞活剥。"①郝庆军也曾撰文对报刊研究中的两个热门话题"公共领域"与"想象的共同体"进行反思,认为"研究中国的报刊,应在中国的具体语境中找到中国的问题,哪怕再小的一个问题也是一个真问题:迎合时尚,迁就理论,悬问题觅材料,搅扰群书以就我,难免误入歧途"。②从近年来的研究实践来看,现代文学报刊研究的"缺乏理论自觉"问题倒是有了比较大的改善,但是生吞活剥外国理论的现象并没有随着郝庆军等人的反思而止步,一些热门理论甚至成为年轻研究者们的包打天下的"万能武器",一种理论在手、所向无敌,批量制造出大批的

---

① 刘增杰:《中国现代文学期刊研究的综合考察》,《河北学刊》2011年第 6 期。

② 郝庆军:《报刊研究莫入误区——反思两个热门话题:"公共领域"与"想象的共同体"》,《中国现代文学研究丛刊》2005 年第 5 期。

"研究论文"，其学术质量可想而知。

现代文学报刊研究带有跨学科性质，现代文学研究、出版史研究、近现代史研究、思想史研究、传播学研究等等都可以将之作为研究对象，并从各自的学科立场出发去进行研究阐释。这种跨学科的研究格局可以为不同专业学科领域的研究提供宏阔的研究视野，深化对各自领域中一些关键问题的认识，但是在研究中还是应该要有清晰的学科边界意识，力求在融会贯通的基础上实现"专业"与"精深"意义上的探索。所以，诸如传媒视野、思想史视野等等都可以成为现代文学报刊研究的重要背景，开阔文学研究的思路，不过研究的立足点还是应该放在文学上，探讨的应该是文学问题，而不是传媒问题或思想史问题。就像陈平原先生研究《新青年》的那篇长文所呈现的，是研究"思想史视野中的文学"[①]，而不是思想史本身。但是返观学界的现代文学报刊研究，在借用理论工具对研究对象进行阐释时，却在很大程度上呈现出学科边界模糊的现象。比如郝庆军曾在文中反思过的，来自不同学科领域的研究者们都不约而同地将哈贝马斯的"公共领域"理论作为阐释观察现代文学报刊的基本理论框架。并且还由此衍生出了一些中国化的变种，如"公共空间""公共论坛"等，虽然表面看来与哈贝马斯的"公共领域"有所

---

① 陈平原：《思想史视野中的文学——〈新青年〉研究》，《中国现代文学研究丛刊》2002 年第 3 期、2003 年第 1 期。

区别，但究其根源则毫无疑问还是源自"公共领域"。无论现代中国文学报刊上的"公共领域"在事实上能否成立，若立足于思想史，去分析现代文学报刊对"公共领域"的建构，应当还是有价值的，这一理论框架也是有效的。然而"公共领域"理论的流行程度已经远超寻常，这在某种程度上导致不同学科视野中的现代文学报刊研究都变成了思想史研究及其附庸。

现代文学研究界热衷于将"公共领域"作为理论框架来研究文学报刊已是人所共见。远一点的如李宪瑜的《"公众论坛"与"自己的园地"：〈新青年〉杂志"通信"栏》① 与刘震的《〈新青年〉与"公共空间"——以〈新青年〉"通信"栏目为中心的考察》② 等，都是以哈贝马斯的"公共领域"理论为参照系来对《新青年》"通信"栏进行阐释。近的就不胜枚举了，赵亚宏、郝福华的《同为公共话语空间的〈甲寅〉月刊与〈新青年〉研究》认为二者都是"民初先进知识分子表达自由思想的公共话语空间"③；金晶的《报纸副刊：公共空间与文学的自由言说性——试论〈申报·自由谈〉的文学特色与价值》旨在"通过公共空间的建构、《申报》民间性带来的自由性言说期许、《自由谈》展示的自由言说表征等方面来

---

① 李宪瑜：《"公众论坛"与"自己的园地"：〈新青年〉杂志"通信"栏》，《中国现代文学研究丛刊》2002 年第 3 期。

② 刘震：《〈新青年〉与"公共空间"——以〈新青年〉"通信"栏目为中心的考察》，《延边大学学报》（社会科学版）2003 年第 3 期。

③ 赵亚宏、郝福华：《同为公共话语空间的〈甲寅〉月刊与〈新青年〉研究》，《通化师范学院学报》2009 年第 11 期。

概括性阐释《自由谈》的自由言说性"①；唐文稳的《论孙伏园时期的〈晨报副刊〉对新文艺思想的传播》认为"《晨报副刊》作为一种传播媒介，从最基本的信息传递发展成一个'公共舆论空间'"②等。所有这些也都是将"公共领域"或是其中国化的变种作为自己研究的理论框架来使用的。正所谓铁打的"公共领域"，流水的现代文学报刊。③那些最先注意到哈贝马斯的"公共领域"理论，并将其运用到对现代文学报刊的解析中去的研究者，其创新性自然是值得肯定的。但"'公共领域'理论＋现代文学报刊"的研究模式一旦形成之后，这类研究也就走到了穷途末路，研究变成简单的复制拼

---

① 金晶：《报纸副刊：公共空间与文学的自由言说性——试论〈申报·自由谈〉的文学特色与价值》，浙江师范大学硕士学位论文，2010年。

② 唐文稳：《论孙伏园时期的〈晨报副刊〉对新文艺思想的传播》，黑龙江大学硕士学位论文，2011年。

③ 其他学科领域的研究者对"公共领域"的热衷程度可谓有过之而无不及，新闻传播学领域的一些年轻研究者甚至将之当作一种现成的"研究公式"随意操演，快速生产出了大量的"研究论文"。比如2011年《新闻世界》的"媒介纵横"栏目下几乎每期都有以"公共领域"探讨现代报刊的文章：2011年第3期有王从节的《〈大公报〉在公共领域的拓展对近代中国发展所做的贡献》；2011年第5期有陈小康的《浅谈近代报刊公共领域的形成——以〈生活〉周刊"信箱"栏目为例》；2011年第6期有赵传芳的《从〈大公报〉看民国传媒公共领域构建》；2011年第7期有韦魏和杨静的《〈生活〉周刊和报刊公共领域的雏形》、汤菁的《〈大公报·文艺〉的"公共领域"雏形》；2011年第8期熊裕娟和陶许娟的《浅谈〈新青年〉与其所建构的公共领域》以及陶许娟和熊裕娟的《〈申报〉与公共领域——以黎烈文时期的〈自由谈〉为考察对象》；2011年第12期有张广宁的《浅析〈大公报〉与公共论坛的建构》、廖欣的《我国近现代报刊的发展与公共领域的建构——以新记〈大公报〉为例》……而且这些作者的单位均为安徽大学新闻传播学院。

贴，学术价值也就乏善可陈了。何况这样的研究，说到底都与文学研究本身有着相当的距离，只能算是一种文学的外围背景研究，对于文学史的重写与建构而言意义并不大。

除哈贝马斯的"公共领域"外，另外一种在现代文学报刊研究领域堪称"神器"的理论框架当属布尔迪厄的"场域"理论。最早将布尔迪厄的"场域"理论与中国文学研究相结合的是英国汉学家贺麦晓（Michel Hockx）。1996年1月24—26日，贺麦晓在荷兰莱顿大学组织召开了"现代中国文学场"国际研讨会并且向会议提交了自己的论文《二十年代中国文学场的若干方面》（后以《二十年代中国的"文学场"》为题发表于《学人》第十三辑，江苏人民出版社1998年版），这是首次将布尔迪厄的文学社会学与中国文学研究相结合并以此为主题召开的国际学术会议，据说布尔迪厄为此很高兴，专门写邮件给组织者，"并对组织者对其理论富有创造性的运用表示赞赏"①。1996年11月，贺麦晓又在《读书》上发表《布狄尔的文学社会学思想》，介绍了布尔迪厄的三个关键概念："场（field），生性（habitus）和资本（capital）"，并且围绕"文学场"对布尔迪厄的文学社会学思想进行了细致阐释②。但在当时却应者寥寥，主要原因是现代文学研究界对布尔迪厄的"场域"理论并不熟悉。直到2001年，刘晖翻译的

---

① 贺麦晓：《"现代中国文学场"国际研讨会》，《世界汉学》1998年第1期。

② 贺麦晓：《布狄厄的文学社会学思想》，《读书》1996年第11期。

布尔迪厄《艺术的法则——文学场的生成和结构》由中央编译出版社出版后。"场域""文学场"才慢慢受到关注，并于近年来逐渐成为在现代文学报刊研究界几乎可以与哈贝马斯"公共领域"的"热度"相媲美的理论框架。

近年来，仅从题目中就可以看出是以布尔迪厄的"场域"理论为理论框架的现代文学报刊研究论文，就有王利涛的《从场域理论看民初通俗文学期刊——以〈小说大观〉为例》①，薄景昕的《论〈新青年〉场域的构成》②，陈晔的《〈新青年〉在场域斗争中的资本占位》③，张娜的《东北沦陷时期〈青年文化〉杂志文学场域研究》④，陈程、石崇的《重庆抗战诗歌在期刊媒介场域中的版面争夺》⑤，林尚平的《桂林〈野草〉文学场域下的左翼话语建构》⑥ 等一大批，其他同样采用"场域"作为理论框架但题目中又未予以呈现的就更是数不胜数了。若布尔迪厄仍然在世，并得知自己的理论如此热门，想来会更加高兴吧。不过与"公共领域"的境遇相

①　王利涛：《从场域理论看民初通俗文学期刊——以〈小说大观〉为例》，《重庆师范大学学报》（哲学社会科学版）2009 年第 4 期。

②　薄景昕：《论〈新青年〉场域的构成》，《求是学刊》2009 年第 1 期。

③　陈晔：《〈新青年〉在场域斗争中的资本占位》，《名作欣赏》2011 年第 8 期。

④　张娜：《东北沦陷时期〈青年文化〉杂志文学场域研究》，沈阳师范大学硕士学位论文，2012 年。

⑤　陈程、石崇：《重庆抗战诗歌在期刊媒介场域中的版面争夺》，《中州大学学报》2012 年第 1 期。

⑥　林尚平：《桂林〈野草〉文学场域下的左翼话语建构》，福建师范大学硕士学位论文，2015 年。

类似，当"'场域'理论＋现代文学报刊"成为研究中的另一种通用的"成功模式"后，这类研究也已经不知不觉走到了停滞的地步。而且，有意思的是，贺麦晓先生的"文学场"视域原本是非常广阔的，他着眼的是"二十年代中国的文学场"，可是后来的现代文学报刊研究者却基本上都是探讨某某刊物的文学场，或是"以某某刊物为例"来展开分析。这实际上也暴露出了现代文学报刊研究中的另外一个重要缺憾，即研究对象过于单一、在研究中不能将作为研究对象的现代文学报刊放置到与其他刊物共时或历时的比较视域中去研究审视，并在此基础上彰显出其所具有的独特价值。回顾既有的现代文学报刊研究成果，鲜有同时关注两种或两种以上刊物的。即便像《"四大副刊"与五四新文学》①这样的题目，虽然表面看来是对"四大副刊"的整体观照，但其实也仍然是以《晨报副刊》为主要研究对象，对《学灯》《觉悟》以及《京报副刊》等所做的研究基本都是现象层面的描述，深入程度有很大的提升空间。对现代文学报刊研究而言，孤立地去看待某一研究对象，是不可取的，由此所提炼、升华出来的关于研究对象的"特色"或贡献，很可能是许多刊物所共有、而并非研究对象所独有的，因而研究结论也往往是似是而非的。以一种文学报刊为个案来透视整个"文学场"还是将文

---

① 员怒华：《"四大副刊"与五四新文学》，华中师范大学博士学位论文，2011 年。

学报刊放置到整个"文学场"当中去加以审视，在与"场"中的其他刊物、人、资本等元素的对话交流中彰显出研究对象对于文学史建构的价值与贡献，是两种完全不同的研究路径。但显然，前者容易将研究套路化、公式化，并且远离文学研究的主旨，后者才更能将研究引向深入，而这也才是将"场域"用作文学报刊研究的理论框架后应该主要致力的方向。

回顾新时期以来中国现代文学报刊研究的历史，在重视史料研究、"重写文学史"的语境中，现代文学报刊研究逐渐成为现代文学研究领域的一个学术生长点，许多重要的现代文学报刊都一一被整理研究并进行了个案考察，取得了一批引人注目的学术成果。但是，在这种现代文学报刊研究繁荣景象的背后也确实存在着研究对象过于集中所带来的重复研究、热门理论工具的借用所带来的模式化研究，以及在研究中未能留意学科边界因而对本学科相关论题深化的贡献程度比较低等阻碍现代文学报刊研究进一步走向深入的问题。这既是一种反思也是一种自省，因为其中的不少问题在笔者本人的研究实践中也是存在的。研究界只有及时总结经验教训，才能使相关研究进入一个新的境界。

［作者简介：山东大学文学院教授，博士生导师。
本文原载《首都师范大学学报》（社会科学版）2018 年第 4 期，《新华文摘》（数字版）2019 年第 6 期全文转载。］

从史诗般的新时代到"中华民族新史诗"

——兼论当代现实主义文艺理论中的三个问题

孙书文

文艺作品是一个民族精神特质的集中体现，标识着其文明进步程度。"没有中华文化繁荣兴盛，就没有中华民族伟大复兴。"[①] 文艺发展繁荣，是民族伟大复兴的应有之义。2019年3月，习近平看望全国政协文艺界、社科界的委员时提出，包括文艺工作者在内的文化工作者要"承担记录新时代、书写新时代、讴歌新时代的使命，勇于回答时代课题，从当代中国的伟大创造中发现创作的主题、捕捉创新的灵感，深刻反映我们这个时代的历史巨变，描绘我们这个时代的精神图

---

① 习近平:《在文艺工作座谈会上的讲话》,《人民日报》2015 年 10 月 15 日第 2 版。

谱，为时代画像、为时代立传、为时代明德"①。近年来，中国文艺稳步发展，综合水平不断提高，出现了一些有较高思想艺术水准的作品，但同时也应看到，有高原、缺高峰的状况尚未得到根本改变，真正深刻反思历史或现实、体现深层人文关怀的优秀作品还为数不多。史诗般的新时代呼唤"中华民族新史诗"。习近平在中国文联十大、中国作协九大开幕式上的讲话指出："改革开放近40年来，我们党领导人民所进行的奋斗，推动我国社会发生了全方位变革，这在中华民族发展史上是前所未有的，在人类发展史上也是绝无仅有的。面对这种史诗般的变化，我们有责任写出中华民族新史诗。"②当今中国的巨变，为世界瞩目，国力的发展、科技的进步、世界地位的提升，深刻地改变着当代中国人的生活。"伟大的时代呼唤伟大的文学作品"③，这一说法体现了社会对文艺发展的期许，也要求创作者应有自己的责任担当。另一方面，从史诗般的新时代到中华民族新史诗，筑就文艺"高峰"，在伟大的时代创作出伟大的文艺作品，这一命题涉及许多深层次的理论问题。

---

① 《习近平看望参加政协会议的文艺界社科界委员》，新华网，2019-03-04。

② 习近平：《在中国文联十大、中国作协九大开幕式上的讲话》，《人民日报》2016年12月1日第2版。

③ 铁凝：《伟大的时代呼唤伟大的文学作品》，《光明日报》2017年11月16日第6版。

一、文艺要与时代保持张力关系

"时运交移，质文代变"（《文心雕龙·时序》）。明代的屠隆认为："诗之变随世递迁，天地有劫，沧桑有改，而况诗乎？"[①] 在他看来，文艺随时代演变，是天经地义之事。时代不同，为什么写、写什么、怎样写都会发生变化，梁启超便把"古语之文学变为俗语之文学"称为文学进化"一大关键"[②]。时代对文艺会产生综合性、整体性、根源性的影响。如，生产力发展水平、科技的进步程度，会影响文艺的样态。网络文艺的方兴未艾，是中国当代文艺的一大景观，改变了文艺的整体格局，这便与网络的普及密切相关。2016 年 3 月，微软机器人小冰出版诗集《阳光失了玻璃窗》，这一事件离开了人工智能的快速发展是不可想象的。再如，文艺的发展直接受制于政策环境尤其文艺政策环境。文艺是要为阶级斗争服务，还是要满足人民不断增长的对于美好生活的向往，会催生截然不同的文艺生态。

文艺与时代有密切关系，但不能简单地、直接对应式地理解这种"密切关系"。一代有一代之文学，但在文论史上也不乏文艺不与时代同步的说法。法国诗人波德莱尔便认为：

---

① 屠隆：《论诗文》，载郭绍虞、王文生主编：《中国历代文论选》第 3 册，上海古籍出版社 1980 年版，第 147 页。

② 梁启超：《小说丛话》，载郭绍虞、王文生主编：《中国历代文论选》第 4 册，上海古籍出版社 1980 年版，第 125 页。

"一种类似的社会环境必然产生相应的文学"是"错误"的，并提出"坡所尽可能地、不遗余力反对的，正是这些文学错误"。[①] 英国小说家劳伦斯则认为，"艺术总是跑在'时代'前头，而'时代'本身总是远远落在这生气洋溢的时刻后面"，因为"艺术的职责，是揭示一个生气洋溢的时刻……人类总是在种种旧关系的罗网里挣扎"[②]。时代要经过层层中介环节作用于文艺，因此文艺与时代关系具有复杂性。马克思在《〈政治经济学批判〉序言》中这样来表述自己的社会结构理论："人们在自己生活的社会形态发生一定的、必然的、不以他们的意志为转移的，即同他们的物质生产力一定发展阶段相适应的生产关系。这些生产关系的总和构成社会的经济基础，即有法律的和政治的上层建筑竖立其上并有一定的社会意识形式与之相适应的现实基础。物质生活的生产方式制约着整个社会生活、政治生活和精神生活的过程。不是人们的意志决定人们的存在，相反，是人们的社会存在决定人们的意识。……随着经济基础的变更，全部庞大的上层建筑也或快或慢地发生变更。"[③] 经济基础决定上层建筑，这是马克思对人类社会发展规律的科学总结。但

---

① 《波德莱尔美学论文选》，郭宏安译，人民文学出版社 1987 年版，第 200 页。
② ［英］戴·赫·劳伦斯：《乡土精神》，见袁可嘉主编：《20 世纪文学评论》上册，上海译文出版社 1987 年版，第 233 页。
③ 《马克思恩格斯选集》（第 2 卷），人民出版社 1995 年版，第 32 页。

在理论发展进程中，如恩格斯曾经指出的，有的人有意把这样一个深刻的思想变成了"一次方程""小学生作业"。晚年的恩格斯针对以上状况，重点论述了"中间因素"，阐发了包括文学艺术在内的多种社会意识形式之间的"相互影响"，这是对历史唯物主义的重要补充。普列汉诺夫基于恩格斯的"中间因素"理论，在社会结构构建中加入了"社会心理"，将原先的生产力—生产关系—法律、政治上层建筑—社会意识形态的四层结构变为五层结构，即"（一）生产力状况；（二）被生产力所制约的经济关系；（三）在一定的经济'基础'上生长起来的社会政治制度；（四）一部分由经济直接所决定，一部分由生长在经济上的全部社会政治制度所决定的社会中人的心理；（五）反映这种心理特性的各种思想体系"①。中国当代文艺理论家童庆炳在上述理论的基础上，又针对文艺环节进行了丰富，提出"社会心理—艺术文体—文本特征"的公式②，推进了文艺与时代关系理论的发展。

"文学也不能与时代'贴身'而行，丧失独立审视的想法与能力。文学不同于新闻，不是对现实的原样的呈现，它需要演绎'真理'的逻辑推动力。现实再离奇、再富有戏剧性的新闻事件，若直接搬入文学，因缺少社会真理的逻辑性推

---

① 《普列汉诺夫哲学著作选集》（第 2 卷），读书·新知·生活三联书店 1974 年版，第 195 页。
② 童庆炳等：《马克思与现代美学》，高等教育出版社 2001 年版，第 88 页。

进，也会缺乏文学的深度。"① 文学如此，整个文艺亦然，在文艺与时代的张力关系中，文艺想象、艺术探索才能得以展开，文艺才会有"艺术性"。也只有如此，文艺创作者才能如前苏联理论家赫拉普钦科所说的，成为"真正的艺术家"，他们"与当代现实的联系不表现在他描绘时代的熟悉特征上；这些联系表现在世界的艺术发现上，这些发现能震撼读者，抓住读者的整个心灵，以自己的说服力和情感的力量使读者倾倒，能激发读者的思想，帮助他们理解生活和理解自己。这些发现，如果它们是真正重要的、令人信服的，它们就能打动世世代代人们的心"②。古往今来，打动人心的经典作品，无不具有超越性的特征，甚至达至"尽吸西江，细斟北斗，万象为宾客"（张孝祥《念奴娇·过洞庭》）的宇宙境界。

在当下的文艺创作中，文艺与时代的疏离更应引起警惕。"回望我国文学发展史，不难发现，一大批经典名著之所以能够在漫长的历史岁月中代代流传，且至今依然辉耀着璀璨的艺术魅力，一个重要原因便是这些作品均从某一侧面折射出特定历史时期的时代风貌与时代精神。"③ 表现同时代之事、之情，表现同时代民众的悲欢，揭示、凝炼

---

① 孙书文：《论文学与时代的张力关系》，《百家评论》2014 年第 1 期。

② ［苏］赫拉普钦科：《赫拉普钦科文学论文集》，刘捷、刘逢祺泽，人民文学出版社 1997 年版，第 147 页。

③ 刘金祥：《反映时代精神是文艺创作的神圣使命》，《红旗文稿》2017 年第 1 期。

所处时代的时代精神，是文艺打动人心的基础所在，也是文艺发挥精神引领作用的基础所在。中国自古以来就有"诗言志"的传统，"文章合为时而著，诗歌合为事而作"（白居易）的现实主义文学创作，也成为中国文学的主流。在西方的文学传统中，萨特"介入"的文学观念也具有相当的代表性："对知识分子来说，介入就是表达他自己的感受……作家与小说家能够做的唯一事情就是从这个观点来表现为人的解放而进行的斗争，揭示人所处的环境，人所面临的危险以及改变的可能性。"① 在中国当代文艺界，有的创作者打着纯文艺等各色旗号，有意"自绝"于这个时代，在创作中不接地气，因而也孱弱无力。主要病症有：躲进小楼，自成一统；婆婆妈妈，家长里短；装神弄鬼，神神叨叨。有一段时期，玄幻文艺大行其道，文学、影视莫不是鬼气缭绕。陶东风曾以《诛仙》等作品为例进行了分析，指出那种认为"玄幻文学展示了丰富的想象力，满足了人类追求自由、渴望自由的天性；玄幻文艺的游戏性和人类本性中的反归、反秩序冲动是一致的"看法需要认真辨析，当前的玄幻作品不同于传统武侠小说，"极尽装神弄鬼之能事，其所谓'幻想世界'是建立在各种胡乱杜撰的魔法、妖术和歪门邪道之上的，除了魔杖、魔戒、魔法、

---

① ［法］萨特：《词语》，潘培庆译，生活·读书·新知三联书店1989年版，第345页。

魔咒，还有各种千奇百怪、匪夷所思的怪兽、幻兽"，"价值世界是混乱的、颠倒的"，碎片化的历史资料和考据知识，仅仅是用来装点门面而已。①从这个角度上说，"把握时代脉搏，承担时代使命，聆听时代声音，勇于回答时代课题"②，是当代中国文艺工作者重要的责任，也是不可推卸的时代担当。

"逃避这个世界，再没有比从事艺术更可靠的途径，而要想与世界紧密相关，也没有比艺术更有把握的途径。"③德国大文豪歌德的这番话令人回味。在文艺与时代的张力关系中，创作"中华民族新史诗"方有可能。

二、文艺要坚持人民美学的方向

2001年，莫言在苏州大学"小说家论坛"上做了题为"作为老百姓的写作"的演讲。其中讲道：

> 过去提过为革命写作，为工农兵写作，后来又发展成为人民写作。为人民的写作也就是为老百姓的写作。这就引出了问题的另外一个方面。那就是，你是"为老

---

① 陶东风：《玄幻文学：时代的犬儒主义》，《中华读书报》2006年6月21日第9版。

② 习近平：《在中国文联十大、中国作协九大开幕式上的讲话》，《人民日报》2016年12月1日第2版。

③ 《歌德的格言和感想集》，中国社会科学出版社1982年版，第81页。

百姓写作"，还是"作为老百姓的写作"。……"为老百姓写作"听起来是一个很谦虚很卑微的口号，听起来有为人民做马牛的意思，但深究起来，这其实还是一种居高临度。其骨子里的东西，还是作家是"人类灵魂工程师"、"人民代言人"、"时代良心"这种狂妄自大的、自以为是的玩意儿在作怪。……他在写作的时候，没有想到要用小说来揭露什么，来鞭挞什么，来提倡什么，来教化什么，因此他在写作的时候，就可以用一种平等的心态来对待小说中的人物。他不但不认为自己比读者高明，他也不认为自己比自己作品中的人物高明。①

莫言的这番话，引发了文艺界的讨论。他的观点自然还有可商榷之处，但更需注意的是，这番话牵涉关于人民与文艺关系中一系列的问题。如：何为人民？作家是否是人民？"为老百姓"与"作为老百姓"的区别何在？作家写"人民"是以"学习"的态度还是抱"平等的心态"，等。这些问题，都有史的传承，尤其是 20 世纪在 40 年代延安时期、十七年、八九十年代人道主义讨论中被反复提及、集中讨论。

2004 年 1 月，欧阳友权在《文艺报》上发表《人民文学重新出发》一文。文章提出，"人民文学"是一个质的概念而不

---

① 莫言：《文学创作的民间资源——在苏州大学"小说家讲坛"上的讲演》，《当代作家评论》2002 年第 1 期。

是一个量的概念，"人民文学"不单纯是艺术认识论问题，"人民文学"是一个艺术概念而不是抽象的思想观念，"写人民"的未必就是"人民文学"，媚俗大众不是"人民文学"，迎合时尚不是"人民文学"，网络写作不等于"人民文学"，并提出：人民文学是人民喜爱的文学，人民文学需要平视审美，人民文学要求千秋叙事，人民文学要有坚挺的精神。① 文章引发诸多争论。其中，黄浩发表的争鸣文章认为，在市场社会，"人民不应当是一个阶级性的或政治性的概念，而应当是一个地域性的概念。一切拥有公民权利的社会成员，都属于人民范畴"②。"人民文学""公民文学""底层文学"……都涉及文艺与人民的关系问题。

习近平关于文艺的论述中，"人民"是个高频词，体现出鲜明的人民特色，继承了中华传统文化、马克思主义文艺理论中相关的理论成果，同时，结合了时代发展，提出有重要价值的理论新见。

其一，探讨重点不再是"人民"的界限，而是强调人民美学的指向。在革命年代，毛泽东所用的"人民"与"敌人"相对，"团结人民、教育人民、打击敌人、消灭敌人"，对"人民"的界定是"最广大的人民，占全人口百分之九十以上的人民，是工作、农民、兵士和城市小资产阶级"，要把地主

---

① 欧阳友权：《人民文学重新出发》，《文艺报》2004 年 1 月 31 日第 3 版。
② 黄浩：《尊重社会的文学选择——就"人民文学"问题与欧阳友权先生商榷》，《文艺报》2004 年 2 月 14 日第 2 版。

阶级、反动资本家排除在外。"人民不是抽象的符号，而是一个一个具体的人，有血有肉，有情感，有爱恨，有梦想，也有内心的冲突和挣扎"①。习近平的《讲话》中所运用的"人民"的概念，没有"百分之九十"等的界定，也没有设置一个"敌人"作为对立面，其"人民"的概念宽泛得多，也体现出建设性的时代特点。

在这一转变的背后，不变的是对人民美学的坚持。马克思主义的美学，从根本上，可称为人民美学，最终是为了人民。这与康德一切为了"人"有着本质的区别。有一个时期，康德被抬到极高的位置。作为大哲的康德，给予人类文明的巨大贡献无可质疑，但同时也不能避免其个人的局限性与时代的局限性。"康德的审美无功利性本身并不是不食人间烟火的出世之论，是以审美为手段替个人在现实攫取私利作精神性的自我辩护，为占有财产的资本家提供一种精神解脱的自由方式。资本家在审美之时是高雅而人性的，审美的美丽面纱掩盖着血腥的罪恶。无功利的审美消解着社会的两极分化，把资本家和工人统一在面对美的对象时无私利的人类共同美感之中。"② 马克思的美学，作为人民美学，关注劳动者创造美，同时主张要使劳动者自身成为完善的人、完整的人、自由的人、完全解放的人。

---

① 习近平：《在文艺工作座谈会上的讲话》，《人民日报》2015 年 10 月 15 日第 2 版。

② 冯宪光：《毛泽东与人民美学》，《文艺理论与批评》2003 年第 6 期。

五四运动作为中国文化现代性的起点，也是美学现代性的起点。1919 年 7 月，毛泽东在创办《湘江评论》时，提出的是"平民文学"的口号，"见于文学方面，由贵族的文学，古典的文学，死形的文学，变为平民的文学，现代的文学，有生命的文学"（《湘江评论·创刊宣言》）。这时的平民，还不是把下层工农群众作为文化的主体，仅限于城市小资产阶级和市民阶级的知识分子。他在 1940 年的《新民主主义论》中的提法则与此完全不同："这种新民主主义的文化是大众的，因而即是民主的。它应为全民族中百分之九十以上的工农劳苦民众服务，并逐渐成为他们的文化。"[①] 在《讲话》中则强调："无论是高级的或初级的，我们的文学艺术都是为人民大众的，首先是为工农兵的，为工农兵而创作，为工农兵而利用。"[②] 这是要使人民成为文化的拥有者，把剥削阶段社会中"劳动创造美，却使劳动者成为畸形"的颠倒了的历史重新颠倒过来。革命的目标，社会主义发展的目标，不仅是政治的、经济的，也是文化的。

　　其二，习近平在文艺工作座谈会上的讲话提出，要"运用历史的、人民的、艺术的、美学的观点评判和鉴赏作品"[③]。这一论断在恩格斯所提出的经典的"美学的和史学的"观点

---

　　① 《毛泽东论文艺》（增订本），人民出版社 1992 年版，第 31 页。

　　② 《毛泽东论文艺》（增订本），人民出版社 1992 年版，第 52 页。

　　③ 习近平：《在文艺工作座谈会上的讲话》，《人民日报》2015 年 10 月 15 日第 2 版。

之上，又把"人民的"和"艺术的"两个方面融合进去。"人民的"强调批评的立场，"艺术的"强调批评的专业，是对马克思主义文艺批评标准理论的丰富。此外，讲话中所提出的"把人民作为文艺审美的鉴赏家和评判者"也是对马克思主义文艺理论的丰富。马克思曾经说过："人民历来就是作家'够资格'和'不够资格'的唯一判断者。"① 习近平的观点继承了马克思的说法，同时，将"够资格""不够资格"转变成了"鉴赏家"，这就把人民放在了文艺作品鉴赏、评判主体的位置上。

文艺为人民和文艺如何为人民，是毛泽东的《讲话》中着力要解决的两个问题，对这两个问题的解决也影响深远。习近平的讲话，继承了这一传统，旗帜鲜明地坚持人民本位。中国传统文化历来有重民本的传统。儒家强调"民贵君轻""民本君末"。贾谊提出："民无不为本"；"夫民者，万世之本也"；"国以为本，君以为本，吏以为本"②。但中国传统文化中的"民本"，很多时候带有策略性的"御民""牧民"味道。马克思主义坚持"人本"的立场，把人作为一切实践的目的，并进而强调人民群众主体性地位的重要性，主张人民历史观。毛泽东提出："人民，只有人民，才是创造世界历史的动力"③，"人民群众有无限的创造力。他们可以组织起来，向一

① 《马克思恩格斯全集》（第1卷），人民出版社1956年版，第90页。
② 《新书》
③ 《毛泽东选集》（第3卷），人民出版社1991年版，第1031页。

切可以发挥自己力量的地方和部门进军，向生产的深度和广度进军，替自己创造日益增多的福利事业"①。中国共产党所坚持的"以人民为中心"的人民本位思想，坚守了马克思主义立场，同时是对中华传统文化的创造性转化与创新性发展。习近平强调："坚持以人民为中心的创作导向"，"要始终把人民的冷暖、人民的幸福放在心中，把人民的喜怒哀乐倾注在自己的笔端，讴歌奋斗人生，刻画最美人物，坚定人们对美好生活的憧憬和信心"②，正是这种创作观念的体现。

　　文艺与人民关系或隐或显，贯穿在中国当代文艺理论发展过程中。对文艺与人民关系的问题，仍有不少模糊认识。习近平提出："文艺深深融入人民生活，事业和生活、顺境和逆境、梦想和期望、爱和恨、存在和死亡，人类生活的一切方面，都可以在文艺作品中找到启迪。"③ 这与别林斯基所说，作家要"在人民中间唤醒几世纪以来都埋没在污泥和尘芥中的人类尊严"④，是一脉相承的。

---

　　① 《毛泽东选集》（第5卷），人民出版社1977年版，第253页。

　　② 习近平：《在文艺工作座谈会上的讲话》，《人民日报》2015年10月15日第2版。

　　③ 习近平：《在文艺工作座谈会上的讲话》，《人民日报》2015年10月15日第2版。

　　④ 朱光潜：《西方美学史》（下卷），人民文学出版社1979年版，第514页。

三、创作者要"跳入生活"与生活"肉博""化合"

"我们要走进生活深处,在人民中体悟生活本质、吃透生活底蕴。只有把生活咀嚼透了,完全消化了,才能变成深刻的情节和动人的形象,创作出来的作品才能激荡人心。"① "中华民族新史诗"是植根于新时代生活的史诗,文艺与生活的关系,是创作"中华民族新史诗"不可回避的理论问题。20世纪90年代,曾有人主张"零度写作",鼓吹要冷静地、纯客观地反映生活,颇得一些创作者的追捧。从文艺发展历史上来看,这种观念有纠偏之用,但也存矫枉过正之弊,甚至有违背常理之处。在文艺与生活的关系问题上,顾随(1897—1960)与胡风(1902—1985)两位理论家的文艺观念值得借鉴,前者主张"跳入生活",后者主张创作者要与生活"肉博""化合"。顾随从艺术真实入手,提出要看出世界的"灵魂"②,"文艺与禅一样,不可说,不可说非'无',而是'真有'"③。他用这一视角来阐发白居易的《赋得古原草送别》,认为肉眼只能看见"世谛",只有"诗眼"所见方为"诗谛"。"野火烧不尽,春风吹又生",两句"说尽人世间一切,先不用说盛衰兴亡,即人之一心,亦前念方灭,后念方

---

① 习近平:《在文艺工作座谈会上的讲话》,《人民日报》2015年10月15日第2版。
② 《顾随全集》(第三卷),河北教育出版社2000年版,第145页。
③ 《顾随全集》(第三卷),河北教育出版社2000年版,第256页。

生，真是心海，前波未平，后波又起，波峰波谷。用诗眼看故写出一切的一切"。因而，"白氏用诗眼看故合诗谛，才是真草，把草的灵魂都掘出来了"①。顾随极为推崇王国维，他的这种说法与王国维所说"政治家之眼，域于一人一事；诗人之眼，则通古今而观之"② 极为一致。艺术家将自己与世俗世界的联系"切断"，从习以为常、熟视无睹的日常的生活跳脱出来，充分运用艺术概括能力，写出艺术的真实，具有了比历史更强烈的"更普遍、更真实"的意味（亚里士多德）。

什么样的创作者才能创作出好作品？这是文艺心理学中着力解决的一个重要问题，理论家们对这个问题百思不得其解，甚至提出许多具有神秘性的解释。有代表性者如荣格的原型理论，认为文艺创作者是非自主性、非个人性的，他的"手被捉住了，他的笔写的是他惊奇地沉浸于其中的事情；……他只能服从于他自己这种显然异己的冲动，任凭它把他引向哪里"③。这种观点留给人的疑惑是，什么样的创作者能够获得这种"神示"？顾随认为，具有深重的"无可奈何"的人生感受，是大艺术家成为大艺术家的原因，诗三百的创作者是"跳入生活"④，大词人辛弃疾是"叼住人生不放"⑤，这

---

① 《顾随全集》（第三卷），河北教育出版社 2000 年版，第 100 页。
② 王国维：《人间词话新注》，浙江文艺出版社 2006 年版，第 68 页。
③ 冯川、苏史编译：《荣格文集》，改革出版社 1997 年版，第 216 页。
④ 《顾随全集》（第三卷），河北教育出版社 2000 年版，第 73 页。
⑤ 《顾随全集》（第三卷），河北教育出版社 2000 年版，第 123 页。

些创作者们经历了造化弄人、经历了种种人世变故，积累了深重的"无可奈何"感。"屈原被放，就世俗看是不幸的，但就超世俗看来未始不是幸，否则没有《离骚》。再如老杜值天宝之乱，困厄流离，老杜若非此乱，或无今日之伟大亦未可知。在生活上固是不幸，但在诗上说未始不是幸。"① "疏影横斜水清浅，暗香浮动月黄昏"（林逋《山园小梅》），历来被视为咏梅的佳句。顾随则独树一帜，提出新见："此二句甚有名而实不甚高。此二句似鬼非人，太清太高了便不是人，不是仙便是鬼，人是有血有肉有力气的。"② 文学史上，尤其是中国古代文学史上，不乏鬼气森森、仙气飘飘的作品，"跳"入生活、"叮住人生不放"，会带来无尽的烦恼，需要艺术家的勇气。"叮住人生不放"，陶渊明便认识到"自己的渺小"③。鲁迅是顾随深为推崇的作家，1947 年，他在中法大学文史学会所做题为《小说家之鲁迅》的讲演讲到自己敬仰鲁迅的原因："鲁迅先生有的是一颗诗的心：爱不得，所以憎；热烈不得，所以冷酷；生活不得，所以寂寞；死不得，所以仍旧在'呐喊'。也就是《西游记》中孙大圣说的'哭不得了，所以笑也'。"④ 这种体会，在鲁迅的作品中时常提到："我感到未尝经验的无聊，是自此以后的事。我当初是不知其所以然的；

---

① 《顾随全集》（第三卷），河北教育出版社 2000 年版，第 146 页。
② 《顾随全集》（第三卷），河北教育出版社 2000 年版，第 120 页。
③ 《顾随全集》（第三卷），河北教育出版社 2000 年版，第 84 页。
④ 《顾随全集》（第三卷），河北教育出版社 2000 年版，第 350 页。

后来想，凡有一人的主张，得了赞和，是促其前进的，得了反对，是促其奋斗的，独有叫喊于生人中，而生人并无反应，既非赞同，也无反对，如置身毫无边际的荒原，无可措手的了，这是怎样的悲哀啊，我于是以我所感到者为寂寞。这寂寞又一天一天的长大起来，如大毒蛇，缠住了我的灵魂了。"①深味人生的"无可奈何"，一日一日地反抗绝望，于是才有了他的《呐喊》。"叮住人生不放"，需要胆识。清代叶燮提出"才胆识力"说，强调"无胆则笔墨萎缩"（《原诗·内篇下》）。"胆"固然可以解释为敢于发表不同于世俗的见解，从更深广的角度来看，"胆"是如鲁迅所说"取下假面，真诚地，深入地，大胆地看取人生"②。

在文艺与生活关系的认识上，胡风与顾随有相通之点；同时，作为马克思主义文艺理论家，他的看法又有超越之处。胡风1936年创作了《文学与生活》一书，探讨了"文艺是从生活中产生出来的""文艺是反映生活的""文艺站在比生活更高的地方"等问题。他基于马克思主义的实践理论，不是如顾随一样在一般意义上突出生活带给创作家的"无可奈何"感，而是特别强调文艺创作中主体与客体双方所发生的融合以及创作者根本性质的改变。他既反对当时周作人和林语堂等人脱离现实的"兴趣主义"和"性

---

① 《鲁迅全集》（第一卷），人民文学出版社1981年版，第418页。
② 鲁迅：《论睁了看》《鲁迅全集》（第一卷），人民文学出版社2005年版，第257页。

灵主义"，又反对"左联"内部从苏联引进的"辩证唯物主义创作方法"，尤其警惕在后者影响下左翼作家中所产生的"主观主义""客观主义"倾向。他批评林语堂脱离生活而大讲"幽默"："如果离开了'社会的关心'，无论是傻笑冷笑以至什么会心的微笑，都会转移人们底注意中心，变成某种心理的或生理的愉快，'为笑笑而笑笑，要被'礼拜六派'认作后生可畏的'弟弟'。"① 他认为张天翼的人物"色度……单纯"，究其原因在于"他们并不是带着复杂多采的意欲的活的个人，在社会地盘的可能上能动地丰富地发展地开展他的个性，常常只是作者所预定的一个概念一个结论底扮演角色"②，这也是脱离生活之故。他借用化学的语汇，强调"客观的东西"要"通过作家的主观""结晶为作品的内容"。他的"主观战斗精神"的核心正是与生活的"肉博"："对于血肉的现实人生的搏斗，是体现对象的摄取过程，但也是克服对象的批判过程。不过，在这里批判的精神必得是……在对象的具体的活的感性表现里面溶注着作家的同感的肯定精神或反感的否定精神。所以，体现对象的摄取过程就同时是克服对象的批判过程。这就一方面要求主观力量的坚强，坚强到能够和血肉的对象搏斗，能够对血肉的对象进行批判，由这得到可能，创造出包含有比个别的对象更高的真实性的

---

① 胡风：《林语堂论》，湖北人民出版社1999年版，第22页。
② 胡风：《张天翼论》，湖北人民出版社1999年版，第39页。

艺术世界，另一方面要求作家向感性的对象深入，深入到和对象的感性表现结为一体，不致自得其乐地离开对象飞去或不关痛痒地站在对象旁边，由这得到可能，使他所创造的艺术世界真正是历史真实在活的感性表现里的反映，不致成为抽象概念的冷冰冰的绘图演义。"[①] 这种化合的时代，充满了创作者与时代的"肉博"，反映这个时代的疼痛与世道人心，而这种反映才具有动人的力量。初唐诗人杨炯在《从军行》中写道："烽火照西京，心中自不平"，"宁为百夫长，胜作一书生"。创作者与时代的"冲突"，恰是作品的动人之处。

当今的文艺创作表现出许多新的特征，如类型的多样、规模的庞大、观念的杂糅，等等。现实主义文艺的地位受到质疑，"在大众消费文化转向的背景下，在现代主义或后现代主义文艺思潮的影响下，现实主义文学似乎并不那么受人欢迎而一度陷于低迷，取而代之的多是魔幻化、空灵化、娱乐化之作"[②]。现实主义弱化，成为当下一种明显的趋势。作为认识、思考、体验世界的重要途径，文艺创作者需要葆有、发扬现实主义精神，敢于用朴实的方式反映生活，强力介入现实，对生活进行典型化创造，彰扬真善美，贬斥假恶丑，创作出"像蓝天上的阳光、春季里的清风一样，能够启迪思

---

① 胡风：《置身在为民主的斗争里面》，《胡风全集》（第3卷），湖北人民出版社1999年版，第186页。

② 赖大仁：《现实主义是一种品格》，《人民日报》2017年6月2日第24版。

想、温润心灵、陶冶人生，能够扫除颓废萎靡之风"① 的 "中华民族新史诗"。

[基金项目：本文系国家社科基金艺术学重点项目 "网络文艺发展研究"（项目批准号：16AA002）、山东省社会科学规划研究项目 "良性网络文艺批评建构研究"（项目批准号：17CZWJ05）的阶段性成果。]

[作者简介：孙书文，山东师范大学文学院教授。

刊发于《山东社会科学》2018 年第 8 期，
人大复印资料《文艺理论》2019 年第 4 期刊复印。]

---

① 习近平:《在文艺工作座谈会上的讲话》,《人民日报》2015 年 10 月 15 日第 2 版。

被遮蔽的中国现代海洋文学初探

贾小瑞

　　近十年以来，文学研究新气象的出现主要有赖于新领地的发现与突破，海洋文学的研究即是其中之一。但目前的研究成果几乎全部是中国古典文学与外国文学范畴之内的，中国 20 世纪海洋文学还是一块未开垦的处女地。一个领域的萧瑟并不可怕，可怕的是流言传布、混淆视听，使本来被漠视的对象蒙受不实之词而可能遭致彻底被弃。如下的论断就如此："现当代文学作品中有巴金的《海上日出》、鲁彦的《听潮》、艾青的《礁石》、王蒙的《海的梦》、邓刚的《迷人的海》，但大多内涵较为单薄，立意也欠高远。可以说，立意高远，思想内涵深邃，以海为审美主体的长篇巨制至今还未出现。"① 因此，20 世纪中国海洋文学的研究迫在眉睫。笔者先从现代三十年文

---

　　① 李松岳：《现代文化视野中的海洋文学创作》，《浙江海洋学院学报》2005 年第 3 期。

学开始这项工作。

一、海洋文学的概念辨析

揭开中国现代海洋文学的面纱，首先要做的就是估价其整体成就。而这项工作的开展必须解决的问题是：什么是海洋文学？到底哪些作品是海洋文学？因为笔者发现，大家在使用"海洋文学"时内涵并不一致，对具体海洋作品的指认也缺乏细辨。

对"海洋文学"的概念做了集中探讨的代表学者是段汉武。他在《〈暴风雨〉后的沉思：海洋文学概念探究》一文中辨析、参考了几位学者的定义后，作出了自己的界定："以海洋为背景或以海洋为叙述对象或直接描述航海行为以及通过描写海岛生活来反映海洋、人类自身以及人类与海洋关系的文学作品，就是海洋文学。"① 这个定义用种差＋邻近属概念的逻辑方法揭示了海洋文学的内涵，语句明确简短，从学理层面应该说是没有瑕疵可挑剔的。但关键是，文学研究首先是一项有针对性的实践活动，放在具体的研究工作中，以之为尺，我们能突显一部作品的海洋特性吗？比方说常被某些学者当作海洋文学代表作提到的郁达夫的《沉沦》、庐隐的《海滨故人》、巴金的《海的梦》、许地山的《铁鱼的鳃》邓刚的《迷人的海》、张炜的《海边的风》、王家斌的《百年海

---

① 段汉武：《〈暴风雨〉后的沉思：海洋文学概念探究》，《宁波大学学报》2009 年第 1 期。

狼》、樊天胜的《阿扎与哈利》、陆俊超的《国际友谊号》等，在如上的定义下，同属于海洋文学，似乎意味着同样的海洋特性，但事实上两类作品在海洋特性方面却有天壤之别。前一类仅仅是出现片段的海洋景观描写或以海洋为背景讲述故事，主要内容与立意均与海洋无不可分割的联系，海洋书写基本不承载作品的旨意，作者也无意于以自然海或人类的海洋活动为中心来营构作品。如果真将这类作品当成是海洋文学的代表之作，那么，我们也只好得出"以海为审美主体的长篇巨制至今还未出现"的悲观之论了。[①] 但不可否认，这类作品确实存在与海洋有关的内容，有一定的海洋气息，在地理、空间上与乡土、城市文学不同。笔者认为，对这类作品，应以"涉海文学"的概念来指称。而"海洋文学"应在"涉海文学"所内含的题材基础上，对海洋书写所占的比例与所发挥的作用有更高的要求。

细读以上提到的第二类作品，我们发现其中的海洋书写，包括海洋风暴、渔民生活、远洋捕捞、海洋运输等，是组成作品的主要部分，是塑造人物不可或缺的情境，也是作品主旨得以阐发的源头。如此书写的背后其实深藏着作家的海洋情怀与海洋意识。作家往往有着近海或远洋生活积淀，有深挚的大海情结，往往有意在海洋环境下呈现自然的变幻无穷

---

① 李松岳：《现代文化视野中的海洋文学创作》，《浙江海洋学院学报》2005 年第 3 期。

与神秘莫测，展现历史、人性的真态与变异，思考人与海洋的关系。笔者认为，这样的作品才称得上海洋文学，由此所得出的定义是：海洋文学是以海洋风物描写或人类的海洋活动为中心或重要内容，立意呈现海洋、人类以及人海关系、海洋文化的文学作品。

当然，文学研究不同于自然科学的研究，可以用称重等定量的方式来定性。所以，看起来内涵明确的概念在使用过程中也不免会遭遇窘境。并且，文学研究虽有自己的科学规范与共同尺度，但同时是一项仁者见仁、智者见智的差异性活动，因此不免出现对同一作品的不同认定。所以，我们需要的还是大家的不断努力与辛勤投入，以共同的探讨突破、深入中国现代海洋文学的研究。笔者在本文所做只是筚路蓝缕的基础工作，且不揣浅陋，将要涉笔的海洋作品遵照的是自己的定义与判断。

二、内在海洋的情感曲折与哲思路向

对于现代三十年文学，温儒敏先生曾说过这样一段话："在现代文学学科史上，论影响之大，很少有哪部论著比得上1935 年上海良友图书公司出版的《中国新文学大系》(1917—1927)。"① 此论断被广为认可。因此，笔者以《中国

---

① 温儒敏：《论〈中国新文学大系〉的学科史价值》，《文学评论》2005 年第 5 期。

新文学大系》（1917—1927）（1927—1937）（1937—1949）三辑为据，再参照朱学恕、汪启疆主编的《20世纪海洋诗精品赏析选集》、吴主助主编的《海洋文学名作选读》等选本，以及著名作家的作品集，初步统计出此时段海洋新诗、散文、小说、话剧、报告文学的数量依次为：39、34、10、1、5。由此我们可以看出，现代时期的海洋作品数量较少，且文体分布极不均衡。单纯地谈论文体的多寡是没有意义的，但如果我们把握一般诗歌、散文相比于小说、戏剧内倾性更强的特征，再从实际文本处得到印证，就会发现中国现代海洋文学首先是以"内在海洋"的呈现夺人眼目的。但笔者这里使用的"内在海洋"之内涵，不同于台湾朱学恕先生提出的。他认为内在海洋是自然之海作用于人的全部生存和意识活动空间的更大的拓展层，包括"多彩的人生，情感的海洋；内在的视听，思想的海洋；灵智的觉醒，禅理的海洋；真实的水性，体验的海洋"① 等。笔者认为，在我们约定俗成的文学批评活动中，一向把人的生存作为社会、历史的组成部分，视为一种客观存在。因此，朱先生所说的"多彩的人生"应放在"外在海洋"中更符合研究惯例。所以，此处所谓的内在海洋，简言之，就是作家以自我与海洋的灵性碰撞激发出的情感之浪与思绪之潮，是从孔子时期就开始的以自然观照人生、人格的

① 吴其盛，《"海洋精神"的诗歌实践意义——兼论朱学恕的海洋文学理论》，《台港与海外华文文学评论和研究》1995年第2期。

传统延续，也是人类与自然环境对话、交流的集体无意识的表现。是如下列诗中所述："我的血和海浪同潮"①，"坐久了，/推窗看海吧！/将无边感慨，/都付与天际微波"②的内心灵面对大海的开展。

当现代作家将心魂面对大海敞开时，激发起的自然有郭沫若式的雄浑壮阔的浩荡心波，表露着五四时期特有的青春气息，但更多的却是凄清、迷惘、无处归依的漂泊之感：

> 黑夜已罩在了海上，
>
> 一切都在暗中隐藏。
>
> 只有那些远处的帆船还在隐隐地动荡：
>
> 渺茫，渺茫，渺茫……
>
> 我一个人站在船上，
>
> 唵，我不知道是飘泊还是逃亡？③

这种任意流淌、咏叹不尽的泛泛哀音，不涉及具体的生活事由，仿佛是作家一踏上人生之路就结伴同行的，是生命感受的"第一站"，这"第一站"就是前路茫茫：

① 郭沫若：《浴海》，《女神》，人民文学出版社 1953 年版。

② 冰心：《繁星 九〇》［M］//《繁星·春水》，人民文学出版社1998 年版。

③ 王独清：《香港之夜》，《中国新文学大系 1927—1937·诗集》，上海文艺出版社 1985 年版。

我知道，铁轨的尽处是大海，

海的尽处又怎样呢？

沿着铁轨向前走，

尽走，尽走，

究竟要走向哪儿去？①

　　这种飘飘忽忽、无处捕捉、却又无处不在的具有整体弥漫性的零落感其实恰恰表露着现代作家对自我生命的体察与看重，他们希望在渺茫无极中追问生命的价值、确定生命的本真意义。然而，如此带有终极向度的追寻又是何等艰难啊，目光所及正是"多雾的海畔正当春残"②，因此就情不自禁地发出"我们是生在海舟上的婴儿，/不知道/先从何处来/要向何处去"③的追问无果的叹息。聂绀弩有诗云"哀莫大于心不死"，说的正是哀痛为生命热度的奇异呈现。现代作家在大海的潮汐中所咏叹的如与生俱来的清寂、迷惑、悲哀正是来自对自我生命的觉解与确认。

　　同时，我们也应看到，现代作家面海而歌的愁苦、忧虑还是在时事动荡、国衰民弱的现实背景下产生的。鲁迅有篇

　　① 李广田：《第一站》，《中国新文学大系 1927—1937·诗集》，上海文艺出版社 1985 年版。

　　② 王统照：《雾警》，《王统照诗选》，人民文学出版社 1958 年版。

　　③ 冰心：《繁星 九九》，《繁星·春水》，人民文学出版社 1998 年版。

名为"现代史"的杂文，所写的却是司空见惯的民间把戏，但以其"荒谬联想"穿透了肆意搜刮民脂民膏的政治乱象与"看客呆头呆脑"的民族痼疾。在这样的时代境遇中，深受"先天下之忧而忧"之熏陶的现代作家，又如何能无动于衷呢？恰如艾青所说"叫一个生活在这年代的忠实灵魂不忧郁，这有如叫一个辗转在泥色的梦里的农夫不忧郁，是一样的属于天真的奢望"。蒲风的诗《我的思念在大海东——献给台湾》所抒发"忧愁，伤悲，苦难……"之情与常任侠的诗《吴淞》所描述的"我寂寞而叹息而下泪"之形不就是因祖国被战争破坏得伤痕累累而发出的吗？甚至，有些作家的海洋作品就是因干预国家的政治事务而受迫害不得不去国离乡才创作的，如郑振铎的《海燕》和王统照的《荷兰鸿爪》。所以，"乡愁呀，如轻烟似的乡愁呀！"① 不仅仅是思乡之愁，而更多的是国家之愁。梁启超说："今天下之可忧者，莫中国若；天下之可爱者，亦莫中国若。吾愈益忧之，则愈益爱之；愈益爱之，则愈益忧之。"② 这段话告诉我们，正是出于对祖国的深切之爱，现代作家才忧思重重。他们为民族危亡而忧虑，为生灵涂炭而悲痛，为报效难成而哀叹。正是在这难以遣怀的愁思烦絮中裹挟着几代人爱国爱民的高尚感情，也正是在这样的海洋

---

① 梁启超：《自由书·忧国与爱国》，《饮冰室合集》（第 6 册），中华书局，1989 年版。

② 梁启超：《自由书·忧国与爱国》，《饮冰室合集》（第 6 册），中华书局，1989 年版。

书写中，我们感受到了如海洋般波澜壮阔的崇高之美。

感伤与悲痛尽管有着积极的信号与高尚的理由，但毕竟是消极的情感，不能直接产生有效的力量。因此，怀抱强烈的生命意识与爱国之情的现代作家奋力挣扎，极力逃脱千转百回的伤痛，执意寻求精神上的光明与出路。于是，我们在此时的海洋作品中看到一些绝处逢生式的振作精神的篇什。王统照的长诗《独行的歌者》前十节出现的抒情主体是独行的歌者，他四处游荡，"歌声抑扬"以咏唱心中的"世界的花园"，但所到之处皆"滓质与肮脏"。他在绝望之余，将南海作为"爱的幻象""永永地沉眠在那里"。诗的十一节开始出现"海之女"的形象："她用白羽之裾，/金丝之发，/将死去的歌者的灵魂引起。"① 之后是海之女以"大海的勇力"鼓励歌者作"强健的独行者"。最终，"独行的歌者复生了!"看得出，作家从神话故事中幻化出如真似幻的海女形象，目的不在于民间精神的发扬，而是实现心灵的镜像化，将自我人格的不同侧面立体地展示出来，表达了抛弃懦弱、自强不息的健朗精神。这既是"天行健，君子以自强不息"的历史回音，也是现代作家对多灾多难的祖国命运的感应与担当，同时显示出几代人愈挫愈勇的强劲生命意志。茅盾的散文《沙滩上的脚迹》和李广田、王统照的诗歌《老人与海》《雾警》等也都有同样的由困顿哀伤到坚定前行的精神曲折。

---

① 　王统照：《独行的歌者》，《童心》，浙江文艺出版社 1997 年版。

在政局动荡、国家危难的历史时期，"群"与"己"的关系就变得异常逼厄。一代人杰周作人的身败名裂就是处理不当的反面教训。可喜的是，大海的共生物带给多数现代作家的是正面的启示。他们纷纷选择了"灯塔守者"来抒发建功的热情与崇高的寄托。我们先来看王亚平的短诗《灯塔守者》。前面三节是对夜幕下海洋景观的描写，突出的是惊涛骇浪的喧腾所带来的恐惧氛围，最后一节顺接前文，自然地引出灯塔守者的自白："在这曙色欲来的前夜，/我把生命献给了光明。"[①] 自白简短有力，显示出追求理想、不为恶境所威胁的勇敢与坚定。冰心的散文《往事（二）》第八节更是酣畅淋漓，以充满诗意的笔墨倾吐志向："灯台守的别名，便是'光明的使者'。他抛离田里，牺牲了家人骨肉的团聚，一切种种世上耳目纷华的娱乐，来整年整月地对着渺茫无际的海天。除却海上的飞鸥片帆，天上的云涌风起，不能有新的接触。"[②] 吴伯箫的散文《海》中也有同样的向往："正经说，倒是挺羡慕一个灯塔守者。……夜来将红绿灯高高点亮，告诉那迷途海航人，说：平安地走罢。就到家了。"[③] 从以上节选的句子中，我们明显可以读出一种不畏清寂、担当天下、奉

① 王亚平：《灯塔守者》，《中国新文学大系 1927—1937·诗集》，上海文艺出版社 1985 年版。

② 冰心：《往事（二）》，《冰心文选·散文卷》，福建教育出版社 2007 年版。

③ 吴伯箫：《海》，《中国新文学大系 1927—1937·散文集二》，上海文艺出版社 1985 年版。

献自我的利群情怀。

利群本是一种最可贵的人类品质,自我牺牲更是中华民族亘古常鸣的道德洪钟与心理传统,中国古代文学中不乏舍生取义的相关作品。南社巨子高旭有诗云:"屈己以就群,群己两发达。"诗中所追求的尽管是自我与群体的双赢双生,但毕竟所采用的方式是"屈己",透露出的更多的是浓厚的牺牲意味。而细读以上所列举的叙写"灯塔守者"的诗文,似乎减弱了一味利群、不顾自我所带来的悲壮性,而增强了利群与成就自我相一致的乐观色彩。冰心的文中有这样一段辩驳:

> 父亲说:"和人群大陆隔绝,是怎样的一种牺牲,这情绪,我们航海人真是透彻中边的了!"言次,他微叹。
>
> 我连忙说,"否,这在我并不是牺牲!我晚上举着火炬,登上天梯,我觉得有无上的倨傲与光荣。"[1]

吴伯箫在叙写灯塔守者时,特别强调的也不是单纯的自我牺牲,而洋溢着因痴迷大海而甘愿作灯塔守者的浪漫情怀。因此,我们可以说,五四时期沸腾而起的个性解放与自我成就的意识让现代作家在群己关系中超越了自己的先祖,减弱了掺和着忠孝观念的老中国儿女的献身意味,而代之以奋进、

---

[1] 吴伯箫:《海》,《中国新文学大系 1927—1937·散文集二》,上海文艺出版社 1985 年版。

高昂或浪漫的现代主体的独立精神，清新的气息像爽快的海风一样扑面而来。

内在的海洋，不仅是"情感的海洋""体验的海洋"，也是"思想的海洋""禅理的海洋"。现代三十年，是中国历史的转捩时代，与之相一致的是思想的常动不息与哲学的勤加耕耘，而文学自然也表现出浓郁的哲学兴趣与思悟色彩。现代作家们从"秋风里萧萧的玉树"（冯至诗句）、从光辉的伟人或平凡的农妇，从生活的每个罅隙中，都揣摩人生的一般性，都体味生命的根蒂，剥离出富含哲思的情理。而"海洋一方面是高度开放，一无遮挡；另一方面，却又很难逾越，很少有人能够登陆彼岸，一窥奥秘。这种充分开放却又倍加阻隔的性质为沉思幻想营造了广阔的舞台，海洋的空阔无边，更是为想象提供了无限的可能"①。梁启超就曾说："试一观海，忽觉超然万累之表，而行为思想，皆得无限自由。"② 因此，现代作家常有这样的思维模式："世界是美丽的，生命是壮阔的，海是世界和生命的象征。"③ 无名氏的《海艳》可以说是这种思维的绚丽展示。无名氏采用了一种非理性的感觉体验与哲理的思辨相结合的方法，将大海作为生命的载体和

---

① 王青：《海洋文化影响下的中国神话与小说》，昆仑出版社 2011 年版。

② 梁启超：《地理与文明之关系》，《饮冰室合集》（第 2 册），中华书局 1989 年版。

③ 宗白华：《美学散步》，上海人民出版社 1981 年版。

意象，酣畅淋漓、极炫极玄地投注自己对生命总体的思考与了悟。主人公印蒂就是作家的代言人，他从海上来，又从海上去，生命呼应着大海的浩荡不竭，生命的本质就在于如海一般不间断的追求、荡动之中。大海在印蒂心中被赋予主观性的意义本质，他内心独白道："海！这个魔迷的存在！伟大的存在！永远是一种汲不涸竭的智慧圣水！永远给他以启示和沉思。"① 他从大海的躁动和平静感应、认识到生命之流是由两种认知方式结构而出，一种是感觉的跃动和情感的沸腾，一种是理智的静观和哲学的探问，"没有前者，单有后者，生命未免空虚；有前者而无后者，生命未免盲目、混乱。二者只有相辅相合，才能发无穷光辉"②。

另外，许地山的散文《海世间》《海》也以哲思、佛理的阐发为旨意，只不过比起《海艳》要清浅许多。《海世间》借"他"随文鲦遨游海间，告诉人们"海的美丽就是这么简单——冷而咸。……凡美丽的事物，都是这么简单的。"③ 而《海》则以面对海难的态度表达佛家默默劳作、承受命运波折的坚韧精神。冰心的《往事（一）》和部分小诗也含蕴着大海之思所引发的人生遐想与温馨发现。这些作品的存在告诉我们，现代作家在面对海洋时，内在灵视是开放的，所勘探的或深邃或清

---

① 无名氏：《海艳》，花城出版社 1995 年版。
② 无名氏：《淡水鱼冥思》，《蝴蝶沉思·第一辑（一九四三年）》，花城出版社 1995 年版。
③ 许地山：《海世间》，《许地山作品精编》，漓江出版社 2004 年版。

浅，都伸展着想象的触角，显示着灵魂的自由与荣耀。

三、外在海洋的苦难书写与地理因素

现代作家对"外在海洋"的书写自然常常表现为惊涛骇浪奔腾而来的恐怖、细浪拍岸呢喃而出的柔美与海洋生物游跃腾挪的自由或挣扎，但这些内容往往没有独立成篇的（除巴金的散文《海上的日出》《海上生明月》、徐钦文的散文《殉情的鲨》、蹇先艾的散文《青岛海景》外），而是零星散落在对人类活动的叙述之中，一般没有成为独立的审美主体得到透视与详书。那又是什么以较多的篇幅与深厚的蕴藏占据了现代作家书写外在海洋的文学之地呢？

苦难！现代作家对外在海洋的表现首先被渔民或渡海人的深重苦难所征用。这些苦难书写大多拘囿于经验领域，表现有形有因的具体生存障碍，涉及世俗性苦难、政治性苦难、人性恶苦难与几者相融合的类型。这些苦难类型的书写也是整个现代文学所共有的，但笔者认为，比起乡土文学的相应内容，涉海苦难似乎更加残酷与暴烈。乡土文学中经常出现的是水旱灾害、苛捐杂税所造成的生活艰难和恶霸地主仗势欺人等迫害，往往不会导致直接的死亡，而来自海滨的苦难却常常是船毁人亡、全尸无存，是生命消亡的最高形态的悲剧。

这种浓黑的毁灭色泽首先来自大海的凶险以及人与大海搏斗而落败的现实处境。黎锦明的短篇小说《银鱼曲》仅二千多字，却写出了四个生命被毁灭的惨剧。恰逢银鱼渔汛，

渔民们争先恐后地出海撒网，但主人公沙龙，"他没有勇气将渔艇浮到汪洋中去，当他想到他的父、他的弟弟及一个年老的伙伴，在半生来被出人料想的暴风雨卷去的时候"①。仅这一句话就完结了三条活生生的性命。这是作者的夸大之词吗？翻阅《中国历代灾害性海潮史料》，我们发现这样的惨剧确实存在。以山东为例，我们简单列举现代因风浪而起的一些海难事故：

1911年3月21日，长岛大风，砣矶岛、崆峒岛等处毁船54只，330多名渔民遇难。

1931年6月16日，招远阵风8级，30名出海渔民罹难。

1936年春，牟平大风、大浪毁船43只，丢失渔网243块，死亡25人。

1943年冬，海阳海上大风，羊角沟西一船沉没，死17人。

1946年4月16—18日大风，烟台港沉船174只，死亡171人。②

醒目的数据直截了当地为我们呈现出大海魔鬼般的毁灭性与靠海生存朝不保夕的凶险性。但明知海洋险恶，却不得

---

①　黎锦明：《银鱼曲》，《中国新文学大系1927—1937·小说集二》，上海文艺出版社1986年版。

②　魏光兴、孙绍民：《山东省自然灾害史》，地震出版社2000年版。

不冒死前行。因为沙龙一家人的命要靠海洋养活！就在银鱼上满网、沙龙拼命拉网上船的关键时刻，一条鲨鱼游来，沙龙被连人带网卷入海中，成了鲨鱼的果腹之物。就这样，作品活现了渔民生存的苦难。这类苦难的造成折射出现代时期渔民生产力低下的历史问题。虽然从 1921 年开始，沿海各地相继有商人投资渔轮公司，采用带机械马力的渔轮作业，能较为经受风浪和鲨鱼等的袭击，但是传统的风、帆船捕捞仍占主导地位，如沙龙所用的船"是乌黑而旧式，布帆都补缀了，好像老了的隐士似的"[①]。且对渔民"并未施以相当职业教育，故渔民所习作业皆墨守成法，不知改良，以致经验技能逐渐退步"[②]。因此，现代海洋文学由外视点透视而得的是黑灰蔓延，是惨淡凝重的冷色调。

濒海地区地处我国东部边疆，外来势力容易入侵。因此，与内地相比，政治性苦难在海滨也尤为突出。现代作家表现此种苦难的一种方式是直接将战争插入人民的生活，表现苦难的尖锐与反抗的壮烈，如杨振声的《荒岛上的故事》。小说的主人公武诚靠五年的辛苦赚得一条新船，这是"他一生的希望，也是他一家四口的生命线"，但被日本人征用，作为屠杀中国爱国青年的工具。武诚感到"希望变成了灾害，骄傲

---

① 魏光兴、孙绍民：《山东省自然灾害史》，地震出版社 2000 年版。
② 《威海管理公署年报》，民国二十三年（1934）。

变成了耻辱!"^① 最终,他在女青年大义凛然、视死如归的爱国情怀与不屈精神的鼓舞教育下,故意制造船体漏水事件,淹死了敌人,自己也壮烈牺牲。冰心的小说《鱼儿》、圣旦的报告文学《岱山的渔盐民》、田仲济的报告文学《渤海之滨的一角》都沉痛控诉战争直接带给人民的灾难。

现代作家表现政治苦难的另一种方式是将战争作为人物活动的大背景,表现在此背景下底层老百姓生死存亡的凄惨生活。王统照的《沉船》为一例。小说以点带面,以刘二曾一家人的经历折射出众多中国下层老百姓的苦难。刘二曾一家为生活所迫,奔波到红石崖海码头,选择了日本人的小火轮,过大连去关东闯荡。但在海行途中,刘二曾一家除一个七八岁的男孩外,都被淹死了。遇难的还有同船的近四百人。原因固然有风高浪急,但更致命的是:"那只外国船真看得中国人比狗还贱!那么小,那么小的船只载上四五百名的搭客。自然就会往下沉,……然而那日本船上的人员偏偏一个没死!他们格外会汩水吗?还不是出了事早有办法!"^② 与之相呼应的是老舍的激愤之词:"20 世纪的'人'是与'国家'相对的:强国的人是'人',弱国的呢?狗!"^③ 它们共同揭露了帝

---

① 杨振声:《荒岛上的故事》,《杨振声选集》,人民文学出版社 1987 年版。

② 冯光廉、刘增人:《中国现代作家选集:王统照》,人民文学出版社 1990 年版。

③ 老舍:《二马》,人民文学出版社 1998 年版。

国主义反人性的种族歧视所造成的世界性罪恶。峻青的三幕话剧《海啸》、萧军的报告文学《水灵山岛》都反映了日帝给海滨渔民带来的苦难。

另外，也有个别作品表现自私、残暴、恶谑等人性之恶导致生命被残杀，如杨振声的小说《抛锚》。作品中的穆三尽管有着豪横、霸道、浪荡的不良之性，但他同时也有着同情弱小、打抱不平、仗义行事的优点。当穆三听说刘四欺负孤儿寡母，将小乙家的网敲诈而去、小乙毫无办法后，就主动带着小乙偷了刘四的网与鱼。刘四当然不能善罢甘休，且他老谋深算，以"恶人先告状"的狡诈赢得了大家的助力，最终将穆三绑着石头抛入了海心。

《抛锚》这种惨剧的发生，不仅暴露出人性的丑恶，还折射出中国文化的嗜血性。因为"平常的善与恶，只在人性的层面上发生。大善和大恶的产生，除了人性因素外，一定还带着深深的文化根源"①。当代作家刘醒龙认为："中国崇尚中庸文化，可是针对具体事情时却往往崇尚暴力，从《黑暗传》中你就可以看到中国人是在血液里泡大，是在刀光剑影中长大的，从女娲杀共工开始，暴力就被传唱和歌颂。"② 刘醒龙的判断确实道出了中国文化阴黑的一面。几千年以来，中国在专制制度与等级观念下延续，缺乏众生平等的法纪制度与

---

① 葛红兵：《文学能给乡土什么？——葛红兵刘醒龙对话》，《直来直去》，当代世界出版社 2004 年版。

② 刘醒龙：《文学反的是腐朽》，《西安晚报》2005 年 11 月 8 日。

思想意识，人与人之间形成一种最野蛮的敌视和对抗、奴役和被奴役的关系，话语权被操控成一台暴力的机器，操控者和被操控者之间或手足相残或助纣为虐，人心日渐麻木不仁、冷酷无情，造成文化的暴力倾向。

我们简单比较一下杨振声的《抛锚》与蹇先艾的《水葬》，就会窥斑知豹。这两篇作品都以将活人投入水中的极端行为为结构中心，但细处的差异仍是明显的。《水葬》中的骆毛在作家笔下较为单薄，作品除了表现他临死前顾念母亲的仁善之外，另外写的就是他一路上骂骂咧咧，"没有一句不是村野难听的"，表现出不知悔改、无所顾忌的野蛮形态。而村民的所为，尽管在暗地里获取了近乎本能的施虐之快，但毕竟是借着道德的名义进行的，是打着群体的旗号实施的。也就是说，这种群体的不道德还蒙着一层道德的遮羞布。但在《抛锚》中，穆三的偷窃行为是对刘四欺负孤儿寡母的回应，显示出穆三的侠肠义胆与敢于担当、敢于抗暴的可贵品质，虽然其方式是不恰当的。而刘四怂恿众人对付穆三，完全是出于个人恩怨，完全是扭曲道义以满足个人私欲的彻头彻尾的不道德行径！其表现出的凶残、粗暴等非理性、非道德的程度是更加显豁的。这同中之异就体现出濒海文化的独异性。

人类文化形成的基础是地理环境。中国古人很早就认识到这一点，《淮南子·卷四》云："土地各以类生人。"其缘由是："人是从周围自然环境中取得材料，来制造用来与自然斗争的人工器官。周围自然环境的性质，决定着人的生产活动、生产资料的性质。生产资料则决定着人们在生产过程中的相互关系……人与人之间的相互关系，则在社会生产过程中决定着整个社会结构。"① 因此，"物质生活的生产方式制约着整个社会生活、政治生活和精神生活的过程"，② 从而形成一个地域与众不同的文化特质与民风民性。海疆地域的人们自古就在"风涛喧豗"、漩流莫测、海物凶险、倭寇骚扰的恶劣环境下求生存得发展，逐渐积淀下敢于冒险、勇于斗狠的海洋文化，海疆之民也在自然的险恶中锻造豪放霸气、强悍任侠的身心。我们先看历史上大家对山东海疆民性的评价：《古今图书集成》职方典卷 188 有这样的论断："登莱濒海多盐徒"，"其民悍，敢于武断"。又《方舆胜览》有言："蓬莱介乎山海之间，土疏水阔，人性刚强。"及至 20 世纪，这种独特的地方民性也依然保留着，峻青以自己的亲身感受下着这样的断语："胶东，这块苦难深重的土地，向以民风强悍而著称。"③ 其他沿海地域又如何呢？"其丕性并轻悍，易兴逆节"是对古代广东人的概括，现代广东人在林语堂先生眼中是这样的："他们有事业心，无忧无虑，挥霍浪费，好斗，好冒险，图进

① ［俄］普列汉诺夫：《普列汉诺夫哲学著作选集》（第 2 卷），曹葆华译，上海三联书店 1980 年版。
② 马克思：《政治经济学批判·序言》，《马克思恩格斯全集》（第 13 卷），中共中央马克思、恩格斯、列宁、斯大林著作编译局译，人民文学出版社 1962 年版。
③ 峻青：《关于〈党员登记表〉的写作》，《沧海赋》，人民文学出版社 1985 年版。

取，脾气急躁。"① 这些例子充分说明海疆人"民情强悍"的共同点。"人性刚强"自然有优异的一面，常常在保家卫国、抵抗强权等政治活动中发挥积极的作用，但也相比于温和的民性，更多地存在着让人性朝着野蛮、残忍滑落的可能。尤其在政治昏暗、人心废弛、黑白颠倒、恃强凌弱的社会环境下，"刚强""强悍"之人可能会制造出更大的暴力与血腥，表现出更原始的嗜血性与蛮荒性。在《抛锚》中有这样一句话："在素被视为化外的海岛上，从不失其初民时代的暴乱、武断与好杀。"② 这大概可以视为作家本人对人物血腥行为缘由的思考，和我们的分析是一致的。

另外，现代作家对外在海洋的关注，还包括对渔民互助重义的习俗与道德观念的展示，如杨振声小说《复仇》所突显的；还包括对节令礼俗、风土人情的描写，如朱湘的散文《迎神——过檀香山岛作》、罗慇德的散文《龙灯》、王统照的散文《荷兰鸿爪·两个异样的渔村》等；还触及滨海城市殖民化的畸形社会形态等问题，如柯灵的"青岛印象系列"散文、王统照的散文《青岛素描》等。但限于篇幅，我们不能一一详述。

四、现代海洋文学的主要特性与价值评估

从主体的主观创作意识来说，现代作家的海洋创作虽然

---

① 林语堂：《北方与南方》，《中国人》，浙江人民出版社 1988 年版。
② 杨振声：《抛锚》，《杨振声选集》，人民文学出版社 1987 年版。

能将海洋及海洋生活作为独立的审美对象进行观照，但不像当代作家与文坛明确地将海洋作为别具一格的文学领地来开拓，甚至为之进行工作上的特别安排。① 这就是说，现代作家的海洋书写具有随缘性，往往是因利乘便，伴随着作家的生活经历而出现的。当然，这也体现了文学创作的一般规律。可问题是，现代作家的海洋生活时间多数是短暂的，有的仅仅是十天半月的旅游观光，文学所得也是零星之作，如鲁彦的《听潮的故事》、苏雪林的《岛居漫兴》、柯灵的"青岛印象"系列散文等。有的靠海而居达几年之久，但作家的主要生活内容与海关系不大，且为作家成年后的经历，收获的海洋作品也不丰厚，如郭沫若、臧克家、巴金、王统照、吴伯箫、朱湘、郑振铎等的情况。只有杨振声与冰心情况特殊。杨振声在 25 岁去北大读书之前一直生活在山东蓬莱，后又在青岛工作两年多时间。冰心是三岁到十一岁在烟台海边度过。正是这种长时间的海滨生活，尤其是早在成年之前，培养了作家的海洋情结，对其海洋创作发挥缘起作用和素材积淀作用，相应的成果也多。可就笔者现在掌握的资料显示，类似杨振声、冰心这种情况的似再无他人。因此，从文学创作源于作家生活这一最根本的客观规律来看，现代时期的海洋创

① 王家斌曾在《身在沧海》一文中表示自己有意"要为大海树碑，为海洋立传，写出海洋文学的大作品来"。并且一直得到李季、周扬等文学界领导的关注，为其安排适宜的工作环境。类似的情况也出现在其他一些当代作家的创作之中。

作成就单薄就不是什么值得奇怪的事情了。但考虑到现代文学仅有三十多个年头，是当代时间量的一半，更无法与古代三千年的漫长衍化相比，因此其取得的成就是值得后人欣慰的。并且，与古代海洋文学相比，现代海洋的结构形态出现新的态势，标志着中国海洋文学创作新阶段的到来。

我们知道，尽管中国古代海洋文学内容丰富，有海洋风景、海洋生物、海洋神话传说、海洋生活、海洋战争、海洋贸易等题材类型，但数量众多、影响深远的往往是借景抒情式、着重主观情怀之诗赋，如曹操的《观沧海》、李白的《大鹏赋》等。另外就是神话传说、民间故事和游仙诗等，从《山海经》开始经久不衰。这使得中国古代海洋文学表现出遥望性、寓言性与想象性的显著特征。究其原因，"一是由于'海洋活动'尚还不是古人的普遍性活动，大多数人仍然对海洋缺乏了解因而充满好奇；二是海洋体验者与海洋描述者的分离：生活在海洋里的人，没有能力描述海洋；而对那些具有'叙写海洋能力'的人来说，却都缺乏亲身性的'海洋体验'，所以只能沿袭一些有关海洋的神话、传说来充当叙述资源"①。关注海滨生活的现实之作当然有，如反映民生多艰的，有唐代王建的《海人谣》、宋代柳永的《煮海歌》、谢翱的《岛上曲》、元代杨维桢的《海乡竹枝词》等。书写渔民独有的生活场景的，如明初苏州女子薛兰英和薛惠英自制的《苏

① 倪浓水：《中国古代海洋小说与文化》，海洋出版社 2012 年版。

台竹枝词》，清代包燮的《江干竹枝词》、周遇连的《广州竹枝词》等，但这些作品的数量与影响相比于浪漫抒情、神话传奇的汪洋之作，确属沧海一粟。因此，有学者认为中国古代海洋文学具有以下特征："首先是海洋文学的神秘性、变幻性、幻想性特点。……其次是海洋文学的哲理性、象征性、抒情性特点。"① 所以笼统地说，中国古代海洋文学是浪漫主义纵横驰骋的海疆，是古代人民灵思异想的海市蜃楼，凸显的是中国人的冥想精神与抒情传统。

而现代以来，世界发展一体化之势与资本主义的侵略性如洪水猛兽扑面而来，威胁到中国的生死存亡，国人的民族国家意识被激起，现代中国整体弥漫着浓重的现实焦虑。海疆因边境的地理位置与开放为通商口岸的历史原因，面临的冲击之力胜于大陆。于是，现代作家在看待海洋、以海洋为审美对象时，这种特定历史时期所注定的现实精神自然只会增强，会作为潜隐或显豁的生存背景为现代作家的海洋书写涂上底色。

如前所论，现代作家在海洋书写时以面向心灵的作品为多，多抒发飘零无依之感与极力振作的精神曲折，以及寻求出路的利群情怀。但这些主观体验是国家积弱积贫、人民流离失所、知识分子上下求索的现实境遇的文学表达，涂抹着

---

① 张如安、钱张帆：《中国古代海洋文学导论》，《宁波服装职业技术学院学报》2002 年第 2 期。

凝重的连通现实的色彩，不像古代海洋诗赋那种上天入地、驰骋主观自我的主流抒情模式。而外在海洋书写中，现代作家不约而同地直面苦难，表现渔民性格与渔民文化，为时代、文化留痕，更是直接显露其现实精神。

因此，在中国现代海洋文学的结构形态中，占比重最大的是现实主义。这不仅是对题材由表及里的分析所得出的结论，也符合对一定历史时期社会心理与文学趋向的把握，这与整个新文学的结构形态与文学观念的主流是一致的。并且，这种现实意识在当代的中国海洋文学创作中得到延续与加强。由此，我们可以获得现代海洋文学的独特价值。即，现代时期是中国海洋文学出现新的结构形态的开端。现代海洋文学在精神与题材上所表现出的现实关怀远胜于古代，是现代海洋文学有别于古代的首要特征，是划分海洋文学创作历史阶段的重要标志，也是启引海洋文学日后之路的导向标。本文的研究意义正是建立在这样的基础之上。

［作者简介：贾小瑞，鲁东大学文学院副教授。

本文原载《鲁东大学学报》2018 年 10 期。］

论美学与文艺学的关系

杨守森

一

在中外美学界，关于美学与文艺学之间的关系，一直存有争议，迄今为止，大致已形成了以下三种看法。

一是美学与文学艺术无关，美学与文艺学是毫无关联的两个学科。如在被称为"美学之父"的鲍姆加登那儿，"所确定的'感性认识的科学'这样的美学定义内，艺术甚至都未被提及"。苏联美学家尤·鲍列夫认为"文艺美学""音乐美学"之类的提法原本就不够科学，是"把美学泛化了、庸俗化了"。美国当代美学家丹托也认为："美既不属于艺术的本质，也不属于艺术的定义。"德国美学家康拉德·费德勒更是曾以激烈的口吻断言："美学不是艺术理论"，"美学和艺术的结合"毋宁说是"美学领域的第一谬误"。从逻辑上来说，这类看法是有一定道理的，由于研究对象、研究视点、研究目的、研究方法等方面的差异，"美学"当然不应是一般的"艺术理论"。但由于文学艺术呈现为感性形象，能够给人以情感感染，因而无论从源于鲍姆加登的"美学"之本义的"感性学"，还是从后来康德及其他许多美学家所主张的美是一种心神愉悦的情感判断来看，美学与文艺学之间又有着天然的不解之缘。

二是美学基本上就是文艺学。如黑格尔在他的《美学》中，虽亦论及自然美与现实美，但在"全书序论"中已点明，他的美学，是一部关于"美的艺术的哲学"，其研究对象的范围是"美的艺术"。故而他那部著名的《美学》，就不是我们一般所说的"美学"，而实乃"艺术学"。俄国文艺理论家车尔尼雪夫斯基虽提出了"美是生活"的命题，但他又从"艺术对现实的审美关系"的角度强调"整个艺术、特别是诗的共同原则的体系"才是美学研究的中心对象。苏联学者布罗夫的看法与之相同，认为美学就是"艺术哲学，是一般艺术理论"。20世纪50年代，我国美学家马奇在《关于美学的对象问题》一文中亦曾明确强调："美学就是艺术观，是关于艺术的一般理论。"这类将美学等同于文艺学，否定了美学与文艺学之间学科界限的看法，显然是不合理的，事实上也是不可能的。按此看法，美学与文艺学，只能二者留存其一。如认定"美学就是艺术观，是关于艺术的一般理论"，"文艺学"就没有存在的必要了；或将美学的研究对象完全集中于文学艺术，现已成为世界性学科的"美学"，也就同样失去存在的必要性，难以成其为独立学科了。

三是美学与文艺学密切相关，认为美学研究的对象既包括现实美、自然美，也包括文学艺术美，美学可介入文学艺术的研究，形成诸如"文艺美学""艺术美学"之类的交叉学科。如《美国学术百科全书》对"美学"的定义是："美学是哲学的一个分支，其目标在于建立艺术和美的一般原则"；德国《哲学史辞典》认为美学"研究的是美与艺术"；苏联学者列·斯托洛维奇认为："美学思想基本在两个领域里发展：在哲学中和各种艺术形式的学说、艺术学中。美学这种中间地位是由它的对象本身决定的。……美学包括在哲学中。另一方面，既然艺术在美学对象中占据特殊地位，那么美学思想也就在诗歌理论[①]、绘画理论、建筑理论和音乐学中找到自己的立足之地。"在我国，胡经之先生的看法是，文艺与审美，既不完全等同，亦非毫不相干，二者之间"乃是一种交叉关系"，并据此早在 20 世纪 80 年代就已开始了关于"文艺美学"这一交叉学科的研究与探索。与第一、第二种看法相比，这类看法无疑更为合理，不仅有助于美学体系自身的完善，以及美学研究的切近实际，亦有助于文艺学研究的扩展与深化。多年来，在我国美学界，这类见解与主张基本上也已成为共识，且已形成了"文艺美学""艺术美学"以及更为具体

---

① 诗学

的"小说美学""诗歌美学""绘画美学""书法美学""音乐美学"等研究门类，并已取得了丰硕的研究成果。在教育部颁布的现行学科专业目录中，文艺美学与艺术美学，也已分别被列为中国语言文学的二级学科"文艺学"与艺术学的二级学科"艺术学理论"中的主要研究方向。但由于美学与文艺美学、文艺美学与文艺学之间的界限尚存混乱，以及究竟何谓文学艺术的美之类问题的模糊，在我们现有的研究中，也还存在一些需要深究的问题。

二

就我们已有的"小说美学""诗歌美学""绘画美学""书法美学""音乐美学""文艺美学"之类著作或教材来看，常常给人不顾学理与实际效果，让美学过度侵入了文艺学领地的感觉。

或未经理论内涵的有效置换，而将原有的文艺学范畴贴上了美学标签。如在我们的美学教材中常见以下论述："在魏晋玄学的影响下，魏晋南北朝美学家提出了一大批美学范畴和美学命题，如'气''妙''神''意象''风骨''隐秀''神思''得意忘象''声无哀乐''传神写照''澄怀味象''气韵生动'等。所有这些范畴和命题，对后代都有深远的影响。"且不说将一些古代文论家称为美学家是否合适，进一步推究会意识到，将许多本已有特定内涵的文艺理论术语改称为美学范畴，这除了贴上一个美学标签之外，似乎并不具理论内涵的增值意义。谁又能说清楚"气""妙""意象""风骨""神思"之类的文艺学范畴与美学范畴的"气""妙""意象""风骨""神思"等有何实质性区别？

或将原有的文艺理论，纳到了美学的名目之下。如在一些题为"艺术创作美学"的著作中，我们仅由"艺术本体""艺术创作动机""艺术构思"之类章节标题就会感到，这"艺术创作美学"不就是"艺术创作学"吗？在不少美学史、文论史著作中，亦常见美学思想与文艺思想的重合，如由"小说萌生的语境""小说意识的自觉""小说繁荣期的建树"之类论题及相关内容就会让人感到，一部《中国小说美学史》，大致上也可叫作《中国小说理论史》；李泽厚那本影响颇大的《美的历程》，也基本上是一本"美学"特色并不突出的关于中国古代文学艺术的简史，用他自已的话说，是"对中国古典文艺的匆匆巡礼"。在朱光潜先生的那部《西方美学史》中，亦多见"但丁的文艺思想""文艺的社会功用""意大利的文艺理论与美学思想""狄德罗的文艺理论和美学思想""艺术的本质和目的"之类文艺理论内容。面对这样一些论著，人们必会愈加困惑于何谓美学？何谓文艺学？

即以一些比较优秀的艺术美学论著来看，作者虽对一般艺术研究与美学研究尽力予以区分，但往往亦仍存二者缠绕不清的缺憾。如陈振濂先生在其《书法美学》中这样区分了书法艺术理论与书法美学，认为前者有一个更广的范围，诸如史的研究、理论研究、作品研究、作家研究、技法研究、风格研究及考据订误辨伪研究等，都属书法艺术理论的范畴。而书法美学的范围相对要狭小得多，研究的主要课题是"书法形式美的构成元素，每一种形式的发生、发展的原因与其潜在的审美心理背景，以及书法史发展的审美观念的演变、审美欣赏活动"。作者虽在一定程度上区分了书法美学与书法艺术理论，但仍不乏叫人困惑之处：既然书法形式、审美心理与美学相关，那么，作品研究、作家研究、技法研究、各种风格研究，以及书法史的研究中不亦应涉及书法形式与审美心理吗？怎么就都属于与美学无关的"艺术理论的范畴"了？作者还强调："书法美学所提供给读者观众的，是一个个定律和法则，这些定律法则在书法艺术领域中^①，必须是'放之四海而皆准'的原理。"一般的书法理论，不是也要探讨具有原理性的书法的"定律和法则"吗？这样一来，"书法美学"的独特价值又何在呢？与一般书法理论相比，"书法美学"关注的更为关键的问题似应是：与其他艺术形态相比，书法作品究竟有何独特之美？是由哪些因素构成的？关于书法作品的审美活动有何特征？审美机制如何？怎样才能更好地创造书法作品的"美"？

浏览美学、文艺学、艺术学论著，我们还会发现，同一个人的同一些思想，可被甲说成是"美学思想"，亦可被乙说成是"文学思想"或"艺术思想"，而实际上，这"美学思

---

① 不管是何代何家的何件作品何种书体中

想"与"文学思想""艺术思想"的所指之间，并没多少根本区别。同一位作家、艺术家的作品，有人以审美特色论之，有人以艺术特色论之，所论内容也往往没多大差别。

这样一种混淆美学与文艺学的现象，当然不止见于我国美学界，读一下日本美学家今道友信的《东方的美学》就会感到，他所讲的孔子、孟子、庄子、墨子、荀子、韩非子、刘勰等人的美学思想，不就是我们的中国古代文论中所讲的他们的文艺思想吗？在今道友信的论述中，荆浩的《笔法记》也是被称为"美学著作"的，且有如下具体论述：

> 此书写的是他在山中向一老翁学画的事情。他自述"画即华，但贵似得真"。老翁回答："不然。画者画也。度物象而取其真。"这篇文章的意思是说，绘画在一般人看来，是用华丽的技术摹仿对象以写实物才能获得画的真价值。实际并非如此。画到底是画，它是认真琢磨物象，超出于物象的真的。因而，"执笔不为实"，即使近似外表的华丽，也不可把它作为物象的写实。

这儿所阐述的不就是一般文艺理论所讲的生活真实与艺术真实的关系吗？不就是中国古代画论中常在强调的"以形写神"之类主张吗？道理原本已很清楚，又何必多此一举，借"美学"之名来解释？今道友信将王羲之的《书论》也说成是论书法的美学著作，将羊欣说成是书法美学者，这与一般书法史上所说的《书论》是书法理论著作，羊欣是书法理论家，又有何本质区别呢？在论及《文心雕龙》时，今道友信道："这些诗人辈出之后，《文心雕龙》对文学的美学原理、创作方法和欣赏的原则等等极有深意的问题，作了探讨。若与西方同时代的情况相比较，恐怕这确实是可惊叹的高水平的文艺论。"这儿，作者已径直将"美学原理"与"文艺论"等同划一了。既然"美学原理"就是"文艺论"，那又有何必要在已有"文艺论"的情况下，再另外加一个"美学原理"的名目呢？

三

美学之于文艺学研究的重要意义或许在于：能够从美学角度，更为科学、更为深入地解释文艺作品的特征与价值，但我们已有的相关见解与论述，则时见捉襟见肘，或生硬牵强。

在中外美学史上，极具普遍性的一种观点是："美"的事物的根本特征是：能给人心神愉悦的快感。如康德即认为"判别某一对象美或不美"，关键是主体的"快感和不快感"；美国美学家桑塔耶纳认为"美是被当作事物之属性的快感"；《简明牛津英语词典》给"美"下的定义是："美是指那些能够给感官（特别是视觉）以强烈快感、或是能使理智和情操官能陶醉的性质或各种性质的集合体"；与之相同，在我国美学界，其基本看法亦是："美就是情趣意象化或意象情趣化时心中所觉到的'恰好'的快感";美能够让人产生"一种特殊的愉快感受"。

以我国新时期以来的文艺理论研究来看，最为突出的观念变革是：与原来片面注重文艺作品的思想内容与社会功利不同，高度重视了文艺作品的审美特征与审美价值，有不少学者甚至一直在进而强调审美价值是文艺作品的根本价值。这样的观念变革，自然有助于我们对文艺作品特征的深入理解，亦有助于文艺创作的繁荣。但具体的审美经验告诉我们，用以"心神愉悦"为基本特征的审美价值观解释自然美与现实美，容易说得通，而用之于解释艺术美，情况就比较复杂了。因为在自然与现实事物中，令人愉悦之"美"或不愉悦之"丑"，是比较容易区分的，如凡一位心智正常的人，面对一丛鲜花时都会易生欣悦，面对一堆粪便时常会厌恶作呕，前者即可谓"美"，后者即可谓"丑"。而用此道理解释文艺作品的美时，就不如此简单了，有的说得通，有的则榫卯难合了。

对于表现了自然与现实中原本就是美的事物的作品来说，是说得通的。如我们在阅读"两个黄鹂鸣翠柳，一行白鹭上青天"（杜甫《绝句》），"东风夜放花千树，更吹落，星如雨。宝马雕车香满路"（辛弃疾《青玉案·元夕》）这样的诗词时，在欣赏齐白石的花鸟画时，自是会产生"心神愉悦"之美感。但当面对表现了丑、恶、凶残之类事物的作品时，就不是如此的"心神愉悦"了，因而也就有点说不通了。英国美学家李斯托威尔在 1933 年出版的《近代美学史述评》中就曾反驳说:"我们在美的领域中所体验到的,并不是一种毫无掺杂的纯粹的享乐。某些显著的美学范畴,如像悲剧性、丑、甚至有时还有崇高,含有一种作为本质的不可分割的因素的不安因素,甚至痛苦因素。当观看莎士比亚、易卜生、梅特林克或者霍普特曼的一些伟大的悲剧的演出时,或者当阅读哈代或陀思妥耶夫斯基那些忧郁而又具有强烈的悲剧性的小说时,谁不曾忍受过最残酷的痛苦呢?谁又不曾一下就为杜米埃那种卓越的漫画,为左拉或莫泊桑所写的那种卑微而又带有兽性的人物,为吐鲁斯-劳特累克所画的卖笑的娼妇,或者为田尼哀所画的酒气醺醺的农民所吸引而又感到厌恶呢?"英国著名诗人艾略特,也曾这样指出,文学作品的价值决非仅是体现在让人得享阅读的"愉快",认为"当文学被'纯粹为了愉快'来阅读的时候,它是最危险和最扭曲的"。事实上,诸如《哈姆雷特》《战争与和平》《红楼梦》这类伟大的文学作品,给予读者的,就决不可能仅是"心神愉悦"之类的审美满足。如果仅是"纯粹为了愉快"而阅读,恐也就难以体悟到这些作品的伟大之处了。

近些年来,有不少西方学者,对传统的以"心神愉悦"为基本特征的美学准则,论及艺术之是非的见解表达了更为强烈的质疑。美国学者诺埃尔·卡罗尔在《超越美学》一书中认为,若按"令视觉或听觉感到愉快"这样一类美的定义,"许多艺术可能与美相关,但是许多艺术可能与美无关"。以色列学者齐安·亚菲塔在《艺术对非艺术》一书中也表示过类似见解，认为"对某物成为艺术品而言，美既不是必要条件，也不是充分条件"，"事实上，非常重要的艺术品，可以丝毫也不美，例如，如果我们可以重复举例的话，毕加索的《阿维侬的少女》就是个突出的例子"，并得出如下结论：许多美学论点，不仅增添了艺术领域的混乱，"并同时对艺术造成了可怕的伤害"。美国学者丹托在《美的滥用》一书中，亦曾更为明确地指出，"好的艺术"不一定是"美的艺术"，主张"要从爱德华时代的关于好的艺术是美的原则中解放出来"，并举例说"马蒂斯的《蓝色裸女》是幅好作品，甚至是一幅杰作——但若有人说它美则是一派胡言"。这类质疑与反驳，是值得深思、值得重视的，当有助于我们进一步探究：艺术究竟在多大程度上是美学的对象？美学应从哪些方面介入文学艺术的研究？

四

由于美学与文艺学毕竟是两个不同学科，二者之间既有密切联系，又有根本区别，交叉而形成的文艺美学之类，自然也应既不同于美学，亦不同于文艺学。也就是说，只有切实抓住文艺美学的特征，真正从文学艺术中的美学问题着眼，我们的文艺美学之类的研究，才有可能走向深入，才能更有成效。具体来说，应在以下几个方面进一步注意。

第一，应进一步明确文艺美学的研究对象、研究视点及研究方法等。虽然，与文艺学相同，文艺美学之类的研究对象亦是文学艺术，但二者应有的区别是：文艺学要研究的是不同艺术门类的特点、创作规律、艺术技巧、价值系统等，在价值系统中当然亦可包括审美价值，而文艺美学则应是将文艺学中的审美价值研究独立出来。也就是说，与一般文艺学不同，文艺美学应更专注于研究文艺作品的审美价值，并深化关于文艺作品的"美"及相关的美学问题。在视点及研究方法方面，文艺学通常更注重于通过对文本的解读，以及对作家创作过程的关注，探讨作品的特点、价值构成与创作规律等，文艺美学则应更注重从心理学与接受者角度，探讨文艺作品美感生成的奥妙。美国学者门罗正是由此角度指出："研究人们欣赏艺术作品时经常重复出现或变化着的行为时，这样一种美学研究方法就开始有效了。"如果不顾及上述这些区别，文艺学与文艺美学的研究也就没有区别了，文艺美学也就有名无实了。我们现有研究中存在的"标签化"以及重复、缠绕之类问题，往往就是缘此而产生的。

第二，既然文艺美学要研究的是文艺作品的美，就要进一步深究：到底何谓文学艺术的美？又何谓文学艺术的丑？如以能否给人心神愉悦的标准判断，文艺作品中的美当是源于这样三个方面：一是作品中表现的原本就是自然与现实中那些美的事物；二是作者肯定性、赞美性的情感倾向；三是作者的艺术化能力，即如同康德所说的，美的艺术的优越性在于："它美丽地描写着自然的事物。"根据这三个方面，文艺作品中的美与丑，会有如下复杂情况：同是自然与现实中的美，在文艺作品中，会因作家、艺术家"美丽地描写"而益生美，如黄公望笔下的《富春山居图》、郑板桥笔下的竹、曹雪芹笔下的林黛玉等等；亦会因作家、艺术家艺术才华之不逮而败坏其美，如绘画运笔过程中的"心手相戾，钩画之际，妄生圭角"，构图时的"布立树石，逐块堆砌，扭捏满幅"；诗歌、小说语言的平庸陈旧、枯燥乏味，或技巧的拙劣等。同是自然与现实中的丑，亦会因作者肯定性、赞美性的情感倾向及"美丽地描写"而生出审美价值，如齐白石笔下的老鼠、雨果《巴黎圣母院》中的敲钟人卡西莫多等。在自然与现实中，又另有一些事物，如蛆虫、尸体、血腥暴力、屠戮残杀之类，因难以投入作者的肯定性、赞美性情感，故而无论作家、艺术家如何"美丽地描写"，恐也难以叫人"心神愉悦"。涉及此类现象的作品，或正如美国学者丹托所说的，可能是"好的艺术"，但"不一定是美的"艺术。以实例来看，在中外文学艺术史上出现的希腊化时期的著名雕塑《拉奥孔》、毕加索的绘画名作《格尔尼卡》、波德莱尔的诗集《恶之花》、莫言的长篇小说《檀香刑》等，就不易令人"心神愉悦"，就不怎么切合一般所说的"美"，但却无法否认这些作品别具震撼力或思想性的独特价值。

第三，要加强对不同门类文艺作品审美特征的研究。如以语言为媒介的诗歌、小说之类，缘其语言符号的灵活性、抽象性及自由表现性，会创造出诸如李白"白发三千丈"、李商隐"望帝春心托杜鹃"之类无法诉诸感官，无法像造型艺术、表演艺术那样直观，却有着决定了文学艺术独特生命力，造型艺术、表演艺术无法替代，能够给人以只可意会不可言传，及更多自由想象之欣悦的审美效果。同是语言艺术，重在抒情诗歌与重在叙事的小说，其审美特征又有差异，诗歌重在以意境感人，小说则主要以形象感人。与语言艺术不同，在综合性的舞台表演艺术中，现实中的丑陋、邪恶人物或凄惨的场景等，会因演员的高超演技而博得观众的喝彩，如在观看《窦娥冤》的舞台剧时，"甚至当观众看到窦娥负屈含冤行将就戮的悲惨场面时，还会为扮演这个可怜女性的演员（假定他是出色的演员）的动人唱腔和优美身段鼓掌叫好"。

法国美学家杜夫海纳曾这样谈过文艺作品审美价值的生成特点："我们必须做到集中注意力于作品本身，并且以无利害的方式去欣赏它，玩味它。也就是说，除审美兴趣外，不为其他兴趣所动。"杜夫海纳所说这样一种纯然静观的审美状态，可能更适于形式美感更为突出的造型艺术，而对于语言媒介的小说、诗歌之类时间艺术，就不易做到。可见，只有着眼于不同艺术门类的审美特征，相关的艺术门类的美学研究才能更为深入，否则，就易导致肤浅化与普泛化。就笔者所见，吴功正先生的《小说美学》，堪称是一部真正的"小说美学"著作。在这部著作中，作者扣住小说家的审美感知的整体性、审美情感的典型性，及典型人物这一基本审美范畴，比较充分地阐明了小说美学的相关问题。但其中的有些论断，如"小说美学作为艺术美学之一种的审美本质，它是再现又是表现，既有造型性又有表情性"；"小说是在主体和生活结成的审美关系中进行审美创造"；"小说美学的特殊本质是，主体对生活的认识在审美中进行"等，也因其道理的普泛化，即所论不只合于小说，也合于所有艺术门类，也就在一定程度上模糊了其特定的"小说美学"的内涵，影响了其学术深度。

经由上述分析，我们或许可以更为清楚地意识到：只有进一步明确文艺美学的研究视点、研究目的及研究方法等，深究何谓文艺作品的"美"，以及不同艺术门类的审美特征，切实抓住文学艺术中的美学问题进行研究，才能更好地避免美学与文艺学之类研究的重复与缠绕，才能使美学对文学艺术的介入更富有学术增值之效，才有助于回答原有文艺理论难以回答的某些问题。也才能有助于美学与文艺学自身的丰富与发展，有助于人们的审美能力与作家、艺术家创作水平的提高。

[作者简介：杨守森，山东师范大学文学院教授，博士生导师。
本文原载于《人文杂志》2018年第8期。]

论文学语言在电子文化语境中的变异

黄发有

关于"电子文化"（electronic culture），目前有两种理解，其一是"带电"的文化（电子是作为电量最小单元的基本粒子）；其二是数字文化或网络文化。本文使用广义的"电子文化"，其媒介形式包括电报、电话、电影、广播、电视、通信卫星、计算机、互联网、手机等。在大众媒介的发展历程中，电子媒介的快速扩张爆发出颠覆性力量。电影、广播、电视和互联网以其技术优势，给大众带来新的娱乐方式与文化快感。而电影故事片、广播文艺节目、电视剧、网络游戏将技术与艺术统一起来，声音、画面、色彩的有机融合以及视听艺术的数字化进程，不仅丰富了电子媒介的艺术表现手段，而且不断给印刷媒介和语言艺术带来巨大挑战。面对电子文化的围逼之势，语言艺术要通过自我调整来适应新的媒体环境。值得注意的是，语言艺术正在向视听艺术靠拢：一方面，部分作家通过借鉴、吸收视听艺术的叙事方式和审美元素，拓展文学的艺术空间，探索文学创造的新的可能性；另一方面，更多的作家以追逐新潮的姿态，关注热点题材，叙事作品的创作采取脚本化的策略，在语言运用上表现出明显的视听化倾向。电子媒介技术的发展改变了人们的生活和接触世界的方式。伴随着受众阅读方式的变化，作家的写作方式和语言风格也发生了明显的变异。从语言本身来看，电子文化以其强大的渗透性，给文学作品的词汇、修辞、语篇、语体都留下或深或浅的印记；从更为宏阔的方面来看，电子文化潜移默化地影响语言背后的感知方式与思维方式，导致语言思维的弱化与视听思维的强化。

一、文学语言的视听化

文学语言视听化的重要特征是运用视觉语言和听觉语言同步呈现信息和情感，使得接受者有一种置身其中的在场感。与此相伴的是审美趣味的纪实化，题材贴近民众的真实生活，记录现实进程的不同侧面，语言具有鲜明的日常语言的特征，鲜活而粗粝，小说中的人物对话原汁原味，也显得散漫而絮叨。正如电影理论家巴赞所言："电影这个概念与完整无缺地再现现实是等同的。这是完整的写实主义神话，这是再现世界原貌的神话。"①

---

① 安德烈·巴赞：《电影是什么？》，崔君衍译，江苏教育出版社 2005 年版，第 16 页。

20 世纪 80 年代出品的电影故事片与电视连续剧,绝大多数根据文学改编而来,但当时文学创作和影视创作各走各的路,制片机构和导演从已经发表或出版的作品中挑选改编对象,作家尤其是小说家遵循语言艺术的法则构思情节、琢磨语言。进入 90 年代以后,越来越多的作家在写小说时,主动向剧本的叙事规则靠拢。不少作家将主要精力用于"码剧本",文学创作成了副业,或者干脆像王海鸰、海岩等人,先写剧本,再把剧本改编成小说。王海鸰的小说《牵手》《新结婚时代》《中国式离婚》都有明显的剧本痕迹,人物对白成为核心内容,而且是推动情节发展和变化的重要力量。王海鸰很注意通过对白来塑造人物的性格,而且也很重视说话人的性别、职业、身份、个性对说话方式的影响,譬如《新结婚时代》中,顾小西的妈妈作为一个医生,说话干练、较真,而且带着浓厚的"职业腔",其对白具有较强的辨识度。《中国式离婚》的结尾部分有这样一些文字:

> 林小枫伏在宋建平肩上耳语:"建平,你还走吗?"
>
> 宋建平迟疑一下,点头。"你恨我吗?"宋建平毫不迟疑地摇头。"那,你还爱我吗?"这一次,宋建平没摇头但是也没点头。
>
> 于是林小枫明白了。她放开宋建平,打开随身带来的包,从里面抽出了她带来的离婚协议书。①

---

① 王海鸰:《中国式离婚》,作家出版社 2007 年版,第 284 页。

这些文字中的对白和动作都充满了戏剧性，简洁的对白可以让受众即刻明白语言表层的意思，也理解了人物语言背后隐藏的真实想法。在离婚大战激烈的对攻游戏中，宋建平和林小枫不断用言语刺激对方，从怀疑、愤怒、惶恐到怨恨、动摇、决绝，言辞之中火星四溅，两人情绪大起大落，情节跌宕起伏。而结尾的这些对白，如同激情消退之后的余烬，尽管还有一些火星，但已经是心如死灰。对白中有欲说还休的苦衷，更多的是敷衍与无奈。值得注意的是，这些到最后才抖出包袱的关键台词，总让人有似曾相识的感觉。事实上，在如今的电视连续剧中，类似的场景频繁出现，在细节上大同小异，其效果和程式化的"再见"并无根本差别。王海鸰试图强化对白的含混性，以此展示人物内心的矛盾性。遗憾的是，视听化的语言在强化画面感和听觉效果时，往往会抑制语义的丰富性与复杂性。

杨争光也是深度介入影视的作家，《黑风景》《赌徒》《杂嘴子》《流放》等作品都是先有剧本，随后改成小说。他早期的小说表达简练，语义丰富，用混杂陕西方言的小说语言刻画底层民众干渴的灵魂，在叙事上没有弯弯绕绕。《老旦是一棵树》的语言结实，挤掉了水分，闪耀着刀锋一样的光芒，切中要害，又逼真而生动。但是，在剧本化创作的影响下，其小说语言逐渐变得散漫，那种凝练的语感慢慢消散。以长篇小说《少年张冲六章》为例，对白占据绝对的主导地位，作品中的"父与子的交谈"一节，从头到尾都是张红旗和儿子张冲你来我往的斗嘴。《少年张冲六章》过度堆砌对话，缺乏叙述的穿插与过渡，使得文本显得絮叨、松散而臃肿。

刘恒的《伏羲伏羲》《黑的雪》《贫嘴张大民的幸福生活》等小说都被改编成影视，他还担任了电视连续剧《少年天子》的总导演，还是《秋菊打官司》《集结号》《金陵十三钗》等电影的编剧。以其作品《白涡》中的一段文字为例：

> 太阳没有了，天空还留着阳光。周兆路把面包纸扔进果皮箱后，一抬眼便看见了那个人。一身淡绿色的束腰连衣裙。一双雪白的高跟皮凉鞋。同样白的不及一本书大的小挎包。一小片黑浪头似的卷发。两条亭亭玉立的长腿。她准时来到了。[1]

这段文字有很强的画面感，可以与镜头语言无缝对接，由远景、中近景、特写镜头拼接而成。作家运用镜头化语言，对人物的肖像、表情和服饰等具象性场景进行镜头式的记录，通过缤纷的颜色搭配、强烈的动静对比，营造出动态的、多层次的空间视觉效果。作者善于捕捉典型细节，使现场历历在目。在"一身淡绿色的束腰连衣裙"之后，连续五条偏正结构的短语独立成句，这在书面表达中颇为少见。严格来说，这些句子成分残缺，不符合语法规范。与文字规则不同的是，在影视的图像叙述中，连续的特写镜头的组接是常用手法，

---

① 刘恒：《白涡》，《中国作家》1988 年第 1 期。

通过突出细节和局部，营造强烈的视觉效果。而且，这段文字表面上没有添加声音元素，却此时无声胜有声，华乃倩赴约时的精心装扮就是无声的音效，而"她准时来到了"颇有画外音的意味。作家寥寥数笔，勾勒出私会的周兆路与华乃倩的焦灼状态，达到了令人印象深刻的戏剧效果。

《贫嘴张大民的幸福生活》的语言有逼真的视听效果，不断切换的对话场景构成了作品的主体，张大民家居所的变迁成了串联作品的内在线索。刘恒对房子内景的描述形象而精确，达到了一种摄像式的动态效果，叙事者的视角类似于移动的镜头。张大民家的房子"像一个掉在地上的汉堡包"，"第一层是院墙、院门和院子"；"第二层便是厨房了，盖得不规矩，一头宽一头窄，像个酱肘子"；"穿过厨房就进了第三层，客厅兼主卧室，10.5 ㎡，摆着一张双人床和一张单人床，一张三屉桌和一张折叠桌，一个脸盆架和几把折叠凳。后窗不大，朝北，光淡淡的，像照着一间菜窖"。这些文字有类似于镜头移动的动态效果。小说中的对话采用简洁的口语，不避重复而富于变化，用戏剧化的语言表现语气、音色、情绪的曲折起伏与细微差异，营造生动、活泼的听觉效果。张大民和张三民为了在狭窄的房间里再摆一张双人床，有一段对话通过反复修辞来突出对话双方的情感激荡：

"把两张双人床摆起来。"
"把两张双人床摆起来？"

"对，把两张双人床摞起来！"①

    在刘震云的小说《手机》中，第二章第二小节写到严守一和费墨第一次见面吃火锅，费墨以火锅为话题，从胡人扯到秦朝和清朝，接着说到陶器、铁器、青铜器，将一些完全不相干的东西组接在一起。电子文化语境中文学语言的变异，恰恰呈现出一种拧巴状态，许多让人感到别扭的、相互抵触的、格格不入的语言杂糅在一起，以陌生化的效果引起关注，并且成为流行语。手机交流在超越物理距离的限制的同时，又在疏远人们的心理距离，使人们对手机传达的话语的真实性和有效性半信半疑，这是新技术改变人类生活的鲜活例证。换个角度来看，《手机》讲述的是一个书面语言在日常生活中淡出的故事。在手机、网络等新技术的推动下，俏皮机智的流行口语、鲜活生动的方言语汇迅速膨胀，抢占了书面语言的固有地盘。从书信到手机，人们远程交流的语言从规范、精炼变得随意、杂乱。大学教授费墨平时说话文白相间，其讨巧之处在于善于将书面知识戏谑化。在严守一看来，费墨的《说话》一书是"研究人们'说话'的书，通篇没有一句是'人话'"②。日常语言与时俱进，书面语言停滞不变，二者严重脱节，这正是书面语言处境尴尬的根源所在。因此，《手

① 刘恒：《贫嘴张大民的幸福生活》，《北京文学》1997 年第 10 期。
② 刘震云：《手机》，作家出版社 2003 年版，第 161 页。

机》在某种意义上是一个听觉喜剧和话语魔术。

别开生面的对话不仅让受众身临其境，而且具有组织叙述的功能，是推动情节发展的动力。小说的书面叙事中也经常会出现对话场景，通常来说，经典的小说场景往往在叙述和对话的交替中向前推进，叙述交代了对话的来龙去脉，而对话是推动故事情节发展的重要环节。叙述与对话的切换能够调整故事的视点、叙述的节奏，在修辞手段和语言风格上也富于变化。而影视中的对白必须与影像融合才有意义，对话环境的光影效果和色彩对比、参与对话的人物关系及其戏剧冲突、讲话人表达感情的表情与动作都是有机的组成部分。在剧本化的小说中，由于抽离了视听元素，常常给阅读者带来困惑，一方面是对话的膨胀，另一方面是情节发展中有太多的断点和残缺，缺乏内在的逻辑关系。

语言艺术在展示动态图像、构建场景感方面，与影视难以匹敌。视听化的文学语言生动、直观，但为了强化语言的视听效果，难免牺牲文学语言的多样性与表现力。譬如，文学语言对内心世界的挖掘，对看不见的世界和未知时空的探索，都容易被镜头化的语言滤除。尤其是那些贴着"文学"标签的影视脚本，其语言、文体都失去了独立性，仅仅充当镜头叙述的注释和说明，写作者的自我和想象都被捆住了手脚。语言艺术在抒情、议论以及繁复而精微的叙事上，都有其无可替代的魅力。瓦努瓦认为使用"运动影像、音响、演员的动作和表情"等艺术手段的叙述性影片有明显的局限性：

"不确切、模棱两可、含糊不清，无法表达话语的某些逻辑（矛盾、取舍），包含丰富的情感和主观成分，没有句法。"[1]当戏剧冲突成为火车头，牵引故事、情节和对白向前奔突，人物的重要性下降了，因为他们都只是隐藏在车厢里的乘客，起点和终点都已确定，无法选择自己的性格与命运。他们的面孔在受众的视野中快速闪过，内心与灵魂隐没在暗影之中。而且，剧本化写作过分强调技术和套路，使得作品同质化现象较为突出，缺乏艺术的原创性。电影理论家爱因汉姆在电视还处于研制和试播阶段时就有卓越的预见："我们所掌握的直接经验的工具越完备，我们就越容易陷入一种危险的错觉，即以为看到就等于知道和理解。电视是对我们智慧的一次严重的新考验。这个新手段，如果掌握得当，它将使我们的生活更加丰富。但是它同时也能使我们的头脑入睡。我们决不能忘记，过去正因为人不能运送自己的亲身经历，不能把它传达给别人，才使得使用语言文字成为必要，才迫使人类运用头脑去发展概念。因为，为了描绘事物，人们就必须从特殊中概括出一般；人们就必须选择、比较和思索。到了只要用手一指就能沟通心灵的时候，嘴就变得沉默起来，写字的手会停止不动，而心智就会萎缩。"[2]

---

① ［法］弗朗西斯·瓦努瓦：《书面叙事·电影叙事》，王文融译，北京大学出版社 2012 年版，第 42 页。

② ［德］鲁道夫·爱因汉姆：《电影作为艺术》，杨跃译，中国电影出版社 1981 年版，第 160—161 页。

二、网络语境下文学的语体变异

语境是语言使用与传播的环境，而语体则是语言特定的功能，是语言在具体语境的使用过程中逐渐形成的。在中国文学现代化的发展过程中，从文言到白话的语体变异是一次关键的转变，而互联网背景下电子语体的勃兴，也将有力地改变文学语言的格局。互联网的扩张推动了新一轮的信息革命，这激发了不少写作者投身于非序列性的超文本写作的热情，催生了中国的网络文学及相关产业。互联网加速了传统媒体与新媒体的融合，推动了不同社会领域的信息共享和不同学科的知识融通，也带来了文学创作尤其是网络文学写作的语体混融。在穿越小说、架空小说、玄幻小说、修真小说、职场小说、官场小说、盗墓小说等网络类型小说中，口语与书面语、白话与文言、科技语体与文艺语体、商业语体与新闻语体等千差万别的语体奇妙地混合生长，语体之间的界限被轻松地跨越。正如戴维·克里斯特尔所言："尽管因特网有着显著的技术成就和华美的屏幕布局，然而因特网各项功能之中体现得最明显的还是它的语言特征。因此，如果说因特网是一场革命，那么它很可能是一场语言革命。"[1]

在电子媒介出现前，印刷媒介主导的传播环境塑造了文

---

① ［英］戴维·克里斯特尔：《语言与因特网》，郭贵春、刘全明译，上海科技教育出版社 2006 年版，"前言"第 4 页。

学语言的书面化特征。媒介环境学家沃尔特·翁用"五个必需"来强调书面文化在人类文明史上不可或缺的作用："书面文化是绝对必需的条件，不但是科学发展之必需，而且是历史和哲学发展之必需，是明白理解文学艺术之必需，实际上还是阐释语言（含口语）之必需。"[①] 在广播、电视等电子媒介的影响下，沃尔特·翁认为新的媒介环境催生了"次生口语文化"，这不同于文字出现或使用之前的"原生口语文化"，不再是个体与个体之间点对点、面对面的对话，而是虚拟的仿真对话，是一种以电话、广播、电影、电视、互联网为技术基础的公共对话，由"言语—听觉—视觉"的多元联合感知系统构建而成。迄今为止，电子时代的文学语言依然以书面语言为基础，既保留了原生的口语，又不断强化电子化特征。恰如沃尔特·翁所言，次生口语文化中的"遗存性口语和'文字性口语'尚待我们深入研究"[②]。次生口语时代的文学语言表现出虚拟口语化的倾向，一方面追求交流的同步性、语言与思维的一致性、鲜活的在场感和高度的情境化，另一方面具有鲜明的技术化与商业化特征。电子媒介环境中的语言变异与技术条件密切相关，譬如视频通话、QQ 和微信群聊、网络跟帖等都有明显的口语化特征，而且频繁使用网络

---

① ［美］沃尔特·翁：《口语文化与书面文化：语词的技术化》，何道宽译，北京大学出版社 2008 年版，第 9、123 页。

② ［美］沃尔特·翁：《口语文化与书面文化：语词的技术化》，何道宽译，北京大学出版社 2008 年版，第 9、123 页。

俚语和谐音词汇，在文字中夹杂表情包、图片、动画和视频，新的媒介场域是这种多语体混融现象的生长环境。

网络文学的语言是一种以书面形式表达的视觉化、电子化的口语。网络文学对文体类型的区分与定位，不同语篇对叙事、抒情或说理的侧重，都使得其语言保留了书面语体的部分特征。书面文化偏好沉思默想，使得印刷时代的文学语言有较强的思辨色彩和内省化的特征。书面化的文学语言基本上以写作者自我为中心，是独自进行的语言活动，要求用规范的词句、正确的语法和连贯的逻辑，往往经过字斟句酌、反复推敲，讲究修辞，表意严密、精准和细致。与此不同，网络文学语言对即时性、陌生化效果和表达自由度的追求，使得其语体具有突出的"电子口语"的特征。对话语言脱离具体情境后往往难以理解，像网络类型小说中的玄幻小说、修真小说、穿越小说、架空小说都掺杂了一些类似于行话、切口的语言成分，对不熟悉其表达习惯的读者而言简直就是满头雾水。虚拟口语的对话缺乏有效性，对话语言作为一种反应性语言，其后续发展往往取决于对方的反应，因而缺乏计划性，其语法结构和逻辑关系不完整，显得零散、随意，虎头蛇尾是其常态。网络小说中普遍存在的难以为继的"太监文"就是典型表现。网络作家天下尘埃说得很生动："文字落在纸上的时候，就变得神圣而庄严，再不能像从前那样在想象的世界里随时异想天开，也不能再有无关紧要的'口水'文字滴滴答答，更不能出现网络阅读中视为常态的语法错误和别字连篇。总有一天我的文字要变成铅字，作品要落地，虚幻的网络、虚幻的文字、虚幻的题材都不是我文学梦想的终极目标。"①

　　网络文学语体与传统文学语体具有较为明显的差异，这表现为语音、词义、词汇、语法、篇章都偏离了常规的语言特征，词汇上表现出文白夹杂、土洋结合、雅俗并存的特征。巴赫金认为："在文学作品中我们可以找到一切可能有的语言语体、言语语体、功能语体，社会的和职业的语言等等。（与其他语体相比）它没有语体的局限性和相对封闭性。但文学语言的这种多语体性和——极而言之——'全语体性'正是文学基本特性所使然。"② 文学作品中的语体关系丰富而复杂，被海量信息所包围的网络文学如同膨胀的海绵，相互渗透的语体如同纵横交错的迷宫。网络语体开放地接纳不同功能、形式、时空的语体，口语语体与书面语体的混用是其语篇构成的常态。当一个语篇存在两种乃至多种语体，语体间就形成互文关系，不同语体相互渗透、交叉，处于次要地位的语体穿插、嵌入主要语体之中。在大多数网络文学里，并存的语体缺乏有机的融合，大多呈现为犬牙交错、相互游离的板块状态。巴赫金在阐述对话理论时提出一个核心概念——"杂语"，他认为社会话语的繁杂是长篇小说杂语共生的前提："长篇小说是用艺术方法组织起来的社会性的杂语现象，偶尔

---

　　① 天下尘埃：《我的写作观》，《人民文学》2017 年第 12 期。
　　② ［苏］巴赫金：《文学作品中的语言》，潘月琴译，《巴赫金全集》（第 4 卷），河北教育出版社 1998 年版，第 276 页。着重号为原文所有。

还是多语种现象，又是个人独特的多声现象。"① 而电子文化的繁荣，也使得长篇小说，尤其是网络长篇小说的语言变得更加驳杂。

杂语共生是网络文学语体突出的特征。以网络科幻小说为例，《狩魔手记》《异常生物见闻录》《叛逃者》除了科技语体和文艺语体，还掺杂了其他语体，"科幻"只是娱乐的外衣。速水健朗在研究日本盛行的手机小说时，谈到了通俗文化在手机小说中的深层渗透，"流行音乐的歌词、漫画、流行文化等广义上的文化，都被视为是孕育手机小说的温床"②，使手机小说的语言具有混杂的特性。与此类似，言情类的中文网络小说往往会大量移植流行语体，尤其是流行歌词、诗行、网络段子和网络新词等。譬如《绾青丝》就大量穿插了流行歌词，第一卷中有《落花流水》《寂寞沙洲冷》《卡门》，第二卷中有《流光飞舞》《出塞曲》《纯真年代》，第三卷中有《写一首歌》《穿过你的黑发的我的手》《缠绵游戏》，还有徐志摩的《再别康桥》，这些流行歌词和诗作的频繁嵌入，使语体在散文与诗词间不断切换，语篇显得杂乱而破碎。网络小说《穿越与反穿越》的语言掺杂了许多网络流行语、网络符号和英文词汇，还抄录了流行歌曲《红颜》《中国娃》《不想

---

① ［苏］巴赫金：《长篇小说的话语》，白春仁译，《巴赫金全集》（第3卷），河北教育出版社1998年版，第40—41页。

② ［日］速水健朗：《手机小说的秘密》，汪平、陈乐兵译，南京大学出版社2010年版，"前言"第1页。

长大》的歌词和 *Lemon Tree* 的英文歌词。不少穿越小说在语体上都表现出古今杂糅的倾向，较为典型的是流潋紫的《后宫·甄嬛传》，其语言有较为明显的模仿《红楼梦》的倾向，譬如反复使用"忖度""方才""攀扯"等北京官话词汇和"猴儿崽子""巴巴的""攀高枝儿"等北京方言和口语词汇，儿化词和后面带"子"的词出现频率极高。流潋紫还频繁地引用古典诗词，从《诗经》中的《绸缪》《椒聊》《硕人》到汉乐府《白头吟》，从李白、李商隐、杜牧、白居易的诗到柳永、姜夔、苏轼的词，作者引用的这些诗词成为表现甄嬛的心境变化和命运转折的重要手段，也是写景状物的常规方式。

小白文的流行是近年网络文学语言发展的新趋势。小白文的基本特点是语言通俗易懂，情节简单流畅，内涵浅显平实。小白文的追捧者认为它将复杂的问题简单化，质疑者认为它文字臃肿、思想肤浅，情节有严重的套路化倾向。唐家三少、我吃西红柿、天蚕土豆等"网络大神"的文字都有明显的小白文特征。我吃西红柿的玄幻小说《盘龙》入选了"中国网络文学 20 年 20 部优秀作品"，文字几乎全部由对话和动作描写构成，文风拖沓，显得冗杂而繁琐。在《盘龙》中，有不少单音节、单音重叠、双音叠韵的拟声词成为一个独立的自然段，譬如："蓬！""哼。""唉！""砰！""轰！""滴答！""哗哗！"这些拟声词的频繁使用意在增强作品的视听与动态效果，让阅读者如闻其声，想象出人物的各种表情。以第十三章为例，有不少自然段只有一个短句，用格式化的语言描述林雷的即时反应，譬如"：林雷一下子明白了。""林雷轻轻点了点头。""林雷点了点头。""林雷一怔。""林雷心中是恍然大悟。""林雷一拍脑袋，不好意思一笑。""听到这，林雷眼睛一亮。""林雷嘴唇抿着，眉头微微皱着。"① 这类小白文很难跳出流水账的陷阱。

独句成段往往用于加强语气、强化情感、调整节奏、凸显文脉，但《盘龙》在对话中不断插入单句段落，看似追求修辞的变化，其实也使得语篇呈现出碎片拼贴的状态，缺乏内在的衔接与连贯。《星辰变》的文字受到网络游戏的影响，其语体有较为鲜明的游戏脚本的特征，每一章的段落群都会有类似场景标题的文字，譬如："赤血洞府内。""巨甲洞府。""赤血洞府。""赤血洞府大殿之上。"② 这为游戏改编、游戏地图布局和场景设计提供了极大便利，但就小说的书面叙述而言，这种语言模式将情节切割成碎片状态，大同小异的战斗场面不断切换场景，缺乏内在的逻辑关联。

近二十年网络文学的快速发展，总体上走的是重量轻质的路线，过度强调商业性与娱乐性。大多数网络文学写手选择的是依附性发展模式，利用新的媒介技术、文化资本和流行审美资源带来的机会，借船出海。他们喜欢堆砌新词，模

---

① 我吃西红柿：《盘龙》，起点中文网，https：//read. qidian. com/chapter/Ou8OEduEwkM1/CkS6i08PLIwex0RJOkJclQ2。

② 我吃西红柿：《星辰变》（第3册），百花洲文艺出版社2008年版，第121—131页。

仿流行的腔调，作品的语言粗糙，缺乏个性。网络文学要真正生成独立的艺术价值，实现艺术质量的提升，不仅其价值取向、文体策略、审美风格都应该有独特之处，而且作为以文字为介质的艺术类型，其语言也不能随波逐流。网络文学的语言有很强的包容性，不同形式的流行元素都浓缩成特定的词汇，注入网络文学语言的汪洋大海。问题在于网络文学语言贪多不化，一味求新求奇，随用随弃，缺乏必要的沉潜，没有建立一种相对稳定的语言扩展机制，很多新词都是昙花一现，不仅没有被吸收为一般词汇或特殊词汇，而且在语言自我调节的过程中，因其不合规范被迅速淘汰。譬如一度在网络文学中常见的"斑竹""杯具""囧""槑""饿滴神啊""鸡冻""神马都是浮云""然并卵"等词汇，就像一阵风刮过，转眼间无影无踪。

值得注意的是，网络文学语言有很强的渗透性，已经扩展到所谓的纯文学领域，年轻作家更是敏锐跟进。"90后"作家梁豪的《我想要一条尾巴》（载《人民文学》2017年第4期）有一段文字是蔡思瑶和陈小年你来我往的微信短信，其文字类似于网络弹幕，语流急促，话赶话，短句较多，段落中的句数变少。作家东西写过一篇创作谈《每天都有新词句》，他在文中认为"好作家都有语言过敏症，他们会在写作中创造新词新句，以求与内心的感受达到百分之百的匹配……霸道地下个结论：创造新词越多的作家很可能就是越优秀的作家"。他高度评价充满活力的网络新词，并以"网络新词句的拥趸"自居，"任何优秀的语词都建立在海量的不优秀之上，也就是说尽管网络上垃圾语言过剩，但总有一些可爱的精辟的词句脱颖而出。任何一个作家都不好意思拒绝使用优秀的民间语言，因而，也就没理由鄙视优秀的网络词句"。他在长篇小说《篡改的命》里大量使用了网络新词句，譬如"死磕""我的小心脏""抓狂""走两步""型男""碰瓷""雷翻""高大上""我也是醉了""点了一个赞""duang""弱爆""拼爹"等。对于评论界的质疑，他坦承自己"无意回避"，因为这些词句"准确生动且陌生"①。由此可见，网络文学语言与语体的新变迅速扩展开来，其拼装美学与杂糅的语体风格必将对文学语言的未来走势产生深远影响。

三、软性规范与语言创新

随着电子文化的日益主流化，在文学语言的发展过程中，语图互渗乃大势所趋。在这样的背景下，要求对文学语言进行纯粹的净化与生硬的规范，显然不具备可行性，而且会使文学语言与流动的现实脱节，使得文学语言失去活力。语言的发展如同流动的江河，不断有新的内容汇入，新词汇是标记不断涌现的新事物、新思想的符号，语言的封闭与停滞是文化缺乏活力的表现。

应当重视的是，过度突破规范甚至拆解语言规范会造成

---

① 东西：《每天都有新词句》，《长江文艺》2016 年第 19 期。

文学语言的荒芜。曾经名列"网络三大神书"之一的《九转金身决（诀）》，标题就有错别字，可其写手居然能够在网友的一片骂声中完篇，而且我自岿然不动，将错字连篇进行到底。人工智能"微软小冰"在其诗集《阳光失了玻璃窗》中，有不少诗行是不合语法规范的病句，譬如《飞落的海女》的第一节，"他有自你家乡来的大纸／飞来／热的心恻恻／乌鸦飞不止那的喉地歌唱"；《在梦里好梦》的第二节，"当归的婴儿堕泪了／我欢乐之歌既已是／卷起了三时间初起的太阳／写命运的真珠"①。在纸媒主导的环境中，报纸、期刊、出版机构都设置了强大的编辑团队，对纸质出版物的文字进行严格的编校。相对而言，网站的编辑环节较为薄弱。面对日益激烈的商业竞争，越来越多的网站为了节省成本，其首要措施就是压缩编辑团队。至于自媒体更是自行其是，废话和错字招摇过市，张冠李戴的语言错误已成常态。

如果拆解了所有的规范，语言仅仅是个人表达的符号，语言就不再有交际功能，也就失去了存在的基础。以网络语言为例，如果仅仅在 BBS、QQ、微信等网络社群内使用，它一方面增强了语言的形象性和新鲜感，另一方面沟通亦无太大障碍。但是，当陌生化的网络语言进入网络文学创作，进入公共传播领域，充斥异读词、异体词、同形词的网络语汇

① 小冰：《阳光失了玻璃窗》，北京联合出版公司 2017 年版，第 186、190 页。

就容易造成语言的混乱，以讹传讹，正误混杂。由于青少年是网络空间的活跃群体，网络语言对他们有较强的吸引力，也更容易对他们的语言习惯和语言格调产生负面影响。

因此，在语言变化异常活跃的电子时代，文学写作者还是应该遵守基本的语言规范。第一，写作者无法脱离既有的语言系统，汉语背后的思维方式与文化传统是本土写作者的精神根基，切断这一根基无异于自断筋脉。第二，文学创作是写作者以语言为介质，与时代、社会的精神沟通，是心灵的交流和生命的对话。遵循语言规范是开展多元对话的前提，否则只能是阻断交流通道，用火星文写成的天书只能是僵死的语言城堡。第三，合理的语言规范是平等的约束，为人们提供平等地获取知识、信息的权利和机会。当有价值的信息以公共性最强、覆盖范围最广的语言表达和传播时，可以让尽可能多的人群从中受益，语言规范是守护语言公共性的必要约束。

当然，维护文学语言的基本规范不能单纯依靠禁止、惩罚等刚性手段，这样不仅效果不佳，还可能适得其反。总体而言，首先，应该宽容地对待新词和新的语言现象，以开放的态度观察语言的变异，只要这些语词不触犯公序良俗，都可以自由生长。其次，以柔性规范进行舆论引导，语言的规范化与美感原则应该成为文学评价体系的关键指标。当文学语言的质量成为文学传播、文学评论、文学评奖的重要砝码时，这种导向能够激浊扬清，积极地推动语言的调整与净化。再者，语言的规范化应该对不同语言环境、不同群体的语言使用者有所区别，对不同交际领域和交际目的灵活处理，分层次进行动态化规范。语言规范不可能一成不变，规范的目的并不是限制乃至禁锢语言的发展，而是保障语言的有序发展，语言的创新不断推动规范的调整与革新，语言在与时代的互动中激发潜能，也使语言自身变得丰富而有趣。

语言既是历史丰厚的馈赠，又敏锐地感应时代转换与文化环境的变化。语言是社会历史演变的晴雨表，近年层出不穷的"热词"形象地折射出社会焦点与世道人心的变迁。文学语言不同于公文语言、科技语言，公文语言和科技语言的第一要求是准确，而文学创作是主体以语言为工具的个性化创造，作家独特的价值取向和审美趣味会表现为自成一体的语言偏好。美国新批评派理论家布鲁克斯认为："科学的趋势必须是使其用语稳定，把它们冻结在严格的外延之中；诗人的趋势恰好相反，是破坏性的，他用的词不断地在互相修饰，从而互相破坏彼此。"[①] 穆卡洛夫斯基主张："对标准语的规范的歪曲正是诗的灵魂。"他认为诗歌语言必须有意识地突破普通语言规范的限制，只有通过语言的变形和陌生化，才能开拓有别于日常生活的想象空间和情感世界，使语言的诗意破壁而出。电子媒体的快速发展，刺激了文学语言的变异，在电子语体中新词迭出、语法多变、语义别致，而且这种变异具有持续性和扩散性，这使得习惯

---

① ［美］克林思·布鲁克斯：《悖论语言》，赵毅衡译，《"新批评"文集》，中国社会科学出版社 1988 年版，第 319 页。

了书面文学语言的作者、读者难以适应。总体而言，年长者对日新月异的语言变异会有潜在的抗拒心理，语言风格相对稳定，而年轻一代热衷于语言的翻新，借此引领新的时尚。不同代群在语言习惯上的明显差异，可称之为"语言代沟"。

在电子文化盛行的背景下，与语言相比，图像在制作和传播上具有更为明显的优势。面对语言的边缘化趋势，不少作家致力于语言的图像化实践，在语言实践中主动吸收图像符号的特性，增强语言的直观性和视觉性。必须指出的是，单向的图像化会导致图像的泛化，追求纯视觉性会窄化艺术的功能。长期沉溺于视觉快感的受众也容易导致深度注意力的缺失，在认知模式上向过度注意力模式转变，其主要特征为迅速转移焦点、喜好多重信息、追求强刺激、对单调耐性极低①。语言艺术不受具体时空的限制，其表现领域广阔，对人生的展示广泛而深刻，想象自由不拘。黑格尔认为语言艺术是"最丰富，最无拘碍的一种艺术"，"是绝对真实的精神的艺术，把精神作为精神来表现的艺术。因为凡是意识所能想到的和在内心里构成形状的东西，只有语言才可以接受过来，表现出去，使它成为观念或想象的对象"②。由于语言在

---

① ［捷克］穆卡洛夫斯基：《标准语言与诗的语言》，邓鹏译，伍蠡甫、胡经之主编：《西方文艺理论名著选编》下，北京大学出版社 1987 年版，第 424 页。

② 参见［美］凯瑟琳·海尔斯：《过度注意力与深度注意力：认知模式的代沟》，杨新中国成立译，载《文化研究》第 19 辑，天津社会科学院出版社 2014 年版。

塑造形象时有间接性特征，黑格尔认为"语言在唤起一种具体图景时，并非用感官去感知一种眼前外在事物，而永远是在心领神会"①，这就要求受众全面调动感觉系统和思维系统，去感悟与理解文字背后的意义。语言艺术在直观性、感性方面有缺陷，其优势在于开掘精神深度，它与图像艺术可以形成良性的互补关系，语言与图像的融合也给艺术发展带来新的可能性。因此，文学语言创新的基本原则是不能放弃语言的独立性，语言不能成为图像的附庸，它应该与图像平等地开展互补的对话，挖掘潜能，拓展自身的表现力。

文学语言创新绝不是贴标签式的新词表演和鹦鹉学舌式的语言翻新，这些语言现象只是表浅的语言化妆术，不仅无法激活语言的内在活力，还容易制造语言杂质乃至语言垃圾。首先，真正的语言创新不是新旧语言的随意拼凑，而是新旧语言的融合与共生。《红楼梦》流畅多姿的语言就是成功的典范，它以清代前期北京的口语为基础，夹杂了当地的土语和俗语，在白话中穿插着文言词汇，还吸收了下江官话和吴地方言的词汇；作品中的人物对话更是惟妙惟肖，作者通过语言塑造人物的性格，以人物的性格决定其说话方式和命运走势。鲁迅、老舍、沈从文等中国现代文学巨匠的语言都有鲜明特色，他们在作为背景语言的白话文中穿插着文言词汇、

---

① ［德］黑格尔：《美学》（第 3 卷上），朱光潜译，商务印书馆 2009 年版，第 19 页。

方言词汇和一些新术语，但并不突兀，而是水到渠成，各类词语都能用得其所。

第二，语言创新不仅是细节的、局部的改进，还是语言观念的革新。语言创新并不局限于词汇、语法、修辞等层面，电子文化的冲击也在改变传统的语言观念。《尤利西斯》别开生面的语言就借鉴了电影、摄影、绘画的技法，乔伊斯借用现代派绘画的拼贴技法来刻画现代人精神世界的破碎与扭曲，将电影中的蒙太奇融入语言之中，表现精神世界在多重时空挤压下的变形，人的意识流动呈现为脱离具体时空的无序与跳跃状态。豪泽尔认为电影对乔伊斯的影响不仅是技巧的借鉴，"乔伊斯并不按照章节顺序写他的小说，而是像通常制作电影那样，不受情节顺序的制约，同时写几个章节。他的创作方式证明这种技巧具有电影特征"，同时，乔伊斯打破了既定的语言观念，图画、思想、念头、回忆在作品中杂然相处，"时间已经高度空间化"[①]。对于被电子文化包围的写作者来说，乔伊斯的语言实践预示着新的可能性，指明了一种探索的方向。

第三，综合的语言创新不是从语言到语言的游戏，而是提升语言境界的系统工程。字词、篇章的陌生化是语言创新的术，境界的提升才是语言创新的道。即使字字珠玑，那些观念陈腐、境界不高的篇章也难成大器。譬如周作人、胡兰成，他

---

① ［德］黑格尔：《美学》（第 3 卷下），朱光潜泽，商务印书馆 2009年版，第 6 页。

们在琢磨文字方面都有过人之处，才情不凡，但大节有亏，行文也多有鼠首两端的犹疑，其笔下的魅惑散发出一股妖气。20世纪八九十年代之交王朔的崛起，在某种意义上正是语言的胜利，其完全口语化的京片子颠覆了一本正经的说话方式，让厌烦了说教腔调的人们找到了释放压力的方式。由于深度介入影视制作，王朔的小说语言有越来越重的台词腔调，那种嬉笑怒骂、自由不羁的风格受到影视规则的抑制，读者在餍足心理的影响下轰然四散。而且，除了活泼、犀利的语言，王朔的小说在情怀、格调、叙述等方面都失之油滑，对读者缺乏持续的吸引力。当前流行的网络"爽文"与王朔的小说颇为相似，善于捕捉热点，喜欢硬造新词，做足表面功夫，但难掩底子贫弱，终将随风飘散。那些被视为一个时代的语言标本的文学作品，不仅语言自成一体，作者能够从芜杂的新词旧章、雅言俗语中提炼出个性化的语言，而且在思想、文体、风格上卓有建树。只有真正具有经典性的作品，其语言创新才会有持久的生命力，不断被后来者模仿，并激发新的语言创造。

[本文系国家社会科学基金重点项目"新中国文学传媒史料综合研究与分类编纂"（项目批准号：14AZD081）成果。]

[作者简介：黄发有，山东省作协主席，山东大学文学院教授，博士生导师。]

齐鲁文化基因的现代性激活与传承
——鲁剧人物类型论析

李掖平　谷雪婷

作为齐文化和鲁文化的统称，齐鲁文化是孔子的儒家思想和齐国本地文化发展与融合的产物。在时代不断进步的历史长河中，齐鲁文化既秉承了其优秀的文化特质，又能不断呼应社会的进步，将勇猛坚强不屈不挠的进取精神和悲悯仁爱忠厚诚信的伦理道德等人文思想赋予新的时代内涵，渐渐成为民族文化认同的标志。

在电视剧创作和制作领域中，鲁剧以鲜明的思想艺术成就赢得了良好的口碑。对此，笔者曾在《人民日报》刊发《鲁剧之花别样红》一文予以概括："鲁剧创作生产以清醒的文化使命感关注社会、关注人生，坚守社会责任和精神家园，深入挖掘齐鲁文化资源，努力寻找山东文化资源和全国文化资源的交会点，把弘扬齐鲁文化与民族文化有机结合，把弘扬新时期山东精神与民族精神、时代精神有机结合，努力表现时代精神应有的深度和高度，致力于弘扬真、善、美，以厚重、大气、朴实的风格征服观众、赢得市场。"① 鲁剧的优秀，首先就在题材的选择和确立上获得了坚实的支撑。现实题材方面，鲁剧多从自身文化发展的历程中选取某个阶段，以小人物小家庭的发展，以小见大地展现时代的变革，更加贴近现实生活和人民群众。这种立足本土、贴近现实的题材选择，也在某种程度上代表了创作者对齐鲁文化的自信和强烈归属感。例如，《老农民》立足于农民与土地，以牛大胆为重点表现对象，展现了从土改到改革开放这段时期山东农民的生产、生活变化，将农民与土地的依存关系表现得淋漓尽致；《大染坊》表现了儒商的成长与发展，《沂蒙》诠释弘扬了沂蒙人民伟大的抗战精神，《红高粱》讴歌了高密人的自由狂野……这些都取材于齐鲁本地的历史，彰显了浓厚的齐鲁文化精髓。而这些电视剧的热播，不仅让观众了解了历史的发展，更贴近了现实，用小人物身上的闪光点感染观众，具有很强的现实意义。

历史题材方面，鲁剧摒弃滥情戏说的创作态度，以严谨、深广的视角挖掘历史内涵，同时又以沉厚内敛的忧患意识关注着民生疾苦。这种制作态度和制作风格，表现了制作者们的激扬豪情，也表征着齐鲁文化的大家之风。比

---

① 李掖平：《鲁剧之花别样红》，《人民日报》2014 年 8 月 20 日。

如《开创盛世》表现了隋末唐初的历史，剧中对李世民、隋炀帝、王世充、窦建德等历史著名人物皆有涉及，隋炀帝雁门被围、李家太原起兵、玄武门之变等史实都表现得力求贴近历史的真实，同时战争场景还原逼真，人物形象鲜明，让观众在进一步了解历史的同时，体会到乱世中民心的伟大力量，这不仅有效保证了整部剧作的大气恢弘和严谨深沉，更表达弘扬了对历史和英雄的敬畏之情。

鲁剧的优秀，在塑造鲜活而饱满的人物形象方面，更是表现得淋漓尽致。众所周知，在电视剧的不同故事中，人物是除了题材之外最重要的元素，因为不管是故事的生动感人，还是主题的博大精深，或是情节的生动曲折，都必须通过人物形象的塑造才能充分敞开。毕竟"只有'人'才能成为真正意义上的精神传达者，只有通过'人'的解读，才有可能深入到对'人性'的诠释，作品才有可能体现出思想的主题与理性的光辉"①。

鲁剧成功地将齐鲁文化精髓鲜活而生动地投射进鲁剧人物形象的性格中，使观众获得了较高的心理认同感和审美感召力。鲁剧中的人物形象，或是撑起家族一片天的男子汉，或是充满正义、朴实勤劳的人民榜样，或是巾帼不让须眉的女子，无论哪种类型的人物形象，都蕴含着优秀的民族精神

---

① 倪学礼：《电视剧剧作人物论》，中国广播电视出版社 2005 年版，第 46 页。

和丰富的个性特色，是推动剧中故事发展的动力。在以下几类鲁剧人物形象身上，我们都可清晰感受到丰富丰饶的齐鲁文化基因的现代性激活与传承。

一、"家国"一体，支撑一片天地

由于鲁剧善于以年代剧的方式反映一个家族的变迁和某个具体人物的奋斗历程，塑造了很多家族支柱式人物，他们为家庭创造财富，用自己的努力提高家族在社会上的地位，同时保卫家庭的安全。这种类型的人物是将"家"与"国"连接在一起的纽带，是家国一体价值观的体现。

作为一部具有史诗品格的优秀电视连续剧，《闯关东》立足于中国17世纪中到20世纪中这三百年间的移民史，塑造了一个近乎完美的家族支柱型人物——朱开山。这是一个具有英雄气概、能屈能伸的山东汉子，在"归"与"进"的选择中，他勇敢果断地选择了"进"。面对清末政府的软弱无能，他离开亲人和家乡成为闹义和团的领袖，一走就是好几年。在义和团运动被镇压后他侥幸逃出，为了让家人过上好日子，他毅然决然地来到东北淘金，为家庭迁移挣得第一桶金。虽然在剧中并没有具体表现朱开山闹义和团的危险和当矿工的艰辛，但当妻子与孩子看到他在东北置办的土地和房屋时，那潸然而下的眼泪就足以说明一切。朱开山的勇敢选择和不懈拼搏，为他的家庭开启了在东北奋斗的新纪元，给家人带来了发展的新天地，这是他作为一个家庭领导者对亲人负责的表现。在第二次去矿区并平安归来后，朱开山带领一家人用积累的财富回归了土地，全家过上了团圆、安定的日子。他支持儿子传杰去夏掌柜店里当学徒，使儿子学到本事的同时也增长了见识，更为这个家庭日后由农业到商业的转变奠定了基础。朱家后来从放牛沟小镇搬到了大城市哈尔滨，朱开山又带领儿子传文开了一家饭馆，这种转变不仅是从乡镇到城市的改变，更是从地主家庭到个体商户的改变。可以说，朱家步步上升的发展，与朱开山作为这个家庭领导者的正确决策、敏锐眼光和超凡胆识有直接关系。他就像是一个优秀的掌舵人，能够在紧要关头做出正确判断，使航船在躲避礁石的同时成功驶向目的地。

与朱开山出场就是家里的顶梁柱主心骨不同，《大染坊》中陈寿亭的家庭支柱地位则是通过自身努力慢慢形成的。陈寿亭原本是一个流浪街头的孤儿，下雪天晕倒在周掌柜家门口被其搭救，从此开始在周掌柜家当伙计。与朱开山的识文断字不同，陈寿亭目不识丁，对市井文化的熟稔和对很多事的判断和理解，均来自街头说书人口中的"三十六计"和《三国演义》。陈寿亭做事勤奋、为人热情，懂得举一反三来分析事情利弊，并有魄力和自信破除陈规旧习。在周家当伙计的过程中，因为勤奋好学、敢想敢做和对东家忠心不二，很快得到周掌柜的赏识和周围人的肯定，并与周掌柜的女儿采芹成亲。与周采芹成亲是陈寿亭身份的重要改变，从此他不再只是为这个家庭服务的"外人",而成为给这个家庭创造财富的"自己人"。

在陈寿亭让周家染坊成为周村最大染坊之后,他的经营才华得到接受了新思想影响的张店大户卢老爷的赏识,于是卢老爷提议让陈寿亭与在德国学习印染回来的儿子卢家驹一起去青岛创办染厂。陈寿亭迈出的这一步不仅代表着他在这个家庭中从"自己人"转变到了"带领人",同时也表征着家庭产业从民间小作坊向工业印染之路的跨越。在青岛开厂的过程中,陈寿亭那来自中国民间文化的实用思想与卢家驹那源自学院文化的西方书本思想自然产生了抵牾,但陈寿亭逐渐用自己的染布能力,"征服"了卢家驹一度的不可一世,同时又能取长补短,将自己的民间经验与卢家驹的理论知识相结合,击败了对手孙明祖,使染厂迅速发展。可以说,在这个过程中,陈寿亭发挥的不仅仅是自己家庭的支柱作用,更是周、卢两家合作经营中这个大家庭的领导作用,他用优秀的专业技能、卓越的商业头脑带领家庭和染厂走上了民族资本的发展道路。

在对家庭的维护上,陈寿亭对外发展家族产业,不断提高家庭在社会上的地位,对内待妻子情深意长不离不弃。在搭救了沈远宜之后,将自己对沈远宜的欣赏归于兄妹之情,不存任何非分之想。即便妻子以自己身体不好为由提议为他纳妾,也被他否决。在日本侵华期间,他深知"覆巢之下,岂有完卵",联合其他染厂打击汉奸訾文海,后来宁肯将工厂卖掉也不留给日本人，更出资支持韩复榘抗日，在得知韩复榘撤退后，吐血而亡。陈寿亭在国家存亡之际表现出来的强烈爱国情怀，既是对自己家庭的保卫，更是对这个国家的鞠躬尽瘁，是家国一体价值观的最好体现。

如果说朱开山与陈寿亭的领导力和支撑力主要表现在各自家庭发展的这个"小家"范围内，那么《开创盛世》中的李世民则在更高更丰富的层面上将"家"与"国"的概念统一起来，是中国古代历史上著名的贤君明主。他深谋远虑，选贤举能，平定了隋末的动乱不安、破除了隋炀帝时期的颓靡之风，解救苍生于水火，为社会重塑安定和谐，开创了一个"贞观之治"的盛世。

但李世民并非天生就是一呼百应的明君。作为唐公次子，面对父王突然而来的牢狱之灾，他甚至没有哥哥李建成表现得那么沉稳冷静。但他不像李建成那样偏于守成，而是心怀天下、敢想敢做、遇事果决，这种性格让他在隋炀帝雁门被围时，联合屈突通利用疑兵之计击退北胡，一战成名。在当时的形势下，李世民此举不仅为李家解决了进退维谷的两难局面，更将作为正统的皇帝救出，暂时平息了时局的混乱。可以说，在向李渊提议举事之前，李家的支柱还是李渊，李世民能做的仅仅是解救父王、营救皇上、揭发危害朝纲的奸邪之徒，积极意义主要表现在保证家庭稳固的层面；但提议起兵之后，他的谋略更多出自一种解救百姓的大爱，是一种心怀天下的大义。此后一系列破薛举，击刘武周、战王世充、窦建德的赫赫战功，都证明了他的知人善任和沉稳成熟。唐朝建立后，在父皇李渊为立太子之事犹豫不决时，为了家庭的和睦与朝局的安定，他甘居天策府低调处世；面对李建成的步步紧逼，他遣散下属一再隐忍退让；当李渊听信谗言时，他不顾自身安危据理力争，为这个初生国家的长治久安付出了艰辛的努力。

真正让李世民走到政统前台来的是玄武门之变。这场"兄弟阋墙"如果站在"小家"的伦理道德上来讲，是兄弟反目成仇，似乎有不仁不义之嫌，但若是从国家安定、社会发展的层面上来看，却是李世民舍"小家"保"大家"的大义表现。当然，历史没有如果，现在的人们没法预想，如果当初最终的胜利者属于李建成，历史的发展又将如何。但至少，李世民在此后作为一个家族和国家真正的领导人，为李唐王朝的发展和繁盛、为天下安宁作出了巨大贡献。

朱开山移民从商为家庭开辟一方新的发展天地，陈寿亭带领家庭走向民族工商业的道路，而李世民则扫平战乱、安邦兴国、开创盛世。尽管或为平民百姓，或为圣明帝王，但他们都是"家国"一体的表现，支撑着一个家庭或国家的发展。鲁剧中这样的人物还有很多很多，在戏剧结构角度上，他们是撑起故事的"魂"，是推动剧情不断向前发展的核心动力；在现实意义的角度上，他们身上凝聚着万千家庭带头人的身影；在民族精神传承的角度上，他们是齐鲁文化的具体承载者和践行者。

二、芸芸众生，彰显生命华光

在表现时代变化和个人奋斗的鲁剧中，除了那些"家国"支柱型人物，还有很多普通的芸芸众生，他们或维持着这个社会的公平正义，或心系着人民的饥饿冷暖，或表现着浓烈的爱国精神。他们可能并不是家庭的领导者，却彰显着生命的五彩华光，属于"人民榜样"型角色。

在《大法官》中，杨铁如、陈默雷、林子涵三人都是当代社会维护公平正义，坚持法理面前人人平等的人民榜样。但在人物个性的刻画上，这三人又有所不同。杨铁如处事强硬，略失变通，将法律的严谨和公正奉为圭臬。在担任代院长期间，制定了很严格的规章制度；在处理财政局局长周士杰的贪污案时，办案宣判干净利索；面对法律判决后不执行的企业，他带领法警队亲自前往，不惜与当地县长王玉和硬碰硬。他这种刚正不阿的性格，使其在调查组调查院长人选时期被人诟病，进而与院长一职擦肩而过，被迫调到政府政策研究室工作。但对于杨铁如而言，法理的正义已经深入骨髓，远离了法律等于剥夺了他的灵魂，因此面对新工作他极不适应，后来宁愿辞职开办律师事务所，也要重新接触法律。某种程度上，杨铁如对法律的忠诚清坚决绝，有一种"宁为玉碎，不为瓦全"的味道，这种纯粹不受世俗污秽侵染的浩然正气，犹如一面钢盾，为平民百姓抵挡了一切不公。而与杨铁如不同的是，陈默雷虽同样坚持法律的公平正义，但处事却更加成熟圆融，能屈能伸。他善于在政治制度规定的运行程序下，通过调节各方势力来保证法律公平的实现。面对县长王玉和与检察长张业铭之间的相互勾结，他一方面与二人周旋，另一方面暗地调查，以放长线钓大鱼的耐心慢慢取得其犯罪证据，又能够在证据到手之后懂得审时度势，不急于求成，等待时机成熟之后再将一切公之于众，成功地将二人绳之以法。如果说杨铁如的对法忠诚是一种纯粹，那么陈默雷则是将法理融入政治游戏，用滴水穿石的韧性，在正邪对抗中以最小的伤亡获取最佳的效果。除了杨、陈二人之外，林子涵是一名留学归来的女法官，她内心强大、外表淡然，坚持法理面前众生平等，将西方法律理念融入中国社会，在坚持法律严谨公正的前提下兼顾人情。当闺蜜因对顾客做出侮辱行为而被告上法庭时，她宁愿得罪好友也要出庭作证；在判决王杏花的杀人案件时，她据理力争陈述王杏花的命运悲剧，在法律规定范围内成功为其减轻了刑罚；当得知男友方正与市委书记有利益交易后，她适时地说服男友主动自首承认罪行，以实际行动践行了对法律的遵守和维护。可以说，杨铁如、陈默雷、林子涵三人是现实中太多优秀法官的缩影，是法律的公正和平等精神的化身，他们以身作则地维护着这个国家运行的秩序，不遗余力地用法律保护着人民群众的利益。

如果说法官的身份有很强的专业性，那么关系着国计民生的农民却代表了社会中千千万万的普通民众。在《老农民》中，牛大胆是一个将自己植根于土地、时时刻刻关注着村民温饱的人，他重情重义、言出必行、朴实义气，初期虽然易冲动，做事之前没有马仁礼考虑得稳妥，但胜在勇敢果决，有一股事在人为的冲劲。后期他为人处事能屈能伸，与马仁礼有商有量、取长补短，弥补了自身文化的不足。在从农民到队长再到社长的一步步前进中，牛大胆坚守着一个农民的朴实、善良。作为佃户和农民，他勤勤恳恳种地；作为生产队队长，他带领乡亲勤奋耕种，为提高粮食产量，他不畏路途遥远亲自前往外地购买新种子；作为公社社长，他甘冒被上级批评的危险，带头搞经济发展。三年自然灾害期间，村民们没粮可吃，很多人提议将队里仓库的粮种吃掉，牛大胆为了留下粮种保证来年顺利耕种，他彻夜守在仓库前，并苦口婆心游说劝阻，终于用自己的信念和没有私心的行为感动了村民，化解了这场哄抢行为。"文革"期间，阶级运动的高潮愈演愈烈，大多数人无心生产，牛大胆为了让自己生产队的群众在过年时吃上肉，主动要求帮部队杀猪，为的不过是一个猪后肘的酬劳。无论在何种社会环境下、不管遇到怎样的国家政策，牛大胆率先考虑的永远是如何让村民们吃得饱、穿得暖，为此他一次次被王万春批评、教育，甚至被树为反面典型遭受批判。十一届三中全会后，牛大胆作为一个植根于土地生产的农民又能紧跟潮流，迎合时代与政策的发展，在不完全抛弃土地的情况下，充分利用农村可开发利用的资源，带领乡亲开设工厂，走上了农村产业化经济的道路，终于使乡亲们的日子越过越好。牛大胆显现得可信与可敬，就在于他深深植根于以土地为主的农村文化，靠的是经验、拼的是勤劳，坚守的是与百姓同患难、共致富的信念。

除了法官的公正和农民的勤奋之外，《红高粱》中的朱豪三则表现出强烈的责任感与爱国情怀。作为一个带过兵、受过伤、上过战场的颇显军人霸气的一县之长，他没有文官惯有的瞻前顾后、犹豫不决，而是正义在胸、说一不二、干脆果断，对百姓和国家有很强的责任意识。初到高密，他严厉打击烟土贩卖，处理了很多穷人被冤的案件，一改曾经的混乱不堪之风，得到了高密百姓的拥护。在治理风气的同时，他时时训练士兵，为随时可能出现的战争做准备。认九儿为干女儿之后，他对九儿的疼爱与照顾也是发自内心的。这种刚直的性格特点，造就了他强硬的处事方式与不够辩证的思维模式，一度遭受了很多百姓的非议。面对"剿匪"的重任，朱豪三亦不能明辨是非曲直，而是一竿子打翻一船人，坚定地认为只要是"匪"就应该被"剿"，在日本人的侵略来临之前，他执念与盘踞在高密的土匪斗智斗勇，甚至残酷杀伐，这让他一度成为九儿、余占鳌的对立面。

严格来说，朱豪三与九儿、余占鳌都没有错。朱豪三有作为一县之长的无奈，坚守着保卫一方百姓的重任；九儿和余占鳌也有属于各自的苦衷，不过是因为他们的立场不同，又身处乱世之中，这才形成了某种对抗。尽管朱豪三曾经做错过一些事情，但当面对日本的侵略暴行时，他那绝不撤离抗争到底的决心，他那与高密百姓共存亡的信念，他那与夫人一起淡然引爆炸药与日本人同归于尽的英勇牺牲，都深深震撼着观众的心。他为百姓、为国家所作的努力与牺牲，诠释着正义感、责任心和爱国情怀，让他成为当之无愧的人民榜样。

其实，鲁剧也好，现实中也罢，作为人民榜样型的人物又岂止于法官、农民和基层干部。他们之所以能成为榜样，之所以能起到领导带头作用，是因为他们身上体现出的心系百姓温饱、甘为国家牺牲的正义正直品格，将优秀的齐鲁文化精髓传达进每个观众的心里，发挥了正能量的感染力和引领力。

三、善恶两面，任他人评说

鲁剧中的另外一些人物形象，虽并不像"家国支柱"和"人民榜样"那样属于完全的正面角色，但又不能只用非好即坏的道德评价标准去简单衡量。他们有着人性善恶的复杂两面，在剧中起到衬托主人公、深化矛盾冲突的作用。但也正因为这些非善非恶的角色，既使大力弘扬主旋律的鲁剧摆脱了提纯性脸谱化弊端，又让观众产生人性的警醒与反思。

如果说李世民的贤明在于他的心怀天下、知人善任，那么杨广的贪图享乐、残暴无道便是他最终成为亡国之君的原因。上元灯节与百官同看烟火之时，仅仅因为李渊的一声叹息和忠言就将其关进牢狱。面对众多的起义和各地的流民，他不思平定内患、稳定社稷，反而花高价造船东游，一路游山玩水、吟诗赋词。他宠爱新欢，喜欢听臣下对他的阿谀奉承，却偏偏对忠臣诸多猜疑。然而就是对这样一位刚愎自用、残暴阴损的皇帝,《开创盛世》也较充分地展示了其慈父的一面。当女儿月容因李家之事对他大发雷霆后,他能放下皇帝的身段主动安慰负气的月容,亲自喂女儿吃饭;雁门被围,当北胡以求娶月容公主作为撤兵条件时,他严词拒绝群臣奏请,坚决不允用女儿一生的幸福换得朝廷喘息之机;在月容公主主动提出和亲时,他老泪纵横伤心不已,雁门城外,他亲送月容,久久不忍离去;当屈突通的军队赶来之时,他首先惦记的是让人追回远去的公主。诚然,作为一个皇帝,隋炀帝是不称职的,他从父亲杨坚手中接过来的是一个统一、安定、富庶的国家,却因奢靡享乐、横征暴敛、刚愎自用而葬送了王朝政权,致使山河破碎、社会不宁、百姓不安。但作为一个父亲,他对女儿的万般宠护和关爱是真实感人的,展示出了人物性格的丰富和复杂。

无独有偶,《大法官》中的孙志也是一位具有两面性的人物。作为一名市委书记,孙志日理万机、起早贪黑,每天忙得不可开交,他是杨铁如、陈默雷等人的上层领导,掌握着人事调动、任免的大权。从某种程度上说,孙志其实算是一个为百姓着想的官员。他多次前往基层调研,亲去工地视察工作,面对百姓的意见及时安排人员解决,甚至收养了很多孤儿,给他们衣食无忧的生活,做了很多有益的工作。但他又是整部剧在结尾处落马的最大官员,他收取县长王玉和的好处,默认王玉和与张业铭的勾结,为了自保,他让周士杰成为替罪羊,又将坚持深入调查的杨铁如调离法院。诚然,作为一个市委书记，孙志有太多的苦衷，他要考虑自身的业绩，要维护市政府的脸面，更要平衡政治运行中的各方势力，但这些苦衷并不能成为他违法受贿的借口和理由。虽然他并非只为自己不为百姓，但与杨铁如和陈默雷相比，孙志缺少的是对正义的坚守，这使得他没能成功抵挡住欲望的诱惑，最终沦为人民的公敌。与其他正面角色一样，孙志也是现实中无数落马官员的缩影，所谓"人之初，性本善"，多少官员也是本着造福人民的愿望不断奋进，但这其中又有多少人能坚守初衷，真正做到"出淤泥而不染"？而正是因为孙志这样的人物，杨铁如、陈默雷才显得尤为难能可贵。

在《小小飞虎队》中，胡孝诚其实是一个很不起眼的角色，但却贯穿故事始终，并且在最后敌我双方的对抗中起到了重要作用。其父胡有财是沙沟村有名的地主，家里衣食无忧，养成了一种隐忍懦弱而又缺乏判断力的性格。面对日本人对沙沟村的烧杀抢掠，他没有与之对抗的勇气，企图左右逢源，在乱世夹缝中求生存，为保全家庭和自身，甚至答应给日本人当侦缉队队长。在父亲被日本军官打死（却栽赃在飞虎队头上）、弟弟被日本人误认是共产党送信人后，面对日本人的百般羞辱和指使，他除了私下埋怨却依然不敢反抗。然而与其他抗日剧中的汉奸不同，胡孝诚不是十恶不赦，亦非毫无良知，当得知父亲其实是死在日本军官的枪下时，长久以来为明哲保身而压抑的情绪终于爆发，他决定与飞虎队合作，里应外合共同打击驻扎在沙沟站的日本小分队，并取得了最终的胜利。从全剧的结局来看，胡孝诚是一个被"洗白"了的汉奸，虽然懦弱的性格让他曾经在民族大义上失节，关键时候又欠缺明辨是非的能力，被日本人蒙蔽利用，但他对弟弟的兄弟情、对父亲的孝是一直存在的，所以才会一面与日本人周旋，一面又想方设法把弟弟藏起来，在得知父亲的真正死因时，才会勇敢地倒戈。可以说，《小小飞虎队》塑造的这个有矛盾、有纠结、有软弱，也有人情味儿的人物形象，较之很多抗战剧中绝对脸谱化的反面角色，更立体丰满也更真实可信。

其实鲁剧中这类拥有善恶两面的人物还有很多很多，他们共同的特征是在某些事情上为达目的跨越了道德的底线，而又在其他事情上坚持了情感的真实。这类人物衬托着主角的"高大上"，却因性格上的两面性而呈现出和主角不同的艺术特色。其实"人无完人"，"好"与"坏"的评价标准太过于道德和极端，太多人的性格都是复杂的，善与恶的两面往往取决于人们从何种出发点对其进行评判。因此，这类人物在剧作中或许没有主角的感染力和号召力，却具有更真实、更自然的亲和力，容易引起观众的同情、理解和认同。

四、巾帼英雄，岂辨雄雌之胜

在中国传统文化的理念中，一个家庭往往都是"男主外、女主内"的，家庭妇女往往掌握家庭的收支情况，担任着孝敬长辈、教养子女以及平衡平辈间关系的重要作用。虽然鲁剧中的大多数女性形象符合了传统文化对女性的定义（如《闯关东》里的文他娘），但同时也有很多敢爱敢恨，突破传统礼教的束缚，拥有自我独立意志的新女性。《红高粱》中的九儿是其杰出代表。

作为一个受家庭和社会双重压迫的女性，九儿一出场就陷在家破人亡的巨大悲哀之中。父亲的烟瘾使原本就不富裕的家庭一贫如洗，母亲因无法反抗父亲将自己卖给别人的命运而悬梁自尽。母亲死后，父亲又打起九儿的主意，要将九儿卖给有麻风病的人家冲喜。面对厄运临头，九儿没有像传统女性那样含泪接受父亲的安排，而是与恋人张俊杰相约私奔，誓与命运抗争到底。私奔未遂，九儿被迫嫁给患有麻风病的单扁郎后，又与余占鳌开始了一段不被外人认可的感情。

在这一系列的变故和挫折中，九儿以不服输的生命韧性克服了重重磨难。出嫁后，她与嫂子淑娴的对抗根本上是女性解放思想和传统封建伦理思想的对抗，在这个对抗的过程中，九儿用一颗勇敢、果决、坚定的心打击了淑娴"留子去母"的阴谋，更感化、包容了淑娴，彻底化解了妯娌间的矛盾。在处理与余占鳌之间的感情问题上，九儿也是隐忍而又倔强的。她既没有屈服于传统礼教的眼光和评价而与余占鳌一刀两断，也没有强硬地与当时所处的大环境硬碰硬，而是理智地站在自己、余占鳌和孩子的立场上分析，选择隐忍地爱着对方。表面上，她是单家的二奶奶，为单家拓展生意，与嫂子淑娴一致对抗家族其他势力侵吞家产的阴谋；实际上，她又是余占鳌的爱人，用单家的身份保护着孩子们成长，在余占鳌危难之时奔走乡间为他周旋。在日本人侵略高密后，九儿为保护余占鳌和儿子，毅然决然地选择炸毁高粱酒，与日本人同归于尽。那个骑着毛驴走在高粱地里的九儿，那个迎着阳光唱着歌将日本军队引到自己身边的九儿，那个微笑着点火、华丽地将火种扔向酒坛的九儿，其可贵在于她永远有一颗自由、炙热、不服输的心，即便命运如此不公、环境如此艰难，她依旧以朴实的身份绽放出耀眼的生命之光，谱写着女性反抗的传奇。

与九儿身上那种永不服输的反抗不同，《伪装者》中的大姐明镜则更具有女性的婉约、端庄，在高贵的外表之下坚守着一颗忠贞爱国的赤子之心。明镜在很年轻时便接手明家的产业，通过自己的努力不断让家族产业发扬光大，甚至耽误了一个女子最宝贵的青春。从家庭角度上来看，她虽是明家三兄弟的大姐，却更像是他们的母亲。因为明台生母之故，她对明台一直心存亏欠，在家中格外宠爱、包容明台。她送明台去香港念书，热心操办他的婚事，其用心不过是希望明台能在乱世之中过一份普通人的生活。因为明楼担任了伪政府要员，她多次气恼严厉地指责、训导，甚至掌掴、罚跪，都是源于内心的担忧，担忧明楼真的走入歧途成为汉奸。某种程度上，明镜就犹如一只老母鸡，拼命用自己的翅膀护卫着身后小鸡的安全，只是她并不知道，其实小鸡早已成长，弟弟们都已成为勇敢的抗战斗士。明镜的可贵绝不仅限于对家人、家族的关爱和护卫上，面对日本人的侵略，她利用家族的势力和自己的身份之便，积极为前线战士提供物质上的援助，还主动申请加入共产党。当得知明家三兄弟其实都在为抗日努力工作和奉献时，母性和大义在明镜的心里产生了激烈的碰撞。一方面她担忧家人的安全，另一方面她又为弟弟们投身民族抗战而骄傲。在明家与藤田芳政对决时，明镜舍身为明楼挡枪，用自己的牺牲换得明家三兄弟的安全，也为击毙藤田芳政提供了时机。这一举动实则是明镜此前矛盾心理的写照，她最终用自己的牺牲既保全了家人的性命，又成全了自己忠贞报国的赤子之心。虽然她不像明楼那般老谋深算，也比不上明诚身手敏捷，亦远不及明台的狡黠多变，但她最后为明楼的愤然一挡和看到明台上了火车才安心闭眼的举动，却让她成为不输给明家三兄弟的女英雄。

与九儿的反抗和明镜的牺牲不同，在《老农民》中的杨灯儿则洋溢着强旺无比的生命活力。与牛大胆一样，灯儿也是一个很能"折腾"的人，她说"是灯儿就得亮着"。她与牛大胆之间青梅竹马感情深厚，却因为父辈的恩怨没能在一起。即便牛大胆因对父亲的誓言一次次拒绝了她，但她依旧对牛大胆有情有义，多年如一日地养育着牛大胆和乔月的孩子。"文革"期间，牛大胆带人搞自留地、私种黄烟，这些原本属于男人的冒险而又辛苦的工作，杨灯儿都积极参与其中。为了给生病的父亲抓药，她偷偷去城里卖棉花糖，被城管部门抓了一次又一次，依然无法阻挡她的脚步。改革开放后，她带头支持牛大胆办厂的决定，在办厂遇到困难时，她甚至打算卖掉家里的老房子筹钱让工厂周转。作为女人，杨灯儿可能不是完美的，为了与牛大胆结婚，她与父亲对抗过；为了养育狗儿，让丈夫对她产生了猜疑；看不惯阶级运动，她与韩美丽骂过街。但这些都不能遮掩其朴实善良、重情重义、勇敢坚毅的本性，无论遇到多少困难，都始终怀揣对生活的希望，坚持着生命的活力，堪称新时代众多女性的楷模。

毫无疑问，齐鲁文化对鲁剧人物塑造的影响利大于弊，但我们不能因此就忽视其局限性。综合而言，人物类型单一、人物行为动机单一、人物关系因过度提纯而陷入一成不变的模式，已成为鲁剧人物塑造急需解决的三个主要问题。时值电视剧市场竞争空前激烈的今天，鲁剧的人物塑造必须在以齐鲁文化精髓为内在支撑的同时，努力克服传统文化的负面影响，这样才能进一步创造出更多更好的生动鲜活而又能被观众认同的人物。

［本文系 2014 年度教育部人文社会科学重点研究基地项目资助"齐鲁文化与鲁剧创作"（项目批准号：14JJD860002)的阶段性成果。］

［作者简介：李掖平，山东师范大学教授、博士生导师；

谷雪婷，山东师范大学传媒学院电影学硕士研究生。

本文原载《百家评论》2018 年第 6 期。］

现代性的生态之问

——当代中国作家生态意识探讨

翟文铖

现代性给人类带来的并非全然是福祉，而是一个安东尼·吉登斯所谓的"风险社会"，其中生态危机就是威胁人类安全的风险之一。在生态危机何以发生以及人类该如何才能摆脱的叩问声中，当代中国作家开始了自己的反思。他们逐渐认识到，现代性的诸多环节如都市化、主体观念、理性祛魅等，都潜藏着导致生态危机的因素；正如有人指出的那样，"仅仅从生态学的角度来保护生态环境是显然不够的，还要考虑社会内部结构的深层原因"。

一、生命囚笼：都市空间的困境

都市化是现代性的重要特点之一。都市是人类创造的一种崭新的空间，带来诸多进步与方便，但是也导致一些问题，如人口过于密集导致的交通问题，不同阶层之间的"区隔"问题，特别是贫民区物质生活的窘迫、居住环境的拥挤以及生活秩序的混乱等，更构成了现代都市肌体中的病灶。《风景》中汉口河南棚子区就是这样的一个现代都市的脓血汇聚之处。夫妇二人带着七男二女在一个十三平方米的板壁屋子居住。艰难的环境之中，家庭成员之间更多的不是相濡以沫，而是相互撕咬。这种状况的出现固然原因复杂，但恐怕与空间的狭小逼仄不无关联。有研究成果表明，如若圈养动物的密度过大，通常就会出现同类彼此撕咬的现象；而在山林中生活的动物，就极少出现类似状况。从原始秉性上看，一旦生存密度过大，动物就会感到自己受到侵犯，破坏意识和攻击欲望遂被激发起来。"同类动物过分拥挤地生活在一起，必然会引起地位之争和领地之争。""按照动物生态学的观点，一个处在过分拥挤环境中的物种的暴力行为，往往是这个物种进行自我限制的适应性举措，这种暴力行为可以视为为了整个物种的利益而对物种个体的残忍之举，因为每个物种的成员数量都有一个极限，一旦超过这个极限，就会发生相互残杀的行为。事实上，'领土原则'正是保证每一个物种应有生命空间的自然法则。"尽管人类已经进化到非常高级的阶段，但他们并没有摆脱动物这一基本身份，作为动物的原始本能未曾丧失，基本生存法则还以隐蔽的方式干预行动，违背了这些基本生存法则就会导致恶果。当彼此的安全距离丧失之时，潜藏在人性深处的攻击欲望便会浮出水面。从这个意义上讲，父亲的残暴，小香姐姐的阴险，五哥、六哥的恶意，恐怕都与极度拥挤空间的诱发作用不无关联。方方对于都市文化对人类影响的反思起点极高，直接越过了表层深入到潜意识，抵达到人类的动物本能层面。此后，那些书写下层市民生活的作品，或隐或显，总乐于把空间的狭小与人性的龌龊联系在一起。世界文学史中，很多作家都把都市写成污浊之地，乡村则是净土，形成了城乡对立的二元模式。城市是拥挤的，乡村是空旷的，从拥挤的空间走向空旷的空间，人作为动物就返回到一个符合生态标准的空间之中，那种被拥挤的空间激发出的破坏本能自然会消失，人就恢复了宁静。以往，人们往往把城/乡二元对立看作一种带有文化寓意的艺术手法，实际上这背后蕴藏着实实在在的生态学真理。

　　都市空间是一种人为创造的生存环境，同人类秉性天然存在矛盾。即便拥有宽阔的住所，城市居民依然不能摆脱被囚禁的状况。我们无论把都市空间打造得如何幸福，不可更改的事实是，远离自然，与荒野隔离，高楼大厦构成了对人类的囚禁。霍尔姆斯·罗尔斯顿（Holmes Rolston）的自然生态哲学认为，自然天生具有内在的价值，人类通过与自然拥抱，与自然交流，在体验与评价中领悟自然，并由此衍生出人类的价值。人来自荒原，是自然的一个部分，一旦脱离了自然，人的价值就成了无源之水，更不要说诗意的栖居。鲁敏《铁血信鸽》就认识到都市生活对于人性的压抑，试图呼唤荒野精神的回归。穆先生生活于都市，生活条件优越，妻子严格遵循各种养生方法，"每天早上，妻子要用牛角梳梳头两百下，她也诚恳地动员穆先生梳，此类的动员还包括：背部撞墙（方法如本文开头所示，可通全身经络）、叩牙三百次（宜取仰卧体位，至口中生津，可固肾补肾）、饭后快走四十分钟（微喘、微汗，可消积化食）、热水泡脚（水深近膝、保持高温，可驱寒去火）、腹部揉摩（睡前与晨起，顺时针一百下，逆时针一百下，可调血健胃）……穆先生记不全了，当真一一实施，他只怕自己会疯。但妻子说时，他能做到认真倾听，妻子的遣词完全是保健书上的说教套路，又带着江湖医生般的神神叨叨，听上去陌生而荒诞，真有些不敢相认"。一切生活方式都是人为的，对身体百般呵护，独独对精神深处的需求置若罔闻，于是，穆先生对生活的意义问题提出质疑："显然，妻子是正确的、进步的、符合时代的。可问题是，这就是生活的最终目的与全部过程？有谁注意精神那一方面的事情吗？"那方面的事情，就是生命的野性问题。穆先生对年轻时的一次经历刻骨铭心，工友们打赌，看看谁敢跳过一条深沟。跳过了固然可以赢得赌注，如果跳不过恐怕要粉身碎骨。但是，生命深层的呼唤攫取了他，他接受了挑战，一跃而起，那一刻，他生命的野性被极大激发出来，他感受到了生命力弥漫全身所激活出的高峰体验。那仅仅是一次游戏，但却昭示出一个道理，日常生存只有和生命力的激发相伴随，生活才有意义，生命的自然价值才会得以实现——"自然价值在事物的生机里，在于它们为生存而进行的斗争和对生命的热忱中"。穆先生深知生命的真谛在哪里，暗地里羡慕起邻居的信鸽。这些信鸽去遥远的地方参加比赛，披星戴月，风雨无阻，有的就死在路上；但是，那不是一种等待时光慢慢耗尽的生存方式，而是为了生存搏击长空，把整个生命向自然敞开、让生命力灌注全身的生存方式。

人类来自荒原，人类文化就是在特定的环境下建立起来的，自然环境是人类文化形成的不可或缺的要素。在文明发展历程中，人类与自然建立起的种种关系已经构成精神家园的重要组成部分。迟子建的《额尔古纳河右岸》即从这个侧面对自然之于人类的价值予以反思。鄂温克民族祖辈以游牧、游猎为生，在他们赖以生存的大自然中，他们创造了一种有天—地—人—神①共同构成的完整的社会关系网络。在放牧驯鹿的风雪中，在追赶猎物的跋涉中，鄂温克真实地拥抱自然，时时体验到在生存斗争中激发出来的生命激情；在与自然的感应中，他们建立起的宗教萨满教，构建了整个民族的精神信仰。一旦整个民族搬迁到都镇，他们就与自然隔离，与自然建立的固有社会关系瞬间断裂，如何找回生存意义问题遂显得极为迫切。年轻一代或者能在灯红酒绿中找到新的安顿之所，但是老一代人就难以适应新的环境，难以寻找到新的意义源泉。以鄂温克画家柳芭为原型的伊莲娜，作为一名大学生，她本可以心安理得地生活在城市；但是无论是城

—————————

① 萨满教

市丰富的物质生活，两段与都市人的婚姻，还是充满刺鼻气息的油彩，都不能与她的生存诉求合拍，最后在强烈的虚无感的驱使下回到了山林，回到她生命的源头，可是家园已成废墟，精神不免悬空，于是，在画完一副见证民族生活的画作之后，她自杀而去。

"都市化—生态危机—精神病变"，循着这样的思维路线，许多作家不断叩问都市化对人类生活的深层影响。作家或许并不能从理论上透析空间与人性的内在联系，但他们凭借着敏锐的观察与聪慧的悟性，已经触及了都市过于拥挤的空间、脱离自然的空间对于人性戕害这一严峻问题，把人类对于现代性的反思引向深入。

二、主客分离：浮士德精神的迷途

在女性生态主义看来，数千年前人类就已经进入男权社会，在这一点上，当代社会亦未发生根本性变动。男性在征服女性之后，着手征服自然，两种行为貌似迥异，其实背后隐藏的是同一种文化形态：父权制文化。美国著名的生态女性主义者卡伦·J.沃伦有一个非常有名的观点，认为"男性凌驾于女性之上并对其进行的统治同人类凌驾于自然之上对其进行的统治，这二者之间是存在着联系的：他们的根本基础都是'父权制'这一世界观，或者说是意识形态"。在过去的三百多年里，随着机械论的深化，这种统治力尤其是对自然的统治力更是被推向了极端，全球性的生态危机就是直接后果之一。

这种父权制思想蕴含着二元论的思维模式、统治逻辑和价值等级观念，"二元对立的体现之一就是自然和文化之间存在着不可忽视的区别，这种区别的特点是将妇女及自然的本性认为是一种较为低级的形式之体现"。在两性之中，女性承担着生殖、养育以及抚养孩子的天然角色，在男性看来是非常接近自然的，因此被视为"客体"，成为被贬低、被征服的对象。这种观念在文学作品中体现为一种浮士德精神：一方面，追求自我超越，奋发有为，大地成为征服的对象，把自己的创造物铭刻其上是显示自我本质与创造力的重要方式，浮士德最后在填海造田的声音中感到满足，就是出于这种理念；另一方面，不断为尘世欲望所诱惑，女性在某种程度上仅仅是实现自己欲望的对象，为了欲望的实现甚至无暇顾及伦理道德。

浮士德精神在西方备受推崇，然而，社会发展到今天，从反思的角度看，浮士德精神蕴含男权主义，男性被视为价值主体，自然与女性都是客体，潜藏的主客二元对立关系蕴含着等级思维。父权制文化之下，主体性的膨胀必然造成的结果是生态危机和对女性的贬斥。如果从这样的理论视野切入，我们就明白赵德发的《人类世》蕴含着对浮士德精神的反思。浮士德生命中贯穿着玛甘泪与海伦，背后潜藏着欲望的追求与满足；与之相似，在孙参的履历中，贯穿着一系列女人：田思萱、真真还有那个美国情人，无论他的爱情当时是如何真实，一个不可更改的事实却是，孙参都没有把这些女人当作人格平等的独立个体，而是作为自己的从属部分。西方现代以来，机械主义不断盛行，人类对自然的征服被看成人类创造本质的显现。浮士德带领民众开拓疆土，在铁锹撞击声中感到无比满足，就是要在征服自然的过程中确认自己的本质。《老人与海》中的古巴老渔夫圣地亚哥虽然在客观上是一个失败者，无论对大马林鱼的追逐，还是对鲨鱼的反击，都是无果而终。但是海明威要颂扬他，颂扬的是什么？颂扬的是浮士德精神。《人类世》（赵德发）中孙参炸掉老姆山造地盖楼，实际上不过是浮士德"填海造田"的现代翻版。在浮士德的时代，填海造田无疑是积极的，新造的良田被视为人类伟大本质的体现，赞美是出于对人类主体巨大力量的肯定。但是，孙参等人征服自然的行为已经冲破了"土地伦理"的界限，破坏了土地，破坏了土地上的草木，破坏了水源，破坏了土地上和谐的社会关系，巨大的生态危机之中，各种恶果纷至沓来：作为传统文化共同体的村庄被废弃，滥用农药造成了致命的污染，癌病不断地夺走人们的生命。张炜近来对同样的问题予以思索，《爱约堡秘史》中的淳于宝册为了拓展商务，对风光旖旎的海滨沙岸予以吞没，一场生态危机随之来临。与对自然的破坏平行的另一条线索是他与女性的关联，从"老政委"到蛹儿再到欧驼兰，其中似乎也潜藏着性别之战。在某种程度上，这部作品与《人类世》有异曲同工之妙，同样蕴含着对浮士德精神的反思。

西方的现代文化蕴含着一系列二元对立，主体与客体、自我与他者、人与自然、男性与女性、理智与情感、心灵与肉体等等。这一切最核心的东西在于对自我的设定，因为人是万物的尺度，人类怎样认识自我就会怎样认识世界，怎样设定自我关系就会怎样设定人与万物的关系。在机械主义的长期影响下，自我被设定为理性的控制者，就像人类控制机器一样理性支配着情欲，支配着身体。就这样，自我意识之中就设定了主体与客体的对立；基于这样的自我设定，世界因此也就难免处于一系列的主客对立关系之中。如果人的自我中主客对立不消除，整个世界的主客二元对立状态就不可能缓解。说到消泯自我内部的主客对立，恐怕要到中国道家观念中汲取智慧。道家的修行，看起来修炼的是身体，抵达的却是精神，这其中就蕴含着对身心对立的破除。道家讲究"我命在我不在天"，要通过修炼改变固有体质，让精神融汇到大道流行之中，获得永久的满足与快感，实现生死超越。修行就是通过主体的努力达到了主客体之间的融合，破除主客二分，融入自然之中，在更高的层次上完成回归自然。石高静①就是道家的修行者，他通过修炼，改变了自己的遗传基因，战胜了家族遗传性疾病，真正达到了天人合一的层次。这种主客融合并不必然意味着消极避世，相反，中国文化中蕴含着"静极生动"的哲理。石高静能对破坏生态的行为斗

———————

① 赵德发：《乾道坤道》

争到底，即使被囚禁也不妥协，内在支撑就是他的道家文化信仰。道家不仅讲究"自然"，而且还强调人类对于维护自然的责任与担当，把"化育万物"促成和谐看成人类不可推卸的使命，这其中自然蕴含着对破坏生态的行为予以反对的精神倾向。正是在此意义上，西方生态学者近来对于中国道家的评价越来越高，认为"在伟大的宗教传统中，道家哲学思想强调本源的唯一性，强调一切自然与社会现象的能动性，其思想是对生态智慧最深刻而又美妙的阐释"。

三、欲望横流：生态危机的推手

欲望是人类生命力的标志，本身并无罪恶；可是，当人类的欲望无限膨胀、失去节制的时候，其破坏力与危害性就显现出来了。从根本上说，生态危机是人类欲望横流的恶果。四川作家鄢然，就此问题做过严肃思考，在《画圆》《昨天的太阳是月亮》等作品中，她刻画了西藏地区的一群偷猎者形象。他们不断捕杀灰头鸭、藏羚羊、黑颈鹤、蓝马鸡、秃鹫等各类珍稀动物，无休无止，肆无忌惮，仅仅是为了吃肉或卖钱。人类不同于一般的动物猎食者，他们具有高超的智力，能利用各种工具，因此满足欲望的能力极为强大。面对人类，猎捕对象不仅毫无还手之力，而且无可遁逃，生态危机的出现几乎是必然结果。

人类的欲望为何如此膨胀？欲望的膨胀在很大程度上是现代性的一个副产品。在西方，现代性导致了上帝之死，人自此无所畏惧，为所欲为：先是自然欲望摆脱天生有罪的歧视；接着出现了所谓的"流动的现代性"，欲望被视作生产力；继而出现了消费主义伦理，欲望满足的程度被视作衡量人生价值的尺度，消费越高，人的个体价值实现程度就越高。在中国，现代性意味着与传统决裂，儒家渴慕和谐的主张、道家追慕"自然"的理念，都被捆绑着随着传统的沦落而消散。在某种意义上，现代性打开了人类欲望的潘多拉魔盒。

欲望如同猛虎出笼，现实秩序瞬间被它冲击得七零八落，人类这才想起重新寻找缚虎之绳。知识能唤起人类的理性，进而束缚欲望吗？那些偷猎者，如臧翔（《昨天的太阳是月亮》）那样的知识分子，能准确地说出野生动物的保护等级，可是他们并不因为知识而停止偷猎。法律也不足以遏制欲望，偷猎者知道一旦失手将受到法律严惩，可是他们依然会去冒险，有的甚至对阻碍偷猎的执法者实施暴力。为什么会产生这样的结果？因为这些人的精神生态本身出现了问题，没有信仰遏制，人类丧失了敬畏感，欲望过于膨胀，道德伦理的约束力变得孱弱不堪，法律也不足以产生足够的震慑力。在这一点上，佛家文化颇有借鉴意义。信仰佛教的藏族人很少有出格行为，因为佛教提倡戒"十恶"，第一戒条便是禁止杀生，信仰岂容亵渎？大部分教徒有食鱼禁忌，黄鸭被视为黄教宗师的化身，秃鹫则被奉为神灵之物，因此佛教徒不可能对动物大肆虐杀。最能反映这种观念的是作品《画圆》，扎西平日以猎杀动物为乐，结果遭到现世报，被暴怒的野牦牛踩死，天葬竟然无法实施，秃鹫不肯前来吞食他的尸骸，天师预言他灵魂无法升入天堂。在佛教徒眼里，杀生后果如此严重，谁还敢亵渎教义？赵德发先生曾通过知识与信仰的比较，看到了信仰对于遏制人类欲望的作用。在《人类世》中，焦石教授对人类世的研究，虽然能让部分人在知识层面上了解生态危机的严重性，但却迟迟不能转化为人们的行为指南，更难以转化为一种促人自我约束的道德力量。三教寺的三位掌门人，他们保护山林，勒刻铭文，传播生态意识，而这些观念却会通过信众辐射到生活世界，在客观上构成一股修正现实错误的精神力量。孙参最后接受了真真给他戴上的十字架，我们可以设想他大肆破坏生态的行动也许会就此终止。作品在告诉我们，信仰对于平衡人类精神生态、遏制欲望具有重要作用。康德的学说在知识、伦理和美之外为信仰留下空间，因为他明白，人类要趋于完善，还需要信仰的力量。赵德发先生的作品强调信仰的重要性，应该说是非常深刻的。在此意义上，今天倡导传统文化，弘扬儒家的"和谐"传统，核心的一环是让文化扎根于人们的精神世界，变成一种信仰。因为只有这样，文化才会变成规范我们生活和行为的精神力量。

从这些作家的思考中我们可以看出，现代文化不断进行"祛魅"，导致信仰的缺失，虚无主义盛行，人类的欲望空前膨胀，生态问题在某种意义上就是信仰困境导致的一个恶果。

作家是人类文化世界的雷达，他们总是以警惕的眼光搜索人类精神世界的天空，一旦发现入侵者，就会鸣笛示警。关于生态危机，他们的探测逐步深入：通过呈现城市造成的生命本能的压抑与囚禁，对都市化造成扭曲人性的弊病予以反思；通过对浮士德精神弊病的叩问，批判的锋芒指向了主客二元分离的现代思维模式；通过对欲望膨胀导致环境恶化现象的描述，对现代文化"祛魅"及信仰迷失带来的困境予以审视。当代作家从生态之维对现代性重新评估的结论，给我们这样一个启示：只有生态伦理强力地融入当代文化，我们的文明才能健康发展，人类才能建成一个和谐的共同体，才能真正平安地生活在这个星球上。

［作者简介：翟文铖，曲阜师范大学
孔子文化研究院（国学院）儒家文学研究所教授，
博士生导师，山东作协签约评论家。
本文原载《山东青年政治学院学报》2018 年第 6 期。］

辑二　当代作家作品研究

刘绍棠乡土小说的侠文化解读

陈夫龙

　　刘绍棠早在 1950 年代就蜚声文坛，被视为荷花淀派的掌门弟子。在改革开放的新时期重返文坛的刘绍棠，并没有紧跟时代风潮卷入"伤痕""反思""改革"或"寻根"的文学思潮之中，而是以来自民间大地的原始正义和重新点燃的生命激情致力于乡土题材的文学创作，建构起独特的"大运河乡土文学体系"。他的充满乡情民风和世态人情的小说以其雅俗共赏的特质和刚柔相济的侠义叙事，彰显出鲜明卓异的新文学精神，达致精神自由和生命逍遥之境。我将他的这类小说称为侠义乡土小说或侠义乡土文学。刘绍棠的侠义乡土小说着眼于书写北运河两岸粗犷豪放、刚健勇武的男子和多情重义、明辨是非的女子，努力发掘勇武任侠、慷慨悲歌的燕赵文化精神，形成了汪洋恣肆、健劲峭拔的艺术风格。具体体现为：以京东首邑——通州为主体叙事空间，以北运河儿女这些土生土长的农家人为主人公，将具有江湖本色的"落难与拯救"母题加以翻新运用和创新发展；在对北运河两岸风土人情和民俗乡情的倾情描绘以及对通俗文学、民间评书艺术与方言俗语的汲取中，塑造了一系列人格独立、敢作敢为、舍己为人、多情重义、扶危济困、维护正义和公道的侠者形象；讲述了一个个古道热肠、一诺千金、重义轻生、慷慨赴难的故事，构建了一个以通州——北运河两岸为活动空间的、以农民为主人公的、充盈着慷慨悲歌豪气和侠骨柔肠义举的江湖世界。

本文试图将刘绍棠的乡土小说纳入侠文化视野，从民间江湖、侠者形象和侠义情怀三个层面进行重新解读，以求获得新的审美认知和价值判断。

一、民间江湖：快意恩仇、自由自在的化外之境

"江湖"是一个普通的地理名词，狭义上的"江湖"是指长江和洞庭湖，广义上的"江湖"则泛指三江五湖。它原本属于地理学的范畴，并没有什么深刻的内涵。经过漫长的历史演变，"江湖"一词的内涵和外延逐渐丰富与扩展。既可称自由自在、逍遥快活之地，也可指远离"庙堂"（朝廷）的民间社会，更特指侠客们的活动范围，甚至可以作为秘密社会（黑社会）的代称。"江湖"在中国传统文化中可谓源远流长，

蕴涵丰富。从庄子"相濡以沫，不如相忘于江湖"① 的寓言感喟到司马迁叙述范蠡"乃乘扁舟浮于江湖"，② 从唐代豪侠小说把"江湖"作为侠客活动的背景到北宋范仲淹"居庙堂之高，则忧其民；处江湖之远，则忧其君"③ 的忧思，大致可以勾勒出"江湖"一词的演变轨迹。如果说唐代豪侠小说中出现的"江湖"一词还仅仅指远离朝廷皇权或官场的民间闾巷的话，那么到了宋元话本，其中的"江湖"就"已跟抢劫、黑话、蒙汗药和人肉馒头联系在一起"④ 了，颇具血腥味。明清两代的侠义小说，已经普遍具有"江湖"字眼，甚至到了民国武侠小说，就连书名也要带上"江湖"二字，如平江不肖生的《江湖奇侠传》、姚民哀的《江湖豪侠传》、赵苕狂的《江湖怪侠》等。在港台新武侠小说和大陆新武侠小说中，更进一步把"江湖"作为侠客们的活动空间，并与现世人生密切联系，具有更深刻的象征意蕴、文化隐喻和精神内涵。这充分说明，"江湖"一词由地理名词逐渐引申、拓展和转化为特定的文化符号，与"侠"产生了必然的联系，成为侠文化的独特的范畴，甚至可以说，"'江湖'与'侠客'的这种必

① 王先谦：《庄子集解卷二·大宗师第六》，《诸子集成》（第三册），中华书局 2006 年版，第 39 页。
② 司马迁：《史记卷一百二十九·货殖列传第六十九》，《史记》，岳麓书社 1988 年版，第 933 页。
③ 范仲淹：《岳阳楼记》，《范仲淹全集》（上册），四川大学出版社 2002 年版，第 195 页。
④ 陈平原：《千古文人侠客梦——武侠小说类型研究》，人民文学出版社 1992 年版，第 133 页。

然联系，蕴含着游侠精神作为中国文化特产以及武侠小说作为中国小说类型的某些基本特征"。① 对于武侠小说而言，最能体现其主观虚拟色彩的，"莫过于作为小说整体构思的'江湖世界'。在至高无上的'王法'之外，另建作为准法律的'江湖义气'、'绿林规矩'；在贪官当道贫富悬殊的'朝廷'之外，另建损有余以奉不足的合乎天道的'江湖'，这无疑寄托了芸芸众生对公道和正义的希望"②。这里的"绿林"，还有"山林"或"草莽"，与"江湖"一样，都被赋予了文化意蕴，成为独特的文化符号。在某种特殊的情境下，"绿林""山林"或"草莽"也可能成为武侠小说中侠客们的活动背景。对于深受侠文化影响的刘绍棠而言，他在书写北运河侠义儿女英雄传奇的时候，也把他（她）们置放于特定的空间环境。但与武侠小说中虚拟的江湖世界不同，刘绍棠所精心营构的江湖则是屹立于乡土大地上的非虚构具象性存在，具有浓厚的烟火气和深重的历史感，可称为民间江湖。他笔下的人物或纵横于水上芦苇荡，或驰骋于山林草莽，或活动于运河滩，从而形成独特的通州——北运河两岸这样一个快意恩仇、自由自在的化外之境。可以说，这种民间江湖的化外之境是刘绍棠的侠义乡土文学奉献给当代文学的一个重要贡献。

---

① 陈平原：《千古文人侠客梦——武侠小说类型研究》，人民文学出版社 1992 年版，第 130 页。

② 陈平原：《千古文人侠客梦——武侠小说类型研究》，人民文学出版社 1992 年版，第 72 页。

刘绍棠乡土小说中的人物就土生土长和活动于通州——北运河两岸这样一个化外之境。他（她）们的身份非常复杂，有抗日志士、青年学生、船民、渔民、瓜农、晚清秀才、义和团的大师兄和大师姐、水贼、响马、人贩子、土匪、钉马掌人、摆船人、老木匠、窑花子、煤窑工头、童养媳、牛倌、卖艺人、花船老板、老鸨、妓女、落魄的将军、地痞、恶霸、汉奸、日本人、国民党官兵、解放军、河防局的巡长、税警、小商贩、大地主、大财主等。正是这些人构成了北运河两岸的世态人生和民间历史，编织着丰富、复杂、曲折、离奇的人生故事与民间传奇。这些故事的发生地点或者小说人物的栖身空间非常具有优美的诗意，如复兴庄、点将台、莲房村（又叫烟村和山楂村）、鱼菱村（又叫花街、鹊桥、燕窝、连环套、醫罢台、星眨眼）、柳伞村（又叫细柳营、柳巷子）、绿杨堤（又叫柳湾、小龙门）、鸡笼店、里二泗村，其中的鱼菱村（儒林村）是刘绍棠的精神原乡，也是他遭难时曾被放逐的乐园。正是这些具有诗意的村庄，烘托出优美或凄美的江湖世界的本相。生活于这样的江湖世界的北运河的侠义农家儿女，与浪迹天涯自掌正义的侠客一样，快意恩仇、急公好义，他们秉持着原始纯朴的正义感和正直善良、扶危济困的优秀品质书写着传奇的人生，追求不受王法束缚和官方压制的法外世界、化外之境。这一方面充分说明刘绍棠笔下的化外之境仍保留着武侠小说中江湖世界的快意恩仇、自由自在的特质，一方面体现了作者潜在而强烈的自由、平等、正义和公道的诉求以及寻求精神超越的理想。

通过深入阅读发现，刘绍棠乡土小说的叙事空间是以通州为核心主体的。通州位于北运河畔，坐落在纵贯南北的三千里京杭大运河的起点，是北京的东大门，一条来自北京城内太液池横贯东西的四十里通惠河由通州注入大运河。"北运河贯穿通州全境，此外东有潮白河，西有凉水河，城东北还有温榆河和箭杆河，都是从北向南，注入运河"①。于是，在通州这个区域就形成了一个纵横交织的水路网络。明清两代的漕运总督驻地就设在通州，民国以后，通州仍为京东首邑，地理位置和战略地位相当重要。纵贯通州的北运河沿岸有许多著名的码头渡口和集镇，形成了一个广阔而巨大的活动空间，流动着不少南来北往闯荡江湖的谋生者。所谓在家靠父母，出外靠朋友，为了生存和发展，他们必然会采取各种方式集结在一起，体现出一种小集团或团体的力量。他们中间有杀人越货者，也有仗义疏财者；有坑蒙拐骗者，也有诚信守诺者；有丧尽天良者，也有仁至义尽者。但不管怎样，他们必然要遵循一定的生存法则和江湖规则。况且，一般而言，"沿海地区、内地水路、湖泊和港湾，任何河流汇聚或分叉的区域所形成的沼泽都为土匪提供了传统意义上的巢穴，统治

---

① 刘绍棠：《渔火》，《刘绍棠文集》（第 7 卷），北京十月文艺出版社 2000 年版，第 79 页。

当局将这些土匪划入'水寇''海盗'之列"①。这就是说，北运河两岸这种特殊的地理位置和独特的自然环境极易产生土匪、帮派等秘密社会组织和各种社会力量。这就给刘绍棠的小说增添了许多神秘性和传奇性。新中国成立前，汉奸殷汝耕在日本主子的扶植下，在通州成立了伪冀东防共自治政府，助纣为虐，为虎作伥。北运河东岸曾为抗日根据地和解放区，活跃着八路军游击队和解放军；西岸则先后为日寇、伪军和国民党军所占领。所有这些都在刘绍棠的小说中有所折射，不仅为小说人物提供了纵横于民间江湖、从事抗日救亡大业的特定的活动空间，而且赋予其侠义爱国精神和民间英雄传奇色彩，从而使作品在诗意叙述中增添了几许豪侠之气和人在江湖的悲壮况味。

从对江湖世界的具体描绘来看，刘绍棠乡土小说中的"江湖"根植于大地民间，不仅有具体的活动空间，而且有真实的历史背景，将侠义质素与抗日救亡、社会正义等元素紧密结合，彰显出鲜明的侠义精神和浓厚的民间英雄传奇色彩。诚然，"江湖"作为侠客的具体活动空间，已不单纯指谓地理位置，而是"一种由地理与社会空间高度组合、经时间洗礼而形成的文化概念"② 和文化符号。但更重要的是，在漫长的历史演变中，"江湖"最终成为一种具有象征意蕴的独特

---

① ［英］贝思飞：《民国时期的土匪》（修订版），徐有威等译，上海人民出版社 2010 年版，第 31 页。

② 万方：《"江湖"漫议》，《寻根》2004 第 4 期。

的文化场域，而这种文化场域不同于一般的日常认知空间，它是一种独特的审美心理时空。与代表正统观念和主流意识形态的庙堂文化不同，由这种审美心理时空所营造的江湖文化则代表一种来自边缘社会的民间意识和草根精神，体现出精英意识观照下的民间世俗情怀。这正是刘绍棠精心营构的江湖世界所应有的价值意义。不仅寄托了人们在乱世不公的社会背景下对于正义和公道的希冀与期盼，而且侠义人物不畏强暴、反抗世俗偏见和社会压制的精神以及不甘受礼法束缚、独立不羁的行为方式，则暗合了人们挣脱一切外在羁绊、追求内在的生命自由和精神逍遥的强烈愿望。而这恰恰又是刘绍棠笔下"江湖"的魅力之所在。当然，刘绍棠乡土小说中"江湖"的价值意义和魅力所在，离不开他对北运河的大地民间场景的精心雕琢和情感投入。在他的笔下，通州——北运河两岸的风景和情境如诗如画，彰显出化外之境的独特魅力：

> 我出生在京东北运河边的鱼菱村，衣胞子埋在村外的柳棵子地里。
>
> 二百八十里的北运河上，有一片方圆左右十几里的扇子面河滩。……
>
> 一出北京城圈儿，直到四十里外的北运河边，都叫京门脸子。我们鱼菱村虽然坐落在这张好大脸面上，却因地处连环套的河湾子里，也就不显鼻子不显眼。柳篱

柴门，泥棚茅舍，村风民俗野腔无调，古道热肠。①

十八里运河滩，像一张碧水荷叶；荷叶上闪烁一颗晶莹的露珠，那便是名叫柳巷的小小村落。

村外，河边，一片瓜园。这片瓜园东西八篙宽，南北十篙长；柴门半掩，水柳篱墙。篱墙外，又沿着河边的一溜老龙腰河柳，打起一道半人高的小堤。棵棵河柳绿藤缠腰，扯着朵朵野花上树；枝枝桠桠，上上下下，大大小小的鸟窝倒挂金钟。小堤下，水涨船高，叶叶扁舟，从柳荫下过来过去。②

二水（指凉水河与北运河——引者注）交流，浪花飞沫，河口像一张扇面；沙洲浅滩上芦苇丛生，像郁郁葱葱的绿林，又像从水中拔地而起的青山。芦荡里的苇喳子，伴着喧哗的水声，叽喳喳叫成一片。

今日天气晴朗，蔚蓝的天空只有几抹淡薄的云烟，大河上洒满金色的阳光，几只银白的水鸟翻飞剪水。从水连着天的远处，一只客货两用的大木船，高扬着南风

① 刘绍棠：《京门脸子》，《刘绍棠文集》（第3卷），北京十月文艺出版社1996年版，第3页。

② 刘绍棠：《瓜棚柳巷》，《刘绍棠文集》（第7卷），北京十月文艺出版社2000年版，第153页。

吹满的白帆，被匍匐跪行在岸上的纤夫牵引着逆水而来。①

北运河是上京下卫的水路，南来北往的客运和货运大船，多得像过江之鲫，而穿梭打鱼的叶叶扁舟，游览河上风光的画舫，更像满天繁星；于是，便有花船应运而生。②

毋庸置疑，仅仅凭这四处来自刘绍棠不同小说的环境描写，就足以涵纳北运河两岸独特的生态魅力和古道热肠的人文民风。可以说，这是属于北运河儿女独有的自然景观和生活环境，这种自然景观和生活环境是他们筚路蓝缕、历尽苦难换来的安身立命之地，饱含着他们的血泪和汗水、欢乐与悲伤、屈从和抗争、希望与绝望。千百年来，这片热土氤氲和熔铸着燕赵文化的精神血脉，张扬着勇武任侠和慷慨悲歌的侠义精神与壮烈情怀，滋养着一辈辈土生土长的北运河儿女茁壮地成长，坚强地生存。刘绍棠将江湖世界从武侠小说中虚拟的抽象状态还原为现实的具象存在，动用如诗如画的语言尽情地描摹家乡通州——北运河两岸的自然风光和家乡

---

① 刘绍棠：《渔火》，《刘绍棠文集》（第 7 卷），北京十月文艺出版社 2000 年版，第 97 页。

② 刘绍棠：《草莽》，《刘绍棠文集》（第 7 卷），北京十月文艺出版社 2000 年版，第 253 页。

人的生活环境，以此作为他们身在江湖或浪迹天涯的活动空间，即使将故事发生的时间设置为新中国成立前的抗战时期或新中国成立后的动乱年代，也没有那种枪林弹雨、血雨腥风的渲染，更没有那种人性泯灭后丧心病狂的肆意夸张。可以说，刘绍棠笔下的江湖世界尽管有假、恶、丑的存在，但他的着眼点不在于人性之恶的暴露和展览，他的审美眼光聚焦于人性中真、善、美的优秀品质和侠义精神的深刻发掘。正是在此基础上，刘绍棠通过对江湖世界的精心营构开拓出一个独立自足于一般武侠小说之外的审美心理时空。在这种审美心理时空的烛照下，刘绍棠立足于大地民间的价值立场，以精英意识观照底层民众的生存状态和精神境况，努力开掘和张扬来自边缘社会的民间草莽的侠义精神与北运河儿女的侠骨柔肠，从而使他的小说具有一种浓浓的侠义乡土气息和鲜明的民间英雄传奇色彩。

在我看来，通州——北运河两岸的化外之境是属于刘绍棠的独创，更是他将传统武侠小说中不食人间烟火的"江湖"拉回到大地民间的一种成功的尝试。尽管他的小说不是严格意义上的武侠小说，但他的小说却含蕴着侠文化的多种元素，可谓侠义乡土文学的上乘之作。在刘绍棠的乡土小说所建构的化外之境中，既具有快意恩仇、自由自在的江湖世界的特质，更活跃着一群勇武任侠、多情重义的侠义硬汉和民间女侠。由这个"江湖"和这群"人"所构筑的化外之境，不仅折射出特定时代的真实面影，而且反映了特定地域的民情风俗和世态人生，凸显出鲜明的中国气派和强烈的民族精神。

二、勇武任侠、多情重义的侠者形象

刘绍棠乡土小说中的人物形象性格各异，刚柔相济。无论男女，大都体现出勇武任侠、慷慨悲歌的燕赵侠士风范，彰显出仗义行侠、扶危济困的美好品德。他笔下的男性形象，粗犷豪放，勇武任侠，敢作敢为，顶天立地，不失侠义硬汉的凛然风骨。与传统文学作品中塑造的柔弱顺从的女性形象不同，刘绍棠乡土小说中的女性更多地表现为豪爽英勇、多情重义、不向命运屈服的侠义气度，她们热情乐观、坚忍不拔、豁达仗义，巾帼不让须眉，堪称当代文学人物画廊中不可多得的女侠形象。

（一）勇武任侠的硬汉

刘绍棠自幼心里就耸立起武松、林冲、赵云式的出身农民的侠义英雄形象，他的内心深处存在着一种深厚的崇侠情结，形成了鲜明的侠义个性和豪放气质，折射在创作中，就是他在小说中塑造了许多勇武任侠、豪爽仗义、铁骨铮铮的硬汉形象。《蒲柳人家》中的何大学问、《渔火》中的解连环、《瓜棚柳巷》中的柳梢青、《花街》中的叶三车和《草莽》中的桑铁瓮，他们生活于北运河两岸，是刘绍棠乡土小说中硬汉形象的典型代表。在这些侠义英雄中，有的身怀绝技，武艺高强，后来投身于抗日救亡的洪流之中；有的并没有玩枪使棒，也没有驰骋疆场，但在通州——北运河两岸构筑的江湖世界中，他们"却是顶天立地的好汉。他们顽强骁勇，不畏强暴；他们侠肝义胆，为朋友宁可两肋插刀，任何时候，都是一身英气"①。

《渔火》中的解连环是北运河上的水贼，驰骋水上的绿林好汉。他和他的四名弟兄每人一口刀，一支枪，一叶轻舟，在三百里北运河横行无阻，专吃四大船行，过着自由自在的逍遥生活。当北运河风声紧的时候，他们就四散在潮白河、凉水河、温榆河和箭杆河上，四兄弟各吃一条河，各吃一个船行。作为带头大哥，解连环讲究江湖道义，他不在这四条河上与四位弟兄争生意，而是各处打秋风。在刘绍棠笔下，解连环虽出身草莽，但决不是一个普通的打家劫舍的水贼、土匪，而是一个具有正义感的江湖侠客。解连环本是一艘洋人海轮上的船员，因不满该轮船助纣为虐，为各路军阀包办运送军火，更痛恨封建军阀的穷兵黩武，他胸怀民族大义和社会正义，毅然炸掉了这艘海轮，逃到北运河，从此过起了绿林生涯。为了生存，他拉帮结伙，当上了带头大哥。解连环背负水贼罪名，并受到官府缉拿。但他行侠仗义，"替天行道，劫富济贫，路遇以强压弱，仗势欺人的不平之事，不但拔刀相助，而且以死相拼，身上留下了斑斑枪疤刀痕"；他慷慨大方，虽"日进斗钱，却又身无分文，把劫夺而来的不义

---

① 郑恩波：《刘绍棠全传》，文化艺术出版社 2006 年版，第 21 页。

之财，分发给沿河的老、弱、病、残、鳏、寡、孤、独，而自己却常常要跟他的四名弟兄借债度日"。① 因此，这个纵横于北运河水上绿林的江湖好汉在贫苦渔家和船家中有口皆碑，颇有声望。解连环为人善良，且善解人意，他深知刀尖上行走的生活随时都会出现不可想象的结局，虽已过而立之年，也不愿找女人组建家庭，纵使四个弟兄为他操心，他也不肯答应，就因为怕连累人家姑娘一辈子。他爱上了水中豪杰春柳嫂子，但知道她是有妇之夫，对她爱慕而又敬重。当四个弟兄为了成全其美意，背着他私自做主，以绑票的方式将春柳嫂子挟持到浅滩上大苇塘深处他的一处营寨时，他被蒙在鼓里，很是迷惘。知道真相后，他亲自给春柳嫂子松绑赔礼，并亲自护卫，连夜把春柳嫂子送回点将台。

解连环不仅爱憎分明、嫉恶如仇，而且深明大义、知恩必报。他第一次与阮碧村相遇，就是在拦劫日本特务的货船这件事上。阮碧村钦佩这帮绿林好汉的作为，解连环也深为阮碧村的凛然正气和察绥抗日同盟军吉鸿昌将军部下的身份所折服，可谓英雄相见，惺惺相惜。在促膝长谈中，当得知阮碧村代表京东抗日救国会前来通州联合各路英雄好汉反对汉奸卖国、抵抗日寇侵略的目的时，解连环毫不犹豫地表达抗日救国之志，并以江湖结拜的方式与阮碧村和春柳嫂子歃

---

① 刘绍棠：《刘绍棠文集》（第 7 卷），北京十月文艺出版社 2000 年版，第 93 页。

血为盟，同仇敌忾。在共同的民族敌人面前，他以抗战大局为重，与马名骓尽释前嫌，一笑泯恩仇。解连环曾带着弟兄们劫夺了一只运货大船，受到官兵追击，负伤后得到姚六合的女儿姚荔的救助，出于感恩，他把船上姚六合的贵重家具悄然归还。

这位侠肝义胆的北运河水贼带领弟兄们，与阮碧村和春柳嫂子一起惩处了百顺堂恶势力九花娘和汉奸韩小蜇子后，更加坚定了反抗精神和斗争意志。最后，阮碧村以京东抗日救国会特派员的身份，宣布成立了水路抗日游击队，解连环和春柳嫂子分别任正、副队长。作者写道："解连环跪下来接令，他的弟兄们赶忙跪在他的身后；春柳嫂子也不由得跪下来，和合大伯带着高卿和高鳅儿刚进门，众星捧月跪在她身边。"[①] 这群民间草莽的阵仗大类水浒英雄的气势，好一副江湖豪侠作派。这预示着京东民众将纷纷揭竿而起，走上抗日前线。这些于江湖上谋生的侠义之士，在党的革命思想教育和改造下，逐渐摆脱个人奋斗的生存方式，而走向集体斗争和民族革命的道路。

《蒲柳人家》中的何大学问慷慨豪爽，仗义疏财，在北运河两岸、古北口内外，在卖力气走江湖的人们中间闻名遐迩。他长得"人高马大，膀阔腰圆，面如重枣，浓眉朗目，一副

---

① 刘绍棠：《刘绍棠文集》（第 7 卷），北京十月文艺出版社 2000 年版，第 149 页。

关公相貌"，年轻时参加过义和团，舞枪弄棒，有些拳脚。后来给地主家当赶车把式，打得一手好鞭花，"自吹站在通州东门外的北运河头，抽一个响脆的鞭花，借着水音，天津海河边上都震耳朵"。① 他不仅脾气大好喝酒，更爱打抱不平，敢为朋友两肋插刀。在花鞋杜四持刀与一丈青大娘打得难解难分之际，恰巧何大学问回来了，只见他抢起大鞭抽过去，把花鞋杜四抽了个皮开肉绽。花鞋杜四勾结官府，要抓何大学问去坐牢。后经说和，方才罢休。何大学问敢做敢当，答应给花鞋杜四和豆叶黄治疗养伤。为了拯救困厄中的望日莲，他和一丈青大娘认下这个可怜儿当干闺女，慷慨地拿出自家的二亩地来为望日莲赎身，再拿出二亩地为她作陪嫁。可以说，何大学问不愧为一个响当当的民间侠客。

《瓜棚柳巷》中的柳梢青不仅是种瓜的好把式，而且武艺高强。十岁那年在瓜棚义救投河的义和团逃犯武大师姐，可谓侠肝义胆的小儿郎。武大师姐人高马大，身怀绝技，带走柳梢青学艺。三十年后柳梢青带着十三四岁的女儿柳叶眉从关外重返运河滩。他的这段经历颇具武侠小说的传奇色彩。柳梢青为人正直，不畏强暴，急人之难，行侠仗义。在花三金生命垂危之际，他挺身而出，一声怒喝，"竟像一个沉雷炸

---

① 刘绍棠：《刘绍棠文集》（第 7 卷），北京十月文艺出版社 2000 年版，第 8 页。

响"，只见龙头少爷"汤三圆子的手儿一颤，双刃尖刀落了地"。[1] 为了救吴钩的老母和几个幼小的孩子，他深入虎穴，手刃两个乡警。在抗日救亡的时代语境下，他勇敢地打破固守的家规和门规，决定将种瓜的诀窍和武大师姐教给他的全套武艺多传授几个外姓人。至此，一个扶危济困、胸怀大义的民间侠客形象呼之欲出。

《草莽》中的桑铁瓮是一位闯荡江湖的卖艺人，"最讲究江湖义气"。[2] 他力大过牛，武艺高强，有恩必酬，有仇必报，爱憎分明，嫉恶如仇。他和儿子桑木扁担跑码头时，曾受过一对要饭母女的一饭之恩。在得知老妇病死，女儿月圆被卖到花船的凄惨身世后，桑铁瓮和儿子打定主意报答当年一饭之恩，要把月圆姑娘救出火坑。当被卖到花船上的少女陶红杏跪求桑铁瓮拯救，桑铁瓮因身无分文、力不从心而陷入进退维谷、难舍难离之际，一个过路的侠义少年书生，仗义疏财，慷慨解囊，把十八块大洋的奖学金奉送给桑铁瓮，让他为陶红杏赎身。桑铁瓮感动得热泪盈眶，表示要把陶红杏当亲生女儿对待，还要把全身的武艺传授给她。陶红杏叩头谢恩，少年书生连姓名都不留，便飞身跨上石青走骡，飘然而去。桑铁瓮和桑木扁担爷儿俩一起到花船为陶红杏赎身，面

① 刘绍棠：《刘绍棠文集》（第 7 卷），北京十月文艺出版社 2000 年版，第 177 页。
② 刘绍棠：《刘绍棠文集》（第 7 卷），北京十月文艺出版社 2000 年版，第 255 页。

对花船老板马三眼和领家妈马小脚儿的漫天要价与无理取闹，桑铁瓮仗义执言，据理力争，要手刃这两个无耻恶人。相继救出陶红杏和月圆姑娘之后，桑铁瓮带着他们继续走江湖卖艺。后来，他和陶红杏一起救下当年那个不留姓名的慷慨解囊者叶雨，杀死了地方恶霸，拉起人马投奔在京东山林坚持抗日的叶雨，投身于抗战的时代洪流之中。

在刘绍棠的小说中，这类侠义硬汉还有：《蒲柳人家》中的周檎、柳罐斗、吉老秤和郑端午，《渔火》中的阮碧村和姚六合，《瓜棚柳巷》中的吴钩，《花街》中的叶三车，《草莽》中的叶雨，《荇水荷风》中的金大戟和龙抬头，《蒲剑》中的蒲天明和桑榆，《京门脸子》中的谷老苴子大伯和谷大顺子，《野婚》中的王大把式，《豆棚瓜架雨如丝》中的老虎跳，等等。所有这些侠义硬汉大都生长于大地民间，傲然挺立于宇宙苍穹，他们个个义薄云天、铁骨铮铮。虽身居乡野，却深明大义；虽身份卑微，却灵魂高蹈。他们不畏强暴、扶危济困、重义轻生、舍己助人、除暴安良、惩恶扬善，以自己的鲜血与生命去追求社会正义和公道，书写了通州——北运河两岸江湖世界壮烈的侠义英雄传奇。

（二）多情重义的女侠

新时期以来，刘绍棠在他的小说文本中精心塑造了一系列个性鲜明、栩栩如生的人物形象，其中最光彩照人、最打动人心的莫过于那些生活在通州——北运河两岸的女性形象，特别是年轻的女性形象。她们善良淳朴，急公好义，忍辱负重，勇于反抗。在她们身上，显示出原始纯朴的人性美和人情美，闪耀着人性的光辉，颇有巾帼不让须眉的侠气，堪称北运河两岸土生土长的充满野性和原始正义感的女侠。在刘绍棠的侠义乡土文学中，硬汉形象的勇武任侠、慷慨悲歌彰显出燕赵文化阳刚的一面，而女侠形象的多情重义、侠肝义胆则体现了燕赵文化的侠骨柔情。这些北运河的女儿具有独立的人格，勇敢地追求社会正义，维护社会公道，捍卫生命尊严，充满了道义理想和凛然正气。她们或为了人间真情而不畏强暴，无视社会舆论和政治压力，义无反顾，矢志不渝，历尽磨难而无怨无悔，甘愿为所爱的人和纯真的爱情而牺牲自己的一切，进行不屈不挠的抗争。她们或为了社会正义和公道、捍卫生命尊严挺身而出，拔刀相助，除暴安良，扶危济困，宁愿为所坚持的正义和道义理想而赴汤蹈火，死不还踵。多情重义是她们的核心特质，更是支撑她们傲然屹立于人间江湖的强大的精神力量。她们都有一个正直善良、高洁坚强的灵魂和一种宁折不弯、永不妥协的抗争精神，看似柔弱，但在关键时刻和危急时分却表现出足以让堂堂七尺男儿自愧弗如的义勇精神与英雄气概。

《蒲柳人家》中的一丈青大娘是刘绍棠构建的女侠世界中最强悍、最刚毅、最泼辣的一个。她"大高个儿，一双大脚，青铜肤色，嗓门也亮堂，骂起人来，方圆二三十里，敢说找不出能够招架几个回合的敌手。一丈青大娘骂人，就像雨打芭蕉，长短句，四六体，鼓点似的骂一天，一气呵成，也不倒嗓子。她也能打架，动起手来，别看五六十岁了，三五个大小伙子不够她打一锅的"①。她家住在北运河岸上，门口外就是大河。有一次，一只外江大帆船从门口路过，她看到几个纤夫赤身露体，只系着一条围腰，裤子卷起来盘在头上，就让他们站住，把裤子穿上。而纤夫们却置若罔闻，更有甚者，一个年轻的纤夫不知好歹，出言不逊，激怒了一丈青大娘。只见她挽起袖口，冲下河坡，阻挡在纤夫们面前，怒斥道："不能叫你们腌臜了我们大姑娘小媳妇的眼睛！"② 那个年轻纤夫再次对一丈青大娘无礼，这使一丈青大娘勃然大怒，一个大耳刮子抡圆了扇过去，"那个年轻的纤夫就像风吹年蓬，转了三转，拧了三圈儿，满脸开花，口鼻出血，一头栽倒在滚烫的沙滩上，紧一口慢一口捯气，高一声低一声呻吟"③。纤夫们见状，一拥而上，但一丈青大娘临危不惧，折断一棵茶碗口粗细的河柳，挥舞起来，把他们打得纷纷落水，并且还不依不饶，骂不绝口，不允许落河的纤夫上岸，大帆船失去了控制，在河上转开了磨。最后还是船老板请出摆渡船的柳罐斗、钉掌铺的吉老秤、老木匠郑端午、开小店的花

---

① 刘绍棠：《刘绍棠文集》（第 7 卷），北京十月文艺出版社 2000 年版，第 4 页。

② 刘绍棠：《刘绍棠文集》（第 7 卷），北京十月文艺出版社 2000 年版，第 5 页。

③ 刘绍棠：《刘绍棠文集》（第 7 卷），北京十月文艺出版社 2000 年版，第 5 页。

鞋杜四等这几个当地的头面人物说和了两三个时辰，一丈青大娘才开恩放行。就这样，小说一开头就将一个言语犀利、嫉恶如仇、敢作敢为、豪气逼人的女侠形象凸显出来。运河滩上怒打纤夫的故事还不足以体现一丈青大娘的豪侠之气，作者还写了她义救苦命孩子望日莲的英勇事迹。张作霖的队伍和吴佩孚的队伍在北运河开仗，一丈青大娘冒着炮火硝烟救出了被埋在弹坑里的邻居家的童养媳望日莲。在豆叶黄虐待望日莲的时候，一丈青大娘忍无可忍，怒不可遏，跳过篱笆救出了望日莲，把豆叶黄打得七窍出血。当花鞋杜四手持杀猪刀前来报复时，一丈青大娘毫不畏惧，拿起一把鱼叉还击，与花鞋杜四打得你死我活，难解难分。为了使望日莲彻底脱离苦海，她和丈夫何大学问宁愿倾家荡产也要成全望日莲与周檎的天赐良缘。这些事情并不是每个男人都能做到甚至愿意做的，但一丈青大娘却毫不犹豫地做了，而且做得相当成功。由此可见，一丈青大娘简直就是一个高大威猛、粗犷豪爽的女侠形象。从她身上，我们可以发现一个民间女侠舍己为人、急人之难、扶危济困、成人之美的侠义风范和正气凛然、善良乐观、助人为乐的优秀品质。

在《渔火》中，春柳嫂子的老爹有一身江湖习气，仗义疏财，她的老公公在通惠河上领船，跟她老爹是磕头的兄弟，也是个仗义之人。这些正直正义的家风奠定了她的性格基础，使她敢爱敢恨、敢做敢当、大胆泼辣、英勇无畏。她在少女时代就与潞河中学的穷学生阮碧村情投意合，私订终身。阮碧村参加革命后不辞而别，杳无音讯，她担心情人的安危，为此大病一场。在家里的催逼下，她嫁给了小混混韩小蜇子，但拼死不许他沾身。在婆婆、父亲和公公相继去世后，春柳嫂子就接替公公领船，在通惠河和北运河上经常抛头露面。在行船的男人世界中，她磨练出了嫉恶如仇、勇武刚毅的心性，"不但神态冷若冰霜，而且骂阵嘴像刀子，打架手黑心狠"，领船不到半年光景，"竟在通惠河上闯出一个女中豪杰的名声"。① 春柳嫂子古道热肠，多情重义，扶危济困，乐于助人。她自己的亲人中只有老母亲还健在，但却不在身边。她尽心帮助关照孤老头和合大伯和父母双亡的苦孩子高鲫与高鳅儿，四个人同命相连，患难与共，她带领由四个人组成的小小船帮，在水上谋求营生，濡染和养成了不少江湖豪气。面对官军抓官差的无理要求，她不畏强权，临危不惧，据理怒斥，断然拒绝。她曾被解连环的弟兄们绑架，逼她给解连环做压寨夫人，在解连环的营寨里，她英勇无惧，宁死不屈，怒斥水贼，誓死捍卫自身的清白。好在解连环正直仗义，亲自护送她回家。两年后，阮碧村归来，她果敢地向韩小蜇子讨要休书，想结束这段不该发生的婚姻，结果误入九花娘和韩小蜇子设置的陷阱，被打得遍体鳞伤，但无怨无悔。被救出后，拿到了休书，想一把火烧掉韩家的房子，然后入解连

---

① 刘绍棠：《刘绍棠文集》（第7卷），北京十月文艺出版社2000年版，第84页。

环的伙，"颇有林冲夜奔的气势"①。作为一个弱女子，春柳嫂子不畏强暴，无视世俗偏见，大胆地做出主动讨要休书的离经叛道之举，执著地追求以美好爱情为基础的自由婚姻。这本身就是对传统伦理道德和封建礼教的蔑视与挑战。特别是在抗日救亡的形势下，春柳嫂子加入阮碧村和解连环的结拜，三人义结金兰，同仇敌忾。不仅体现了她为情而生、为爱而战的不屈不挠的抗争精神，而且彰显出一派为国而战的胸怀民族大义的女侠风范。

柳叶眉是《瓜棚柳巷》中慷慨英武的女侠，她是运河滩上瓜园主人柳梢青的女儿，自幼深得姥姥武大师姐恩宠，武大师姐一心想让她顶天立地，从小当男孩子对待，教她打拳踢脚，飞刀舞枪。就这样，她在自由自在、豪放不羁的环境中充满野性地成长，出落得俊俏而剽悍，侠义而热心，血气方刚，英武刚强，彰显出一副巾帼不让须眉的女侠风范。当同村的书生吴钩想拜柳梢青为师学武，却因武林门规而碰壁之际，柳叶眉主动表示愿意传授，并和吴钩结拜为兄妹，虽喜欢吴钩，但却成全了放鹰人花子金的女儿花三春与吴钩的姻缘。在花三春身陷囹圄、险遭毒手之时，她总是挺身而出，施手相救。而当花三春无理取闹、误解羞辱她时，她虽气得血脉贲张，大打出手，甚至与吴钩割袍断义，但内心仍挂牵着这同命相怜的一家老小。当得知吴钩参加了抗日救国会时，

① 刘绍棠：《刘绍棠文集》（第 7 卷），北京十月文艺出版社 2000 年版，第 146 页。

她希望吴钩带兵杀回运河滩，准备入伙杀敌。在花三春已经遇害，而父亲柳梢青深入虎穴、生死未卜之际，她毅然杀死了恶霸汤三圆子。柳叶眉不仅侠肝义胆，而且善良多情。她打破行拜师礼的陈规，主动与吴钩结拜为兄妹，更是大胆地向吴钩表白以身相许的意愿。因与吴钩结为兄妹，她在内心雪藏了这份情感。就是这样一个多情重义的女侠，在与父亲和吴钩一家老小大团圆的时候，她内心最大的愿望就是等打跑了鬼子，赶走了汉奸殷汝耕，天下太平了还要回家种瓜。可以说，这是一个典型的充满纯朴的乡土气息的瓜棚女杰。她没有辜负姥姥武大师姐的厚望，在她身上，充分体现了一个顶天立地的侠客所应有的优秀品质。

小说《碧桃》讲述了普通的农村未婚姑娘碧桃帮助"文革"中因里通外国和阴谋叛国的罪名而落难的戈弋抚养幼子沉香的故事。碧桃与戈弋非亲非故，萍水相逢，她同情戈弋的遭遇，不顾世俗偏见，出于道义，毅然承担起帮他抚养孩子的责任。为了这个无辜的孩子，即使遭受流言蜚语的污蔑和父亲对她有辱家风的误解，她也无怨无悔，坚强地活着。这个"清白无辜的处女，没有出嫁的姑娘，身背不白之冤，头顶重重压力，被迫离开了自己的家，甘愿为他人而受难，义无反顾"[①]。碧桃默默地承受着来自亲情和社会的巨大压力，

---

① 刘绍棠：《刘绍棠文集》（第 7 卷），北京十月文艺出版社 2000 年版，第 480 页。

在耻辱、痛苦、忧伤和悲愁中煎熬度日，抚养小沉香长大，供养他上学。碧桃十分珍惜戈爻和谷铁铮留给她作为孩子抚养费的瑞士金表与六百块钱，她执意为沉香留着，宁愿受苦受累，也不愿拿出来改善生活。戈爻被平反后来接沉香，她甘愿忍受母子离别的痛苦，也要成全人家亲父子团圆。碧桃是位善良热心、大胆泼辣、急人之难、舍己助人的农村姑娘，她有着圣洁的灵魂。在当时的中国农村，未婚姑娘的名声重于生命，而碧桃却能忍受着巨大的精神痛苦和社会压力来抚养既无血缘关系又无姻亲关系的落难者的孩子，这本身就是一种惊世骇俗之举，更是无私而伟大的侠义行为，折射出一个乡村女侠博大的胸怀和赤子之心。

在刘绍棠笔下，这类正直善良、多情重义的女侠还有《草莽》中的陶红杏、《蛾眉》中的蛾眉、《二度梅》中的温青凤、《花天锦地》中的大红锦、《绿杨堤》中的水芹、《京门脸子》中的谷玉桃、《野婚》中的金裹银儿等。她们能够冲破世俗偏见和习惯势力的羁绊，承受各种来自传统封建道德和男性社会的压力，义无反顾地走上抗争之路，大胆追求自己的幸福，寻求社会的正义和公道。这些侠义巾帼英雄与侠义硬汉形象相得益彰，相映生辉。正因为她们的存在，才使得通州——北运河两岸的民间江湖呈现出勃勃生机，焕发出生命的激情。

三、大地民间的侠义情怀

刘绍棠的家乡河北省通县（今北京市通州区）儒林村位

于京东北运河畔。通州在古代属于燕赵地区，位于胡汉杂居交融之地。自古以来，燕赵地区多勇武任侠、慷慨悲歌之士。作为京杭大运河的北部起点，在中国南北文化交流和经济往来中起着重要的沟通作用。独特的地理位置和文化环境造就了北运河人好侠重义、正直勇武、敢作敢为、聪敏机智等独特的文化个性和纯朴善良、豪侠多情的民风。燕赵文化刚柔相济，燕赵儿女更是坚忍不拔、不屈不挠，充满着刚健进取、勇武豪侠之气，在国家危亡之际，能够慷慨赴难、视死如归。在慷慨悲歌、勇武任侠的燕赵文化的长期浸润和深刻影响下，北运河两岸的人民直爽仗义，温柔多情，侠肝义胆，豪气干云。尤其是位于北运河东岸一个偏僻河湾死角处的儒林村，更是积淀和承传着这种独特的侠骨柔肠。几百年来，"儒林村人这种豪侠仗义、助人为乐的好传统、好家风，哺育着他们一代又一代的儿孙们。正因为有史以来，他们就以团结心齐出名，所以整个抗日战争期间，日寇到运河西岸烧杀劫掠数十次，竟没敢往儒林村派过一兵一卒。'文革'期间，上上下下一团乱，每个工厂，每所学校，每个生产队，都分成了势不两立的两大派、三大派，而儒林村却如同磐石一般稳固，始终是一个岿然不动的整体。儒林村人这种坚韧顽强、宁折不弯的秉性，也传给了他们的子孙后代。在他们当中，涌现出多少宁为玉碎、不为瓦全的钢铁硬汉"①。在刘绍棠的乡土

---

① 郑恩波：《刘绍棠全传》，文化艺术出版社 2006 年版，第 5 页。

小说中，儒林村具象化为鱼菱村，这是他的精神原乡和灵魂居所。在以鱼菱村为核心的北运河两岸这片热土上，涌动着来自大地民间的侠义情怀。正是这种侠义情怀，支撑着刘绍棠踏上了书写民间江湖侠气的精神之路。

刘绍棠从小就深受这片侠义热土的滋养和慷慨仗义、刚柔相济的民风家风的浸润。他的曾祖父"最具有汉胡混血特色"①，外号鞑子，有一身好武艺，为了生存而闯荡江湖，一生中当过车把式、贩过马、扛过长工、背过纤、种过河滩地，是一个地地道道的农民，不到四十岁便被乡亲们尊称为鞑爷；曾祖母乐善好施，勇于担当，帮助别人而不求回报；他的祖父仗义疏财，为朋友两肋插刀，《蒲柳人家》中的何大学问就是祖父的化身；他的祖母吃苦耐劳，忍辱负重；他的父亲刘桐九诚信守诺，光明磊落；母亲柏丽贞既明晓事理，孝敬长辈，又有一定的反抗精神，对婆婆的一些不合理要求从不逆来顺受，而是坚持自我。可见，刘绍棠家中长者的品格，都具有侠文化精神的质素。尤其是母亲，不仅以自己的言行教育和影响着刘绍棠，还给幼年时期的刘绍棠讲过许多民间传说和侠义故事。正是这种潜移默化的影响，使刘绍棠从小就生成了一种崇侠情结，折射在作品中，则大显英武豪侠之气，就连小说人物都有仗义行侠的志向和冲动："我曾想当杀富济

---

① 刘绍棠：《说古·戏言·北国风光》，《刘绍棠文集》（第10卷），北京十月文艺出版社2003年版，第142页。

贫的绿林好汉，或者飞檐走壁的游侠刺客。八路军到了鱼菱村，我又想当个出没大河上下，埋伏青纱帐中，闭着眼睛也能百发百中的神枪手。"[①] 可以说，刘绍棠热情豪爽、侠肝义胆的鲜明性格和刚正不阿、耿直豪放的侠义人格的形成与这种家风的影响是分不开的。

同时，北运河儿女的这种勇武任侠、豪爽仗义的性格和优秀品质通过评书、戏曲、民间故事和文学作品等方式对刘绍棠侠义人格的养成产生了潜移默化的影响。刘绍棠从小就喜欢听《彭公案》《七侠五义》《薛礼征东》等评书，尤其喜读武侠小说。在小学三年级时，他就能把《七侠五义》的故事给同学们讲得有声有色；上小学五年级时，他曾经写过武侠小说给同学看。他的家乡儒林村的种瓜能手季聋爷会讲评书《三国演义》和《杨家将》，对小绍棠产生了极大的吸引力。青灯照的大师姐赵大奶奶给小绍棠讲义和团抗击八国联军的英雄传奇故事，使他悠然神往。特别是《唐传奇》《聊斋志异》《水浒传》和一些侠义小说等文学作品，使刘绍棠对侠义精神有了自己的理性认识。他在小说中塑造了许多多情重义的女子和豪爽粗犷的男子，大都充满正义感和凛然侠气，与这些潜移默化的影响存在着必然联系。

刘绍棠侠义人格的型塑及其作品侠义色彩的形成更离不

---

① 刘绍棠：《野婚》，《刘绍棠文集》（第 3 卷），北京十月文艺出版社 1996 年版，第 299 页。

开北运河两岸乡亲们现实行为的帮助和古道热肠的温润。他真诚坦言：“我们的民族脊梁是农民，我们的传统美德鲜明地保存在农民身上。我的家乡本是燕赵故地，燕赵自古多慷慨悲歌之士，我的家乡农民非常豪爽重义；我的家乡又是位于京津之间的古运河航道上，因而，我的家乡农民又具有机智、风趣、狡黠的特性。”① 这是刘绍棠对家乡农民发自内心的礼赞。他的人生道路坎坷曲折，从童年到成年，经历过三灾八难，遭遇过坎坷曲折，都得到父老乡亲们的爱护和救助，他对这些扶危济困、多情重义的家乡人心存感恩戴德之情。

刘绍棠在幼年时期历经劫难而不死，都有赖于乡亲们的救助。四岁那年三伏天的一个中午，小绍棠逮鸟抓鱼，不慎跌入池塘，是本家的一位老叔把他救上岸。六岁那年，他和小伙伴们在田野里追兔子，被一根枯藤绊倒，锋利的高粱茬子刺伤了他的喉咙，是村子里的一位赵大爷及时相救，才使他转危为安。尤其是五岁那年闹土匪，更是惊心动魄。那年春季的一个夜晚，全家老小尚在梦中，他们家的房子被一伙穷凶极恶的土匪给包围了。全家人仓皇跳窗逃走，后来才发现小绍棠还在屋里。在这千钧一发之际，刘家的长工李二大伯冒险返回，机智地救下了正在酣睡的小绍棠。这个义救小绍棠、使之虎口脱险的李二大伯，绰号“大脚李二”，长得虎

① 刘绍棠：《乡土文学·我为乡土文学抛砖引玉——答谢河南农村读者》，《刘绍棠文集》（第10卷），北京十月文艺出版社2003年版，第38页。

背熊腰、力大无穷，心地却善良温慈，是刘绍棠"一生中崇拜的第一个人物"[1]。大脚李二是幼年刘绍棠的保护神，他对小绍棠呵护备至，宠爱有加。甚至"文革"期间，已经鬓发斑白的李二大伯曾在一年春节赶着一只羊，过河到儒林村去看望落难于故乡的刘绍棠。李二大伯后来成为刘绍棠的长篇小说《京门脸子》中谷老茬子大伯的原型，从这个侠义的长工身上，刘绍棠"深刻而具体地领悟了中国农民勤劳、重义、善良的美德；而这种美德又潜移默化地影响了他的性格、气质和心灵"[2]。季三哥，也是刘绍棠心目中的好汉。他身材高大，体壮如牛。季三哥祖上有尚武传统，他深得家传，加上名师指点，成为一个武艺高强、闻名遐迩的好汉。他言必信，行必果，已诺必诚，具有侠义风范和大丈夫气概。虽然没有上过学，但喜欢看戏和听评书，能将《彭公案》和《七侠五义》讲得头头是道，不仅如此，季三哥还是种地干活的好把式，会做多种活计，干净利落，令人称道。就是这样一位比刘绍棠大22岁的侠义之士，对童年时代的刘绍棠视若兄弟，十分高看，同李二大伯一样，经常让小绍棠骑在脖子上，带着他去看戏，呵护他，帮助他。刘绍棠的小说《京门脸子》中的谷老茬子大伯、《豆棚瓜架雨如丝》中的老虎跳、《荇水荷风》中的龙抬头、《蒲柳人家》中的柳罐斗，都有季三哥的

---

① 郑恩波：《刘绍棠全传》，文化艺术出版社 2006 年版，第 21 页。
② 郑恩波：《刘绍棠全传》，文化艺术出版社 2006 年版，第 22 页。

影子。在刘绍棠的心目中，侠风烈烈的季三哥就是"运河滩的武松、赵云"①。可以说，像李二大伯和季三哥这样侠义的乡亲，在刘绍棠的气质和个性形成与发展过程中起到了重要的作用。

毋庸置疑，刘绍棠自幼就命运多舛，好在生活于这片文化热土上的乡亲们大都多情重义、扶危济困，关心他，帮助他，每每使他逢凶化吉，遇难呈祥。正当刘绍棠意气风发地准备在当代文坛大展身手之际，"反右"斗争的霹雳击碎了他的文学人生之梦；接踵而至的"文革"这场政治风暴又进一步浇灭了他的文学激情与理想。在刘绍棠身陷囹圄之际，多情重义的乡亲们并没有迫于政治压力而遗弃他、冷落他，而是义无反顾地出手相救、鼎力相助。1957 年"反右"斗争扩大化，刘绍棠被错划为右派；1958 年 2 月 27 日被开除出党。他遭受着严重的心灵创伤和精神苦难。但他坚挺着走过来了，体现了一个宁折不弯、英勇不屈的大丈夫气概。3 月他怀着"莫因逆境生悲感，且把从前当死看"② 的壮志，回到了故乡通县儒林村。在刘绍棠被发配到故乡接受劳动改造期间，故乡的父老乡亲是他的保护神。他在生病的时候，受到乡亲们的照顾；在被坏人欺负的时候，又是黑脸大汉这样的乡亲挺身而出，拔刀相助。"文革"爆发后，刘绍棠返回家乡避乱，"从

---

① 郑恩波：《刘绍棠全传》，文化艺术出版社 2006 年版，第 23 页。
② 郑恩波：《刘绍棠全传》，文化艺术出版社 2006 年版，第 174 页。

1966 年 6 月开始，到 1979 年 1 月最后得到彻底平反，真正获得解放，在和煦的故乡乐园，在多情重义、勤劳纯朴的父老乡亲中间，刘绍棠变成了一个诚朴、厚道的农民，度过了他今生最有价值、最有意义、最不能忘怀的 13 个春夏秋冬"①。

刘绍棠落难期间，受到了乡亲们的保护和厚爱，而乡亲中的女性对他更富有同情和怜爱之心。在他遭受毁灭性打击的艰苦岁月中，这些善良侠义的女性对他尽心尽力地给予爱护和帮助。唐静如大姐勤劳善良，多情重义，"她是绍棠在故乡乐园里的第一个保护神"②。丫姑深明大义，明辨是非，对刘绍棠的衣食住行关怀备至，彰显出侠义情怀。尤其值得一提的是刘绍棠的妻子曾彩美，在那个是非颠倒的时代，这个曾生活于富裕家庭的归国华侨，为了丈夫，为了正义，没有向恶势力屈服，也没有和刘绍棠划清界限，而是冒着被开除党籍的风险，勇敢地承受着巨大的政治压力和沉重的精神与生活负担，以顽强的韧性和惊人的毅力支撑起整个家庭。在那段梦魇一般的岁月里，身陷困境的刘绍棠更能感到侠义精神的可贵和侠骨柔肠的温暖。

正是这些侠义多情、扶危济困的女性和乡亲们，为危难中的刘绍棠撑起了固若金汤的保护伞，使他在激情消退和理想破灭的时代荒漠上看到了希望的绿洲。"文革"结束后的刘

---

① 郑恩波：《刘绍棠全传》，文化艺术出版社 2006 年版，第 208—209 页。

② 郑恩波：《刘绍棠全传》，文化艺术出版社 2006 年版，第 211 页。

绍棠在思想解放的潮流中重新燃起了生命的激情，焕发了创作的活力。他以一种感恩的心理和充满侠义的激情，在小说中塑造侠义人物形象，讴歌和赞美他们的侠义精神和高贵品德，这应该与他落难期间的生活经历和生命体验存在着密切关系。经过"反右"和"文革"动乱中的体悟与反思，刘绍棠的侠义人格有了更厚实的现实根基，他对父老乡亲的侠义精神充满了钦佩、景仰和赞美，他们就是他心中扶危济困、救人于危难的现实中的侠客，从而使他的文化人格和作品特色也打上了深深的燕赵文化的烙印，充盈着侠文化精神的风骨。

在改革开放的时代语境下，当刘绍棠返观童年特别是深情回眸那段故乡放逐生活的时候，感恩戴德之心油然而生，使他在小说文本中尽情地描绘京东北运河儿女如诗如画、慷慨悲歌的生活图景，引吭讴歌大地硬汉和民间女侠粗犷豪爽、急公好义、扶危济困、多情重义的侠义精神与世俗情怀。尤其是在那些点染抗日因子的小说中，刘绍棠并没有正面描写抗日战争的刀光剑影和弥漫硝烟，而是将抗战的面影和即将拉开的如火如荼的抗日烽火蕴藉于对故乡风土人情的诗意描摹和对侠者形象的激情书写之中，在他精心营构的通州——北运河两岸的民间江湖世界中，洋溢着冲天豪情和凛然正气。不难发现，在刘绍棠的侠义乡土文学书写中，寄寓着对黑暗势力的憎恨与抗争，对苦难弟兄和邻里乡亲的深情讴歌，对勇武任侠、慷慨悲歌的燕赵文化精神的坚守，对社会正义和自由逍遥之境的执著追求，从而使人们在诗意的阅读快感中尽情地感受和寻觅来自大地民间的凛然正气与侠骨柔情。

[本文系中国博士后科学基金第 60 批面上资助项目"中国新文学作家的侠文化观及其价值重构研究"的阶段性成果，国家社会科学基金项目"中国新文学作家与侠文化研究"（项目批准号：10CZW051）的阶段性成果。]

［作者简介：陈夫龙，山东师范大学文学院副教授，
博士后，硕士研究生导师。
本文原载《中国现代文学研究丛刊》2018 年第 1 期。]

王城"雾霾"的多重主题蕴意
——评徐则臣长篇小说《王城如海》

任艳苓

  继四十五万字的《耶路撒冷》之后，徐则臣笔触收紧，写出十几万字的小长篇《王城如海》，围绕海归戏剧导演余松坡一家，余家保姆罗冬雨及其弟弟罗龙河、未婚夫韩山等人物，揭示了在历史与现实间交织纠结的道德自省，展示了当代人的现实生活和精神世界。

  小说中意象重叠，使作品具有纷繁复杂的文化意味。纵观全文，小说大多篇幅都写到了北京的雾霾，据笔者统计，"雾霾"一词的出现频率在文中有七八十次，灰暗而又无处不在的雾霾似乎成为小说中最主要的文化意象，同时也构成了作品故事发生发展的总基调。从最基本的意义上讲，雾霾所呈现的是现代化进程中的北京饱受环境污染之害的现状，揭示了北京城生存环境的糟糕，在读者看来，很容易从中生发出"环境保护"主题。

然而，作者的目的却并非仅止于此，小说文本与余松坡所导戏剧《城市启示录》相互交叉介入，彼此形成对对方的对照解释和互文补充。小说中的儿子余果与戏剧中的小猴子具有同质性，他们都对雾霾具有灵敏的反应，在此意义上，雾霾象征着现代城市中成人世界的污染、黑暗、纷乱、焦虑、龃龉等，而余果和小猴子纯洁的心灵是测试雾霾的试纸，敏感地测出了城市生活中的现实龃龉和精神困境。正因如此，"雾霾"这一意象体现在作品中城市生活的点滴碎片中，从社会现实的观照、时代历史的思考、精神困境的出路等不同层面蕴含了丰富的思想主题喻意，不仅是自然之霾，还是社会之霾、时代之霾、精神之霾。

一、社会之霾——生存压力下的现实审视

在警示生存环境的逐渐糟糕之外，"雾霾"这一具有广泛性和时代性的意象，更重要的意义在于对社会现实的审视和观照，展示了在繁乱复杂的大都市北京，人们面临巨大的生存压力。不仅是每天呼吸着雾霾的空气，这种巨大的生活压力和残酷的社会现实更像雾霾笼罩下的天空，灰暗阴沉，压得人喘不上气来。正如作者所说："我在借雾霾表达我这一时段的心境：生活的确是尘雾弥漫、十面霾伏。"①

---

① 徐则臣：《〈王城如海〉后记》，《东吴学术》2016 年第 5 期。

《王城如海》的故事是围绕着余松坡回北京后所导演的戏剧《城市启示录》因对蚁族的议论冒犯了年轻人引发社会争议的事件而展开的，其中作为年轻人庞大群体代名词的"蚁族"成为引人注目的角色，他们的生存状态更成为作品进行现实审视的着力点。"蚁族"，顾名思义，即像蚂蚁一样群居，为了生活始终忙忙碌碌工作的一群人，这是当代城市年轻人的普遍状态。他们居住的是破旧的筒子楼和老平房，中间拉上布帘就可以隔绝世界的出租屋，猴子汤姆能闻到其中"拥挤、颓废、浓厚的荷尔蒙，旺盛的力比多，繁茂的烟火气，野心勃勃、勾心斗角，倾轧、浑浊、脏乱差的味儿"①，城市中的年轻人生活在拥挤、贫困、压抑和焦虑中，甚至连做爱都只是与别人一帘之隔。这种生活状态，是社会现实的真实写照，体现了作者对底层年轻人的关注。不止如此，他们的工作环境同样糟糕，保姆罗冬雨的男友韩山骑着三轮车送快递，面对尽责任规矩多的女友饱受相思之苦，而韩山的工友彭卡卡在一次送快递途中出车祸不治身亡，一条鲜活的生命突然凋零，更是给整个小说的背景蒙上一层压抑的底色。底层劳动者是如此，大学生们也不能幸免，毕业等于失业，罗龙河大学毕业后考研失利准备二战，随便凑合在一家影视公司里当枪手，拿着仅够维持生存的工资；出租屋里生炉子的姑娘靠编书维持生活。在某种程度上说，他们的生活和工作

---

　　① 徐则臣：《王城如海》，人民文学出版社 2017 年版。

都处于压抑状态，承受着巨大的生活和精神压力。

生活在社会底层的年轻"蚁族"们生活贫困而压抑，生活富裕、阶层较高的余松坡一家生活也并不轻松。余松坡从国外归来所导演的第一部戏就因为冒犯了年轻人而引起社会争议，受到年轻人的抵制、对抗；妻子祁好整天忙于工作，没时间关心儿子余果，说不出儿子的如常生活细节，甚至连医生都说她是不称职的母亲，以至于儿子对保姆罗冬雨更为依恋。在北京，人人都有生活和工作上的烦忧，缺失了关爱和交流的生活，在现实重压下忙忙碌碌、疲于奔命的工作，这些构成了雾霾一般灰暗阴沉、看不清方向的生活状态。

城市里的生活现实是残酷的，小说中的人物都是被急速运转的社会裹挟着前进的小人物，没有自己驾驭方向的能力，只能是在面对生活压力和困境时，默默地接受，更加地努力，以改变自己的生存状态。作者借着对北京城人们生存状态和生活碎片的描写，"借助他们的选择、焦虑和命运，记录这个变化的外部世界和丰富具体的内部精神"[1]。

现实生存压力带来的焦虑和辛劳，是现代竞争环境下的社会雾霾，人们只能在污浊的空气中艰难呼吸，却无法逃离。然而，我们不可否认，他们仍怀着梦想，仍在为自己的梦想

---

[1]　刘琼、徐则臣：《前文本、潜文本以及"进城"文学》，《东吴学术》2016 年第 5 期。

不断奋斗着，正如在讲座现场冯壬代表所有还有信心挤在出租屋里的同龄人道出的心声："我们没有失败，我们只是尚未成功！"这梦想能不能像张家口的北风一样，驱散沉重生活压力的雾霾，我们不得而知，但始终对其怀有希望。

二、时代之霾——城乡鸿沟与阶层差异

"雾霾"的第二层隐喻是城乡之间难以跨越的心理鸿沟，以及城市里层次分明的阶级差异。题目中的"王城"显然指的是北京城，在繁华迷乱的北京城里，穷人、富人、知识分子、费尽力气挤进城市的大学生、乡下人比邻杂居，但生活方式的不同、工作的不同、思考问题角度的不同给他们贴上了各自阶层的标签。"小说中穿插的《城市启示录》所引发的社会争议，所揭示出的，乃是当下时代中国实在已经无法被忽视的阶层被撕裂的状况。"①阶层差异所带来的冲突对抗以及不甘心理，正是时代雾霾凸显的病症。

在特定的时代意义上，城市总是比农村优越繁华，在 20 世纪 80 年代，农家子弟要想出人头地，只有通过考大学和当兵两条路进入城市，成为城里人，这种时代环境造成许多人向成为城里人奋进，徐则臣小说《耶路撒冷》中的初平阳、易长安、杨杰、秦福小等正是农村向城市奋进的青年人的典

---

① 王春林：《先锋性、戏剧性、情欲战争及其他》，《长城》2016 年第 6 期。

型代表。流浪汉余佳山年轻时就常跟着开长途货车的姑父进城，见识城市里的美丽新世界。在当时的农村人看来，进城是闪着金光的美好未来，而严格的农业与非农身份则成为其间的阻碍和鸿沟，而余松坡为了跨越这道鸿沟成为城里人，在高考落榜后与堂兄余佳山的入伍竞争中不惜用手段取胜，终因愧疚放弃当兵转而去复读。一直到21世纪，"进城"仍然是农村人梦寐以求的未来生活，小说中罗冬雨、罗龙河、韩山、彭卡卡等都是从农村进城的小人物，大多年轻人宁愿做"蚁族"也要待在北京，他们通过自己的努力终于跨越了那道城乡之间的鸿沟，满怀希望地奔向城市。

然而，农村人在进城后，虽然身体上是进城了，但却仍存在精神上的焦虑和困惑，他们在城市里难以得到真正的尊重，在身份上被较高阶层的城市人所歧视，仍然难以逃脱阶层差异和身份歧视的雾霾的笼罩。小说中，余家是属于层次较高的知识分子家庭，住的是北京有名的高尚社区，祁好重视科学和养生，一日三餐都有提前拟定的标准食谱，孩子上的幼儿园有家长集资购买的空气净化器，擦面具时讲究不同材质的面具用不同的工具来擦拭。然而，从农村进城者们却有着自己的生活方式，韩山、彭卡卡为了挣钱晚上加班，罗龙河居住在拥挤混乱的聚租点，余家的面具擦拭得比韩山的衣服乃至整个人都干净，彭卡卡的相亲因衣服不干净而失败，当罗冬雨将余家的科学食谱推荐给父母朋友时，这些普通人、农村人对余家科学的生活方式不以为意，因为他们没有时间去考虑这么多，更重要的是生存。这就是二者之间的区别，借用罗冬雨男友韩山的话说："这不是营养和饮食习惯的差异，是城乡差别、中西差别，是阶级的问题。"

城乡鸿沟和阶层差异的时代雾霾带来的不是空气的污染，而是社会生存环境的混乱，对富人的嫉妒和不平等的愤怒会让人丧失理智，最终影响整个社会环境的清明宁静。小说在一开始，就写到余松坡因窗户被砸产生的焦虑和紧张的心情，他怀疑这是因为有人不满他在戏剧《城市启示录》中对蚁族的歧视而进行的报复，虽然最终警察证明这只是因砸错了窗户而产生的巧合，但却影射出因身份差距而产生的威胁社会环境的阶层性冲突。

这种时代雾霾是整个社会的病灶，它从精神上蚕食着社会稳定的基座。作者借余松坡之口告诉我们，楼房的高度、商业的密集、生活的风光，"这些都只是浮华的那一部分，还有一个更深广的、沉默地运行着的那一部分，那才是这个城市的基座。一个乡土的基座"。在城市里更多的是这些从农村进城的底层的劳动者，他们用自己的劳动维护着北京城的运转，满足着市民们的生活需求。余松坡的谈论，是作者试图为让城市人正确看待进城者、填补城乡鸿沟做出的一点努力，至于这种努力能否实现其美好意图，城乡差距的雾霾能否消散，需要我们整个社会的共同努力。

三、精神之霾——心理焦虑与道德枷锁

在更深层的意义上，小说中无处不在的雾霾还是人物内心精神困境的一种表征，揭示了以余松坡的道德自省为代表的现代社会人们所面临的心灵荒芜和精神焦虑。这种精神的雾霾污染了人们纯洁的心灵，让社会道德和价值观陷入迷茫混乱的状态。

精神的雾霾弥漫在整个社会的文化心理中，纵观整部作品，城市里人们的心理常处于焦虑、疲倦、困惑、孤独、忧伤、恐惧等负面情绪氛围中，他们为生活而烦躁，为工作而烦恼，找不到心灵的寄居所，陷入在茫茫人海中孤独地守着自己的内心。小说开篇中余家玻璃被砸是因为做生意合伙的二人闹掰了，雇人解气报复时砸错了；鹿茜为了能在余松坡所导戏剧中出演角色，主动要求献身接受潜规则；韩山被繁重的工作和工友彭卡卡的悲剧所刺激，在焦虑情绪中伤了罗冬雨的心……心理焦虑成为现代人的精神困境，整个社会陷入了道德滑坡和心灵荒芜的精神之霾中。

更值得一提的是余松坡心里的道德枷锁，刘琼认为："徐则臣这部小说的最有价值的贡献，是写出一个知识分子精神内在的反省和批判，表现为道德的重负和自律。"余家最大的秘密就是余松坡一有重大刺激或心理焦虑就会梦游。余松坡的梦游源自他年轻时所犯下的一桩罪行——为了争取入伍名额将一个无辜者送进监狱，从此这件事成为他和父亲心里难

以驱散的雾霾。每当听到余佳山的消息，父亲就开始拉《二泉映月》，而余松坡则在噩梦里挣扎，梦中出现的余佳山的惨状成为他心底挥之不去的阴影，他在这种道德雾霾中恐惧、焦虑、紧张、烦躁、慌乱，甚至做出伤害自己的举动。在某种意义上说，余松坡的噩梦源自对自己罪行的忏悔和逃避，他被一个想象的世界追得到处逃亡。当余松坡搭助理的车路过天桥，看到邋遢的流浪汉余佳山时，"当时雾霾渐起，真切地弥漫到了他的心里"。在此，雾霾是对人物心理的一种背景性暗示，不仅仅是城市空气里的雾霾渐起，更重要的是自己一直在逃避的人出现时，内心产生的恐惧感、负罪感和愧疚感，道德雾霾进到了他的骨头里。

面具在文中多次出现也极富意味，余松坡对面具有浓厚的兴趣，家里收藏了世界各地的两百多个面具。面具在某种意义上是一种自我保护的工具，谁也看不到面具背后是怎样的一张脸，所有的惊慌、焦虑、恐惧都被掩藏，余松坡试图在面具中逃避自己的罪行。从这点看来，那张登上《京华晚报》的照片具有独特意义，余松坡的帽子、墨镜和口罩遮住了整张脸，等于是给他戴上了一张面具，遮盖住了余佳山认出他的可能性。然而，背后那张脸真能平静安详如初吗？恐怕并非如此，即使余佳山的新鲜空气和防霾神器能够驱散空气中的雾霾，但却给余松坡的内心带来了紧张、焦虑、愧疚等道德拷问下的精神之霾。余松坡噩梦越来越频繁，破坏力度也越来越大，梦游使整个书房变成一片废墟，也正因如此，保姆罗冬雨需要请人帮忙收拾书房，这才被弟弟罗龙河发现了那埋藏三十年之久的道德罪恶和内心愧疚。罪恶终究暴露出来，可能否得到救赎，取决于受害者的态度。当罗龙河带余佳山去余家，试图让二人正面相对解决问题时，余佳山从余家的面具中看到了令他惊惧的"鬼"，并对其攻击破坏。面具中的"鬼"隐喻着余松坡父子告密时的灵魂罪恶，而余佳山对面具的攻击破坏表明，他要揭开余松坡一直逃避面对罪行的面具，宣泄自己荒废一生的恐惧和愤怒。

我们好奇着，余佳山是否真的精神错乱，他在得知历史真相后是否能与余松坡达成和解，重新回来的罗冬雨将会面临怎样的宣判，逃跑的罗龙河是否会像当年的余松坡一样背负上沉重的道德枷锁。然而，作者并未给我们一个最终的答案，正如雾霾的大背景一样，小说的结局仍然在雾霾的遮隐下，看不清未来的出路。然而，大风已到张家口，这一回千真万确，张家口的大风能驱散王城北京持续已久的雾霾天气，那么，我们期待着，它也能驱散人们心中的精神雾霾，还心灵一片祥和宁静。

在徐则臣的长篇小说《王城如海》中，雾霾一直是笼罩在王城北京的灰暗背景，雾霾的无处不在以及与文本意义的相关使它成为一个独特而富含深意的意象。我们从雾霾中可以看到作者对社会环境问题的思考，对大城市现实生活状态的审视与观照，对过去和现在城乡鸿沟与阶级差距的表现，对当代人内心精神焦虑的关切和对自我道德反省的深刻。雾霾，一个常见的词语意象，却在一部作品中生发出多层意义，我们从小说中的雾霾出发，观照了整个现代社会人们的生存状态和精神困境；同时，我们也期待，在张家口的大风吹散弥漫在整座城市中的空气雾霾之时，社会进步和道德净化也能驱散笼罩在社会和人们心灵中的雾霾，以文学作品中深刻的思想还原生活的明朗。

［作者简介：任艳苓，硕士研究生，现供职于山东省作家协会文学研究所。
本文原载《昭通学院学报》2018 年第 1 期。］

圈囿与挣脱
——20 世纪 80 至 90 年代扎西达娃小说批评的反顾

顾广梅

1993 年藏族作家扎西达娃以一部长篇小说《骚动的香巴拉》贡献当代文坛，出版后一度遭批评界冷遇，未想竟成天鹅绝唱式的小说告别。时至 2001 年，该作品入选由时代文艺出版社选编的"中国小说 50 强"(1978—2000)，可惜只能是一种追认式颁发的荣誉，难以直面作家留下的苍凉背影。其间，批评与创作的互动关系和相互限制、批评如何完成话语增长和价值依傍、作家如何在批评的光影里确立自我……诸多问题并非不辩自明，而是将在审慎而艰难的厘清检视后渐露端倪。本文选取 1980—1990 年代扎西达娃小说批评为切入点，正是试图借这一富有典型性的批评案例豁开问题内在的清晰纹理，以期在现象学意义上还原凸现 1980—1990 年代文学批评的某些重要症候与重要特征。

一、"魔幻现实主义"的批评陷阱

不可否认，扎西达娃小说创作的黄金岁月主要集中在 20 世纪的 80 年代。如是判断的理由有两个：一是从扎西达娃本人的创作量和创作频率看，他的绝大多数小说作品在这一时段已经出版问世，这个十年是他创作力最旺最强的十年；二是从批评界的反映来看，文学批评界给予扎西达娃的创作以较及时的跟踪式评论和较高评价。可以说，1980 年代的扎西达娃在当代文坛迅速成长，从一个初出茅庐的藏族青年作家成长为一位优秀的西藏文学领军作家，并担任了《西藏文学》杂志的编委。

那么，1980 年代的扎西达娃小说批评究竟提供了哪些合理的理论话语和研究视角？其中哪些阐释经验得以积累积淀？又有哪些阐释难局被遮蔽？这些无疑是接下来讨论 1990 年代文学批评不可回避的理论起点和经验岩石。整体观之，1980 年代的扎西达娃小说批评其实有着较为显著的内部不平衡，基本上可以 1986 年为界分为前、后期。前期批评的理论话语和研究视角相对比较传统，主要是小说主题、题材、人物塑造方面的论述；后期批评则明显蕴含理论开辟的野心和爆发力，既有讲求逻辑谨严、说理透辟的整体性研究论文，如朝鲜族评论家尹虎彬的《论少数民族文学中的民族意识和现代意识》《从文化的归属到文化的超越》等篇；又有重在小说形式本体勘察、行文洒脱的专门性评论文章，如西藏评论家张军的《〈风马之耀〉：叙述的能指》《〈世纪之邀〉如魔之文》等篇；还有知人论世、风格鲜明的作家主体性研究文章，如沈惠方的《西藏牦牛扎西达娃》，均显示了 1980 年代中后期文学批评的求新求变、自铸风格之处。

具体到对扎西达娃创作的定位和阐释来看，这一时代的批评风格如此激情热烈，批评家们急于把刚刚接受的新名词新理论抛出来。像扎西达娃这样一位创作上力求风格独塑，同时又兼具民族化特色的作家，无疑会成为一种充满想象力、正在飞翔着的崭新批评理论安全落地的一个不错选择。"魔幻现实主义"是 1980 年代批评赋予扎西达娃的创作风格标签。当然，并非扎西一人，此时与这个理论符码缔结亲密关系的还有莫言、韩少功、李杭育、王安忆、马原等在全国颇具影响力的作家们。不过，就与"魔幻现实主义"的"爱恨情仇"关系之胶着浓烈而言，首推扎西达娃。甚至可以说，从 1980 年代中期开始，对扎西达娃创作的批评是成也魔幻，败也魔幻。

此处有一"公案"当辟出段落专述，即《西藏文学》1985 年 6 月号推出"魔幻小说特辑"，包括西藏藏、汉族作家创作的共五部中短篇小说，其中扎西的中篇小说《西藏，隐秘岁月》列在首位发表。在《换个角度看看，换个写法试试——本期魔幻现实主义小说编后》中，明确将它们命名为"魔幻现实主义小说"。此类打包集体推出某一风格作品的做法在当时国内文坛已不少见，但对西藏文坛来说应该是第一次，所以引起较大反响。该文学事件困扰研究者的最大疑问恐怕在于：这一风格标签是如何运作出来的——是杂志编辑给出的？还是作家本人自己给出的或是配合编辑要求给出的？为何该事件再无后续动作？直至 2008 年《收获》杂志主编程永新公开发表了扎西达娃的信件，诸多疑问才给出了迟到的谜底。信件是 1986 年 8 月 8 日由扎西达娃写给程永新的，当中清晰叙述了事件的来龙去脉。关于"魔幻现实主义"一词的运用，是"编辑在编后自己加上的"，而几位作家事先并没有想到"团结在这个词的旗帜下"，因为"这本身是拉美的东西"。相比作家们对自我风格定位的谨慎，对借鉴与创新的自我期待，《西藏文学》的编辑们要大胆冒险得多——为了打造西藏文学的新角度新潮流，理论命名的"拿来主义"十分显豁。值得一提的是，当时任《西藏文学》编辑的如龚巧明、田文等人同时还都从事文学评论，即身兼编辑与批评者的二重身份，所以这一文学策划事件一定意义上可以视为某种批评声音的传达。

细读扎西达娃信中自剖，不难咂摸出作家在批评权力高压下的无奈与焦灼。他如是自辩："对于一种新的创作方法和文学现象，本不应由作家自己封冠，这是评论家的事。……可以将我们的作品与拉美文学现象作比较，但不应该看成是拉美文学的附庸品。"由是，他强调："至于 6 月号和下一批的文学应标以什么词，我不知道，但我还是强调一点，它不应该是'魔幻现实主义'"①（着重号为笔者所加）。

　　之所以大段引用信件原文，是为了真实凸现作家诗学意图与理论批评话语之间的曲折抗辩关系。透过这些闪烁心曲的文字，彼时写下它们的扎西达娃是不是在冥冥中感受到了某种宿命般的力量——它既可能是艺术上的救命法宝，又可能成为艺术上的紧箍咒？无疑，在作家诗学意图与理论批评话语之间，后者往往居于压制性、主导性的地位，前者欲迎还拒或是无力抗拒，当然也有作家会选择低调回避评论家的指摘。扎西达娃对二者关系的处理算得上通达，既承认批评家的阐释权力，又自是自重作家的诗学意图。他几次在内地和西藏的会议上公开发表讲话时，都坦然承认自己确实受到拉美魔幻现实主义的影响。比起一些作家在这个问题上的欲说还羞、极力掩饰，这又是一份通达。

　　无可厚非的是，模仿与借鉴、借鉴与创新构成文学创作的二元组合规律，扎西达娃由早期写实主义书写转向魔幻式书写作为一种小说实验便自觉自醒地遵循了这一艺术规律。1986 年 11 月在上海召开的中国当代文学国际讨论会上，扎西达娃与色波联名做了题为《西藏小说的形成过程》的报告，如是论证道："如果说眼光向外、大胆地借鉴外国文学是第一阶段，返回到对藏族古老的文化的重视和研究便是第二阶段。接下去，西藏小说的作者们开始了实验，根据自己得到的观

－－－－－－－－－－

① 程永新：《铁凝·扎西达娃·洪峰》，《西湖》2008 年第 7 期，第 87 页。

念和技法，从事对西藏的素材进行加工这样一项艰苦而又有魅力的工作。"① 事实上，当扎西达娃们发现直接借鉴汉族小说庞大的写实主义传统有一定的艺术隔膜后，他们明智地转为学习与藏民族文化思维方式和审美方式更贴近契合的拉美魔幻式书写，所以从更大意义上看，他们通过借鉴与模仿，创造出许多象征化、寓言化和魔幻化的故事与人物，由此复活复现了古老藏民族的一些传统文化质素和传统审美因子。从 1980 年代中后期至今，有批评家为扎西达娃对魔幻现实主义的模仿、借鉴做积极的艺术辩护，如李陀在《要重视拉美文学的发展模式》（1987）一文中站在文学发展的时代高度，站在文学现代化与民族化冲撞的历史节点上，认为扎西达娃和他的伙伴们"所模仿和照搬的，不过是魔幻现实主义小说的某些观念和形式"，像扎西达娃的短篇佳作《西藏，系在皮绳扣上的魂》便"预示着青年藏族作家们将最终扬弃加西亚·马尔克斯的魔力对他们的控制，他们也必将为西藏文学的发展辟出一条新路"。② 李陀是一位有使命感、有理论判断力的评论家，加之他的少数民族身份，对扎西达娃们的艺术道路有着局内与局外、自我与他者的两种复杂体认，因而能更多折射出问题的复杂性和历史性。

---

① 转引自 [日] 牧田英二：《〈风马之耀〉译后记》，汤晓青译，《民族文学研究》1991 第 4 期，第 93 页。

② 李陀：《要重视拉美文学的发展模式》，《世界文学》1987 年第 1 期，第 284 页。

另外，更有一些批评家做了扎实的阐释工作，勘察探求扎西达娃的魔幻式书写与拉美魔幻现实主义的相异性。这方面最早的评论文章是《神秘土地的青年探险者——试论扎西达娃等西藏作家的艺术探索》（1986），作者秦文玉时任《西藏文学》副主编，他在文中及时做出艺术鉴定，认为扎西达娃们的艺术追求是"神秘的"，其时代背景和历史空间确定不二，将神话与现实、历史与未来熔铸在一起；而拉美魔幻现实主义作家们创造的是一个并不失真的"神话世界"，所以其艺术追求是"魔幻的"。① 随后，评论家张军连续发表了两篇颇有影响的文章《〈世纪之邀〉如魔之文》（1988）和《如魔的世界——论当代西藏小说》（1989），亦做了相关理论挖掘。前文指出拉美的"魔幻"仍然是一种现实主义，而扎西达娃的"魔幻"不是严格意义上的现实主义，更偏向于寓言化、象征化，甚至神化了的现实，其基础是"神奇的心灵"②；后文论证了拉美小说的叙事逻辑前后一致，而扎西达娃们的小说则是"主观感受外化的结果"③，叙事随着心灵流动或跳跃展开。两位批评家所作阐释皆中肯到位，秦文玉偏重感性体验和审美直观，张军则偏重学理探究和理论辨识，他们以不

---

① 秦文玉：《神秘土地的青年探险者——试论扎西达娃等西藏作家的艺术探索》，《民族文学研究》1986 年第 5 期，第 45 页。

② 张军：《〈世纪之邀〉如魔之文》，《西藏文学》1988 年第 9 期，第 63 页。

③ 张军：《如魔的世界——论当代西藏小说》，《西藏新小说》，西藏人民出版社 1989 年 6 月版，第 442 页。

同方式提供了较高的阐释起点和不可忽视的研究视角。

沿此路径考察，单与 1980 年代在批评的量上相比较，1990 年代关于扎西达娃创作与魔幻现实主义之关系的研究就显得薄弱许多。以笔者拙见，能给人留下印象的有两篇：一是吕芳的《新时期中国文学与拉美"爆炸"文学影响》(1990)，一是扶木（唐近中）的《顺行与颠覆——西藏新小说的思考》(1995)。前者将扎西达娃的创作置于新时期寻根文学的潮流中给予综合判断，认为其代表作《西藏，隐秘岁月》和《西藏，系在皮绳扣上的魂》是"地道的魔幻现实主义作品"，不过在主题开掘上，除了与马尔克斯相似的"孤独"主题，能证明他挣脱模仿走向独创的则是"探索"主题。[①] 后者则将扎西达娃的创作置于"西藏新小说"潮流中，指出将之视为魔幻现实主义小说乃是一种误解，是"人们的期待心理在作怪——他们对西藏唯一的心理资源就是'神奇'"，并且对"魔幻的现实化"和"现实的魔幻化"做了新颖独到的艺术区分。[②] 显然，吕芳和扶木的观点是有抵牾的，二人的批评声音代表着中国当代批评家在对作家作品进行理论命名时的两种态度——开放的接受和本土化的审慎。

深究之，1980—1990 年代的文学批评对扎西达娃及西藏

---

① 吕芳：《新时期中国文学与拉美"爆炸"文学影响》，《文学评论》1990 年第 6 期，第 91 页。

② 扶木：《顺行与颠覆——西藏新小说的思考》，《西藏文学》1995 年第 1 期，第 116—117 页。

新小说家们所遭遇的民族性与现代性、本土性与世界性、模仿与创新、单一与多元等共同问题缺少足够的关注，尤其是缺乏深度研究和学理化的研究，使得这些问题累积下来，某种意义上甚至成为影响创作的障壁。返观作家自身，对从1985开始进行艺术实验的扎西达娃来说，偏爱某一风格恰是风格形成的前提和基础，但被过早地指认风格并非一件有裨益的事。历史的荒诞诡异之处在于宿命难逃。对"魔幻现实主义"这个被编辑、批评家们来不及做理论过滤、理论转换就硬派发给自己的风格标签，扎西达娃从一开始便意识到这可能是个美丽的陷阱，他始终想摆脱单一的、简单化的理论圈囿，也不愿意被人指摘跟在拉美作家后面亦步亦趋。所以，他在给程永新的信件里剖白自己的作品"从构思到情节以及某些观念，完全是西藏古老民族中本身的东西"①，拳拳此心，可以视为他对民族书写艺术特质甚至是艺术本质的把握定位。可惜，作家自辩的声音在文学场各种力量的现实角逐中历来显得微弱细小。但从文学发展的历史时空看，作家内心的艺术呼喊会因其作品的不朽而充满着生长性、颠覆性。

二、地缘、族缘限制下的批评空间

以历史后见之明观之，扎西达娃之于中国当代文学是意义独特的"这一个"，对于中国当代文学批评亦是颇具阐释价

---

① 程永新:《铁凝·扎西达娃·洪峰》,《西湖》2008年第7期,第87页。

值的"这一个"。他的文学世界充满瑰丽绚烂的艺术想象，充满天才奇异的象征和寓言——从此一意义看，他的创作是强烈的"个人性"的典范。同时不可忽视，他不是为自己在写作，而是为一个生活在世界海拔最高地区的伟大民族而写作——从彼一意义看，他的创作又是深厚的"民族性"的典范。甚至可以说，扎西达娃是中国当代文坛将个人性和民族性水乳交融得最好的作家之一。他力图将个人的生命体验熔铸在对民族的文化—历史—现实的体验和感悟之中，他最强大的艺术触角无疑是站在一个特殊的历史节点上回溯反思民族之痛和民族之根。那么，对于扎西达娃文学世界的全面理解和准确把握，恐怕需要一个整体性的批评视野和完整的阐释框架才能做到不削减其丰富性和复杂性。然而，翻检从1980至1990年代近20年的批评事实，不难发现对扎西达娃的批评呈现出明显的地缘限制和族缘限制两大特征。

首先从批评家的身份以及视角选择来考察批评的地缘特征。对扎西达娃小说创作进行批评和研究的大多数是来自西藏地区的评论家，如秦文玉、张军、李佳俊、扶木（唐近中）、马丽华、赵代君、徐明旭等，有的是西藏文学研究界自己培养的，有的是从内地自愿或者因公入藏后在西藏文学研究界长期工作的，总之是与扎西达娃小说故事发生地在地缘上最近的一群批评家。他们近水楼台先得月，基本上能够保持对扎西达娃创作的跟踪式密切关注。从1970年代末开始持续至1990年代初期，西藏批评家们关于扎西达娃文学经验、文学成就的及时总结可谓功莫大焉，这是公道话。他们贡献出一批评论文章，其中得出的重要结论和独辟出的一些研究视角，迄今仍有启发性价值。如张军在《扎西达娃及其小说》(1990) 一文中站在透视小说内与外关系的理论高度，几乎是启示录般地剖析扎西达娃作为"实验作家"的意义："文体不仅仅是他关注人的处境和命运的途径，而且也是关注本身，这就是他的叙事学和人类学的统一。"①（着重号为笔者所加）这个结论的精辟得出，绝非一日之功。张军算得上西藏评论家中对扎西达娃研究最投入、成就最大的一位。这是目前能看到的他关于扎西达娃的最后一篇批评文章，也是 1990 年代第一篇关于扎西达娃的批评文章。该文比他之前的文字来得洒脱自由，也更少方法论上的拘谨。他对作家其人其文的理解领悟早已深深内化于心，无须依傍其他，就能从文字的飞翔中传达批评的三昧。再如马丽华的评论文章《灵魂三叹——扎西达娃及其创作》(1997) 第一次抓住当时鲜有人注意的问题——扎西达娃的身份认同，可谓一语中的："他是逐渐地成为扎西达娃的。"② 从"张念生"到"扎西达娃"，作家如何完成艺术成长和蜕变，如何完成自我探询和民族身份建构，该文作了创新性的深入辨析。这个研究视点的取得恐怕

①　张军：《扎西达娃及其小说》，《文学自由谈》1990 年第 3 期，第 100 页。

②　马丽华：《灵魂三叹——扎西达娃及其创作》，《当代作家评论》1997 年第 2 期，第 68 页。

得益于批评家对作家本人的尊重，她不是仅从小说文本出发或者从自己的独断出发，而是对作家其人有着证据确凿而且动情动心的观察、了解及感受。由此可见，关注作家精神历程的"渊源批评"① 在把握具有复杂性的作家作品时不失为一种有说服力的批评方法。

将扎西达娃与马原、色波等西藏作家的创作进行精彩出色的比较研究，也是西藏批评家们在地缘批评视野下辟出的另一个独特视点。这方面的研究成果，尤其是扎西达娃与马原的异同比较，对内地批评家具有极为显著的提醒意义。如扶木的《顺行与颠覆——西藏新小说的思考》一文中将扎西达娃在 1985 以来的小说创作定位为对当代西藏文学脉络的某种"顺行"，是对传统现实主义文学经验的改造式延续，强调用想象的、个体化的历史代替反映论意义上"真实的历史"，由此抒写出一部藏民族的"灾异志"；而马原在同一时期的创作则是对现实主义文学的自觉"颠覆"、断裂，其"非中心化、零散化、自由叙述"等等都是海德格尔"此在"意义上极端个人主义的艺术呈现，传达出主体意识萎缩、知识分子精神危机的信号。② 扶木的结论或许有值得商榷之处，但这样

① "渊源批评"作为一种批评方法和批评流派，最早产生在法国，关于其理论和实践详见［法］让－伊夫·塔迪埃（JeanYves Tadie）著、史忠义译：《20 世纪的文学批评》一书的第十章"渊源批评"，百花文艺出版社 1998 年 10 月版，第 306—327 页。

② 扶木：《顺行与颠覆——西藏新小说的思考》，《西藏文学》1995 年第 1 期，第 122—124 页。

深入细致的比较视角，无疑廓清了评论界原本较为模糊粗糙的判断，及时总结了当代西藏文坛的艺术嬗变和流向。至于张军对二人西藏书写的比较，在评论界更是引起反响。他认为扎西达娃更自觉地显示出贴近本民族的企图，而马原仅仅停留在现象上，"他几乎没有给西藏留下些什么，但西藏却给了他一切"[①]。如此狠、辣、准的判语几乎直指两位作家西藏书写的根部和命脉。不可否认，建立在对研究对象亲近熟悉基础上的地缘批评，为西藏评论家们提供了透视西藏文学某种本质的内视角。

由以上所述可见，地缘关系下批评家和作家之间会出现相互促进、理解默契的良性对话关系。当代文学批评史上还有不少脍炙人口的地缘批评典范，如陈思和、王晓明与王安忆之间、张清华与莫言之间等等。但是问题在于，对扎西达娃这样一位有相当文学成绩的作家的批评，如果过分集中于西藏文学评论界，就不得不引发关于批评话语空间的大与小、批评辐射力强与弱等相关问题的思考。细究之，从 1980 年代直至 1990 年代，西藏评论家们对扎西达娃创作的阐释和批评，大都没有采取整体性、全局性的研究视角，而多采用地域性、族缘性的局部视角和内视角对扎西达娃的文学成就进行定位，即偏重于将其小说创作置于当代西藏文学的版图和藏民族文学谱系中来

---

① 张军：《如魔的世界——论当代西藏小说》，《西藏新小说》，西藏人民出版社 1989 年 6 月版，第 433 页。

衡量其贡献地位。认为扎西达娃是西藏当代文坛、"西藏新小说"的领军人物，指出他无可争议地成为当代藏族作家的发言人，这是他们的基本共识与默契，今天看来已经积淀成为一个准确的、无可辨驳的文学史判断。可惜西藏评论家们在这个判断之外，明显忽略了的学术盲点是扎西达娃对于中国当代文学究竟有何重要贡献和独特地位？他的创作如何与内地的寻根文学互相呼应？又如何与先锋派文学发生勾连？更重要的是扎西达娃能否有效处理本土性与世界性、民族性与现代性的复杂扭结关系？不去尝试面对这样全局性、整体性的大问题，不将扎西达娃的创作与内地文学进行必要的关系研究、比较研究，就很可能陷入批评视野的狭窄，价值评判的绝对化，导致批评与创作的双重自闭，也就无法真正推进当代西藏文学的发展，这无疑是1990年代批评没有很好解决的重要问题。该问题研究的阙如，使得扎西达娃的文学影响力、文学史地位与他小说创作的实际贡献之间一定程度上失衡。

另外，从文章发表的期刊杂志考察批评的族缘性特征，关于扎西达娃的批评文章主要发表的刊物有如下：《西藏文学》《西藏民族学院学报》《民族文学》《民族文学研究》《中央民族学院学报》《西南民族学院学报》《西南民族大学学报》《青海民族学院学报》《青海民族研究》《西北民族大学学报》等，显然，这些期刊杂志主要针对的共同研究对象之一是少数民族文学。像张军这样优秀的批评家关于扎西达娃的评论文章基本上都刊发在《西藏文学》杂志上，只有一篇《扎西达娃及其小说》发表于《文学自由谈》1990 年第 3 期。少数民族地区或是以少数民族文学研究为宗旨的刊物发表关于藏族作家扎西达娃的研究成果本是应尽之责，但从传播学的视域看，传播渠道的选择在一定程度上决定了受众群体的构成和传播的影响力，关于扎西达娃的评论文章主要发表在少数民族学术期刊上，杂志的定位本身即决定了它们并非面向普遍的学界整体，而是以关注少数民族群体的学者们为主要目标读者。这一方面在现实时效性上会限制该成果的传播范围，另一方面也让扎西达娃的创作较为自然地纳入"少数民族文学"的框架中，窄化了其价值挖掘的空间。需要指出，此处绝非要弱化少数民族学术期刊的作用，而恰是想借此呼吁非少数民族学术期刊可否更多关注民族文学和研究的发展推进。笔者作为长期关注少数民族文学和具有少数民族身份的研究者，深知少数民族学术期刊为促进民族文学研究所作出的巨大努力和所取得的非凡成果，更深知在非少数民族学术期刊上发表民族文学研究文章的难度。值得一提的是，就扎西达娃的批评来看，《当代作家评论》是非少数民族学术期刊中最为支持的一份刊物，1990 年代前后共刊发 4 篇文章，其中有影响力的是王绯的《魔幻与荒诞：攥在扎西达娃手心儿里的西藏》和马丽华的《灵魂三叹——扎西达娃及其创作》，显现出该刊物超越性的学术眼光和学术情怀。

在笔者的观照视野中，除了扎西达娃，还有如乌热尔图这样优秀的当代鄂温克族作家在 1990 年代也未得到充分研究和重视。1993 年，乌热尔图以一部中篇小说《丛林幽幽》为民族历史和民族文化张目，未料亦成他的小说绝唱。① 两位重量级的少数民族作家不约而同地选择离开文学现场。历史的巧合在特定语境下必然凝结为历史的节点，其疼痛处难以自愈抚平。在此，一切的焦虑归结于，面对因地缘性、族缘性带来的某种学术区隔、学术障壁，如何将之打通和破除，让具有少数民族身份的作家和标识上民族文学身份的作品能引起更为广泛的重视，让少数民族文学研究自然而然地进入到全局性、整体性的中国文学研究当中，乃是当务之急。

三、挣脱之笔：批评的生长性

扎西达娃在写给程永新的信中，曾经由衷希望内地的文艺理论家和批评家们能进藏看一看，愿意做更多沟通交流。确实，由于缺乏近距离的视听观照，也缺乏某种精神上的呼应回响，边疆与内地、少数民族与汉民族之间在文学接受上存在一定程度上的陌生、差异甚至误读。如何摆脱这种生疏隔膜，让更多的内地批评家②关注边疆地区少数民族作家的创作是文学批评界的一大难题。1990 年代两位实力派的内地

---

① 参见顾广梅：《民族记忆危机的文学疗救——论 1993 年乌热尔图与扎西达娃的小说告别》，《齐鲁学刊》2014 年第 4 期，第 151—156 页。
② 为了论证方便，本文按照地缘关系将批评家做了空间意义上的区分，如西藏批评家、内地批评家。但这并不意味着笔者认同这种区分的绝对性，相反，警惕由此带来的批评空间的阻隔倒是笔者深以为然的。

批评家陈晓明和张清华先后注意到了扎西达娃创作的价值意义，用批评之笔穿越了地域与民族的障碍，也便穿越了由地缘与族缘限制带来的某些思想障碍。

1991 年，陈晓明在他的代表性文章《最后的仪式——"先锋派"的历史及其评估》中列出如下名字："马原、洪峰、残雪、扎西达娃、苏童、余华、格非、叶兆言、孙甘露、北村、叶曙光"等，指认他们为"先锋派"作家。文章在整体性的潮流总结和脉络梳理的基础上对先锋作家们的创作一一进行精准剖析，却唯有一个例外——关于扎西达娃的创作该文留下意味深长的空白："扎西达娃是个非常奇特且含义复杂的人物，当我勉为其难把苏童、格非等人称作'先锋派'来讨论时，再把扎西达娃扯进来是不是有点乱套？但是没有扎西达娃我的讨论显然缺了一角，遗憾的是我只好让自己的文章缺些角，只能另行撰文，以补空缺。"[①] 这段充满内在矛盾的留白式阐释本身就足以说明问题的复杂，或许在陈晓明看来，扎西达娃在先锋派作家中异质性的一面恐怕比同质性的一面更为意义重大。次年，陈晓明的另一篇重要文章《常规与变异——当前小说的形势与流向》发表，对前文的阐释留白做了迄今看来仍富原创性的、直指其文化本质的精彩补充。他结合扎西达娃 1991 年的新作《野猫走过漫漫岁月》指出：

---

① 陈晓明：《最后的仪式——"先锋派"的历史及其评估》，《文学评论》1991 年第 5 期，第 135 页。

"扎西达娃敏锐感受到现代工业文明，汉文化对西藏地缘文化的渗透造成的后宗教文化（一种特殊的'后现代性'），他写出了历史重叠的各种错位现象。"①（注：着重号为原文所加）确实，扎西达娃小说中传统与现代、神圣与世俗、无神与有神、冥想与喧哗……诸多矛盾对立的文化元素以重叠错位的方式在八九十年代的藏地纽结生长着，重新形塑藏民族的心灵版图。这种后现代语境中的宗教文化视野是其他先锋作家所不具备的，它的特殊性、异质性使扎西达娃的创作在渐显疲惫的形式革命之外独获后现代宗教文化的鲜活补给，将虚构与日常性相结合，也就可能走得更远更踏实。研究先锋派文学起家的陈晓明其实可以被誉为批评家中的"先锋派"，他对扎西达娃小说所承载的复杂文化内涵做了预言式的、超前的判断定位，一语中的。可惜关于扎西达娃，陈晓明没有做进一步更为完整的观照和研究，深以为憾。

1996 年，张清华发表了他的早期代表性文章《历史神话的悖论和话语革命的开端——重评寻根文学思潮》，对 80 年代中期寻根文学的文化缘起、写作困境和话语变革做了耐人寻味的深刻揭示。1985 年开始文学实验的扎西达娃也被置于寻根文学的主潮当中，其小说的独特文化内涵和叙事创新在文中予以多次关注探究。张清华不惮于攫住复杂问题的复杂

---

① 陈晓明：《常规与变异——当前小说的形势与流向》，《文艺研究》1992 年第 2 期，第 40 页。

性进行反复追问、叩击，他认为扎西达娃等寻根作家在展示生存神话和文化现象时，"也按照现代文化的理性指引融入了他们的悲剧性理解"，因而获得"价值与悲剧的二重特性"，更具悖论性的问题在于，启蒙主义话语的"二元对立和一元选择"在扎西达娃们所给出的复杂文化现象中无法实现其判断。① 或许种种乖谬悖论恰是寻根文学的革命性意义和历史使命的彰显，对此，张清华作了富有说服力的论证。

陈晓明和张清华对扎西达娃创作的流派归属并不一致，一个侧重其与先锋派的某些同唱同调，一个更注重他1985年开始艺术转向的历史节点，他们的共同之处在于以深厚的理论功底和开阔的理论视野根本性地挣脱了小说批评的地缘、族缘限制，站在当代中国文学版图的整体性高度进行勘察，极大提升了扎西达娃研究的广度、深度和高度，使得批评向着更深远的空间拓展生长。在探渊源、溯流别的过程中，他们对其创作成就做了富有当代意义的本质性阐述，功不可没。2004年，张清华在《南方文坛》发表《从这个人开始——追论1985年的扎西达娃》一文，可视为扎西达娃小说辍笔十年后获得的最有历史分量的研究。该文论证扎实，似处处有意发声，意在给予被批评界和文学史漠视低估了的扎西达娃以恰当公正的价值估量。"扎西达娃出现在历史的拐弯处，一些

---

① 张清华：《历史神话的悖论和话语革命的开端——重评寻根文学思潮》，《山东师范大学学报》（社会科学版）1996年第6期，第90页。

重要的变革显见得是从他开始的。他是 1985 年最优秀的作家，因而也就是当代小说艺术转折时期最重要和最富贡献的作家。"① 言之凿凿，彰显了一位批评家的胆量和视野。稍嫌遗憾的是，由于论述的重点放在 1985 年，该文未曾涉及扎西达娃后期创作的一些重要纹理，因而也就缺乏对作家自身成长的内在剖析。

四、结语

1993 年出版的长篇小说《骚动的香巴拉》作为扎西达娃的收官之作，是他的小说在表与里两方面臻于神妙娴熟的标志，其写作难度显而易见。不过，小说的某些细节处理仍有模仿马尔克斯的痕迹。莫言早在 1986 年便提出了"远离"马尔克斯和福克纳这两座"灼热的高炉"②，与莫言相比，扎西达娃显然没有作出这样的自我警醒和自我完成，他没有意识到或许只有如此才能在模仿借鉴之后创造属己的叙述风格和艺术体系，实现本土性、民族性意义上的全新艺术飞跃。从这个向度上看，1990 年代的扎西达娃确乎没有在愈来愈复杂的本土性与世界性、民族性与现代性的缠绕扭结关系中找到自己的艺术突围之路。

---

① 张清华：《从这个人开始——追论 1985 年的扎西达娃》，《南方文坛》2004 年第 2 期，第 37 页。
② 莫言：《两座灼热的高炉——加西亚·马尔克斯和福克纳》，《世界文学》1986 年第 3 期，第 299 页。

由此反顾 1980—1990 年代扎西达娃小说批评，更令人感慨其中的成与败、圈囿与挣脱带给作家的幸与不幸。尽管一时代有一时代的文学与批评，但批评最终仍可以依靠自身的生长性力量来挣脱和穿越时空圈囿，哪怕时过境迁或是大局已定，批评都贵在独立自省，无疑，作家的诗学建构亦是如此。二者互为镜像、互为见证。

[本文系 2016 年中国作家协会少数民族重点作品扶持项目"1980 年代以来中国少数民族小说叙事研究"和山东省社科规划研究项目"20 世纪 80 年代以来少数民族小说叙事模式研究"（项目批准号：12CWXJ03）的阶段性成果。]

[作者简介：顾广梅，山东师范大学文学院教授，该文发表在《民族文学研究》2018 年第 1 期。]

悬疑传奇迭映历史波澜
——评胡学文《血梅花》

朱东丽

　　在当代文坛，胡学文无疑是一位优秀的、有重要影响力的、有自己鲜明风格的现实主义作家，他的小说多以底层小人物的生存困境为起点，书写苦难和疼痛的同时关注善良与残酷共生的社会，关心民族大义和民生疾苦，体现了当代人文知识分子的社会感和责任感。胡学文的长篇小说《血梅花》讲的是侵华日军侵占东北三省时期，散落民间的梅花军后人反抗日军侵略的故事，属于小人物演绎大情怀的作品，小说用悬疑传奇的讲述方式塑造了柳东风、柳东雨等平民抗战英雄形象，展现底层民众走向抗战历程的同时还原了抗战历史的细节与真实。

　　小说的叙事主线是复仇，齐头并进的线性结构讲述了三个复仇的故事。一个是国家民族命运意义上反抗日本侵略者的国恨，一个是父亲兄长被日军残杀的家仇，一个是日本间谍松岛欺骗柳氏兄妹信任和柳东雨少女情感的情怨。国仇、家恨、情怨三者构成了《血梅花》的复仇主题，小说综合运用了三种复仇模式并成功地将三种复仇有机融合在了一起，也将日本侵略中国的国恨和普通老百姓的生命存在和生存命运连在了一起。从复仇主角来说，柳东风是国仇家恨的主要复仇者，父亲下落不明和妻儿的惨死逼他走向报仇雪恨的道路，作为复仇者的柳东风有着主动受难的英雄主义气概，他时刻不忘自己身上背负的民族大义，展现了中华男儿的血性本色。待嫁闺阁的女儿家柳东雨承担的复仇重任则是血亲复仇和感情复仇，血亲复仇具有告慰和安抚死者灵魂的意义，所以无论对手多么强大，复仇者都会给予痛快淋漓的报复，就像柳氏兄妹手中的柳叶刀，数次留在日本军人脑门上的梅花标记。感情复仇一般指的是情恋复仇中的女性复仇，柳东雨血亲复仇和感情复仇指向的对象是同一个人——日本间谍松岛，作为情恋叙事的主人公，她是被松岛欺骗少女感情的恋爱悲剧的女主角，从传统伦理道德的视角来看，她和民族、家族仇人相恋并住在一起，有违道德礼法，她悲剧的结局也可以说是自我行为道德犯错的后果，所以柳东雨的复仇带有自我承担罪与罚的色彩。就女性个体生命而言，她又是值得同情的弱势群体，是一个受侮辱和伤害的女性形象，对处于热恋中的柳东雨来说，松岛特务身份的解开和松岛枪杀哥哥的事实，对她来说是致命的心灵情感上的多重打击，柳东雨一边承受着内心深处的悔恨煎熬，一边坚定踏实地甩出柳叶刀。这就让柳东雨的抗战女性形象有了属于自己的形象标签，而不是任何类型化的"女英豪"。

《血梅花》的主人公是在中国东北山林里最普通的挣扎在生存一线的猎户，然而日本侵略的铁蹄并没有放弃践踏他们的生命与尊严，于是他们生活的噩梦接踵而至，世代相传的高超捕猎技术成了他们抵御外辱的武器。柳家兄妹自小在山林打猎，练就了一身进退自如的好武艺和百步穿杨的好枪法，这为他们一次次单枪匹马杀死日本军人，而让日本军人找不到一丝蛛丝马迹打下了基础。对柳氏兄妹来说，他们杀敌的武器不是枪而是柳叶刀，小说中有关柳氏兄妹用柳叶刀杀死带着武器的日本士兵的描写让整部小说具有了浓郁的传奇色彩，也将打猎的凶险和抗战的残酷联系在了一起，用狼、山猫、獾猪等凶险的动物写出了日本侵略者的狼子野心，作者要告诉我们的是狼来了我们不怕，因为我们是专门制服豺狼的猎人。柳东风武艺高强具有民间英雄豪杰的特征，但是他不是高大全的"神人"，他只是一个想安分守己过日子的普通猎人，是千万个老实本分东北平民中最普通的一个。如果不是日本军人一步步侵占他的家园，收缴他的猎枪，逼他给日本人上供猎物，直到残忍杀害他的妻儿，老实本分的柳东风可能会守着妻儿平淡度过一生，抗战对他来说是"反抗起义"的故事。从情节叙述角度上说，在很多抗战作品中讲述的是各类英豪在抗战中转变身份，改变性格成为革命将士的过程，他们披肝沥胆、奋勇杀敌最后迎接了胜利的荣光，而《血梅花》演绎的则是"抗战前传",是平民抗战中的无名抗战,讲述的是枪声打响前一刻的故事。

侵略者的铁蹄踏破家门的那一刻,没有任何一个人能置身事外。《血梅花》以小人物的生活视角展现了这段历史的斑斓变幻。小说中的抗战女性柳东雨一方面是运筹帷幄、指挥打仗的聪明帅才,一方面是勇猛果敢、一刀毙命的神武将才,但她有着和日本特务恋爱过的过往,有着青涩的感情记忆,也有着儿女情长的小心思,是一个乡村姑娘成长为抗战将领的女性形象,生在猎户家庭的女儿有着豪放洒脱、桀骜不驯的天性,这就使她和温良贤淑的其他女性区别开来,长在猎户人家耳濡目染的柳叶刀法决定了她不会是"送君上战场"的幕后女性形象,她一定是要身披戎装、持刀上战场的巾帼女英豪。同样生长在山林中的柳东风的第一任妻子魏红霞,也有着豪放粗犷、勤劳朴素的一面,但和柳东雨相比,缺少有勇有谋、古灵精怪的一面。柳东风的第二任妻子二妮是城里包子铺的女儿,靠勤劳的双手经营着自己的生活,是市井平民的典型代表,日军的入侵打乱了她们平静的生活。二丫在认识柳东风之后,义无反顾地支持柳东风的一切抗日行动。和柳东雨一起被日本兵关押的姐妹陆芬是城里有钱人家的小姐,受柳东雨和林闯的感化,也自觉加入抗战队伍。这几位女性共同构成了文本中抗战女性群像。作为男性抗战形象,柳东风战死在血淋淋的战场,他是千万个战死沙场将士中普通的一个,通过柳东风、白水、李正英这些形象,讲述了这些无名英雄的抗战故事，这也是日军侵略背景下的悲苦命运的生存悲剧。《血梅花》讲述的就是普通老百姓面对国家凋零、山河破碎时表现出的民族大义和家国情怀。

多重变换的叙述视角，双线并置的讲述方式，主人公柳东风一直在找寻的战斗姿态以及最后的开放式结尾，让整部小说弥漫着浓厚的"悬疑小说"气息，让读者在阅读的过程中，跟着作者的叙述进度层层递进，怀疑推翻，步步惊心，欲罢不能。小说采用双线并置的叙事方式来叙述故事，类似于"复调小说"，但是在布局谋篇上借鉴并超越了悬疑小说的线性叙事模式，小说每一章中的单数小节讲述的是柳东雨的"复仇故事"，双数小节讲述的是柳东风的"成长故事"，两条线索交织在一起，情节上互相补充，时间节点上相互呼应。柳东雨复仇是一条相对独立的复仇线条，在柳东风成长故事的叙述线条中，讲述了柳氏兄妹的成长环境和成长历程，也包括柳东风的两次婚姻和柳东雨和日本特务松岛的恋爱过程，分开讲述的两条线有着时间上的延续关系，而不是"花开两朵，各表一枝"的讲述，将两条线索又有机联系起来，打破了两条线索之间相对孤立和封闭的关系，形成了开放延伸的文本结构，这种双时空并置的结构方式，让小说变得悬念丛生。与读者阅读的寻找姿态相类似的是小说主人公的找寻姿态，柳东风好奇父亲的去向，多次跟踪父亲但是一直寻而不得，他在寻找的过程中将寻找的目的转化成了自己的追求和目标。最后的胜利是毋庸置疑的，但是小说人物的命运结局作者设置了开放式的结尾，这些未完成的猜测和结论成就了能动的读者，给读者留下了理解猜测的想象空间，也给文本留下了无限可能性。

《血梅花》围绕抗战主题写出了血雨腥风抗战岁月里，如草芥般生长的山林乡野平民的生命和情感，背负着国仇、家恨、情怨三种仇恨的主人公，在煎熬和焦虑中，经历个体情感和民族危难的双重选择走向了抗战战场。在充满传奇特色和悬疑色彩的文本讲述中，还原了山河飘零、动荡岁月中的历史细节与真实，柳氏兄妹平民抗战、女性抗战形象的塑造丰富了抗战英雄形象图谱，也为抗战小说的讲述方式进行了创新突破，这让《血梅花》这部小说具有了更加独特的意义和价值。

[作者简介：朱东丽，硕士研究生
供职于山东省作协文学创作室。
本文发表于《百家评论》2018年第1期。]

论《独药师》与《人类世》的"互文性"

——关于两部小说的阅读札记

刘东方

  2016 年是长篇小说的"丰收年",诸如吴亮《朝霞》、方方《软埋》、贾平凹《极花》、格非《望春风》、张炜《独药师》、赵德发《人类世》、徐则臣《王城如海》、李浩《父亲的七十二变》、范小青《桂香街传奇》、孙惠芬《寻找张展》、吕新《下弦月》、赵本夫《天漏》、张悦然《茧》、葛亮《北鸢》、唐颖《上东城晚宴》、张翎《流年物语》、何玉茹《前街后街》、北村《安慰书》、林森《关关雎鸠》、何顿《黄埔四期》等,其中山东作家张炜和赵德发分别推出《独药师》和《人类世》,这两部作品不但为当下文坛的"重头戏",而且是齐鲁文学的"双子星",之所以这样说,是因为两部小说间具有较强的"互文性"。大约在 20 世纪 60 年代,"互文性"作为一个文学批评概念开始出现,并逐渐成为后现代、后结构批评的标志性话语形式，其本质强调以符号系统的共时结构取代文学史的进化模式，试图将文学文本从心理、社会或历史决定论中独立出来，从而形成一种各类文学文本间自由对话的批评语境。本文所谓的"互文性"，与诗学意义上巴赫金的"多声部"、布卢姆的"关系性影响"、列维斯特劳斯的"修补术"、克里斯蒂娜的"易位"、潘诺夫斯基的"图像志"不同，它主要是指两个或两个以上的文本之间在某一个或几个类似处发生对话的批评方法，正如乔治·卡森认为的"一个文本与其他文本的对话"一般。在充分阅读《独药师》和《人类世》小说文本的基础上，本阅读札记将从三个方面对它们之间的"互文性"展开论证。

一、虚与实

《独药师》与《人类世》在"虚拟"与"现实"的维度间形成了较强的"互文性"，《独药师》的叙事主题以虚见实，《人类世》则以实见虚。《独药师》的叙事充满了虚幻和神秘的色彩，它从"养生术"入手，"半岛地区是东方长生术的发源地，方士们盘踞了几千年，季家显然承续了这一流脉。季府的秘传独方由祖上一位'独药师'创制，历经五代，日臻完美"①。"在至少一百多年的时光中，季府不知挽救和援助了

---

① 张炜：《独药师》，人民文学出版社 2016 年版，第 2、4、8、5—6、343、382 页。

多少生命。在追求长生的诱惑下，下到贩夫走卒上到达官贵人，无不向往这个辉煌的门第，渴望获得府邸主人的青睐。"[1]并以养生术为主要的叙事线索，通过季昨非与邱琪芝的对立、对峙、争斗以及融合，将养生的神秘和修行的仙行展现出来，"我（季昨非）能够在双目垂帘的任何时刻，在仰躺或半卧，甚至是缓步行走中，让无形之气恣意流贯。如果我愿意，闭上双眼就可以感受内气怎样伸长了柔软的触角，小心地攀着背部一个个圆润的骨节往上爬行，翻山越岭、蜿蜒向前。我以内视法即可透视各个器官的精巧形状，以及荧荧闪烁的不同色泽。它们或愉悦或懊丧、经过一阵休眠醒来后的慵懒及顽皮表情，都在我的洞悉之中。"[2]而作为季昨非主要对手的邱琪芝的出场也充满了虚幻和神秘气息，"当中一间小小草寮，一个扎了马尾辫的人坐在蒲团上，正以掌抚面。我（季昨非）待他双手挪开，以便看清这张可憎的面容。大约三五分钟之后，他双肘垂下，一对细长眼缓缓睁开。我清晰地记住了那个瞬间，很久以后还对袭来的惊讶难以忘怀：眼前绝非一位百岁老人，看去顶多六十多岁，不，或者只有五十余；面庞无皱，几丝白发，颜色滋润。他轻轻扫来几眼，很快对

---

① 张炜：《独药师》，人民文学出版社 2016 年版，第 2、4、8、5—6、343、382 页。

② 张炜：《独药师》，人民文学出版社 2016 年版，第 2、4、8、5—6、343、382 页。

来人失去兴趣，眼皮垂下了"①。

但张炜并不是真想要找寻独药师配制的长生不老仙药，他不是一味地向虚而虚，而是由虚入实。《独药师》通过养生与修行，表现了19世纪末至20世纪初，胶东半岛所经历的"三千年未有之变局"。这里有辛亥革命期间登州起事的三落三起；有独药师季昨非与传统养生家邱琪芝之间有关养生之术的争斗；有以麒麟医院的雅西大夫、伊普特院长和邱琪芝为代表的中西文化的冲突；有邱琪芝、革命者徐竟、教书先生王保鹤为代表的保守、革命、改良之间的论争；有徐竟和季昨非兄弟的生死别离；有季昨非与陶文贝爱情的缠绵悱恻……由此，我们可以逐步触摸到的《独药师》叙事主题由虚到实的纹理轨迹，张炜在养生和修行的叙述和言说的外衣下，包裹和缠绕的内核仍是有关人的个体解放、民族国家的新生、传统文化的继承与创新等启蒙现代性的主题，如季昨非由少不更事的季府第六代独药师成长为内外兼修、中西兼备的成熟个体，登州府在血与火中的举事成功地拉开了胶东半岛乃至齐鲁大地新生解放的序幕，以季昨非为代表的季府对西方医学的逐渐接受，陶文贝对季府"丹药"的逐渐理解，陶文贝对季昨非由排斥到接纳再到相爱，麒麟医院由创立到艰难发展再到撤离后并入燕京协和医院等。通过阅读，可以

---

① 张炜：《独药师》，人民文学出版社2016年版，第2、4、8、5—6、343、382页。

这样说，在虚拟与神秘的养生和修行的面纱之下，我们仍能发现张炜一以贯之的呼应时代、关注现实、直面人生的精英文学的底色。

与《独药师》由虚到实相反，《人类世》的叙事主题则呈现出由实到虚的轨迹。初次的阅读经验告诉我们，这部小说是一个典型的现实主义作品，与现实和时代结合得非常紧密，或者说很"接地气"。从第一章的"立虹为记"开始，作品讲述了从美国返回的孙参，不仅建立起自己的参孙大厦，砸下第一枚"金钉子"，而且决心"立虹为记"，填海造地建设彩虹广场，以期砸下第二枚"金钉子"。为满足人的私欲而进行的过度开发，伴随的是一连串负面的连锁反应。炸山填海这样的疯狂举动，不仅完全破坏了区域自然生态，引发了地质灾害，导致房屋开裂或倒塌、养鸡场损失惨重、天然浴场被毁甚至沙滩和渔港都将消失，致使渔民的生活难以为继……然而，赵德发并不满足于现实问题的揭示和讲述，他借助形而下的现实进入形而上的求索，作品中处处充满了哲学的思考，如焦石教授对地理学概念和现实生活中的"人类世"相分离的学理上的困惑；孙参对自己的行为和贪欲的理性的反思；真真对世界和人生的理解；三教寺"儒释道一宇共仰德昭千代，日月星三光同辉泽披众生"的理念；人类世中人类将何处去的忧患；阿姆斯特朗到火星去的结局等。正如《长篇小说选刊》转载该小说的推荐语所说的那样"《人类世》从大处着眼，关心人类的命运和世界的未来，同时又在宗教和哲学的引导下，探究人性的幽微之处以及人类得到救赎的可能"。有的评论家也说："德发是关注人类普遍生存和精神信仰的思想者，《人类世》是他近年来文学视野和思想建构的拓展和推进。"①笔者认为，《人类世》正是通过对现实的摹写，关注人类世期间的人类的生存状况和地球的存在状态；通过哲学和宗教理念思考，探讨人类的未来命运；通过探究人性所隐秘的善与恶，贪婪与节制，欲求与理性之间的关系，给当下深处其中而不觉的人们敲响警钟，并启示人们找寻相应的救赎之道。

总之，在由"虚"与"实"所形成的维度内，《独药师》与《人类世》形成了叙事主题"由虚到实"和"由实到虚"的对立式互文性效果，前者在"虚幻性"叙事文本中含蕴着个人与个体、民族与国家、传统文化与西方文化浴火新生的现实性叙事功用，后者则在世俗性的叙事文本下隐匿着关于人类生存忧患的形而上的思考，当然，这种互文性效果还需要接受者在"一个文本与其他文本的对话"和"二次创作"的过程中完成。

二、先与后

《独药师》与《人类世》两部小说不但在叙事主题方面存

---

① 张艳梅：《警钟为何长鸣——关于赵德发长篇小说〈人类世〉的研讨》，《百家评论》2016 年第 6 期。

在互文性，在叙事逻辑方面，也存有"先"与"后"的互文性。在表层叙事上看，《独药师》叙写的是如何延长人的生命，也就是以季昨非、邱琪芝为代表的半岛方士所推崇和践行的养生术，但在隐喻叙事①上，作者将更多的笔墨泼洒在胶东半岛辛亥革命时期以徐竟、顾先生为代表的寻求民族新生的革命者身上，前者是为了生物学意义上的个体生命，后者是为了群体生命在新的历史进程和社会环境中更好地延续、更新和发展。从这个角度视之，"养生"与"革命"间虽有着本质的差别，因为革命必然带来暴力和流血，但它们二者间有着必然的联系，养生是为了个体，而革命是为了族体，这就难怪张炜让季昨非和徐竟成为兄弟关系，从这个叙事语境中说，《独药师》一直延续了张炜《古船》《九月寓言》《柏慧》《家族》《外省书》《丑行或浪漫》《刺猬歌》等小说中一以贯之的精英立场和启蒙立场，其本质上仍可纳入中国现当代文学从人的解放—群体的解放—民族的解放的主线之中。

如果说张炜的聚焦点是人的个体与群体的解放，或者说亦可以把它称为"人类中心主义"②的话，赵德发的《人类

①　在叙事学理论中，隐喻叙事指叙述语言沿着"替换"的垂直轴线移动，通过某些象征和意象，调动接受者的想象，并扩展其想象的幅度，引导接受者去猜测、找寻隐藏在"替换物"背后的深意。在《独药师》中"延长个体生命"的"养生术"的"替换物"应为"延长和生发现代民族和国家生命"的"革命"。

②　人类中心主义是指把人类视为自然的中心，把人类的利益作为价值判断和道德评价的终极标准，把人类的生存和发展作为一切行为的最高目标。如康德提出的"人就是目的本身"的命题。

世》的叙事逻辑则可视为在《独药师》的基础上的"接着说"。所谓"接着说"就是在赵德发的视野中，他更多的关注的是人类在解放了自身和群体后在"人类世"的种种表现，以及由这些种种表现所带来的思考，也就是说，《人类世》真正的题旨在于"人和人类解放之后干什么？怎么干？由此会产生什么样的问题？以及人类将来怎么办？人类的未来在何方？"等一系列问题。以孙参为代表的一类人，在得到了"解放"后，贪欲极度膨胀，变成了"经济动物"和"利润动物"，他们毁山填海，无限制地破坏大自然，心中毫无信仰和敬畏，成为一个彻头彻尾的"拜物教"者，"孙参将事业当作人生的全部，他刻苦学习商业管理课程，下决心要在毕业后当上老板，出人头地……努力了八年，愿景终于实现，他在海晏市的繁华地带建起了参孙大厦。大厦封顶时，除了留下的三层作为参孙集团和他的住处，其余的房子全部售罄，他赚了三个亿。至此，他获得了一次别样的高峰体验，也彻底明白了中国人为何要热衷于在地球上砸那么多的金钉子"①。在成功之后，孙参并没有满足，他还有更大的胃口，他说："建彩虹广场，意味着我们要完成一个三级跳。完成了这个三级跳，参孙集团就能真正跻身海晏市房地产行当的一流企业。可以肯定地说，我们的前两次跳跃非常完美，我希望，我们

---

① 赵德发：《人类世》，长江文艺出版社 2016 年版，第 6—7、10、208、208 页。

的第三跳更加完美！"① 建彩虹广场意味着炸山填海 3600 亩，与之伴随而至的是环境污染、人心不古、信仰缺失、传统破坏，甚至出现了"垃圾村"、性无能、传染病等等，这些当下发生在我们身边而又司空见惯的一切，被赵德发巧妙地借用了地质学的概念"人类世"② 加以阐释和深化。在此基础上，赵德发从生态文学的角度对"人类解放以后怎么办"的问题进行了形而上的思考。生态文学是一个较为年轻的概念，特指以生态系统的平衡和整体利益为标准，以生态整体发展为出发点，用平视的视角对待人类与自然和其他物种，反映和表现人类对生态系统的感悟、理解以及反思的文学。生态文学在我国具有一定的发展历史，自 1949 年徐迟翻译梭罗的《瓦尔登湖》以后，西方的生态文学思想就开始在中国现当代文学中产生了持续的影响。20 世纪 80 年代，西方的生态哲

---

① 赵德发：《人类世》，长江文艺出版社 2016 年版，第 6—7、10、208、208 页。

② 保罗·克鲁岑意识到自 18 世纪晚期的工业革命开始至今的二百余年中，人类成为环境变化的重要力量，成为占主导地位的地质学因素，他认为人类已不再处于地质学概念中的全新世了，已经到了"人类世"（The Anthropocene）的新阶段。他提出了一个与更新世、全新世并列的地质学新纪元——"人类世"。正如赵德发本人在其长篇小说《人类世》后记中说："自从发生了工业革命，人类成为重要的地质力量。过去，改变地球形态的力量是风，是水，是地震，是板块运动，是人畜肌肉。而工业革命之后，人类的意志与机器的力量便起了主导作用。地球存在的 46 亿年，如果换算成一年，我们就会看到，在除夕前的将近两秒钟，也就是工业革命后的二百来年，地球突然变得面目全非。所以，有的科学家建议修订地质年代表，用'人类世'来标记这个时代。"

学和生态文学进入了当代文坛之后，中国的生态文学迅猛发展，内容主要集中在对生态危机的展示、担忧和思考层面，并出现了《大地上的事情》（苇岸）、《大地语言》（马科）、《大漠狼孩》（郭雪波）、《西徙鸟》（汪泉）、《野马归野》（沈石溪）等作品，这些作品虽然超越了中国现代文学中以描写大自然的美好与人性的淳朴的"伪生态文学"模式^①，但仍缺乏对诸如人类中心主义、科学决定论、欲望动力论、生态伦理思想、生态整体发展观的深层次思考，而《人类世》在对上述生态理念理解和书写的同时，实现了对 1980 年代以来生态文学的超越，同时，也肇始了新世纪生态文学发展的新阶段，这样说的原因是因为《人类世》已经摒弃了以个人、集团甚至人类利益为中心的评判标准，展示了"人类世"的危局，反思了"人类世"出现危局的原因，并渗透了以生态整体主义为终极目标的新观念。

从上述分析可以看出，两部小说正好形成了叙事逻辑上"先"与"后"的承续性互文关系，《独药师》书写了人和族群在解放过程中的艰辛和思考，《人类世》正是在《独药师》的基础上的"续写"和"接着说"，正如中国现代文学与中国

---

① 笔者认为，中国现代文学中也不乏以对自然的赞美、田园生活的向往、恬然文人情趣的留恋为主题的作品，甚至由此引发对工业文明和城市化的反思，如沈从文、废名、周作人的相关作品，但他们仍然以人和人类为中心，把自然仅仅视为抒发人的内心体悟和情绪感受的对应物和象征体，所表现的内涵不过是自然的人化或人的自然化，缺乏生态整体观和生态平等观。因此，笔者不同意将上述作品归为早期的生态文学范畴。

当代文学之关系一样，中国现代文学的主线为启蒙和救亡，其本质为人的解放和民族的解放，中国当代文学，特别是新世纪文学，则在前者的基础上进一步思索和前行，它已经超越了对人自身以及与他人关系的关注，将更多的目光驻足在工业文明和城市文明高度发达的过程中，人类对自然系统和自然进化的干扰和破坏，如生态系统的紊乱和自然资源的枯竭；过分的工业化和城市化对自然美和传统诗意生存方式的破坏；不断膨胀的欲望对美好人性的扼杀；并从生态整体观的视角考量人如何与自然环境、如何与其他物种、如何与地球和谐相处等问题，并在此基础上产生对人类未来命运的忧患意识。因此，从两部小说的叙事逻辑"先"与"后"的续承性互文关系的视角视之，我们可以这样说，张炜仍是一个具有浓厚精英意识的纯文学作家，正如他自己所说："小说的要素是故事，然而纯文学作品的故事有所不同，真正意义上的文学是诗的范畴，通俗文学则属于曲艺的范围。纯文学外在的节奏并不快，内在节奏很快，通俗文学则相反。作家，尽量理解和靠近诗和诗意，是重要的事情。离开了这种理解，很可能一直徘徊在文学大门之外。"① 在 2011 年 9 月接受《四川日报》记者采访时，他甚至认为"纯文学代表一个民族诗与思的巅峰，是一个民族的重要精神指标，是为民族赢得尊严的一个重要部分"。而赵德发的创作在坚持纯文学写作的前

----

① 张炜：《在半岛上游走》，作家出版社 2009 年版，第 126 页。

提下，与张炜相较，他的精英意识和人类中心意识却没有张炜强烈，与张炜不同，通过《人类世》阅读，我们感觉到赵德发的创作更多的具有生态意识和生态文学的写作姿态，更多的具有了生态文学的特质。

三、变与不变

2010 年《你在高原》获得第五届茅盾文学奖后，张炜的创作出现了转变的迹象。2010 年后，他出版了几部儿童文学作品，如《半岛哈里哈气》《少年与海》《寻找鱼王》等儿童文学作品；特别是 2016 年 5 月，经多年的积淀后，推出了长篇小说《独药师》。且不论几部儿童文学作品，就《独药师》而言，与他以前的创作相较，有了很多新的"质素"，此所谓张炜的"变"。笔者认为，《独药师》的"变"，主要表现在内容和形式两个方面。1990 年代以来，张炜的作品始终被人们贴上"理想主义"和"道德主义"的标签，他也被视为俄罗斯的托尔斯泰在中国当代文学的主要传人。① 《独药师》中，张炜的理想主义和道德坚守变得多元而复杂，如亦正亦邪的传统养生家邱琪芝，向往革命、不断成熟的独药师季昨非，信念坚定、执着执拗的革命者徐竟，兼容中西、稳中求变的改良家王保鹤等，这些身处"三千年未有之大变局"转型期

---

① 参见张中锋、孙世军：《张炜创作中的托尔斯泰"痕迹"》，《殷都学刊》2004 年第 1 期。张炜本人也曾在《中华读书报》《中国青年报》上撰文谈本人对托尔斯泰的理解以及托尔斯泰对自己的影响。

的胶东半岛的人物形象所表现出的犹豫与彷徨、成长与迷茫、坚守与创新、融汇与贯通的心路轨迹在作品中清晰可见，作者用"养生术"的叙事视角和思维方式透视和诠释现实、历史、人生和革命，与以往对理想和道德的高扬和反思比较，显得深刻和自然了许多，这正是《独药师》的改变之一。正如张炜所言："所有的文学作品都不可能回避善和恶，都不可能回避价值取向和类似的行为内容。但问题是在经验世界里面不能把它简单化，不能塑造出一个完全的恶和一个完全的善，即便是极端的浪漫主义也不会那样简单。"① 因此，我们可以说《独药师》的出现，标志着张炜创作风格的改变，这种改变使他的道德反思的力度与深度进一步加强，同时，让我们感受到过去那种过多的说教和议论正逐渐变得节制与自然。

同时，张炜的改变还表现在对民间文化的吸收和借用方面。张炜的创作一直与现实贴得很紧，他始终关注现实和时代，而与民间文化的关系，似乎并不是很紧密，尽管不少作品中也反映了一些胶东文化和齐文化的特点和风貌，但这并不是他笔墨真正的聚力之处。在《独药师》中，他将目光停留在了过去从未关注的胶东半岛养生文化上，并将此作为小说的主体和基础，贯穿整部小说的始终，如对胶东养生术传说的叙写，对独药师的诠释，对养生文化的阐释，对胶东辛亥革命历史的碎片化追忆等。在这里，张炜对民间养生文化

---

① 张炜、朱又可：《行者的迷宫》，东方出版社 2013 年版，第 73 页。

的神秘性进行了描写和叙述，并与革命的主题有机地融合在一起，使其小说呈现出前所未有的神秘和志异志怪色彩，并于现实主义中增加了些许象征和浪漫的成色，也使其小说具有了灵动姿态。但是与莫言不同，张炜的民间仍被纯文学统摄，应归属于精英文学的范畴，不像莫言那样将民间写得那样毫无顾忌和牵挂。

除了内容的变化之外，张炜在《独药师》中还表现出小说文体和语言风格的嬗变。张炜是一个重视文体和语言的作家，也是一个小说理论和文学理论修养较为深厚的作家，他在文学创作的同时，对小说的语言和文体理论进行了深入的思考，曾出版《问答录精选》《期待回答的声音》《忧愤的归途》《周末对话》《生命的呼吸》《精神的思绪》《自选集·葡萄园畅谈录》《自选集·融入野地》《时代：阅读与仿制》等论文集，2010年3月至6月，他受香港浸会大学文学院的邀请，做客文学院"小说坊"，讲授了八讲关于创作的感悟和理论，后由三联书店以《小说坊八讲》为名集结出版。他认为"在文学写作中，一时一刻都离不开语言，什么时候都绕不开语言；夸张一点说，语言在许多时候简直可以看作目的，而不仅仅是手段——语言差不多就是一切，一切都包含在语言中"[①]。在他看来，语言不是附加在文学创作的外表装饰，它

①　张炜：《第一讲：语言》，《小说坊八讲》，生活·读书·新知三联书店出版社 2011 年版，第 4 页。

位居文学创作的本质和核心部分，作家就是用语言来进行思考的。正是在这样的语言观念影响下，张炜的小说语言形成了质朴、生动、有诗意、句式繁复、逻辑性强的特点和风格。在《独药师》中，上述特点发生了一些变化，主要表现在句式变短，叙述语增多，对话语减少，胶辽官话和"东区东莱片"方言①减少，书面语特别是文言动词增多，形成了简约、典雅、凝练、传神的特点，限于篇幅，就不一一举例分析了。除了语言之外，张炜还特别重视小说文体。在以往的创作过程中，张炜在长篇小说文体上的不断实验和创新，如《古船》的"家族体"、《刺猬歌》的"寓言体"、《九月寓言》的"神话体"、《你在高原》的"主线串珠"体等。《独药师》与以往的创作又有了新的变化，它采用了"新编年体"的文体形式。小说的主体由两部分组成，从楔子到缀章中间共十五章；从343页到382页为"管家手记"。后者以编年体的体例，以季府管家肖耘雨的视角，记录了从"1905年8月20日，中国同盟会成立……徐竟为总理引见保镖金水。中山甚喜，嘱其随徐竟回国务必谨慎，望半岛一行诸事顺遂"②始，至"1912

---

① 李荣参考古代清声母入声字和次浊声母入声字在今天各地的分化规律，将山东各地方言划归三个不同的官话区：冀鲁官话、中原官话、胶辽官话。张炜家乡的龙口方言就属于胶辽官话的范畴。钱曾怡在《山东方言研究》中又根据各地方言的特点，将山东方言分为两个区域：东区和西区。其中，东区又分成东莱片和东淮片；西区分成西鲁片和西齐片。张炜小说创作使用的龙口方言隶属于东区东莱片。

② 张炜：《独药师》，人民文学出版社2016年版，第2、4、8、5—6、343、382页。

年 8 月 21 日早 8 时，中山先生乘安平号驶进烟台港，大批民众涌至，场面甚热闹。烟台同盟会举行欢迎会。隔日巡视季府酿酒公司，观地下酒窖。此乃季府百年铭记之盛事。中山先生与季昨非长谈，询问老友季践，忆南洋岁月，感慨万端。谈及徐竟，中山先生泪不能禁"①止，发生在季府及其相关的人与事，并与小说的十五章内容呼应契合，历史叙事与养生秘辛相交融，正史与野史相配合，季昨非第一人称的叙述文本与管家的编年文本相得益彰，给人以真实可信又灵活有度、丰满摇曳的阅读感受。正如张炜所言："在我所有小说里，它最贴近历史的原貌和真实。"②

与张炜相比，赵德发在《人类世》中的变化似乎要大许多。赵德发最初是以"乡土作家""农民作家"的身份登上文坛的，《缱绻与决绝》（2012）、《君子梦》（2014）、《青烟或白雾》（2002）"农民三部曲"，全景式地展现了中国农村生活的角角落落，展现了近百年来中国农村的现代化进程，以及在这个过程中农民的悲欢离合、不息追求和苦难命运，其目的是"为中国农民立传"③。赵德发又推出以《双手合十》（2013）、《乾道坤道》（2012）为代表的"宗教系列"，分别从

---

① 张炜：《独药师》，人民文学出版社 2016 年版，第 2、4、8、5—6、343、382 页。

② 张炜：《我所有的作品 这一部最贴近历史和真实》，《山西晚报》2016 年 6 月 28 日。

③ 赵德发：《写作是一种修行：赵德发访谈录》，安徽文艺出版社 2014 年版，第 233 页。

当代佛教文化和道教文化的视角来观照现实的世俗生活，"前者以佛教'戒律'和'前世来生'为参照，展现佛门弟子及其门外众生的欲望和修行；后者以道教'成仙'和'现世重生'为旨归，展现道门中人及其门外众生的神圣和世俗"①。在《人类世》中，作者的视野进一步扩大，其中涉及多个学科和相关的知识，譬如地质学、自然地理学、文化地理学、人类社会学、生态学、生态文学、哲学等，如果说《双手合十》《乾道坤道》传达了佛教和道教的哲学理念，《人类世》则尝试探求儒释道与基督教诸教文明共生的哲学诉求，如小说中海晏市的三教寺，就表达了三教合一的思路，"三教教主如果不计较谁先谁后，在三教寺内随缘就座，也会心心相印的。这个心，是向善之心，仁爱之心，慈悲之心。良心，良知，应是三教的最大公约数"②。并希望"取儒释道三家精华，在三教寺酿一缸酒""让东西方来客尽情品尝"。③除此之外，作者还对基督教的哲学有所涉及，如"立虹为记""参孙"和孙参在真真的启悟下，对基督教由装模作样的利用到心灵的皈依等。我们可以说，赵德发已经呈现出从乡土作家到宗教写作再到学者型作家的蜕变的趋势。

---

① 从新强：《"人类中心主义"的转换与超越——论赵德发的长篇新作〈人类世〉》，《当代作家评论》2017年第2期。

② 赵德发：《人类世》，长江文艺出版社2016年版，第6—7、10、208、208页。

③ 赵德发：《人类世》，长江文艺出版社2016年版，第6—7、10、208、208页。

当然，作为当代文坛"鲁军"的两元大将，与张炜和赵德发以往的作品相比，这两部小说还有"不变"的元素。首先，它们都呈现出齐鲁文化的地域特色，更为确切地说，应为胶东半岛的地域文化。《独药师》不但直接点明了故事的发生地为胶东半岛的登州（蓬莱），而且表现出浓郁的地域特色，如人们的生活习俗、胶东民居、花草植物（芍药、木槿、梧桐、无花果、曼陀罗）等，而赵德发笔下的海晏市则也表现出当下胶东半岛沿海城市的特点，如海晏的山、海、寺庙、垃圾村，以及人们急功近利的心态等。甚为有趣的是，两部作品的"不变"中也构成了"互文性"，前者描写的是百年前的胶东文化，后者为百年后的胶东文化，从中我们可以窥视出胶东文化的百年变迁。同时，二人在创作风格上，也依然保持了各自的特点。张炜依然用他那支充满诗性的笔进行创作，作品中随处可见优美、灵动、优雅而又活灵活现的语言；赵德发依然秉承了朴实、厚重的语言风格，但又于其中呈现出诗性之美，如第十七章"磨盘"，这又与张炜构成了某种程度的"互文性"。最后，他们二人也都负载了鲁军作家"为人生""贴近时代和现实""坚守传统道德"的责任担当。两部作品尽管表现的时代不同，叙述的故事不同，塑造的人物不同，但其中贯穿的儒家文化的责任意识、担当意识和忧患意识却没有改变，《独药师》表面上讲的是"出世"的养生与"入世"的革命，本质上思考的是中国民族、国家和文化的现代性的问题，《人类世》更是直面当下的现实，忧患人类的未来。因此，通过阅读，笔者发现在"变"与"不变"方面，《独药师》与《人类世》构成了共时性的互文关系。

罗兰·巴特认为，"任何本文都是互本文，在一个本文之中，不同程度地并以各种多少能辨认的形式存在着其他本文，任何本文都是过去引文的一个新织体"①。巴赫金也说："在接近自己对象的所有道路上，所有方向上，言语总得遇上他人的言语，而且不能不与之产生紧张而积极的相互作用。"② 他们都是从结构主义叙事学的视野去强调不同文本之间广泛的互文性，笔者认为，如前文所述，研究互文性的前提必须是文本间具有的"构成互文的'基点'"（克里斯蒂娃语）。因此，本文在对《独药师》和《人类世》阅读的基础上，形成的从"虚与实""先与后""变与不变"的视角解读二者的"互文性"的阅读札记，确切与否尚待评判。

[作者简介：刘东方，青岛大学文学院教授。]

---

① 转引自王一川：《语言乌托邦——20 世纪西方语言论美学探究》，云南人民出版社 1994 年版，第 250 页。
② ［苏］巴赫金：《长篇小说的话语》，《巴赫金全集》（第 3 卷），河北教育出版社 1998 年版，第 58 页。

暧昧的开端：《班主任》的性别与历史

马春花

　　1977 年 11 月，《人民文学》头条刊发刘心武的小说《班主任》，引起巨大反响。自此之后，在 1980 年代中期以来编撰的各种当代文学史中，《班主任》一直被视为新时期文学的开端。不过，随着"后学"理论的引入与应用，这部小说的开端地位也不断受到挑战。然而，无论是实证性分析、系谱学考察，还是意识形态批判,[①] 以《班主任》为对象的新时期文学之发生学研究，自始至终都缺少一个必要的性别维度。《班主任》设置的男班主任与女学生之间的新启蒙关系，在男/女二元性别结构中重构了社会权力体系，预示了一个历史转折时代的权势转移倾向。其实，以性别图景表征主流意识形

---

　　① 参见谢俊：《可疑的起点：〈班主任〉的考古学探究》，《当代作家评论》2008 年第 2 期；李宗刚、冯瑞琳：《文本的张力与历史的合力——〈班主任〉编发过程的历史阐释》，《东岳论丛》2014 年第 8 期等。

态，本是 20 世纪 50—70 年代中国文艺的常用策略，"铁姑娘""女闯将"等文艺造像，意在表征一种空前激进的社会主义现代性。① 随着革命落潮，"革命女闯将"在《班主任》中变身为"无知女学生"，这个形象变换中的性别政治内涵可谓意义重大，但是在既往研究中却少有提及。本文试图通过分析班主任与谢惠敏二元关系，重读谢惠敏的女性故事，以期从性别政治维度重估"新时期"文学的发生。

一、"新父"的诞生

作为新时期文学开端的《班主任》，也有革命前史。早在"文革"后期，刘心武就发表了作品《盖红印章的考卷》和《睁大你的眼睛》。前者是一篇教育革命小说：红卫兵周小琴在工人师傅的帮助下，成功制作烟筒拐脖，用实际行动证明教育革命的合理性，彻底打消了文老师等人的顾虑。后者是一个"千万不能忘记阶级斗争"的故事：红小兵负责人方旗与大院工人一起，与资本家郑传善斗智斗勇，最终取得了胜利。两篇小说具有鲜明的革命特征：红卫兵小将在工人阶级引领下，同资产阶级或消极知识者斗争，最后取得胜利。《班主任》讲述了一个"革命反正"的故事：张俊石在挽救小流氓宋宝琦的过程中，发现团支部书记谢惠敏竟与宋宝琦一样，

---

① 马春花：《"女人开火车"："十七年"文艺中的妇女、机器与现代性》，《文艺争鸣》2014 年第 6 期。

也是一个受"四人帮"毒害的"畸形儿",于是下决心拯救这些"病孩"。

敌我二元的斗争框架,正面必胜的光明结局,高大全的英雄人物,包括善于发现被忽视的斗争/拯救对象:方旗发现了郑传善,班主任发现了谢惠敏,《班主任》很大程度上延续了刘心武之前作品的叙事结构。但这种孟悦认为的发端于民间并在"阶级斗争文学"中发扬光大的叙事结构下,却发生了价值内涵的颠倒。① 其一是政治身份的反转:消极的知识者成了革命英雄,担负起启蒙重任;积极的红卫兵成了"畸形儿",沦为被启蒙对象。其二是代际身份的反转:少年英雄被中老年英雄替代,社会进步的主体不再是"早晨七八点钟的太阳",而是重新归来的知识者与老干部。其三是性别身份的重构,这尤其体现在男性知识者和老干部地位的上升,并在后来的反思与改革文学中被进一步刻板化为改革之父的形象。"班主任"由此成为"新时期"的一个信号和象征:他是学生导师,充当父的角色;他是知识者,充当启蒙的角色;他是男性,充当的是历史(His-story)主导者的角色。在新旧交替时期,作为"崭新的英雄形象"② 出现的班主任,实际上是

---

① 孟悦:《刘心武论》,《当代作家评论》1988 年第 4 期。

② 张俊石被写成"高大全"的英雄,是《班主任》为后来学术界诟病的重要原因之一,但在当时,这却是面对"暴露小说""批判现实主义"等指责,刘心武自辩、一些老知识分子和批评家为其辩护的重要依据。参见《为文学创作的健康发展扫清道路——记〈班主任〉座谈会》,《文学评论》1978 年第 5 期。

一个"新父"的形象。历史似乎总是"被"开端于一个"新父"的发明与想象，后来者喜欢将"班主任"/刘心武看作"新时期文学之父"①"伤痕文学之父"②，里面似乎也潜隐着一种性别化历史的政治无意识。

作为光明中学里的"新父"，"班主任"既是革命之父，更是知识和文明之父：他就"象一架永不生锈的播种机，不断在学生们的心田上播下革命思想和知识的种子"；他对中外古今的文明成果了然于心：包括《红岩》、《青春之歌》、《暴风骤雨》、《茅盾文集》、《唐诗三百首》、《辛稼轩词选》、《欧也妮·葛朗台》、《战争与和平》、《牛虻》、《表》、《盖达尔选集》、《共产党宣言》、"毛选四卷"……，《班主任》开列了一个长长的书单，广泛涉及文学与政治领域，以显示"班主任"的博学。《牛虻》在其中意义巨大，这部涉及信仰、革命与爱情的小说，成为辨识学生是否受"四人帮"毒害的试金石。小流氓宋宝琦自然看不懂，还把小说插图中的所有妇女都画上胡子，谢惠敏"以前没听说过、更没看见过这本书，她见里头有外国男女讲恋爱的插图"，就认为是应该批判的"黄书"。正是把《牛虻》看成"黄书"的这种态度，让班主任看到宋宝琦和谢惠敏两人的相似性。

---

① 参见旷新年：《1976："伤痕文学"的发生》，《文艺争鸣》2016 年第 3 期。

② 参见李杨：《重返"新时期文学"的意义》，《文艺研究》2005 年第 1 期。

不过，小说并没有在"黄书"可能隐含着的性别/政治问题上停留，而是让班主任指出学生们由于蒙昧无知，"拒绝接受一切人类文明史上有益的知识和美好的艺术结晶"。实际上，《班主任》是以青春/性危机展开叙事的，小说一开始就抛出一个问题："你愿意结识一个小流氓，并且每天同他相处吗?"并通过女学生的过激反应——知道"小流氓"来插班，她们都吓得不想来上课，来放大这个青春/性危机造成的困境。但是这个相对本能层面上的性/别恐慌，被快速历史化与政治化，转换为社会是否文明、进步的问题。班主任认为，"谢惠敏们"对"黄书"性质的误读，其实显示了文明与愚昧的缠斗仍在继续，而他因为掌握了知识和文明的真谛，不但能够认识到《牛虻》的本质，而且将是启蒙宋宝琦和谢惠敏的"师父"。班主任对"父之名"的象征性占据，完成于对宋宝琦父亲的指责：他因为"缺乏丰富而有意义的精神生活"，对宋也"缺乏教育管束"，实际上已无法胜任作为"父亲"的立法者与启蒙者角色。

无知的宋宝琦、异化的谢惠敏、充满困惑的石红等各色学生形象，建构起张俊石作为一个启蒙之父的形象。至于同事尹老师的急躁、单纯、容易冲动，则衬托出张俊石的冷静、理性与勇于担当。接受别人都不愿接受的小流氓宋宝琦，发现别人都没有发现的"畸形儿"谢惠敏，既能争取同事的理解，也能发动学生参与，任何状况中的班主任总是胸有成竹，能够将知识真理运用于实践中："现在，是真格儿按毛主席的思想体系搞教育的时候了！他正是要'真格儿'地大干一场啊。"作为新时期文学开端的班主任形象，甚至正是日后"改革者家族"的雏形：既拥有专业知识、理性精神，也具有行动的勇气和能力，而且作为老师和班主任，他天然具有启蒙的权威和合法性。在此，尤为值得注意的，还有张俊石班主任身份的独特意义，这个身份既可以"传道、授业、解惑"，同时在学校这种现代教育体系中，班主任还是一个结构性角色，联结并协调学生、老师、家长与校领导等各方力量，对学生来说，他比一般老师更具有直接而切实的话语权威。在文中，是他接受宋宝琦，判断谢惠敏为畸形儿，引导石红，最重要的当然还是他发出了"五四"启蒙时代"狂人"式"救救孩子"的呐喊。实际上，也正是这一呐喊启蒙的角色，让这篇看来"艺术上不成熟"的作品，赢得了众多老知识分子的认同与支持，① 以为班主任是"五四"启蒙传统的魂兮归来。

其实，班主任倒是更接近 1950—1970 年代的"无产阶级英雄"而非"五四"时代的"启蒙者"形象，作者对这个人物的定位就是："在我的心目中，在我通篇的立意中，我是把他当作一个英雄人物来对待的。不同的历史时期，不同的革命岗位，不同的具体情况下，无产阶级英雄人物虽然本质相

---

① 参见刘锡诚：《在文坛边缘上》，河南大学出版社 2004 年版，第 215 页。

同，却各有各的特点。"① 但也正如 20 世纪 50—70 年代的革命英雄，班主任几乎是一个没有启蒙前史和个人意识的英雄，"作者没有留给这位三十六岁的壮年男子任何的私人空间"②。当然，问题的关键不在于刘心武忽视了主人公的私人生活，而在于"班主任"作为一个新旧交替时代的人物，他如何能有效切割过去与现在，让自己成为一个空前的时代典范？在刘心武笔下，"班主任"外表平凡、个头中等、身材稍微有点发胖，"每一个纽扣都扣得规规矩矩，连制服外套的风纪扣，也一丝不苟地扣着"，这个"无牵无挂"的新时代引领者，类似 1950—1970 年代的革命孤儿/英雄，总是能够摆脱个人情感的羁绊，"忘我"地投入到革命事业中去。将"班主任"视为鲁迅《狂人日记》中的启蒙者狂人，这显然是具体时代状况下的有意误读，因为"肩负黑暗的闸门"的狂人，是承认自己生于"吃人家族"的黑暗前史的，而且认为自己"未必无意之中，不吃了我妹子的几片肉"③。然而，刘心武的"班主任"却干净得如同上帝，总是在不断地发现、拯救"病人"，从未认识到自己其实也是一个历史"病人"。"班主任"们无法言说的历史，正如有的研究者所言，可能就隐藏在女

① 刘心武：《走这条路！》，《文学评论》1978 年第 5 期。

② 李兆忠：《小脚放开之后：重读〈班主任〉》，《名作欣赏》2010 年第 11 期。

③ 鲁迅：《狂人日记》，《鲁迅全集》（第 1 卷），人民文学出版社 2005 年版，第 454 页。

学生谢惠敏身上。[①] 而通过将启蒙前史移植到年幼无知者、特别是年轻女性身上，新时期的"新人"——"班主任"们，遗忘了自己可能曾经并不清白的历史，从而可以作为一个干净得体的英雄"父亲"凭空出现。

可以看到，在《班主任》中，再造权威、发明一个引导启蒙实践"新父"的历史需要，远远超过了认识自我作为一个复杂的"历史中人"的需要。世事吊诡如斯，作为一个启蒙时代的新时期的文学，居然不是开启于对自我的反思与批判，而是肇始于再造权威与中心。而权威来自臣服，主体源于他者。故此，一个绝对大写的男性主体——"班主任"的历史崛起，注定建立在各色"异化"他/她者的发明与再造之中。

二、"异化"的她者

1977 年写作《班主任》时，刘心武刚调离学校不久。塑造一个以自身为模特、与叙述者高度吻合的班主任形象，并满足政治转折时代之需要，似乎是一件自然而应然的事情。说它自然，是因为刘心武曾做过十五年中学老师和十年班主

---

① 石天强认为谢惠敏不过是一个被遗忘了的张俊石的自我形象，见石天强：《后文革时期的性与阶级无意识——以刘心武〈班主任〉为例》，《文化与诗学》2013 年第 1 辑（总 16 辑）。李兆忠也说"张俊石和谢惠敏没有本质的不同，差别仅在于：一个纯然的无知，一个自以为知的无知，都是值得救助的对象"，见李兆忠：《小脚放开之后：重读〈班主任〉》。

任；说它应然，则是因为其时"四人帮"被打倒、"文革"结束，这意味着曾以红卫兵、红小兵为正面英雄形象所象征的革命理念将发生某种变化，以老师视角塑造一个以老师为正面形象，而非《盖满红印章的考卷》之类的从学生视角平视甚至是俯视老师的作品，这将成为可能。从自身经验出发，以文学创作契合政治需要，对于刘心武一代作者而言，其实是一个相当自然的集体无意识。后来的历史和文学史证明，《班主任》的确生逢其时，它是一部"拨乱反正"的作品。"拨乱反正"也就是重构"反"和"正"，当"班主任"成为历史正面的时候，又由谁来扮演历史的阴面他者呢？1982年，《班主任》发表近五年后，刘心武再次谈到小说的构思：

> 最初，我的脑中形成了宋宝琦的形象。然而那时人们已经普遍认识到"四人帮"造成了这一类畸形儿，倘若急于提笔来写，那么难免与别人立意相似。所以我就不甘心，脑子里继续绕，也就是往深处思考，这样就逐渐凸显了谢惠敏的形象。捕捉到这个形象以后，我才动笔写那篇小说。①

最初进入作者写作视野的是一个男性小流氓，一种通常意义上的跨时代的坏学生形象。以这种学生为启蒙与拯救对

---

① 刘心武：《绕》，《花溪》1982年第1期。

象，既算是"国民性批判"的历史延伸，当然也关联于作家的切身经验，曾经的班主任刘心武就"曾为教育班上的小流氓付出了大量的精力"①。不过，作为作家的刘心武马上意识到，这"难免与别人立意相似"，他于是开始"往深处思考"，最后终于发现了女团支部书记谢惠敏，一个通常意义上的"好"学生，一个思想僵化教条的政治"异化"者。②这样，促使刘心武最终写成《班主任》，并完成"班主任"这一"新父"再造的，关键就不在于宋宝琦这个"男流氓"，而在于谢惠敏这个"女学生"，因为她"展现出他未曾想到的意境"③，是一个真正新颖的人物形象。事实上，宋宝琦还没与班主任见面，就已由国家机器宣判为小流氓并已被拘留过，基本构不成班主任的对立面，小说中的他也在谢惠敏和石红后才正式出场。而谢惠敏却是班主任/刘心武逐步发现/发明的"他者"，因为只有是曾经的"历史主流/历史受害者"的她，才真正有资格成为"拨乱反正"的对象。

---

① 刘心武：《走这条路！》，《文学评论》1978 年第 5 期。

② "异化"是中国 70—80 年代转折时期的一个重要概念。马克思的"异化"概念，主要用来批判资本主义私有制下劳动的异化所造成的社会不平等。在中国当时的历史语境中，人们对"异化"概念的理解却是革命、政治可能产生的人性异化。贺桂梅在《"新启蒙"知识档案》（北京大学出版社 2010 年版，第 62—71 页）对此有细致的梳理和分析。本论文在此并不在于讨论各种"异化"论的说辞在转折时期的意识形态内涵，而想从性别维度，讨论人性"异化"、政治"异化"如何借助"性别"修辞来完成自身的表述，即所谓政治"异化"表述背后的性别转换机制。

③ 刘心武：《绕》，《花溪》1982 年第 1 期。

班主任对谢惠敏的认识，始于送麦穗事件，认为这反映了"仅仅只有三个月团龄的支部书记"拥有"纯洁而高尚的感情"，后来，即使谢惠敏成为"被'四人帮'那个大黑干将控制的团市委"培养的"典型"，她也"没有丝毫的政治投机心理，她单纯而真诚"。班主任/叙述者极力强调谢的"纯洁而高尚""单纯而真诚"，既是当时"以阶级斗争为纲"口号还未完全废除的政治态势的反映，也与其形象的定位有关。正因为所谓本质纯洁无瑕，所以适合无辜受害者角色。这样一个"本质纯正"的"畸形儿"形象，在当时引起巨大反响和社会共鸣。在《走这条路!》的创作谈中，刘心武特意提到三封读者来信：一个姐姐写来的关于她谢惠敏式妹妹的故事，妹妹的观念依然停留于过去，不能适应现在的生活，于是先服毒后上吊自杀；一个女青年承认自己曾经就是谢惠敏；一个中年科技人员"感到自己身上也有'谢味'"。至于文学批评者对谢惠敏的认可，则主要在于她的文学史意义，"这样的艺术典型，还是第一次，具有深刻的社会意义"①，小说"之所以在读者、特别是青年读者之间引起了强烈的反响，正是因为它描写了谢惠敏"②，因为"它率先提出不仅要挽救像宋

---

　　①　西来、蔡葵：《艺术家的责任和勇气——从〈班主任〉谈起》，《文学评论》1978年第5期。
　　②　濑户宏：《试论刘心武——到〈班主任〉止》，《钟山》1982年第3期。

宝琦这样的小流氓，而且要挽救左得出奇、纯若修女的谢惠敏"①，因而，"这个典型是千万个受到震动的读者选择出来，并由当时的评论家们协同创造出来的"②。

谢惠敏的重要性，不仅存在于小说之内，亦延展于文本之外。有意思的是，这个被启蒙的对象，政治异化的他者，在文本中被描述为一个性别特征"模糊"的"异化"形象："个头比一般男生还高，她腰板总挺得直直的，显得很健壮"，"弹跳力很差，手臂手腕的关节也显得过分僵硬"。谢惠敏一出场，就是一个身体男性化、精神上单调乏味的形象，僵硬的女性身体象征着思想的教条与僵化。在这里，政治思想上的异化通过性别的异化表征出来，异化"他者"转化为异化"她者"，而用所谓反自然的女体来隐喻异化的政治，也是1980年代文学较为常见的叙事策略。刘心武《大眼猫》（1981年）则是另外一个典型文本。小说主人公名叫钢华，一个非常男性化的名字，让人联想起革命时代的"铁姑娘"形象。与谢一样，钢华也是团支部书记，同样"身材比较粗，臀部特别大，……很不灵便"，"跳高和跳远，怎么也达不到标准"。钢华与谢惠敏的不同之处，在于她已幡然悔悟自己的"非女性"特征："这是我当年整你和高应松的报应？几乎没有一个男同志爱我！因为多少年来，我简直也是一个男人，

① 王纪人：《复苏期的文学潮流》，《文艺理论研究》1980年第1期。
② 曾镇南：《刘心武论》，《社会科学战线》1986年第3期。

或者说我是一个中性的人,人们可以钦佩我、羡慕我、忌恨我、厌弃我……然而却不会爱我,不想像占有一个女人那样地占有我。"钢华在忏悔自己曾参与极左运动的同时,也一并否定了自身性别操演的非常面向,她曾经展示出来的性别多样性实践。因为否弃了"被占有"的他者/客体身份,她在刘心武小说中被认为是反自然、反女性的,至于正常的女性是什么,当然就是小说设计给钢华的他者化渴望:"像占有一个女人那样地占有我。"

于是,与非女性化的谢惠敏相比,被赋予刻板女性性征的石红,则成为刘心武塑造的正面学生形象。尽管"写得不够丰满",但作者"希望读者能从石红的形象上,多少感受到我们这个时代青少年的主流"①。与谢不同,她一出场就是一个充满了青春活力和弹性的美少女形象:"石红恰好面对窗户坐着,午后的春阳射到她的圆脸庞上,使她的两颊更加红润;她拿笔的手托着腮,张大的眼眶里,晶亮的眸子缓慢地游动着,丰满的下巴微微上翘。这是……一个数学老师所熟悉、喜爱的神态。"在这个视觉定格中,张大眼眶、眸子游动的石红,应该是一个在看着什么的凝视主体,但叙述者却并没有给定她凝视的对象,于是她就只能是一个被看的沉思客体,一个女性化的她者,而潜在的总体性的观看者,实际上就是借数学老师隐藏起来的班主任与叙述者。与班主任眼中的谢

---

① 刘心武:《走这条路!》,《文学评论》1978年第5期。

惠敏不同，石红这个具有所谓女性美感的女学生，则象征了自然美好的人性。一个具有女性化倾向的女学生被塑造为正面女性形象，这是 1980 年代重构自然化女性的开端，其与反性别、非自然的谢惠敏，构成了此一时期文学中可彼此映照的女性"双面兽"。《芙蓉镇》里的胡玉音与李国香、《天云山传奇》中的冯晴岚与宋薇，则是另外的典范。

以具不具有所谓女性特征，来象征政治上的僵化与否以及是否具有自然人性，这种以性别来表意政治的叙事策略还体现在一个关于穿衣的细节上：

> 那一天热得象被扣在了蒸笼里，下了课，女孩子们都跑拢窗口去透气，张老师把谢惠敏叫到一边，上下打量着她说："你为什么还穿长袖衬衫呢？你该带头换上短袖才是，而且，你们女孩子该穿裙子才对啊！"谢惠敏虽然热得直喘气，却惊讶得满脸涨红，她简直不能理解张老师在提倡什么作风！班上只有宣传委员石红才穿带小碎花的短袖衬衫，还有那种带褶子的短裙，这在谢惠敏看来，乃是"沾染了资产阶级作风"的表现！

穿裤子还是裙子，着长袖还是短袖，竟被谢惠敏看作是阶级问题，作者显然想以日常生活细节，来表征谢生活的乏味与思想的教条。但其实，对于激进革命氛围下的中国妇女来说，像男人一样穿裤装意味着打破性别藩篱，是彰显妇女解放、男女平等的一种表意方式。需要指出的是，衣饰着装作为一种日常文化政治形式，当然同时具有性别政治与阶级政治意涵，谢惠敏与班主任对于着装政治的不同侧重，实际上显示了"衣变染乎世情"的力量。前者尚沉浸于激进社会主义的主流意识形态中，以刻板化的阶级政治来决定穿衣打扮；后者则否弃了压抑性的阶级政治，以另外一种刻板化的性别政治来确立时代文化主流；前者以拒绝女性气质来表明自己的阶级性与革命性，后者则将女性气质与女性身份构成唯一对应关系，强调一种自然化的人性。当然对刘心武来说，设置师生之间关于穿衣的小分歧，并不是为了讨论性别政治问题，而是试图通过这些"扭曲"的性别细节，将谢惠敏塑造成"在'左'倾教条主义的重压下扭曲、变形，灵魂的活力被窒息"[①]、被"愚民政策打下了黑色烙印"的异化他者形象。

与任何一个启蒙年代一样，旧时代及其旧人往往需要被发明为新时期的他者，而具体填充这个"他者"位置的，往往是这些人/类——农民、女性和孩子。被认为是新时期中国文学开端的《班主任》，通过塑造一个性别异化的女性学生谢惠敏，发明出一个既是女性又是孩子的"她者"，重构了一个主体/客体、我者/他者的二元权力等级结构。故此，新时期文学其实开端于再造"新父"、发明"她者"。

---

① 刘再复：《他把爱推向每一片绿叶》，《读书》1985 年第 9 期。

三、"断续"的历史

1978 年，《班主任》获"全国优秀短篇小说奖"第一名。之后不久，就很快被各样当代文学史命名为新时期文学的开端。不过，质疑之声也始终存在：开始主要是针对小说本身，认为其艺术粗糙，难以担当开端之重任；近些年来，则是对由其作为开端的"新时期"文学的质疑。围绕着《班主任》的争议，反映了两种颇为不同的文学史叙述甚至是文学史观：一种是"断裂"说，其在 1980 年代形成并延续至今，"断裂"说将 1980 年代与 1950—1970 年代割裂开来，由此形成一种"新时期"的历史意识和文学意识，将《班主任》设为"新时期"文学的"开端"，即是"断裂"说的主要症候之一；一种则是"延续"说，其在近年形成，主要关注"新时期"与"1950—1970 年代"关联性研究，并形成了一个接续前后三十年的"当代中国文学整体观"。洪子诚对"当代文学"概念的厘定[①]、程光炜的"'八十年代'作为方法"[②]、贺桂梅"新启蒙知识档案"[③] 等的论述基本在这一脉络之内。

"断裂"说也好，"延续"说也罢，作为一种文学史叙述

①　见洪子诚：《"当代文学"的概念》，《文学评论》1998 年第 6 期。
②　见程光炜：《文学讲稿："八十年代"作为方法》，北京大学出版社 2009 年版。
③　见贺桂梅：《"新启蒙"知识档案——80 年代中国文化研究》，北京大学出版社 2010 年版。

的策略，它们往往受制于特定的现实诉求与历史关怀。强调断裂者，未必没有意识到其中的延续性，而关注延续者，也不能忽略相似的叙事结构之下的价值颠倒，尤其是其中"告别"过去的时代诉求，然而所谓历史或文学的"开端"，常常却都是"告而未别、断而又续"的"断续"状况。表面看来，作为一部"拨乱反正"的小说，《班主任》完成了"新时期"中国与"革命"中国的象征性"断裂"，其把曾经被颠倒的社会结构给颠倒了回来，理顺了教师/学生、知识分子/无知大众等的二元关系，从而又被认为是"接续"上了"五四"启蒙传统。就是这种"断续"——断裂"革命"中国，接续"五四"中国——的历史意识，让《班主任》获得广泛认可并最终确定其文学史地位。不过，如果将《班主任》置于"漫长的中国 20 世纪"的视野中进行考察，那么就会发现其性别政治的再现、现代性意识形态的论述，显然密切相关于一个更为宏观的有关现代中国的"断续"历史脉络。

为确立自己的历史正当性，新时期文学不得不以"断裂"的姿态完成对于 1950—1970 年代文学的革命，正如李扬所言，"新时期文学要建构自己的主体性，就不能不压抑着那些异物，那些意识形态和知识分子的自我想象中所要排斥的部分"①。但是，这些被"意识形态和知识分子"极力排斥、压

---

① 参见李扬：《重返"新时期文学"的意义》，《文艺研究》2005 年第 1 期。

抑的"革命"中国的历史与外在的他者,往往却是构成新主体想象的"执拗的杂音"①,就像谢惠敏之于班主任。而没有各色他者的生产及其内化,所谓新时期文学的主体想象也是无源之水。那个由班主任/女学生、新父/旧人构成的二元社会结构想象,在颠倒的同时也承袭了激进革命时代的性别政治关系与意识形态构图。也就是说,革命结构依然"潜移默化"于新时期,不断质疑、挑战着那些"自以为新"的各样父权意识形态论述。

启蒙与蒙昧、主体与他者的主从论述,往往借由性别转换得以生成并巩固。在小说《班主任》中,班主任这一启蒙主体的诞生,是通过发明被启蒙的她者来完成,但吊诡之处在于,这一主体与他者、父亲与孩子、男性与女性、老师与学生、启蒙者与畸形儿等二元关系格局在文本中却并不稳定。以"异化"她者面目出现的谢惠敏,在支撑起"班主任"这个启蒙主体的同时,却也动摇着主体的确立。不同于后来伤痕文学中幡然悔悟或受到历史惩罚的姐妹们,像《大眼猫》中的钢华、《铺花的歧路》中的白慧、《伤痕》中的王晓华、《天云山传奇》中的宋薇等,谢惠敏这个只有十五六岁的团支部书记,在1977年的春天还浑然不知历史即将重启,尽管班主任这个"新父"对现代启蒙信心满满,

①　韩琛:《三城记:异邦体验与老舍小说的发生》,《文学评论》2017年第5期。

但直到小说结束，我们也没有看到她"幡然悔悟"。因而，班主任眼中的这个"异化"她者，自身其实一直未服膺于她者的从属位置。而且更为吊诡的是，当叙述者/班主任将谢惠敏定性为政治异化者、并陈述其各种异化行状时，却也暴露了她在新的政治语境之中，因为继续坚持某种"革命立场"，而获得了拒绝性别化的差异政治，甚至是对抗"新父"权威的某种主体能动性。

当班主任对小流氓插班还没采取行动时，谢就主动来反映情况商量对策了；当尹老师等埋怨班主任接受一个坏学生、班上女同学因害怕小流氓骚扰而不敢上课、石红还在等待班主任答疑解惑时，谢惠敏却已做好"阶级斗争"的准备了。当班主任"感到格外需要团支部配合工作"时，她毫无畏惧地站在他这一边，这甚至让班主任"心里一热"。但是，一直主动或者过分主动的谢惠敏，显然逾越了学生的身份限定，打破了师生之间应相对明晰的差序结构，他们之间矛盾的显现并逐渐升级，可以说几乎是必然的，小说以这几个事件来表现谢惠敏的"病态"：（1）关于组织生活方式。张："为什么过组织生活总是念报纸呢？下回搞一次爬山比赛不成吗？"谢："瞪圆了双眼，几乎不相信自己的耳朵，隔了好一阵，才抗议地说'爬山，那叫什么组织生活？'"（2）关于女孩子的衣着。张："你们女孩子该穿裙子才对啊！"谢："惊讶得满脸涨红，她简直不能理解张老师在提倡什么作风！"（3）对《牛虻》的态度。张："忍不住对谢惠敏开口分辩道",谢:"瞪圆了双眼望着张老师,激烈地质问说","她微微撇起嘴,飞走的眉毛落回来拧成了个死疙瘩",她"痛苦而惶惑地望着映在课桌上的那些斑驳的树影"。(4)对《表》的态度。谢:"激动地走出屋子,晚风吹拂着她火烫的面颊,她很痛苦,上牙把下唇咬出了很深的印子。"

谢惠敏与班主任的冲突看起来极其琐碎,却也涉及教育理念、价值体系与性别观念等重大问题。如果新时期真的是一个与之前的一体化时代完全不同的崭新历史阶段的话,那么这些问题或许应该在一个更为开放的空间中,以民主、平等的方式予以讨论、回应,无论是班主任还是谢惠敏的主张与立场都能够在其中拥有一席之地。不过,被完全赋予历史权威的班主任,显然拥有真理认识及其解释权,他作为一个时代"新父/师",在一个男老师/女学生的性别差序结构中,对于这些问题的解决具有压倒性的权力。于是,在小说中,班主任将这一切分歧的出现归结为"四人帮"的遗毒,而刘心武在创作谈中,也笼统地归于张铁生和黄帅的影响,而唯有开启新时期的"班主任们",却能够一尘不染地从"文革"历史中归来,宣布以谢惠敏这个女学生为表征的"历史受害者"——其实就是广大被蒙蔽的人民群众——是需要拯救的"异化"她者。许子东曾经提出质疑,"所有谢惠敏式的行为,如果放在五十年代青春万岁背景下或出现在六十年代中学生齐抄雷锋日记的时候，又会得到怎样的评价呢?"① 显然，刘心武并没有意识到这个问题的复杂性，只瞩目于历史真理的掌握与政治权威的重构，这个重新建构思想、政治和历史权威的一体化叙事模式，显然也是延续了前一时代的传统。

致力于在断裂历史中开辟新时期的《班主任》，实际上却延续了前一时代的权威建构形式。也就是说，知识者新父与女学生她者的新设定，虽然颠倒了激进革命时代的二元关系，但二元权力结构本身并未发生根本改变。不仅"新父"的塑造延续了过去时代的传统，而且文本中那个处于历史转折时代的女学生谢惠敏，显然也延续了革命政治的传统。她动不动就"瞪圆了双眼"，"惊讶""抗议""质问"，要不就是"满脸涨红""撅起嘴""上牙把下唇咬出了很深的印子"，这诸多细节，描摹出她在与班主任分歧过程中产生的惶惑与痛苦。在谢慧敏这里，对班主任的怀疑、不满与抗议，是其接受激进主义革命政治理念的"自然"体现。罗丽莎认为，对"文革"代群来说，如何成为自觉的政治主体至为重要，其个人的主体性与能动性既不在于张扬个体价值，也不在于驯顺权力和服从权威，而是对政治的主动参与，对各种等级权力秩序包括性别、师生、代际秩序的挑战与反抗。② 与作者/叙述

① 许子东：《刘心武论——〈新时期小说主流〉之一章》，《文艺理论研究》1987 年第 4 期。

② 见〔美〕罗丽莎：《另类的现代性：改革开放时代中国性别化的渴望》，黄新译，江苏人民出版社 2006 年版，第 166—186 页。

者/班主任的设定不同,谢惠敏其实从未把自己放在"女"—"学生"这个新的性别化与阶差化的她/他者位置上。这个依然充满了革命激情的谢惠敏,能否顺利进入班主任重新启蒙的框架中还很难说。在刘心武收到的读者来信中可以看到,谢惠敏的幽灵实际上四处游荡在时代的开端,以其"旧革命意识"参与到新时期的政治、文化协商中。

当新时期中国意欲重构政治蓝图与社会秩序时,一个反潮流、非性别化的谢惠敏,必然被安置于一个异化者的位置,并成为承受历史创伤的启蒙对象。当然,谢惠敏的悲剧不仅在于"执迷不悟",还在于其挑战权威的行动本身,却来自对更高历史权威的臣服。置身新时期的谢惠敏们,作为革命的剩余物,还未长大成人,就未老先衰,变成马列老太太,并与青春焕发的班主任形成对比。今天看来,《班主任》之所以被追认为新时期文学的开端,并不在于其是否真的开启了一个新的文学时代,而在于表征出一个转折时代之暧昧莫名的"断续"历史状况。

四、结语

阿伦特认为,历史的开端并非一种自然状态,"自然状态"不过是对它进行净化的一种释义,从而建立一种合乎自然道义逻辑的合法性论述。[①] 于是,所有开端的历史发明,往

---

① [美]汉娜·阿伦特:《论革命》,陈周旺译,译林出版社,第9页。

往以恢复某种自然状态为修辞，并断然否认开端之前的政经文化实践，并将之论述为一种反自然的历史状况。被认为是新时期文学开端的《班主任》，当然也试图建构起一种自然状态，其表达为对某种自然的性别、师生关系的想象，而激进革命年代的所谓非自然状态则遭到否认，女学生谢惠敏的反常的性别、代际认同，就是非自然状态的典型代表。实际上，并没有什么有关性别、代际的自然状态等待恢复，只有合乎特定政治意图的文化想象的刻板生产，开端的命名往往在打开历史的同时也封闭了历史。今天，当我们从性别政治视野重估《班主任》的时候，实际上就是试图重启被封闭的暧昧历史开端，召唤出作为革命幽灵的谢惠敏们，还有作为改革"新父"的班主任们，以之作为展开对话历史、批判现实并想象未来的契机。

[本文为山东省社科项目"性别与新时期文学的创伤记忆"（项目批准号：17CZWJ09）的阶段性成果。]

［作者简介：马春花，中国海洋大学文学与新闻传播学院。

本文原载《中国现代文学研究丛刊》2018 年第 6 期。]

王蒙的新疆美学
——《这边风景》里的王蒙与新疆之一

温奉桥　李萌羽

　　王蒙与新疆是一个永远无法绕开的话题。自70年代末从新疆"归来"后的王蒙创作了《歌神》《买买提处长轶事》《杂色》等一系列描写新疆伊犁的作品，特别是长篇小说《这边风景》与《在伊犁》系列小说，更是构成了王蒙新疆小说特别是"伊犁叙事"的"双璧"。王蒙通过他的《这边风景》等小说，建构了一种独特的美学范式——"新疆美学"。

一

　　新疆是王蒙的受难地，也是王蒙的"福地"。1963年，因《组织部来了个年轻人》被错划成"右派"的王蒙，怀着重新燃起的对生活的渴望和对文学的热爱，"自我放逐"到了新疆，由此，王蒙从一个少年得志、才华横溢的青年作家，一个猛子扎到了边疆农村生活的最底层，直到 1979 年离开，王蒙在新疆生活、劳动了 16 年，特别是 1965—1971 年，王蒙更是以一个普通农民的身份在伊犁巴彦岱公社毛拉圩孜大队"劳动锻炼"了整整六年，并一度担任该队的副大队长，这期间，王蒙寄居在维吾尔农民家里，与当地各族农民同吃、同住、同劳动，学会了从赶车到扬场的全套农活，王蒙后来回忆道："与伊犁的邂逅是小说人生命中最重要的事件。"① 王蒙多次称新疆是他的"第二故乡"，称自己是一个"巴彦岱人"。

在一定意义上，没有新疆 16 年的生活就不会有今天的王蒙，当然，更不会有王蒙描写新疆生活的 200 多万字的作品。维吾尔族诗人乌斯满江曾说："王蒙被错划成右派，这是他的不幸，但对维吾尔人，维吾尔文学来说，又是莫大的幸运。如果他不被打成右派，他到不了新疆，他也不会掌握维吾尔语，我们也读不到那么多写维吾尔人的动人的亲切的作品了。"② 王蒙这些描写新疆的作品，不但是王蒙创作的重要组成部分，也是中国当代文学独特而瑰丽的存在，特别是他的《在伊犁》和《这边风景》，不仅是汉族作家描写新疆农村少数民族生活的最杰出的小说，也是当代文学跨文化写作的杰出范例。王蒙没有辜负伊犁河畔"行吟诗人"的

---

① 王蒙：《这边风景》（下卷），花城出版社 2013 年版，第 701 页。

② 温奉桥编：《多维视野中的王蒙——第一届王蒙文学创作国际学术研讨会论文集》，中国海洋大学出版社 2004 年版，第 339 页。

桂冠，他把最深情最执著的诗篇献给了伊犁，《在伊犁》和《这边风景》构建了王蒙小说的"伊犁叙事"。当然，由于书写年代不同，在这两部小说中表现出来的文化心态也迥然相异，《在伊犁》用的是回望的视角，而在《这边风景》这部70万字的小说中，王蒙则从当下性视角更为切实完整地书写了特殊年代的个体经验。《这边风景》不仅是王蒙对于伊犁的爱恋和歌哭，也是当代文学噤声时代的独特记忆。

无论如何，在尘封了近40年后《这边风景》的出版都是一件具有文学史意义的事件，甚至，其意义可能超越了这部小说的自身价值。就王蒙个人创作谱系而言，《这边风景》无疑填补了他创作的一个空白，使王蒙横跨60年的文学创作链条得以完整，在王蒙整个创作链条上，《这边风景》占有一个特殊的承上启下的位置：一方面它内在地承续了50年代《青春万岁》的理想主义的余绪，使王蒙50年代和新时期前后两个不同历史时期的写作得以连接和延续，从而使王蒙不同历史阶段的创作风貌得以清晰完整地呈现；更为重要的是，《这边风景》暗含了王蒙新时期小说变革的"基因"和可能，在《这边风景》中可以隐约发现王蒙后来小说创作的某种因缘和内在根据。另一方面就中国当代文学特别是新时期以前的文学而言，《这边风景》的出版，则具有某种"考古学"的意味。在以往的当代文学史中，"文革"时期的文学基本是空白，即使偶尔提及，也大多是作为某种概念化的反面典型，很少正面论述其美学价值和文学史意义。《这边风景》让我们有可能重新反思既往文学史的某些"定论"，重新审视、评价包括"文革"文学在内的整个新时期之前的文学创作。如果将《这边风景》置于社会主义文学运动的整个生态系统和价值坐标值中来考察，无疑会对整个当代文学整体艺术风貌和美学价值特别是"文革"文学的整体认知和评价产生影响。从这个意义上讲，《这边风景》对于中国当代文学史而言，同样具有重要的价值和意义。

二

在《这边风景》中，王蒙从伊犁农村生活的切身经验出发，通过对跃进公社和爱国大队两条路线斗争以及生产生活的描写，立体地全景式地向人们展示了 20 世纪 60 年代初新疆伊犁农村的历史文化和日常生活，是一部描写新疆伊犁农村生活的百科全书式的小说。从故事层面而言，《这边风景》虽然写了 1962 年震惊中外的"伊塔事件"、1964 年的"四清"运动等政治事件以及两条路线的斗争，但与小说所表现出来的宏大叙事相比，《这边风景》更是一次充满了生活质感的诗意叙事。

《这边风景》的文学价值首先表现在作者对边地伊犁自然景物、民风民俗、宗教信仰以及民族性格的生动描绘。在这部小说中，王蒙以丰实饱满细腻缜密的笔触，出色地原汁原味描写了新疆伊犁各族人民特别是维吾尔族农民真实鲜活的生活以及独特的文化个性，这构成了这部小说持久的艺术魅力。虽然从一开始王蒙首先考虑特别注意这部小说"符合政策",但毋庸讳言,这部小说的艺术成就和魅力当然不是来自"政治正确",甚至相反,在审美效果上小说对生活的描写反而把两条路线斗争压倒或者说消解了,正如作者所言:"万岁的不是政治标签、权力符号、历史高潮、不得不的结构格局;是生活,是人,是爱与信任,是细节,是倾吐,是世界,是鲜活的生命。"① 更确切地说,政治性书写仅仅构成了这部多声部小说的一个声部、一个维面,而维吾尔人的日常生活才是作者真正描写的所在,正是《这边风景》与同类小说相比"胜出"的根本原因。

王蒙曾多次谈到对生活的"入迷的'不可救药'的兴趣和爱",这是王蒙的"主义"和宗教,也是他文学创作的深层根据和动因,这在客观上帮助作者完成了对"政治"最大限度的突围,从而在可能的程度上赋予了这部小说浓郁的生活气息和坚硬的生命质感。当代文学史上还没有哪一部小说像《这边风景》这样如此丰富真切而又细致深入地描绘了伊犁农村维吾尔人日常生活的方方面面:从雪峰、草原、牧场、河谷、果园、高大的白杨树、潺潺流淌的渠水、大片的条田等具有独特地域特色的自然景观,打馕、刷墙、赶车、看磨坊、修水渠、扬场、打钐镰,抓饭、奶茶、酥油馕、酸马奶、土造啤酒、大半斤、米肠子、拉面

① 王蒙:《这边风景·后记》(下卷),花城出版社 2013 年版,第 703 页。

条，坎土镘、抬把子、生皮窝子、热瓦甫、都塔尔等具有充满了民族特色的衣食住行，以及喜庆、祝祷、丧葬，甚至颇具宗教色彩的乃孜尔、托依等都进行了细致精微的描写。如果说《在伊犁》是从一个个侧面来描写维吾尔人的生活的话，《这边风景》则是一次正面全方位的书写，王蒙对伊犁维吾尔人日常生活的描绘，不仅具有很高的文学价值，而且具有重要的民俗学价值。

同时，《这边风景》塑造了一大批既具有鲜明的时代感又充满了生活气息的个性丰满的少数民族人物形象。早在《在伊犁》中，王蒙就塑造了如穆敏老爹、"傻郎"马尔克等许多具有独特个性的维吾尔族农民的形象，给读者留下了深刻印象，《这边风景》则更为深入地塑造了一系列别具个性气质的艺术形象，不仅使"文革"期间的文学增添了一些清新的更富有生活气息和质感的文学形象，提升了彼时中国文学的艺术境界，而且极大地丰富了中国当代文学的人物画廊。例如，一生敬畏、顺从、谨慎又胆小怕事的中农阿西穆，这是一个具有很高审美价值的独特形象，因长期饱受巴依、伯克等人的压迫，心灵上担负着沉重的负担，他一生的信条就是"服从"和"要懂得害怕"，但就是这样一个充满了敬畏、害怕和谨小慎微的穆斯林，在时代的剧烈变局中，他生活得像风中的树叶，哆哆嗦嗦、战战兢兢；另一形象穆萨是王蒙的一个独特创造，他绝不是一般意义上的正面或反面人物，他要复杂得多，他表面上大大咧咧、吊儿郎当，动辄吹牛冒泡，实则十分精明，有自己的分寸和底线。此外，清真、虔敬、自律的宣礼员亚森木匠，花儿一样美丽、纯洁、善良的雪林姑丽、米琪儿婉，自尊、好强、柔情的爱弥拉克孜，粗犷、豪爽、内心又极其脆弱的马车夫泰外库，热情、质朴、一心为公的艾拜杜拉，诡诈、阴险而又善于交际的库图库扎尔，以及绝望、屈辱、被生活压扁的未老先衰的乌尔汗。更重要的是，《这边风景》写出了维吾尔人的精神和心灵生活。在这部小说中，王蒙不仅以地道的伊犁农民的语言来描写当地少数民族的生活，而且通过一个个精确传神的细节描写，描摹出了维吾尔人特有的个性、气质以及热情而质朴的灵魂，深刻地写出了维吾尔族特有的民族文化性格以及那种"天真的生趣"。

维吾尔诗人乌斯满江·达吾提曾说，读王蒙的作品"就像老朋友面对面地谈心交心，自然、亲切，丝毫没有民族的隔阂"①。应该说，当代作家中还没有另一个人能像王蒙这样如此深刻地理解并真切、细致地表现出了维吾尔人的内心世界和灵魂。难怪有的新疆读者把王蒙描写维吾尔族生活的小说称为"维吾尔塔兰奇文学"（"塔兰奇"意为拓荒者）。

三

不止一个人谈到王蒙的"诗人气质"，《这边风景》同样

---

① 温奉桥编：《多维视野中的王蒙——第一届王蒙文学创作国际学术研讨会论文集》，中国海洋大学出版社 2004 年版，第 339 页。

打下了"诗人"王蒙的鲜明徽记，回荡着诗人的激情，《这边风景》是噤声年代罕有的激情写作。

在《这边风景》这部以朴实健朗风格见长的现实主义小说中，依然可以看到王蒙50年代特别是《青春万岁》的影子，理想主义在这部小说中并未完全褪隐，王蒙的"挚诚"——"少共"之心依然存在，这在很大程度上塑就了这部小说独特的审美气质和美学风度。从审美风格和内部构成而言，《这边风景》具有两个显著特点：传奇性和抒情性。小说的传奇性从一开始就显现出来了：反颠覆斗争、粮食被盗、死猪事件、"四清"斗争，都颇具传奇性，库图库扎尔、里希提、伊力哈穆等人的成长故事，也同样充满了传奇色彩，特别是小说的下卷基本围绕泰外库的"情书事件"展开故事，则不仅具有传奇性，更有结构上的考量。但真正构成这部小说灵魂和魅力的还不是这些颇具传奇色彩的故事，而是小说的抒情性，这决定了《这边风景》浓郁的诗意和深情的笔致。

《这边风景》的诗意首先源于对爱情的书写。在那个政治压倒一切、政治消解了一切的特殊年代，爱情已成为某种文学禁忌。《这边风景》中对爱弥拉克孜与泰外库、雪林姑丽与艾拜杜拉、米琪儿婉与伊力哈穆的爱情，以及吐尔逊贝薇与雪林姑丽、狄丽娜尔之间胜似姐妹般的友谊的描写，曲折委婉、幽雅深致，表现了特殊年代爱情的美好、生活的美好、人性的美好，为小说平添了许多浪漫气息。

小说第十八章"麦收时节的谐谑曲与小夜曲",描写雪林姑丽面对艾拜杜拉的无限柔情,是全书写得最柔软、浪漫、多情的部分,充满了浓浓的诗意,写出了日常生活中人性的柔软和美丽、多情和浪漫、善良和美好。在这里作者把丁香花("雪林姑丽"即是"丁香花"的意思)一样美丽的女子的柔情与大自然的声息融为一体,这既是一出爱情的赞歌,又是一首劳动的圣歌,也是人性的颂歌。爱情、女性、劳动、文学完全融为一体。如此柔软多情的文字,在整个 70 年代文学中并不多见。

除了爱情,小说的诗意更表现为对劳动的激情书写。王蒙曾说,整部小说虽然写得处心积虑、小心翼翼,但仍不失为一次"生气贯注"的书写,最"生气贯注"的是小说对劳动场面的充溢着圣洁和诗意光辉的礼赞和书写。例如小说第二十一章对伊力哈穆"夏夜扬场"的描写,再如,对米琪儿婉和雪林姑丽"打馕"场景的描写,都充满了蓬勃的诗意和激情,充满了创造乃至自由的快感。在那个特殊的年代,很多东西值得反思,但是这样一种对于劳动的圣洁无比的情感,无论何时都不会过时,都值得尊重和怀恋。这里对劳动的描写,没有后来小说的惩戒性、自虐性内涵,劳动不再是苦难叙事的必然所指,而是充满了真诚、快乐和激情,洋溢着人与自然、人与人之间的和谐与美好,且具有了某种精神性即马克思所说的"把劳动当作他自己体力和智力的活动来享受",这既是劳动的过程,更是美的享受,充满了创造和自由的愉悦，在这里，劳动、美、自由与创造完全融为一体。《这边风景》中对于劳动场景的描写，并不是一种特殊语境下的政治性想象，而是赋予了前所未有的自由、创造、激情与诗意的内涵，王蒙在这里所描写的已经不单纯是劳动场景，而是通过劳动场景的书写，努力发掘社会主义新生活带给农民的精神世界之美。如果《这边风景》的写作看作是"幽暗的时光隧道中的雷鸣闪电"，那么小说中关于劳动场景的动情书写则是整个"文革"文学中最酣畅的"雷鸣闪电"。美、健康与劳动结合在一起，这是对劳动的礼赞，也是那个单纯年代的最圣洁的情感。王蒙小说的这种如此简单而又圣洁的描写，在其以后的小说中似乎并不多见了。

四

《这边风景》是当代文学一次跨文化写作的成功试验，是一部跨文化写作的经典范本。王蒙是当代汉族作家中仅有的精通维吾尔语的作家，新疆16年生活，给予王蒙最大的财富是他熟练掌握了维吾尔语，使他有了"另一个舌头"，不仅能够与当地维吾尔农民毫无障碍地交流，更重要的是他掌握了一把走进维吾尔族历史和文化的钥匙，能够透过维吾尔人的日常生活更深入更全面地了解他们的思维方式、情感特征、价值观念，进而走进了维吾尔人的生活和心灵世界，正如维吾尔诗人热黑木·哈斯木所认为的："汉族作家反映维吾尔生活，能让维吾尔读者称赏叫绝，说到底，就因为王蒙通晓我们的语言文化，懂我们的心。"①

德国哲学家乔治·齐美尔提出了文化上"异乡人"的概念，就文化身份而言，王蒙之于维吾尔族文化无疑是个"异乡人"，这种"异乡人"的身份使王蒙对两种文化的差异格外敏感：新疆"使我有可能从内地—边疆、城市—乡村、汉民族—兄弟民族的一系列比较中，学到、悟到一些东西"，在更深刻的意义上，王蒙的"比较"视野源于对维吾尔族生活和文化的热情，源于作家对维吾尔人的爱，是爱使王蒙从一个文化的"异乡人"变成了真正的"巴彦岱人"。

王蒙对新疆各族人民特别是维吾尔人的生活和文化具有深刻的了解，他曾广泛阅读维吾尔族的文学作品和文化典籍，并翻译过维族作家马合木提·买合买提的小说《奔腾在伊犁河上》以及诗人铁依甫江等人的作品，所有这些都养成了王蒙的跨文化视野，这种自觉的跨文化意识无疑给王蒙提供了更广阔的文化视野和更开放的文化心态，可以说，没有对维吾尔语的学习和掌握，就不会有《在伊犁》《这边风景》等深得维吾尔族生活真味的作品。

维吾尔族一个是具有鲜明气质和文化个性的民族，《这边风景》没有猎奇，没有热衷于奇闻异事的描写，而是怀着尊敬、喜爱、欣赏的心态，以跨文化的视野透过维吾尔人日常

---

① 温奉桥编：《多维视野中的王蒙——第一届王蒙文学创作国际学术研讨会论文集》，中国海洋大学出版社 2004 年版，第 338 页。

生活的描写，表现他们独特的语言方式、生活情趣和文化观念。没有对维吾尔族生活和文化的深刻了解，就不可能有《这边风景》自觉的跨文化写作意识。如果把王蒙比喻成一棵大树，那么它的根深深扎在了伊犁维吾尔族生活和文化的最深处，王蒙走进了维吾尔心灵世界的最深处。

王蒙多次说，新疆是他"独一无二的创作本钱"。新疆在诸多方面对王蒙产生了深刻影响，作为伊犁的儿子，王蒙让"巴彦岱"从一个地理名词变成了一个世界性的文学存在，伊犁是王蒙心中永恒的"桃源"。《这边风景》是王蒙这位赤子唱给伊犁母亲的最深情的赞歌，王蒙说《这边风景》"是戴着镣铐跳舞"，在那个独特的年代，镣铐是难免的，但是，王蒙"舞"出了他的精彩，"舞"出了他的非同凡响。

［作者简介：温奉桥：中国海洋大学王蒙文学研究所
所长、教授、博士生导师；
李萌羽：中国海洋大学文学与新闻传播
学院教授、博士生导师。
本文原载《博览群书》2018 年第 7 期。］

刘玉栋小说伦理叙事特征研究

韩存远

　　近十年来，国内关于刘玉栋小说的研究逐步升温。概言之，这些研究成果大都立足于文化研究的视角，围绕"乡土意识""现代性""城乡""乡村"等关键词写就。① 本文拟另起炉灶，从刘玉栋小说的伦理叙事特征出发结构全篇，主要理由有二：其一，"中国文章自古载道"，② 而这"道"，究其正统，大抵不离发源于齐鲁大地的儒家伦理思想。新时期以来，山东作家大都恪守此道，其文学书写不论主题与取向为何，却基本都贯穿着一种伦理情怀，几乎不曾遗落道德层面的考量。而作

---

　　① 近几年来，关于刘玉栋小说研究的期刊论文主要有：韩德信、韩存远：《乡土意识的艺术呈现——刘玉栋作品研究》；韩存远、韩德信：《现代化·现代性·乡土文学——以刘玉栋作品为例》；刘莹、黄发有：《乡村与都市的双向凝眸——刘玉栋小说论》等。
　　② 张细珍：《启蒙、自由、神性——论史铁生的伦理叙事》，《中国现代文学研究丛刊》2012年第4期。

为这支文学"鲁军"中的主将之一，刘玉栋的文学叙事亦不例外。"乡土的道德化"是刘玉栋的价值支撑，也是他的叙事策略。[①] 其二，自 1998 年以降，刘玉栋的文学创作大都聚焦于乡村生活，持续呈现着明显且浓烈的乡土情怀。在数千年农耕文明的沾溉之下，作为我国曾经至为主要的群体聚集地的乡村，乃是"中国伦理文化孕育和生成的基础"，[②] 堪称诸多伦理向度与伦理命题的发端与绵延之所。而在近几十年的现代化进程中，关于乡村生活的诸多传统伦理命题又显现出了些许新变。基于此，以乡村为主要文学叙事场域的刘玉栋小说，个中蕴含的伦理内容自然颇为值得关注。此外，关于本文的标题"伦理叙事"，笔者还需进行简单澄清：近些年来，在国内学术界，"伦理叙事"与"叙事伦理"这两个相近概念出现的频率持续走高。然关于二者的内涵，至今却仍无定论，这也是相关研究中容易产生争端与含混之处。在文艺美学领域，"叙事伦理（学）"的说法最早可见于桑查里·纽顿 1995 年的著作《叙事伦理学》（*Nar-rative Ethics*），[③] 至于"伦理

---

① 吴义勤：《"道德化"的乡土世界——刘玉栋小说论》，《小说评论》2005 年第 4 期。

② 王露璐：《中国乡村伦理研究论纲》，《湖南师范大学学报》（社会科学版）2017 年第 3 期。

③ 纽顿在该书第一章"作为伦理的叙事"（Narrative as Eth-ics）中这样阐释"叙事伦理"："叙事故事与虚构人物之间的伦理重要性，以及在叙事中讲述者、倾听者、读者、文本之间互惠式的关系。"（Adam Zachary Newton, *Narrative Ethics*, Harvard University Press, 1997, p. 11.）

叙事"，杜娟、龚刚等人的界定很具代表性。①然无论如何表述，"伦理叙事"与"叙事伦理"都在这一点上达成共识：二者都是一门兼有美学与伦理学意味的跨学科研究，所论所言兼顾叙事艺术与伦理内容以及二者间的相互作用与配合。

本文将"伦理叙事"视为一种蕴藉了伦理内容的叙事，侧重于探究叙事文本中的道德意味及其生成与作用方式；而把"叙事伦理"看作一套关于叙事的准则，倾向于考察叙事行为被规定的伦理要求。后者适用范围更广，对一般性的叙事行为而言皆具统摄性作用；而前者指向性更为明晰，更加便于观照某个或某几个叙事文本个案。据此，本文以"伦理叙事"为题，从伦理叙事的向度、策略、形态三个维度出发审视刘玉栋的小说作品。

一、守界与扩容的统一——伦理叙事向度论

纵观刘玉栋的小说作品，其伦理叙事的向度基本表征为多元与集中并存的特质：所谓多元，意味着其伦理叙事不仅定于一端，而且由此向周边其他向度延展并扩散；所谓集中，代表着其伦理叙事在兼及诸多向度的同时，又能有效地将其

---

① 杜鹃认为，"'伦理叙事'即被表述出来的伦理故事"（杜鹃：《亨利·菲尔丁小说的伦理叙事》，华中师范大学出版社 2010 版，第 11 页）。龚刚认为，伦理叙事是一种"以叙事学为研究重心，并聚焦于伦理—叙事互动关系的批评模式"（龚刚：《现代性伦理叙事研究》，浙江大学出版社 2013 年版，第 6 页）。

总辖于少数核心向度之下。换言之,刘玉栋在进行伦理叙事时,既注重多向度地开掘与扩容,又不忘守住某些核心向度的疆界并予以凸显。如此一来,刘玉栋小说的伦理叙事就其向度而言,既兼收并蓄,又有的放矢,乃是一种守界与扩容的统一。下面,本文将分而论之。

一方面,在刘玉栋小说所涵盖的伦理向度中,人道伦理与家庭伦理是至为明显和突出的两个向度,而这两个向度也基本暗合着儒家伦理中的"道德本位"与"家族中心"的观念。其中,人道伦理是一种人类社会中最广义的、最普遍的以及最为有效地用于指导和调节个人之间、个人与集体、个人与社会等关系的伦理取向。孔子的"仁人"学说基本可以构成一般性人道伦理的内核,如自重、修身、敬人、忠恕、利他等。这其中,人道伦理又以人与人之间的关系作为其最主要的规约对象,故而,这种伦理向度在主体互动中体现得最为透彻,相关的伦理命题也在人际交往中最具言说力度。刘玉栋的不少乡土小说中恰好包孕着林林总总的人物群像,这种"人山人海"式的结构方式便为人道伦理的介入与彰显奠定了文本基础,并就此引出了数个颇为典型的人道伦理叙事:如《雾似的村庄》中惨遭镇民无限猥亵的乃木、《葬马头》中受尽同乡欺凌的刘长贵,以及《跟你说说话》中被当街极度羞辱的大手娘,都是此类伦理叙事中的伦理受害者。如果说大手娘因疑似在一起牲口交易中使用假票而尚显有可指摘,那么,无论是双目几近失明、为家族生计沿街卖艺的乃木，还是几近木讷、却任劳任怨辛勤耕作的刘长贵，都在几乎完全静止和无涉的状态下无端遭受了非人的礼遇：乃木无非是出于孝亲责任与糊口所需，为了年老体衰的父亲而冒着迷失走丢的风险进城卖艺，却因身体上的残缺与不便而饱受路人的嘲弄，愈发忍让却换来愈加的变本加厉，直至不堪屈辱而在雨夜中惨死；刘长贵也不过是个本分踏实且与世无争的庄户人，却在政治浪潮中因"成分"不好而被划为异类，进而屡遭村民们不加节制地奚落与戏弄。

在这几个人道伦理叙事中，作为两个行为主体的乃木与刘长贵，均在对他者无害，且完全不具备攻击性与侵略性的情形之下反被迫害，且手段极为下作与卑劣。即便是有过错在身的大手娘，于情于理于法，其所作所为也断然不至于为其招来当街被殴并脱衣示众的惩戒。纵观以上三项叙事，刘玉栋似乎有意无意地制造了一种令人不忍直视的人道伦理冲突，即最弱势、最无助而又最无辜的"个体"偏偏遭受最强势、最有力的"集体"的猛烈攻讦。这种冲突恰恰就映现在人道伦理的对立面，陡然构筑起了一例与人道伦理之基本要求背道而驰的形态。从这个意义上讲，刘玉栋笔下这三项叙事都可被视作一种群体性的伦理叙事，其中，这个数量巨大的"群体"扮演着极不光彩的角色，或恃强凌弱，或落井下石，恻隐之心荡然无存，慈悲之怀更是杳无踪迹，要之，行为失当，且德行大丧。考虑到刘玉栋乡土叙事的大背景，我们似乎可以这样评价这些伦理叙事：原本温情脉脉的人道伦理，却在"齐周雾"这个本该宁谧祥和的乡土地带频遭违背，屡受破坏。而这种存在于文学叙事中的悖论式的现象也确证着刘玉栋小说在人道伦理向度上的重度关切与精确定位。

说罢人道伦理，我们再来审视刘玉栋伦理叙事中的又一个显明的向度，即家庭伦理。家庭以血缘和男女经验分工为纽带，历来是人类社会中最为基础也是至关重要的组成单位，由此发轫并延展出的伦理命题与伦理现象自然备受瞩目。在传统农耕生产与生活模式中，家庭成员之间分工明确，各司其职，围绕土地与机杼展开，生活半径相对拘囿，生活基调基本稳定。为维护这种有利于且业已适应农业生产方式的家庭氛围，传统的家庭伦理大都以绝对意义上的"亲亲"和"尊尊"为核心，崇尚父慈子孝，讲求长幼有序，张扬淳朴厚重之风，力避海淫海盗之举。然如前所述，随着现代化进程的不断深入以及工业文明对农业文明的持续冲击，传统家庭伦理所面临的危机渐趋明晰。长幼不睦、夫妻失和的情况早已不再鲜见，大量的婚外情、第三者等耳熟能详的新兴家庭伦理现象更是无不振荡着传统家庭伦理观念，而刘玉栋的家庭伦理叙事所针对和侧重的，正是这种转型期内的家庭伦理之转向与新变。

例如，《风中芦苇》中的二九，因年轻时在外打拼创业有所成就，继而抛弃结发妻子另觅新欢，致使其妻不堪重创进而自缢身亡；《梦中的大海》中的刘明、于慧、李健，皆是在业已成家的情况下出于诸种缘故而做出出轨之举。更可贵的是，刘玉栋对这些家庭伦理叙事的触及并未停留在表面，而是深入主体的心理层级，部分地展开这些伦理叙事得以成立的内在机理与精神根据。

此外，刘玉栋在关涉家庭伦理之时，格外注意从家庭整体出发予以叙事，而非孤立地审视某个或某几个家庭成员的个人行为及其相互关系。换而言之，刘玉栋不仅重视某个单一的家庭伦理行为，同时重视该行为对整个家庭生活及成员关系的作用与影响。一方面，他笔下的家庭伦理叙事，大都始于夫妻关系的破裂；另一方面，他在叙述夫妻失和乃至离散的同时，也兼顾到了随后的连锁反应以及作为整体的家庭伦理悲剧。例如在《我们分到了土地》中，"父亲"刘大海背弃家庭的举动既表征着其个人的伦理缺陷，又构成了接下来整个刘姓家族之不幸的根由：刘小鸥与刘大海的父子关系名存实亡，刘大海与三个儿子间的亲情纽带几近崩坏，最终致使家中老弱妇孺相依为命，刘小鸥更是因不堪忍受分地不顺的打击而在田间悲戚身亡。对于这般连环套式的伦理悲剧，刘玉栋大都给予了准确把握与充分呈现，进而用叙事将其环环扣起，多维度地映射出家庭伦理发生现代化变更及解构的现状。

诚然，上述的人道伦理与家庭伦理基本构成了刘玉栋小说伦理叙事的主要向度，但在此之外，还有一些其他向度，如动物伦理、政治伦理、丧葬伦理等。它们同样被纳入了刘玉栋的叙事中并得以充分映现。《葬马头》里便蕴藉着十分丰富的伦理意旨。在文本中，除却人道伦理之外，政治与动物伦理也是刘玉栋着力表现的伦理向度。主人公刘长贵的经历是这些向度得以展开的关键一环：他在村里的一切遭遇几乎都是他那"不好"的政治成分所种下的恶果。挨批斗，被下放，受尽嘲讽奚弄，还为此落下了残疾。"刘瘸子"的人生不幸是其政治不幸的伴随物，所有人都可以因"刘瘸子"的政治不幸而肆意加剧他的人生不幸。换句话说，在这个叙事的背景下，政治伦理就这样成了衡量人性善恶的终极尺度，政治命运竟然被摆到了同人生命运一道的高度甚至大有取而代之的趋势。那匹滚蹄子马则承载着这个叙事中的动物伦理：就耕地来说，这匹双腿不便的马无疑是匹劣马。但人类对待动物的态度和方式是否仅取决于工具思维呢？对此，刘长贵和其他村民显然给出了两相对立的答案，这两种答案则浓缩着两种截然对立的动物伦理观，即动物对人而言，究竟是工具还是伙伴，又或是二者的同一。

值得注意的是，刘玉栋小说中对动物伦理、政治伦理这些伦理向度的书写遵循着一种基本的原则，即注意将它们并入人道伦理与家庭伦理的统摄之下。我们还以《葬马头》为例。不夸张地说，在这篇文本中，滚蹄子马对于刘长贵而言既是个田间地头的帮手，却更是位荣辱与共的挚友。刘长贵对滚蹄子马的诸种留意和关怀业已超越了一般性的动物伦理而进入了人道伦理的范畴：他与马同吃同住，为马铸造类人的"鞋子"，因马的猝死而自责不已，这些行为已不仅仅停留在善待动物这个层面了，它更像是一种人与人之间的交往方式，是一种把马当作人来对待的最直接表征。再有，刘玉栋对这篇小说中政治伦理叙事同样采用了归置的处理方式，即将之并入人道与家庭伦理的向度中。当刘长贵因政治因素遭受迫害时，刘玉栋并未遵循一般政治逻辑为其设定一种众叛亲离式的悲剧性收场。相反，他安排长贵妻作为一个救赎的形象出现在了刘长贵最失魂落魄的时刻。当刘长贵面临爱驹丧生和政治质疑这双重困境时，长贵妻却抛开了自己那十分得利的政治身份而坚定地与长贵同进同退。

长贵妻的这种举动显然是发自亲情，而政治性因素则几乎全然不在她的考量之列。刘玉栋似乎借此传达着他的基本伦理观，即人之为人，人伦为上，人性本位不可侵犯，一切以政治性伦理僭越人道伦理与家庭伦理的行为均有违人类主体之伦理要求。综上可见，刘玉栋在小说叙事中对于伦理向度的把握和处理很是到位，既放得开，又收得住，借助守界与扩容的统一，刘玉栋的伦理叙事就其所涉及的伦理向度而言称得上是张弛有度。

二、敞开与遮蔽的统一——伦理叙事策略论

如前所述，伦理叙事既是关于伦理的叙事，亦是用讲故事的方式表述和展示伦理内容。那么，针对任何一个伦理叙事，诸如怎样讲，讲什么，何处详尽，哪里省略等关涉叙事策略的问题便都无法绕开，而不同的伦理叙事策略势必引出

不同的伦理意蕴与叙事基调，由此导向不同的文本风貌以及审美特质。诚然，任何叙事的生成与建构都离不开叙事策略的作用，但伦理叙事由于道德内涵的加入而显得别具一格且更加为人瞩目。显然，这一点很大程度上深植于自 19 世纪末端以来的艺术自治主义思潮（Artistic Autono-mism）。这股思潮极限标举"为艺术而艺术"的思潮席卷欧美数十年，其间更是经由俄国形式主义以及英美新批评等注重文艺形式的流派之光大而愈显昌盛。在此背景下，伦理话题与伦理反思经常被当作一种声名不佳的东西而同文学活动相隔绝，而将道德说教以及道德内蕴剥离出文学文本的现象更是屡见不鲜。尽管近 30 年来中西方文艺理论界同时出现一股伦理复兴的趋向，但在文学叙事中掺入伦理内容还是一件令读者与作者都小心翼翼的事，稍有不慎，非但叙事难以引起预期的道德反响与启示，反而会招来自治主义者的诘难与非议。因此，如何安排伦理叙事，这便极大地有赖于作者的叙事策略。

本文认为，刘玉栋的伦理叙事就策略而言突出体现为敞开与遮蔽的统一。所谓敞开，指的是刘玉栋在伦理叙事中借助充分展示道德化图景，纤毫毕露地呈现内蕴其中的伦理细节与伦理命题。对于相关的道德缺陷与伦理瑕疵，不否认，不回避，不遮掩，反而直面于斯。所谓遮蔽，是指刘玉栋在伦理叙事中几乎屏蔽一切伦理因果律，极度淡化伦理结局。同时基本不设任何道德审查主体与机制，不借任何叙事人之口做任何道德评价与道德说教。下文将透过具体的伦理叙事文本来聚焦这两种叙事策略。

首先，我们来审视刘玉栋伦理叙事中所"敞开"的部分，即道德化图景。一般说来，任何叙事都会借助对文学形象的塑形与建构来稀释语符的艰深晦涩，在激发形象思维的同时为读者铺展开一幅幅关于该叙事的动态图示。相应地，道德化图景是伦理叙事为读者提供的核心的形象化内容，我们不妨回到"齐周雾"村，借着重温大手娘那悲戚际遇的机会来透视刘玉栋在伦理叙事中对于道德化图景的敞开策略。

诚然，考虑到大手娘那疑似不端的商业行为，她的伦理遭遇似乎没有《雾似的村庄》中的乃木那般令人心恸。然而，刘玉栋在弱化那场假票风波之真相的同时，却不惜笔墨地叙写着而后发生的血淋淋的群殴事件，其详尽程度甚至超越了对乃木受辱的书写：大手娘的身子"就像小鸡似地被抓了回去"，继而，"两个汉子，四只手，他们把人举过头顶，然后使劲儿砸在地上，'砰'的一声，如同倒下去一堵墙"。接下来，迎接大手娘的，是"拳头、唾沫、脚丫子"，以及诸如"破鞋、王八蛋"这般的污言秽语。叙事至此，刘玉栋已然揭开了镇甸上的一幕幕道德图景，留给我们好一派蛮横、凶残、暴戾、粗鲁之象。但他并未止于此。而是在当事人的肢体暴力与语言暴力之外又开掘了一个维度——群众的围观行为，并以此来充实这个伦理叙事：当大手娘蜷缩在地时，"周围的人群如同洪水似的咆哮起来，并且伴随着阵阵的笑声。那一根根拔长了的脖子，那一张张兴奋的脸，那排山倒海式的喝彩声，淹没了我裸露的母亲"。这里的群众在整个叙事中原本扮演旁观者的角色，却在瞬间被刘玉栋增添了戏份，赋予了聚众起哄和火上浇油的职能：不问是非，不辨正误，为不相干之事几近挖苦与奚落之能事。这群围观者扯下了正义、公平、良知等高贵的人性面纱，却将感官中那最丑恶最鄙陋的一面映现给了读者大众，刘玉栋对这个伦理叙事的收尾，似乎是向着鲁迅先生笔下那围着人血馒头狂欢的场景致敬。可以说，刘玉栋对于道德式图景的处理，已不仅仅是敞开这么简单，这几乎相当于一场彻彻底底的曝光。

其次，我们再来观照刘玉栋在伦理叙事中"遮蔽"的内容。如上所言，刘玉栋主要遮蔽了两部分：其一为伦理因果律；其二为道德评判员。所谓伦理因果律，简单说，就是伦理行为与伦理现象的起因与后果以及二者间的关联。一般意义上，伦理行为中的起因与后果都是伦理性因素作用的结果，二者之间往往具有较强的直接伦理相关性。因果报应式的伦理结局就是伦理因果律在伦理叙事中最突出的化身。相应地，遮蔽伦理因果律的效果，最直接地表征为伦理结局的缺场。

我们在刘玉栋建构的伦理叙事中透彻地体察着人类主体的诸种伦理缺陷，但对于这些缺陷所引发的终极后果和深层结局，我们却全然不得而知。可以说，刘玉栋的伦理叙事赋予我们近距离观看的权利，却在叙事临近尾声之时戛然而止。譬如《葵花地》中残害青年艺术家二胡的村民，《跟你说说话》中围观大手娘惨状的群众，对于这些在伦理叙事中的施暴一方，刘玉栋却并未交待其相应的伦理下场。直至叙事完结，他们大都还是无恙地、如其本然地过着原有的生活，并未因其失当的伦理行为和明显的道德失范而招致什么相关后果。本文认为，刘玉栋其实是把这个伦理因果律留给了读者的思量与想象：不完满的伦理结局似乎更能激起读者的道德同情与道德激愤，驱使着他们在细腻的道德式图景中反复直视和体认着他者的伦理缺陷，进而在潜移默化中完成对自身道德水准的打磨与完善。

谈及道德评判，本文中主要指涉部分叙事性作品中借某叙事人之口进行伦理评价与道德裁决。而这是同为山东作家，且具有较强伦理情怀的张炜较为喜欢的一种叙事策略。他曾设计让《柏慧》中的主人公说出了这样一番道德言论："这个年头被喊得最多的就是'原谅'和'宽容'了，这类东西廉价得很。谁胆怯和亏心，谁就首先想到用'宽容大度'的彩纸把自己先包裹起来，随时随地准备与罪恶的勾当联手。事实上他们已经那样做了。当有一天再不需要遮遮掩掩的时候，他们就会赤裸裸地显露。在一个特别需要苛刻、正义、立场和勇气的时代，有人却一再倡扬'谅解'和'宽容'，这就不得不让人分外警惕——他们极有可能是不怀好意的。"而刘玉栋在伦理叙事中却极少作出直接的道德评价与道德分析。不同于张炜的激扬外放，刘玉栋的伦理叙事视角偏于冷峻内敛。他几乎从未安排任何叙事人在任何情形下对任何伦理叙事做出评价，也不曾借任何场合直接表露其伦理价值观。然这种略显低调的叙事方式却丝毫无损其作品的健康道德导向与正确道德立场。如本节首段所言，即便是在艺术自治主义有所低头的今天，在文学叙事中要不要，以及如何结构和安排伦理内容仍是很多作家难以达成一致的地方。如张炜那般，在叙事中直接完成道德疾呼与道德规训自然是一种有效的方式，而像刘玉栋这样在敞开道德化图景的同时避开直接的道德评价也不失为一种经典策略：一方面，这种"不言之教"式的伦理叙事可以避开不少艺术自治主义者的诘难；另一方面，用精致的伦理叙事来取代明确的伦理评价，这种留白式的策略也为读者的道德思索制造了充足的空间。总结起来，伦理问题在刘玉栋的叙事中乃是一个既显明又潜藏的、既透彻又隐晦的主题。他一方面注重暴露道德缺陷和道德瑕疵，但同时又拒绝对此做出任何道德评价与道德疾呼。换而言之，刘玉栋在小说文本中构筑和安排了足量的伦理叙事，在予之以陈列和展出的同时，却未曾对此进行自我包装与自我宣传。这些伦理叙事就静静地待在那里，看似波澜不惊，实则又暗涛汹涌。他的叙事中充溢着道德意义与伦理内涵，只是有待读者去解读和把握。纵观刘玉栋的整体叙事风格，犹如涓涓细水般缓缓而出，时疾时徐，或淌或断，最终在不经意间分流而走，不知所踪，却水过留痕。概而言之，这是一种洗净、冲淡而澄澈的叙事基调，而一定程度上，他的伦理叙事在敞开与遮蔽的统一中也归于这般审美风貌。

三、自律与他律的统一——伦理叙事形态论

本文认为，刘玉栋小说伦理叙事的第三大特征，在于其形态的两重性，亦即下文中将要阐明的自律式伦理叙事与他律式伦理叙事。论及"自律"与"他律"的说法，作为源头的康德主体性伦理学思想便不得不提。康德之前的道德理论大都是他律的，[①] 即把道德行为的缘由归于外界的客观因素，如政府法规、社会条令、宗教信仰等。康德则另辟蹊径，将主体先验的善良意志，亦即理性能力当作道德活动的根本原因。换言之，在伦理学意义上，自律/他律这个二项对立式子进行划分的核心依据，是主体做出道德行为与道德选择时所凭借的尺度究竟是内于主体还是外于主体，究竟是主体主动做出的选择，还是迫于某种外部压力才不得已而为之。

由此可见，自律与他律的分野在一定程度上便是主体意愿与客观规约之间的对峙。自律性伦理学说主张把主体自身当作道德活动的原因与目的，更为关注主体的意图与欲求。本文便从这个意义上借鉴上述理论，部分地将之引入刘玉栋小说的伦理叙事，并以之为廓清两种伦理叙事形态的依据：简言之，所谓自律式伦理叙事，意指叙事中的行为主体出于自身自由之意愿而从事合乎伦理的活动，所谓他律式伦理叙

---

① 宋希仁主编：《西方伦理思想史》（第 2 版），中国人民大学出版社 2010 版，第 323 页。

事，指涉叙事中的行为主体基于外界的规约性或强制性因素而做出合乎伦理的行为。前者的核心驱动力是情感，而后者则以责任（义务）为主要推手。如果说康德对自律与他律的划分依据是主体理性能力与其他因素，那么本文对于这两种叙事的区别标准则是情感与责任（义务）。（诚然，责任一定程度上也可以内化为主体意愿，但较之情感，它的自由与自愿程度却是大打折扣。情感生发出的，是"我想要"式的主观欲求，而非那种"我需要"式的客观律令。）

纵观刘玉栋的小说作品，自律式与他律式的伦理叙事皆清晰可见。具体说，主要有以下几种情况：其一，纯粹的自律式或他律式的伦理叙事；其二，由他律式的伦理叙事向自律式递进，最终形变为二者的有机结合。此外，在同一个叙事中也存在两种形态的叙事并列的情况。

《高兴吧，弟弟》以及《雾似的村庄》为我们提供了关于自律式伦理叙事的范本。在《高兴吧，弟弟》中，兄弟二人都自愿做出利于对方却对自身不利的决定，并竭力试图说服彼此：哥哥刘长江不顾自己身体上的不便，宁愿舍命也要供弟弟念书；弟弟刘长河则不忍身患残疾的哥哥为自己独挑重担，甚至做出撕毁录取通知书的举动。这是在家庭伦理的向度上进行的叙事，这个叙事把兄弟情深互爱这种积极的家庭伦理彰显得淋漓尽致。如刘长河最终决定继续学业后所言，"哥，往后你可就更累了"。这句话道出了他的忧虑，这忧虑产生的原因则是他对哥哥的情义深重。换言之，这种家庭伦理在这个叙事中之所以呈现得如此和谐暖心，乃是兄弟间真情实感充分表露的结果。

在《雾似的村庄》中，结尾处乃森与村长老曼的偶遇标志着一个自律式伦理叙事的开端：当老曼看到乃森时，不顾自己腿脚不便，一路小跑，追着询问汝东的近况。"老曼说他的眼泪都流出来了"，可见，老曼对汝东这种关心与思念是完全出于真情实感的。这种情感的猛烈迸发，既根源于两人数十年朝夕相处所积累的乡里之情，也是一位垂垂老者对多年未见的老友之深切怀恋。如老曼所言，"老哥们儿都想他"，这种怀恋不仅属于老曼，也属于一众村民。正是在这种强烈的情感驱使下，对于汝东，他们不再如往昔那般戏弄取乐，而是发自内心地怀念，不顾一切地问候。此举合人性，切情理，是一种正面的伦理行为，而这种行为的背后成因则是情感。

在《平原六章》中，"哥哥"与那个买来的四川女人之间构成一个由责任与情感共同结构起来的伦理叙事：当哥哥不顾一切地从三得和老麦手中救下因企图逃走而正在遭受殴打的"嫂子"时，那句"她也是人呐"饱含了一种人道之情与男女之情杂糅而成的复杂情绪；而在叙事结尾，他平静地送"嫂子"返乡与女儿团聚，还她自由，这个伦理行为便不再是纯粹自觉自愿的行为了，它的触发机制更多地是一种对基本人性责任的坚守。

《傻女苏锦》中的伦理叙事则包含着浓厚的由他律式向自

律式渐进的痕迹。起初，对待这个天生呆滞的苏锦，"我"与"妻子"的基本态度是避而远之的。但一旦在不同场合偶遇，夫妻二人还是尽量保持风度，勉为其难地为苏锦和她母亲保全尊严。"我"与"妻子"践行着人道伦理，而这人道伦理乃是人之为人的基本义务所在。在伦理叙事的终点，"我"和"妻子"对苏锦的态度较之先前已然发生质变："妻子"看着病危的苏锦热泪盈眶，"我"望着妻子的皱纹徒生惊诧。此刻，苏锦对于"我"和"妻子"而言绝不再是一个人情包袱。她分明充当着"我"和"妻子"的记忆符号，一个承载了无尽共同生活经验的记忆符号。在苏锦的身上隐约浮现出了他们自身来时的路，而苏锦的逝去对他们而言也即意味着一段过往的尘封。纵览这个叙事，主体意愿后来居上取代了客观规约成为核心推动力。由基于人道要求的义务转为发乎真心实意的情感，整个伦理叙事形态也悄然完成着由他律式向自律式的转换。

刘玉栋对在上述伦理叙事中对于情感细节的体察也颇值得注意。也即是说，刘玉栋在凸显伦理叙事中主体情感之作用的同时，也将这些情感间的细微差别一并予以呈现。

《雾似的村庄》中的老曼村长对汝东的情感是一种历经岁月沉淀后的友情，《高兴吧，弟弟》中刘长江、刘长河之间的情感是一种无雕饰的、未掺入任何杂质的亲情，《傻女苏锦》中"妻子"对苏锦的情感是一种"隔人观己"式的自我追忆，而《跟你说说话》中"我爷爷"对"我婶子"的情感则更像是一种对家庭完整的眷恋与不舍。针对不同类型的主体情感，刘玉栋分别建构了不同的情感演进与作用的方式：作为兄弟的刘长江、刘长河对彼此的情感是一蹴而就的，无需过多情节铺垫；"妻子"对苏锦的情感以及老曼对汝东的情感之展露方式则是循序渐进的。尤其是后者：汝东一家在村里的处境向来十分尴尬，无论是善良清澈的乃木还是淳朴敦厚的乃林，甚至是铁汉柔情式的汝东，都总是村民们捉弄和调侃的对象。正是乃森的偶归以及同老曼的偶遇促使村民们对离乡多年的老友发生了情感转向。转向过后，前后对同一对象的两种情感便构成了一道刺眼的情感反差，而刘玉栋在小说结尾建构的这个自律式伦理叙事恰好顺畅地带出了这种情感反差。总之，刘玉栋细腻地捕捉并体认到了上述这些微妙的情感变化，并完成了精巧的处理，进而用情感的变化来引领伦理叙事的情节与形态走向，这是其伦理叙事中十分值得称道之处。

由上可见，刘玉栋的伦理叙事之终极形态乃是自律式，而非他律式的。因为，数个他律式的伦理叙事都在作品人物出现情感激增的过程中悄然发生着渐变，并最终质变为由情感而非责任所主导的自律式伦理叙事。以此推论，刘玉栋在对伦理叙事的把握中，更为侧重的是主观情感而非客观责任。本文认为，这种在伦理叙事中高扬主体情感的策略对于叙事目的的达成而言大有裨益。公允地讲，在经验艺术作品的过程中，总少不了欣赏主体的情感起伏与情感激荡，叙事作品也不例外。欣赏主体经由某艺术作品产生审美经验的前提条件，是该艺术品的某种特质契合了主体的心意状态，并促使主体产生了对该艺术品的情感认同。正如苏珊·朗格所言，"艺术品本质上就是一种表现情感的形式"①。总之，情感始终充当着欣赏主体与艺术作品之间的传送带，行使着勾连二者，使之在审美经验中融为一体的职能。就伦理叙事艺术而言，为达到预期的审美与社会效果，它同样需要唤起和催生读者的情感体验。也就是说，叙事顺利完成预定的道德目的的关键在于促进读者对该叙事的理解，而这却唯有充分调动其情感方能实现。刘玉栋的自律式伦理叙事，恰恰就着眼于主体的情感，注重呈现情感因素在伦理叙事中的诸种形态，充分敞露情感作用对于伦理叙事走向的深刻影响，以情感为中介，既沟通伦理叙事中的前因后果，又连结读者与伦理叙事之间的互动，进而强化着读者对于叙事的理解，深化着读者对于其中伦理内涵的体认。

四、结语

刘玉栋祖籍山东省庆云县齐周务村，出于对家乡的深切怀恋，他将记忆中的故土化名为"齐周雾"村后将其搬上了自己的文学舞台。一般说来，家乡总能勾起我们心底那最辽远、最温馨的情愫与记忆，刘玉栋笔下的"齐周雾"同样寄

---

① ［美］苏珊·朗格：《艺术问题》，滕守尧译，南京出版社 2006 版，第 9 页。

寓着那游子般的浓烈而真挚的乡情。然可贵的是，面对家乡那切实存在着的伦理瑕疵与道德缺陷，刘玉栋却拒绝了暧昧和中庸的态度。"他不回避对乡土世界内的丑恶、苦难和灾难的描写，乡村的愚昧、保守、落后在他的小说中都有着充分的展现。"① 敢于在自己最熟悉、最眷恋的地方发现伦理问题，发生伦理思索，并进而将之纳入自己的书写范围，用广远的视角、娴熟的策略、满溢的真情为读者揭开一个个精巧细腻的道德化图景，刘玉栋几乎是在撕裂并重组着自己内心深处那最柔软的记忆与最温暖的情怀。与此同时，刘玉栋又善于适时地在叙事中隐去自我，不着痕迹地为读者编织了一个个伦理疑难，发人深思，供人畅谈。上述这些构成他的伦理叙事得以成行和成功的决定性因素。真假易辨，善恶难断，一如美的本质这种本体论命题那般，关于伦理问题的探讨也远非一日之功。或许，将伦理问题植入文学叙事予以统筹考量的做法乃是一种行之有效的范式。一方面，"无论中外，有社会责任感的作家和批评理论家从来都是把是否符合道德伦理，是否有利于推动人类道德意识和道德关系的提升和发展作为衡量文艺价值、开展文艺批评的重要标准之一"②。另一方面，"借'动情'来'晓理'，先'通情'尔后'达理'，或者说，

---

① 吴义勤：《"道德化"的乡土世界——刘玉栋小说论》，《小说评论》2005 年第 4 期。

② 谭好哲：《张炜创作中的伦理情怀及其当代意义》，《中国现代文学研究丛刊》2016 年第 12 期。

借助人类心理——情感的独特桥梁，来传达道德之'道'和伦理之'理'，即是所谓伦理叙事的基本意味"①。而刘玉栋小说中的伦理叙事正好为这种兼有美学和伦理内涵的跨学科研究提供了精彩的范本。

[本文系国家社科基金项目"70 后作家小说创作研究"（项目批准号：16BZW149）的阶段性成果。]

[作者简介：韩存远，山东大学文学院博士生。

本文原载《当代作家评论》2018 年第 4 期。]

---

① 龚刚：《现代性伦理叙事研究》，浙江大学出版社 2013 版，第10 页。

醇厚的乡情从大地溢出
——读《地气——厉彦林散文选》

何中华

  厉彦林兄的作品集《地气——厉彦林散文选》最近由人民出版社出版发行。全书除了序和跋之外，由 68 篇华章组成，按大致的主题分为四辑，即"乡情如酒""亲情暖心""真情在胸"和"家国情深"。于文学我纯属外行，对《地气》的审美价值，不敢妄评，无缘置喙，那是评论家的事。在此仅就这部作品的思想意义，略抒己见，以就教于方家。

  通读大作，给我的一个强烈感受是，这是一部以怀乡为主题的诗意化的散文作品，浓缩并体现了作者返璞归真的冲动。在某种意义上，亲情、真情都因乡情而有了依托，家国情怀则是乡情的升华和放大。《地气》虽然写了乡情、亲情、爱情、友情、舐犊之情……但仍以乡情为出发点和归宿，一以贯之的实则依旧是怀乡这条主线。故土、大地、乡愁，《地气》一书的这三个关键词，构成一条连缀起来的脉络，贯串全书始终。我读《地气》，最震撼自己心灵的还是乡情。因为这是一切情感的最初来源，它在归根到底的意义上本然地决定着其他情感。

作为同乡和曾经的同事，作者所熟悉的一切，我也一样熟悉。况且，我们都到了怀旧的年纪，因而有了某种怀旧的资格，也有了几分怀旧的资本。所以，读这样的作品，总有一种特别的切肤之感，恍如置身自己年少时代曾无数次身临其境的场景。但透过作者的笔触，透过作者的咀嚼和反刍，特别是透过作者极富诗意的表达，这一切似乎都变成了克莱伍·贝尔所谓的"有意味的形式"。它让我对故乡的山山水水、人情世故，有了更深邃的体认。因相似的成长环境，我和作者有着某种审美通感，于是更增添了一分谈论这部作品的勇气。

德国哲学家尼采，少年时曾写过一首《返乡》诗，其中说道："当钟声悠悠回响，我不禁悄悄思忖：我们全体都滚滚奔向永恒的家乡。"在我看来，这段诗文有几点值得格外关注：一是这"钟声"自然是教堂发出的，它暗示了尼采所特有的文化背景。中国虽无西方式的宗教，却同样有着返乡的召唤。二是"我们全体"，这是全称的，它具有人类性，谁又能逃避返乡的宿命呢？三是"永恒的家乡"，故乡具有永恒的意义，一个人一旦降生，就注定了他的所由来的出发点，成为一个永恒的根基和参照。这正是"故乡"

之意象的意义所在。

我们远离故土，来到异域他乡，来到都市工作和生活，但无论走到天涯海角，自己的根却依然在故乡。于是，便本能地有了一种怀乡的冲动，有了一种怅然的乡愁。人就是如此地奇怪。有道是"距离产生美"，这大概正是钱钟书所谓的"围城"现象罢。但在人的成长历程中，人人都要"离家出走"，要么是身体的，要么是心灵的，但"出走"不过是"返乡"的准备罢了。所以，人人都逃避不了返乡的冲动。于是，思乡诗便有了普遍的性质。"少小离家老大回"，这是怎样的慨叹！其意义不在于陈述了一种事实，而在于隐喻了一种宿命，即那个凡是人都永远走不出去的圆圈……常言道："树高千尺，叶落归根。"诗人的童心又是早熟的。当一个人，在饱受风霜，历经沧桑之后，拖着疲惫的身躯，蹒跚着、归心似箭地踏上返乡之路时，那又是一种怎样的渴望啊！这一切，都被我们的作者以审美的眼光和诗意的笔触，敏感而细腻地捕捉到了。

人们何以总是执拗地眷恋着生于斯、长于斯的故乡？这似乎是一个多余的问题。我们停下匆匆前行的脚步，驻足回望走过的路，怎能不有一番寻根的冲动？"我是谁？我从哪里来，我又到哪里去？"其答案就隐藏在对故土的无尽追寻中。德国浪漫派思想家诺瓦利斯说过："哲学原就是怀着一种乡愁的冲动到处寻找家园。"从某种角度讲，哲学无非就是人们在心灵意义上的返乡。我们常人固然不是哲学家，却有其心灵上返乡的更本真的诉求。就此而言，人人又都是哲学家。

沂蒙山区是一片有故事的黄土地，是一片有着极厚实文化积淀的热土。在悠久的历史长河中，它不仅孕育出一大批英雄豪杰，也熏陶出一大批文人墨客。"文武之道，一张一弛。"远有自强不息与厚德载物的互补整合，还有齐文化与鲁文化的相辅相成，近有蒙山与沂水的刚柔相济。这种复调式的品格，同样被浓缩在了故乡人的天性中，成为我们的血液和骨肉。它既有刚毅倔强的一面，又不乏柔情似水的一面。这就是沂蒙山人的复杂性，是其特点，也是其优点。因为这种品性最能够抵御一切超常的艰辛和苦难。

我们的故乡是一片贫瘠而富饶的土地。贫瘠造就了沂蒙山人的勤劳坚韧的品格，祖祖辈辈在这片土地上埋头耕耘和劳作，流汗、流血、流泪，让我们打小就懂得碗中的每一粒粮的分量。但也正是这种黄牛般的品格，造就了这片土地的富庶和满足。无论是欢笑还是忧伤，都属于你，都是为你而哭而泣，为你而笑而歌。你是游子感情的最后归依，也是这感情的最初源头。

《地气》几乎为读者提供了农村的所有意象，诸如"山岭、梯田、山路、小桥、溪水、庄稼、秋草、牛羊、房屋、太阳、月光、炊烟、村民……"；诸如"锣鼓、唢呐、乡戏、嫁妆、高跷、秧歌、对联、窗花、鞋垫、赶牛调、舞龙狮、弯把犁、土地庙……"当然，太阳、月光并非乡村的专属，但城市的太阳和月光，哪有乡下的那般澄澈？在作者眼里，乡村里的一切无不富有诗意。"悠闲地咀嚼着满口幸福的村庄，让人魂牵梦萦，让你我在不经意间捡拾到唐诗宋词中那婉约清纯、恬静舒适的意境，散发着温暖人心、人性的魅力与灵光。"① 农村唯有成追忆，才能被浪漫化。事情就是如此这般地吊诡。

"大地"的意象是什么呢？《易传》上有两句人们再熟悉不过的话，叫作"天行健，君子以自强不息"；"地势坤，君子以厚德载物。"后一句就关乎"大地"，"地无私载"故能"厚德载物"。每个人都有自己的故乡，整个人类的故乡又安在呢？"大地"就是人类的"本根性"的故乡。故乡又称故土，它与大地息息相关。从历史顺序看，第一产业便是农业，工业和商业毕竟后出，而且它们离大地愈来愈远。人们常说，无论是谁，上推三辈，都是农民。就中华民族而言，尤其如此。作为农耕文明，我们的一切都是从大地生发出来的，而且这一历史持续了上下五千年之久。地球上的一切生命，包括人类本身，说到底都是大地的馈赠。"万物生长于泥土，又回归于泥土。""生命与泥土相偎相依。"② 中国古神话有所谓"女娲抟土造人"的传说，西方的《圣经·创世记》也有"上帝用泥土造人"的故事，它们都隐喻了大地与人类之间的母子关系。

---

① 《村庄的灵光》
② 《攘一把芳香的泥土》

按汉代许慎《说文解字》的诠释，"土，地之吐生物者也。二象地之下地之中，物出形也。凡土之属，皆从土"。中国自古就是"以农立国"。汉代皇帝颁发诏书，往往一上来就说："农者，天下之大本也。"在所有的颜色中，中华民族唯独崇尚黄色，而这正是"大地"和泥土的颜色。我国古老的阴阳五行观念，所谓"五行"即金木水火土，其中的"土"则居中之位，最为尊贵和崇高。这一独特的文化意识，显然积淀并折射着中华民族的"大地情结"。

农业是人类最古老的产业，城市是后来才出现的。农业是人类之根。《易传》曰："安土敦乎仁。"纯朴厚道，安分守己，这些品质既是农业、农村、农民的象征，也是他们的本性。《地气》作者在书中写了自己的父母，写了质朴的父爱和母爱，写了自己对于双亲的那份隐藏在心底的纯真感情。其实，作者的父母不过是沂蒙山千万个父母的缩影和写照。我由此联想起自己的父母，他们清贫劳作一生，临终时不曾留下什么遗产，却留下了对子女的无尽的爱，留下了厚道、本分和善良。沂蒙山的文化血脉，正是借助这种无形的遗传得以延续并光大的。是的，诚如《地气》作者所说的，"而今，我虽然已经走出那山套，可永远走不出那故乡的真情和父母那期待的目光"[1]；"无论我们走多远，也走不出亲人的视线和

---

① 《父爱》

怙念"①。大爱无疆，我们又何以能走出它呢?!

在《地气》作者那里，挥之不去的乡村情结，凝聚为"大地"意象并通过这一意象而得以宣泄和释放。在这种宣泄和释放中，我们得到了某种沁人心脾的满足，而这正是审美发生的秘密。记得自己早些年曾见到过一幅照片，画面上有一位老农斜躺在自己收获的堆积如山的谷堆上，手持一只简陋得不能再简陋的半导体贴在耳朵上静静地聆听，脸上泛起的那种笑容和满足感，我这一生迄今都未曾发生过。这种满足究竟来自哪里？我想，除了收获的喜悦，似乎总还有比这更多的东西。

人总是有根的，就像每一棵植物一样。每个人的根，就是他的故乡。这是人的宿命，是无法选择的本源。对故土的依恋，是没有理由也无需理由的。它就是如此这般地存在，并规定着隐藏在每个人心灵最深处的那种本真的情感。"离乡、怀乡、望乡、归乡、乡愁、乡恋、乡梦……让多少焦渴的心灵享受到延绵甘醇的温暖与感动，热泪盈眶，浸湿衣襟。"② 对大地的挚爱、对泥土的依恋、对故乡的追怀、对亲人的回忆……深沉而温馨，无不渗透着作者真诚的感恩之心。作为读者的我，读来感同身受，让人动容，不禁唤起自己的一种执拗而强烈的思乡之情。

---

① 《年夜饺子》
② 《故乡》

思乡可谓是现代人的命运。重新亲近本源的渴望和冲动，驱使现代人走得越急越远，就越摆脱不掉这份执著。诚如作者所感受到的那样，"城市人享受富贵华丽的现代生活，思绪却时常萦绕农村那难以割舍的精神家园"①。孟夫子所谓的"求其放心"，先知般地为现代人预设了无可逃避的心灵轨迹。现代人的心灵因外物所诱而被放逐。现代人还有什么不能做到的呢？对于他们来说，唯一奢侈之事，就是重新亲近自己的本源，回归自己的本然之心。无论怎样困难，这却是他不得不面对的任务。

现代文明及其现代性，侵蚀了大自然的生态和人世间的亲情，就连古老的村庄也未能幸免。"村里出现了空窝老屋和坍塌的旧居，村庄西岭是日夜轰鸣、污染环境的石料加工场。村庄南高北低，我站在村南的乡间道路上，望着村庄的四周，心中禁不住涌起淡然的无奈和苍凉。严酷的现实正在颠覆我记忆中村庄那美好的形象。"② 留住乡愁，当然不是保护落后，而只是在现代化的狂飙突进中，守望那一缕乡村积淀下来的记忆，那是我们生命的源头，以免我们在毅然决然的前行中走失。在《地气》一书中，作者以诗意的笔触对现代性和它造成的危害，有着相当深刻的描绘和反省。"这是一个普遍功利、焦虑、浮躁的时代，……人类已进入了缺少天真童年和

---

① 《村庄的灵光》
② 《村庄》

农耕乡愁的年代"①。这也正是作者寻求心灵上的返乡之冲动的根由。这种反省，使整部作品变得深沉而凝重，引人深思，于是便有了一种高度和厚度，有了一份沉甸甸的分量。

《地气》作者具有文人所特有的敏感，能够在常人熟悉得不能再熟悉的景物中保持一种陌生化，咀嚼出别样的味道来。黑格尔说过："熟知并不等于真知。"真知来自洞察，从而直接把握真谛。有句话说得好，叫作"习焉不察"。对一个事物太过熟悉，反而会妨碍我们对它的感知。人们往往会被熟知所麻痹，而文学家恰恰有能力超越这种限囿而直指谜底。这就是差别。也正因此，文学才有了存在的理由。我们读文学作品，从某种意义上说，无非就是刻意地制造出陌生化，借此而通达"大道"。从中既获得审美愉悦，也参悟人生个中三昧。只有敏感的心灵才能有此感受。这种敏感正是审美的特殊优势所在。谢林曾说："超凡脱俗只有两条路：诗和哲学。"与哲学家不同，文学家走的是"诗"的路。回归"大地"，这诚然是"凡俗"，但却是"大俗"，而"大俗"也正是"大雅"。

《地气》作者的感情是敏感的但绝不脆弱。听到空巷里传来一缕悠扬的琴音，令作者想到了"游子归家时热泪沾襟的感伤"。"不知不觉那个蹦蹦跳跳的少年，已经被岁月的风霜

---

① 《人民》

染白头发；那个不谙世事的少年，已经伤感得泪流满面……"①。这不恰似耄耋之年的沈从文，在重返故乡湘西时流下的那莫名的眼泪么？回眸，那忧郁的一瞥，又浓缩了人生几多悲欢离合、爱恨情仇、欢乐与痛苦……这让我蓦然想起画家黄永玉说过的话："故事一串串，像挂在树梢尖上的冬天凋零的干果，已经痛苦得提不起来。"不管怎样，一切悲伤和忧愁，在回归故乡的那一刹那，都可以释然，都能够放下。因为作为我们最原初的起点，故乡也是我们最后的归宿。故乡雍容大度，可以包容你的一切，包括所有的爱与恨、苦与乐、得与失、委屈与畅快、悲惨与幸运、拙劣与高明……正所谓"无论你的人生道路上遇到什么坎，遭到什么劫，唯一不会把你抛弃的，那就是故乡；唯一能够宽容接纳你的，还是故乡"②。

记得法国雕塑家罗丹说过："生活中原本并不缺少美，缺少的只是发现。"马克思同样说过，欣赏音乐是需要有听懂音乐的耳朵的，因为"对于没有音乐感的耳朵来说，最美的音乐也毫无意义"。从庸常生活中揭橥出耐咀嚼、耐反刍、回味不尽的东西，而且通过诗意化的方式，引起读者的某种发自内心的共鸣和莫名的感动，这大概正是作家异于常人所独具的眼力和功夫罢。

---

① 《青石小巷》
② 《故乡》

象征着现代性的城市，是有腐蚀性的。"城市安逸的生活，已经让我淡忘了过去最基本、最熟悉的劳动技巧，失去了许多故乡古朴、真实的东西。"作者追问道："难道远离泥土和农活，就自然拉大与乡村、乡亲感情的距离了吗？"[①] 作为现代人的"杰作"，疯长的城市正在蚕食着乡村，反过来助长了人们的浮躁。逃离现代性，是当代人的宿命。然而，"万家灯火夜，何处是归乡？"就像一只走失了的迷途羔羊，现代人找寻不到回归本然的路标。《地气》作者追问道："伴随经济的繁荣和生活方式的改变，谁能像守候生命一样守护土地呢？"在现代性的挤兑和吞噬下，土地已然失却它昔日的神性，而是沦为被现代人利用的工具和占有的对象，面临着所谓的"祛魅化"命运。"皮之不存，毛将焉附？"对于今天的人们来说，乡愁的发生，不仅在于"远离"乡村，且在于"诀别"乡村。乡村好似斜阳下的一抹余晖，成为一种日益遥远的绝响。这正是现代人所以陷入无尽的惆怅和忧郁之源。

让我们深感遗憾的是，"当真正想缩短自己与村庄的距离时，其实村庄已经离我们越来越远了。"所以，"故乡既让我们亲近，又让我们陌生"[②]。悖谬的是，究竟是我们变了，抑或是村庄变了？真如一句歌词所言："想说爱你不容易。"这首先是因为"记忆中的故乡越发的模糊，甚至似是而非"[③]。

---

① 《种萝卜》
② 《故乡》
③ 《故乡》

记忆深处的故乡之所以愈加模糊，不是因为记忆的褪色，而是由于故乡本身的变迁。当踏上故土那一刻，我们蓦然发现早已不再仅仅是物是人非，而是人非物亦非了，留下的只能是绵绵无尽的怅然。我们还能找寻到那些能够见证埋藏在记忆深处的故乡的信物吗？然而，重要的是，面对历史的巨变，作者悟出了一个深刻的道理："自古只有陨落、凋敝的城市，而乡村却以亘古未变的内涵而隽永存在。"① 关键在于，我们又如何能够把握住那个变中之不变的永恒之物？

就像蚕不得不作茧、人不能不长大一样，人类社会也不得不经历现代性的洗礼。这也正是年少不宜读陶潜的原因。对陶渊明而言是豁达和潇洒，对年轻人来说却往往是颓废和放任，而这是耽误不起的。回家的路，尚需阅尽人间悲苦才显示出必要。没有饱经风霜，何以体味出故乡的真正含义？在经历了现代社会的历练之后，家乡的一切才陡然间变得可爱起来，包括它的好，它的孬，它的美，它的丑……一切的一切，只要是家乡的，都是那么地可爱，都是那般地令人心往神驰，都是那样地让人魂牵梦绕。有时候，我不禁在想，这巨大的宽容究竟源自哪里？热爱故土是没有理由的，也无需任何理由。它是无条件的，是不能也不应斤斤计较的。唯有此爱，才最纯真、最醇厚、最深沉，也最难以割舍……

---

① 《城市的土味儿》

诺瓦利斯说："我们是去哪里？——总是在回家呵！"是的，"无论你人生如何，你走得近也好，走得远也罢，你画弧也好，你画圆也罢，最终都要回到原点。"① 这是我们每一个人都走不出的心路历程和心灵轨迹。对家乡的眷恋已然溶化为一腔浓浓的深情，像一根永远扯不断的线引导着我们的轨迹，并指示着我们的归途。诚如作者所说的："一个人最幸福、最感人的时刻，就是思故乡、忆村庄和童年的时刻，对于游子来讲，这种思念更真切、更难忘。"② 的确，"离老家越远，思念愈重；离故乡越久，眷恋愈深。"③ 因为乡下的山山水水，"涵养着刻骨的乡愁，拴系着生命的根脉"④。在远离家乡的游子眼里，故土的一草一木亦关情。作者自况："我是一个怀乡症患者。"⑤ 这是因为"泥土的故乡，扎满我生命的根须，是我心灵皈依和朝拜的圣地"⑥。这正是作者那个永远打不开的"大地"情结。

《庄子》有言："哀莫大于心死。"唯有童心未泯，方得心灵的安然与宁静。常言道"平平淡淡才是真"，所谓"绚烂至极，归于平淡"。轰轰烈烈的人生，经历过了，感受过了，体验过了，才觉得平常心最可贵，也最难得。"当我们不遗余力

① 《村庄》
② 《村庄的灵光》
③ 《娘的白发》
④ 《村庄的灵光》
⑤ 《土地》
⑥ 《攥一把芳香的泥土》

地追求美好幸福生活的时候，会突然顿悟：曾经给我们带来无限快乐的那份纯真和简单，原来是最稀缺、最珍贵的东西。"① 这种纯真和简单，归根到底只能来自本源处。"随着年龄的增长和生活阅历的增加，我更加牵挂和依赖亲人，更加珍惜与爹娘团聚的日子。"② 所以，我们"总是在回家"啊！

（作者简介：何中华，山东大学哲学与
社会发展学院教授、博士研究生导师。
本文原载《百家评论》2018 年第 4 期，
该论文发表于《关东学刊》2018 年第 4 期。）

---

① 《童年钟声》
② 《回家吃顿娘做的饭》

中关村的内部与文学的外部
——宁肯《中关村笔记》及非虚构写作

田裕娇

  在波澜壮阔的时代，文学如何参与复杂的社会现实而不是被边缘化，作家如何走进生活的深处，讲述聚集中国人共同经验和情感的故事，是写作者面对的课题和挑战。在对丰富多彩的社会现实有所勘探的过程中，非虚构写作凭借其真实、行动、在场等特质成为文学回归现实的重要途径。自2010年《人民文学》竖起非虚构的大旗以来，非虚构创作和研究在中国文坛上呈现出蓬勃发展之势。梁鸿的《中国在梁庄》和《出梁庄记》、阿来的《瞻对》、李娟的《遥远的向日葵地》等题材各异、独具风格的作品都广受读者欢迎和评论界热议。宁肯的非虚构作品《中关村笔记》凭借文史兼容的城市书写，贯通经典的叙述方式，以及对文学边界的审视和开拓，无疑是新世纪中国非虚构文学的又一力作。该作品的出版方十月出版社总编辑韩敬群评价道："《中关村笔记》在众多中关村叙事中，不是又一本数量的叠加，而是与众不同、特立独行的存在。"

一、中关村的另一种文学呈现

写什么，对于非虚构文学来说尤为关键，有学者甚至把题材的选择置于非虚构创作最重要的位置，认为"选择什么题目比到底怎么写还重要"。纵观当下的非虚构作品，写当代远多于写历史，写农村远多于写城市，城市书写也以底层为主，写作者好像自觉地与宏大题材保持一定距离。不同于多数走入田野的作家，宁肯将笔触对准了中国高精尖人才最为密集的区域，通过讲述中关村对中国故事进行开凿。中关村代表中国科技发展的最前沿，是国家改革开放四十年的一个缩影，某种意义上，讲述中关村就是讲述中国。

提到"中关村"这个名词，我们往往想到的是"中国的硅谷""电脑城"，中关村已经超越了地域范畴，超出了北京，成为一个被赋予高科技内涵的专有名词，所以，一些中小城市的电子产品市场就叫"中关村科技城"。这是我们生活经验中的中关村。

那么，中关村在文学中的呈现呢？在笔者有限的阅读视野里，写中关村的文学作品并不多，徐则臣的《跑步穿过中关村》和凌志军的《中国的新革命》基本代表了两个维度。《跑步穿过中关村》写在中关村闯荡的底层青年的命运，办假证、卖盗版光碟、入狱，很平凡、很市井、很挣扎。这里的中关村似乎有了象征义，代表着北漂们无法穿越的生存屏障——这是小说式的呈现，是虚构的、微观的。时政作家凌志军把中关村视为改革开放的缩影，书写它波澜壮阔的历史。在20世纪后20年，中国打破枷锁成为庞大的"制造车间"，21世纪的第一个10年，它渴望占领新技术高地，变成"中国创造"，中关村是这条道路上的先行者——这是报告文学式的恢宏呈现。

宁肯的《中关村笔记》不同于以上两种表达，它打开历史的褶皱，以人物为中心，真实地呈现中关村的内部。阅读《中关村笔记》，会对中关村有全新的认识。就如同偶遇了一位名人，一番交谈后发出这样的感慨：哦，原来他是这样的！在这部作品里，中关村变得具体可感！

宁肯在书中写道，"中关村的'内部'就是中关村的人，每个人都是时间的深井、历史的窗口，哪怕'80后'的年轻人也像时间的隧道一样。"《中关村笔记》挖了近20口深井，他们是：世界级数学大师冯康、中关村"第一人"陈春先、驭势CEO吴甘沙、京海公司创始人王洪德、联想创始人柳传志、第一台中文打字机的研发者王辑志、发明激光照排系统的"当代毕昇"王选、发明五笔输入法的王永民、爱国者创始人冯军、冯康学派的尚在久、袁亚湘、余德浩、唐贻发、联想接班人杨元庆、KV系列杀毒软件研发者王江民、新浪创始人王志东、黑科技代表人物鲍捷、车库咖啡创始人苏芮、滴滴出行创始人程维……他们有的是科学家、有的是企业家、有的兼具两者的身份，每个人都参与了中关村的历史书写。

宁肯在讲述时没有价值观念或审美观念上的先入为主，把要写的人当作科学家或者企业家来描写，而是把他看成一个完整的人来审视。他把每个人当作历史的窗口，穿越时光隧道，发现这些历史书写者身上闪烁的人性光芒。比如，冯康的沉默，为"两弹一星"作出了突出贡献，但从不以幕后英雄自居；陈春先的忠恕，遭到迫害、极度绝望的情况下，也从未想过报复；王洪德的果敢，以堂吉诃德战风车一般的精神打破旧体制的寒冰；冯军的诚信，以"我只赚你五块钱"的坦诚建立起人性原则与商业原则同体的契约精神；还有，吴甘沙的理性、柳传志的气度等，每一个人都个性鲜明、命运激荡，像大江一样壮阔。

《中关村笔记》中有两个贯穿的人物，一个是数学家冯康、一个是企业家柳传志。宁肯在一则手记中写道："这个选择本身代表了我对中关村的看法。他们天然构成了中关村的基石与厦宇。"这两个人物是作者着墨最多的人物，在呈现他们波澜壮阔的人生和非凡的成就后，宁肯进一步探源人性中的真和善，指向中国传统文化的优良传承，发现他们身上闪耀的中国精神。

宁肯在写这些人的人生轨迹时，再现个人的命运与社会发展进程相碰撞相交叉时的那些故事，因此，呈现出的人是个人的，也是社会的、时代的，具有历史感。他把每一个人都放在某一个历史维度上，常以具体时间为开端展开叙述。比如，第一章的几个人物故事："1960 年 3 月，春寒料峭"，21 基地的士兵来到中科院计算所求助冯康；"1978 年，新泽西，普林斯顿"，中国物理代表团访问美国，这些先行看世界的人里面有陈春先，他发现了把科技转化为产品的格式塔体制，并带回中关村；"2015 年"，吴甘沙辞去英特尔中国研究院院长的职务，上任驭势科技 CEO。从书中可以清晰看到三代中关村的创业者，他们分别对应着三个时期，以陈春先、王洪德为代表的改革开放之初，以王志东、冯军为代表的瞬息万变的市场经济繁荣期，以及程维、鲍捷等人代表的移动互联网时代。

如果说中关村的"内部"是人的话，它的外部应该是时代。

《中关村笔记》写的是一个个人，他们像一颗颗珍珠被历史串联，最终呈现的是中关村几十年的风云激荡，是中国改革开放 40 年的历史进程。宁肯在这样不同年代、不同领域的风云人物身上发现了某种共性，那就是挑战。这既是人的精神内核，也是中关村的精神内核——"中关村有一种人的精神，个人挑战时代，个人挑战命运，个人挑战历史，这种挑战构成了中关村的神话。""事实上中国埋藏着巨大的个人力量，只要有条件——甚至不必充分的条件就会释放"，宁肯在作品中呈现出这种巨大的个人力量，发现了历史的必然性和偶然性。

亲历中关村风云 40 年、与陈春先一同创业的纪世瀛说过，"中关村的历史，是成功者和失败者共同创造的，我们千万不要忘记那些失败的人"。中关村是由一代代人的起伏跌宕造就的，有成功有失败。据说随着电子商务崛起，数码城关门，不少商家撤出卖场，在又一波科技浪潮中，有扬帆破浪的佼佼者，但更多的是沉溺大海的落难者。《中关村笔记》记录的是时势中的英雄和成功者，但是，或许失败与成功同样重要，失败同样需要被记录和呈现。

二、向经典致敬的非虚构文本

非虚构写作不像小说创作，可以在虚构的世界里天马行空自由翱翔，因为写什么已经基本固定，不需要过多的想象。因此，非虚构更像是贴着地面飞翔，不能远离地面，一旦离开就脱离真实；但又必须保持一种审美的距离，审美往往来自有距离的审视，否则很容易成为刻板的记录。宁肯在《后记》中写道："非虚构是一种条件写作，面对的全部是已知条件，每天每时每刻你都知道该干什么。"非虚构用的都是真实材料，却要写出陌生化的效果。他把非虚构写作比喻为从事装置艺术，就像用旧机器、易拉罐、烟灰缸等生活中的实物做成的装置，每个局部都是非常真实，但整体是陌生的。

就如何写中关村的历史这个问题，宁肯选择了继承中国优秀的传统文化资源。宁肯在《序言》中称："这部笔记我愿是一次对太史公的致敬，一个小小的微不足道的致敬。"阅读文本可以发现，宁肯的"致敬"体现在方方面面，首先，在形式上借鉴了《史记》。《史记》作为中国历史上第一部纪传体通史，开创了以人物传记为中心来反映历史内容的体例；《中关村笔记》沿袭了这种人物传记的方式，不以时间为线索，而是用人物来呈现历史。其次，《中关村笔记》每一小节后都有一则"手记"，评述、追忆、总结、升华，提出作者对人物或时代、历史的观点，与《史记》每篇传记末尾的"太史公曰"有异曲同工之处。另外，在人物塑造上，也运用了太史公发明的互现法，在不同篇目中记录各家对同一事件或人物的立场和看法。这一点集中表现在对冯康、柳传志这两个关键人物的刻画上。在写冯康时，宁肯除了正面叙述冯康在指导原子弹、刘家峡等艰巨工程时的临危不乱，以及在有限元方法、哈密尔顿辛几何算法上取得的世界瞩目的成就，还通过尚在久、袁亚湘、余德浩、唐贻发等人的求学过程和他们的记叙、回忆，展现冯康的生活细节和治学精神，冯康不仅仅是坚硬的雕像一般屹立在世界数学之林，更是一位有情有义的师者。

宁肯20世纪80年代写诗歌，之后在西藏工作生活，写出了长篇散文《沉默的彼岸》，成为"新散文"代表人物，90年代末开始长篇小说写作，写出了《蒙面之城》《沉默之门》《天·藏》《三个三重奏》等作品，被誉为当代极具探索意识的先锋派作家之一；今年，凭借《北京：城与年》获得第七届鲁迅文学奖散文杂文奖。可以说，宁肯是一个打破了文学体裁界限的文体家。在《中关村笔记》中，常能发现作者的诗人特质和诗性表达。在讲述人物故事时，宁肯偶尔会荡开笔端，写到同时期的诗歌、诗人，由王洪德在会议上拍案而起喊出的"五走"，联想到同时代著名的朦胧诗歌《回答》；由王志东想到海子，他们都设想"做自己的王"，前者在软件世界建立起自己的宫殿，后者以卧轨的方式进入黑暗世界。正如他自己所言："时代是相通的，无论诗还是科学。"

在作者的精心布置下，《中关村笔记》具有很强的节奏感，每一章四节或三节，以"冯康构图"或"联想中国"交叉引领；每章里面穿插各个年代的代表人物，有跳跃、有缓冲，具体到人物叙述上，每个故事都有序曲、高潮和尾声，每个故事后有"闲话"。贾平凹曾说过："凡说是文体家的作家，都是会说闲话的作家，凡是写作风格鲜明的作家都是会说闲话的作家。""如敲钟一样，'咣'地敲一声钟，随之是'嗡——'那种韵声，这韵声就是闲话。"《中关村笔记》中的一篇篇人物传记就如同那"咣"的一声，讲述完人物故事后紧跟的"手记"就如同那"嗡"的韵声。在这些韵声里，宁肯成为时代的记录者、沉思者，思考时光、历史、精神等等。整部作品构成一部铿锵有力的乐章。

"真实"一直被视为非虚构作品的生命线，一些学者认为非虚构与文学的虚构性本身就是悖论。许多非虚构作品过于追求新闻性和真实性，语言过于直白，缺乏锤炼和升华，而显得苍白无力，因此，非虚构作品的文学性一直受到诟病。

为了达到"真实"的效果，非虚构文学必须打破传统的文体界限，吸收借鉴小说、散文、诗歌、新闻中的各种手法，运用心理分析、细节描写、对话、蒙太奇等多种技巧进行叙述。在各种手法和技巧的运用上，《中关村笔记》为我们提供了很好的范例。比如对 21 基地年轻士兵的神态动作描写，"他们一丝不苟，脸带着风霜，大自然的作用非常明显，即便带着眼镜。不过因为年轻，他们的脸色不是黑而是红，红扑扑的。""他们站得笔直，动作干净利落，不时条件反射地敬礼，每见一位老师都毕恭毕敬，军容毕现。"通过这些细致描写，烘托出中科院计算所里面严肃、紧张的科研氛围。比如写冯军混迹于中关村"骗子一条街"时表现出的诚实，作者尽可能地还原人物诚恳直白的话语，"看一眼，今天的最新款""我只赚你五块钱。一月之内，你卖不出去，我保证退款。你看，我每天都来，不会跑掉的……""真的，我就赚你五块，包退包换。"比如写吴甘沙准备离开英特尔之前的思想斗争，"吴甘沙的内心与星空同体，他想了太多太多东西，看着星空简直就不由得不想，想是因为有种隐隐的激动，行动前夜的激动。即使这激动有九分为勇往直前，也仍有一分不安。对，是不安，不安也是一种激动"。通过对人物的心理刻画，表现吴甘沙的开放与保守。还有描写科学家灵感的爆发，"几个月闭门不出，冥思苦想。但这一次却毫无进展，毫无门道，有一段时间他濒于绝望……那一夜，梦中忽有一道电光石火划过，王志东惊醒，一屁股坐起来，望着想象中的苍穹：啊！

对！就是这个样子！"这段叙述的是王志东发明 Windows 外挂程序"北大视窗"时的情景。作者不可能看到 20 世纪 60 年代在中科院工作的士兵，也不可能听到冯军在中关村大街上的叫卖，更不能重现吴甘沙、王志东等人的沉思，只能通过恰当的文学技巧去再现。我们可以通过这些文字看到当时那个人的喜怒哀乐。

技巧的运用，也契合了宁肯对真实的理解。宁肯认为，"真实，一定程度上是创造出来的，表现为创造者的主体性。创造并不等同于虚构，也不专属虚构"。可以说，"真实不仅来自客体，也来自主体对真实的认识"。在讲述王选的故事时，宁肯在这一广为人知的公众人物身上发现了被忽略的爱情、病痛以及神秘性，为了表达出主体"我"眼中的王选，宁肯以全新的视角认识王选、猜测王选、勘察王选。宁肯在手记中写道："我不能说描述了最真实的王选，真实是没有止境的，但是我保证'我'能提供出真实的深度。"这里的"我"就是作者本人。这种主体化的真实，对非虚构写作的理论建构也具有深远意义。

真实与文学性并不冲突，一部成功的非虚构作品必然兼具真实性和文学性。《中关村笔记》在整体结构、内部节奏和诗性语言方面都作出了很好示范，并没有追求客观详实的叙述而导致文学性的丧失，而是通过诗意的表达，实现了真实性与文学性的和谐统一。

三、作为他者的文学与个人

先锋派作家投入到非虚构写作中，这本身就值得我们思考。近三十年来，文学在社会生活中的参与度越来越低，这与瞬息万变的社会环境有关，但也必须承认，文学自身出现了问题。小说家在面对复杂离奇的现实时感到传统文学手法的乏力，而阅读者感到触及人的灵魂的作品越来越少。北大学者张慧瑜认为："今天的非虚构恰恰有可能成为我们这个时代的文化症候，我们现在用非虚构方式描述我和现实经验的关系，背后其实也有一种想要重新认识理解现实生活经验的诉求。"与虚构文学相比，非虚构选择直面这个巨变的时代，为我们认识、理解世界打开一个"真实"的渠道。正如评论家孙桂荣所说："当文学过于内向时，它需要向外转；当文学过于强调形势时，它需要内容的实在；当文学过于强调个人和小叙事时，它需要关注社会重大问题；当文学过于奇观化和极端化时，它需要在日常生活的惯性轨迹内发现社会的症结与存在的真相。"① 非虚构写作的兴起，可以说是文学的自我矫正。必须把文学作为他者来重新审视，思考文学与世界的关系、文学与作家的关系，完成作家与自我，文学与世界之间的重构。

---

① 孙桂荣：《非虚构写作的文体边界与价值隐忧——从阿列克谢耶维奇获"诺奖"谈起》，《文艺研究》2016 年第 6 期。

宁肯把了解、书写中关村称为一次"走出文学",他在序言中写道:"快 20 年了我一直浸润在文学里,浸润得太深了,都湿透了,浑身都是敏感。我需要另一种东西,一种类似岩石的东西。"宁肯是清醒的,多数作家享受这种文学的浸润,有的被浸润得膨胀而不自知,但他有意识地与文学拉开距离。这种"类似岩石的东西"是什么?我暗自揣测,是与主观相对的客观,是与感性相对的理性,是把文学作为他者来审视的犀利目光,是对文学的自身价值发出质疑。"质疑比肯定更有意味,更能看出某种东西",对于中关村是这样,对于文学也是这样。只有走到文学的外部,才能沉淀出文学在世界的分量,找到文学的出路。

　　这并非宁肯第一次走出文学。20 世纪 90 年代,他曾经加入到经济大潮,由一个文学青年变为广告经理人,宁肯曾在《一个传统文人的消失》中说道,站在市场经济的前沿来看待文学,"文学不再是我作为文学青年时那么大,那么令我仰视","十年的距离,透过经济看到文学虚弱的一面,很清楚文学这时需要什么。同时也看到文学真正强大的一面。我觉得文学应该是什么样,怎样才能对应这个时代"。当下,有太多的作家在文学的洼地里看世界,把文学等同于世界,觉得文学无所不能,不能清醒地看到文学发展的困境。宁肯这种走出文学的自觉对于一个写作者来说弥足珍贵。

　　如何走出传统文学的窠臼,去探求文学的外部世界?答案就是"行动"。评论家李敬泽曾在一次访谈中感慨:中国作家太缺乏好奇心了！当今文坛中存在着一种"懒"的风气！作家们普遍靠二手资料进行写作，对二手资料的再创作必然缺少关注现实的温度。因此，将非虚构写作推入中国文学界主流视野的《人民文学》杂志一直在强调行动的力量。《人民文学》提出非虚构时用了一个词，"吾土吾民"，我的土地、我的人民，并表示："对于一个作家来说，这当然不能是空洞的修辞，甚至也不仅仅是深刻的内心情感，这是一种行动的能力，一种生活态度，是'知行合一'，是在实践中认识世界。"①

非虚构写作突出在场和实证。如果说"行动"是走出书斋走进现实生活，那么"在场"就是在现实中完成自我的重建。把文学拉远、再走进的过程也是行动、在场的过程。宁肯表示："如果我要改变自己，跳出文学，中关村再合适不过。"作为一个北京人，中关村对他来说并不遥远，一旦思考又变得陌生，宁肯开始频繁出入中关村，"或开车，或坐地铁，或骑电动车，我成为中关村的一部分，中关村也成为我的一部分"。频频出入的过程，也是构建自我主体性的过程，宁肯"找回了文学之外的感觉"，发现了另外一个"我"，他成了一个记录者、沉思者，站在自己的灵魂高地上审视文学的边界，与世界有了新的联系。

宁肯的这次"走出"与90年代初的"走出"并不相同。

---

① 卷首，《人民文学》2011年第5期。

90 年代的"走出"更彻底，直接由一个诗人变成了广告人，而这次他没有舍弃作家的身份，依然在用作家的身份去采访写作。或许，他这次走出的是小说的虚构世界。近三十年来，小说生长得太繁茂了，几乎遮蔽了其他文学样式，成为"文学"的代名词。严格意义上，这并非一次"走出"，而是一次"回归"。作家走出书斋，走进中关村，走进历史的褶皱和复杂的现实，这是从虚构走向真实的现实主义的回归，也是一次真正意义上的文学精神的回归。

[作者简介：田裕娇，供职于淄博市文联，青年评论家。]

大物时代的天真诗人和孤独梦想家
——张炜引论

赵月斌

一

即时的命名往往带着过时的危险。对于所处的时代，谁能一语道破它的真髓呢？人类无时无刻不是生活在无果的变局中——哪个时代无疑都是重要的，哪个时代都是当局者迷，我们就像爬在莫比斯环上的蚂蚁，似乎每一步都在前进，又似乎每一步都是重复，所在之处即为中心，所谓中心又不过是世界的尽头。人类的命运，大概永难脱苦难轮回，永难达到至善至美。其中原委，谁能说得清？哲人尝言："凡是不能说的事情，就应该沉默。"① 然而，这世上总有一些心事浩茫、兴风

---

① ［奥］维特根斯坦：《逻辑哲学论》，郭英译，商务出版社 1985 年版，第 20 页。

狂啸的人，他们往往看穿了华灯照宴，看透了太平成象，于是乎失望而至绝望，绝望而又企望且奢望，进而像西西弗斯那样"致力于一种没有效果的事业"，①像孔夫子那样"知其不可而为之"，②像鲁迅那样"于无所希望中得救"③。这些荒谬的英雄不甘于沉默，不顺服于他们的时代。他们用徒劳的一己之力留下了人心不死的神话。

太史公在《报任安书》中说："古者富贵而名摩灭，不可胜记，唯倜傥非常之人称焉。"④所谓"倜傥非常之人"，即是像孔子、屈原、左丘明那样的忧愤之士，他们因为"意有所郁结，不得通其道"，⑤方才发愤著书，以求以文章传世。为了立言明志，即便受辱丧命，也在所不惜。此司马迁所云："虽万被戮，岂有悔哉！"⑥时至今日，这种士人风骨愈发鲜见，招摇过市的是犬儒乡愿，巧言令色之徒，写作成为一种投机钻营的功利行为，世上再无舍生而取义的苏格拉底，亦无"宁鸣而死，不默而生"的范文正。说起来写文章原非如此危险，一代一代以文名世、卖文为生的很多，因言获罪、

---

① ［法］加缪：《西西弗的神话》，杜小真译，生活·读书·新知三联书店1998年第2版，第142页。

② 《论语·宪问》，杨伯峻译注：《论语译注》，中华书局1980年第2版，第157页。

③ 鲁迅：《墓碣文》，《鲁迅全集》（第2卷），人民出版社2005年版，第207页。

④ 班固：《汉书》，颜师古注，中华书局1964年版，第2735页。

⑤ 班固：《汉书》，颜师古注，中华书局1964年版，第2735页。

⑥ 班固：《汉书》，颜师古注，中华书局1964年版，第2735页。

为文丧命的终是少数。更何况，有的人之所以背负厄运，不是因为生不逢时，不是因为不识时务，而是因为他们把文章得失看得比性命还重要。当他们决意"究天人之际""为天地立心"的时候，就注定要付出可怕的代价，大概这也是自司马迁至鲁迅、胡适以来，中国的人文传统总也死不了、垮不掉的原因吧。

当我们试图讨论张炜的时候，不免也要考量作家与时代的关系，探究他的文学立场和精神向度，显然，在他的作品中多少常会显露一种高古老派的清风峻骨，他的写作虽非金刚怒目、剑拔弩张，却从不缺少暗自蕴蓄的幽微之光，不缺少地火熔岩一样的"古仁人之心"。张炜用他的天真和梦想道说时代的玄奥，把苍茫大地和满腔忧愤全都写成了诗。

二

当今时代，把写作当生命的作家，还有吗？当然，肯定有，而且很多，有几个人愿意把写作说成玩文学呢？但凡写点东西的，很会和个人的生命体验相关联，把写作比喻成生命，也是一种方便顺口的说法。至于果真把写作和生命融为一体，完全为写作而生，以文学为命的，恐怕就少之又少了。这极少的当代作家中，张炜该是尤其显目的一位。张炜不只是以文学为志业，更是把它作为信仰和灵魂。他认定文学是生命里固有的东西，写作是关乎灵魂的事情。"写作是我生命的记录。最后我会觉得，它与我的生命等值。"① 对张炜而言，写作就是自然而然的生命本能，就像震彻长空的电火霹雳，释放出动人心魂的巨大能量。它源于自身并回映自身，同时也照彻了身外的世界。我们看到，张炜的文学生涯持续了近半个世纪，不仅创造力出奇地旺盛，且每每不乏夺人耳目之作。19 岁发表第一首诗，60 岁出版第 20 部长篇小说，结集出版作品 1500 余万字，单从创作量上看，张炜可算是最能写的作家之一，而其长盛不衰的影响力，也使他成为当代文学的重镇、蜚声海内外的汉语作家。无论是位列正典的《古船》《九月寓言》或蔚为壮观的长河小说《你在高原》，还是境界别出的《外省书》《刺猬歌》《独药师》，以及风姿绰约的中短篇小说、散文、诗歌乃至演讲、对话等，莫不隐现着生命的战栗和时代的回响。张炜通过千万文字写出了一个异路独行、神思邈邈的"我"，对这个时代发生了沉勇坚忍的谔谔之声，他用"圣徒般的耐力和意志"② 创造了一个天地人鬼神声气相通，历史与现实相冲撞的深妙世界。

"一个作家劳作一生，最后写出的一个重要人物就是作家自己。"③ "一个作家无论写了多少本书，其实都是写'同一

---

① 张炜：《读本，新作及其他》，《张炜文集》（35 卷），作家出版社2014 年版，第 209 页。
② 张炜：《行者的迷宫》，东方出版社 2013 年版，第 286 页。
③ 张炜：《留心作家的行迹》，《张炜文集》（42 卷），作家出版社2014 年版，第 64 页。

本’……他最后完成的，只会是一本大书，一本人生的大书。"① "作品只是生命的注释，无论怎样曲折，也还是在注释。"② 张炜的全部作品实际就是一部不断加厚的精神自传。他就像精于术数卦象的占卜师，又像审慎严苛的训诂家，总是在"大胆地假设，小心地求证"，反复地推演天道人事的命理玄机，稽考家国世故，厘订自我运程。经过不断的分蘖增殖和注释补正，方才写出了一部繁复而丰润的大书。这部大书的中心人物就是张炜自己，它的主题便是张炜及其时代的漫漫心史。如此看待他的 1500 万言似乎太显简单，我却觉得这正是张炜的堂奥所在，通过这简单的"一本书""一个人"，我们会看到多么浩渺的世界和多么幽邃的人生啊！

世界风云变化，但即便如此，该言说的还是要言说。管他轰的一响，还是嘘的一声，世界并未真的结束，所谓空心人似乎也不是什么毁灭性的流行病疫。人们还是要前赴后继、按部就班地过生活，过去讲"苟日新，日日新，又日新"，现在说"与时俱进，不忘初心"，以后还是要"时日依旧，生生长流"。一切总在消解，一切总在更生，我们能够做的，好像只能是抓住当下，勿负未来。这是一个无名的世界，又是一个人人皆可命名的时代。面对无所归依的浑浑时世，张炜一

① 张炜：《文学属于有阅历的人》，《张炜文集》（42 卷），作家出版社 2014 年版，第 263 页。

② 张炜：《不合时宜的书》，《张炜文集》（31 卷），作家出版社 2014 年版，第 333 页。

直是冷静淡定的。从开始唱起"芦青河之歌",就表现得清醒而克制,甚至显得有些保守,所谓"道德理想主义"对他就是一种褒贬参半的说法。但是如其所言:真正优秀的作家,是必定走在许多人的认识前边的,他们的确具有超越时代的思维力和创造力。张炜的作品正是走在了前边,当我们耽于某种谬妄或迎向某种风潮的时候,张炜恰选择了批判和拒绝,那种不合时宜的"保守"倾向,反而证明了他的敏感:比起众多迟钝的俗物,他往往及早察觉了可能的危险——他就是那个抢先发出警报的人。当雾霾肆虐演变成无法改观的常态时,他在十几年前就描述了这种"死亡之雾"。当人们拼命地大开发、大发展的时候,他看到的是水臭河枯,生态恶化,"线性时间观"的狭隘短视。在科技高度发达、生产力大大解放、物质生活极大丰富、全球化浪潮势不可挡的今天,张炜对凶猛的物质主义、实用主义始终持有一种"深刻的悲观"。对他而言,"'保守'不是一种策略,而是一种品质、一种科学精神"①。因此方可像刺猬一样安静、自足,没有什么侵犯性,甚至温驯、胆怯、易受伤害,却始终有一个不容侵犯的角落。②他在这个"角落"里安身立命,自在自为,用长了棘刺的保守精神抵御着躁狂时代的骚动与喧哗。

---

① 张炜:《伦理内容与形式意味》,《张炜文集》(38 卷),作家出版社 2009 年版,第 138 页。

② 张炜:《世界与你的角落》,《张炜文集》(35 卷),作家出版社 2009 年版,第 287 页。

张炜说："看一个作家是否重要、有个性、有创造性，主要看这个作家与其时代构成什么关系。是一种紧张关系吗？是独立于世吗？比如现在，物质主义、消费主义，发泄和纵欲，是一个潮流，在这个潮流中，我们的作家扮演了什么角色？是抵抗者吗？是独立思考者吗?"① 尽管他也反思，包括自己在内的许多人，大量的仍然还是唱和，是在自觉不自觉地推动这个潮流，然而——"真正的作家、优秀的作家，不可能不是反潮流的"，② "任何一个好的作家跟现实的紧张关系总是非常强烈的"③。真正的作家、好作家是一个朴素的自我定位，张炜固然认为，我们无力做出关于"时代"性质的回答，但他未忘作家的本分就是"真实地记录和表达，而不是回避生活"，④ 所以我们才会看到，张炜一直带着强烈的使命感，以反潮流的保守姿态对这个天地翻覆的"大物"时代予以决绝的回击。他说，巨大的物质要有巨大的精神来平衡，"大物"的时代尤其需要"大言"。⑤ 他之所以推崇战国时期的稷下学宫，就是因为稷下学人留下了耐得住几千年咀嚼的旷

　　① 张炜：《匆促的长旅》，《张炜文集》（37 卷），作家出版社 2009 年版，第 153 页。
　　② 张炜：《匆促的长旅》，《张炜文集》（37 卷），作家出版社 2009 年版，第 153 页。
　　③ 张炜：《遥远的我》，《张炜文集》（35 卷），作家出版社 2009 年版，第 296 页。
　　④ 张炜：《遥远的我》，《张炜文集》（35 卷），作家出版社 2009 年版，第 293 页。
　　⑤ 张炜：《芳心似火》，作家出版社 2009 年版，第 198 页。

世大言。就像孟子所说："我善养吾浩然之气。""说大人则藐之，勿视其巍巍然。""君子之守，修其身而天下平。""大人者，不失其赤子之心者也。"——"这样的大言之所以让人不敢滥施妄议，那是因为它正义充盈，无私无隐，更因为言说者的一生行为都在为这些言论做出最好的注解。"① 张炜显然也视这些圣者大言为高标的，他认清了大时代的大丑恶、大隐患，痛恨"立功不立义"的野蛮发展，异化生存，因此才能"守住自己，不苟且、不跟随、不嬉戏"，② 才能融入野地，推敲山河，成为一个真正意义上的独行者。于此，他才更多地牵挂这个世界，用诗性之笔写出了伟大时代的浩浩"大言"。

三

张炜是一位诗人。这样说不只是因为他最早进行的文学习练就是诗，后来也从来没有放弃诗的写作，写过大量的诗，出版了两部诗集。③ 事实上，作为诗人的张炜不全在于写了多少分行文字，更主要的是，诗不仅是他的"向往之极"，而且是他全部文学创作的基点，因为"真正的好作家本质上往往是一个诗人，只不过他会选择一个更合适的形式来表达。能

---

① 张炜：《芳心似火》，作家出版社 2009 年版，第 199 页。
② 张炜：《葡萄畅谈录》，《张炜文集》（28 卷），第 16 页。
③ 张炜：《费加罗咖啡馆》，作家出版社 2014 年版；张炜：《家住万松浦》，作家出版社 2014 年版。

诗则能一切，他会或多或少地写出一些不同的文字"①。张炜正是这样把诗写进一切文字的人，尽管他常自嘲缺少写诗的天分，不是一个合格的诗人，但是从他的作品里总能读出诗的根性，不光语言散发着诗的光泽，具有浓郁的抒情色彩，整体上也弥漫着优雅凝重的经卷气息。这种诗化写作在《夜思》《独语》《融入野地》《莱山之夜》《望海小记》《芳心似火》等散文作品中发挥得最为充分，在《一潭清水》《海边的雪》《柏慧》《远河远山》《外省书》等虚构作品也有突出体现，包括《你在高原》这样的皇皇巨制、《古船》这样的正史叙事、《九月寓言》这种偏重方言对话的乡土文本，也不乏诗意篇章，诗性气质。即便《楚辞笔记》《疏离的神情》《小说坊八讲》《陶渊明的遗产》这类阐释古典、论述辞章的学理性作品，也不无诗性之美。张炜像是打破了文体的界限，几乎把所有作品都写成了纯美诗章。

在张炜看来，诗不单纯是一种文学形式，更是一种至高的审美境界。所以他用诗的标准评断小说、散文，乃至所有艺术样式："散文和小说，不过是另一种诗……它们与诗，骨子里都是一样的东西。"② "任何文学形式，内核都是一个诗。离开它的形式，并没有离开它的根本……如果一部作品本质上不是诗，那么它就不会是文学。"③ 以诗论艺正是典型的中

---

① 张炜：《散文写作答问》，《张炜文集》（40 卷），第 50 页。
② 张炜：《伦理内容与形式意味》，《张炜文集》（38 卷），第 148 页。
③ 张炜：《周末对话》，《张炜文集》（30 卷），第 3 页。

国式审美维度，张炜即认为：中国第一部文人小说《红楼梦》具有"诗与思的内核"，"中国现当代小说，从继承上看主要来自中国的诗和散文"。① 他很看重"自己的传统"——中国小说的传统。因此，不仅要从文本上继承这种传统，还要在骨子里是一个纯粹的诗人。"诗是艺术之核，是本质也是目的。一个艺术家无论采取了什么创作方式，他也还是一个诗人。"② "当今的小说家，特别是一个优秀的小说家，要求自己首先是一个诗人，的确是第一要义。"③ 可见"诗"既是张炜的创作指标，也是他个人的自我认定。"诗人"之于他从来不是普通的职业名称，而是一个不落凡俗的高贵席位。诗性，成为张炜的绝对尺度，他执着于诗，唯诗性至上，以诗性加深写作的难度，这也是他的作品大率不失水准的前提吧？

那么，何为诗性？何为诗人？张炜曾经申明：诗性不等于风花雪月，要知道也有惨烈之诗。当然我们也可以说，诗性不是青筋暴露、肉麻充楞，不是卖弄辞藻、撩拨情怀。真正的诗性并非文字表面肤浅的抒情或假装激动，而是一条内在的血脉，它显露于语言又隐匿于语言，似乎只可意会而不可言传："诗性是一个类似于密码的东西，一开始就植根在人的基因里的。"④ 这就更有点儿神秘了，好像是说诗性本是天

---

① 张炜：《阅读：忍耐或陶醉》，《张炜文集》（41 卷），第 313 页。
② 张炜：《诗意》，《张炜文集》（27 卷），第 262 页。
③ 张炜：《诗性的源流》，《张炜文集》（30 卷），第 181 页。
④ 张炜：《我们需要的大陆》，《张炜文集》（42 卷），第 271 页。

生的，没有一点儿慧根的人，不光写不了诗，恐怕连诗里的密码也读不出来。张炜另外又说过："诗不是一般人认为的花花草草，不是所谓的'空灵'之类，而是人生最敏感的一次次面对——对全部生命秘境的把握，当然也包含了生死幽深以及锐利、黑暗和痛苦……有人通常理解的'诗'过于简单了，他们不曾晓悟荷尔德林'黑夜里我走遍大地'是什么意思……"① 他强调的还是诗与生命的关系，那种一般人的"通常理解"，完全把写诗混同于文字的过度加工，所以有人才会把装饰性的、抖机灵的玩意儿吹上天，他们不知道诗的最低要求就是真诚而朴素，若与真实的生命感受割裂开来，哪怕再漂亮的文字也与诗无关。

张炜深信"诗人才能干大事"，并且比一般人干的大事更大，因为诗人的胸怀更奇特，有一种旺盛的生命力。他把诗人看成了天生异禀、身有大能的特出之人，他们所干的"大事"当然也不是可用世俗标准衡量的出人头地、扬名立万之事，而是和张炜称道的"旷世大言"相类，指的是形而上的具有终极意义的永恒之诗。"诗人应该具有足以透视无限深处的慧眼，应该摆脱个人人格的束缚，而成为永恒的代言人。"②张炜曾引述"天才诗人"兰波的这句话，以此"反省自己"，"诗人"是他矢志追寻的远方镜像，又是他对另一个"我"的

---

① 张炜：《写作和行走的心情》，《张炜文集》（40卷），第142页。
② 转引自张炜：《莱山之夜》，《张炜文集》（33卷），第174页。

一种心理投射，他每每对诗人致以推崇，每每声言写过好多诗，却好像从未认可那个"诗人"就是他自己。比如在谈到《忆阿雅》时，他一则说它出自真实的记录，是"一个为背叛所伤的诗人的自吟"，转而又说："我不能说自己就是那个'诗人'。虽然它以第一人称写出，也只是为了有助于自己对诗和诗人的理解。"① 张炜此言不虚，多读他的作品也会发现，他确是以全部的写作走近诗和诗人，"诗"是他的文学向度，"诗人"则是和他精神往来的潜在的自我。他说，诗人如同一片土地生长出的器官，"仅是同一片土地、同一种文化的代表和产儿"，② 他们"诞生于东部荒原，等于是大漠一粒"。③ 很明显，这位荒原诗人完全可以看作张炜本人，张炜在谈论"诗人"的时候，往往也是在谈论"另一个"自己。

　　诗人也许天生就属于这个别样的世界：为吟唱而生，并将终生如此。他敏感多悟、对事物有独到的视角。不记得从什么时候开始，他能够随时吟哦。他的举止做派很有一些豪放文人的特征。他常有一些激动，一些低吟。他从来都是真挚的，炽热的，一群人总是因为他的存在而变得活泼。

　　诗人再次吟唱。它们是真正的半岛之歌，明朗通透，火热烤人，没有一点倦意和阴郁。它们在表露不安和痛

---

① 张炜：《更多的忆想》，《张炜文集》（31 卷），第 340 页。

② 张炜：《葡萄园畅谈录》，《张炜文集》（28 卷），第 306 页。

③ 张炜：《更多的忆想》，《张炜文集》（31 卷），第 342 页。

苦时，也大大有别于其他地方的寂寞文人。他写得是如此的具体、踏实、真切。他的诗在感染大家，他的精神在激发大家。我们不由得想，如果自己在面对生活中的一切困顿不安时能够像诗人一样不畏不惧，意气风发，那该是多么令人钦佩。

他不是一个在吟唱中虚幻作兴的人，而是一个真正的强者。他那并不伟岸高大的身躯内，的确潜藏着一种过人的力量……在今天，也许只有这样的人才更有权利吟唱。我们这一代人几乎在猝不及防中迎来了一个全球一体化时代，身不由己地挣扎于精神和商业的纵横大潮之中，真是需要一个顽强的灵魂。而我们的诗人就是这样的一个人。

诗人对于身边的这个世界有着多么善良的期待。他总是用最美好的心情去理解生活中的人和事，以至于愤慨和欢悦都跃然纸上。这就是通常所说的"赤子之心"。①

张炜用一篇短文简白地表达了他的"诗人观"。尽管笔者没有引述可以对号入座的更具体的文字，但是也不难看出，这位"为吟唱而生"的诗人正是张炜本人。通过自我观照，他发现了"我们的诗人"，通过对诗人的深切探问，他走向了生命的澄明之境。"诗"成为张炜获取自信、成就"大事"的

---

① 张炜：《春天的阅读·为吟唱而生》，《张炜文集》（32卷），第136—138页。

原动力,具有顽强灵魂的"诗人"成为"我们"最需要的时代之赤子。在另一短文中,张炜再度阐述他的诗观:"诗对于我,是人世间最不可思议的绝妙之物,是凝聚了最多智慧和能量的一种工作,是一些独特的人在尽情倾诉,是以内部通用的方式说话和歌唱……每一句好诗都是使用了在吨的文学矿藏冶炼出来的精华,是人类不可言喻的声音和记忆,是收在个人口袋里的闪电,是压抑在胸廓里的滔天大浪,是连死亡都不能止息的歌哭叫喊。""这个世界芜杂浑茫千头万绪,无以名之奇巧乖戾,就像我们无边无际的现代诗行一样。从某种意义上说,诗能够言说世界上的一切奥秘。""就是怀着纵情言说的巨大野心,我们选择了诗。诗人是最机智的愚公、最聪明的傻子、最无聊的执着、最寂寞的喧哗。""真正的诗人平和简朴,似乎在刻板平淡地生活着,一个年轮一个年轮地让生命成熟。也正是如此,他才没有阻断自己的朝圣之路。""诗人是典型的具有内在张力的、质朴而变得更健康和更强大的人。"此番表白干脆就是以诗论诗,诗如巫师的咒语无所不能,写诗即如朝圣远行,张炜就这样"依赖于诗,求助于诗",他把一生的向往和劳作交给了诗,以此找回丢在昨天的东西,获得"真正的表述的自由"。①

---

① 张炜:《纵情言说的野心》,《张炜文集》(40卷),第60—62页。

四

　　张炜的长篇小说《独药师》有题引曰："献给那些倔强的心灵"，可谓夫子自道。"那些倔强的心灵"定有一颗属于作者的诗心。正是凭了一颗倔强的诗心，张炜才会成了一个倔强诗人。他与自己的理想形象一体同生，或者相互竞逐。他因其诗心而敏感多悟，也因此而无畏无惧。这强大的诗心让我们想到《老子》所说"专气致柔""含德之厚"的赤子婴儿，自然也会想到张炜经常提及的童心。当我们把张炜看作倔强诗人的时候，大概也就看到了他那"绝假纯真，最初一念之本心"。张炜作为诗人的源本，恰是一颗未改初衷的童心。从张炜身上，总能看到天真质朴的童话气质。从早年的芦青河系列，到后来的《刺猬歌》《你在高原》，他的作品皆元气充沛，充满雄浑勇猛的力量，虽深邃亦不乏机敏，悲悯而不乏智趣。他没有板着脸搞严肃，反而将一些精灵古怪、滑稽好玩的元素点化其中，一个生有怪癖的人物，一句挠人心窝的口头禅，一段旁逸斜出的闲余笔墨，看似无所用心，实则多有会意，就像放到虾塘里的黑鱼，让他的作品拥有了神奇的活力。比如，《声音》里吆喝"大刀来，小刀来"的二兰子，《一潭清水》里蟮鱼一样的孩子"瓜魔"，《古船》中疯疯颠颠的隋不召，《家族》中的"革命的情种"许予明，《九月寓言》里的露筋、闪婆，《蘑菇七种》中丑陋的雄狗"宝物"，《刺猬歌》中的黄鳞大扁、刺猬的女儿，《小爱物》中的见风倒和小妖怪，《你在高原》中的阿雅、大鸟、龟娟、古堡巨妖、煞神老母等等，这些形象假如丢掉了天真、古怪的成分，上述作品大概也会索然寡味。张炜对所写人物倾注了纯真情感，使其承载了一种隐性的、百毒不侵的童年精神，也或是他蓄意埋藏的"童话情结"。事实上，自小长在"莽野林子"的张炜，似乎生就了对万物生灵的"爱力"，那片林子和林中野物让他拥有了坚贞的诗心和童心，童年记忆常会不知不觉地映现于笔端，他也具备了一种自然天成的神秘气象和浪漫精神。

"艺术家永远需要那样一颗童心，需要那样的纯洁，那样的天真无邪。"[1] 好作家大概都有一颗未被玷污不容篡改的童心。不管他有多大年岁，无论写实还是虚构，总能在文字里涵养一脉真气和勇力，就像不计得失、举重若轻的"老顽童"，能打也能闹，可以一本正经地"谈玄论道"，也可以忘乎所以地"捣鬼惹祸"，他的作品就是一个生气勃勃的自由王国。土耳其作家帕慕克也曾说过，小说家能够以孩子的独有方式直抵事物的核心，他要比其他人更为严肃地看待人生，因为他具备一种无所畏惧的孩子气，言人所不敢言，道人所不能道。在诺顿讲座的收场白中，他这样强调自己的理想状态："小说家同时既是天真的，也是伤感的。"[2] 其实这句话完

---

① 张炜：《缺少自省精神》，《张炜文集》（27卷），第217页。
② ［土耳其］奥尔罕·帕慕克：《天真的和感伤的小说家》，彭发胜译，上海人民出版社2012年版，第174页。

全可以用来评价张炜，作为小说家的张炜如此倔强，却又如此伤感："我的全部努力中的一大部分，就是为了抵御昨天的哀伤和苦痛。"① ——这伤感成为他行文的底色，为他的作品染上了沉郁的调子。但同时又因总有天真的神采，使他得以经历大绝望大虚无，得以行大道、走大路。如此，我们可以把张炜叫作用诗心和童心抵御伤感的天真诗人——就像他1983年写出的"瓜魔"②，那个神出鬼没的黑孩子，原来就是不老不伤的精灵，他和张炜形影相随，或者早已化入张炜的血脉精神。

假如见过张炜本人，你会注意到他的眼里的稚拙之气。读他的作品，更可感受到一颗天真无邪的诗心。他说："我深爱文学，最怕丢失诗心和童心。"③ "一个人的变质大概就是从忘掉少年感觉开始的，一切都是从那儿开了头的……"④ 确乎如此，张炜早就意识到童年、出身的重要："童年生活对人的一生有非常重大的意义……人的艺术趣味可能在童年就已经固定下来。""作家在写作中会一再地想到童年，所以笔端也就渗流出这些内容。""童年和少年的追忆是永久的，并且会不同程度地奠定一生的创作基调。"⑤ "文学对人性、生命的理

---

① 张炜：《莱山之夜》，《张炜文集》（33 卷），第 226 页。
② 《一潭清水》
③ 张炜：《诗心和童心》，《张炜文集》（45 卷），第 37 页。
④ 张炜：《葡萄园畅谈录》，《张炜文集》（28 卷），第 30 页。
⑤ 张炜：《谈谈诗与真》，《张炜文集》（27 卷），第 54、63 页。

解，离不开童年这个阶段……我可能会转过头来，一而再再而三地从童年视角写人生，写社会和人性……童年的纯真里有生命的原本质地，这正是生命的深度，而不是什么肤浅之物。"① 所以我们看到，不只是后期的《半岛哈里哈气》《少年与海》《寻找鱼王》这类纯儿童题材的作品与他的童年、出生地有关，包括他早年的少作《狮子崖》《槐花饼》《钻玉米地》和盛年的代表作《古船》乃至《你在高原》，都与他的童年经验有着千丝万缕的关联，并且，他所有作品的主要背景，几乎都是他曾经生活过的海边故地："我的全部作品都在写小时候生活过的地方，写林子和海之类。后来写了闹市甚至国外，也是由于有了对林子与海的情感。它们在情感上支持我，让我成为一个能够永远写作的人。"② 张炜一再提起他的海边故地、丛林野物，这类自述性文字基本点明了作家的来路。张炜之所以被称为"自然之子"，他的作品之所以充满野气、天真气，皆与其亲身经历密切相关。童年经验、故地情结极大地影响了张炜的心理气质，为他提供了不竭的创作资源，还打开了一个穿越时空的孔洞，让他来往于昨日今朝，随时可见旧时景物，可以走向遥远和阔大。

可见张炜是一个多么恋旧、念本，多么看重根性、血缘的人，他把那片茫茫无边的荒野当作了自己的本源，把走向

① 张炜：《诗心和童心》，《张炜文集》（45 卷），第 34 页。
② 张炜：《对世界的感情》，《张炜文集》（35 卷），第 222 页。

出生之地当作了寻觅再生之路，把居于一隅、伸开十指抚摸这个世界当作了无声的诗篇。我们也可以据此进入他的文学腹地，切身体味那种诗意的怀念与追记、苍凉的伤逝和乡愁。张炜说他是用写作为出生地争取尊严和权利，同时也从那里获得支持，因此自称"胆怯的勇士"。他强烈地、不屈不挠地维护着自己的故地，实质也是用文字重建那个童话般的昨日世界。所以他总要抚今追昔，要重返故地，还要重返童年，甚至有个天真的想法："未来人们要恢复这个地方的生态时，如果连一点原始的根据都没有，那么我的这些文字起码还能当作依据，并且会唤起人们改造环境的那种欲望。"同时他还说："一个作家对社会生活的自然环境、社会环境、人文环境有更高的要求，这才会有改造它的诉求。诗人和作家总是极度地追求完美，追求真理，所以他们才要在自己的环境里追求和奋斗。他们总是以极大的热情去拥抱生活，试图改善人生、改变社会、改变人的生存条件……"① 这种说法和鲁迅的想要以文艺改变国民精神、用小说"引起疗救的注意"很像。在今天，要用文学改造一切的想法不免有些太过天真。即如艾略特所言，就算没有巨响，甚至也没有呜咽，昨日世界已然结束，怎么可能昔日重来？然而，就算"一切都预先被原谅了，一切皆可笑地被允许了"，② 还是有人不顾一切做着天

---

① 张炜：《更清新的面孔》，《张炜文集》（42卷），第51页。
② ［捷克］米兰·昆德拉：《生命中不能承受之轻》，韩少功译，作家出版社1992年版，第2—3页。

真的美梦。

也许人类一直如此，一边创造历史，一边失去故园，到头来只是一味地除旧迎新，却不知今昔何昔，何所从来。所以人们一面跟进现代，坠入后现代，一面回望过去，怀念古典。我们向慕古人，古人向慕他们的古人。春秋之际的孔老夫子，不也是宣称"周监于二代，郁郁乎文哉！吾从周"吗？他驾着一辆木头车周游列国，宣扬周礼，还不是被楚狂所嘲笑，被郑人谓为"丧家之狗"，甚至遭到宋人追杀？最后只能悲叹久未梦见周公，徒恨"凤鸟不至，河不出图，吾已矣夫！"孔子致力于"克己复礼，天下归仁"，他要抵御的不是世人的冷嘲热讽，乃是整个时代大局，是全天下的"礼崩乐坏"。身为一介布衣，却"不识时务"，敢与不可逆转的时代潮流为敌，这样的人是不是太过不自量力，太过天真？可是天真的孔子直把他的天真当成了毕生的事业。大概正因如此，他才像个孩子一样拥有一颗倔强的心，为了一个渺茫的梦想，虽处处碰壁被困绝粮仍不改其志也。张炜不单把孔子尊为布道者、启蒙者，更把他称作诗人，说他走过的长路便是一首长长的、写在大地上的人类的诗。"一个含蓄而认真的作家，会像孩子一样执着地守着自己的文学……作家的心情是欢欣而沉重的，欢欣来自天真，沉重也来自天真。思想深入生活的底层之后，他的天真仍存。谁知道作家更像孩子还是更像老人？说是孩童，他们竟然可以揭示世界上最阴暗的东西；

说是老人，他们又是那样单纯执拗。"①张炜的话正揭示了诗人所应有的那种深刻的天真，他们世事洞明而不老于世故，人情练达而不死于钻营。也难怪他会感慨："从许多方面看，从心上看，现在人苍老的速度远远超过古人。古人即便到了老年尚能保持一颗充盈鲜活的童心，而现代人一入庙堂或商市就变得不可观了……"②所以他才特别喜欢孔子身上的孩子气，喜欢他的童言无忌、孩童般的纯稚，怀念那一颗天真而伟大的心灵。从这点来看，张炜虽自愧为"胆怯的英雄"，却也有其刚勇的一面，他记住了自己的童年，记住了失去的故地，也就记住了一个原来，守住了一片诗意和安宁。作家要面对的当然非止生存环境的恶化，大物大欲的疯狂泛滥，更要面对人心凋敝，灵魂无所皈依之类的大问题。就像两千年前孔子为匡正天道人心而奔走，张炜则为这个濒危的世界而写作。为此，他戴月独行，芳心似火。

五

张炜最终是一个要到月亮上行走的梦想家。他拼力创造一派旷世大言，着意成为一名天真诗人，表现在文字上除了追求崇高正义美德善行，渲染香花芳草浪漫诗情外，更有其阴柔内敛、蜃气氤氲的神秘气象。一般而言，人们习惯于把

---

① 张炜：《遥远的我》，《张炜文集》（35 卷），第 296 页。
② 张炜：《芳心似火》，作家出版社 2009 年版，第 144 页。

张炜归类于所谓现实主义作家。以《古船》《九月寓言》等名作为代表的仿宏大叙事、民间叙事似乎只有一种扑向地面的解读方式，张炜常常被概念化为忠于现实、热衷说教的保守派作家。奇怪的是，很少有人注意到，其实张炜本质上原是凌空高蹈的，在被定义为大地守夜人的时候，岂不知他正将目光投向高远莫测的天空。就像他在《芳心似火》收尾一句所说："让我们仰起头，好好凝视这轮皎皎的月亮吧，它是整个天宇的芳心啊。"① 张炜从来不是只会低头苦思淹没在现世尘俗中的迂夫子，而是一个喜欢游走山野，不时把想象引向星空的造梦者，一个不安于现状、专爱御风而行的天外来客。

张炜经常提起康德的一句名言：世上有两样东西最使人敬畏，那就是我们头顶的星空和心中的道德律。实际上，要想简单涵盖张炜的作品，完全可以搬出这句话一言以蔽之。一方面，张炜致力于探究人性人心；另一方面，则是诉求天命天道。所谓天道人心，康德的话不也正为此意？先不说张炜写出了什么主义，仅从其早期作品来看，就不难发现他从一开始便突破了死板狭隘的"现实"，打开了多重文学视角，创设了一种天地交泰、万物咸亨的全息化文学维度。胡河清认为，《古船》不仅仅是一部有关具体历史风貌的写真式作品，而是根据一系列精心编制的文化密码建构的全息主义中

---

① 张炜：《芳心似火》，作家出版社 2009 年版，第 234 页。

国历史文化读本。① 虽然也有论者认为，让一个整日研读某宣言的农民承担救赎使命"构成了《古船》在精神哲学的根本失败"，未能进入象征无限可能性的广阔"灵界"，② 但是这种论调好像没有看到《古船》同时具有一个《天问》的维度，更没有像胡河清那样，看到张炜是用"古船""地底的芦青河""洼狸镇"以及隋、李家族等既有独立隐喻意义又相互关联构成玄秘神话系统的文化符号，"编制了一整套关于中国历史未来走势的文化学密码"。③ 张炜向来是一位多藏"密码"的作家，看不到他的"密码"，当然也就看不到他的另一面，更看不清他的"假意或真心"——"虔诚的灵魂"。

张炜说，他曾偏执地认为，一个作家的才华主要表现在对自然景物的描绘上。对此，他曾自嘲说这有些可笑。但是，假如我们真的能够融入"自然"，真的能够领会道法自然，大概就不会觉得张炜偏执可笑。张炜在某种程度上把诗人④当成了具有出奇感悟力的特殊生命——他们能够"特别敏感地领会自然界的暗示和启迪"。诗人"站立在什么土地上、呼吸着什么空气、四周的辞色和气味，这对他可太重要了。他与

---

① 胡河清：《中国全息现实主义的诞生》，《灵地的缅想》，学林出版社 1994 年版，第 204 页。

② 摩罗：《灵魂搏斗的抛物线——张炜小说编年史研究》，孔范今、施战军主编，黄轶编选：《张炜研究资料》，山东文艺出版社 2006 年版，第 303—307 页。

③ 胡河清：《中国全息现实主义的诞生》，《灵地的缅想》，学林出版社 1994 年版，第 204 页。

④ 最优秀的作家

这个世界融为一体，血脉相通。他是它们的代言人，是它们的一个器官。通过这个器官，人类将听到很多至关重要的信息，听到一个最古老又最新鲜的话题，听到这个星球上神秘的声音"①。张炜所说的自然/世界显然不仅是视觉意义上的风景物象，诗人也不是仅会托物言志借景抒情的嘴子客。在他看来，独立、绝对强大的"大自然"拥有深不可测的无穷秘密，包蕴了许多用科学、理性难以言说的神异信息，而诗人就像能够施行天人感应的"神巫"一样，可以为天地代言，发出通达"神明"的声音。张炜好像深得中国本土"神传"文化之真味，又如同一名崇信个体直觉的超验主义者，对他来说宇宙自然绝非无知无觉的物质集合，而是一个承载无限生机、含藏永恒"神性"的未知世界："我总觉得冥冥中有一种神秘的力量，它在对我们的全体实施一次抽样检查。"② "生命中有一部分神秘力量，它很早就决定了这个生命的道路和走向。"③ 鉴于这种认识，他才把诗人/作家看成了身有异能的通灵者，几乎把写作当成了一种玄妙已极的特异功能。

可是，那种神奇的"冲动和暴发"说起来容易，做起来何其难矣！所以张炜又说，由于物质主义的盛行，一种无所不在的萎靡只会把人的精神向下导引，进入尘埃。"人没有能

---

① 张炜：《大自然使人真正地激动》，《张炜文集》（27 卷），第 170 页。
② 张炜：《莱山之夜》，《张炜文集》（33 卷），第 17 页。
③ 张炜：《大地负载之物》，《张炜文集》（40 卷），第 246 页。

力向上仰望星空，没有能力与宇宙间的那种响亮久远的声音对话。每当人心中的炉火渐渐熄灭之时，就是无比寒冷的精神冬季来临之日。"① 具有这种对话能力的，很可能就是伟大的艺术家了。这样的人"整整一生都对大自然保留了一种新鲜强烈的感觉"②，因此才能见人所未见，感人所未感，从而"跟植物，跟自然界当中看得到的所有东西对话和'潜对话'"，③ 进而获得一种特异的感受——"这种感受好像与神性接通了"④。那么，究竟何为"神性"？张炜的解释是："神性就是宇宙性。神性和宇宙性越来越少，那是人类缺少了对头顶这片天空的敬畏……伟大作品应该有神性，它跟那种冥冥中的东西、跟遥远的星空有牵连，一根若有若无的线将它们连在一起。"⑤ "神性是一直存在于日常生活之中、大自然背后甚至茫茫宇宙里的那种'具有灵魂'的超验力量，它可能接通深藏在人类身体里的想象力，并且激发出永恒的渴望——宗教感就这样产生。一个作家在作品中写出这种'神性'，就是使得自身突破了生物性的局限，进而与万物的呼吸、大自然的脉搏，与宇宙之心发生共振或同构。"⑥ 这样看来张炜好像在宣传"迷信"，他把文学说得"神神道道"，把写作说得

---

① 张炜：《冬天的阅读·炉火》，《张炜文集》（31 卷），第 150 页。
② 张炜：《葡萄园畅谈录》，《张炜文集》（28 卷），第 62 页。
③ 张炜：《小说坊八讲》，《张炜文集》（41 卷），第 247 页。
④ 张炜：《疏离的神情》，《张炜文集》（43 卷），第 25 页。
⑤ 张炜：《遥远灿烂的星空》，《张炜文集》（42 卷），第 232—233 页。
⑥ 张炜：《疏离的神情》，《张炜文集》（43 卷），第 26 页。

玄而又玄，是不是表明他坠入了一个"泛神论"的怪圈，或者只是策略性地祭出了一面"神性"的大旗？当然，究竟有"神"无"神"，究竟"神性"何在，一切都有作品为证，这里姑且设一悬念，留待详加讨论。不过这里仍可略述他的主张：

> 神性不是让人更多地去写宗教，不是让人鹦鹉学舌地去模仿无尽的仪式，而只是唤回那颗朴实的敬畏的心。①
>
> 其实文学里面的宗教性，它的神性是无所不在的，它可以用完全个人的方式，甚至让那些简单和机械的宗教论者感到陌生的一种方式来表达。比如说他可以绝口不提"神"也不提"上帝"或"佛"的字眼，但是却有可能充满了佛性和神性。有神性的艺术家，很容易从字里行间和其笔触里、艺术表达里加以感受，他和天地之间的连接在哪里，他的整个的游思无论如何还是受天上的星光的牵引，受无所不在的那种执拗而强大的力量所控制。有时候能感觉到那只无形的手在操纵文字和思维，它不是表面的，而是极其内在的。当他跟这种东西接通的时候，笔下出现的所有人物，也包括整个的故事，都有一种晦涩的深邃存在，有一种质朴存在，也就更可能摆脱现实生活中某个集团、某种世俗力量所制造出来的

---

① 张炜：《疏离的神情》，《张炜文集》（43卷），第26页。

各种概念的辖制，使其思维能够始终行大道、走大路，不为狭隘的趣味和功利所吸引和扭曲。一个有神性的作家，是那种莫名的力量所给予的最大的恩惠。①

张炜并未把自己等同于"迷信"者或宗教人士。与"神性""宇宙性"的亲和对他而言纯属一种自小形成的生命本能。他在海滩丛林长大，那样的生活环境是向整个宇宙完全敞开的，"抬头就是大海星空，想不考虑永恒都不可能"②。中年时他还在一篇散文中说："直到今天，还能兴致勃勃地领略天上的星光。"③ 可以说，少年时的星光如同神秘的种子，被张炜装进了背囊，也种到了心里。借了这星光，他独自去游荡。靠了这星光，他找到了自己的"神"。所以，我们经常会在他的作品里看到"微弱的星光"④"一天星光"⑤。在早期的中篇小说《秋天的愤怒》中，张炜就曾十分抒情地写道：

　　天空被忽略了：多少明亮的星星！多少上帝的眼睛！天空没有乌云，苍穹的颜色却不是蓝色的，也不是黑色的；这时候的天空最难判定颜色，它有点紫，也有点蓝，

---

① 张炜：《行者的迷宫》，东方出版社 2013 年版，第 271—272 页。
② 张炜：《疏离的神情》，《张炜文集》（43 卷），第 6 页。
③ 张炜：《闪烁的星光》，《张炜文集》（34 卷），第 180 页。
④ 《木头车》
⑤ 《山水情结》

当然也有点黑。白天的天空被说成是蓝蓝的，其实它多少有点绿、有点灰。真正的蓝天只有在月光的夜晚！皎洁的月光驱赶了一切芜杂、一切似是而非的东西，只让苍穹保持了它可爱的蓝色！哦哦，星光闪烁，多明净的天幕啊，多么让人沉思遐想的夜晚啊！①

　　这样对天空的精确描写显然来自作者本人的真切感受。不仅如此，他的作品里还会经常出现仰望星空的人，这个细节的来源显然也是张炜自己。他说："我相信一个作家虽然什么都可以写，但他总会让人透过文字的栅栏倾听到一个坚定的声音，总会挂记着苍穹中遥远缥缈的星光。"② 这星光几乎成了一个标志性的精神意象，也为张炜的作品洒上了从天而降的神圣的微光。

　　"在月亮上行走过的人，给他个县长还干吗？"张炜就是从月亮走来的人，他干的事必定要比"县长"大得多啊！"每一个时代的精灵，往往都会自觉地捕捉那些真正无私和宽容的人，让他'神魂附体'。"③ 想来张炜的写作大概也是一种"神魂附体"吧？张炜还说过："一个人总应该有自己的'神'，没有这个'神'，人与人之间就没法区分，总会是一种色调，即千篇一律。每一个人使自己区别于这个世界上其他

---

① 张炜：《张炜名篇精选·中篇小说精选》，第181—182页。
② 张炜：《关怀巨大的事物》，《张炜文集》（27卷），第224页。
③ 张炜：《葡萄园畅谈录》，《张炜文集》（28卷），第30页。

事物的最有效也是唯一的一个办法，就是守住自己身上的'神'。"① 所谓自己的"神"，虽只是一个比喻性说法，但也说明了自我拣选、自我持守的重要。我相信张炜一直守着自己的"神"，否则又怎么可能在他的作品里召唤"神性"，呼告永恒？

因了对于诗性的追求，"文学通向了诗与真，如同寻找信仰"。在张炜看来，在这片大多没有宗教信仰的土地上，一个写作者有了类似的写的志向，差不多也就等同于"为了荣耀上帝"而写作了。② 张炜一再表示，文学只能是神圣的，对他来说，写作就是一场漫长的言说，是灵魂与世界的对话。这样的写作必然危险，必然要依赖信仰，需要强大的勇力。那么，如何才能保持一种"真勇"，如何才能守住"特别的诗人的灵魂"？张炜曾借用传统文化中的阴阳观念来解释当今世界的阴阴失衡——如果物质是阳性的，精神就是阴性的。在"大物"居上的阳性时期，"阴"就会受到损害。相对于物质的显性，精神活动则是隐性的，也即阴性的，所以一切精神活动都在无形中进行，在默默无察的环境里滋生蔓延。"巨大的阳性社会一定会投下浓重的阴影，那里成了诗人的立足之地"，"为了躲避强烈逼人的阳性，诗人只好留在了'阴郁'的空间里"。这个"阴郁的空间"对诗人至关重要，因为诗就

---

① 张炜：《葡萄园畅谈录》，《张炜文集》（28卷），第106页。
② 张炜：《不同的志向》，《张炜文集》（45卷），第94—95页。

像生命里的一种有益菌，只有在阴郁处才能繁殖，生长。张炜说，只有人文精神才能平衡一个倾斜的世界，而"诗"正是"滋阴潜阳"的大补之物。所以他才指出："现在的诗以及所有的诗性写作，也包括极少一部分小说家，算是遇到了一个非常适合他们生存的时代——他们或许可以跟整个阳性的社会脱节、隔离，以至于部分地绝缘，于是反而成为一个极好的屏障和境遇。如果把他们拉到现世的阳光下照耀以至暴晒，他们正在阴湿中的烂漫生长不仅马上停止，而且会很快凋谢和枯死。"因此，"诗人只有待在阴郁的空间，在这里悄悄地、放肆地生长"①。张炜为中国诗人指出了一种中国式的生存之道，这也透露出一种以退为守，以守为攻的隐逸倾向。张炜就是这样一位从显性世界回到隐性世界的孤独梦想家。我们不得不说，这位天真诗人正是从非诗的阴影里走向了诗，在"渎神"的背景里找到了自己的"神"。

张炜 55 岁那年说过一段话："一个纯文学作家，最好的创作年华是四十五岁到六十五岁这二十年。在这个时候，生活阅历、艺术技能，还有身体，都是比较谐配的，是一个契合时期。三十而立，四十不惑，五十知天命。知了天命才能写出有神性、有宇宙感的作品。天命就是神性、宇宙性，所以五十岁之后往往才能写出真正的杰作。"②孔子曰："不知

---

① 张炜：《疏离的神情》，《张炜文集》（43 卷），第 97—99 页。
② 张炜：《文学属于有阅历的人》，《张炜文集》（42 卷），第 265 页。

命，无以为君子也。"张炜显然是以心到"神"知的方式上承天命的。如果按其所说，他正是在最好的创作年华，写出了大批耀眼的作品。

可以说，除《古船》《九月寓言》之外，张炜其他重要作品都是在这一阶段完成的，虽不好说每一部都是杰作，但是应该说每一部都是诗人的梦想之书、天命之书。张炜用他不竭的诗心和童心，写下了无声的大言，伟大的沉默之诗。

张炜 50 岁那年，曾在英国的一个诗歌节上发了一句豪言："到六十岁以后，我要成为一个大诗人——能成则成，不能成硬成。"① 张炜 14 岁学诗，奄忽已至半生矣。然其总是愧称"诗人"，概因对诗期之太高，对己苛之太严，他矢志以求的诗，原本和天上北斗一样，它确实就在那儿，又似乎遥不可及。然而诗人，不就是要指向一个遥远，奔向一个未知么？现在张炜又准备了很多精美的本子，他说，要用最好的本子，写出最好的诗。如此，张炜成诗，正当其时。

[本文节录自张炜研究专著《张炜论》之引论部分。]

（作者简介：赵月斌，现为山东省作家协会文学研究所所长助理，文学创作一级。

本文原载《中国文学批评》2018 年第 4 期，《新华文摘》2019 年 11 期转载。）

---

① 张炜：《写作是一场远行》，《张炜文集》(41 卷)，第 219 页。

文明断裂的挽歌与焦虑

——论《食草家族》及其含混性意义

丛新强

　　《食草家族》创作于 1987 年到 1989 年间，由《红蝗》《玫瑰玫瑰香气扑鼻》《生蹼的祖先们》《复仇记》《二姑随后就到》《马驹横穿沼泽》六个"梦境"故事连缀而成。原名拟为《六梦集》，的确如作者所言，这是一部"痴人说梦般的作品"。虽然断断续续写作，却是一个完整长篇；虽然形式各自独立，但是思想内在统一。"'六梦'是我整个创作中的一种特殊现象，是我自己也难以说清的现象。这实际上是一大堆纠缠着我的问题，是很多无法解决的矛盾。我承认本书中很多思想是混乱不清的，我可能永远解不开这些混乱。这本书里，处处都有我个人的影子，是我把自己切出了一个毫不掩饰的剖面。"①

作为作者创作中的"特殊现象"，关于《食草家族》的专业评论和整体研究相对薄弱，基本停留在印象式的批评层面，而且负面性评价占据主导。其实就莫言研究整体而言，对于《食草家族》的研究很不充分，尤其文本细读不够深入，也就无从谈论这部作品在莫言整体创作中应有的意义。从另一个角度来说，既然是连作者自己也难以说清的现象，是无法解决的矛盾，是永远解不开的混乱，那么最好的方式还是回到"六梦"本身。如有的研究者所指出的，这部小说"在高密东北乡的凝重背景上，以食草家族各色人等的际遇兴衰、悲欢离合为线索，创造了一个深藏着人生之谜，浸透着作者对人生本原意义的探寻与思索的梦幻世界"②。只有深入每一个梦境之中才不会偏离主旨，即便无法"解梦"，也不至于产生太多误读。只有回归"六梦"本身，才能理解作者把自己切出了怎样的"毫不掩饰的剖面"，进而看清究竟呈现出怎样的"含混性"意义。

一、"三次"蝗灾、文明进程与"食草家族"的终结

在"第一梦"《红蝗》中，由一只画眉鸟而引出遛鸟的老人，再由老人而引出蝗灾。其实，蝗灾不仅发生在当下，也

---

① 莫言：《食草家族》，上海文艺出版社 2012 年版，第 352 页。
② 杨守森、贺立华：《说梦：人生之谜的沉思——莫言〈食草家族〉序》，《山东社会科学》1992 年第 5 期。

曾经发生在过去。作为故乡人的邋鸟老人，就是在几十年前的大蝗灾后为生计所迫而流浪进城。伴随着蝗灾发生的，还有"食草家族"的爱恨情仇和欲望纠葛。如果说蝗灾决定着"食草家族"命运走向的外在境遇，那么决定其内在变迁的恰恰是与生俱来的欲望和情感。整体而言，"食草家族"曾经面对着三次蝗灾，而每一次蝗灾经历又都伴随着奇特的家族秘史及其复杂的人性内涵。

第一次蝗灾发生在所谓的"四老爷"时期。

作为乡村知名中医的四老爷，在出诊返回的途中发现蝗虫出土。他"在驴上反复思考着这些蝗虫的来历，蝗虫是从地下冒出来的，这是有关蝗虫的传说里从来没有听说过的"；他"想起五十年前他的爷爷身强力壮时曾闹过一场蝗虫，但那是飞蝗，铺天盖地而来又铺天盖地而去"；他明白了，"地里冒出的蝗虫，是五十年前那些飞蝗的后代"。[①] 面对蝗灾及其族人们的束手无策，四老爷根据自己的梦境指导来应对蝗灾的发生——兴建蚍蜉庙。因为按照他的说法，吃草家族的首领遇上了更加吃草家族的首领。以四老爷为代表的食草家族，遭遇了更强大的以蝗虫为代表的食草家族。如果不修庙，蚂蚱王会率领着他的亿万兵丁，把高密东北乡啃得草芽不剩。于是，在四老爷的主持下，乡民凑钱修庙。

伴随四老爷发现蝗虫并主持修庙的过程，还发生了对家

---

① 莫言：《食草家族》，上海文艺出版社 2012 年版，第 28 页。

族伦理关系影响深远的"捉奸事件"。四老爷曾经劝告四老妈像所有嫁到食草家族里的女子一样学会咀嚼茅草，却遭到四老妈断然拒绝。及至后来的彼此奸情，纵有家族遗风的隔阂，更有人性深处的欲望。四老爷捉奸四老妈并泄愤伤害铜锅匠，却也与邻村小媳妇相好，并且涉嫌为情杀人，而且以专业手艺的隐蔽手段。捉奸之后的四老爷，除了继续看病行医，还要筹集银钱购买砖瓦木料油漆一应建庙所需材料，而且起草休书把四老妈打发回娘家。在行医的过程中，不能排除用蝗虫尸体炮制骗人的药丸以谋取钱财的可能；在修庙的过程中，又伴随着四老爷涉嫌贪污公款的用人技巧；在休妻的过程中，则伴随着食草家族的传奇故事。举行祭蝗典礼的那一天，护送因犯通奸罪被休掉的四老妈回娘家的光荣任务落到素以胆大著称的九老爷头上。四老妈撕碎休书，同时也顺势把四老爷和九老爷之间的恩怨情仇揭示出来，制造了食草家族兄弟反目的一个侧面。

当四老爷出现在祭蝗大典之时，九老爷牵着毛驴驮着因与众妯娌侄媳们告别时哭肿了眼睛的四老妈走向村口。四老妈个性张扬，不避众人，毛驴的突然脱缰成就她的出神入化和光彩照人。"九老妈胆最大，她跳到胡同中央，企图拦住毛驴，毛驴龇牙咧嘴，冲着九老妈嘶鸣，好像要咬破她的肚子。九老妈本能地闪避，毛驴呼啸而过，九老妈瞠目结舌，不是毛驴把她吓昏了，而是驴上的四老妈那副观音菩萨般的面孔、那副面孔上焕发出来的难以理解的神秘色彩把九老妈这个有口无心的高杆女人照晕了。"① 在母亲她们看来，四老妈在驴上挥手告别的一瞬间，其实已经登入仙班，所以骑在毛驴上的已经不是四老妈而是一个仙姑。"既然是仙姑，就完全没有必要像一个被休掉的偷汉子老婆一样灰溜溜地从河堤上溜走，就完全有必要堂堂正正地沿着大街走出村庄，谁看到她是谁的福气，谁看不到她是谁一辈子的遗憾。"② 显然，这是神性的解释，其实更是人性的需要。即便出于对死者的尊敬，出于对四老妈悲惨命运的同情，母亲她们是对事情进行了艺术性加工，即便"我"要去探究事情的本质，也不得不再度面对独具特色的"家族秘史"。"食草家族"的丰富历史，不仅是男人创造的，也是女人创造的；不仅是当事者创造的，也是讲述者创造的；不仅是家族内创造的，也是家族外创造的。即使深受其害的铜锅匠，也展现出英雄侠义的性格，最终为四老妈而殉情，以此而同时实现了雪耻，也为"食草家族"的复杂历史涂抹上浓墨重彩的一笔。

在四老爷的主导下，一老一少两个公鸡长相的泥塑匠人制作蝗神塑像，"公鸡"与"蝗虫"的对照异常醒目。祭神活动本来威严神圣，但四老爷领导的祭祀仪式不仅受到灵魂出窍的四老妈的冲击，而且本身就是权宜之计，况且明显包含着损人利己的成分。在四老爷高声诵读的祭文中，一方面自

---

① 莫言：《食草家族》，上海文艺出版社 2012 年版，第 64 页。
② 莫言：《食草家族》，上海文艺出版社 2012 年版，第 64 页。

诩食草家族敬天敬地、畏鬼畏神，不敢以万物灵长自居，甘愿与草木虫鱼为伍，拳拳之心皇天可鉴；另一方面则祈求对方率众迁移，"河北沃野千里，草木丰茂，咬之不尽，啮之不竭，况河北刁民泼妇，民心愚顽，理应吃尽啃绝，以示神威"①。不仅明确挑动蝗虫过河就食，而且不留后路。这在讲究仁义道德的"食草家族"历史上，不能不说是呈现出其狭隘自私甚至恶毒的一面。

四老爷自身和以其为代表的"食草家族"的两面性，及其呈现出的种种迹象，无疑预示着面对蝗灾的无力和失败，也预言着整个家族的混乱和衰败。

第二次蝗灾发生在所谓的"九老爷"时期。

仿佛祭祀成功见效，蝗虫迁移到河北。蚍蜉庙前残存的香火尚未散尽，冰雹却来到食草家族的上空。大旱之后是冰雹，野蛮而疯狂地发泄着对人类和食草家族的愤怒。还没有来得及被蝗虫扫荡的大地，提前遭受冰雹的洗礼。仿佛是对食草家族的愚弄，三天后蝗虫大军就从河北飞来。此时，因为兄弟反目而把四老爷打翻在地的九老爷自然成为食草家族的领袖，蝗灾随之进入"九老爷时代"。"他彻底否定了四老爷对蝗虫的'绥靖'政策，领导族人，集资修筑刘将军庙，动员群众灭蝗，推行了神、人配合的强硬政策。"② 不同于四

---

① 莫言：《食草家族》，上海文艺出版社 2012 年版，第 78 页。
② 莫言：《食草家族》，上海文艺出版社 2012 年版，第 107 页。

老爷的委曲求全和转移目标，九老爷发动群众利用一切农具采取一切手段进行灭蝗，甚至采取置之死地而后生的火烧策略。

然而，当更大的烈火燃烧起来的时候，食草家族遗传下来的对火的恐惧中止了他们对蝗虫的屠杀。食草家族的另一段"家族秘史"再次呈现出来。那就是，为了制止近亲交媾导致家族衰败而采取的惨无人道的生命牺牲。手脚粘连蹼膜的孩子不断出生，向家族发出了警告信号，也就有了严禁同姓通婚的规定。对家族的延续具有革命性意义的族规，具体到正在热恋着的一对手足生着蹼膜的青年男女而言，则成为剥夺生命的事例。他们被架上家族祭坛承受火刑，近亲爱情导致生命的惨烈牺牲。家族的生命延续却是以个体的生命消逝为代价，这样的悖论选择冲击着一代代族人的每一根神经。"这场轰轰烈烈的爱情悲剧，这件家族史上骇人的丑闻、感人的壮举、惨无人道的兽行、伟大的里程碑、肮脏的耻辱柱、伟大的进步、愚蠢的倒退……已经过去了数百年，但那把火一直没有熄灭，它暗藏在家族的每一个成员的心里，一有机会就熊熊燃烧起来。"① 曾经照亮过祖先们的烈火，一直照耀着家族成员们的灵魂。在无情地剥夺生命的同时，也萌发着对于生命的敬畏。所以，当面对蝗虫而诉诸火刑的时候，也就霎那间转向对于神力的祈求。

---

① 莫言：《食草家族》，上海文艺出版社 2012 年版，第 38 页。

与四老爷根据梦境而修建蚰蜡庙抵御蝗灾如出一辙，九老爷于火光之夜也被托梦而修建刘猛将军庙以抵御新的蝗灾。所以在九老爷的主导下，清扫蝗虫与修筑刘将军庙的工作同时进行。虽然还是没有保住庄稼和树木，只余下一片空荡的大地，但毕竟出了一口恶气，也是强硬抵抗路线的胜利。

　　根据小说开篇的遛鸟老人的回忆，"我流浪出来时十五岁，恍恍惚惚地记着你们村里有两座庙，村东一座蚰蜡庙，村西一座刘猛将军庙。"①显然，"四老爷时代"的绥靖政策和"九老爷时代"的抵抗策略，其实都没有解决蝗灾问题。当第三次蝗灾发生的时候，"我"也就成为家族历史的见证者。

　　第三次蝗灾发生在食草家族的衰败期。此时的四老爷已经风烛残年，再也没有当年的威仪；此时的九老爷已经沉迷邪趣，再也没有当年的果敢。人种退化的同时，蝗种也在退化。当蝗灾再次发生的时候，政府派遣蝗虫考察队，部队参加灭蝗救灾。告别了食草家族的梦境时代，迎来了科学治理的新时代。当农业飞机盘旋在高密东北乡食草家族上空的时候，蝗虫们也失去了它们祖先预感灾难的能力，躲得过冰雹却躲不过农药了。四老爷时代没能灭蝗，九老爷时代也没能灭蝗，只有到了新时代才彻底解决了蝗灾。殊不知，咀嚼着茅草的食草家族的命运本就伴随着蝗虫的兴风作浪，消灭了蝗灾也就同时终结了食草家族的存在。

------

　　①　莫言：《食草家族》，上海文艺出版社 2012 年版，第 19 页。

伴随着食草家族的爱恨情仇和欲望梦想，"三次蝗灾"串联起食草家族的历史和兴衰。"用火刑中兴过、用鞭笞维护过的家道家运俱化为轻云浊土，高密东北乡吃草家族的黄金时代已经一去不复返，我面对着尚在草地上疯狂舞蹈着的九老爷——这个吃草家族纯种的孑遗——一阵深刻的悲凉涌上心头。"① 为什么蝗灾总会发生在食草家族的上空，因为蝗虫本就是食草家族的种类。食草家族本就与蝗虫打成一片，某种寓意上说，蝗虫的消失也就表征着食草家族的消亡。这是对一种家族历史的梦幻般地还原和呈现，更是对一种文明失落的留恋和对一种文明断裂的哀挽。

二、多重复仇、野蛮杀戮与"食草家族"的另一种终结

如果说"第一梦"还是不断地从"野蛮"走向"科学"和"理性"的进程，那么从第二梦开始，则是不断回归"野蛮"和"杀戮"的"非理性"进程。

"第二梦"《玫瑰玫瑰香气扑鼻》以"食草家族"的后裔——舅舅和外甥对话的讲述方式，呈现出一种欲望与报复的循环。支队长一再拜托黄胡子将自己的红马喂胖养好，与高司令的黑马一决高低。赛马的背后，则是对对方女人的占有。支队长的目标是高司令那儿的"夜来香"；高司令的目标则是支队长那儿的"玫瑰"。玫瑰玫瑰香气扑鼻，不仅吸引着

① 莫言：《食草家族》，上海文艺出版社 2012 年版，第 79 页。

支队长，也吸引着高司令，更吸引着养马的黄胡子。当黄胡子从玫瑰房间跑出来的时候，遭到支队长的咒骂、羞辱与鞭打。虽说后来也相安无事、按部就班，但黄胡子却在赛马前夕对支队长的红马做了手脚，导致输于高司令的黑马，进而输掉玫瑰。黄胡子以此实现对支队长的报复。其实赛马前他已经烧掉钞票，已经不留退路。待到被支队长识破，二人扭打纠缠，黄胡子在卡死支队长后也随即栽倒在地，实现了同归于尽的复仇。

在这一梦中，除了欲望与报复的因素，也涉及"食草家族"的历史侧面。一百年前的一片荒草滩，家畜野禽成群结队。五十年前的二十户人家，与吃青草的家族有亲戚瓜葛，纠缠不清。"大外甥，小老舅舅粗人不说细语，人其实比兔子繁殖得还要快，一眨眼的工夫，路上行人肩碰肩啦。不过你也别担心，天生人，地养人，周文王时人比现在还多，可也没人饿死。麦秀双穗，马下双驹，兔子一窝生一百，吃不完的粮食吃不完的肉，搞什么计划生育！"[①] 显然，在对传统家族文明的追溯中，也有着对现代社会进程的质疑。这里，其实也流露出后来的《蛙》的创作端倪。

"第三梦"《生蹼的祖先们》更是梦境的连环及其圈套。不仅有通神入玄、仿佛看穿人世的儿童青狗儿，更有起死回生、生死绵延的爷爷，还有那来去莫测并生着蹼膜的梅老师、

---

① 莫言：《食草家族》，上海文艺出版社 2012 年版，第 117 页。

县政府资源考察队的男女队员，尤其以"小话皮子"为代表的万物有灵的展现。这一切的梦境以及梦境中的梦境，又都发生在如梦似幻的"红树林"。"有好事者曾想环绕一周，大概估算出红树林子的面积，但没有一人神志清醒地走完一圈过，树林子里放出各种各样的气味，使探险者的精神很快就处于一种虚幻状态中，于是所有雄心勃勃的地理学考察都变化为走火入魔的、毫无意义的精神漫游。"① 正是在这片神秘的红树林里，发生了皮团长对于"生蹼的祖先们"的"阉割"。这里，是否也有后来的《红树林》写作的某种激发因素？

面对"食草家族"的以"生蹼"为标志的家族衰败，在梦境中见过千百遍的、像太阳一样照耀着食草家族历史的皮团长，开始以革命的名义用暴力的方式对待"生蹼的祖先们"。"从今之后，凡手脚上生蹼者，一律阉割。有破坏革命者，格杀勿论！"② 并进而被上升界定为"律法"的性质，"通过代表大会的反复讨论，我们决定：今后凡有生蹼者出生，一律就地阉割；本族男女，有奸情者，一律处以火刑；若干年后，红头发的洋人必来修筑铁路，到时，我们要跟他们血战经年，凡有贪生怕死、通敌叛变者，一律斩首。这三项决议，将镌刻在石碑之上"③。其实在这里，也有了后来的《檀

---

① 莫言：《食草家族》，上海文艺出版社 2012 年版，第 181 页。
② 莫言：《食草家族》，上海文艺出版社 2012 年版，第 178 页。
③ 莫言：《食草家族》，上海文艺出版社 2012 年版，第 185 页。

香刑》的某些创作因素。

对于手脚粘连蹼膜的恋人，皮团长论证"火刑"的必要性并切实付诸实施；对于手脚生着蹼膜的幼年男孩，则毫不留情地实施"阉割"。尽管依靠阉割并不能解决根本问题，但战争的爆发破坏了皮团长的长远规划。那些被阉割过的男孩逐渐长大，那个童年时代的巨大耻辱像一道永远难以愈合的深刻伤痕铭刻在记忆中，一旦回忆就怒火冲天。"这种情绪导致我们逢佛杀佛、遇祖灭祖，连老天爷都不怕。"[①] 于是，"我们"发起了杀死皮团长而报仇的"革命"行动。正所谓，"领袖是革命的产物，革命是形势的产物，形势是阉割男孩的觉醒"[②]。皮团长以革命的名义进行"阉割"，这里同样以革命的名义进行"阉割造反"。双方都是以"革命"的名义，只要有了"革命"的名义，所有的行为也就都具有合法性。"这是亘古未有的奇耻大辱。就是因为我们多生了一层蹼膜吗？这是人种退化的标志吗？……这是人种的进步！这是人类的骄傲！亲爱的生蹼的弟兄们！它赋予我们征服大海的力量，我们的同族兄弟已走向大西洋！要知道，当贪婪的人类把陆地上的资源劫掠净尽后，向海洋发展就是向幸福进军！……皮团长是个刽子手，向刽子手讨还血债的日子终于到了！"[③] "生蹼的祖先们"天生就是水中的能手，甚至代表着人类进步的力量，

---

① 莫言：《食草家族》，上海文艺出版社 2012 年版，第 216 页。
② 莫言：《食草家族》，上海文艺出版社 2012 年版，第 217 页。
③ 莫言：《食草家族》，上海文艺出版社 2012 年版，第 218 页。

却在"净化"的旗帜下惨遭屠戮。哪里有压迫哪里就有革命，哪里有革命哪里就有镇压，哪里有镇压哪里就有自相残杀和互相残杀。准备起义像开玩笑，起义被镇压也像开玩笑，但生命的死亡却真实得不是开玩笑。不管枪决、绞刑、活埋还是被逼冲锋陷阵，最后通通死在旷野。以至于这一切是真是假都令人生疑，这个世界上什么又是真实的呢？然而，"阉割"的或者"被阉割"的文化却是亘古存在，"我究竟被阉割过还是没被阉割过？是仅仅从精神上被阉割了还是连肉体加精神都被阉割了？"① 即便没有肉体上的被阉割，又有谁能摆脱精神上的被阉割呢？某种意义上说，后者更为触目惊心。

"第四梦"《复仇记》是儿童幻想中的"复仇"故事，更是权力话语和伦理生活的复杂关系。在恶劣社会环境和畸形家庭关系中成长的大毛、二毛两兄弟，始终被复仇的情绪所充满。面对父亲的冷酷、残忍和乖张，兄弟两个展现出超常的生存能力。而父子间的爱恨恩仇，又与村书记老阮密切相关。其实，大毛二毛的实际父亲恰恰是阮书记，这就带来了权力与伦理的错综关系。正因如此，在那"大养其猪"的年头，名义上的父亲才被阮书记选来做饲养员的美差。在这里，关于养猪的情节以及后面的关于那头成了精的母猪的描写，其实已经预演了后来的《生死疲劳》"猪撒欢"的相关情景。

在煮死猪肉的间隙，孪生兄弟又承受着来自两个父亲的

---

① 莫言：《食草家族》，上海文艺出版社 2012 年版，第 221 页。

身心折磨。名义上的父亲对抗着实际的父亲，进行着刻意的刻毒的羞辱，并暴力强迫他们去舔后者的脚后跟。当他们在梦境中张大嘴巴咬下去的时候，又遭到新一轮的暴打。名义上的父亲体验着复仇的快感，而实际的父亲虽痛苦不堪却又无从争辩。就在成年人的仇视和对抗中，无辜的孩子们却承受着无尽的苦难。在接下来的吃肉环节中，更加充分展示了阮书记的权力力量。不禁暗示出阮书记对于知青身份的赤脚女医生的威逼利诱和趁火打劫——"什么都不要发愁，一切有我给你做主，入党啦回城啦上工农兵大学啦，一切都包在你阮大叔也就是我老阮的身上啦"，① 也从侧面的王先生之口暴露出特殊权力对于乡村伦理的践踏——"狗东西啊狗东西！大公鸡大公鸡！把一村的母鸡都踩遍啦！"② 尤其这里对于吃肉场景的描写极为醒目——扑着抢着猪头猪腿，忍着热度激烈吞咽，吸骨髓，喝猪油，接近于撑破胃的限制，吃肉吃累了，吃肉吃醉了。那种不顾一切的疯狂状态，既是物质匮乏的现实，也是权力压抑的表征。其实在这里，也已经隐含了后来的《四十一炮》的某些写作因素。

除了玩弄权力话语于股掌，阮书记还善于赤裸裸地诉诸暴虐和滥杀。对于像所谓的"老七头"这样的"坏分子"，可以当场定性并且命令吊起来直至摔死，还要求煮烂了埋在树

---

① 莫言：《食草家族》，上海文艺出版社 2012 年版，第 260 页。
② 莫言：《食草家族》，上海文艺出版社 2012 年版，第 261 页。

下当肥料。对于像"我"这样的"小杂种",则无需定性,可以直接拉到白杨树下去枪毙。既然权力为所欲为,"吃人"也就自然而然、司空见惯。这一切的一切,再加名义上的父亲的临终遗言,促使孪生兄弟竭力报仇。于是,也就有了儿童视角和幻想中的"复仇记"。在儿童的世界里,你死我活的报仇也只不过是一场东躲西藏的游戏。一切都是按照幻想中的计划而进行,一切也就不可能实现。按计划进仓库、偷钥匙、钻狗洞、偷皮袄、放毒药,如此的复仇逻辑,看起来周密细致,实际上拖延时间,也只能在无力复仇的儿童世界得以发生,而且发生在梦幻中。于是在无力报复肉体的情况下,首先要去对付魂灵,也就有了登门借九姑法术以实施复仇计划的虔诚。这不仅是对于恐惧心理的安慰,其实也是又一次的延宕。待到终于逼近阮书记家的漂亮住宅之时,却没想到复仇对象已经被赶下台而要接受任意处置了。所谓冠冕堂皇的革命,也不过是复仇的转换。昔日耀武扬威的阮书记,如今已经末路穷途。当孪生兄弟从墙角跳出来要求伸冤和报仇之时,对方则以欢迎态度积极主动地响应他们。当孪生兄弟想要砍腿而又不敢动手的时候,对方则自己动手,并且量好尺寸,主张砍齐了才好看。当两条腿被剁下来并在一起时,孪生兄弟落荒而逃。仇人坐等复仇,复仇者处心积虑;仇人自行了断,复仇者狼狈逃窜。这是怎样的复仇,恰恰是对复仇的瓦解或者复仇的严重错位。这是发生过的"复仇记",更是讲述中的"复仇记";这是梦境加传说里的"复仇记",更是儿童幻想中的"复仇记"。离开儿童视角，也就无以理解《复仇记》，也就无以理解其中的复仇情结及其伦理关系。

显然，《食草家族》不仅是"复仇"的集大成者，而且呈现出"复仇"的不同层面，甚至由浅入深而且环环相扣。相对于"第四梦"《复仇记》中的"复仇"的幻想及其错位，"第五梦"《二姑随后就到》则进一步推及非理性的赤裸裸的杀戮。其中的"二姑"也仅仅构成复仇的一个引子，这里的杀戮不需要任何的理由。如果"二姑随后就到"，杀戮或许能够停止，但关键是最终也没有等到"二姑"的出现，也就意味着杀戮的继续和无休无止，甚至代代相传而不断循环下去。

高密东北乡出现北虹的那年秋天，应验了杀人如麻的可怕的民谚。而这一切又是与二姑的两个儿子密切相连，甚至那年的高密东北乡历史也是他们用食草家族的鲜血写成的。二姑的两个儿子，一个叫天一个叫地。"天地之大德曰生"，而这一天一地带来的却是食草家族的恐惧和死亡。

天和地的出场不同寻常。虽然不明来路、不明身份，但是来者不善、杀气腾腾。他们毫不犹豫地逼近既是族长又是村长的大爷爷，自我介绍是二姑的两个儿子，并且宣布"二姑随后就到"。"二姑"何许人也？当高密东北乡曾经盛极一时的食草家族走向衰落的时候，二姑的传奇形象为这个神秘家族注入了异端的力量。家族的衰落已经不可逆转，又出生了双手生着粉红蹼膜的"二姑"。这是食草家族的独特返祖现象，"她更像我们的祖先——不仅仅是一种形象，更是一种精神上的逼近——所以她的出生，带给整个家族的是一种恐怖混合着敬畏的复杂情绪"①。带蹼婴儿的每次降生，都标志着家族史上一个惨痛时代的开始。那些与蹼膜直接或间接关联着的鲜血和烈火淋漓燃烧在族人面前，然而时代变迁，过去的酷刑不能再用。于是只有遗弃山野荒庙，并预备着、期盼着被葬身野兽。出乎意料的是，二姑命大，又被完好如初地送回家中。尽管自然而然成为邪恶的象征，但却禀有异常顽强的生命力。尽管被无情地扔进狗窝，却依然茁壮地成长，并让家族中人噩梦连绵。家族的"净化"，非但无法凭借杀戮而解决，反而致使更加污秽。"大家都在等待着二姑奶奶卷土重来。一天天等过去，一年年等过去，一等等了二十年。二姑奶奶没到，她的两个儿子，却如两位天神，伴随着北虹到来，当天晚上，就给了我们一个下马威。"② 家族的伤害与报复、报复与反报复，仿佛贯穿食草家族的每一个时空。不管如何修正着、创造着、确立着传说中的二姑奶奶的形象，其实这里，二姑的在与不在以及来与不来都不重要，重要的是已经拉开了杀戮的序幕。

虽然大奶奶素以吝啬而闻名，但为了突然降临的不速之客，也是倾其所有地招待和讨好。就在族人的众目睽睽之下，天和地二位旁若无人、心安理得地狼吞虎咽，饥饿难耐并且

---

① 莫言：《食草家族》，上海文艺出版社 2012 年版，第 305 页。
② 莫言：《食草家族》，上海文艺出版社 2012 年版，第 317 页。

吃相难看。同时，他们没有忘记自己随身的武器。标志着死亡与威严的枪，始终挂在他们的腰间和脖子上。其实这里，"吃"和"枪"已经为后续的疯狂杀戮做好了铺垫。

咀嚼茅草是食草家族的独特标志，因此当大奶奶向天和地敬献茅草的时候，看起来是礼遇，实际上是考验。而在天和地看来，这无异于贬低和侮辱，所以拒绝吃草。而这同时又成为"冒牌货"的见证，也再次引起对他们真实来历和真实意图的质疑。所以，当大爷爷怒吼着质问"你们的母亲""派你们来干什么"并且追问"她什么时候回来"之时，几乎同步而遭到对方的枪击。伴随着"她随后就到"的庄严宣告、严厉警告和振聋发聩的提醒，"我听到了对于食草家族的最后判决，像红色淤泥一样暖洋洋甜蜜蜜的生活即将结束，一个充满刺激和恐怖、最大限度地发挥着人类恶的幻想能力的时代就要开始，或者说：已经拉开了序幕"①。其实这里，天和地的来历已经不重要，重要的是他们已经迅速进入杀戮的角色。在悲痛和愤怒中咒骂的大奶奶手握炸弹准备同归于尽，结果却被天和地纠集仅有的几个男孩取笑并俘获，从而任人宰割，进而开始了再一次的杀戮循环。如果说天和地的作恶来源于人性深处的嗜血成性的一面，那么这几个男孩的自始至终的积极参与作恶，则既摄于天和地的暴行和淫威，也有弑父的潜在意识。当大爷爷的脑袋被割下来展示之时，大奶

---

① 莫言：《食草家族》，上海文艺出版社 2012 年版，第 303—304 页。

奶已经被捆绑剜掉眼睛，并被押到桥头堡前。此时，他们可以直接宣判大奶奶的罪行，并强制要求路人必须参与对大奶奶的刑罚执行。面对路过的杀猪内行的屠夫，他们指着疯叫不止的大奶奶，作出更加暴力的判决。"我们判了这个老婆子凌迟罪，我要你一刀从她身上割下四两肉来，割多了，我们就割你的肉，割少了，你再从老婆子身上割，一直割足四两为止。"① 在这里，显然已经具有了后来《檀香刑》中的关键元素。

当屠户磕头哀求着说"祖爷爷们，饶了我吧。我是个杀猪的，割猪肉行，割人肉不行"之时，天说："你不要太谦虚了。猪和人都是哺乳动物，能杀猪就能杀人，会割猪肉，就没有不会割人肉的道理。问题在于你没把道理想清楚。你总认为人是杀不得的，其实这是陈腐的偏见。人生来就是被杀的，你不杀她，我就杀你。"② 在杀人者眼中，已经没有人的存在。这就是他们的杀人之道，并且付诸实施。当屠户因精神崩溃而逃跑时，自然遭到无情射杀。"随后那些来赶集的，有被逼割了大奶奶肉的，有下不了手想逃跑的——逃跑者都跟屠户同样下场——有当场被吓死的——虽然表现形式人人各异，但有一点是共同的，这就是——恐惧。"③ 天和地的到来，本质上就是为了制造恐惧，而且已经制造了恐怖。甚至

---

① 莫言：《食草家族》，上海文艺出版社 2012 年版，第 323—324 页。
② 莫言：《食草家族》，上海文艺出版社 2012 年版，第 324 页。
③ 莫言：《食草家族》，上海文艺出版社 2012 年版，第 325 页。

暴力虐杀带给他们的，竟然是无聊。而无聊则又激发他们进一步的暴力虐杀，这才是最可怕的杀戮。这里已经不是什么所谓的"复仇记"，而是复仇之外的血腥延伸。杀死大老爷爷和大老奶奶后，作为家族尊长的七老爷爷和七老奶奶便成为下一个目标。虽然天不怕地不怕、诸多恶事都沾边的七爷爷和善良慷慨的七奶奶同样地倾尽所有来接待，但连恶狗都被两个杀人魔头镇住的场景显然暗示着、铺垫着更加疯狂的杀戮。"二位老人，你俩年纪不小了，活够了没有？""活够了活够了，活得够够的了！""那为什么还不想法死？""大外孙，虽说是活够了，但阎王爷不来催，也就懒得去。""阎王爷这就来了。""好外孙，饶我一条老命吧……你娘的事我真的没插手……""起来，起来，横竖逃脱不了的事。""大外孙，皇帝老子也不杀无罪之人，要杀我们，总得有个讲说。""好一个糊涂老婆子，要杀你就是要杀你，还要什么讲说。""你不说明白，我死也不闭眼。""那你就睁着眼死吧"①……杀人就是杀人，就是为了杀人，杀人既是目的也是手段，杀人既是过程也是结果。杀人的本质，没有任何原因，更没有道理可讲。接下来，便是对七老奶奶的剁手、剁脚、割掉眼皮，目睹这一切而被吓傻的七老爷爷直接遭到活埋。至此，老爷爷一辈就这样被杀戮殆尽。

把老爷爷辈屠杀之后，是与叔伯们的激战。把叔伯们几

---

① 莫言：《食草家族》，上海文艺出版社 2012 年版，第 332 页。

乎全部杀死后，便是对四十八个以花卉命名的姐妹们的刑罚。比此前的杀人手段更胜一筹，对姐妹们开始实施更新的花样杀法。那就是被强迫每人从鹿皮口袋中摸出一张标着特殊刑法的骨牌，再按照骨牌的刑名来执行。在摸骨牌之前，先对各种刑法作了解释，共有"彩云遮月"①"去发修行"②"精简干部"③"剪刺猬"④"虎口拔牙"⑤"油炸佛手"⑥"高瞻远瞩"⑦"气满肚腹"⑧"步步娇"⑨等四十八种酷刑。把杀戮当游戏，是最可怕的杀戮，而且被赋予冠冕堂皇的名义，甚至被赋予并非一般的恩惠。"你们别怕，执行刑法时，你们的二姑姑会来观看……你们的二姑姑不忍伤了你们的性命，这些刑法，只要施刑方法得当，保证死不了人。所以希望你们要积极配合，不要反抗、挣扎，否则会更难受，弄不好还有性命危险。你们的二姑姑说：食草家族的女孩子，都不是平凡人物，都是注定横行世界的角色。只要你们能咬牙熬过这一关，往后，世上的人就奈何不了你们了。"⑩ 这哪里是什么不

---

① 剥额头皮肤
② 沸水浇头
③ 切割耳鼻
④ 剪碎皮肉
⑤ 钳子拔牙
⑥ 油炸十指
⑦ 滑车吊人
⑧ 身体充气
⑨ 赤脚走鏊子
⑩ 莫言：《食草家族》，上海文艺出版社 2012 年版，第 339 页。

忍伤害性命，而且现场观摩，并且已经分头准备各种施刑的器具，分明是残酷至极、无耻至极的杀戮游戏和本色演出。施加这样的刑罚，倒不如直接剥夺生命更显人道。对照而言，尽管后来的《檀香刑》惨烈无比，但也不及如此多的花样。这里的游戏和杀戮的互为本质，与后来《檀香刑》的表现已经并无二致。

在接下来的等待二姑的时刻，即将充满血腥的场面乱作一团。"二姑的出现必将是一个辉煌的时刻，我知道不仅仅我在盼望着、不仅仅我的那几个堂哥们盼望着、连那些手握刑名骨牌的姐妹们也在盼望着。"[1] 一再声称"二姑随后就到"中的二姑，最终也没有出场。这样，连同此前的一系列杀戮也就师出无名。其实，也就在本质上否定了杀戮的"历史性"，而强化了其得以发生的"人本性"的层面。

《二姑随后就到》将人的杀戮本性表现得淋漓尽致。即便这个世界上没有无缘无故的爱，也没有无缘无故的恨，但却有无缘无故的杀戮。退一步说，伴随着"食草家族"的以"二姑"为代表的叛逆者和以"天和地"为代表的后续复仇者的出现，伴随着外来势力的入侵和屠杀以及内部的家族子孙的反戈一击，绵延不绝的"食草家族"再一次走向没落、瓦解乃至于灭绝，终究消逝于现代文明进程所同步伴随的"野蛮"和"杀戮"的"非理性"。

---

[1] 莫言：《食草家族》，上海文艺出版社 2012 年版，第 340 页。

三、家族兴衰、文明断裂与文本的"含混性"意义

在"第六梦"《马驹横穿沼泽》中，再次集中回应"食草家族"的兴衰秘史。在马驹横穿沼泽的流传故事中，男孩与马驹相濡以沫、不离不弃、终成眷属；男孩长成"男人"，马驹变成"草香"，男人和草香开疆拓野、繁衍生息、创世家族。却又因伦理纠葛而拿起屠刀、说破秘史，终究回归原初，以悲剧告终。"兄妹交媾啊人口不昌——手脚生蹼啊人驴同房——遇皮中兴遇羊再亡——再亡再兴仰仗苍狼……"①其间由生出"蹼膜"而引发的"火刑"和"阉割"，也根本无法决定"食草家族"的兴亡。甚至由此而发生的"遗弃"及其恩怨，也能导致后续的不可控制的复仇与杀戮。如有研究者所指出的，"蹼膜作为祖先基因有形的残留物，追溯它就是追溯人类崇拜的始祖，而追溯的结果却是：发现自己原来是始祖乱伦的后裔。异类结合也罢，乱伦也罢，都是人类繁衍的特定时代曾经有过的现象，即使在后代身体上留下痕迹，也不是什么原罪，而是人类作为动物的本真。但是，许多身上留有祖先痕迹的人，却因此被歧视、被残害、被虐杀，这就展示了人类社会极其残酷的一面"②。如何面对如此的个体的、家族的乃至人类的悖论式困境，只能寄托于传说中的苍狼之

① 莫言：《食草家族》，上海文艺出版社 2012 年版，第 351 页。
② 弓晓瑜：《"蹼膜"：〈食草家族〉中的一个原型意象》，《名作欣赏》2012 年第 6 期。

鸟。"苍狼啊苍狼，下蛋四方——声音如狗叫飞行有火光——衔来灵芝啊筑巢于龙香——此鸟非凡鸟啊此鸟乃神鸟——得见此鸟啊万寿无疆——"① 传唱着苍狼之歌四处游荡，也就寄托着对于"食草家族"的无限想象和兴亡惆怅。这是一曲理想之歌，更是一曲哀伤挽歌的绝唱。

就《食草家族》整体而言，如果说"第一梦"《红蝗》中，"食草家族"终结于"文明"的"科学理性"，那么，到"第五梦"《二姑随后就到》，"食草家族"则终结于"野蛮"的"杀戮非理性"。不管面对文明还是面对野蛮，或者面对文明伴随野蛮的历史进程，"食草家族"终将走向终结。这是个体和家族的困境，也是民族和人类的困境；这是民族进程的隐喻，也是文明断裂的焦虑。

至此，再度回到开头提出的问题，莫言为什么说《食草家族》的创作属于"思想混乱""难以说清""问题纠缠""无法解决"？而且到底是把自己切出了怎样的"毫不掩饰的剖面"？之所以产生如此情绪，其实是因为写作灵感的集中爆发和巨大爆炸，有太多的创作资源及其元素集中涌现，是因为如此多的创作线索无法在这样一部作品中得以呈现，还需要后续的众多作品来加以扩展、延伸和深化，甚至于已经迫不及待。显然，《食草家族》已经隐含了或者奠定了莫言后来的创作的诸多元素。比如后来的《红树林》，对应于"第三梦"

① 莫言：《食草家族》，上海文艺出版社 2012 年版，第 351 页。

《生蹼的祖先们》中的同样神秘的"红树林"，前者中的秦书记父子的盛宴对应于"第四梦"《复仇记》中的"吃肉"；比如后来的《檀香刑》，对应于"第三梦"《生蹼的祖先们》中的"洋人修铁路"的预言，对应于"第五梦"《二姑随后就到》中的"刑罚"的集大成展示，甚至直接对应于"游戏"与"杀戮"的互为本质和文化特质；比如后来的《四十一炮》，对应于"第四梦"《复仇记》中的"吃肉"情结，其中的疯狂既是物质匮乏的反应更是权力压抑的表征；比如后来的《生死疲劳》，对应于"第四梦"《复仇记》中的"大养其猪"及其猪精的描写；比如后来的《蛙》，对应于"第二梦"《玫瑰玫瑰香气扑鼻》中的"家族繁殖"及其"计划生育"质疑。甚至于莫言创作"间歇期"五年以来的新作《天下太平》，如前所述，其中的核心情节和结构模式也直接来源于"第五梦"《二姑随后就到》中的"二姑"儿时情景。归根结底，《食草家族》在莫言的创作中具有里程碑式的启后价值，而这也正是其含混性意义之所在。

莫言在谈及《食草家族》时说，它是"疯狂与理智挣扎的纪录"①。所谓的"疯狂"，是不是可以理解为创作灵感的大爆发；所谓的"理智"，是不是可以理解为相对具体的写作线索。"所以本书除是一部家族的历史外，也是一个作家的精神历史的一个阶段。所以，读者应在批判食草家族历史时，同

———————————

① 莫言：《食草家族》，上海文艺出版社 2012 年版，第 353 页。

时批判作家的精神历史，而后者似乎更为重要。"① 从"六梦"整体而言，《食草家族》表现的不仅是独特的家族兴衰的秘史，也是对文明与野蛮交替的历史进程的文化批判，更是个体精神的深层焦虑和主体意识的充分自觉的象征。每一种文明都有其自身的过程，没有一种文明可以作为判断另一种文明的尺度。进一步而言，《食草家族》是对一种曾经的人类文明的衰落和断裂唱出的满怀焦虑的挽歌。

[作者简介：丛新强，山东大学文学院
教授，博士生导师。
本文原载《齐鲁学刊》2018 年第 5 期。]

---

① 莫言：《食草家族》，上海文艺出版社 2012 年版，第 353 页。

论作为文学地理的新疆之于红柯的意义

于京一

　　流徙甚至常年客居他乡是中国古代文人十分典型的生存状态之一，现代以来，这种历史的典型常态开始慢慢消退，转而成为历史巨变时代的偶然性事件。① 这看起来稀松平常，实则会或多或少地影响创作的题材、风格甚至审美取向等。因为某种意义上，这既开阔了文人的文化视野，增强了文化融合能力，也敞开了他们对底层世界的真切感受和认知。20世纪 80 年代中期以来，从陕西入新疆又从新疆迁回陕西的作家红柯，就是其中颇具代表性的一位。②

　　然而在红柯的创作研究中，有一个至关重要的问题却长

---

　　① 如抗日战争和文化大革命。其他时间现代人（包括文人）一般生活比较稳定。

　　② 红柯 1986 年秋由宝鸡入新疆，1995 年底回宝鸡，2004 年冬再迁到西安。类似迁徙的当代作家还有王蒙、张承志、杨志军一干人等。情况复杂、情思各异。

期遭到忽略甚或遮蔽，即红柯一众脍炙人口的小说几乎全部以新疆这片土地为核心，而较少涉及故乡世事，原因何在①？其关于新疆书写的痴迷和不竭动力来自哪里？质言之，新疆作为一个地域与红柯的创作之间是什么关系？是主客体之间的"看与被看""写与被写"，还是双向互动的弥补、交融、丰富与促进？英国文化地理学家迈克·克朗指出："文学作品不能简单地视为对某些地区和特点的描述，许多时候是文学作品帮助创造了这些地方。"② 就此而言，新疆之于红柯绝非地理坐标那么简单，既不单纯是他的生活之地，也不仅仅是其作品故事的发生地和描述对象，而是大有秘密值得探究和发掘。

一、天选之人——红柯的文化地理坐标

红柯的出生地岐山，是中华传统文化之源——周的发祥地，文王"拘而演周易"，创始了中国传统文化最基础的礼乐之规；也是《诗经》主要的采风与发源地，某种意义上，《诗

---

① 笔者通过知网搜寻"红柯与新疆"，有四篇文章有所涉及，分别是：杨朝蓉的《诗性生命的涌动——论红柯的新疆风情小说》，西南师范大学 2004 届硕士毕业论文；刘亚明的《诗意浪漫的"异域"文学世界——论红柯新疆题材小说创作》，华中科技大学 2013 届硕士毕业论文；雷鸣的《共同的精神还乡 不同的生命原情——王蒙与红柯的新疆题材小说比较》，《小说评论》2012 年第 5 期；王文华的《红柯新疆题材小说研究》，《菏泽学院学报》2017 年第 1 期。只有杨朝蓉在论文的"结语"部分真正稍微触及此问题。

② ［英］迈克·克朗《文化地理学》，杨淑华等译，南京大学出版社2005 年版，第 40 页。

经》完成了对周礼文化的训导与传承之责。祖辈世代生养于此的岐山人，自然深受中国传统儒家伦理文化的浸染与熏陶，并且成为其最为典型而忠诚的子民，小说《白鹿原》对此有着极为准确、精到和深邃的呈现与阐释。

红柯作为地地道道的岐山人，其身体血脉与文化传承中自然充盈、流溢着儒家伦理文化的流风遗韵。然而现代以来，突破儒家保守中庸的思想束缚，借取欧罗巴激进昂扬的开拓精神早已蔚然成风，加之红柯在青少年时代又经由"文革"时期"破四旧""批林批孔"等社会运动风潮的影响、洗礼，除旧布新的愿望在理想主义的鼓动下早已在他心中生根发芽。因此，1986年刚刚从宝鸡师范学院毕业留校在行政岗位上待了一年的红柯，给校长留书一封，便踏上西上天山的列车而去，一走就是10年。

红柯的离去，既有对传统儒家伦理文化的失望与抛掷，也有富于理想色彩的对少数民族边缘文化的向往与探秘。据说早在大学三年级，红柯就痴迷于西北各少数民族文化，感叹浸润于千年儒家传统之中的汉族文化较为缺乏的就是西域少数民族文化特有的血性力量和生命激情。他曾于1985年买下伊斯兰教经典《古兰经》阅读，及至1986年来到新疆奎屯的伊犁州技工学校工作后，更是如饥似渴地大量阅读所能找到的相关少数民族书籍。此时的红柯或许正如当年评论者对沈从文的裁定："想借文字的力量，把野蛮人的血液注射到老态龙钟、颓废腐败的中华民族身体里去，使他兴奋起来，年青起来，好在 20 世纪舞台上与别个民族争生存权利。"① 当然，彼时彼地的红柯还没有如沈从文般成为文坛的娇宠和幸运儿，他的创作也处于补充养料的休息与积累期；或许他也未曾料到西上天山的人生抉择将对他的人生带来怎样巨大的震撼和转变，将为一位杰出作家的诞生铺设怎样丰厚沉实的基石，将为中国文坛带来一股怎样强劲而酷炫的风暴。一切都在静静地展开，也许冥冥之中确有定数。文化的碰撞与交融，总是迟早要发生的事情，而碰撞与交融之后爆发出的力量和光芒却让人始料未及、无法预测。

就这样，如此富有文化意味与醇烈性情的红柯来到了边缘文化聚集、神秘而五彩斑斓的新疆。故事开始顺理成章地上演。

二、"行走"的思想——生存的震惊与生命的拥抱

初到新疆的红柯到底感受如何，我们不得而知。但从他后来小说中不断展现、反复书写的情境和细节判断，来自关中文明早熟地带的红柯，首先遭遇到的应该是大西北酷烈而神奇的地理风貌和变幻莫测、过山车般的大陆性气候。

然而奇怪的是，新疆腹地砂砾成片、荒漠遍野的地貌和干燥苦难、狂风肆虐、暴雪横行的恶劣气候，在红柯的小说

---

① 苏雪林：《沈从文论》，《苏雪林选集》，安徽文艺出版社 1989 年版，第 456 页。

世界里统统幻化为生命的伟力和生存的坚韧。"马来新坐在屋顶抽着烟，坐在屋顶上可以看见远方的沙丘，沙丘上长着芨芨草，再远就是梭梭，再远就是骆驼刺，再远就是厚毡一样的杂草，再远就没有草了，但还是固定的沙丘，跟乌龟一样一身黑甲，剥破甲壳就流出细沙，跟水一样——那已经是大地的心窝窝了……"① 在这生存极限的描述里，当我们的目光被一寸寸地带向绝望之时，红柯却在收束时化腐朽为神奇，将大地温暖又细腻的心脏呈示出来，使人惊喜，给人依靠与希望。"两边大戈壁，中间一条河，叫白杨河，白杨河两岸肥沃的土地就是乌尔禾。……东西狭长的小盆地，也就几十公里的样子，草木茂盛，可藏不住猛兽，老鹰从天上往下一瞥，也就是茫茫戈壁一片绿叶子嘛，……在乌尔禾东边，也就是白杨河快要消失的地方开设了有名的魔鬼城，全是奇形怪状的史前动物，恐龙、剑龙、霸王龙、能飞的翼龙，我们所熟悉的老虎、豹子、狮子、大象、狼，包括名气很大的各种猛犬，全都侍立一旁，如同奴仆，其实也就是雅丹地貌，可那神态活脱脱一群动物，稍稍吹进一股风，它们就吼叫，就长啸，准噶尔盆地都抖起来啦……"② 红柯小心翼翼又呵护备至地对戈壁滩中一小片绿洲，以及戈壁滩在狂风侵蚀下形成的各种动物似的塑形进行了精雕细刻，简直栩栩如生、跃跃欲

---

① 红柯：《生命树》，上海文艺出版社 2013 年版，第 33 页。
② 红柯：《乌尔禾》，北京十月文艺出版社 2006 年版，第 1 页。

动，荒漠大戈壁里原本令人惊恐无比的孤独和恐惧瞬间消失殆尽，反而充满了无穷的生命活力和神奇色彩。

及至后来，红柯完全是怀抱一种惊奇与感叹的神情面对新疆大地上的人情物事了。海力布叔叔带领王卫疆放羊到人迹罕至的旷野深处，看到"有时是一大片一大片的开着紫色小花的野苜蓿，从地平线上起飞，鸟群一样飞翔着，欢叫着。他和他的羊都兴奋到极点，都站住不动了，扬着脑袋看着呼啸而来的花的海洋。谁都知道那是空气透明度好，远方的一只小蜜蜂都显得跟百灵鸟那么大。他和他的羊群开始蠕动。在云端上有闪闪发亮的眼睛。在悠长而轻盈的草原风中，有天籁之音"①。这种"野旷天低树""大漠孤烟直"的情境不禁令人脑洞大开，沉浸其中难免有置身世外、心旷神怡之感。"葵花在新疆从来都是大片大片生长的，几百亩几千亩几万亩地连成一片，就像太阳的海洋。"② 壮阔无垠、气势磅礴，恰如梵高鬼斧神工的巨幅油画，辉煌灿烂，生命永恒，亘古如斯。

总而言之，新疆的地理风貌和人情物理带给红柯一种全新的震惊体验。"中亚腹地就这么神奇，绝域里有仙境，砾石滩中往往能找到青草地。"③ 正是这种劈面而来的大自然的冲击给红柯带来了生存观念和生命思想的震惊，戈壁纵横、荒

---

① 红柯：《乌尔禾》，北京十月文艺出版社 2006 年版，第 46 页。
② 红柯：《生命树》，上海文艺出版社 2013 年版，第 30 页。
③ 红柯：《在现实与想像之间飞翔》，《文艺报》2006 年 11 月 16 日。

漠无边的生活艰难就这样被他轻而易举地超越过滤掉了。于是他的小说世界开始鼓荡流溢着郁郁勃发的生命伟力，他的人物开始闪耀出神性的光芒。"牛禄喜不断地望天空，春天草原的天空，堆满了云朵，灰的白的，暗青色的，太阳周围平坦坦的，太阳好像在辽阔平原的洼地里，天空和太阳离人那么近，抬脚就能走上去。牛禄喜有一种天马行空的感觉。不断地望着天空，牛禄喜的眼睛就有了一种遥远的东西，有了一种向往。"① 而且世世代代生于斯长于斯，住地窝子、啃洋芋的新疆人，并没有丧失掉生活的信念和生命的乐趣，相反他们个个似乎与神灵相通，怀揣某种淳朴而安静的信念。难怪红柯感叹："从可可托海、布尔津、尼勒克、昭苏、额敏河畔走出来的学生和他们黑黝黝的父亲母亲，显得那么自尊自信而高稚。我在奎屯教书的最初几年，是他们在教我。"② 可以肯定，正是这种震惊体验，改造了红柯在传统儒家文化浸染下所形成的世界观和价值观，也使他的思维方式发生了彻底的更新。在红柯的思想世界里，面对这样雄奇壮丽的自然造化，人不受教诲是人的罪过太多，人的脱胎换骨是再自然不过的事情。我相信正是为了抒发这种感怀，回应这种生命的敞开，红柯始终在小说世界里竭尽全力地呈现出想象力的奇崛瑰玮，他将所有的热情倾力奉献给了大地、草原、戈壁、

---

① 红柯：《生命树》，上海文艺出版社 2013 年版，第 49 页。
② 红柯：《高原畅想》，《人民论坛》2000 年第 4 期。

沙漠，以及生存于其上的人群，有时甚至难掩这种"爱与痛惜"的浓烈，不惜破坏整个小说文本的情感基调和情绪平衡，而显得汪洋恣肆、肆无忌惮，以至畅快癫狂。红柯已经以强烈的"主观战斗精神"（胡风语）与新疆的生活热情相拥、与天山南北的生命紧密相融。

需要特别提及的是，红柯对奎屯，对伊犁州，对整个新疆的了解和理解靠的不是书本知识，他对新疆的情感和思想主要来自脚踏实地的"行走"。他以行走的姿态将自我与那片广袤的土地融为一体，共铸一个崭新的生命体，也由此获得了别具一格的生命体验。可以毫不夸张地说，新疆的一沙一石、一草一木、一虫一兽早已与红柯的血肉甚至灵魂合而为一。因此，即使斗转星移、沧海桑田，新疆亦将永远存活于他的身体发肤和血肉筋脉之中，永远鲜活如初，永不淡漠恍惚。"行走"在红柯的思想世界里并非意指行旅般的风驰电掣、浏览山河，继而记录风情、指点江山；而是一种真诚执着的生存方式和生命追求，是以脚丈地、满怀深情地拥抱和与物同悲与天同喜的、刻骨铭心的投入。红柯于有意无意间满心欢喜地继承了行吟诗人的传统衣钵①，途中的餐风宿露、喜怒哀乐、大欢喜大悲痛、欢唱淋漓与苦难重重等交织熔铸为一体，成就了他的丰厚与广博、童真与深邃、坚执与豁达、

---

① 这种"行吟"曾构成了先秦时代诸子百家最主要的生活方式和悟道、传道方式。

沉重与轻盈。

或许可以肯定，红柯十分推崇并享受这种"在路上"的行走哲学，他曾经在不同的时间、不同的场合屡次提及波斯诗人萨迪的一句话："一个诗人是前三十年漫游天下，后三十年写诗。"① 并表达了强烈的认同②。红柯毫不讳言他的一些写作灵感来源于行走："我带学生到阿尔泰实习，见到额尔齐斯河的那个瞬间，我就想到北冰洋，想到北极的冰雪世界，想到北极白熊。"③ 于是有了 2004 年的长篇佳作《大河》；关于《乌尔禾》的创作，也是他对那片土地的一种生命回应与交代，"当年从奎屯去阿尔泰，要在乌尔禾住一晚上，那个小镇我太熟悉了，有汽车站、小饭馆、兵站、白杨河、南北干渠，很狭小的一小块绿洲，完全是瀚海里一个岛屿"④。在2006 年 6 月完成写作之后，红柯再次拥有亲临这片土地的机缘，并热情抒发了他的赤子之情："7 月份我有机会再次去新疆，去了喀什、阿克苏，也去了阿尔泰，我再次看到乌尔禾绿洲时心里很平静，我已经用一部长篇完成了我的乌尔禾，包括这块绿洲上的兔子和羊，包括绿洲以外的广袤的戈壁。"⑤

如此看来，红柯对新疆的熟稔是贴心贴肺的，他对那里

① 引自红柯：《以两种目光寻求故乡》，《光明日报》2015 年 11 月 27 日。
② "人生是走出来的，文学与腿相连。"请详见红柯：《文学与身体有关》，《敬畏苍天》，上海人民出版社 2002 年版，第 272 页。
③ 红柯：《在现实与想像之间飞翔》，《文艺报》2006 年 11 月 16 日。
④ 红柯：《在现实与想像之间飞翔》，《文艺报》2006 年 11 月 16 日。
⑤ 红柯：《在现实与想像之间飞翔》，《文艺报》2006 年 11 月 16 日。

气候变幻甚至突变的应付自如，对小城镇与大中城市之间交通往来的了然于胸，对动植物迁徙与繁衍生息的如数家珍，都来自他对生存与生活本身的掘进和拥抱。红柯是如此珍惜和看重他与新疆大地之间发生的情感沟通和生命勾连，以至于在回迁内地之后，仍对那片土地魂牵梦绕、屡屡折返，"1995 年底回陕西后，我过两三年就会回一次新疆，去跟群山、草原、大漠幽会"①。与此同时，红柯强烈反对以窥视与探险的方式亵渎这片土地、这种生活，谈到新疆文学界对外地来疆体验生活的作家的反感时他说："与生存有关的生活才是真正的生活，走马观花匆匆而过的考察都是伪生活。"② 斯言诚哉！

三、生态整体主义——来自大地深处的生命逻辑

如前所述，行走的结果是：新疆给予红柯以生活的奇伟丰富和生命的阔大纯净。然而这些只能算是震惊的初始体验，真正让红柯对这片土地爱得深沉、服得熨贴的是来自这片大地深处的生命逻辑与精神气质，即生态整体主义的存在观。

"生态整体主义（ecological holism）的核心思想是：把生态系统的整体利益作为最高价值而不是把人类的利益作为最高价值，把是否有利于维持和保护生态系统的完整、和谐、

---

① 红柯：《作家的自然成长》，《文艺报》2012 年 3 月 12 日。
② 这是红柯与笔者微信聊天时所说。类似的表达也可详见红柯：《敬畏苍天》，上海人民出版社 2002 年版，第 99 页。

稳定、平衡和持续存在作为衡量一切事物的根本尺度，作为评判人类生活方式、科技进步、经济增长和社会发展的终极标准。"① 红柯的很多作品无疑是生态整体主义思想的典范表征。"兔子也认出来它前边的大腹便便的女人是怀了孩子的，兔子就放松了，她们属于同类，都需要阳光，兔子还有一点骄傲，兔子已经生在前边了，已经是名正言顺的妈妈了。"② 呈现出同为母亲的身份骄傲和惺惺相惜；"女人们把羊赶到奎屯河里，洗得干干净净，像洗她们的娃娃"③，写出了羊在女人心中孩子般的位置；宰羊的屠夫被写成这样，"瞧他的嘴巴，蓬着黑乎乎的胡子，就像牧草里的石头"④。用桦树皮救活营长的老妈妈对他说道："你跟一棵树活在一起，你就有树的寿命，你还会有树那样的根，能扎在群山和草原的任何地方。"⑤ 王拴堂逗野兔，"野兔不怕他，野兔往他身上上哩，一直上到肩膀上，他跟一棵树一样，张开双臂让野兔满身跑"⑥，如此等等，不一而足。这里我想特别提及两处关于羊吃青草时的细节描写，一处是："羊群进入鲜花丛中，小心翼翼地凝

<hr />

① 王诺：《"生态整体主义"辩》，《读书》2004 年第 2 期。
② 红柯：《乌尔禾》，北京十月文艺出版社 2006 年版，第 32 页。
③ 红柯：《美丽奴羊》，《太阳发芽》，山东文艺出版社 2004 年版，第 24 页。
④ 红柯：《美丽奴羊》，《太阳发芽》，山东文艺出版社 2004 年版，第 25 页。
⑤ 红柯：《美丽奴羊》，《太阳发芽》，山东文艺出版社 2004 年版，第 227 页。
⑥ 红柯：《乌尔禾》，北京十月文艺出版社 2006 年版，第 33 页。

望着摇曳的花蕾，花蕾下边的绿叶带着露珠一次次提醒羊群，羊群跟圣徒一样好像做完了祈祷，羊的嘴巴跟花融在一起，跟绿叶融在一起，跟沙土融在一起……"① 另一处是："草知道羊不吃它的脸。吃脸是很残忍的。羊黑黝黝的嘴巴碰一下叶子，脑袋一偏，黑嘴巴顺草脖子滑下去，一直滑到草的腰上，黑嘴巴热乎乎跟烙铁一样把草苗条的身形全熨出来，草就软了……羊嘴巴便咬住草的纤腰，呷它的汁，越呷越多，像是从地底下伸出来的绿管子。羊换着气呷，呷够了，把草咬断，衔在嘴里，像老汉喝酒，慢慢品，又细又长，草的滋味全出来了。"② 这种既令人陌生惊诧又怦然心动的熟悉感觉，恰恰在一瞬间水到渠成地打开并连通了万物之间的灵魂，万物之灵在敞开彼此的同时，涌入对方、化为对方，并在这种相互怜惜中"因为懂得，所以慈悲"。

由上观之，无论是动物、植物，还是无生命物质，彼此之间达成了一种平等、友善、理解与和谐，实现了物我两忘、物我齐一的境界。需要指出的是，在拒斥人类中心的同时，红柯没有在小说中过分鼓吹其他任何事物，其小说所呈现的这种生存景观与生态整体主义的基本前提——非中心化——完全相得益彰、不谋而合。生态整体主义的核心特征就是"对整体及其整体内部联系的强调，绝不把整体内部的某一部

---

① 红柯：《乌尔禾》，北京十月文艺出版社 2006 年版，第 47 页。

② 红柯：《美丽奴羊》，《太阳发芽》，山东文艺出版社 2004 年版，第 33 页。

分看作整体的中心"①。也就是说，生态整体主义既超越了以人类利益为根本的人类中心主义，也不会鼓吹退回到以事物为中心的史前社会形态。

但是，我们需要继续探究和追问的是，内蕴在红柯小说中的这种生态整体主义观念是如何形成的？以及为什么是红柯的文本成为生态整体主义思想的重要载体？这仍然需要回到对红柯文化身份的深入剖析和阐释上。

我们非常认同这样一种观点，即"一个作家一生所接受的地域文化的影响往往是丰富多彩的，也是复杂多变的，有出生成长之地的地域文化（简称'本籍文化'）的影响，也有迁徙流动之地的地域文化（简称'客籍文化'）的影响"②。就红柯而言，他的出生成长之地——周文明发源地的岐山，无疑成为他早期文化之树的源泉，其"本籍文化"即是典型的儒家伦理文化。众所周知，建立在家族血缘关系基础上的儒家学说，信奉的是"爱有差等"的人生哲学，但是它又十分巧妙地将宗族内的血缘关系，扩展到人与人以及人与物之间，最终，儒家以"仁学"思想为本位确立了人在整个生态系统中的核心地位。"从血缘—泛血缘—拟血缘的关系出发，一方面，儒家学者首先肯定族类生命的优先地位，将自然环境置于服务人类的附属地位，并从中焕发出'人定胜天'的能动

_____

① 王诺：《"生态整体主义"辩》，《读书》2004 年第 2 期。
② 曾大兴：《理论品质的提升与理论体系的建立——文学地理学的几个基本问题》，《学术月刊》2012 年第 10 期。

性和创造性；另一方面，儒家学者又不将人与自然的对立绝对化、固定化，而是将宗族、国家、人类、万物看成是可以沟通并富于联系的整体，并从中引发出'民胞物与'的博大胸怀。……二者相反相成、相互制约，共同构成了人与自然之间必要的张力。"①众所周知，在工业化初期及上升期相当长一段时间里，人类只认定"人定胜天"的进步意义。红柯出生成长的年代，无论是"文革"还是"新时期"以来，恰恰是中国现代化机器剧烈开启的时期，儒家思想的生态观几乎是不容置疑地倒向了"人定胜天"的一面，举国上下功利主义观念甚嚣尘上。然而，令人困惑的是，红柯于1996年发表的成名作《奔马》却与这种思想潮流格格不入，他在小说中突出展现的是儒家生态观的另一重要维度——人与自然的和谐，尤其颂扬了大自然对人的生命的馈赠与恩赐。而且自此开始，红柯一发不可收，几乎所有的小说文本都迸射闪耀着这种生态思想，甚至在散文中直接热情而积极地呼吁对"民胞物与"思想重建的重视和实践②。

当生态思想在我们这片土地上刚刚崭露头角之时，红柯却已经在脚踏实地、殚精竭虑地进行热情呼吁和实践了。原因何在？其中关键的节点应该是入疆之后，新疆所葆有的丰富广阔的原始风俗和深邃真挚的民间思想唤醒了蛰伏在红柯

---

① 陈炎：《多维视野中的儒家文化》，山东教育出版社2013年版，第49页。

② 红柯：《像叶圣陶那样教与写》，《人民日报海外版》2017年3月1日。

无意识深处的原初生命意识。其实这种生命意识以民族集体无意识的形式隐匿在每个国人的内心深处，每个人都有机缘重新打开它、发掘它。对红柯而言，是新疆给予了他天赐良机。

首先，新疆的生存环境和生产生活方式，决定了它依然是各种原始宗教十分活跃、适宜的集结之地。虽然我们不能陷入"环境决定论"的误区，但人类本身又确实无法彻底挣脱对自然界的依靠，甚至在很多时候要接受它的影响和束缚，"自然界本身，亦即围绕着人的地理环境，是促进生产力发展的第一推动力"①。而且，"生产事业真是所谓一切文化形式的命根；它给予其他文化因子以最深刻最不可抵抗的影响，而它本身，除了地理、气候两条件的支配外，却很少受其他文化因子的影响"②。而 20 世纪 90 年代中期之前的新疆，农牧业依然是主要的生产方式，基本过着"看天吃饭"的生活。这里地域广阔、自然生存条件酷烈，人们始终穿梭、挣扎在与大自然相互斗争与妥协的境况之下，有时候挣扎的无望与守候的艰难几乎让他们丧失了生存的信心，但又必须而且只能如此生活下去，于是人们便不由自主地纷纷选择宗教作为自我灵魂安放的处所，以此来排解心中的苦痛、孤寂与无奈。况且"西域尤其是塔里木盆地，一直是中原文明、印度文明、

---

① 《普列汉诺夫哲学著作选集》第二卷，生活·读书·新知三联书店1974 年版，第 227 页。

② ［德］格罗塞：《艺术的起源》，商务印书馆1984 年版，第 29 页。

希腊文明、伊斯兰文明四大文明交汇之地，罗布泊的太阳墓地有最初的塞人、吐火罗人、大月氏人，后来的吐蕃人、汉人、匈奴人、蒙古人，各个种族各个民族融合一体"①。新疆由此成为各种宗教信仰（佛教、伊斯兰教、道教、基督教等）纷纭荟萃、交流融合的中心。在此，我们需要特别提及两种对红柯影响至深的原始信仰：一种是遍布这里的富有原始气息的萨满教②，萨满教注重的是生命和谐、万物齐一、天人合一、敬畏神灵，其核心理念与原初儒道的生态观颇有相通之处，自然容易勾连起出身儒家文明发源地的红柯的生命共振和强烈认同，由此也才会自然而然、水到渠成地成为其小说文本的意识主体。而且作为一种原始土著宗教，"尽管它（萨满教）没有统一的严密的组织，没有正规的教规、教堂、教理和经典——它是多神的、泛神的、即兴的、自由的——因而在社会国家的意识形态体系中没有任何特殊的正规的地位，但是，它对民间的和民众的心理状态、精神生活和现实生存具有潜在的、有时是非常重大的影响"③。这既充分释放了它自然活泼、直接地气的在地性，又着重显示了它与百姓日常

　①　红柯：《丝绸之路：人类的大地之歌》，《光明日报》2017 年 4 月 21 日。
　②　"萨满教是一种多神教，它的基本观念是有灵论和有神论，即相信灵魂不死，相信人世之外还有神灵世界的存在，认为广阔宇宙间所存在的众生物和无生物乃至人自身客体外的一切存在都是寓神之所，神无所不生，神无所不有，神无所不在。"请详见逄增玉：《黑土地文化与东北作家群》，湖南教育出版社 1995 年版，第 152 页。
　③　逄增玉：《黑土地文化与东北作家群》，湖南教育出版社 1995 年版，第 153 页。

生活息息相关的重要性。其普世性与人民性都与传统儒学
"匡世济民"的积极入世精神一脉相通①。由此，红柯小说中
簇拥着畅游民间、知足安乐的人物群像也就不足为奇了，而
且这些人物往往或因某种机缘觅得了精神信仰的通道而焕然
一新，或是原初就具备某种朴拙又真诚的固执之气而显得天
真可爱，总之其往往在惯常的普通中显示出不寻常的意蕴，
于平凡中透射出神性的光芒。一种是具有悠久历史传统的
"地母崇拜"文化②。新疆作为中国原始农牧文明比较集中的
地域，较好地保留或遗传了流传深广的"地母神话"。在小说
《乌尔禾》中，红柯数次以细腻而丰赡的笔触写出了海力布对
女石人像的虔敬③：草原上的女石人像让他震惊，他滚下马背
匍伏在地，跟圣徒一样膜拜石人像；他教训赵场长要把自己
被女石人像点化的老婆"当神敬着"；晚年的海力布以錾刻石
人像为生命中的乐事，等等。红柯推而广之，甚至将女石人
像的母性力量渗透到他小说中的众多女性身上：《乌尔禾》
中，朝鲜战场上的女护士把从海力布伤口处剔出的青草移植

---

① 红柯本人对民间精神怀抱一往情深的姿态。请详见红柯：《小说的民
间精神》，《文艺报》2002 年 4 月 23 日。

② "'地母'是随着农业出现而产生的，是作为自然崇拜对象之土地
的人格化。……几乎所有的原始氏族、部落都崇拜土地尊祀'地母'。"请
详见杜正乾：《论史前时期"地母"观念的形成及其信仰》，《农业考古》
2006 年第 4 期。比如遍布世界各地的"维纳斯"石雕像，在国内外的考古
界皆有发现。

③ 关于这种虔敬，如海力布与王卫疆的对话，请详见红柯：《乌尔
禾》，北京十月文艺出版社 2006 年版，第 52 页。

到岩石的缝隙中，让其顽强生长，并最终为了保护这丛青草而被敌人的炸弹炸飞；宽容而不事张扬的张惠琴；刁蛮躁动却被女石人像同化了的张老师。《大河》中为爱执拗又为爱坚守，为爱宽容甚至可以为爱牺牲的湘妹子女兵和女知青尉琴。《生命树》中深陷灾祸而活出平静与智慧的农妇马燕红，走南闯北、见多识广却婚姻失败的大记者徐莉莉，纯朴大气、自甘奉献、忠贞不渝的李爱琴，等等。总而言之，新世纪以来红柯小说中的母性气息愈益浓厚，女性形象也越发伟岸、高贵。或许红柯已经参透了传统文化中"地母崇拜"的真义，而臻于一种回归传统、呼吁传统、再造传统的文化高度。① 当然，文化人类学者已经证实"地母崇拜"脱胎于"土地崇拜"，"地母观念的出现，是人类在早期土地有灵意识基础上的人格化，史前时期大量的地母造像正是人类因崇拜土地而创造出的土地神的象征物"②。换言之，原始社会这种对妇女偶像的崇拜，不仅是对妇女的尊敬，更是对土地和生育崇拜的崇拜象征。红柯的小说中密布着"土地"与"大地"的阔大形象，他毫不吝惜地表达着对大地的崇拜之情。我们来看

① 恰如德国学者舍勒曾说："女人是更契合大地、更为植物型的生物，一切体验都更为统一，比男人更受本能、感受、爱情左右，天性上保守，是传统、习俗和所有古旧思维形式和意志形式的保护者。"请详见〔德〕马克斯·舍勒：《资本主义的未来》，生活·读书·新知三联书店1997年版，第89页。

② 杜正乾：《论史前时期"地母"观念的形成及其信仰》，《农业考古》2006年第4期。

两个典型的片段:"徐莉莉还记得她把手伸进土地里的情景,刚刚翻开的麦茬子地,刚养了一茬麦子,土地彻底地放松了,农民就像对待自己刚生了孩子的妻子一样,让产妇放开手脚仰躺在太阳底下,蓝天、白云、黑黝黝的大地,太阳万分亲切。太阳不是在晒土地,太阳是在给土地加能量,刷刷刷奶水一样的汁液让大地吸个够。……徐莉莉不像个记者,像一个地质工作者,像一个农艺师,她的行囊里装着整个大地。"①"那一刻,马的力量在骑手的身上飞窜着,无法摆脱,那真是完完全全的一种陶醉!就这样来到放牧的地方,羊群吃草的地方,也让羊融入大地的地方,那巨大的力量所挟带的气浪连人带马都卷进去了。该赞美大地了,马的赞歌起了回应,喉音也好,胸音也好,都无法表达大地的情感,连想都不用想,骑手全身心地投入进去了,骑手就从马背上滚下来,四仰八叉躺在草地上,任凭大地分享他。也不知道他躺了多久,力气又回到他身上。他坐起来,好像从大地的怀抱里重新诞生了一个人。"②这种原汁原味、满怀深情、激情澎湃的叙事和描写已经将红柯对大地/土地的热爱和赞颂表达得无以复加。它们如此直观地闯入读者的视野和心田,足以让任何分析和理论都显得灰暗和苍白。总之,这种回到人类初始的带有母系氏族社会特性的"地母文化"显然超越甚至颠覆了深

---

① 红柯:《生命树》,上海文艺出版社 2013 年版,第 27 页。
② 红柯:《乌尔禾》,北京十月文艺出版社 2006 年版,第 47 页。

受儒家文化浸染形塑的红柯对生命、大地、个体与灵魂的理解，他也没有浪费和辜负苍天赋予的神圣启悟，通过文学作品一遍又一遍日夜不休地诉说着民族文化原初的博大和丰饶、仁爱与朴素。

其次，生活本身赋予红柯以由里到外的新疆气质①。入疆十年，红柯不仅在精神向度上竭力汲取那些被后来的儒家伦理所排斥的原初民间思想和宗教文化，而且他四处奔走、身体力行，将这些重新获得的生命原力逐一实践并推广。自我的倾心投入，加之天地精华的灌育和栽培，使得红柯内在的精神气质极大地引导了其性格的转变甚至外在的塑形，重返故园的红柯形象大变，"一个内向腼腆的关中汉子在那里脱胎换骨。当我头发曲卷、满脸大胡子回到故乡时，亲友们以为来了个草原哈萨克"②。我深信，红柯是以自豪的口吻认同了自我本身由内到外的转变，也就是说入疆十年对红柯人格、精神、气质、性情等诸方面的再造要远远超越原先儒家伦理文化对他的浇灌与形塑。这里涉及的是前述"本籍文化"与"客籍文化"的关系问题，有学者认定"在他（人）所接受的众多的地域文化的影响当中，究竟哪一种地域文化的影响才是最基本、最主要、最强烈的呢？无数的事实证明，是他的

①　"1995年冬天，我回到陕西，但我的精神气质已经是个新疆人了。"请详见红柯：《敬畏苍天》，上海人民出版社2002年版，第269页。

②　红柯：《敬畏苍天》，上海人民出版社2002年版，第325页。红柯曾告诉笔者，这是陈忠实初见他的印象。

'本籍文化'"①。现在看来，这种评判很值得商榷。

论述至此，我们已经能够清晰地把握红柯小说中比较明显的生态整体主义思想，以及入疆十年对他这种思想锻造的关键作用。但是需要指出的是，与沈从文小说中"文明人"与"野蛮人"的认知相比，他们的价值判断比较一致，即都认为"野蛮人"才是"正常人"，那些自以为是的所谓"文明人"恰恰已经深陷异化的漩涡而不正常，因此他们都发自内心地认同乡下世界的"野蛮人"而批判都市里的"文明人"。然而，他们对这两类人的命运判断却迥然相异，沈从文在文本之中和内心深处，不无遗憾而惆怅无奈地认定了湘西的失败和都市的胜利；而身处生态整体主义思想日益高涨时代的红柯，在命运认同上也坚决地站在边地"野蛮人"一边。"在西域大漠，我体验最深的是生命的渺小和局限。……我感到恐慌，我跟一只兔一样奔到河沟里。……有一个洞穴，我钻进去蜷成一团。原来我是在躲避那辽阔的空间。缩进这个浅浅的洞穴里，地老天荒真的回到了太初年代。如果这个洞穴里躲的是一只动物，它的生命绝对高于我。如果我死在此洞，这里会长出一丛野草，干河沟的一片草丛跟人群中奔走的红柯哪个更好？""于是动物植物成了我膜拜的生命景观，牛羊马雄鹰和树构成小说的主题。中亚细亚大地，它们的生命远

---

① 曾大兴：《理论品质的提升与理论体系的建立——文学地理学的几个基本问题》，《学术月刊》2012 年第 10 期。

远高于人类。"① 在此，红柯再明白不过地表达了对边地生活、边地生命以及边地人生存状态的无比虔敬和膜拜；反过来也对所谓的都市文明表示了警示，对人类处心积虑的所谓创造进行了省思和批判。

四、澄明②与放恣——复归本真的回乡之路

文学是审美的艺术，然而现代以来，在机器化与工业化掌控的技术世界里，受理性化与科学化思维的影响，造成了"诗"异化为"思"的审美歧途。文学在很多时候不再是关于美的发现与呈示，而成为哲学、伦理学、政治学甚至经济学的载体，成为"不堪承受之重"③。这种占据主流的审美误读给众多作家造成了难以掩饰和挽回的创作之殇。值得庆幸的是，生态整体主义的世界观和价值观无疑为红柯的审美取向和创作思维奠定了醇厚而朴素的基石。

首先，在小说主题的审美观照上，红柯超越了儒家伦理文化的统摄，打破了以"善"为"美"的伦理学思维模式。众所周知，与儒家的生态观相对应，"儒家的审美观念也以

---

① 红柯：《小说的民间精神》，《文艺报》2002 年 4 月 23 日。

② 关于"澄明"的界定，请详见刘士林：《澄明美学》，郑州大学出版社 2002 年版，第 33 页。

③ 按照刘士林的观点：在原始社会向文明时代过渡的轴心时代，诗性智慧已经裂变为"真—善—美"三分的精神结构，其中"美"是诗性智慧在文明时代的精神遗产，而"真"与"善"则是原始的审美澄明遮蔽之后的新产物。请详见刘士林：《澄明美学》，郑州大学出版社 2002 年版，第 42 页。

'仁学'为核心，形成了一种以'善'统'美'的伦理本位立场，并通过'君子比德'的方式赋予自然界的审美对象以社会价值，通过'微言大义'的方式赋予艺术作品中的自然情感以伦理价值"[①]。由此可见，传统儒家强调和遵循的是"伦理优先"的原则，即在日常审美中，看重的是"社会美"、轻视的是"自然美"。我们的传统文学也因此渲染着十分浓重的"文以载道"意味，特别张扬"善"与"恶"的喻世教化作用。这种流传千载的审美观念，其实早已遮蔽甚至抛弃了"美"的本体与本质，而陷入对苦难、丑恶、死亡、悲剧等此类伦理学主题的泥淖之中。红柯的入疆经历，恰恰帮助他在创作主题上完成了对伦理学的重大突围。他的小说呈现的不是关于善恶的表面宣扬，其中的人物也无法以"好人好报"来概况，他甚至真诚地将那些钟爱的人物塑造得笨拙、傻呆、幼稚又固执，因为他要实现和达成的是生命的大欢畅和大自在。《乌尔禾》中的海力布，舍弃在荣军院享清福的优遇却报名只身来边疆军垦农场；他由衷地敬佩张惠琴这个女人，竟一生厮守牧场就为了让这个千万人中的女人能吃上自己放牧宰杀的羊肉；他膜拜草原上的女石人像，宁愿自己孤身一生；他总是无私地牺牲自己的利益而为别人排忧解难，为此甚至不管上下级的关系，动辄对领导吆三喝四；他彻底地领悟了

---

①　陈炎：《多维视野中的儒家文化》，山东教育出版社 2013 年版，第 44 页。

母性的伟大，他以草原为家，与羊群为生，整天乐呵呵，感受到了长生天的宽厚仁慈、坚韧博大，在不知不觉间将对母性的崇敬上升为对长生天的敬畏。《生命树》中的牛禄喜实实在在、简简单单，敬爱母亲、孝顺母亲，为此一次次心甘情愿地被弟弟、哥哥及家族众人连坑带骗，最终工作与钱财尽失不说，自己也进了精神病医院；而李爱琴爱的就是牛禄喜的简单和诚挚，不但自己尊敬婆婆，而且为了让牛禄喜尽孝，主动让他转业回老家，后来又离婚以免他牵挂，所有钱财都给牛禄喜，然而内心深处他们都难掩对彼此的深爱与等待，但最终又为了爱不得不拒绝复合。《大河》中的老金沉默寡言，内心却顺从自然规律做他应该做的事情，娶神秘怀孕的湘妹子、与女知青医生激情爱恋，一生操劳，屡遭挫折，终不悔初衷。即使是《西去的骑手》中的马仲英，红柯意欲凸显的也并非英雄主义或浪漫主义，而是其身上任意驰骋、石破天惊的自由精神。总之，红柯的小说中流溢着"好人受难"的故事，这里的"好人"并非传统伦理意义上的"善良之人"，而是或天然禀赋或受天地自然启悟而自我敞开之人，他们以赤裸、虔敬的精神面对天地人生、万事万物，他们遵从本我内心的呼唤，畅畅快快、潇潇洒洒地面向世界与人生。

其次，在小说的情境营造和情感渲染上，红柯也突破了现代以来占据主流的"以真为美"的美学箴言。传统现实主义一直强调文学创作的"真实性"，"艺术源于生活并高于生活"几乎人人耳熟能详，大家斤斤计较的仅仅是虚构和真实所占的比例而已。但在红柯的小说世界里，"真实"与否并不重要，他所考量和看重的是"美不美"以及"美到什么程度"的问题。因此，红柯总是以天马行空的想象力尽情恣肆地塑造他心目中的广阔世界，挥发来自他灵魂世界的情感风暴。比如小说《乌尔禾》中杀羊的场面极为动人心魄、玄奥神秘："海力布叔叔剥羊皮的时候，羊眼睛还睁着，望着海力布，海力布在羊的胸腔里掏了几下，羊眼睛里就没有恐怖的神色了，羊好像被一种神秘的气氛感动了。海力布也被感动了，海力布有好几次跪下去了，全身心地投入到羊的身体里，一会儿用刀子，一会儿用手，……断了气的羊好像并没有死，眼睛睁着，显露出幸福的神态。"①② "白鱼一样的刀子就一头扎进去，一股蓝幽幽的气息从羊的腑脏里冲出来，空气都成了蓝色的。朱瑞的手放进羊的腑腔，朱瑞感到他的手成了羊肺羊肝羊肾羊脾脏，每一样都这么清晰。羊心呢？他的手再巧也很难变成一颗心。他这么想的时候，他的心猛跳一下，跟鸟儿一样飞出去了，胸腔凉飕飕的，空荡荡的，但朱瑞不是原来的朱瑞了，朱瑞只慌了一下就镇静下来。……朱瑞走出院子，手握成一个拳头，他心里一惊，这不是羊心嘛，他的手还留在羊身上。"③④ 这哪里是在杀羊，分明是一种生命升华

---

① 红柯：《乌尔禾》，北京十月文艺出版社 2006 年版，第 62 页。
② 海力布杀羊
③ 红柯：《乌尔禾》，北京十月文艺出版社 2006 年版，第 199 页。
④ 朱瑞杀羊

或诞生的仪式，是一种对生命的祈祷、对长生天的敬畏，庄严肃穆、惊天撼地。

有人曾质疑红柯的小说过于主观化，甚至批评他刻意美化苦难、回避矛盾、耽于幻想。然而假如潜心融入小说的文本空间，体察其中涌动的情感和脉动，我们应该懂得，对他的批判是以"真"为标准，而红柯在此试图忘却或者祛除的恰恰是"真"，因为他追求的是"美"——一种充盈于天地之间的酣畅淋漓的天人合一的大自在与大自由之美。退一步讲，红柯的文本世界也并非虚假抚慰或盲目乐观的幻境，而有可能是一种"崭新"的现实主义，红柯曾经举例说："一匹马从马驹到儿马到成年马要换几次颜色，枣红马会成为白马或大灰马，绝对的魔幻现实主义。内地读者视为浪漫主义的东西在西域基本是写实主义。"① 也就是说，这些在内地人心目中奇幻、夸张、浪漫、想象的故事和人物，在新疆这片土地上却是现实的映照，红柯已经把他从新疆生活中所濡染的审美思维方式游刃有余地融入到小说创作中去了。也因此，我们才会发现，红柯特别喜欢在叙述中娴熟且大量地引用和书写神话传说、民间歌谣、童话故事等自由活泼、神采飞扬的支脉情节来增添小说文本的华彩与美丽。其实在这里，红柯已经实现了真正的内容与形式的统一——美与自由。

再次，正因为对美的无限向往和执着追慕，红柯在小说

---

① 红柯：《作家的自然成长》，《文艺报》2012 年 3 月 12 日。

语言和叙事上才精耕细作、用心打磨。一句话，他的语言来自新疆的广袤土地。第一，语言的民间性和通俗性。小说多以简短的语式构成，口语、俗语和书面语相交杂，具象与形象的事物此起彼伏。试举一例，"大群大群的鸟儿飞向天山以南，或者沿天山向东南飞去，都是从阿尔泰山，从北亚大草原上来的鸟儿，跟大河一样流过秋天的高空，天空越来越高，还满足不了拥挤的鸟群，天空继续辽阔着继续深下去，也只有这个时候，天空才能显示自己的容量，在辽阔和深邃的后边，连天空自己都想不到还有更辽阔更深邃的空间，还有另一番天地，天空不断地惊讶，又兴奋又好奇……"① 这段话句式简短清晰，其中跳跃的是"鸟儿""天山""阿尔泰山""大草原""大河""天空"等名词性具象词语，而对动词和形容词的运用则显得笨拙迟缓得多，甚至不惜以重复手法来收获一种韵味，却实现了一种化拙朴为神奇的高妙。第二，语言的诗性与及物性。"西北的大戈壁、大沙漠、大草原，必然产生生命的大气象。绝域产生大美。"② 红柯的语言既呈现出大美的诗性，又没有陷入玄奥抒情的泥淖中无法自拔，他总能够用词语捕捉到那些典型而突出的意象，在伸手可触、具体可感的物象中实现对大美的诗性表达。如叙述老金的儿子纵马草原，直抵蓝天的感觉："孩子是放纵的，他的马儿越跑越

---

① 红柯：《乌尔禾》，北京十月文艺出版社 2006 年版，第 236 页。
② 红柯：《文学自信：浇灌中国西部的生命树》，《西安日报》2016 年8 月 22 日。

快，他的大地越消失越辽阔，无边无际的大地，转眼到了天边，天一下子被马冲破了，又到了新天地，孩子的好奇心一次次膨胀，跟潮水一样，不断地涨啊涨，马背的波涛是永远落不下去的，你见过长蹄子的波涛吗？儿子很得意地问大地，大地无语，儿子很得意地问苍天，上苍无语。那就让骏马的波涛吞掉这个世界吧！马一下子跳起来，马处于真正的飞翔状态。马在非常遥远的地方才落下来，那地方无法迎接一匹骏马，那地方就无限地深下去，纵深下去。大地深处在不断地打开，打开。马挺起胸部，大地不断地与马的胸部相撞，相撞的一瞬间大地哗一下就洞开了，马一跃而过，马跳起，高高跳起，又直直地越过去……"① 纵马奔腾的力的意象，孩童的天真骄傲与惊诧，大地与骏马的拥抱合一，想象力的丰饶与奇崛，所有这一切凝铸交融在一起，爆发出诗性的力的光芒。第三，语言的在地性。就红柯而言，这主要是指语言本身与其所表达地域之间的无缝对接，即在其文本世界中，语言的编织与新疆大地的特征之间如何完美相融。红柯曾自言："从踏上西域辽阔的大漠草原那一刻起，我那些缠绵浪漫的抒情诗田园乡土诗歌就被大漠风和冰雪暴刮得一干二净。"② 综合前述红柯对新疆的情感认知与判断，在小说中他自然无法抑制对这片土地的深情与厚意，比如写春天到来，

---

① 红柯：《大河》，云南人民出版社 2004 年版，第 138 页。

② 红柯：《文学自信：浇灌中国西部的生命树》，《西安日报》2016 年 8 月 22 日。

母棕熊带着小熊出来玩耍："春天的阿尔泰山，丽日当空，银光四射，冰雪消融后，岩缝里又渗出一股股雪水，泉水也开始翻滚，洼地和山谷里好像挤满了马群，泉水跟马一样有好听的声音。母熊带着两只幼崽站在悬崖上，倾听着大自然的歌手唱出一曲又一曲美妙的歌子。它们看够了听够了，就下到深谷去痛饮这些凉森森清香扑鼻的泉水，从泉眼一直喝到哗哗翻滚的小溪。……"① 这是多么美妙又恰切的阿尔泰山"春景图"，当然这里的主人公已经是富有主体性的熊。红柯甚至以形象的比喻来阐释新疆大地丰采多姿的状貌与文学体式之间的美妙对应："文学与大地的形态相吻合。中亚大地上的诗意的美所对应的短篇小说在相对独立中总是多出一些东西，预示一个故事；中亚大地的长篇小说则是许多精美的小故事——犹如花朵组织的辽阔草原。"②

综上所述，红柯对于美的认知和理解已经返归人类意识的原初，臻于一种纯粹的、自由的、澄明的、放恣的境界。正所谓："美的显现是世界本身的澄明，是万物在自然天光中的显现，是存在者在光天化日之下来到这个世界中。"③ 红柯的小说世界无疑已经逼近甚至迈进这种令人沉醉的诗性艺术境界④。当然，澄明之境的抵达困难重重，但对澄明之境的复

---

① 红柯：《大河》，云南人民出版社 2004 年版，第 125 页。
② 红柯：《小说的民间精神》，《文艺报》2002 年 4 月 23 日。
③ 刘士林：《澄明美学》，郑州大学出版社 2002 年版，第 40 页。
④ 当然，在此我们并不否认红柯小说在其他方面可以继续提升。

归却是可以、而且值得努力的，至少红柯已经阔步走在这条路上。回乡之路寂寞难耐、回乡路上一片歌声……

五、结语：他乡即故乡

综上所述，作为文学地理的新疆，为红柯提供了难得的多元文化碰撞与互渗的试验场，然而追根溯源，我们却发现它们在文化原初的同根同源。也就是说，新疆之于红柯，有着深刻的文化原乡意义。所以，何处是他乡，何处是故乡？这是一个值得反思的美学问题，也是一个极为重要的哲学问题。就此而言，新疆对红柯来说并非"他乡"，甚至恰恰是他的"故乡"——精神之乡[①]，或者至少是他返归故乡的重要驿站，是通往故乡之源必经的桥梁[②]。几乎可以确定，倘若没有入疆十年的生活锤炼及精神洗濯，红柯不会是现在的红柯[③]；当然，"新疆"也不再仅仅是地理意义上的新疆，"不管新疆这个名称的原初意义是什么？对我而言，新疆就是生命的彼

---

① 非常巧合的是，"据岑仲勉先生考证，周人来自塔里木盆地"。请详见红柯：《从故乡出发》，《文艺报》2011 年 3 月 25 日。

② 这里所说的返归"故乡"，并非回到地理意义上的出生成长地，而是"一种与对象化活动在方向上完全不同的生命过程，它是一种向自身、向故有存在结构的复归"。请详见刘士林：《澄明美学》，郑州大学出版社 2002 年版，第 19 页。

③ "十年后回故乡讲课，有人递条子：既然新疆那么好你还不是回来了吗？我告诉他：我眼里的陕西跟你绝对不一样。从天山顶上看陕西，岂止是空间感？"请详见红柯：《文学与身体有关》，《敬畏苍天》，上海人民出版社 2002 年版，第 271 页。

岸世界，就是新大陆，代表着一种极其人性化的诗意的生活方式"①。"新疆对红柯而言不是地理概念，而是一种状态，一个梦想，如诗如歌如酒浑莽博大纵逸癫狂。"② 又一个十年之后，红柯回到了他的出生地，并进入儒家文化重镇——大都市西安讨生活，个中原因不得而知，其中滋味也无法感同身受③。可以确定的是，在故乡与他乡的交织、缠绕与互渗中，在传统儒家文化与新疆少数民族多元文化的碰撞与交融中，红柯的生命日益迸发出耀眼的火花和璀璨的光芒。

[本文系山东省社科规划项目"中国传统文化在新时期边地小说中的多维呈现"（项目批准号：15CWXJ08）和教育部人文社科研究青年项目"新时期以来中国边地小说研究"（项目批准号：16YJC751035）的研究成果。]

（作者简介：于京一，山东大学人文社科青岛研究院教授。

本文初刊于《小说评论》2018 年第 3 期。）

---

① 红柯：《敬畏苍天》，上海人民出版社 2002 年版，第 236 页。

② 李敬泽：《飞翔的红柯》，《羊城晚报》2007 年 1 月 22 日。

③ "但我还是觉得人省会城市太早，没有达到我所敬仰的萨迪所说的三十年，所以我的见识还是比较浅的，目光也不怎么遥远。"请详见红柯：《在现实与想象之间飞翔》（后记），《乌尔禾》，北京十月文艺出版社 2006 年版，第 329 页。这是悔意还是谦虚，我们也不得而知。

论鲁迅、赵树理、莫言写作身份的建构

张厚刚

在中国现当代文学史上，写作者以什么样的身份进行写作，不仅是作者主动的写作追求，也包含着时代精神对作家的规约以及文学自身嬗变的内在规律。在 20 世纪中国文学的演进中，作家经历了"启蒙者""工农兵代言人"，以及"作为老百姓写作"等身份的自觉建构，表征了文学写作身份进路的曲折历程。

一、"启蒙者"：鲁迅写作身份建构与视角遮蔽

中国现代小说的发生是与"启蒙"思想绞缠在一起的。从现代小说的发轫期开始，其写作伦理承担就带上浓重的"启蒙"色彩，这既赋予了小说主题内容上的深刻性，也给予了小说在艺术呈现上的某种遮蔽。学界一般认为中国真正意义的现代小说是从鲁迅开始的，鲁迅把小说的品质提升到一个新的境界。正如当时的评论者张定璜所言：

在《双枰记》《绛纱记》《焚剑记》里面，我们保存着我们最后的旧体的作风，最后的文言小说，最后的才子佳人的幻影，最后的浪漫的情波，最后的中国人祖先传来的人生观。读了他们再读《狂人日记》时，我们就譬如从薄暗的古庙的灯明底下骤然间走到夏日的炎光里来，我们由中世纪跨进了现代。①

鲁迅对中国小说的贡献恰恰在于使小说"由中世纪跨进了现代"，使小说发生了划时代的巨变。鲁迅继承了梁启超小说"新民"的精神品质，也吸取了梁启超一代小说家失败的教训，更加注重小说的艺术品质和内在规律。鲁迅小说主动承担起"疗治国民性"的沉重"启蒙"使命。他的小说都是围绕着这一使命展开的，在《我是怎样做起小说的?》中写道："揭示病痛，以引起疗救的注意。"②鲁迅所确立的启蒙立人的小说思想模式，为中国现代小说打上了属于自己的印记，也是一个新的小说时代的精神胎记。

鲁迅对域外小说的关注与借鉴，尤其是对世界弱小民族小说的"拿来"，给中国小说带来极大的革新，这正如文学研究会中所宣称："将文艺当作高兴时的游戏或失意时的消遣的时候，现在已经过去了。我们相信文学是一种工作，而且又

---

① 张定璜：《鲁迅先生》，《现代评论》1925 年第 1 期，第 7—8 页。
② 鲁迅：《我怎样做起小说来》，《鲁迅全集》（第四卷），人民文学出版社 2005 年版，第 526、525、526 页。

是于人生很切要的一种工作。① 这些小说就其写作目的来讲，与梁启超的小说观念一脉相承，早已超越了古代"志怪""志异"范畴，启蒙思想为这些小说赋予时代灵魂。

但这带来的问题是：知识分子立场尤其是接受过西方教育的知识分子立场，占据了小说界主流性、压倒性的优势。在鲁迅小说中，无论是闰土、祥林嫂还是阿 Q，没有一个较为正面的农民形象，他们不仅外形猥琐，而且精神可怜，匍匐在病态社会脚下，带有深刻的时代"麻木症"。固然一方面这是特定历史时代的精神本质的现象表征，但另一方面，未尝不是鲁迅写作身份、观察视角所造成的对农民自足生活的一种误读。在鲁迅的视野中，农村是凋敝的、荒凉的、毫无生气的，这符合启蒙者对被启蒙对象的想象。这只能是鲁迅头脑中的农村生活、农民观念投射到外界中，并从外界中回收回来的形象，至于农村、农民的本真状态，在"启蒙者"写作身份的建构中，则是一个盲区。

鲁迅这种"为人生"的写法带有强烈的主观预设。鲁迅是把小说放在整个社会改造的语境中来思考的，他在其小说中抓住自己关心的一类问题——"国民性的改造"，"不过是想利用他（指小说——引者注）的力量，来改良社会。"② 他还提到："说到'为什么'做小说罢，我仍抱着十多年前的

---

① 《文学研究会宣言》，《小说月报》1921 年第 1 期，1921 年 1 月 10 日。
② 鲁迅：《我怎样做起小说来》，《鲁迅全集》（第四卷），人民文学出版社 2005 年版，第 526、525、526 页。

'启蒙主义'，以为必须是'为人生'，而且要改良这人生。"①
基于"改良社会""改良人生"的目的，鲁迅小说创作在选
材、主题，乃至于行文风格上，都指向着这个做小说的宗旨，
用这一观点来剪裁一切材料，即是说，在他的小说实践中，
凡是符合"国民性改造"这一主旨的，才具有进入其小说的
"合法性"。鲁迅的乡土书写，由于其"启蒙者"写作身份所
采取的知识分子视角，严重遮蔽了农村的真实状况，其小说
中的人物个个苦不堪言，阿Q、闰土、祥林嫂、孔乙己，毫
无生趣，即使是寄托了作者反思精神的狂人、魏连殳等，也
弄得无路可走，精神颓唐灰暗，行走在精神崩溃的边缘。稍
有常识的人都会觉察到，这并不符合世态常情，没有一种人
生是毫无趣味的，即使这些人物处于社会底层、处于被压迫
被剥削的地位，但这些人物他们的生活绝不仅仅只是这一种
"被启蒙"的苦相。

从本质上说，"启蒙者"写作身份只能是这样一种写作视
角，对此鲁迅清醒地认识到自己写作身份带来的局限，他坦
陈自己灵魂里的"鬼气"与"毒气"，并且说"我极憎恶他，
想除掉他，而不能"②。每一个作家的创作在其自身来讲是独
具个性的，但同时又是被时代精神共相所驭使，作为时代精神

---

① 鲁迅：《我怎样做起小说来》，《鲁迅全集》（第四卷），人民文学出
版社2005年版，第526、525、526页。

② 鲁迅：《致李秉中》，《鲁迅全集》（第11卷），人民文学出版社
2005年版，第453页。

的启蒙，既是鲁迅的自主选择，同时又是时代精神赋予作家的使命。鲁迅在其小说中完成了对于"启蒙"的行为业绩，但同时这些作品也同样完成了鲁迅"启蒙者"写作身份的建构。

二、"工农兵代言人"：赵树理写作身份的自我认同与精神焦虑

"五四"时代知识分子启蒙话语其影响仅限于知识阶层内部，对于识字率极低的中国社会底层民众来讲，并没有多大影响。赵树理在自己的文艺经验中清醒地认识到这一点。赵树理主动把他的文艺创作从以往的"启蒙话语体系"调整到"终其一生致力于写作农村题材，致力于为农民写作"。① 赵树理的写作具有强烈的意识形态性质，处于"工农兵代言人"的写作身份位置。对于赵树理来说，"写作本身只是千千万万革命工作的一种，不再是个人的事情，不能有特殊性，更不可能是私人的。写作中的问题也不再是艺术世界的问题，而是革命现实世界中的问题"②。赵树理的这段自白，充分表明了赵树理把写作当成"革命工作中的一种"，写作不再是"艺术世界的问题"，而是"革命现实世界中的问题"。从其早期朴素的"为农民"写作，到后来主动做"工农兵代言人"，赵树

---

① 李扬：《"赵树理方向"与〈讲话〉的历史辩证法》，《文学评论》2015年第4期，第37—38页。

② 傅修海：《赵树理的革命叙事与乡土经验》，《文学评论》2012年第2期，第73页。

理的创作之路与时代的规训密切相关。

在抗战中作为整风运动的重要文献——《在延安文艺座谈会上的讲话》，指明了文艺的功能及其作家必须承担的责任，那就是"文艺为工农兵"服务。从文学的社会功能意义上来看，处在当时艰苦、复杂的对敌斗争的情势下，对革命队伍中的文艺工作者提出这种要求是必要的。《讲话》立意于"抗日战争"向"新民主主义"历史阶段的过渡，就文学本体而论，文学的独立品质只能是服从于民族解放以至于新民主主义胜利的主旨，这在特定历史条件下有其必要性与合理性，这也是赵树理写作与《讲话》精神一致的地方。

赵树理多次强调自己是一个革命工作者而不是一个作家，这表明作者更看重的是"革命者"的身份，其次才是"作家"身份，并声称自己的作品是"问题小说"：其小说的主题来自"工作"，他说："在做群众工作的过程中，遇到了非解决不可而又不是轻易能解决了的问题，往往就变成所要写的主题。"[1] 赵树理强调的是，不仅其文艺作品主题来源于"群众"，而且还要服务于"民众"："我们要做艺人，到民众中滚去，不要做什么艺术家。"[2] 这里的"群众""民众"，翻译成当时的政治话语形式讲就是"工农兵"。

在赵树理生命的后期，他向一个去探望他的学生道出了

---

① 赵树理：《也算经验》，《赵树理文集》（第 4 卷），工人出版社 1980 年版，第 1398 页。

② 李士德：《赵树理忆念录》，长春出版社 1990 年版，第 53 页。

自己的委屈："我最怕农村人也说我是黑帮；我一辈子都是为他们写作啊！"① 赵树理的写作自觉纳入政治工作之中，自觉调整成为对党的政策的宣传、成为革命工作的一部分。赵树理的写作服从于他的"革命工作者"身份，成为"为工农兵的写作"——主要是"为农民写作"的一个重要组成。在这种写作身份的自我认同下，"赵树理始终认为'普及'比'提高'重要得多"②。

赵树理的成名作《小二黑结婚》原本与《讲话》并没有直接的因果关联，但经过党的文艺工作领导者周扬的阐释，赵树理的写作与《讲话》构成了一种本质与现象的关联，赵树理的写作因此具有了时代精神的意义，被誉为"赵树理方向"。但是《讲话》中所谈的"工农兵"之"农"，与赵树理所理解的"农"并不一致，赵树理所写的农民，是千百年来生活在土地上的农村社会的主体，而《讲话》中提到的"工农兵"中的"农"，是当时有觉悟、并组织起来，纳入到"抗战"乃至"新民主主义革命"中的进步政治力量。这就导致了赵树理后来对自己写作身份的焦虑、疑惑和委屈，并与意识形态对他的要求渐行渐远。也就是说，他曾经被时代精神使用，但很快又成为批判的对象，被时代精神所否弃。

----

① 崔巍：《赤子拳拳心——忆与赵树理的会见》，《热门人物》1989年第5期，第39页。

② 李扬：《"赵树理方向"与〈讲话〉的历史辩证法》，《文学评论》2015年第4期，第37—38页。

赵树理的写作隐藏着这样一种身份焦虑，这在赵树理后来的几次检讨中有所呈现。新中国成立后尽管赵树理一直想跟上中央的形势，可时事发展太快，赵树理的跟进还是勉为其难的。赵树理的写作是为了一个明确"工作"进行的，这个"工作"才是重要的，这就使得写作的自足性、本体性受到抑制，写作本身不再是一个自由自主、自在自为的状态。写作作为作家个体的自由与整个意识形态规约常常产生龃龉或错位，这是他至死都没能搞明白的痛苦和困惑，也是一代作家的写作宿命。

不论是鲁迅还是赵树理，都可以说是认同"启蒙者"写作身份，秉持一种启蒙立场，不同之处在于鲁迅代表着自由知识分子的启蒙立场，意在"启蒙"；赵树理的创作是革命知识分子对民众的启蒙，意在谋求一个民族的、一个阶级的觉醒，并使之投身于民族解放与阶级解放之中。因此，他们的写作具有清晰可辨的写作身份，都是"为老百姓写作"的一种形式。

三、"作为老百姓"：莫言身份自我认同与微观调整

在新文学史上，莫言放弃了"为老百姓写作"的立场，转变到"作为老百姓的写作"，直接把写作身份定位于一个"老百姓"，一方面这是对以往写作中的"教训口吻"与"虚假伦理"的颠覆，另一方面也为自己卸下了写作的"道德重负"与"伦常规约"，使自己的写作视点更加多元，采用一切写作的技

巧，真正实现了"想怎么写就怎么写"的自由状态。这为莫言写作开辟了与以往作家所不同的道路，莫言写作固然有他自己的勇气和担当，但不能忽略的一个外部环境是：整个社会变得更加自由、更加开放。莫言能突破五四知识分子的"启蒙姿态"与直至新中国成立后很长时间的"意识形态"写作，自觉地调整自己的写作立场，把自己的写作身份明确定位于"作为老百姓的写作"。莫言的创作实践最初有浓重的模仿痕迹，尤其是对马尔克斯、福克纳等作家的有意模仿，但莫言很快认识到这种借鉴模仿的危险，创作形式上开始退回到传统的说书人模式，从叙事角度来看，这也是一种读者与作者零距离的"作为老百姓"的叙事方式。莫言出身农民，当兵之前一直生活在农村，是一个地地道道的"老百姓"，他熟悉农村生活、农民情感以及农民的说话方式。这就使得他的作品天然地带上的"作为老百姓"的优势，在他的写作中一扫贵族气、官僚气、文人气，乃至于知识分子气。

"作为老百姓写作"也是莫言写作的重要策略，这一写作身份的自我领认，划清了莫言同拉美魔幻现实主义写作的界限。莫言"作为老百姓写作"，把写作的主体从外部规训、强制的写作身份中，返回自我的内心，这就避开了写作的外在障碍，最大限度地释放出自己的写作自由，在某种程度上消解了写作的神圣性和崇高感之后，使他发现了以往被忽略的民间写作资源，使他在写作上天马行空、得心应手，创造出具备自己风格的"莫言体"——包含着莫言自己主题建构、语言风格与话语方式的特定文本。

"作为老百姓写作"使莫言卸下了道德的重负，毫无顾忌，恣肆汪洋，从而能真正呈现具有蓬勃生命力、泥沙俱下的民间精神。莫言文学世界的民间精神在当代作家中表现得非常充分。其民间精神是由以下四个相关侧面构成的，亦即生存精神、流氓精神、色情精神与调侃精神。民间精神的基石在于生存指向，生存大于一切，一切都是为了生存的，莫言作为老百姓写作的优势即在于此，莫言小说的生命力也在于此。他的作品已经超越雅俗、党派等文学的外在规约。在《红高粱》中，英雄与土匪、革命与反革命、道德与非道德的立场在生存和生命力的迸发面前，已经不再是那么泾渭分明、非此即彼。其中所体现出的是莫言基于生存境遇与生存精神而对人类、人性的重新思考与定位。莫言小说的流氓精神，主要表现为小说中的主人公往往超越习俗常规，不按照文明社会所约定的惯例、习俗、法律来行事。流氓精神如果不是仅仅在道德意义上，它实际上是一种反抗精神，既有现实暴力的反抗，也有精神上的反抗，当然这里并非有意美化流氓行径，但在流氓精神背后隐匿着的民族精神不屈从强权、不屈从命运的意志是值得肯定的。莫言小说中的色情精神几乎充斥于每一部作品。色情精神指的是情欲的实现，包括幻想性实现和现实性实现，表现为语言、行为的挑逗与勾引。《红高粱》《檀香刑》中的情欲渲染，常常为读者所诟病。但细加分析就会发现，这些色情的成分并非莫言的猎奇，而是作品中的结构性质素，有其特定的艺术表现功能。色情话语"作为老百姓"的话语方式与生活内容，被莫言几近原生态地搬到了小说中，本身就是对知识分子话语体系的嘲弄与颠覆。调侃精神是民间精神的一个重要构成部分，其包含着嘲弄、讽刺、戏谑等要素，在语言上则表现为东拉西扯、漫无边际。长期以来，我们接受的文学教育充满了对于民间和农民的不恰当想象：鲁迅开始的乡土文学，把农民视为毫无乐趣的一种"苦役"；京派乡土文学作家又把乡村民间美化成田园牧歌式的"乐土"；到了山药蛋派作家那里，农民生活的"苦乐参半"才得以确认，直到莫言的作品之中，民间的调侃精神才得以充分地展现。

"作为老百姓的写作"呈现出迥异于"知识分子写作"的历史观念。在老百姓那里，一切历史都是传奇，一切历史只有经过传奇化，才能成为老百姓能够理解的历史。莫言也正是基于这一认识的基础上，对以往所塑造的宏大历史观念进行大胆颠覆。历史成为一种文本、成为一种虚构。莫言把作为"客观存在物"的历史的观念拉下圣坛，历史在传奇化的重构中获得了文学上的合法地位，这在《红高粱》《丰乳肥臀》《生死疲劳》中都有精彩的呈现。莫言小说的历史跨度比较大，《红高粱家族》写"我爷爷"那代人，《丰乳肥臀》写"我爹"那代人，《生死疲劳》写"我"这一代人。在其家族式历史叙述中，莫言采用的都是当下现实的视角，使得历史成为联系当下生存的"反思之物"。

莫言所提出的"作为老百姓写作"的观念,是对"知识分子"写作立场的扬弃与纠偏,但考察莫言的写作身份,实际上既有"作为老百姓的写作",又有"为老百姓的写作"。在这双重写作身份、双重写作观念的支配下,莫言对普世价值的认同,明显地不同于西方所称谓的普世价值。莫言对于普世价值的理解就是人性,就是让人按照人的尊严像人一样活着,这是一种超越了民族、种族、党派而具有的共同性的人性。

　　"作为老百姓"这一写作身份,使莫言放弃了启蒙话语、革命话语、文革话语等,而采用民间话语形式。表现出的语言风格也越来越具有民间的芜杂性、粗俗性。这种芜杂和粗俗既是民间语言本身所具有的,也是莫言自己的艺术选择,莫言采用的策略是把小说呈现人性的手段引入"食"和"性"等老百姓最切近的生存元素上。莫言把尸体、血腥等"丑"的事物大量引入作品,以对抗"知识分子写作"的"伪崇高"与"中产阶级的情调写作"①的"优雅姿态";用"炮言炮语""煞有介事"来消解小说的"说教性"。后来莫言也对自己所提出的观点做出了修正和调整:"严格地来讲,作为老百姓的写作这个说法也经不起推敲,因为目前,你不管承认还是不承认,肯定不是一般意义上的老百姓了,跟我家乡的父老,还有城市胡同里的老百姓,还是不一样的。我之所以提出这

---

　　① 莫言:《猫腔大戏——与〈南方周末〉记者夏榆对谈》,《碎语文学》,作家出版社 2012 年版,第 9 页。

样一个口号，是基于对我们几十年来对作家地位的过高估计，和某些作家的自我膨胀，这个我觉得也是从苏联来的。"①

莫言的写作身份也并非自己所标示的仅仅是"作为老百姓"的写作，除此之外，我们还能够看到莫言对"启蒙者"写作身份的某种继承，这种对"作为老百姓"写作立场的超越是由莫言的社会文化批判意识决定的，在《酒国》中对新时期"吃人"的批判，在《天堂蒜薹之歌》中对社会的阴暗面的批判，以及在《红高粱》中的对"种"的退化的批判，我们都能看到莫言作为知识分子的独立批判姿态。这也就是说，莫言"作为老百姓"的写作身份实际上也仅仅是一个写作策略，或是只具有某一方面的意义。其实，莫言的写作身份既是一种"作为老百姓的写作"又是一种"为老百姓的写作"，这双重写作身份的自由互换，使得莫言的小说文本摆脱了以往单一写作身份的局限，为莫言的小说创作开辟了广阔的空间，在当代作家中也是独树一帜的。

四、结语

如果说一时代有一时代之文学成立的话，那么区分这不同时代的不同文学，主要是文学内在精神呈现于其外在的表征变化。作为文学创作主体——作家——写作身份的自我指认，居于整

---

① 莫言、孙郁：《莫言孙郁对话录》，孙郁：《鲁迅遗风录》，江苏文艺出版社 2016 年版，第 327 页。

个文学活动内驱力的"发动者"地位，纵观 20 世纪文学的演进历程，作家身份经历了"启蒙者""工农兵代言人"以及"作为老百姓"的多次转变，"启蒙者"写作身份是中国文学从古典走向现代的必经之途，为中国文学注入新的质素，开辟了一个新的文学时代。"工农兵代言人"写作身份，把文学纳入到改造社会的体制之中，作家写作意图规训到意识形态的合唱之中，个人性淹没在政治的强大洪流之中。而"作为老百姓"的写作，试图摆脱以往"集体""权力"对文学的控制，但实际上是无法摆脱这种控制的。但这种个人化写作姿态，为文学带来前所未有的个人化新质。当然"作为老百姓"的写作，作为一种写作理想，足以给文学创作带来强大活力，但我们也必须看到，在具体实际创作中，它仍然是时代精神、时代语境在作家思想上的回响，是文学精神演变的一个环节。

[本文系"十三五"山东省高等学校人文社会科学研究平台立项"鲁迅与中国现代文学文化研究"的阶段性成果。]

（作者简介：张厚刚，副教授，文学博士，硕士生导师。

　　　本文原载《齐鲁师范学院学报》2018 年第 5 期。）

杨袤：小说的探索性与可能性

张艳梅

　　在山东女作家，或是"70 后"女作家整体中，杨袤都是一个与众不同的存在。写作多年，杨袤不仅已发表中短篇小说上百万字，而且有了自己稳定的风格。她的文字有着独特的韧性和辨识度，无论是对于女性命运的探察与剖析，还是对于生死的追问与思考，无论关乎历史，还是现实，她的写作大体上都有着凛冽而鲜明的立场。爱恨的缠绕、时代的焦虑、错位的命运、吊诡的历史，在她笔下反复焚烧，她冷眼看着那些灰烬飞扬，既不会黯然神伤，也不会顾影自怜。她的写作是孤独的，拒绝合唱，拒绝空洞的表演，面对荆棘丛生的尘世，她既有内敛的思想锋芒，同时又渴望以内心纯粹的爱触及那些被荆棘伤害的痛楚。杨袤，始终走在自己选定的路上，不断挑战自己的文学表达极限，也在不经意之间持续挑战大众的审美习惯。在她笔下，那些深藏的情感和灵魂，总是有着不一样的色调和韵律。

我对杨袭的关注很早，长久以来，我始终在默默观察，她在自己选定的文学土壤上，生长出特立独行的审美个性，是不是日益枝繁叶茂。十年来，在黄河边上，在那个比黄河口镇更偏远、更荒凉的大汶流小站，在漫天芦荻飞花中，她记录自己眼中的生老病死，也记录自己思想的起伏跌宕。偶尔我们会从她的文字里读出焦虑，更多的是她气定神闲笃定不移的写作姿态。她沿着自己的节奏，不受干扰地写下了一批个性鲜明的中短篇小说。泥河镇，也因为她的写作，成为新的当代文学地标。作为时代生活的缩影，泥河，不仅仅是正面的社会变迁史；还是切入时代内核的横断面呈现；当然，杨袭试图完成的，还有反向行走。也就是说，这么多年，一方面她在跟着时代向前去，这个时代所具有的进步性和超越性，她都看在眼里；另一方面，她会经常停下来，站在时代侧后方，审视自己置身的世界，时间就像她身边的黄河哗哗流淌，泥沙俱下；而她不仅在黄河入海口长久地眺望，还会逆着时间的轨迹，不断地回头去看，去看我们的来时路径和那些遗失的过往记忆。

一、理性的小说家

这些年，读了太多"70后"作家的中短篇小说，气息上与杨袭相近的，是艾玛和孔亚雷。虽然亚雷和艾玛交流更多，而艾玛和杨袭并不是同一类型作家，涔水镇和泥河镇作为南北方小镇代表，也是有着各自不同的自然景观和风俗民情的生活场域。那么，一个写作者，他的个人气息，那种最突出的辨识度是如何形成的呢？一个作家自己的精神气质形成的过程中，有哪些因素影响或者左右了这种独特气息的呈现呢？亚雷的小说比较小众，他大部分时间做翻译，小说受到西方作家影响比较明显。杨袭不做翻译，她只是喜欢阅读西方小说，这种喜欢里面，包含着比较大众化的卡佛、博尔赫斯、纳博科夫等等，也包含着属于她个人阅读偏好的一大批作家。尽管在评价杨袭小说创作时，经常会有人提及卡夫卡、萨特，认为她的小说有着存在主义太深刻的影响，我们其实并不会觉得她是被笼罩或者被改写过的。也就是说，即使我们熟知萨特、卡夫卡，也不等于可以轻而易举对杨袭小说做出有效的阐释。

小说，作为虚构叙事，感性是表象的沉浸，理性才是内在的支撑。一个小说家无法完全凭借感性完成创作，感性与理性的均衡，或者彼此制衡，是小说有着内在的逻辑性和饱满的文学性的基础。对于很多写作者来说，理性在日常生活叙事里慢慢消磨，并没有磨砺成敏锐的感性，而是麻木的混沌，所以当一个写作者保持尖锐的理性，以及敏锐的感性，我们总会从他的写作中发现小惊喜。并不是每一个写作者与生俱来都具备理性与感性的均衡。杨袭常常说，生活中好多事物表现的形式和蕴含的意义，我们很难分清哪一个更重要，更接近事物的本质。所以，当杨袭以一条河、一个小镇、一座高塔、一群生老病死的普通人，慢慢建构起自己的文学世界，在那些充满隐喻的细枝末节里，我们读到了杨袭生命和思考的重量。杨袭始终站在真诚面对生活、真诚表达自我的立场上，即使文坛各种浪潮汹涌，她都没有改变自己的初衷。她对人世和生命，始终有着自己审慎而冷静的观察，并且一直在寻求答案。写作，并不是一劳永逸的解脱，即使杨袭给了我们那么多叙事的迷宫，我们仍旧能够从她的思想根基里，找到阿里阿德涅线团的那根线头。深渊、寒冷、隔绝，都是我们面对的生命考验，唯一的光亮和温暖，只有爱。杨袭没有那么浪漫主义，这个底色的爱，对她来说，首先是理性的，她更看重的是爱的真相和本质。

历史、生活和人性，最真实的那一面，即使荒谬、残忍、令人心惊，杨袭还是愿意尽量去触及并呈现出来。《八三年》中的两个少年，《纸雕楼》中的一段旧恨，是历史和命运的诡异，也是现实与时代的投影。《纸雕楼》比起一般的历史小说，有着特别奇怪的反光。60年前目睹母亲葱菀儿被解钰章侮辱，满怀仇恨病痛折磨的一生，唯有复仇是活下去的唯一支点。从最残忍的伤害到最荒诞的现实，罪犯与英雄，全部的属性来自历史的标记，这种自然身份的社会化、历史化过程，有着令个体恐惧的力量。就像那个纸雕楼，无非是一种祭奠，被疾驶而过的车碾成纸饼。历史就是这样，滚滚洪流之中，个体的力量微不足道，往往也不存在所谓历史真相，真相不过是一座纸雕楼，在权力和时代巨轮下瞬间化为齑粉。

红毛月亮、野地、阡陌、芦苇荡、树林，并不是浪漫抒情的对应物，而是罪恶的见证者。历史深处堆积着那么多可燃物，对于现实来说，身为盗火者，无疑是一种冒险。从这一点来看，杨袭不仅是一个智者，更是一个勇者。

二、冷色调的隐喻

杨袭的探索和努力，本身就是冒险，尤其是在普遍提倡现实主义的当下，她选择的无疑是一条艰难的探索之路。她认为写小说是自己与世界相处的方式，也是理解世界的方式之一。在一个人的一生中，总会有些事物的出现，改变了自我认知和认知世界的方式。这种重新打开世界的过程，给出了很多新的可能，那个更广大而壮阔的存在，是文学的赋予，也是精神磨砺的回响。于杨袭而言，还是一种艰难的成长。她经历的那些沉寂荒芜的时光，一成不变的生活，在文学虚构中，看起来更像是整整齐齐的谎言。当她决定以小说的方式把这一切记录下来，她选择了非现实主义的道路。我们在尘世书写，生命在尘世移动，有一些东西根深蒂固，有一些东西每天都在连根拔起，我们无能为力，写作，说到底，其实是痛苦的自救。

周其伦在评价杨袭小说《死亡波尔卡 1995》时提到："杨袭的小说大都色调比较冷，常常是无情地撕开事件表面的面纱，直接渗透到叙事的内层肌理，赤裸裸地展示出生活幽微中的寒凉，令人刮目相看。"这个评价比较准确。人类面对日常困境，也面对终极困境。自由是有限度的，人生世界也不是无限的。文学和写作只是人类试图突破有限的一种尝试和努力。无论从表意上看，还是从逻辑上看，这种突破本身都是有边界的。世界充满残缺疏忽和漏洞百出，而所有焦虑困扰与绝望是每一个人都要面对的无从逃避的困境。这是杨袭小说的精神起点。她有自己的尺度和规则，在她带我们穿越田野、月光、恩怨、生死的轨迹里，有忧伤和愤怒，有绝望和暴力，更多的是反思和启示。从这意义上说，杨袭是游荡于历史、现实与人性之间的启蒙者。从最具象的日常性中抽离出来，以巨大的象征物作为精神生活的对照，在这种对照中，呈现出对抗本身的力量。杨袭相信文学的力量，相信在书写的过程中，可以让人生获得强烈的意义。用隐喻的方式表达自己生命和思想的轨迹，是因为隐喻赋予了表意更多的可能性，并且最大限度接近她想要说出的那一切。她的写作是孤独的，作为目睹人性裂变的观察者，她被上帝拣选具有了敏锐的洞察力，历经反复的寻找与重构，我们看得到她对庸常生活的抗拒，当然也看得到她满怀慈悲的融入。

《八三年》中有着复杂的历史感和命运感。严打背景小说不少，谢方儿有一部长篇《1983 年的成长》就是以"八三严打"为主线。1983 年盛夏，李广州在面粉厂被捕，1997 年秋天无罪释放回乡。这是一个典型的冤案。小说看起来写的是大时代对个体命运的改变，这种案例其实数不胜数。不幸的人不只是李广州一个，杨袭在小说中记录了李广州大半生的心路历程，从懵懂的少年，到杀人犯，到狱中慢慢找回自我，出狱后在书店里安静地打发时光，自尊而神秘。正午，水光凋零，时光凝滞，一切的发生都那么猝不及防。阳光、风、景致之外，少年灵魂深处始终有一朵忘忧的白莲花。家庭、社会，都是一个缩影，两个少年、两个少女的命运，就这样在八月之光里被改变了。而在这之前，那个瘸腿的照相师、肥胖的老狱警，他们的命运早就被时代改写了。从《去往 G 城的大巴》《泥河调》《高塔》到《女人河》《八三年》《纸碉楼》《死亡波尔卡 1995》，这些小说，都被杨袭赋予了隐喻的美感和巨大力量。杨袭始终认为：美就是给人类希望。我们以写作和阅读的方式，抵御虚无的侵袭，反抗黑夜的沦陷，即使无法全部获得拯救，至少不甘于始终被囚禁。写作者的呼喊声撞到时代的高墙上，有一些分裂成为妥协和遗忘，有一些注定会被镌刻在墙体之上，给身处绝境中的人以希望。

三、虚构之美

杨袭说，小说的本质应是思想，是要表达作者对这个世界的认识，而它的终极审美与最高追求则是真理，是追求真善美的东西。最后的终极审美与最高追求应是对生命的探讨，是人生的意义，是对生与死的追问与思考。她在《八三年》中反复写到青春："青春期是种宗教，有极其神秘的仪式。我们俩的仪式就是冥冥中的那次槐树下的相遇，并且，我还对张江苏说，我就要死了。青春期是火热而蓬勃的，却注定与死亡和腐朽一样都是生命的一部分。但青春和后两者不同，它是生命中巨大的转折和升华。"命运并没有给这几个年轻人的青春岁月以火热蓬勃的生长，对于李广州来说，青春在一个时代的错误中被毁灭了。黑乎乎的墙，老师的权力，沈梅双的歌，哭泣，无助、慈悲、矛盾，还有崩裂的青春祭坛。"一种至美的东西，在你面前碎裂，你会感觉你的世界坍塌了，整个宇宙的重量都压在你身上，要么，你就低下头，让它无情地把你压扁，要么，就挺起胸膛，将一腔热血挥洒出去，没有别的选择。"当然，也有美好。少女的词汇中有云朵，有清风，有糖果，有连衣裙，有橡皮筋……有花有草有蝴蝶，有月光命运带给我们的藏在人世各个角落的哀伤、无奈、恐慌、虚弱、绝望、感动、欣然、温暖、希望……

宗利华在论及杨袭小说《高塔》时写到："杨袭的创作版图上已经有了一个大构想。目前这个版图或许仅露出冰山一角，然而，却已显示出不俗的冲击力。杨袭以她独有的细密、鲜活、沉稳的叙事语言，耐心勾勒出许多年前黄河入海口盐碱滩小镇上的人，以及事儿。几年前，杨袭的叙事语言就给我极强的陌生感。而当你读到一种陌生感时，会伴随着阅读的惊喜。"好多年前，我同样评介过杨袭的《高塔》：还是泥河镇的故事。×先生是故事的讲述者，也是故事里的主人公之一。小说把小索镇和吕西安的人生经历缠绕在一起，以这两个人的目光审视泥河镇，这个他们生命里永远摆脱不掉的故乡。小索镇少年时代爱上了谷米的女儿梅，因为这份爱情，他一直生活在世界之外，他成了一个诗人，诗歌让他在想象的爱情里安放自己流离而破碎的心。吕西安的爱情同样是一种虚幻的想象，他爱着的那个人只是另外一个人的替身，因为愤怒，也因为绝望，他最终杀死了那个女孩，踏上了流亡和隐匿的道路。小说中有很多关于活着、死亡、暴力和爱情的思索。吕西安，天使与魔鬼住在一个人的身体里，×先生，艺术的超越和世俗的沉溺分裂着他的心灵。那种污泥浊水的大背景，是现实人生，而爱情是一种自我拯救的力量，一种精神救赎的渴望，可惜，在高塔顶端，没有飞翔的翅膀，人生还是囚禁的姿态，不自由、颓败、灰暗，而且不断毁掉的趋势。在泥河，谁和谁都是重叠的，浑黄的水养不出别种样子的人，每个人都像吕西安，瘸一条腿，只有在冥想中，才能看到健全的自己。虚无、宿命、恐惧、焦虑、悲观、自我怀疑、寻找、追问，诗歌和爱情是飞翔的翅膀，却找不到自己的天空。

阅读《八三年》，给我印象最深的一个细节，是张江苏在信中说："各色光影里的沈梅双对我们微笑，我相信你和我一样，最喜欢那张五寸的黑白照，沈梅双穿一件露肩的小碎花布裙坐在南湾的水边，脚下是初绽的白莲。"杨袭终究是在人性和时代最阴暗的地方，留下了一缕光亮。无论是张江苏、沈梅双，还是虚无空洞而缺乏能指的时代，都是李广州命运悲剧的影响因子，李广州最终能够凭借读书获得救赎，我们再一次看到了杨袭内心坚定的理想主义。

时代浪潮汹涌，无数文字随着泡沫被推到岸边，又被大浪席卷着埋进深海。留在岸上的，有一些和垃圾堆放在一起，有一些被人拾起仔细珍藏起来，对于这个文学作品泛滥的年代，这是每一个写作者难逃的宿命。杨袭自己说："或许写到最后我依旧探讨不出任何结果，但我仍要继续写下去，继续探讨下去。"我相信，正因为她这种固执和坚定，她曾经或者此后带给我们的，都将是独一无二的值得珍藏的文字。

[作者简介：张艳梅：山工理工大学文学院教授。
本文原载于《文艺报》2018 年第 12 期。]

编后记

　　编辑出版《山东作家作品年选》，是山东省作家协会按照省委、省政府关于加快建设经济文化强省的部署要求，为繁荣发展山东文学事业设立的一项系统工程，旨在全面展示全省作家年度创作成果，促进文学精品创作，为广大读者和文学评论工作者研究齐鲁文学和山东作家作品提供系统的翔实的资料。《山东作家作品年选》每年度选编一套，包括当年度山东作家发表的优秀中篇小说、短篇小说、诗歌、散文、报告文学、儿童文学和文学评论等。

　　省作协党组领导对《山东作家作品年选》工作非常重视和支持，为《山东作家作品年选》的编辑出版给予了有力指导。编委会对作品的入选原则、入选条件、体裁布局、风格形式等进行了认真研究，制定了编辑出版办法，确定了编选方案，制定《山东作家作品年选编辑出版办法》，为《山东作家作品年选》编辑出版工作确立了标准和规范。

　　2018年度《山东作家作品年选》编辑出版工作，得到了各团体会员单位的大力协助支持，由他们推荐了一批优秀作品。在广泛征集作品的基础上，对推荐作品进行认真审议论证，同时，对省内知名作家本年度创作情况进行调研摸底，确保重要作品不出现遗漏。最终，才确定了本年度入选篇目。入选作品既有在重要文学评奖中获奖的精品，也有在重要文学选刊上转载的佳作；既有在重要文学报刊发表的优秀作品，也有在重要理论期刊发表的评论力作。很多作品发表后，产生了良好的社会反响，受到文学界的广泛关注，比较全面地展示了全省作家2018年的创作成果。

文学院全体同志在作品征集、调查摸底、统稿、联系出版社过程中做了大量工作。在此，对所有为《山东作家作品年选（2018）》编辑出版工作给予大力支持和付出辛勤努力的单位和个人，表示诚挚的谢忱。

《山东作家作品年选（2018）》分为小说卷、综合卷（诗歌、散文、报告文学、儿童文学）和评论卷。入选作品按发表、转载和获奖的时间顺序排列，时间相同者，按作者的姓名笔画排列。

《山东作家作品年选（2018）》在编选过程中，尽量做到全面、客观，但难免会有各种疏漏，恳请大家批评指出，以利于在以后的编选工作中不断改进完善。我们愿意与全省广大作家、评论家一起，认真汇集全省的优秀文学作品，不断提高《山东作家作品年选》的编选质量和水平，努力把《山东作家作品年选》打造成经得起时间检验的文学品牌，为振兴山东文学、再创"文学鲁军"辉煌作出新的贡献。

2022 年 2 月 9 日